KB196894

민들레
왕조 연대기

II

폭풍의
벽

THE WALL OF STORMS:
The Dandelion Dynasty #2
by Ken Liu

민들레 왕조 연대기 II

폭풍의 벽 上

켄 리우 **장편소설** | 황성연 옮김

The Wall of Storms

황금가지

무엇보다도 가족인

리사, 에스더, 그리고 미란다에게

속삭이는 산들바람

돌풍과 강풍

속삭이는
산들바람

제1장

무단결석생들

판

사해평치(四海平治) 6년 2월

나리님들, 마나님들, 제 말 좀 들어 보십시오.

신념과 용기의 장면들을 제 말솜씨로 그림 그리듯 보여 드리겠습니다.

공작도, 장군도, 사제도, 하녀도 모두 너나 할 것 없이 이 천상의 무대를 통과합니다.

공주의 사랑이란 무엇입니까? 왕의 두려움이란 무엇입니까?

술로 제 혀를 부드럽게 풀어 주시고 동전으로 제 심장을 뛰게 해 주신다면 머지않아 모든 이야기가 밝혀질 것입니다…….

구름이 잔뜩 낀 하늘을 배경으로 차가운 바람이 흩어진 눈송이 몇 개를 허공에 휘저었다. 두꺼운 외투에 털모자를 쓴 행인과 마차들은 '화평성(和平城)' 판의 넓은 대로에서 발걸음을 재촉하며 따스함을 찾아 집으로 향했다.

그게 아니라면 아늑한 술집 '삼발이 단지'에서 쉬거나.

"키라, 이번엔 네가 술 살 차례 같은데? 서방이 너한테 돈을 죄다 넘겨준다고 소문 다 났어."

"사돈 남 말 하네. 네 서방이야말로 네 허락 없이는 방귀도 안 뀐다면서! 근데 오늘은 지잔 차례야. 지난밤에 간에서 온 부자 상인한테서 봉사료로 은전 닷 냥을 받았거든!"

"대체 뭘 했길래?"

"미로 같은 골목길로 그 상인을 가장 좋아하는 정부(情婦)의 집으로 안내해 줘서 그 아내가 붙인 미행을 따돌렸거든."

"지잔! 너에게 그런 돈 되는 기술이 있는지 몰랐네……."

"키라가 하는 거짓말 믿지 마! 내가 은전 닷 냥씩이나 가진 사람으로 보여?"

"분명 여기 들어올 때 얼굴에 미소가 가득했잖아. 하룻밤 잠자리를 이어 준 대가로 돈을 두둑이 받은 게 틀림없어."

"아이고, 소리 좀 낮춰! 누가 네 말을 들으면 내가 청루(青樓)의 접객원인 줄 알겠어."

"으하하! 접객원으로 만족해? 넌 그걸 운영해도 될 소질이 있어. 아니…… 홍루도 가능하지! 거기 남자애들을 보고 내가 침을 질질 흘렸잖아. 도움이 필요한 자매에게 작은 도움을 주는 건 어때……."

"아니면 큰 도움도 좋고."

"잠시라도 그런 저급한 생각 좀 안 할 수 없어? 잠깐만…… 피피, 네가 들어올 때 지갑에서 동전이 쨍그랑거리는 소리를 들은 거 같은데. 지난밤 참새작(마작을 단순화한 놀이 — 옮긴이) 놀음에서 운이 좋았나 보지?"

"무슨 소릴 하는 건지 모르겠네."

"아하, 그럴 줄 알았어! 네 얼굴에 다 쓰여 있어. 놀음에서 네가 허세로 누군가를 속였다니 놀랍기만 하네. 잘 들어. 네 순진한 서방 앞에서 지잔과 내가 네 도박벽에 대해 떠벌리는 걸 막고 싶으면……."

"털 다 빠진 꿩같이 흉측한 게! 어디 말하기만 해 봐!"

"목이 심하게 마르면 우리도 비밀을 지키기가 무지 어려워. 민속 가극에서 하는 말처럼, 우리 '마음을 촉촉하게 해 주는 게' 어때?"

"휴, 이런 우라질…… 좋아, 술은 내가 살게."

"좋았어."

"그건 그냥 나쁠 거 하나 없는 취미일 뿐이야. 근데 우리 서방은 내가 도박으로 모든 걸 탕진할 거라고 생각해. 집 안을 어슬렁대면서 잔소리를 해 대는데, 참아 줄 수가 없어."

"타주 신이 너에게 행운을 내린 것 같네. 그건 인정할게. 하지만 행운은 나누면 더 좋아지는 법이야."

"부모님이 날 낳기 전에 투투티카 신의 사원에 향을 넉넉히 올리지 않았던 게 분명해. 너희랑 친구가 된 걸 보면."

도시 변두리에 숨어 있는 이곳 삼발이 단지 안은 따뜻한 청주와 차가운 맥주, 야자열매 술이 사람들의 대화만큼이나 풍부하게 흘러

넘쳤다. 장작이 타고 있는 난롯불은 탁탁 소리에 맞추어 춤을 추었고, 술집을 따뜻하고 쾌적하게 유지해 주며 따스한 불빛으로 모든 것을 적셨다. 유리창에 맺힌 물방울들은 섬세하고 복잡한 형상으로 얼어붙어 바깥 풍경을 부옇게 만들었다. 낮은 탁자들 주변으로 삼삼오오 모여 *게위파* 자세로 앉은 손님들은, 편안하고 유쾌한 기분으로 작은 종지에 담긴 구운 땅콩을 술맛을 한층 돋우는 타로토란 소스에 찍어 먹으며 음미했다.

이런 장소에 선 이야기꾼은 중얼거리는 듯한 대화가 계속 이어지겠거니 해야 한다. 하지만 점차 윙윙대면서 서로 경쟁하던 목소리들이 잦아들었다. 적어도 지금은 늑대발섬에서 온 상인들의 마구간 지기 남자애들, 하안에서 온 학자들의 여자 시종들, 오후에 사무실에서 몰래 빠져나온 하급 정부 관리들, 아침나절 동안 정직하게 일한 다음 휴식을 취하는 노동자들, 배우자들이 가게를 보는 동안 쉬는 시간을 갖는 가게 주인들, 그리고 장도 보고 친구들을 만나기 위해 나온 처녀들과 부인들 사이에 구분이 없었다. 모두가 술집 한가운데에 서 있는 이야기꾼에게 마음을 빼앗긴 청중이었다.

거품이 인 맥주를 한 모금 마시고 잔을 내려놓은 이야기꾼은 길고 축 처진 소맷자락을 손으로 몇 번 툭툭 쳤다. 그러고는 계속 말을 이었다.

……*패왕이 나아로엔나를 칼집에서 뽑자 모크리 왕은 위대한 검을 찬양하기 위해 한 걸음 뒤로 물러섰지요. 그것은 영혼을 가져가는 검, 머리를 자르는 검, 희망을 자르는 검이었습니다. 심지어 달도*

이 검의 순수한 광채에 빛이 바랜 듯했습니다.

"아름다운 검이군. 미라 부인이 다른 모든 여인을 능가하는 듯 이 검은 다른 검을 능가해."

간의 일인자인 모크리 왕이 말했습니다.

모크리 왕을 경멸하듯 바라보는 패왕의 중동안은 반짝 빛을 냈습니다.

"이 검을 칭찬하는 이유는 불공평하다고 생각하기 때문인가? 그럼 검을 서로 바꾸어 들지. 그래도 나는 네게 승리할 것이다."

"전혀 아니다. 어떤 검을 선택했는지를 알면, 그 전사를 알아볼 수 있지. 그 때문에 네 무기를 칭찬하는 것이다. 살면서 진정으로 대적할 만한 적수를 만나는 것보다 더 좋은 일이 뭐가 있겠나?"

패왕의 얼굴이 누그러졌습니다.

"모크리, 네가 모반을 일으키지 않았더라면 좋았을 것을……."

난로의 불빛이 겨우 가닿을까 말까 하는 한쪽 모퉁이에 남자아이 둘과 여자아이 하나가 탁자를 사이에 두고 옹송그리며 모여 있었다. 검박하지만 잘 만든 삼베로 만든 옷을 입은 그들은 농부들의 아이들이나 부유한 상인 가족의 시종들처럼 보였다. 나이가 많은 남자아이는 열두 살쯤 되어 보였는데, 피부가 해말갛고 몸매가 균형이 잘 잡혀 있었다. 눈은 온화했고 날 때부터 곱슬거렸던 짙은 색 머리카락을 하나로 돌돌 말아 쪽을 져서 정수리에 고정했다. 탁자 맞은편에는 그보다 한 살 정도 어린 여자아이가 있었다. 역시 피부가 해말갛고 곱슬머리였다. 하지만 여자아이는 머리를 풀어 헤쳐져 예쁘장하고 동그란 얼굴 주변으로 치렁치렁 늘어뜨렸다. 그녀는 열렬한 관심을 보이며 우아한 다이란의 몸통처럼 생긴 생기 넘치는 눈으로 술집 안을 훑고 모든 것을 받아들였으며, 옅은 미소를 띤 입꼬리는 위로 올라가 있었다. 그녀 옆에는 아홉 살쯤 되어 보이는 어린 남자애가 있었다. 안색은 짙었고 머리는 곧고 검었다. 나이가 많은 아이 둘은 그 아이의 양편에 앉아 탁자와 벽 사이에서 움직이지 못하도록 막고 있었다. 쉴 새 없이 움직이며 장난기를 뿜어내는 두 눈과 끊임없이 꼼지락대는 모습을 보면 그 아이들이 왜 그러고 있는지 알 만했다. 서로 닮은 것을 보니 아이들은 형제자매지간인 듯했다.

"정말 대단한 일이야. 루티 사부님은 우리가 벌을 받느라 방에 갇혀 있다고 생각하실 거야."

나이 어린 남자애가 속삭였다.

나이가 많은 남자애 쪽이 얼굴을 약간 찌푸리더니 말했다.

"피로, 이건 잠깐의 일탈일 뿐이야. 밤에는 아직 글 세 편을 써야 해. 콘 피지의 도덕이 우리의 나쁜 행실에 어떻게 적용되는가에 관한 글, 어떻게 하면 젊은 혈기를 교육으로 순화할 수 있는가에 관한 글을 쓰고, 또 어떻게……."

"쉿……. 난 이야기꾼 말을 듣고 싶어! 티무 오빠, 가르치려 들지 좀 마. 먼저 놀고 나서 공부를 하는 것과 먼저 공부를 하고 나서 그 다음에 노는 것 사이에 차이가 없다는 것에, 그러니까 '시간 이동'이라고 불리는 것에 이미 동의했잖아."

티무가 말했다.

"난 이제 그 '시간 이동'이라는 걸 '시간 낭비'라고 부르는 게 맞겠다 싶은 생각이 드는데. 너와 피로가 콘 피지를 두고 농담을 한 건 잘못이었어. 난 더 엄격했어야 했고. 너흰 벌을 달게 받아야 해."

"형이 한 가지 알아야 할 게 있는데, 세라 누나와 난…… 웩……."

여자애가 나이 어린 남자애의 입을 손으로 막았다.

"너무 많이 알면 탈이라잖아. 그런 식으로 티무 오빠를 괴롭히지는 말자고, 알았지?"

피로는 고개를 끄덕이자 세라는 손을 뗐다.

"손에서 짠맛이 나! 푸헥!" 입을 닦아 낸 피로는 티무를 향해 몸을 돌렸다. "토토티카 형, 형이 글을 쓰고 싶어서 안달이 난 것 같은데 내가 써야 할 글도 기쁜 마음으로 양보할게. 그러면 형은 세 편이 아니라 여섯 편의 글을 쓸 수 있어. 형의 글이 훨씬 루티 사부님 취향에 맞잖아."

"말도 안 되는 소리! 내가 너와 세라랑 몰래 빠져나오는 데 동의한 이유는 너희들을 돌보는 게 맏이인 내 책임이고, 또 너희들이 나중에 벌을 받겠다고 약속했기 때문이야."

"형, 나 지금 충격받았어!" 피로는 그들의 엄격한 스승이 훈계를 시작할 때 짓는 것과 정확히 같이, 매우 진지한 표정을 지어 보였다. "현자 콘 피지의 『효도 고사(故事)』에서는 남동생이 존경의 표시로 바구니에 가장 좋은 매실들을 담아서 형에게 올린다고 적혀 있잖아, 안 그래? 그리고 약자를 지키는 건 강자의 의무이므로 형은 동생을 능력 밖의 어려운 일로부터 보호하려고 노력해야 한다는 내용도 있어, 그렇지? 글이라는 건 나로서는 깰 수 없는 견과지만, 형에게는 좀 많은 매실이잖아. 내 나름대로 좋은 도덕주의자로 살려고 이런 제안을 하는 거라고. 난 형이 기뻐할 줄 알았는데."

"그건…… 넌 그러면 안……." 티무는 이런 변칙적인 토론 기술에 대한 연습이 남동생만큼 되어 있지 않았다. 티무는 얼굴을 붉히더니 피로를 노려보았다. "그 총명한 머리를 실제 학문 공부에 쓴다면 참 좋을 텐데."

"후도티카가 이번만큼은 읽기 숙제를 끝낸 걸 기뻐해야지." 형제들이 입씨름하는 동안 무표정한 얼굴을 유지하려고 애를 쓰고 있던 세라가 말했다. "이제 둘 다 조용히 해. 난 지금 이 부분을 듣고 싶으니까."

……패왕이 나아로엔나를 내리찍자, 모크리는 크루벤 비늘을 덧댄 단단한 나무 방패로 막았습니다. 창을 키지산에 박아 넣는 피소웨오 신이나, 불같은 주먹을 바다에 쾅 내리찍는 카나 신과 같은 모습이었지요. 차라리 이렇게 낫겠습니다. 그 싸움을 묘사한 노래를 불러 드리겠습니다.

이쪽은 늑대발섬에서 나고 자란 간의 일인자,
저쪽은 코크루군 사령관들의 마지막 후계자인 다라의 패왕이오.
한쪽은 한 섬의, 창을 휘두르는 이들의 자부심,
다른 한쪽은 전쟁의 신 피소웨오의 화신이라.
'의심을 종결짓는 자', 나아로엔나는 다라의 주인이 누구인지에 대한 모든 의심을 끝낼 수 있을까?

아니면 고래마우는 마침내 마실 수 없는 피를 만나게 될까?

검과 검이 맞부딪치고, 방패와 곤봉이 맞부딪치네.

두 거인이 뛰어오르고, 주먹을 휘두르고, 부딪치고, 발을 구르니 땅이 흔들리네.

그들은 아흐레 밤낮을 그 황량한 언덕에서 싸웠다오.

그리고 다라의 신들은 그들의 의지가 얼마나 단단한지 보기 위해 고래의 길* 위로 모여들었다네⋯⋯.

이야기꾼은 노래를 부르는 동안 방패와 검이 부딪히는 소리를 흉내 내기 위해 커다란 숟가락으로 야자나무 껍질을 때려 댔다. 또 전설적인 영웅들의 무술을 재현하기 위해 깜박이는 술집의 난로 불빛 속에서 펄쩍펄쩍 뛰면서 긴 소매를 이리저리 휘두르며 춤을 추는 시늉을 했다. 목소리는 오르락내리락했다. 한순간 다급했다가 그다음 순간에는 나른해졌고, 그렇게 청중들을 다른 시간과 장소로 데려갔다.

⋯⋯아흐레 후 패왕과 모크리 왕은 모두 지쳐 버렸지요. '의심을 종결짓는 자'의 공격을 다시 받아 낸 모크리는 뒤로 물러서다 바위에 발이 걸려 휘청거리는 바람에 넘어졌습니다. 그 바람에 방패와 검을 든 양팔이 옆으로 벌어졌습니다. 한 걸음만 다가가면 패왕은

---

* 바다를 의미하는 완곡 대칭법이다. 완곡 대칭법은 친숙한 사물을 새로운 방법으로 묘사하려는 목적에서 명사 한 쌍을 동원해서 표현하는 것으로, 고대 영국이나 노르웨이의 시에서 많이 쓰였으며, 예를 들면 전투를 '검의 폭풍'이라고 한다.

그의 머리를 깨부수거나 목을 잘라 버릴 수도 있었을 겁니다.

"안 돼!"
피로는 저도 모르게 말했다. 마찬가지로 이야기에 열중해 있었던
티무와 세라는 피로에게 조용히 하라고 하지 않았다.
고맙다는 듯이 아이들에게 고개를 끄덕인 이야기꾼은 이야기를
이어 갔다.

하지만 패왕은 모크리가 칼과 방패를 들고 다시 일어설 때까지
그 자리에서 그대로 기다렸습니다.
"왜 방금 끝내지 않았지?"
모크리가 숨을 힘겹게 몰아쉬면서 물었습니다.
"위대한 사람의 삶은 우연에 의해 끝나지 않을 자격이 있기 때문
이다. 이 세상이 공평하지 않을 수는 있지만, 우리는 세상을 공평하
게 만들기 위해서 노력해야 한다."
패왕의 숨은 모크리처럼 가빴습니다.
"널 만나서 반갑기도 하지만 유감스럽기도 하군."
그들은 기쁨을 품고 느릿한 걸음걸이로 다시 서로에게 달려들었
습니다.

"저게 바로 진짜 영웅이지." 피로가 감탄과 갈망이 가득 찬 말투
로 속삭였다. "티무 형하고 세라 누나는 실제로 패왕을 만난 적이
있지?"

티무가 속삭이듯 대답했다.

"응…… 하지만 아주 오래전 일이야. 키가 정말 컸다는 것 말고는 별로 기억나는 게 없어. 기묘한 눈은 끔찍할 정도로 사나워 보였지. 등에 메고 있던 그 거대한 검을 휘두르려면 얼마나 힘이 세야 하는 걸까 궁금해했던 게 기억나."

"위대한 사람인 것 같아. 행동 하나하나가 모두 존경스러운 데다 적들에게 관대하기까지 하잖아. 안타까운 건 그와 아빠가 함께할 수……."

세라가 끼어들었다.

"쉿! 후도*티카*, 목소리 낮춰! 여기 있는 모든 사람한테 우리가 누군지 알리고 싶어?"

피로는 형에게는 악동일지 몰라도 누나의 권위는 존중했다. 그는 목소리를 낮췄다.

"미안. 그는 정말 아주 용감한 남자 같아. 모크리도 그렇고. 아다*티카*한테 이 영웅에 대한 모든 걸 말해 줄래. 같은 고향 출신이잖아. 어째서 루티 사부님은 모크리에 대한 건 아무것도 가르쳐 주지 않았던 걸까?"

"이건 그냥 이야기일 뿐이야. 아흐레 밤과 아흐레 낮을 쉬지 않고 싸웠다는데, 그런 일이 어떻게 실제로 있겠어? 생각해 봐. 저 이야기꾼은 그 전투엔 있지도 않았는데, 패왕과 모크리가 한 말을 어떻게 알겠어?" 남동생의 얼굴에 실망감이 어리는 것을 본 세라는 말투를 누그러뜨렸다. "진짜 영웅들의 얘기가 듣고 싶으면 소토 이모가 패왕이 어머니와 우리를 해치지 못하게 막았던 일을 나중에 말해 줄게. 난 그때 겨우 세 살이었지만 그 일을 어제 일처럼 기억해."

피로가 눈에서 반짝 빛을 내며 좀 더 이야기해 달라고 말하려는 순간 크고 걸걸한 목소리가 불쑥 끼어들었다.

"그런 터무니없는 이야기는 들을 만큼 들었다, 뻔뻔한 사기꾼아!"

공연에 누군가가 끼어든 것에 충격을 받은 이야기꾼은 말을 멈췄다. 술집 손님들은 누가 말을 한 건지 보려고 고개를 돌렸다. 난로 옆에 선 남자로, 키가 크고 상체가 실팍했는데 부두 일꾼처럼 근육질이었다. 그는 누가 봐도 술집 안에서 가장 덩치가 큰 사람이었다. 왼쪽 이마에서 시작해서 오른쪽 뺨에서 끝나는 들쭉날쭉한 흉터로 인해 얼굴에서는 무시무시한 분위기가 풍겼다. 길이가 짧은 웃옷의 헐렁한 옷깃 사이로는 굵은 가슴 털이 한 뭉치 튀어나와 있었고, 그 앞에 매달려 있는 늑대 이빨 목걸이 때문에 험악한 인상이 두드려졌다. 비꼬는 듯한 입술 사이로 드러난 싯누런 이를 보면 굶주린 떠돌이 늑대가 떠올랐다.

"어떻게 감히 마타 진두 같은 사기꾼을 두고 그런 이야기를 날조할 수가 있지? 라킨 황제께서 옥좌에 오르기 위해 의로운 길을 가실 때 마타 진두는 그 발걸음을 제지했지. 또 그럴 필요도 없는데 많은 사람들을 고통에 빠뜨리며 이 땅을 황폐하게 만들었어. 그 비열한 폭군을 찬양하는 것은 현명하신 우리 황제 폐하의 승리를 폄하하고 민들레 황가에 먹칠을 하는 짓이나 다름없다. 그건 반역의 말이다."

"반역이라고? 이야기 몇 개를 들려준 게?" 이야기꾼은 화가 나다 못해 웃기 시작했다. "그러면 옛 티로 왕국들의 흥망성쇠를 주제로 공연을 하는 모든 민속 가극단은 반란군이라는 게 당신 주장이로 군? 아니면 현명하신 라긴 황제께서 마피데레 황제를 주인공으로 한 그림자 인형극을 질투한다는 말인가? 정말 바보 천치로구먼!"

술집의 주인인 키가 작고 통통한 남자와 똑같이 통통한 그의 아내가 두 사람 사이에 끼어들어 다툼을 중재했다.

"나리님들, 여긴 쉬고 놀기 위한 소탈한 곳입니다. 제발 정치 이야기는 그만두세요! 다들 힘든 하루를 보내고 술을 마시며 즐겁게 놀자고 여길 찾은 겁니다."

남편은 흉터가 난 남자를 향해 고개를 돌리고 허리를 깊이 숙여 절했다.

"나리님은 마음이 뜨겁고 덕이 높으신 분이시군요. 전 알 수 있습니다. 오늘 이야기가 불쾌하셨다면 제가 사과드리겠습니다. 저는 여기 있는 티노를 잘 압니다. 티노에겐 황제 폐하를 모욕할 의도는 전혀 없습니다. 장담합니다. 이야기꾼이 되기 전 티노는 하안에서 있었던 국화·민들레 전쟁 당시 라긴 황제를 위해 싸웠습니다. 황제 폐하께서 다수섬을 다스리는 왕에 지나지 않았던 시절이었죠."

술집 주인의 아내는 알랑거리듯 웃음을 지어 보였다.

"매실주 한 잔을 대접해 드리지요. 나리와 티노가 함께 술을 마신다면 분명 지금의 작은 오해는 잊으실 것입니다."

"왜 내가 그 사람과 술을 마시겠어요?"

이야기꾼 티노가 얼굴에 흉터가 난 사내를 향해 경멸하듯 소매를 휘저었다.

술집의 다른 손님들은 소리를 지르며 이야기꾼을 응원했다.

"자리에 앉아, 멍청한 놈아!"

"이야기가 싫다면 여기서 꺼져. 아무도 당신에게 억지로 앉아서 이야기를 들으라고 한 적 없으니까!"

"계속 그러면 내가 직접 밖으로 내동댕이칠 거야."

얼굴에 흉터가 난 사내는 미소를 지으며 겉옷 안으로 한 손을 집어넣더니, 늑대 이빨 목걸이 밑에서 작은 금속판을 꺼냈다. 그는 손님들에게 그것을 흔들고 술집 여주인의 코밑에다 바투 갖다 댔다.

"이게 뭔지 알아보겠나?"

그녀는 눈을 가늘게 뜨며 살폈다. 손바닥 두 개 정도의 크기의 금속판은 두 개의 큰 표의 문자가 돋을새김 되어 있었다. 하나는 시각에 관한 표의 문자로, 빛줄기를 내뿜는 눈을 양식화한 것이었고, 다른 하나는 먼 곳에 관한 표의 문자로, 숫자 '1000'에 대한 표의 문자와 그 주위를 빙 둘러싼 구불구불한 길로 이뤄진 것이었다. 충격을 받은 여자는 말을 더듬었다.

"당신은…… 당신이 가진 건…… 그러니까, 어…….."

얼굴에 흉터가 난 사내는 금속판을 도로 집어넣었다. 자신과 감히 마주 볼 사람이 있는지 술집 안을 훑는 그의 얼굴에서 차갑고 즐거움이라곤 찾아볼 수 없는 미소는 점점 커져만 갔다.

"맞다. 난 제국의 망원(望遠) 장관이신 린 코다 공(公) 밑에서 일하고 있다."

술집 손님들의 함성은 잦아들었고, 티노의 얼굴에서조차도 자신만만함이 사라졌다. 얼굴에 흉터가 난 사내는 관리라기보다는 노상강도처럼 보였지만, 황제의 첩자들을 담당하는 코다 공은 다라 사회의 저급한 무리들과 협력해서 부서를 운영하는 것으로 알려져 있었다. 그가 얼굴에 흉터가 난 사내와 같은 사람들의 힘을 빌리는 게 아예 있을 수 없는 일은 아니었다. 술집에서 패왕에 관한 이야기를 각색했다는 이유로 이야기꾼이 곤경에 처했다는 말을 들어 본 사람은 아무도 없었지만, 코다 공의 임무에는 반역자들과 황제에 반대하는 음모를 꾸미는 불만에 찬 옛 귀족들을 색출하는 일이 포함되었다. 아무도 황제가 신뢰하는 눈에 도전하는 위험을 무릅쓰고 싶지 않았다.

"잠깐……."

피로가 입을 떼려고 하자 세라가 탁자 밑에서 그의 손을 꽉 쥐며 천천히 고개를 저었다.

술집 안에 있는 모든 사람이 주눅 들자 얼굴에 흉터가 난 사내는 만족한 듯 고개를 끄덕였다. 그는 술집 주인들을 옆으로 밀치며 티노를 향해 성큼성큼 다가갔다.

"너처럼 교활하고 불충한 이야기꾼들이 최악이다. 황제를 위해 싸웠다고 해서, 하고 싶은 말을 뭐든지 할 수 있는 권리가 생기는 건 아니지. 원래라면 널 포도청으로 데려가서 추가 신문을 해야겠지만 (티노는 공포에 질려 뒷걸음질쳤다) 오늘은 아주 너그러운 기분이 들거든. 벌금으로 은전 스물닷 냥을 내고 네 실수에 대해 사과한다면, 경고로 그칠 수도 있겠지."

탁자 위에 있는, 이야기를 듣는 사람들이 주머니에서 꺼내 주는 돈을 받는 그릇에 들어 있는 동전 몇 푼을 힐끔 본 티노는 이윽고 얼굴에 흉터를 난 사내에게로 고개를 돌렸다. 그러고는 땅을 조는 닭처럼 거듭 절했다.

"망원자(望遠者) 나으리, 제발 부탁드립니다! 운수 좋은 날이라고 해도 저한테 은전 스물닷 냥은 2주는 벌어야 하는 돈입니다. 저는 집에 아픈 노모를 모시고 있습니다."

"물론 그렇겠지. 네가 포도청에 붙들려 가면 네 늙은 어머니는 널 몹시도 그리워할 거고, 안 그래? 제대로 널 신문하려면 최소 며칠은 물론이고, 몇 주까지도 시간이 걸릴 수도 있다. 무슨 말인지 알아듣 겠나?"

겉옷 안으로 손을 집어넣어 동전 지갑을 꺼내는 티노의 얼굴에는 분노, 굴욕, 완전한 열패감이 차례대로 드러났다. 다른 손님들은 감히 끽소리도 내지 못하고 조심스레 고개를 딴 데로 돌렸다.

"너희도 벗어날 수 있을 거라고 생각하지 마라. 저놈이 황제 폐하 를 비난하는 말을 교묘하게 감춰 놓은 거짓부렁을 떠들 때 얼마나 많은 사람들이 환호했는지 내가 다 들었다. 너희 모두 이 범죄에 가 담했으니 은화 한 냥씩을 벌금으로 내야 해."

술집에 있는 남자와 여자 들은 불만스러운 표정을 지어 보였다. 하지만 몇몇 사람은 한숨을 내쉬며 지갑으로 손을 뻗기 시작했다.

"멈춰."

흉터가 난 사내는 카랑카랑하고 날카로우면서도 두려움에 굴하 지 않는 목소리가 어디서 나왔는지 찾아 두리번거렸다. 술집의 그 늘진 구석에서 그림자가 일어나 난로 불빛 속으로 걸어 들어왔다. 뚝뚝 끊어지는 지팡이 소리가 나는 걸 보니 약간 절뚝이는 듯했다.

말을 한 사람은 푸른 비단으로 가장자리를 댄, 길게 늘어지는 학자의 옷을 입은 사람으로 여자였다. 열여덟 살쯤 되어 보였으며 하얀 피부에 두 회색 눈은 젊은 사람에게는 찾아보기 힘든 자신만만함으로 빛났다. 희미한 분홍색 흉터가 활짝 핀 꽃처럼 방사선 형태로 퍼져 나가며 왼쪽 뺨을 덮고 있었고, 그 꽃의 줄기는 물고기의 옆줄처럼 목 아래로 계속 이어졌다. 신기하게도 그 덕분에 자칫하면 파리했을 얼굴에 생기가 돌았다. 옅은 갈색의 머리카락은 돌돌 말아서 묶인 채 3단으로 틀어 올려 머리 위에 얹었다. 두르고 있는 파란색 띠에는 술과 매듭이 진 끈들이 매달려 있었는데, 옛 자나의 먼 북서쪽 섬의 관습이었다. 눈썹 높이의 나무 지팡이에 몸을 기댄 그녀는 오른손을 허리춤에 차고 있던 검으로 가져갔다. 칼집과 자루는 닳아빠져 초라해 보였다.

"원하는 게 뭡니까?"

흉터가 난 사내의 말투는 더 이상 거만하지 않았다. 돌돌 말아서 머리를 쪽지고, 대담하게도 판에서 검을 대놓고 차고 있는 것을 보니 그녀는 *카시마*('실천하는 사람'이라는 뜻을 가진 고전 아노어) 지위를 얻은 학자인 듯했다. 즉, 중급 단계의 제국 국가시험을 통과했다는 뜻이었다.

라긴 황제는 티로 왕들과 자나 제국이 오랫동안 시행해 왔던 공무원 시험 제도를 복원하고 확대해서 정치적 야망을 품은 사람들이 출세할 수 있는 유일한 통로로 삼았다. 반대로 고매한 행정직이 되기 위한 다른 오래된 방법들, 예컨대 후원이나 토지 양수, 상속, 천거 등과 같은 통로들은 없앴다. 시험의 경쟁은 치열했다. 강력한 힘을 지닌 여성들의 도움을 받아 권력을 잡은 라긴 황제는 남자들뿐만 아니라 여자들에게도 시험을 개방했다. 제국시험의 초급 단계인 고을 시험에 합격하면 받는 토코 *다위지*를 받은 여성은 아직 드물었고, *카시마* 지위에 오른 여성은 더더욱 드물었지만 여성들은 같은 지위에 있는 남성들이 받는 모든 특권을 똑같이 누렸다. 예를 들어 토코 *다위지*는 강제 노역을 면제받았고 *카시마*는 범죄로 기소되었을 때 포졸들의 신문을 받는 대신 즉시 황실 치안 판사에게서 재판을 받을 수 있었다.

그녀가 침착하게 말했다.

"핍박을 관둬라. 넌 내게서 구리 동전 한 냥도 못 받아낼 것이니."

얼굴에 흉터가 난 사내는 삼발이 단지 같은 싸구려 술집에서 그녀처럼 높은 지위의 사람을 만나리라고는 예상하지 못했다.

"물론 아가씨는 벌금을 안 내셔도 됩니다. 아가씨께서는 여기 있는 불충하고 천한 불량배들하고는 분명 다르실 테니까요."

그녀는 고개를 저었다.

"난 네가 코다 공 밑에서 일하고 있다는 사실을 믿을 수가 없다."

흉터가 난 사내는 눈을 가늘게 떴다.

"망원자의 표식을 의심하시는 겁니까?"

여자는 미소를 지었다.

"자네가 그걸 너무 빨리 치워 버리는 바람에 제대로 보지 못해서 말이야."

얼굴에 흉터가 난 사내는 어색하게 웃어 보였다.

"아가씨 정도로 학식이 있으신 분이라면 한눈에 표의 문자를 알아볼 수 있으셨을 겁니다."

"밀랍 덩어리와 은색 물감으로 그런 걸 위조하는 건 쉬운 일이지. 하지만 망원장관 코다가 지시할 만한 일을 꾸며 내는 건 훨씬 어려운 일이고."

"무슨, 무슨 소리를 하시는 겁니까? 지금은 대시험을 치르는 시기입니다. 다라의 학자 중에서 가장 뛰어난 학자들이 수도에 모이고 있습니다. 불온 분자들은 이곳에 모인 재능 있는 남자들, 에…… 또 재능 있는 여자들을 해칠 기회를 노릴 겁니다. 황제 폐하께서 코다 공에게 보안을 강화하라는 명을 내리는 것은 당연한 일입니다."

여자는 고개를 저으며 온화한 어조로 말을 이었다.

"라긴 황제께서는 정직한 조언에 마음이 열려 있는 관대한 군주임을 자부하시지. 한때 황제께 대항했던 자토 루티의 학문을 높이 사 황실 선생으로 삼으시기도 하셨고. 일정 부분 문학적인 자유를 누린 것을 두고 이야기꾼을 반역죄로 기소하면 황제께서 쓰고자 하는 사람들의 마음을 싸늘하게 식힐 뿐이야. 그 누구보다도 황제 폐하를 잘 아는 코다 공이라면 당신이 지금 하려는 일을 절대 명령하지 않았을 거다."

화가 나서 붉어진 사내의 얼굴을 기어 다니듯 두꺼운 흉터가 실룩거렸다. 그러나 그는 그대로 서 있기만 할 뿐 여자 쪽으로 움직이지 않았다.

여자가 웃었다.

"사람을 시켜 포졸을 불러와야겠군. 황실 관리를 사칭하는 것은 범죄다."

"아이코, 저런."

세라가 한쪽 구석에서 속삭였다.

"왜?"

티무와 피로가 낮은 목소리로 합창하듯 동시에 물었다.

"광견병에 걸린 개는 절대 궁지에 몰아넣으면 안 되거든."

세라가 신음하듯 말했다.

카시마에 대한 두려움이 필사적인 결심으로 바뀌며 사내의 눈이 가늘어졌다. 그는 고함을 지르며 카시마를 향해 돌진했다. 여자는 놀라 힘없는 다리를 끌며, 마지막 순간에야 사내가 돌진하던 방향에서 비켜났다. 육중하게 움직이던 사내는 탁자에 부딪혔고 그곳에 앉아 있던 손님들이 욕하고 소리 지르며 뒤로 펄쩍 물러났다. 사내는 더욱 격앙된 표정을 지으며 곧장 몸을 일으켜 세우더니 큰 소리로 욕을 하며 다시 여자에게로 덤벼들었다.

"저 여자가 말솜씨만큼이나 싸움도 잘하면 좋겠는데. 몰래 빠져나와서 겪은 일 중에서 이게 가장 재밌어!"

피로가 손뼉을 치며 웃었다.

"내 뒤에 있어!"

술집 한가운데에서 소동이 벌어지자 티무는 동생들을 보호하기 위해 팔을 펼치며 자기 몸을 방패막이로 앞세웠다.

여자는 오른손으로 칼집에서 검을 꺼냈다. 지팡이에 몸을 기댄 채 불안정한 자세로 검을 쥔 여자는 흔들거리는 칼끝을 남자를 향해 겨누었다. 하지만 사내는 미쳐 버린 것 같았다. 그는 속도를 늦추지 않고 계속해서 달려들며 검날을 잡으려 맨손을 뻗었다.

그가 손가락으로 검을 감싸 쥐자, 술집 손님들은 피가 솟구치리라고 생각하며 시선을 돌리거나 몸을 움찔거렸다.

탁. 검은 바싹 메마른 소리를 내며 반으로 쪼개졌다. 여자는 건장한 남자의 몸에 부딪힌 충격으로 쓰러졌다. 여전히 남아 있는 반쪽짜리 검을 쥔 채였는데 피는 한 방울도 보이지 않았다.

얼굴에 흉터가 난 사내는 웃더니 검의 나머지 절반을 뚜껑 없이 열려 있는 난로 속으로 던져 넣었다. 진짜처럼 보이도록 물감을 칠한 나무 검날은 순식간에 불길에 휩싸였다.

"자, 진짜 사기꾼이 누구지?" 그가 비웃듯 말했다. "나더러 사기꾼이라더니 너야말로 사기꾼이군, 안 그래? 이제 넌 그 대가를 치르게 될 거다."

늑대가 치명타를 노리듯 사내는 아직도 충격에서 벗어나지 못하고 있는 여자에게로 성큼성큼 다가갔다. 올라가 있는 옷 밑단 사이로 여자가 왼쪽 다리에 차고 있는 어떤 용구가 보였다. 전쟁 중에 사지를 잃은 참전 용사들이 착용했던 것과 비슷한 종류였다.

"알고 보니 아무짝에도 쓸모없는 불구자구먼."

사내는 그녀에게 침을 뱉은 뒤 커다란 가죽 장화를 신은 오른발을 들어 그녀의 머리를 겨냥했다.

"그 여자 건드리지 마! 후회하게 될 거야!"

피로가 소리쳤다.

흉터가 난 사내는 하던 행동을 멈추고 몸을 돌려 모퉁이에 있는 세 아이를 바라보았다.

티무와 세라는 피로를 쳐다보았다.

"루티 사부님은 도덕적인 사람은 도움이 필요한 사람들을 위해 나서야 한다고 항상 말씀하셨어."

피로가 변명하듯 말했다.

"그래서 지금이 루티 사부님의 말씀을 새겨들어야 할 때라고 생각한 거야?" 세라가 신음하듯 말했다. "저 남자를 막아 줄 근위대원들이 있는 궁 안에 있는 것도 아닌데?"

"미안. 하지만 저 여자가 아버지의 명예를 지켜 주려고 했잖아."

피로는 자기 뜻을 굽히지 않으며 사나운 어투로 속삭였다.

"도망쳐, 둘 다! 내가 저 남자를 막을게."

그렇게 소리친 티무는 그러나 어떻게 남자를 막을지 감을 잡지 못하고 길쭉한 양팔을 이리저리 흔들 뿐이었다.

세 명의 '영웅'을 똑똑히 본 사내는 웃음을 터트렸다.

"이 여자와 볼일을 끝낸 후에 너희들을 처리해 주지."

그는 몸을 돌려 카시마가 매는 띠에 달린 여행용 지갑을 찾아 몸을 숙였다.

세라는 술집 내부를 눈으로 훑었다. 몇몇 손님들은 벽 근처에 옹기종기 모여 싸움으로부터 가능한 한 멀리 떨어져 있으려 애쓰고 있었고, 다른 사람들은 나가려고 문 쪽으로 살금살금 걸어가고 있었다. 그 누구도 현재 벌어지는 강도질을, 더 나쁜 일로 이어질 수도 있는 이 일을 막기 위해 나서지 않았다. 세라는 피로가 벗어나기 전에 귀를 잡아 그의 얼굴을 돌려 자기와 마주 보게 만들었다. 그다음 이마를 가져다 댔다.

"아야! 꼭 이래야만 해?"

피로가 식식거렸다.

"티무 오빠는 용감하지만 싸움은 잘 못 해."

피로는 고개를 끄덕였다.

"누가 가장 이해하기 힘든 표의 문자를 쓸 수 있는지를 두고 경쟁하는 게 아니라면 그렇지."

"맞아. 그러니 이 싸움은 너와 나에게 달렸어."

그녀는 피로의 귀에다 대고 자신의 계획을 속삭였다.

피로는 싱긋 웃었다.

"누난 최고야."

티무는 여전히 이리저리 몸을 가누지 못하고 움직여 대며 동생들을 헛되이 밀어냈다.

"가, 어서!"

난로 옆에서는 사내가 여자에게서 뺏은 지갑을 살펴보고 있었다. 여자는 꼼짝도 하지 않고 그의 발치에 쓰러져 있었는데, 아직 몸에 받은 충격에서 회복하지 못한 것으로 보였다.

피로는 달려 나가 손님들 무리 속으로 사라졌다.

세라는 내달리는 대신 탁자 위로 뛰어올랐다.

"저기, 피피 이모, 키라 이모, 지잔 이모!"

그녀는 문 쪽으로 살금살금 다가가는 사람들 가운데 세 명의 여자를 소리쳐 불렀다. 낯선 여자애가 자기 이름을 부르는 것에 놀란 그들은 걸음을 멈추고 세라를 쳐다보았다.

"저 여자애 알아?"

피피가 속삭이자 지잔과 키라는 고개를 저었다.

"우리 옆에 앉아 있었어. 대화를 엿듣고 있는 것 같았는데."

키라가 속삭였다.

"결혼해서 화목한 가정을 꾸리고 싶으면 남자들이 이래라저래라 하도록 내버려 두지 말라고 늘 말씀하셨잖아요. 저 멍청한 놈을 혼내 줄까 하는데 좀 도와주시죠. 남자들은 꼬리를 바싹 내린 개처럼 도망치기만 하네요."

흉터가 난 사내는 무슨 일이 벌어지는지 갈피를 잡지 못하고 세 여자에게로 시선을 옮겼다. 하지만 세라는 그가 이게 무슨 상황인지 파악할 시간을 주지 않을 작정이었다.

"어, 로 사촌 동생! 우리 가족 전체가 여기 있는 셈이네. 근데 왜 이 얼간이를 두려워하는 거야?"

"난 절대 두렵지 않아."

군중들 사이에서 목소리 하나가 대답했다. 어린아이 목소리 같았고, 여자애 같기도 했다. 그 순간 문 근처에 있던 그림자들 사이에서 찻잔이 날아와 얼굴에 흉터가 있는 사내를 때렸다. 향기롭고 뜨거운 차가 그를 적셨다.

"우리가 모두 침을 뱉으면 이 사람이 익사하고도 남을걸요? 피피 이모, 키라 이모, 지잔 이모, 어서요!"

술집에서 나가려던 군중들이 움직임을 멈췄다. 이름이 불린 세 여자는 얼굴을 흉터 난 사내를 보고 입을 딱 벌렸다. 그는 이제 천둥과 비바람을 맞은 닭처럼 보였다. 여자들은 서로를 쳐다보며 히죽 웃었다.

잠시 뒤 맥주잔 세 개가 허공을 가르더니 사내의 얼굴에 부딪쳤다. 그는 분기탱천해서 소리를 질렀다.

"내 것도 여기 있다!"

세라는 청주잔을 탁자에서 집어 들어 사내의 머리 쪽으로 던졌다. 술잔은 빗나가 난로에 부딪히며 부서졌고, 쏟아진 청주가 불길 속에서 쉬익 하는 소리를 냈다.

군중은 미묘한 것이었다. 단 하나의 본보기만으로도 느슨한 양 떼가 늑대 같은 폭도로 돌변할 수도 있었다.

여자들의 첫 번째 공격이 큰 성공을 거두자 남자들은 서로를 쳐다보았다. 그들에게서는 갑작스레 용기가 솟았다. 조금 전까지만해도 그렇게나 비굴하던 티노도 반쯤 마시다 만 맥주잔을 날강도에게 던졌다. 사방에서 그릇과 잔, 술병, 손잡이가 달린 큰 잔이 사내에게로 날아들자 그는 팔로 머리를 감싸고 고통스러운 비명을 지르며 맹공에서 살아남기 위해 온몸을 비틀어 댔다. 술집 주인 부부는 자기들 물건을 부수지 말라고 애원하며 펄쩍펄쩍 뛰었지만, 때는 이미 늦었다.

"다 갚아 줄게요."

시끄러운 와중에 티무가 소리쳤지만, 술집 주인 부부가 그 말을 들었는지는 분명치 않았다.

몇 개씩 물건들이 날아들면서 때리자 사내의 온몸은 멍으로 찼다. 얼굴이 베이며 상처에서는 피가 흘렀고 차와 청주, 맥주가 그를 흠뻑 적셨다. 분노에 찬 군중을 더는 위협할 수 없다는 걸 깨닫고 증오에 찬 그는 세라에게 침을 뱉었다. 하지만 사내는 사람들이 이보다 더 용기를 얻어 그를 쓰러뜨리기 전에 도망쳐야 하는 신세였다.

그는 마지막으로 불쾌하다는 듯이 지갑을 불이 피어오르는 난로에 던진 뒤 사람들 사이를 가르며 걸어갔다. 따로따로 보면 아직도 사내의 몸집과 힘에 겁을 먹고 있던 사람들은 그를 막지 않으려 잽싸게 몸을 움직였다. 사내는 무리에서 벗어나 으르렁대는 사냥개 떼에 쫓기는 늑대처럼 술집 문을 쾅 밀치며 나갔다. 그가 나간 후 문 근처에는 회오리처럼 소용돌이치는 눈송이들만 남았고, 이내 그가 아예 술집에 있지도 않았다는 듯이 그 눈송이들도 사라졌다.

사람들은 서로 등을 두드리며 용감무쌍한 자신들을 자축하며 술집 안을 돌아다녔고 주인 부부는 깨진 도자기와 자기 그릇을 청소하기 위해 쓰레받기와 빗자루, 양동이와 걸레를 들고 분주하게 움직였다. 피로는 세라를 향해 사람들 사이를 밀치고 나아갔다.

"첫 번째 그릇으로 그 남자 목을 정통으로 맞혔다고."

피로의 자랑에 세라가 웃으며 말했다.

"잘했어, 로 사촌 동생."

이야기꾼 티노와 술집 주인 부부는 영웅적이었던 세 아이들에게 고마워하며 다가왔다. 주인 부부는 겸사겸사 그 아이들이 정말로 피해를 보상해 줄지도 확인해 보고 싶었다. 그들과 감사와 적절한 겸양의 말, 어음에 관한 미사여구를 늘어놓는 티무를 뒤로한 채 세라와 피로는 젊은 *카시마*가 괜찮은지 확인하러 갔다.

그녀는 건장한 남자에게 맞아 놀라긴 했지만 크게 다치지는 않은 듯했다. 아이들은 그녀를 부축해 앉혔고 따뜻한 청주를 한 모금 먹여 주었다.

"이름이 뭐예요?"

"조미 키도수야. 다수섬 출신이고."

그녀는 당황한 목소리로 희미하게 말했다.

"진짜 *카시마*예요?"

피로가 조미의 옆에 놓인 부러진 목검을 가리키며 물었다.

"후도티카!"

세라가 남동생의 무례한 질문에 당황해했다.

"왜? 검이 진짜가 아닌데 지위도 진짜가 아닐 수도 있잖아."

젊은 여자는 대답하지 않은 채, 검의 나머지 절반이 잿더미로 변해 있는 난롯불을 응시했다.

"내 출입증……. 내 출입증……."

"무슨 출입증을 말하는 거예요?"

조미는 피로의 말이 들리지 않는다는 듯 계속해서 웅얼거렸다.

세라는 젊은 여자의 닳은 신발과 여기저기 덧대고 기운 웃옷을 유심히 관찰했다. 그녀의 시선은 여자가 왼쪽 다리에 차고 있는 정교한 마구에 잠시 머물렀다. 한 번도 본 적이 없는 물건이었다. 심지어는 아버지가 가장 신뢰하는 근위대원들의 부상을 치료한 황실 소속 의사들도 그런 건 없었다. 그녀는 여자의 오른손 엄지와 검지, 중지의 수지두(手指)와 무명지에 있는 굳은살에 주목했다. 손톱 아래로는 밀랍과 먹물 얼룩이 보였다.

고향에서 멀리 떠나왔고, 글 쓰는 연습을 많이, 아주 많이 하고 있어.

"당연히 진짜 *카시마*지. 대시험 때문에 이곳에 온 거야. 아까의 바보 멍청이는 시험장 출입증을 불태워 버린 거고!"

제2장

타락한 왕들

판

사해평치 6년 2월

눈발이 더욱 거세지자 거리의 행인들과 마차를 탄 사람들이 서둘
러 집으로 돌아가거나 길가의 여관과 식당을 찾으면서 그 수가 점
점 줄었다. 처마 밑에 숨어 있던 참새 몇 마리가 휘몰아치는 바람
속에서 어떤 목소리를 듣기라도 한 듯 흥분해서 쨉쨉거렸다.

*타주, 무슨 장난을 꾸미고 있는 건가? 결국 화평성에 불화를 가져
온 건가?*

한순간, 배고픈 상어가 이빨을 갈며 내는 거슬리는 소리와 함께
요란하게 깔깔대는 소리가 소용돌이치는 눈보라 소리를 가렸다. 하
지만 그것은 너무나 빨리 희미해져서 참새들은 정말로 그 소리를
들었는지 확신하지 못하며 멍한 채로 그대로 앉아 있었다.

키지, 내 형제여. 이토록 오랜 세월이 흘렀는데도 여전히 재미라는 걸 모르는군. 나도 그대처럼 쿠니가 개최하는 이 경연을 참관하러 왔지. 예리한 말과 견고한 표의 문자를 시험하는 게 목적이더군. 그대가 살피는 그 젊은 여자 학자가 겪은 고난에도 연민을 느끼고 있어. 하지만 장담컨대 난 그녀의 하루를 망친 남자와는 아무런 관련도 없어. 그가 내 관심을 끌었으니 앞으로도 연관이 없으리라 보기는 어렵겠지만. 그대가 너무나 격분하는 바람에 사람들이 다들 그 여자애가 누군지, 누가 그녀의 수호신인지 궁금해하더군.

난 그대를 믿지 않는다. 너는 항상 질서에 혼란을 가지고 오고, 평화에는 분쟁을 가지고 오니까.

아픈 말이군! 필멸자들이 역사의 지저분한 진실을 정돈하여 너무 매끄럽고 '조화로운' 이야기로 축소해 버린다는 사실이 항상 짜증 난다는 건 인정을 하지만 말이야.

그럼 그대는 평생 짜증을 내겠군. 역사는 과거가 미래에 드리운 긴 그림자야. 그림자라는 것은 본디부터 세부 사항이란 없는 것이지 않나.

인간 철학자 같은 소리를 하는군.

평화는 쉽게 얻어지는 게 아니야. 괜히 귀신들을 불러내어 산 사람들을 괴롭히지 말게.

하지만 피소웨오가 지루해하는 건 우리 모두 별로잖나, 안 그런가? 넌 도대체 어떤 형제기에 그의 행복에는 관심이 없는 건가?

궁전의 해자를 가로지르는 철로 된 다리 위에서 우레처럼 울리는 말발굽 소리와 비슷한, 쨍그랑하는 금속 소리가 폭풍 속을 뚫고 나왔다. 참새들은 몸을 웅크리며 소리를 죽였다.

전쟁을 책임지는 건 나지만 그렇다고 죽음을 갈망하는 건 아니다. 그건 오히려 카나의 기쁨이지.

구름 뒤에서 붉은빛이 번쩍이는데, 그 모습은 마치 화산이 안개 속에서 빛나고 있는 듯했다.

타주, 피소웨오. 내 이름을 더럽히지 마라. 나는 '아무것도 뜨지 않는 강'의 건너편에 있는 죽은 자들의 영혼을 다스리지만, 정당한 이유 없이 그자들이 늘어나는 걸 바라지는 않는다.

백해(白海) 위를 배회하는 폭풍처럼 대혼돈의 소용돌이가 눈 속에서 일었다.

쯧쯧, 가장 흥미로운 일들을 벌인다며? 그대들 모두 남의 흥을 깨는 데에는 일가견이 있군. 어찌 됐건 상관없어. 이 제국은 쿠니가 패왕을 배신해서 태어난 거다. 민들레 왕조의 정초(定礎)에는 어두운 얼룩이 있는 셈이지. 쿠니는 자기가 좋은 일들을 아주 많이 벌인다고 생각하겠지만, 그와는 상관없이 처음부터 내재되어 있었던 죄악은 지워지지 않고 쿠니를 괴롭히겠지.

다른 신들의 침묵은 타주 신이 하는 말 속의 진실을 인정하는 듯했다.

너희가 무엇을 원한다고 말하고 다니든 필멸자들은 불만을 품고 문제를 일으킬 거야. 피와 부패의 냄새는 상어들을 끌어들일 테고. 난 그저 내게 자연스러운 일을 할 뿐이야. 폭풍이 오면 너희들 모두 마찬가지로 그렇게 하겠지.

대혼돈의 소용돌이는 울부짖는 폭풍과 뒤섞였고, 눈은 이내 마지막 행인들이 남긴 발자국을 뒤덮었다.

도루 솔로피는 가능한 한 빨리 움직이려고 애쓰며 눈 속을 터벅
터벅 걸었다. 마침내 삼발이 단지로부터 충분히 멀어진 것 같자, 그
는 한 작은 골목으로 들어서 벽에 기대어 쉬었다. 심장은 마구 뛰었
고 숨은 가빴다.

망할 놈의 카시마. 그리고 망할 놈의 아이들! 솔로피는 지난 몇
번에 작은 사기를 치며 쏠쏠하게 돈을 벌었다. 비록 얼마 못 가 도
박장과 청루에서 모두 잃긴 했지만. *카시마가 정말로 그를 포도청
에 신고한다면* 상황이 진정될 때까지 잠시 몸을 숨겨야 할지도 몰
랐다. 다른 곳보다 보안이 엄격할 수밖에 없는 수도에 머무는 것은
위험했지만, 그는 권력과 가까워 공기도 탁탁 소리를 내는 듯한 이
번화한 거리와 북적이는 시장을 떠나고 싶지 않았다.

솔로피는 소굴에서 쫓겨난 늑대 같았다. 그는 잃어버린 집을 갈
망했다.

철썩. 눈덩이 하나가 그의 목덜미를 세게 때렸다. 아프다기보다
는 차가웠다. 그가 몸을 홱 돌리자 10여 걸음 정도 떨어진 골목 안
쪽에 서 있는 남자애가 보였다. 그 아이는 이상하게 날카로워 보이
는 누런 이를 가득 드러내며 히죽거렸다. 목에 걸고 있는 상어 이빨
목걸이 때문에 인상이 더 도드라졌다.

*누구지? 탄 아뒤섬의 야만인들은 이빨을 뾰족하게 다듬는 관습
이 있다던데 그쪽 출신인가?*

철썩. 또다시 남자아이가 던진 눈덩이가 이번에는 그의 얼굴을

정통으로 때렸다.

솔로피는 앞을 가린 눈을 닦아 냈다. 녹은 눈과 얼음이 옷깃을 타고 흘러내리면서 가슴과 등을 적셨다. 자갈 파편들이 피부를 문지르는 것이 느껴졌다. 특히나 뜨거운 차 때문에 화상을 입은 상처에서 더 잘 느껴졌다. 이미 옷을 적신 술과 찻물에 얼음이 더해지며 이빨이 울부짖는 바람에 덜덜 떨렸다.

솔로피는 본때를 보여 주고자 고함을 지르며 남자아이에게 달려들었다. 이제는 어린아이마저도 도루 솔로피를 괴롭힐 수 있다고 믿다니. 한때 그는 이 도시에서 가장 권세가 높았는데 말이다. 참을 수 없는 일이었다.

느릿느릿 움직이는 어선이 가는 항로를 날렵한 상어가 유연하게 벗어나듯, 남자아이는 잽싸게 몸을 피했다. 그러고는 미친 듯이 깔깔 대며 도망쳤다. 솔로피는 그 뒤를 쫓았다.

지나가는 사람들이 놀라는 것에 아랑곳하지 않고 두 사람은 계속 판의 거리를 질주했다. 차가운 공기를 들이마시며 숨을 헐떡이자 폐가 타는 듯이 바싹 조여왔다. 쌓인 눈에 발을 헛디뎌 비틀거리는 두 다리는 납덩이처럼 무거웠다. 그러나 남자애는 눈 덮인 라파산의 절벽 위에 선 염소처럼 가벼우면서도 정확하게 움직였으며, 그를 조롱이라도 하듯 잡힐 듯 말 듯 하면서 딱 한 걸음 정도만 앞서 달렸다. 솔로피는 추격을 포기해야겠다 몇 번이나 마음먹었지만, 그럴 때마다 그 남자애는 몸을 돌려 또다시 눈덩이를 던졌다. 솔로피는 아이가 어떻게 그렇게 힘과 인내력이 대단한지 이해할 수 없었다. 부자연스러운 일이었다. 그러나 분노가 마음에서 이성을 몰아내는 바람에 솔로피는 그저 그 더러운 부랑아의 두개골을 벽에다 찧어 깨부수면 얼마나 즐거울지만 생각했다.

아이는 인적이 드문 골목으로 달려 나가더니 모퉁이를 돌아 사라졌다. 솔로피는 무거운 발걸음으로 곧장 뒤따랐고, 골목 모퉁이를 돌아 나가자마자 그대로 우뚝 멈춰 섰다.

그의 시야를 꽉 채운 것은 실핏줄 같은 가느다란 회색 줄이 들어가 있는 대리석과 거칠게 깎은 화강암, 풍화된 목재로 지어진, 대도시의 축소판이었다. 사람 크기의 피라미드들, 원주(圓柱)들, 눈 덮인 보도의 격자를 따라 세워진 단순한 직사각형 덩어리들도 있었다. 까마귀 조각상이 위에 올라가 있는 묘비와 비문용 석판에는 삶을 요약하고자 한 표의 문자 시 몇 줄이 나란히 새겨져 있었다.

아이는 솔로피를 도시에서 가장 큰 묘지로 인도한 것이었다. 그곳은 자나 제국에 대항하는 반란이 있었던 동안 판에서 죽은, 그리고 나중에는 국화·민들레 전쟁 중에 죽은 사람들이 묻힌 곳이었다.

아이는 어디에서도 보이지 않았다.

솔로피는 진정하기 위해 심호흡했다. 그는 미신을 믿지도 않았고, 귀신을 무서워하지도 않을 거였다. 그는 결연하게 죽음의 도시로 발을 들여놓았다.

솔로피는 처음에는 조심스럽게, 그러다가 미친 듯이 묘비들 뒤편을 하나씩 살피고 묘지를 이 잡듯 샅샅이 뒤져 가며 먹잇감의 흔적을 찾았다. 하지만 남자애는 신기루나 꿈처럼 흔적도 없이 사라진 것만 같았다.

솔로피의 등에서는 털이 곤두섰다. 유령을 쫓고 있었던 것일까?

전쟁 동안 그는 많은 사람의 죽음에 분명히 책임이 있었다…….

"하나, 둘, 셋, 넷! 더 빠르게! 더 빠르게! 느껴지나? 네 몸에 흐르는 힘이 느껴지나? 셋, 둘, 셋, 넷!"

고개를 홱 돌린 솔로피는 거대한 대리석 영묘(패왕 마타 진두가 투노아에서 마피데레 황제에 대항하여 반란의 깃발을 들었을 때 그와 뜻을 같이한 최초의 병사들 800명의 영혼을 기리기 위한 묘소)의 계단에 서 있는 한 남자가 그렇게 외치는 것을 보았다.

"넷, 둘, 셋, 넷! 수아데고, 넌 발놀림을 연습해야 해. 네 남편을 봐. 얼마나 헌신적으로 춤을 추고 있나 봐! 여섯, 둘, 셋, 넷!"

계단 위의 남자는 체격이 호리호리하지만 탄탄했고, 피부가 검었다. 불이 꺼진 후 저녁 식탁을 가로지르는 쥐처럼 교묘하면서도 은밀하게 움직이는 모습이 솔로피에게는 친숙해 보였다. 그는 더 잘 보기 위해 남자를 향해 나아가며 조심성을 발휘해 키가 큰 묘비 뒤로 몸을 숨겼다.

"일곱, 둘, 셋, 넷! 포다, 좀 더 빨리 회전해야 해. 다른 사람들하고 동작이 어긋나잖나. 못 따라오면 오늘 이후로 널 강등시킬 수도 있다. 하나, 둘, 셋, 넷!"

가까이 다가가서 보자, 영묘 계단 아래에 있는 공터에 남녀 40여 명이 네 줄로 서 있었다. 그들은 어떤 춤을 추고 있었지만, 그것은 그가 알고 있는 춤과는 전혀 닮은 점이 없었다. 여자와 남자 들은 술에 취한 채 코크루의 검무를 추는 듯이 제자리에서 빙글빙글 돌았다. 또 베일을 쓴 파사의 무용수들을 우스꽝스럽게 흉내 내기라도 하듯 팔을 하늘로 뻗었다가 발끝에다 손을 대기 위해 허리를 굽했다. 또 훈련을 받는 군대의 신병처럼 머리 위로 손뼉을 치며 제자리에서 펄쩍펄쩍 뛰기도 했다. 그들과 함께하는 유일한 음악은 울부짖는 바람의 소리, 계단 위에서 남자가 박자에 맞추어 숫자를 세는 소리, 그리고 땅에 발을 구르는 소리가 섞인 것이었다. 아직 함박눈이 내리고 있는데도 무용수는 모두 땀에 흠뻑 젖어 있었고, 헐떡이는 입이 내뿜는 흰 김은 그들의 수염과 머리카락에서 얼어붙었다.

쥐와 같은 인상을 풍기는 남자는 그들보다 높은 위치에서 계속해서 왔다 갔다 발걸음을 옮겨 가며 무용수들에게 명령을 내렸다. 솔로피는 이 이상한 훈련 교관을 어떻게 생각해야 할지 알 수가 없었다.

"좋아, 오늘은 이쯤에서 끝내지."

남자가 말했다. 춤을 추던 사람들이 계단 아래로 줄을 맞춰 서자, 그가 아래로 내려와 한 명씩 차례로 대화를 나누기 시작했다.

"아주 좋아, 수아데고. 영령들이 너의 발전에 기뻐하고 있어. 내일은 두 번째 줄에서 춤추도록 해. 어때, 기운이 펄펄 나지? 아, 이건 새 주머니들이군…… 너와 네가 모집한 사람들이 복 받은 믿음의 징표들을 몇 개나 팔았는지 한번 세어 볼까…… 지난주 신입이 달랑 두 명이었어? 실망이야! 너와 네 남편은 모든 가족, 그러니까 사촌들, 재종들, 그들의 자녀들과 그 배우자들, 그리고 자녀들과 배우자들의 사촌들까지, 그야말로 모두한테 이야기해야 해! 기억해, 네 믿음은 얼마나 많은 공헌을 했는지로 증명하는 거야. 더 많은 사람을 모집해 믿음을 퍼뜨릴수록 영령들은 더욱 기뻐하실 거야! 이건 네게 주는 상이야. 어려움을 극복하게 해 주는 알약이야. 새로 회원이 될 사람과 대화하기 전에 그걸 혀 아래에다 물고 성공을 *상상해*, 알겠지? *믿어야 해*, 안 그러면 효험이 없어!"

그는 모든 무용수에게 비슷한 말을 했고, 그러면서 몇몇은 뒷줄로 내려보내고 다른 몇몇은 앞자리로 올렸다. 하지만 대화는 언제나 새로 영입한 사람들의 수와 돈에 초점이 맞춰져 있었다.

남자가 마지막 무용수와 대화를 끝냈을 때쯤에야(그녀는 새로 사람을 영입하지 못해서 다음 무용 수업에서 쫓겨난 것에 낙담한 채로 자리를 떴다) 솔로피는 남자가 왜 그렇게 친숙해 보이는지 깨달았다.

그는 숨어 있던 묘비 뒤에서 앞으로 나섰다.

"노다 미! 이거 거의 10년 만에 얼굴을 보는구먼!"

자나 제국에 대한 반란이 성공한 후, 패왕은 큰 공을 세운 사람들에게 보상을 했다. 그는 새로운 티로 국가를 만들어 그들을 왕으로 임명했다. 노다 미는 마타의 군대에 곡물을 대다가 병참 장교가 되었고, 결국 중부 게피카의 왕이 되었다. 보병으로 시작해서 용맹함을 떨쳐 척후병으로 승진한 도루 솔로피는 판이 위치한 남부 게피카의 왕이 되었다. 그가 우연히 쿠니 가루의 야망을 처음 발견했다는 것이 크게 작용했다.

국화·민들레 전쟁에서 노다와 도루는 긴 마조티가 이끄는 군대에 밀려 왕좌에서 내려왔고, 패왕의 총애를 잃었다. 이후 그들은 몇 년 동안 도망자 신세가 되어 여러 섬을 떠돌았고, 라긴 황제의 포졸들을 피해 다니는 동안 도적, 노상강도, 썩은 고기와 상한 생선 장수, 납치범, 사기꾼으로 살아갔다.

"두 티로 왕이 묘지에 있는 신세라니!"

솔로피는 바람에 날려 영묘 계단 위에 쌓이게 된 눈 더미를 발로 차면서 씁쓸하게 웃었다. 그는 행복초(幸福草) 곰방대를 노다에게 돌려주었다.

노다는 약초를 충분히 피웠다는 의미로 손을 저었다. 대신 목구멍을 태울 듯한 술을 한 모금 마셨다. 매서운 추위에 몸을 데우기 위한 것이었다.

"당신은 몸에 붙은 그 인상적인 근육들을 잘 활용한 것 같군. 술집 이야기꾼들을 어떻게 속이면 좋을지에 대한 이야기도 유용한 것 같군. 도움이 되는 이야기를 들려줘서 고맙소. 나도 한번 해 보면 좋겠군."

"당신이 그 수법을 쓴들 먹히지 않을 거요. 사람들이 겁먹지 않을 테니까." 솔로피는 가늘고 작은 노다를 경멸하듯 바라보며 말을 이었다. "하지만 당신의 다단계 수법도 나쁘지 않군. 어떻게 그렇게 많은 사람들이 당신에게 돈을 내고 춤을 추도록 만든 거지?"

"쉽다네! 평화 시기를 보내며 판의 사람들은 재산을 많이 벌었고, 또 지루해졌지. 약간의 여흥을 바라지 않겠나. 나는 죽은 자의 기운을 이용해 산 자에게 복을 줄 수 있다고 말했소. 그리고 많은 사람들이 내 말이 사실인지 확인하고 싶어 했고. 중요한 건 무리를 이루면 사람들의 이성은 마비된다는 사실이오. 만약 내가 모든 사람을 바보처럼 춤추게 해도 날 감히 의심하는 사람은 없을 것이오. 다른 사람하고 다르게 행동하는 사람은 어리석게만 보일 테니. 내가 한 여자에게 자기 몸에 힘이 흐르고 있음을 느낀다고 말하도록 시키면, 다른 사람들도 부리나케 같은 말을 하려고 들 것이오. 그렇게 말하지 않는다면 영령들이 자신을 좋아하지 않는다는 사실을 인정하는 셈이 되니까. 사람들은 자기가 더 영적이라고 증명하고 싶어 춤을 추는 동안 자기가 얼마나 기분이 나아졌는지 경쟁하듯 말을 하곤 하지."

"믿기 어려운……."

"오, 믿게나. 동료들보다 더 나아 보이고 싶은 욕망이 사람들의 동기가 된다네. 그 힘을 간과하지 마시오. 나는 기꺼이 그런 마음을 이용하고 있으니. 춤을 추는 이들이 열심히 하면 나는 그들을 뒤에서 앞으로 보냈고, 열성적이지 않으면 앞에서 뒤로 강등시키며 작은 경쟁을 벌이게 했소. 얼마나 몸을 돌리고 발을 움직이는지에 따라 상을 주기도 하지. 그들에게 영적인 스승이 될 준비가 되었으니 이 영적인 춤을 배울 학생들을 모집하러 나가라고 말해 주기도 하오. 그리고 물론 사람들이 받는 수업료의 일부를 걷지. 사람들을 사기에 넘어가는 바보로 만드는 가장 좋은 방법은 그 사람을 사기꾼으로 만드는 것이오. 난 언젠가 벌거벗은 채로 앞에 나타나 오직 신실한 사람들만이 내 영적인 옷을 본다고 말할 수 있을 것도 같소. 그러면 사람들은 내 의복이 얼마나 영광된지 묘사하기 위해 서로 경쟁하겠지."

솔로피의 눈이 그 말에 순간 흐릿해졌다.

"우리 둘은 한때 금으로 수를 놓고 물결무늬 비단으로 된 옷을 입었는데 말이지."

"그랬지." 노다는 마찬가지로 침울하게 동의했다. 하지만 이내 솔로피를 살피던 그의 눈이 밝아졌다. "어쩌면 다시 그럴 수 있을지도 모르오."

"무슨 말이오?"

솔로피는 손에 든 행복초 곰방대를 잠시 잊었다.

"한때 왕이었던 우리는 지금 쥐 떼처럼 죽은 자들의 뼈와 산 자들의 허영심 속에서 입에 풀칠이라도 하려고 죽을 둥 살 둥 애쓰고 있소. 이게 어떻게 삶이라 할 수 있겠소? 당신은 다시 왕이 되고 싶지 않소?"

솔로피는 웃었다.

"티로국 왕들의 시대는 이제 끝났소. 야망 있는 사람들은 쿠니 가루의 발밑에서 굽실거리고, 그의 밑에서 일하기 위해 쿠니 가루가 시행하는 시험을 통과하기를 바라고 있지."

"모든 사람이 그런 것은 아니지." 노다가 솔로피의 시선을 되받으며 목소리를 낮추어 말했다. "후노 크리마와 조파 시긴은 반란을 일으켜 마피데레가 세운 일생의 업적을 무위로 만들었지. 쿠니 가루와 마타 진두는 섬을 산산조각 냈다가 다시 하나로 통일했고. 이곳에서는 아직도 수많은 귀신들이 쿠니 가루에 대한 복수를 외치고 있소. 여기서 우리가 10년 만에 재회한 게 어떤 징조 같다고 생각하지는 않소?"

도루 솔로피는 몸을 떨었다. 이 느닷없는 냉기는 뒤에 있는 영묘에서 뿜어져 나온 듯했다. 노다 미의 강렬한 시선과 최면을 거는 듯한 목소리는 사람을 매료시켰다. 솔로피는 문득 이런 남자라면 군중을 설득해서 돈을 받아낼 수 있을 것이라고 이해했다. 솔로피는 자신을 이곳으로 이끈 상어 이빨의 남자아이를 떠올렸다. *이건 정말 징조일까? 노다의 말이 맞는 걸까?*

"당신과 나처럼 생각하는 사람들이 또 있소. 명예를 잃은 귀족들, 패왕의 노병들, 시험에 불합격한 학자들, 세금을 속이지 못해 이익을 보지 못하는 상인들……. 다라의 땅은 평화로울 수 있겠지만 사람들의 마음은 결코 평화롭지 않소. 나는 불만의 불길을 부채질하는 많은 방법을 배웠소. 당신은 사람들의 맨 앞자리에서 달려 나갈 수 있는 몸을 갖추었소. 신들께서는 우리가 오늘 이 자리에서 만나도록 안배하셨소. 건달배 황제로부터 우리가 우리 몫의 마땅한 영광을 되찾을 수도 있소. 기억하시오, 한때 황제도 우리보다 나을 것이 없었소."

때마침 작은 회오리바람이 묘지를 가로지르며 눈을 몰아쳤다. 눈바람은 단 하루 만에 자나 병사 2만 명을 삼켰던 대혼돈의 소용돌이를 빼닮은 모습이었다.

도루 솔로피는 손을 내밀어 노다 미의 팔을 붙잡았다.

"그럼 우리 의형제를 맺지. 민들레 가문을 무너뜨리겠다고 맹세하겠소."

제3장
황자들과 황녀들

황궁

사해평치 6년 2월

"루티 선생, 제발! 천천히 가게나!"

황후는 황실 내궁에서 광장으로 이어져 궁궐 앞으로 향하는 긴 회랑을 달리면서 소리쳤다. 그녀 앞에서는 책 보따리를 어깨에 걸친 노인이 뒤도 한 번 돌아보지 않고 빠르게 걷고 있었다.

오늘은 황제가 정사를 보는 날이 아니었다. 때문에 지아는 수백 개의 옥과 산호로 만든 다이란으로 장식된 정식 예복과 은과 청동으로 된 무겁고 높은 왕관, 작은 배를 닮은 석 자 길이의 궁정 의례용 신발 대신 간단한 긴 비단 옷과 나막신을 신고 있었다. 그녀가 달릴 수 있던 이유였다. 너무 빨리 달리는 바람에 지아는 힘들게 숨을 헐떡였고 얼굴은 상기되어 불타듯 붉은 머리카락과 색깔이 비슷해졌다. 조신과 궁녀, 근위대원으로 구성된 수행원 수십 명이 지아의 옆에서 보조를 맞추며 달렸다. 지아가 도망치는 남자를 붙잡으라는 명령을 내리지 않는 한 수행원들은 그녀를 앞지를 수 없었다. 그리고 당연히 그녀는 그럴 생각이 없었다. 모든 사람에게 정말로 어색한 상황이었다.

황후가 멈추자 근위대원들과 조신들, 궁녀들도 갑자기 발걸음을 멈추느라 앞쪽으로 몸이 쏠렸다. 갑옷과 무기가 쩽그랑 부딪치는 소리, 놀라서 헉하는 소리, 보석들이 짤랑대는 소리들이 한데 뒤섞이는 가운데 몇몇은 서로에게 부딪혔다. 지아 황후는 숨을 죽이고 소리쳤다.

"콘 피지는 학식 있는 사람은 지식을 갈구하는 사람들이 자신을 쫓아다니게 하면 안 된다고 말했소!"

황실 소속 가정교사인 자토 루티는 속도를 늦추었다. 그리고 곧 한숨을 내쉬며 걸음을 멈췄다. 하지만 뒤로 돌아서지는 않았다.

지아는 여전히 숨을 헐떡이며 위엄 있는 걸음걸이로 그를 따라잡았다.

루티는 돌아서지 않은 채 말했다.

"황후 마마, 저는 *전혀* 학식 있는 사람이 아니지 않나 싶사옵니다. 황자님들과 황녀님들을 위해 다른 유능한 스승을 찾아보시옵소서. 제가 계속 가르친다면 그분들의 교육을 망치게 될 것입니다."

목소리가 너무 근엄해 그의 말이 군밤처럼 벽에 맞고 튀어나올 것만 같았다.

"우리 아이들이 약간 소란스럽고 때로는 장난기를 심하게 부린다는 것은 나도 인정하네." 황후가 웃으며 말했다. "하지만 *바로 그 렇기*에 자네가 필요한 거지. 현자들의 지혜로 그들의 마음을 훈육 해야……."

"훈육이요!"

루티가 말을 잘랐다. 궁녀들과 조신들은 움찔 놀랐다. 그 누구도 불같은 성격의 황후의 말을 자르지 못했다. 하지만 지아 황후의 말이 신경을 확실히 건드리는 바람에 루티는 참을 수가 없었다.

"제가 하려고 한 게 바로 그 훈육입니다. 하지만 제가 그 수고에 무엇으로 보답받았는지 보시지요! 황자님들과 황녀님 모두 방에서 글을 쓰는 벌을 받아야 하는데, 지금 어디에서도 안 보이시지 않습 니까!"

"정확히 말하자면 모두는 아니네. 파라는 아직 자기 방에서 표의 문자를 연습하는 중……."

"파라 황녀님은 네 살입니다! 파라 황녀님이 방해가 될 거라고 생 각하지 않았더라면, 분명히 다른 황자님들과 황녀님은 본인들이 세 운 못된 계획에 파라 황녀님을 데리고 갔겠지요. 그분들은 대담하 게도 시종들더러 종이 바스락거리는 소리를 내라고 명하셨습니다. 혹여 제가 방 앞을 지나가면 글을 쓰는 중이겠거니 착각하게 만들 기 위함이지요."

"당연히 그런 유치한 속임수는 통찰력 있는 스승들에게는 통하 지 않지. 그리고 그런 스승 중 가운데 하나가 바로……."

"그건 중요하지 않습니다! 전하께서도 제가 자제분들을 가르치 려고 최선을 다했다는 사실을 아시겠지요. 아무리 인내심이 강해도

한계가 있는 법입니다. 글쓰기 벌을 하지 않고 궁을 빠져나간 것만
으로도 나쁜 일입니다. 하지만 이것을 보십시오!"

루티는 책 보따리를 어깨에서 벗고는 몸을 돌려 황후에게 옷의
등 쪽을 보여 주었다.

거기에는 어린아이 필체로 진다리 글자로 된 2행 연구(聯句)가 쓰
여 있었다.

나는 되새김질을 하는 암소를 위해 금(琴)을 연주하네.
암소가 말하네. 음매 음매 음매, 왜 그렇게 눈살을 찌푸리고 있니?

조신들과 궁녀들, 근위대원들의 얼굴이 웃음을 참느라 실룩거렸다.
루티는 그들을 노려보았다.

"암소를 위해 금을 연주하고 나서 이해받지 못했다고 불평하는
어리석은 남자의 이야기는 루루센의 시에 나오는 이야기지. 그와
비교되는 것이 재미있다고 생각하나? 그렇게나 얄팍한 토양에 학
문이 뿌리내리기 어렵다는 사실이 놀랍지는 않군."

지아 황후의 수행원들은 얼굴이 창백해지더니 눈길을 돌렸다.

지아는 이 묵시적인 모욕을 모른 체하며 달래는 듯한 목소리로
말했다.

"하지만 이 일을 다르게 볼 수도 있지 않겠나? 고전에 대한 스승
의 강조가 분명한 인상을 남겼다는 사실에 기뻐하는 것이지. 나는
루루센을 인용하는 아이들을 본 적이 없네. 물론 티무는 예외지. 그
아이는 언제나 학구적이었으니까."

"제가 기뻐해야 한다고 생각하십니까?" 루티는 지아도 움찔할 정도로 크게 소리를 질렀다. "저는 한때 탄 페위지와 뤼고 크루포와 함께 국가가 가야 할 올바른 길을 두고 토론했습니다. 그 사실을 떠올리셔도 그렇게 생각하시겠습니까! 제가 아무리 이리 전락했기로서니 아이들에게 버릇없이 모욕을 당하기까지……." 루티의 목소리가 갈라졌다. 그는 몇 번 눈을 세게 깜빡거리더니 심호흡을 하며 덧붙였다. "리마로 가겠습니다. 숲속 움막에 숨어 공부를 계속하겠습니다. 망극하옵니다, 황후 전하. 황제 폐하의 자녀분들은 가르치는 것이 불가능합니다."

새로운 목소리가 들려왔다.

"오, 루티 선생. 선생은 아이들에 대해 잘못 생각하고 있소. 아이들이 이리 오해를 받는 것을 보니 가슴이 아프군."

루티와 지아는 누가 말하는지 보려고 고개를 돌렸다. 반대편 회랑을 따라 중년의 남자가 내려오고 있었다. 잘 재단된 옷을 입고 있었지만 튀어 나온 그의 술배는 감춰지지 않았다. 그는 슬픈 표정을 짓고 있었고 조신들과 근위대원들에게 둘러싸여 있었다. 다라의 황제, 이제는 라긴이라는 황궁의 이름으로 알려진 쿠니 가루였다.

고맙네. 지아는 황제의 수행원들 맨 앞에서 걷고 있는 근위대장, 다피로 미로에게 입 모양만으로 말했다. 미로는 알겠다는 듯 고개를 끄덕였다. 자토 루티가 비어 있는 티무 황자와 피로 황자, 그리고 세라 황녀의 방에 대고 소리치자마자 미로는 황제를 찾아 나섰다.

자토 루티는 분노가 들끓는 순간에마저 황궁의 예의범절을 무시할 수 없었다. 그는 허리를 깊이 숙였다.

"*렌가*, 흥분해서 화를 낸 것은 사죄드립니다만, 제가 존경심을 잃은 것은 분명합니다."

"아니지, 아니지, 아닐세!" 딸랑이 북처럼 머리를 흔든 황제는 괴로운 듯이 두 손을 심하게 비벼 댔다. "어린 시절, 투모 로잉 사부의 밑에서 공부하던 때가 아주 많이 떠오르는구려. 가루 집안의 아이들은 왜 항상 오해를 받는 저주에 걸리는 건지 모르겠소."

"무슨 말씀입니까?"

"선생은 내 자식들이 쓴 2행 연구를 완전히 오해했소."

"정말입니까?"

"그렇고 말고. 자식들을 가장 잘 아는 사람은 아버지라오. 무슨 일을 했는지는 모르지만 그 아이들은 분명 자신들이 저지른 일에 부끄러움을 느꼈을 것이오."

"자제분들은 콘 피지가 민속 가극단에 속았다는 어리석은 이야기를 지어냈습니다. 하라는 연습은 하지 않고……."

"맞소! 고약한 짓이오. 정말 고약한 짓이지! 그래서 아이들은 사과를 해야 한다는 것을 깨달은 것 같구려."

의문을 정중한 언어로 표현하려고 애쓰느라 루티의 얼굴은 복잡하게 일그러졌다.

"제 등에 이런 글을 쓰는 것이 어떻게 *사과*입니까?"

"보시오. 아이들은 자기들을 암소에 빗대고 있소. 암소란 듣고 있는 음악의 아름다움을 이해하지 못하는 멍청한 짐승이지. 조금 표현을 바꾸어 말하면 그들이 하고자 했던 말은 이런 것이오. '스승님, 스승님을 화나게 해서 정말 죄송합니다. 스승님의 가르침을 따라

황금가지

2024

50

스티븐 킹
데뷔 50주년

Long Live the King!

1974년, 쓰레기통에서 부활한 작품과 함께
장르의 궤도를 영원히 바꾼 세기의 거장이 탄생했다!

캐리 50주년 리

한 소녀의 분노가
이야기의 제왕 스

"킹이 그리는 '공
지극히 현실적인

"공포 소설의 궤도
작가들은 이 소설

홀리 스티븐 킹

젊은 희생양을 서
그 밑도 끝도 없
탐정 홀리 기브니

"독자의 패기를 서
"킹 선생님, 빨리

킹의 희귀작

아카데미 수상작「기생충」봉준호 감독 연출의 차기작「미키17」의 원작!
정체성에 대한 철학적 질문과 계급 간의 모순을 파고든 SF 장편소설

미키7 에드워드 애슈턴

죽음의 위기에서 가까스로 생환한 미키7은
자신를 이을 또 다른 복제 인간을 맞닥뜨린다!

"「기생충」의 봉준호 감독이 영화화하기에 딱이다." ―《더 필름 스테이지》

미키7― 반물질의 블루스 에드워드 애슈턴

『미키7』의 이야기를 완성하는 후속 신작

가여운 것들 앨러스데어 그레이

베니스 영화제 황금사자상 수상,
아카데미 4관왕 요르고스 란티모스 감독,
엠마 스톤 주연「가여운 것들」원작

스코틀랜드 대표 작가 앨러스데어 그레이의 걸작
휘트브레드상, 가디언 소설상 수상

"어떤 기준으로 보아도 이 책은 경이롭고 사랑스럽다."
―《뉴 스테이츠맨 앤드 소사이어티》

"아마도 괴짜이고, 어쩌면 천재이며,
확실히 독창적이고 독립적인 목소리이다."
―《로스엔젤레스 타임스》

듄 (전6권) 프랭크 허버트

칼 세이건이 극찬한 SF의 영원한 고전, 듄 신장판 전집
세계 수십 개의 언어로 번역되어 2000만 부 이상의
판매고를 올린 역사상 가장 많이 팔린 SF

「스타워즈」, 「바람 계곡의 나우시카」,
「왕좌의 게임」 등 영화, 드라마, 애니메이션, 게임,
만화, 음악에 이르기까지 반세기 동안 서브컬처에
절대적 영향을 끼친 고전
드니 빌뇌브 감독의 아카데미 6관왕
블록버스터 영화 「듄」의 원작

네뷸러 상
BEST NOVEL
휴고 상
BEST NOVEL

"『듄』에 견줄 수 있는 건 『반지의 제왕』 외에는 없다."
— 아서 C. 클라크

"『듄』은 내가 미처 비판할 틈도 없이 빠져들게 만들었다." — 칼 세이건

듄의 세계 톰 허들스턴

프랭크 허버트에 영향을 미친 것들을
총망라한 『듄』 세계관의 가이드맵

듄 그래픽 노블 1, 2 (전3권 예정) 프랭크 허버트

전설적인 고전 『듄』을 그래픽 노블로 만난다!
AMAZON.COM 베스트셀러 1위(SF 그래픽 노블 부문)

프랭크 허버트 단편 걸작선 1952-1961 : 오래된 방랑하는 집
프랭크 허버트 단편 걸작선 1962-1985 : 생명의 씨앗

세계에서 가장 많이 읽힌 SF 『듄』의 작가 프랭크 허버트의 단편집

유일한 『듄』의 단편부터, 『듄』의 세계관 정립의 기초가 된 단편까지,
1952년부터 1985년까지 각종 매체를 통해 발표된 SF 단편 32편 수록

드래곤 라자 이영도

31명의 호화 성우진이 연기하는 한국 환상 문학의 전설,
『드래곤 라자』 오디오북
오디오클립 단독 15부작 완결 출시

눈물을 마시는 새 (전18장) 이영도

수백만 독자가 열광한 최고의 걸작 판타지.
초호화 성우진이 모든 텍스트를 완독한 총 62시간의 혁명적 오디오북!
「소요들」·「너는 나의」 등 이영도 작가의 최신 단편 출시 완료!

애거서 크리스티 베스트 12

애거서 크리스티의 생애 최고 걸작을 귀로 듣는다!

다양한 테마의 큐레이션을 선보이는
전자책 단행본 시리즈

연중무휴 던전 : 던전의 12가지 모습 유권조

제4회 황금드래곤 문학상 수상 작가 유권조의
기상천외 던전 테마 판타지 소품집

낙석동 소시민 탐구 일지 김아직

제5회 황금드래곤 문학상 수상 작가
김아직의 SF 판타지 연작 소설

브릿G 7주년 기념 소일장 앤솔러지

연차 촉진 펀치 한소은 외 10인

"자, 너희들도 휴가를 가라고! 연차 촉진 펀치!"

1월부터 12월까지 매달 벌어지는 이야기로
구성된 열두 편의 각양각색 장르 단편 모음집

직장 상사 악령 퇴치부 이사구

지금까지 이런 직장 고민은 없었다!
무당 조수로 변신한 디자이너의
유쾌하고 눈물 나는 수난시대!

**여름 한정 토무당 서핑 에디션
저자 친필 사인본 절찬리 판매 중!**

자취방의 벽간 소음과 무능한 상사가 버티는 직장,
크라우드 펀딩 사업과 유튜브에 얽힌 소동 등
21세기 한국을 살아가는 청춘의 애환을 그리며
웃음과 눈물을 동시에 선사하는 신개념 오컬트!

HOT

출간 전
드라마
제작 확정

은랑전 켄 리우

『종이 동물원』의 작가 켄 리우의 공식 신작 SF 단편선
당나라 「섭은낭전」을 SF로 풀어낸 단편 「은랑전」 포함
13편의 SF 단편들

"켄 리우의 이야기는 내 뼛속 깊숙이 파고들어
고통스러운 진실을 드러낸다." —《NPR》

NEW

스톤 매트리스 마거릿 애트우드

부커 상 2회 수상 작가 마거릿 애트우드의 걸작 단편집
「케빈에 대하여」 린 램지 감독 영화화 작품 수록

"놀랍다. 애트우드는 성(性)의 대결에 관해
날카로운 재치를 발휘한다." —《퍼블리셔스 위클리》

NEW

얼음나무 숲 하지은

음악의 도시 에단, 운명처럼 만난
두 음악 천재가 빚어 내는 황홀한 선율!

2세대 한국 환상문학의 대표 주자
하지은의 기념비적 작품. 뮤지컬, 웹툰화 예정

한국 환상문학의 마에스트로 하지은의 또 다른 작품들
**언제나 밤인 세계 / 보이드 씨의 기묘한 저택
눈사자와 여름 / 모래선혈 / 오만한 자들의 황야**

떠나가는 관들에게 연마노

기후 위기, 환경, 가족, 생태계 등
현대 사회의 관심 소재를 담아낸 SF 소설집

리시안셔스 연여름

한국 SF 어워드 수상작 포함, 인간에 관해
질문을 던지는 작품들이 수록된 소설집

새들의 집 현이랑

경력단절 독박육아 가정주부
은주의 아파트 집값 영끌 방어기!
초월시를 홀딱 뒤집어 놓은 부동산 스릴러극!

무거운 쟁기를 들고 지식의 밭에서 일하고 싶습니다.'"

다피로 미로 근위대장을 필두로 조신과 궁녀 들은 공감한다는 듯이 힘차게 끄덕이며 황제를 돕기 위해 지저귀는 새들이 합창하듯 맞장구를 쳤다.

"황자님들은 참 겸손하기도 하시지!"

"황녀님도 진심으로 참회하고 계셔!"

"이보다 더 진심 어린 회개의 글을 읽은 적이 없어!"

"궁정 역사학자를 모셔와! 다이란처럼 현명한 스승과 뛰어난 매처럼 총명한 학생들에 관한 이 이야기를 기록해 둬야 하지 않겠어."

"황제 폐하 역시 크루벤처럼 기민하게 뜻을 해석해 주셨지."

쿠니는 초조한 손짓으로 그들을 조용히 시켰다. 의도는 좋았지만 지원이 *너무 과한* 상황이었다.

지아는 침착한 표정을 지으려고 애썼다. 연애 시절이 떠올랐다. 당시에 루루셴의 시에 대한 쿠니의 비정통적인 해석이 중요한 역할을 했다.

황제의 말을 곰곰이 생각하는 루티의 표정은 약간 누그러지는 듯했다.

"그렇다면 왜 제 옷 뒤편에다 몰래 이런 글을 쓴 것입니까? 다른 아이들에게 수사학 강의를 해 주는 동안 피로 황자님이 저에게 등을 주물러 주겠다면서 이런 일을 저질렀습니다. 진심으로 사과하는 방법은 이런 것이 아닙니다."

"뤼고 크루포는 '말과 행동은 의도에 비추어 읽어 내야 한다'고 했소." 쿠니는 한숨을 내쉬었다. "보는 관점에 따라 모든 게 달라지지. 아이들은 진심 어린 사과는 마음에서 우러나야 하며, 단지 보여 줄 목적으로 행해져서는 안 된다는 도덕주의적 격언을 실천에 옮기기 위함이었소. 선생이 격노한 상태로 수업을 마친 뒤, 곧장 사과하는 것은 성의를 보이는 행동이 아니지. 옷 뒤편에다 그 글을 적음으로써, 선생이 잠자리에 들기 위해 옷을 갈아 입을 때 그걸 보길 원했던 거야. 조용한 사색의 순간에 그 진정한 의미를 알아차릴 수 있도록."

"그런데 왜 제가 시킨 대로 방에서 글을 쓰지 않고 도망쳤을까요?"

"그건…… 음……."

자신이 지어내는 이야기에 그 부분을 꿰맞추는 건 황제로서도 어려운 듯했다. 바로 그때 실제 범인들이 모습을 드러냈다. 황실 부인 리사나가 무단결석생 셋을 데리고 회랑을 걸어 내려온 것이다.

"방으로 몰래 들어가려고 하는 걸 소토 부인과 크린 집사가 붙잡았어요." 리사나가 웃으며 말했다. "평민으로 변장했더군요. 바로 그래서 근위대원들이 아이들을 찾지 못했던 겁니다. 소토와 오소가 저에게 아이들을 데려왔지요. 저는 아이들에게 얼마나 큰 잘못을 저지른 것인지 말해 주었답니다. 아이들은 자기들이 저지른 일을 해명하기 위해 이곳으로 왔답니다."

그녀는 제대로 된 *지리* 자세로 황제와 황후에게 절을 했다.

"아빠!"

피로는 소리치며 달려가 황제의 다리를 꺼안았다.

"아버지, 아버지께 들려 드릴 이야기가 하나 있어요!"

아무것도 잘못된 게 없다는 듯 싱긋 웃으며 세라가 말했다.

"*렌가*, 당신의 충직하지만 어리석은 아이가 이렇게 아버지를 뵙습니다."

티무는 손바닥을 땅에 대고 깊이 절을 했다.

쿠니는 세라와 티무를 향해 고개를 끄덕이고, 부드럽지만 단호하게 피로를 다리에서 떼어 냈다.

"루티 선생이 화가 아주 많이 나 내가 너희들의 어설픈 사과를 설명하고 있었다."

티무는 혼란스러워하는 표정을 지었다.

"무슨……."

"그래, 너희들의 *사과* 말이다."

쿠니는 장남의 말을 끊고, 세라와 피로를 엄중하게 바라보았다. 세 아이는 잠시 눈으로 대화를 나누었다.

피로가 말했다.

"아, 네……. 제 생각이었어요. 루티 스승님이 소리를 지르셔서 너무 속상했고, 그걸 바로잡고 싶었어요."

"네 악필로 보이더구나. 그러고 나서 넌 도망치자고 마음 먹은 것 같은데. 부끄러워서 그랬겠지, 안 그러니?"

쿠니의 말에 세라가 끼어들었다.

"그건 제 생각이었어요. 말뿐이 아니라 행동으로 얼마나 반성하는지 보여 드려야겠다고 생각했거든요. 그래서 글쓰기 벌을 하기 전에 스승님께 드릴 선물을 구해 오자고 한 거예요." 그녀는 고개를 숙인 채 자토 루티에게 다가가 작은 접시 두 개를 내밀었다. "상인들이 스승님의 고향인 나 시온에서 만든 접시라고 해서 샀어요."

"하지만 그것들은 약속에 대한 증표로……."

세라가 노려보자 티무는 입을 다물었다.

세라는 쿠니를 다른 사람들 몰래 힐끗 쳐다보았고, 아버지와 딸은 거의 눈에 띄지 않는 미소를 주고받았다.

접시를 살펴본 루티는 고개를 저었다.

"싸구려 술집용 물건 같습니다. 보십시오, 여기 문맹자들을 위해 물감으로 칠한 표시도 있지 않습니까. 이건 세 발 달린 *쿠니킨*인가요? 이 뒷면에 적혀 있는 숫자들은 뭐랍니까?"

"안 돼!" 세라는 충격받은 듯이 비명을 질렀다. 얼굴에는 실망감이 드러났다. "너무 조악해 보인다고 생각하긴 했지만, 상인이 하는 말이 그럴듯했어요! 숫자들은 가마와 예술가를 나타내는 것이라던데요."

"말도 안 되는 소리입니다! 시장에서는 항상 조심해야 합니다, 세라 황녀님. 사기꾼들로 가득 차 있거든요." 루티는 꾸짖듯이 말했지만 목소리는 다정했다. "그래도 마음이 중요하지요."

"아, 그러고 보니 저도 생각 난 게 있어요." 피로는 옷을 더듬거리더니 소매에서 설탕을 넣어 구운 땅콩이 든, 반쯤 빈 봉지를 꺼냈다. "스승님께서 땅콩을 좋아하셔서서 제가 좀 가져왔는데요……." 피로는 쑥스러워하는 표정을 지었다. "그런데 냄새가 하도 좋아서 몇 개 집어먹고 말았어요……."

"괜찮습니다. 어린 남자아이가 유혹을 뿌리치기는 어려운 법이지요. 황자님 또래였을 때 저는 설탕에 조린 원숭이딸기에 용돈을 다 써 버렸습니다. 하지만 황자님, 나이가 들면 자기 자신을 잘 다스리

는 방법을 배우셔야 합니다. 황자님은 부랑아가 아니니까요." 루티
는 애제자인 티무에게로 시선을 돌렸다. "티무 황자님께서는 어떤
말을 하실 겁니까?"

"음……. 실은 저는……. 음……."

쿠니는 얼굴을 찌푸렸다.

지아는 속으로 한숨을 쉬었다. 그녀의 아들은 예의 바르고 친절
했지만, 이야기에 장단을 맞추는 눈치가 부족했다. 지아가 말을 하
려는 순간 리사나가 끼어들었다.

"티무 황자께서는 맏아들이시니 죄송함을 표현하기 위해 최고의
선물을 찾아내야 한다고 생각하셨을 것 같은데요. 하지만 시장에서
는 존경하는 스승님의 드높은 평판과 명예에 어울리는 물건을 찾아
내기 어려우셨지요, 그렇죠?"

티무는 붉어진 얼굴로 고개를 끄덕였다.

"그래서 오늘 밤늦게나마 잘 쓴 글로 느낀 바를 표현해야 한다고
생각하셨을 겁니다."

리사나에게는 주변 사람들의 진실된 감정을 직관적으로 파악하
는 능력이 있음이 알려져 있었고, 아이들은 지아나 쿠니보다 그녀
에게 더 솔직했다. 루티는 설득되었다.

"여러분이 느낀 감정은 타당했고, 여러분의 마음은 올바른 것이
었습니다."

루티의 말은 제국 황실의 선생이라기보다는 할아버지가 말하는
투로 들렸다.

"모든 게 자네의 부지런한 가르침 덕분이오. 이 끔찍한 오해를 풀

게 되어 기쁘오."

지아가 말했다.

쿠니가 짐짓 진지한 태도로 말을 가로챘다.

"하지만 아이들 때문에 자네가 화가 많이 났지. 더 많은 처벌을 받아야 할 것 같군. 일주일 동안 하인들과 함께 화장실을 청소하도록 하는 게 맞을 것 같아."

아이들은 낙담하는 듯했다.

루티가 깜짝 놀라 말했다.

"하지만 *렌가*, 저지른 일에 비하면 너무 과한 처사입니다. 콘 피지의 도덕을 공부하는 게 너무 지루해서 이런 일이 일어난 겁니다. 숙제로 내준 글 자체가 충분한 처벌이 되었고, 그다음에 일어난 모든 일은 일련의 오해에 불과합니다."

"뭐라고?" 쿠니가 믿지 못하겠다는 듯이 물었다. "'단 한 명의 진정한 현자'가 지루하다고? 그건 훨씬 더 나쁜 일이오! 2주 동안 화장실을 청소하게 시켜야겠소! 아니, 3주 동안!"

루티는 고개 숙인 절을 한 채 그대로 있었다.

"콘 피지의 가르침은 추상적인지라 아이들에게는 너무 어렵게 느껴질 수 있습니다. 황자님들과 황녀님들이 너무 똑똑하셔서 저는 아직 그분들이 젊고 원기 완성하다는 사실을 잊곤 합니다. 그분들을 너무 몰아붙인 것은 제 잘못이기도 합니다. 제자들에게 너무 많은 것을 요구하는 스승은 묘목이 자라는 걸 돕겠다고 그 위로 잡아당겨서 뽑아 버리는 농부와 같습니다. 자제분들을 처벌하려면 저도 처벌해 주십시오."

세 아이는 서로를 쳐다보고는 모두 무릎을 꿇고 이마에 바닥에 대고 루티에게 절했다.

"스승님, 그건 저희의 잘못입니다. 정말 죄송합니다. 앞으로는 더 잘하도록 노력하겠습니다."

쿠니는 손을 뻗어 그의 어깨를 부축해 똑바로 세웠다.

"루티 선생, 자네가 스스로를 책망할 필요는 없소. 나와 어머니들은 그대가 아이들을 헌신적으로 가르치고 돌보는 것에 감사해하고 있소. 그러니 아이들에 대한 처벌은 전적으로 자네에게 맡기겠소."

자토 루티는 아이들과 함께 느린 걸음으로 내전에 있는 자신의 거처로 향했다. 고향 리마로 돌아가겠다는 그의 맹세는 잊혔다.

"사부님, 패왕이 이해받고 싶어 했다는 사실을 알고 계셨어요?"

피로가 옆에서 깡충깡충 뛰며 물었다.

"무슨 말입니까?"

"정말 대단한 이야기꾼이 하는 말을 들어서요."

"시장에서 지나가다가 들었어요."

피로가 힘들게 얻은 평화를 술집 이야기로 망치기 전에 세라가 끼어들었다.

"시장에서요. 패왕, 모크리 왕, 미라 부인에 관한 이야기를 하고 있었거든요. 그 사람들 이야기를 좀 더 들려주세요, 사부님. 소토 이모처럼 사부님도 그때 무슨 일이 있었는지 많이 알고 계시잖아요. 그리고 그 이야기들은 음……. 콘 피지의 말보다는 훨씬 더 흥미진진해요."

피로가 말했다.

"글쎄, 제가 아는 건 역사지, 여자 가정교사가 들려주는 동화가 아닙니다. 하지만 황자님께서 그렇게나 관심이 많으시다면 수업에 더 많은 역사를 접목해 보지요."

쿠니와 지아, 리사나는 회랑을 따라 희미해지는 두 사람의 목소리에 귀를 기울였다. 피로는 수다를 떨며 키득거렸고, 루티는 참을성 있게 설명했다. 가족의 위기를 또 한 차례 모면했다는 안도감이 찾아왔다. 황실의 선생이 '가르칠 수 없는' 황자와 황녀 들 때문에 사임한다면 상당히 충격적인 사건이 될 것이다. 특히나 학문을 축하하는 대시험 기간에 벌어지는 일이라면 더욱 그렇다.

다피로 미로 대장이 말했다.

"렌가, 사죄드립니다. 더 주의 깊게 관찰했어야 했습니다. 아무런 보호도 없이 몰래 궁을 빠져나가지 못하게 막는 것도 저의 일입니다. 이런 보안상의 실수는 용서받을 수 없습니다."

"그건 근위대장의 잘못이 아니에요. 보통은 아이들을 보는 일도 어렵죠. 우리 아이들이라면 열 배는 더 그렇고요. 우리 아이들은 당신의 주군이기도 하니, 당신이 할 수 있는 일에 제약이 있다는 걸 알고 있어요. 하지만 피로가 오늘처럼 위험해질 수도 있는 일을 저지르려고 한다면 귀를 잡아당겨서라도 궁으로 데리고 와도 좋아요."

리사나의 말에 지아도 이어서 말했다.

"티무와 세라도 마찬가지요. 확실히 저 아이들을 통제하기 어려운 지경에 이르렀군. 내가 처방해 준 약초를 저 아이들이 매일 아침 먹고 있기나 한지 의문이오. 좀 더 생각이 깊어지고 행동거지는 얌전하게 만들어 주는 약초거든!"

쿠니가 웃었다.

"활기찬 아이들인데 약이 필요한 사람들인 것처럼 말하지는 마. 근위대원이나 시종 없이 시장을 돌아다니는 게 그렇게 나쁜 일이야? 그렇지 않으면 어떻게 평민의 삶에 대해서 배울 수 있겠어? 나도 그렇게 자랐는걸."

"하지만 더는 옛날 같지 않아. 당신의 아들과 딸이잖아. 당신에게 곤욕을 주고 싶은 사람들이 아이들을 노린다고. 아이들의 저런 터무니없는 짓을 관대하게 넘겨서는 안 돼. 진심으로 하는 말이야."

지아의 말에 쿠니는 수긍의 뜻으로 고개를 끄덕이며 덧붙였다.

"그래도 피로가 익살스럽게 구는 걸 보면 예전의 내 모습이 많이 떠올라."

리사나가 미소를 지었다.

지아는 얼굴을 순간적으로 찌푸렸지만, 이내 예전처럼 평온하고 위엄 있는 모습을 되찾았다.

"아다티카가 자길 혼자 내버려 두고 갔다고 화가 많이 나 있던걸." 피로가 세라의 방으로 들어와 미닫이문을 닫으며 말했다. "내가 가진 원숭이딸기 사탕을 다 줬는데도 짜증을 냈어. 소토 이모가 지금 이야기를 들려주고 있어서 우리끼리 있을 시간이 좀 있어."

"다음엔 아다티카도 낄 수 있는 모험을 생각해 볼까 싶어."

"난 이따가 밤에 책을 읽어 주러 갈까 해."

세라와 티무가 차례대로 말했다.

아다티카는 정식 이름은 파라 공주로, 쿠니의 막내딸이었다. 아다티카의 어머니인 피나 부인이 일찍 세상을 뜬 탓에 아이들은 모두 그녀를 특별히 배려해 주려고 노력했다.

피나 부인은 파사 출신의 공주로, 쿠니 가루는 파사의 귀족 세력을 안심시키기 위해 그녀와 결혼했다. 파사 왕국은 다수의 군대가 마지막으로 정복한 나라 중 하나였으며 쿠니의 가까운 고문이나 장군 가운데에는 파사 출신이 없었다. 그것은 이어질 정략결혼 가운데 첫 번째로 계획이 된 일이었다. 그러나 피나가 파라를 낳다가 죽자 쿠니는 신들이 그러한 결합을 좋아하지 않는다는 뜻을 내비친 것이라고 주장하며 더 이상 정략결혼에 대한 논의를 하지 않겠다고 했다.

"조미를 도와주려면 저녁 식사 전까지 시간이 얼마 안 남았어."

피로가 말했다.

"알아, 지금 생각 중이야."

세라는 그 문제를 골똘히 생각하며 손톱을 물어뜯었다.

그녀의 용기에 영감을 받기도 했고, 말로 하진 않았어도 아버지인 황제의 명예를 지키기 위해 적극적으로 나선 *카시마*에게 감사를 표현하기 위해 아이들은 출입증을 잃어버린 조미가 고시관에 들어갈 수 있도록 도와주기로 약속했다. 조미는 걱정해 주는 아이들의 마음에는 고마워했지만 술집에서 한 아이들(비록 부유한 가정의 아이들인 듯했지만)의 약속을 진지하게 받아들이지는 않았다. 그녀는 마지못해 자신이 머무는 여관을 알려 주며 허튼짓할 시간이 없음을 강조했다.

"우리가 누구인지 말했어야 했어."

피로가 말했다.

"그녀가 우리를 믿지 않으니만큼 이 일을 성공하면 더 재밌어지겠는걸."

세라가 웃으며 말했다.

"우리가 평민처럼 옷을 입고 거리를 돌아다녔다는 사실을 알릴 수는 없어! 완전히 법도에 어긋나는 일이야."

피로는 티무를 무시했다.

"아빠에게 예외로 해 달라고 하면 어떨까?"

세라는 고개를 저었다.

"이유야 어찌 됐든, 한 후보자를 위해 규칙을 바꾸어 개입한다는 인상을 주어서는 안 돼. 공정하다는 인식이 훼손될 테니까."

"그럼 조미를 비행함에 태워서 다수로 돌아가게 해 달라고 하는 거야. 그리고 카도 큰아버지한테 새 출입증을 써 달라고 하자."

"우선, 큰아버지는 다수에 있지 않아. 초승달섬에서 사냥 중이지. 섭정이 다수의 모든 일을 맡아 보고 있다는 걸 너도 알잖아. 큰아버지는 조미가 누구인지도 모를걸."

"그럼 조미와 섭정을 만나게 해 주면?"

"다수는 너무 멀어. 가장 빠른 비행함이라고 해도 이틀은 걸릴걸. 대시험은 내일이고. 후도티카, 넌 정말로 공부를 좀 더 해야 해. 지리 감각이 영 떨어지잖아. 게다가 그렇게 공개적으로 일을 처리하면 조미가 당황스러워할걸. 시험에 합격할 가능성에 해를 끼칠 수도 있고."

"그럼…… 린 삼촌한테 말해 보는 건 어때?"

세라는 곰곰이 생각했다.

"린 삼촌이 고시관의 보안을 담당하고 항상 우리가 벌이는 일을 함께하는 걸 좋아하니 나쁘지 않은 생각이긴 해. 그런데 모든 응시생의 최종 답안과 출입증을 함께 걸어 한 묶음으로 심사위원들한테 제출하잖아. 조미를 고시관에 들여보내는 것만으로는 충분하지 않아. 진짜 출입증을 줘야 해. 근데 망원장관도 출입증을 만들 권한은 없거든."

"그러면 우리가 위조해서 주는 건?"

"린 삼촌의 보안 절차가 보여 주기용 같아? 종이를 만들 때 금실을 박아 넣고, 그걸 잘라서 출입증으로 만들어 출입증 각각의 문양이 저마다 달라. 그런 다음 아무것도 적혀 있지 않은 백지 출입증을 *카시마*의 예상 인원에 따라 모든 속주와 영지에 배분하고, 사용되지 않은 출입증은 모두 반송돼. 대시험이 끝나면 린 삼촌은 조각 그림을 맞추듯이 사용한 출입증과 사용하지 않은 출입증을 다시 맞춰 봐. 위조된 출입증은 문양이 서로 어긋나니 눈에 띄게 되지."

티무가 놀라움이 가득 찬 목소리로 끼어들었다.

"세라, 넌 어떻게 이런 일에 대해 이렇게 많이 알아? 황실 대시험에 네가 이렇게 관심이 많다니 몰랐어."

"나도 대시험을 보고 싶다고 꿈꿨던 적이 있거든."

세라는 얼굴을 붉히며 인정했다.

"뭐…… 뭐라고? 하지만 그건……"

믿을 수 없다는 표정으로 티무가 물었다.

"그게 불가능하다는 건 나도 알아! 오빠가 굳이 설명해 주지 않아도 돼."

"그런데 대시험을 보고 싶은 이유가 뭐야? 공부를 엄청 많이 해야 하잖아!"

피로가 물었다.

"두 사람은 황자니까 나이가 들면 아버지를 위해 중요한 일을 하게 될 거야. 하지만 나와 파라는…… 우린 그냥 시집이나 가겠지."

"누나가 부탁하면 아빠가 할 일을 줄걸? 아빠 말로는 누나가 우리 중에서 가장 똑똑하댔어. 또 여자인 관리들도 여럿 있잖아."

세라는 고개를 저었다.

"그런 여자들은 크루벤의 뿔과 다이란의 비늘만큼이나 희귀해……. 오빠랑 넌 이해하지 못해. 두 사람은 어떤 자격을 검증받지 않아도 아버지 밑에서 일을 할 수 있어. 남자잖아. 그리고 언젠가는 아버지의 뒤를 이으리라고 생각되지. 하지만 내 경우엔…… 아니야, 신경 쓰지 마. 지금 당장 중요한 일이 아니니까. 조미를 어떻게 도울지에나 집중하자. 출입증을 발급할 수 있는 권한을 지닌 사람을 찾아 조미에게 다시 기회를 주도록 설득해야 해."

"너희가 방법을 찾는 동안 난 우리 모두를 위해서 글을 쓰지. 내가 계획을 꾸미는 일엔 서투를지 몰라도 너희를 자유롭게 해 줄 수는 있어. 잊지 말고 이따가 밤에 시간을 내서 내가 쓴 초안을 너희 글씨로 베껴 써."

티무는 쉽다는 듯이 말했지만 세라는 자신과 피로를 위해 글을 대필해 주는 것이 쉬운 일이 아니라는 걸 알고 있었다. 티무는 올바른 인용문, 정확한 도덕적 교훈, 주장을 뒷받침하기 위한 구조를 적

절히 짜는 법을 알고 있었고 그가 쓴 글이 피로와 세라가 쓴 것처럼
보이도록 표현에도 신경을 썼다. 티무는 아버지를 기쁘게 하는 방
식으로 똑똑한 것이 아니라 정말로 똑똑했고, 세라는 티무가 드러
내지 않으려고 해도 가끔 자신과 피로를 부러워한다는 사실을 알고
있었다.

"고마워, 오빠. 근데 그러지 마. 글은 우리가 직접 쓸게."

"우리가 쓴다고?"

놀란 피로가 묻자 세라가 단호하게 말했다.

"그래, 그럴 거야. '사과'는 단순한 장난에서 시작된 걸지도 모르
지만, 난 루티 사부님께 정말 죄송스러워. 사부님은 정말로 우리가
최선을 다하기를 원해. 우리가 도가 넘는 처벌을 받는 것도 원하지
않으셨어."

"뭐, 어쩌면 사부님이 그렇게 나쁜 분은 아닐지도 몰라."

피로가 마지못해 말했다.

"패왕과 모크리 왕 이야기를 생각해 봐, 피로. 이건 명예가 걸린
문제야."

피로의 눈이 밝아졌다.

"그래, 우리는 옛날 티로 왕들하고 같아. 제왕의 위엄을 가진 명
예로운 황자와 황녀."

"그 말을 들으니 기쁘네. 후도티카가 습관적으로 저지르는 논리
적 오류를 기반으로 글을 쓰는 건 고문이거든."

티무가 안심해서 말했다.

궁전의 회랑을 종종걸음 치며 지나가는 궁녀들과 시종들은 새된

웃음소리와 분노에 찬 항의의 외침이 내전에 울려 퍼지는 동안에도 발걸음을 늦추지 않았다.

"달리 우리를 도와줄 만한 사람이 생각나지 않았어요."

피로의 말을 세라가 단호하게 받았다.

"아무도 없었어요. 이건 루피조 신의 연민도 말할 것도 없고, 피조웨오 신의 용기와 루소 신의 지혜도 필요한……."

"그리고 타주 신의 무모함도 필요하지."

게지라의 여왕이자 다라의 원수인 긴 마조티는 세라의 말을 중간에 가로챘다.

긴은 격식을 차린 거실이 아니라 침실에서 아이들을 맞이했다. 아이들은 여러모로 그녀를 가족처럼 대했다.

긴은 이날 황궁에 도착했다. 게지라를 관리하고 제국에 흩어진 광대한 군대를 감독하느라 바쁜 긴은 수도를 자주 찾지는 않았다. 하지만 사해평치라는 연호가 시작되고 처음으로 시행되는 대시험은 특별한 행사였고, 긴은 게지라의 학자 중 몇몇이 두각을 나타내길 바랐다.

"음…… 저라면 딱히 그렇게 표현하진 않겠어요. 용기나 지혜, 연민에 초점을 맞춰야 한다고 생각해요."

"라타티카, 듣기 좋은 소리를 하다니 너답지 않구나. 어리석은 계획이 실패하면 네 아버지가 화를 낼 게 분명하니 내가 널 보호해 주기를 원하는 거잖아. 그래서 날 공모자로 삼으려는 거고."

"우리를 오해하시는 거예요, 긴 이모! 관점이 모든……."

"그만하렴. 속임수로 날 이길 수 있을 것 같니? 기억해, 애들아. 난 너희가 진흙으로 만두를 빚고 버드나무 가지를 칼처럼 휘두를 때부터 알았어. 너희가 어떻게 생각하는지 다 안다고. 농부들이 하는 말로, 허리띠를 풀기 무섭게 어떤 색 똥을 쌀지 알겠는 거지."

아이들은 낄낄대며 웃었다. 긴을 좋아하는 이유 중 하나가 바로 이것이었다. 그녀는 결코 아이들을 상대로 점잔빼는 법이 없었고, 병사들에게처럼 솔직하고 재미있게 말했다.

이제 30대에 들어선 긴 마조티는 아직도 머리를 바싹 깎았고, 여왕임에도 아담한 그녀의 몸은 바다를 등진 암초나 똬리를 튼 채 공격할 준비를 하고 있는 뱀처럼 근육질이었으며 민첩했다. 검 하나가 옆에 있는 경대(鏡臺)에 세워져 있었다. 황실의 일원이나 근위대원 외에는 아무도 궁 안에서 무기를 소지할 수 없었지만 긴 여왕은 라긴 황제로부터 이 특별한 영예를 하사받았다. 그녀는 모든 제국 군대의 사령관이었고 다라에서 가장 권세가 높은 귀족이었다. 하지만 지금 그녀는 위험한 놀이, 즉 대시험의 보안을 어기는 일에 동참해 달라는 아이들에게 시달리고 있었다.

쿠니 가루와 함께하는 삶은 언제나 흥미로워.

"우릴 좀 도와주세요, 긴 이모." 피로는 할 수 있는 한 가장 귀여운 미소를 지으며 약간 애교 섞인 목소리도 더했다. "제바아알요."

긴은 언제나 쿠니의 아이들 가운데서 피로를 가장 좋아했다. 피로가 총명했으며 항상 전쟁 이야기를 들려 달라고 졸라 댄 것도 이유가 되겠지만, 실은 쿠니의 다른 아내들보다 리사나와 좋은 관계를 맺고 있었기 때문이었다. 쿠니가 봉기했을 때 지아는 패왕에게 인질로 붙잡혀 있었다. 하지만 리사나는 쿠니 곁에 있었고, 긴은 그녀를 왕의 고문으로 존경하게 되었다. 긴은 내심 쿠니가 피로를 황태자로 지명하기를 바랐다.

"아직 출입증 여유분이 몇 장 남아 있기는 하지. 하지만 규정에 따르자면 그건 게지라의 응시생들이 출입증을 분실하면 주기 위한 거지, 다수 사람을 고시관에 들여보내기 위한 게 아니야."

"하지만 이건 *예외적인* 상황이에요. 그녀는 용감했기 때문에 출입증을 잃은 거예요. 무고한 사람을 보호하려고 했어요."

"아빠의 명예를 지켜 주려고도 했고요."

세라와 피로가 차례대로 말했다.

"때때로 용기와 명예에는 대가가 따르지. 고향으로 돌아가서 5년을 더 기다리면 돼."

"하지만 다수가 받는 몇 안 되는 자리를 놓고 5년 뒤에 다시 예전부터 *카시마*였거나 새롭게 *카시마*가 된 사람들하고 경쟁해야 하잖아요."

"이미 중급 시험에 합격했으니, 다시 두각을 나타낼 수 있겠지."

"그녀가 게지라의 학자들보다 더 좋은 성적을 거둘까 봐 걱정되세요?"

긴의 얼굴에 피가 솟구쳐 올랐다. 그녀는 아주 잠깐 세라를 노려보았지만 이내 웃었다.

"점점 정치 조작에 능숙해지고 있구나, *라타티카.* 하지만 난 네가 걷기도 전부터 책략을 사용했어."

술수가 간파당한 세라는 얼굴이 붉어졌지만 포기하지 않았다.

"다수에서 코고 옐루 재상이 이모를 아버지에게 추천하지 않는 대신, 재능이 드러날 때까지 인내심을 가지고 때를 기다리라고 했다면 이모는 만족했을까요?"

긴의 얼굴이 침울해졌다.

"넌 너무 대담해, 황녀."

"그녀도 이모가 그랬던 것처럼 기회를 받을 자격이 있어요. 그녀는 어떤 부유한 상인의 딸도 아니고, 학자 집안 출신도 아니에요. 진짜 검을 살 형편이 안 돼 물감칠이 된 가짜 검을 차야 하는 가난한 사람이죠. 알고 있는 모든 사람을 떠올리다가 이모가 그녀를 조금 불쌍해할지도 모른다고 생각했어요. 이모는 여왕이니까……."

"그만해!"

세라는 아랫입술을 깨물었지만, 더는 아무 말도 하지 않았다.

"긴 이모. 황후 전하가 무서우세요?"

피로의 말에 긴이 얼굴을 찌푸렸다.

"무슨 소리야, 후도티카?"

"황후 전하가 옐루 재상에게 시험을 더 공정하게 관리하고 규칙을 엄격하게 준수하라고 말하는 걸 들었거든요. '많은 귀족들이 호들갑스러운 추천서로 친구의 자식들을 고시관에 들여보낼 수 있다고 생각하더군. 결과가 정당할 수 있도록 방법을 강구해 봐.'라고 말씀하셨어요."

"그랬어?"

"황후 전하는 예무 후작에게도 화를 내는 편지를 썼어요. 출입증 하나를 조카에게 줬거든요. 그 조카는 다른 후보만큼 점수가 좋지

74

않았어요. 후작은 사과했고요."

"폐하는 뭐라고 하시든?"

피로는 눈썹을 치켜떴다.

"뭐라고 하셨더라……. 아무 말씀도 안 하신 것 같아요."

"예무에게 변명의 기회조차 주지 않았다고?"

피로와 세라는 고개를 가로저었다.

긴은 이 정보를 곰곰이 생각하며 숙고하는 듯하다가 다시 한번 세라의 시선을 똑바로 되받았다.

"황후는 너희들의 친구에 대해 알고 있어?" 황실의 아이들에게 습관적으로 보이던 애정 어린 관대함은 전혀 없이, 마치 다라의 원수가 하는 명령조의 말투였다. "거짓말 마."

세라는 침을 삼켰지만 눈을 물리지는 않았다.

"아니요, 어머니는 이해하시지 못할 거니까요."

긴은 잠시 뜸을 들였다.

"황녀는 어째서 이 젊은 학자를 대시험에 들여보내는 일에 이토록 집착하는 거지?"

"말씀드렸잖아요, 용감한 사람이니까요!"

긴은 고개를 저었다.

"네 부모가 시험 규칙에 얼마나 완고한지 넌 너무나 잘 알지. 그런데도 여기에서 추문에 가까운 일을 해 달라고 애걸복걸하고 있어."

"난 진실을 말하고 있어요! 내가 왜……."

"리사나 부인처럼 사람의 마음을 읽어 내지는 못해도 여기엔 단순히 용기 있는 행동에 감동한 것 이상의 이유가 있다는 건 알아.

네가 정말 원하는 게 뭐야?"

"공정했으면 좋겠어요! 규칙이 불공평해요!"

"규칙의 어디가 불공평하다는 거지? 모든 사람은 출입증이 필요……."

"하지만 아무리 노력해도 전 출입증을 가질 수 없잖아요!"

세라가 소리쳤다. 영리하고 절대 동요하지 않는 누나가 흥분하는 모습을 본 적이 없는 피로는 입을 벌린 채 세라를 응시했다.

긴은 기다렸다.

세라는 간신히 침착함을 되찾았다.

"그녀는 나와 같은 여자애지만, 적어도 자신을 증명하기 위해 시험을 볼 수 있는 선택권이 있죠. 아버지가 나에게 공식적인 지위를 준다고 쳐요. 학자들은 황녀가 통치하는 게 부적절하다고 항의할 거고, 모든 사람들은 내가 아버지 딸이니까 그럴 수 있는 거라고 속삭여 대겠죠. 아무도 내 말을 듣지 않을 거고요. 나는 다른 *카시마*들처럼 시험을 치러 그들에게 속한다는 걸 증명하고 싶어요. 하지만 그럴 수 없잖아요. 그러니까 그녀가 기회를 잡았으면 좋겠어요."

"그렇게 세상에 크게 실망한 듯 말하기엔 넌 너무 어려. 넌 위대한 지혜를 가진 귀족 여성이라면 어떤 자리에 머물러야 올바른지 콘 피지의 가르침을 공부했잖아. 영향력을 행사할 수 있는 다른 방법도 있어."

"콘 피지는 멍청이예요."

긴은 웃었다.

"그 아버지에 그 딸이구나. 네 아버지에게도 위대한 현자는 별로 쓸모가 없었지."

"이모도 마찬가지잖아요. 루티 사부님은 이모에 대해서 많은 이야기를 해 주지 않지만, 그래도 전 이모와 아버지에 관한 이야기를 들었어요."

세라가 반항적으로 말했다. 긴은 고개를 끄덕이고는 한숨을 쉬었다.

"가끔은 평화로운 시대에 어른이 되는 건 불행한 게 아닌가 싶어. 전쟁 중에는 현자들이 꼭 지켜야 한다고 하는 규칙들이 나중으로 미뤄지기 마련이거든."

그러고는 일어나 이동식 책상을 뒤져 작은 서류 더미를 찾고는, 맨 위에 있는 종이 한 장을 집어 들었다.

"친구 이름이 뭐지?"

피로와 세라는 그녀에게 조미의 이름에 해당하는 표의 문자를 주었다.

"'불의 진주'? 예쁜 이름이군." 긴은 빈 양식에다 밀랍을 떨어뜨린 다음, 몇 번 세게 휘저어 조각품 같은 표의 문자를 만들어 냈다. "식물에서 따온 이름이니 민들레 가문하고 잘 어울려. 좋은 징조일지도 모르겠어."

그녀는 게지라의 옥새를 꺼내 표의 문자 주변의 밀랍에 찍어 눌렀다.

"자, 받아."

"고맙습니다, 긴 이모!"

"고맙습니다, 여왕님."

피로와 세라의 인사에 긴은 별거 아니라는 듯이 손을 내저었다.

"그 친구가 너희가 주장하는 만큼 훌륭한 재목이길 바라."

긴은 아이들이 떠나고 나서 한참 시간이 흐른 뒤에도 책상에 앉아 있었다.

그녀의 등 뒤편 가리개에서 남자 하나가 나타났다. 몸이 유연하고 팔다리가 길쭉하며 우아하게 움직였다. 거무스름한 얼굴에는 주름이 깊이 패였고 머리는 희끗희끗했지만 초록색 눈만큼은 강렬한 힘을 품고 밝게 빛났다.

"예쁜 이름이네. 마음만큼이나 세련된 이름인 것 같고." 남자는 무슨 말을 더 해야 할지 정하기 위해 잠시 말을 멈추었다. "이번 대시험에 참가하지 못해도 그녀에게는 많은 기회가 앞으로 주어지겠지. 넌 관할 영역이 아닌데 대시험의 운영에 간섭했어."

긴은 돌아보지 않았다.

"다시 훈계하지 마, 루안. 그럴 기분 아니야."

대답하는 목소리는 온화했지만 슬픔의 기미가 역력했다.

"난 5년 전 주디에서 열린 연회에서 하고 싶었던 말을 모두 했어. 그때 네가 내 말을 듣지 않을 작정이었다면 지금도 내 말을 듣지 않겠지."

"나에게는 성공의 기회가 단 한 번 주어졌어. 내가 이 여자아이에게 기회를 주는 건 루피조 신의 의지겠지."

"날 설득하려는 거야, 아니면 너 자신을 설득하려고 하는 거야?"

긴은 빙긋 웃으며 돌아보았다.

"네 어리석은 진지함은 재치나 다름없지. 난 그게 그리웠어."

하지만 루안은 웃고 있지 않았다.

"네가 왜 그 출입증을 써 주었는지 알겠어, 긴. 넌 훌륭한 전술가지만, 정치에 대해서는…… 잘 몰라. 5년 전 내가 해 준 경고가 옳았던 게 아닌지 의심하고 있지? 지아가 아들을 위한 작업을 하나씩 준비해 나가는 동안 넌 쿠니가 아직 자길 믿고 있는지 시험하려고 하고 있어."

"내가 무슨 불안하고 질투심 많은 아내같이 말하는데. 내가 민들레 가문을 위해서 무슨 일을 했는데."

"푸마 예무가 세운 공도 컸지만 지아가 그에게 굴욕을 줬는데도 쿠니는 체면치레할 기회조차 챙겨 주지 않았어. 네가 바람이 변하는 것을 느끼지 못한다면……."

"난 푸마 예무가 아니야."

"어설프게 움직이고 있어, 긴. 끝이 좋지 않을 거야."

긴은 침대에 털썩 주저앉았다.

"더 말하지 마. 내 옆으로 와. 열기구를 타고 5년 동안 떠돌아다녔는데도 몸이 여전한지 한번 보자고."

루안은 한숨을 내쉬었지만 순순히 침대로 갔다.

제4장

대시험

판

사해평치 6년 2월

고시관에서는 숨 막히는 광경이 펼쳐졌다.

고시관은 직경이 120미터가량 되었으며, 화평성에서 몇 안 되는 원통형 건물이었다. 새로 지은 황궁의 바로 바깥, 마피데레 황제의 옛 무기고 터에 지어진 이 건물은 망루만큼이나 높았으며 금박으로 된 동심원 모양의 지붕널들이 햇빛에 반짝이는 모습은 거대한 꽃을 연상시켰다. 그 꽃이 국화라고 주장하는 사람도 있었고, 민들레라고 주장하는 사람도 있었다.

이 건물은 학문 구역의 중심 역할을 했는데, 고시관과 더불어 피로아(응시생 중 상위 100명 안에 드는 점수를 받아 대시험에 합격한 이들을 일컫는다)가 다양한 주제를 두고 전문가들과 함께 심도 있는 연구를 수행하는 제국학당, 천문학자들이 별을 관측하고 다라의 운명을 점치는 제국천문대, 다양한 분야의 저명한 학자들이 연구를 수행하는 제국연구소, 그리고 여기서 살거나 여기를 방문하는 학자들을 위한 깔끔한 기숙사와 개별 주택들로 구성되어 있었다.

옥좌에 오른 라긴 황제는 학문을 다라 재건 계획의 중심축으로 삼았고, 판은 이제 학문의 중심지로서 하안의 긴펜과 경쟁하게 되었다. 시험에서 두각을 나타낸 사람들은 행정 관리로 일하거나 지식의 영역을 개척하고 확장함으로써 황제를 섬길 수 있었다.

고시관은 통풍이 잘되고 개방감이 좋았다. 그 내부는 크고 천장이 높으며 단순한, 동그란 방 하나였기 때문이다. 원통의 벽 위쪽 절반 부분에서 벌집 모양을 이룬 여러 줄의 창문과 중앙에 있는 눈처럼 생긴 거대한 천창이 햇빛을 안으로 들여 내부를 밝혔다. 바닥에서는 2.5미터 높이의 칸막이를 세워 만든 응시생용 방들이 동심원 모양을 이루었으며 그 수용 인원은 2000여 명에 달했다. 고시관 중앙에는 배 위에 있는 까마귀 둥지처럼 천장 바로 아래에까지 연단을 올린 높은 기둥이 있었다. 관리자들은 부정행위를 찾아내기 위해 시험장을 모두 아울러 볼 수 있는 이 연단에 앉았다. 벽의 중간 지점(응시생들보다는 위지만 관리자들보다는 아래에 있는)에는 고가 보행로가 있었는데, 감독관들이 고시관을 한 바퀴 빙 돌아 순찰하는 길로 보안을 한층 강화하는 목적이었다.

해가 궁의 벽 너머로 떠오를 무렵, 제국의 망원장관인 린 코다는 중앙 연단에서 옆에 앉은 재상 코고 옐루를 바라보며 물었다.

"우리가 모두 주디에 있을 시절에 말이야. 다라에서 가장 훌륭하고 똑똑한 사람들이 네 질문 중 하나에 답해야 하고 출세하기를 원한다면 내 지시에 따라야 할 날이 오리라고 상상해 본 적이 있어?"

코고는 온화하게 웃었다.

"과거에 연연해하지 않는 게 가장 좋지 않을까. 오늘은 미래에 관한 날이니까."

린은 모욕감을 느끼고 고시관 출입구 쪽을 바라보았다. 그러고는 진지하게 말했다.

"문을 열어라."

*카시마*들은 다라 곳곳에서 왔다. 벽과 주랑 현관이 담쟁이덩굴과 나팔꽃으로 장식된 긴펜의 전설적인 고대 학당들에서 왔고, 스승과 제자 들이 공중에 매달린 연단에서 토예모티카 호수의 반짝이는 물에 떠 있는 바닥이 평편한 배까지 거닐던 뮈닝의 야외 학교들에서도, 스승과 제자가 아침에 운동과 여가를 위해 양 목장으로 향하기 전에 생각들을 토론했던 보아마의 안개 낀 토론회장에서도, 홀로 사는 학자들이 자연과 예술을 고찰하던 나 시온 인근의 지륜 삼림에 흩어져 있는 작은 마을들에서도, 국제적인 태도와 상업적인 목적이 뒤섞인 토아자의 화려하고 웅장하게 장식된 교실들에서도, 고대의 미덕을 찬양하며 현재의 고통을 달랬던 크리피의 돌담을 두른 학습장들에서도, 학생들이 씨름과 격투기, 검술과 같은 무술뿐만 아니라 책을 공부할 수 있도록 바닥에 돗자리를 깐 사루자의 사설 지식 교육관들에서도 왔다.

그들은 다라에서 최고로 꼽히는 학생들이었다. 재상 코고 옐루와 황실 선생 자토 루티가 고안한 라긴 황제의 제도는 여러 티로 국가들과 자나 제국 치하에서 발전한 고대 시험 제도의 계승이자 개선이었다. 표준화된 문제와 획일적인 채점 체계를 갖춘 황실 대시험의 목표는 응시생들의 출신지에 상관없이 다라가 가진 모든 재능을 거르고 골라 황제를 섬길 수 있는 최고의 재능을 솎아 내는 것이었다.

매년 다라 전역에서 학생들은 가장 가까운 도시에서 열리는 고을시험에 응시했다. 천문학에서 문학, 수학, 수생 및 육상 동물학에 이르기까지 다양한 주제에 관한 질문에 답해야 했고, 합격자들은 토코 *다위지*라는 지위를 부여받았다. 응시생 100명 중 대략 열 명에서 스무 명 정도가 그런 업적을 달성했다.

그러고 나면 토코 *다위지*는 2년마다 열리는, 여러 가지 주제로 글을 써야 하는 속주시험(屬州試驗)에 응시할 수 있었다. 글은 학식, 통찰력, 창의성, 논거의 사용, 서예의 아름다움과 같은 기준에 따라 평가되었다. 100명 중에서 두세 명 정도만 속주시험에서 통과해 *카시마* 지위를 얻을 수 있었다.

마지막으로, 5년마다(이번 대시험은 민들레 왕조가 세워진 이래 처음 열리는 것이었다) 각 속주와 영지의 *카시마*들이 권역별 수도에 모여 대시험을 치를 후보자들을 선발했다. 각각의 영지나 속주에는 할당된 출입증의 수에는 제한이 있었기에 총독이나 왕, 공작이나 후작은 시험 점수와 성격, 추천서, 발표 능력을 비롯한 다양한 요소들에 근거해서 응시자들을 선발해야 했다. 선발된 *카시마*들이, 즉 군계일학들이 판에 모였다.

모두 몇 년 동안 이 순간을 준비해 왔다. 평생 이 대시험만을 준비해 온 사람들도 있었다. 속주 시험에 단번에 합격한 사람도 있지만, 티로 왕국 시대나 자나 제국 치하에서 여러 번 시험을 치렀지만 합격하지 못한 데다가 반란과 국화·민들레 전쟁으로 모든 시험이 중단되면서 머리가 허옇게 셀 때까지도 기회를 얻지 못한 사람도 있었다. 여기까지 이르기 위한 그들의 여정은 단순히 마차를 타고 울퉁불퉁한 길을 지나거나 바다를 건너는 항해 이상으로 길고 고된 것이었다. 아노 고전과 해설용 책들을 숙독하며 오랜 시간을 보낸 그들은 젊음의 기쁨, 나른한 여름과 한가한 겨울을 박탈당했다.

가문 전체의 꿈이 그들에게 달려 있었다. 검과 말로 작위를 얻은 귀족들은 후손들이 붓과 글을 쓰는 칼로 작위에 명예를 더하기를 바랐고, 막대한 부를 축적한 상인은 학식 있는 자손이 황실을 위해 일해야지만 얻을 수 있는 존경을 두르고자 했다. 스스로 영광을 추구했으나 실패한 아버지는 아들이 자기의 꿈을 이루기를 원했고, 무명에서 벗어나고 싶은 친인척들은 모든 자원을 끌어모아 똑똑한 아이 한 명만을 지원했다. 완벽한 글을 쓰는 비결을 알고 있다는 스승들에게 거액의 돈을 건넨 이가 무수했고, 비싸기만 할 뿐 아무짝에도 쓸모없는 부정행위용 종잇조각과 벼락치기 공부용 원고를 파는 사기꾼들에게 돈을 건넨 사람들은 훨씬 많았다.

고시관으로 줄지어 들어간 *카시마*들은 근위대원들에게 출입증을 제시했고 일일이 깐깐하게 검사를 받았다. 몸수색도 이루어졌는데, 파리 머리만큼이나 작은 진다리 글자로 빽빽하게 쓰인 쪽지나 몇몇 대필가가 사전에 지은 글을 풍성한 옷주름이나 몸을 감싼 긴 소맷부리에 숨기는 일을 막기 위해서였다. 손에 익은 붓이나 글쓰기용 칼, 루소나 피소웨오의 사원에서 받은 행운의 부적을 가지고 오는 일은 그 누구에게나 금지되었다. 대시험 고시관은 즉 학자들의 *전쟁터였다!* 대시험에 너무나 큰 것이 걸려 있었기에 부정을 저지르고 싶은 유혹은 매우 강했다. 코다 공은 아무런 문제 없이 대시험을 치러 내겠다고 굳게 마음 먹었다.

응시생들이 지정된 칸막이에 자리를 잡자 린 코다는 지침을 읽어 내렸다.

"앞으로 사흘 동안, 제군들의 자리는 곧 제군들의 집이 된다. 그 안에서 먹고, 자고, 그 안에 있는 요강을 사용해야 한다. 어떤 이유로든 그 자리를 떠나면 올해의 대시험을 포기하는 것이다. 외부와 접촉할 가능성은 그 어떤 식으로든 허용되지 않는다.

지정된 자리에서 연습용 종이, 붓, 먹물, 밀랍, 글쓰기용 칼이 있다. 그리고 새 비단 한 폭도 있다. 최종 답문은 책상의 오른쪽 위에 있는 나무 상자에 넣어 그 덮개를 닫아 두어야 한다. 표의 문자를 어떻게 쓸지 주의 깊게 계획하기를 바란다. 하루에 세 번 음식을 배급할 것이고 밤에는 촛불 두 개가 주어진다.

칸막이를 두드리거나 쪽지를 두드리거나 여타 다른 '창의적인' 방법으로 다른 응시생과 소통하려고 들면 안 된다. 시도하는 것만으로도 즉각 실격되며, 감독관들이 제군들을 고시관 밖으로 데리고 나갈 것이다.

사흘째 되는 날 해 질 녘까지 답문을 완성해야 한다. 끝나기 한 시간 전에 알려 주겠지마는, 내가 시간이 다 되었음을 알리는 순간 제군들은 상자 안에 최종 답문을 넣어 제출할 준비를 완료해야 한다. 시간을 연장해 달라고 구걸하지 말라."

1000여쌍에 달하는 눈이 그의 말 한마디 한마디에 목을 매듯 린코다를 올려다 보고 있었다. 앞에는 종이가 펼쳐져 있었고, 붓들은 먹물을 머금은 채 가지런히 놓여 있었으며, 용기 안에는 밀랍이 담겨 있었다. 린은 미소를 지으며 이 순간의 중요성을 음미했다. 그러고는 목청을 가다듬고 말을 이었다.

"올해 글감 주제는 황제께 직접 선정하신 것이다. '만약 그대가 다라 황제의 최고 고문이라면, 섬사람들의 삶을 개선하기 위해 어떤 정책을 즉시 펼칠 것인가? 미래뿐만 아니라 역사도 고려하라. 제자백가의 철학적인 생각도 환영하나 자신의 견해를 제시하는 것을 두려워하지 마라.' 이제 시작해도 좋다."

대부분의 응시생들에게 앞으로의 사흘은 인생에서 가장 힘든 날이 될 것이었다. 대시험은 단순히 지식과 분석력을 시험하는 것이 아니라, 의지와 목적의 지구력과 확고함을 시험하고자 하는 것이었다. 한 편의 글을 쓰는 데 사흘은 사실 너무나 긴 시간이었으며, 응시생들의 가장 큰 적은 자기 회의였다.

어떤 이들은 첫날 초안을 쓰느라 연습용 종이를 모두 사용해 버렸고, 그 이후 먼저 쓴 것을 지운 다음 남은 흔적 위로 초안을 작성해야 했다. 또 어떤 이들은 너무 이른 시간에 비단에 글을 옮겨 적는 바람에 나중에 마음에 바뀌어, 비단을 망치지 않고서는 이동하거나 지울 수 없는 잘못 쓰인 밀랍 표의 문자를 두고 불경스러운 말을 내뱉었다. 몇 시간 동안 벽을 응시하며 어두운 바다로 돌진하는 은빛 물고기들처럼 잡힐 듯 잡히지 않는, 가물가물한 라 오지의 경구 중 완벽한 인용문 하나를 기억해 내려고 애를 썼다. 황제를 추어올리기 위해 그 질문에 황제가 어떤 답을 내놓을지 알아맞히고 싶어 속살이 보일 때까지 손톱을 물어뜯는 사람도 있었다.

시험 시작 여섯 시간 후 첫 낙오자가 나왔다. 빠르게 글을 쓰는 편이었던 그는 이미 글을 완성해 버렸고, 비단에 옮겨 적은 뒤에야 자신의 추론에 치명적인 오류가 있다는 걸 깨달았다. 많은 밀랍을 긁어 내고 다시 시작하면 서예가 망가질 테지만 표의 문자를 그대로 두는 건 결함 있는 주장을 제출하는 꼴이었다. 한바탕 조바심으로 수년간의 노력이 헛되이 낭비된다고 생각하니 그는 견디기 힘들어졌고, 결국 소리를 지르며 글쓰기용 칼로 자해하기 시작했다.

시험 관리자들은 이러한 사태에 대비했다. 감독관 네 명이 곧장 그의 칸막이로 가 의사의 치료를 받도록 했고, 머무는 여관에서 회복할 수 있도록 그를 고시관 밖으로 데리고 나갔다.

"사흘 내내 몇 명이나 버틸 수 있을지 내기할까? 나는 100명 중 90명도 못 버틸 거 같은데."

코고 옐루의 물음에 린 코다가 고개를 저었다.

"쿠니와 내가 대시험에 큰 뜻이 없었다는 게 다행이지."

첫날이 끝나자, 공작과 재상은 밤을 보내기 위해 관찰 연단을 떠났지만 감독관들은 고시관 주변을 계속 순찰했다. 커다란 등잔불이 사방을 밝혔고, 감독자들은 부정행위를 잡아내기 위해 횃불 뒤편의 굴곡진 거울로 빛을 한군데로 모으며 무작위로 칸막이를 환하게 비추었다.

응시생들은 난관에 봉착했다. 첫날 밤에 촛불 두 개를 다 써서 초고를 좋게 마무리하고 수정본과 서예는 이틀 동안 하는 게 나을까? 아니면 첫날 밤에는 푹 자고 둘째 날 밤샘을 위해 촛불을 아끼는 것이 더 전략적인 선택일까? 시간이 지나며 칸막이의 절반 정도는 불이 켜진 채로 남았고 나머지 절반은 어두워졌지만 응시생들은 쉬잠들 수 없었다. 다른 응시생들이 종이를 바스락거리며 돗자리에 앉은 몸을 움직여 댔고, 환한 빛줄기가 머리 위를 맴돌았으며, 시간이 낭비되고 있다는 두려움이 가슴을 옥죄었기 때문이다.

서른여섯 명의 응시생이 밤새 압박감에 무너져 내려 고시관 밖으로 실려 나가야 했다.

둘째 날과 둘째 날 밤에는 상황이 더욱 나빠졌다. 씻지 않은 몸과 먹다 남은 음식, 가득 찬 요강들에서 나는 냄새가 코를 찔렀고, 일부 응시생들은 모든 자원을 조금씩이나마 더 활용하기 위해 극단적인 조치에 의존하기도 했다. 어떤 이들은 최종안을 쓰려면 밀랍이 얼마나 필요한지 계산한 다음 남은 것들은 촛불에다 보태 조명 시간을 연장했다. 종이가 다 떨어져 칸막이벽을 글쓰기 연습용 공간으로 사용하는 사람도 있었다. 국그릇과 함께 주어지는 금속 숟가락을 달구어 비단에 반대편에 문지르는 사람도 있었는데, 그렇게 하면 잘못 쓰인 표의 문자가 부드러워지며 비단 표면을 해치지 않고 벗겨져 나왔다. 먹물을 묽게 하고 더 오래가도록 만들기 위해 야자열매 즙을 쓰는 사람도 있었고 심지어는 손으로 더듬어 밀랍 덩어

리를 느끼고 모양을 잡으며 어둠 속에서 최종 답안을 조각하는 이
도 있었다.

감독관들은 규칙을 우회하는 개별 사례를 발견하고 린과 코고를
찾아왔다.

"이건 부정행위가 아니지. 그런 행위를 명시적으로 금지한 건 아
니니까."

코고가 얼굴을 찌푸린 채 말했다.

"좀 봐주자. 이런 속임수 몇몇에는 쿠니도 감명을 받을걸."

린이 너그럽게 말했다.

피로로 실신하거나 심한 긴장으로 자제력을 잃은 응시생 수십 명
이 추가로 고시관에서 끌려 나갔다. 빈 칸막이들은 움직이는 바다
에 있는 고요한 산호섬처럼 고시관 안에 띄엄띄엄 흩어져 있었다.

마침내 사흘째, 해가 떠오르자 응시생들은 경쟁의 마지막 단계에
접어들었다. 대부분은 이제 완성된 글을 비단에다 옮겨 적고 있었
다. 세세한 부분까지 주의를 기울여 가며 밀랍 표의 문자들을 조각
하고, 겉치장 용도인 진다리 문자들을 물 흐르는 듯한 소용돌이 모
양들과 함께 먹물로 찍어 넣었다. 완성된 답문을 제출하는 상자는
매우 얕았고, 응시생들은 그 안에 들어갈 만큼 평편하게 접히도록
비단에 표의 문자들을 전략적으로 배치해야 했다. 각각의 산에는
그에 맞는 계곡이 필요했고, 각각의 탄성에는 절제된 탄식이 필요
했다. 그 시험은 단순한 추론과 설득을 위한 연습이 아니라, 3차원
기하학과 관련된 실질적인 문제였다.

둘째 날에 밤을 지새우기로 선택했던 사람들은 이제 실수를 깨달

았다. 지쳐서 떨리는 손은 글쓰기용 칼을 안정적으로 잡을 수 없었고, 밀랍의 표면은 울퉁불퉁해졌으며 들쭉날쭉한 칼자국이 남았다. 짧은 낮잠을 자야 한다고 생각하는 응시생들도 있었지만, 그들 중 몇몇은 마감 시간 넘어서까지 잠을 잔 자신들을 발견하고 공포에 질릴 예정이었다.

해가 판의 성벽 아래로 지자 린 코다는 관찰용 연단에서 한 시간이 남았다는 경고를 발령했다.

하지만 완연한 무기력증에서 깨어나는 응시생은 드물었다. 대부분은 한 시간 안에 달라지는 건 별반 없다고 생각했다. 그들은 글을 접어서 상자에 넣고 돗자리에 드러누운 채 두 팔로 눈을 가렸다. 몇몇 응시생은 제시간에 글을 완성할 수 없다는 것을 깨닫고 미친 듯이 움직였다.

"칼과 붓을 내려놓아라!"

코다가 외쳤다. 그 선언은 응시생들이 사흘 중 들은 것 중 가장 달콤한 소리였다. 그들을 지옥에서 해방해 준 명령이었다.

"스승님, 저는 최선을 다했습니다. 나머지는 운에 달렸습니다."

조미 키도수가 상자 뚜껑을 닫은 뒤 칸막이의 돗자리 위에 다시 *미파 라리* 자세로 앉으며 속삭였다.

그녀는 스승이 옆에 머물러 있기를, 판으로 오는 길에 자신이 내린 결정에 관해 물어볼 수 있기를 바랐다. 비밀리에 이루어진 일이었는데, 그게 자기가 이룬 모든 것을 망치지 않으면 했다. 하지만 조미는 이제 혼자였다.

그래서 조미는 계획과 계산의 신 루소와 순전한 무작위의 신인 타주 모두에게 스승이 가르쳐 준 대로 기도했다.

제5장

미미

다수섬

일명천(一明天) 22년(첫 번째 대시험이 있기 18년 전)

난초의 해이자 마피데레 황제가 생의 마지막 순간을 보낸 해였던 일명천 22년 어느 겨울날, 다수섬 북쪽 해안의 작은 마을에서 고기잡이와 농사일로 생계를 꾸리던 가난한 가족인 아키 키도수와 오가 키도수 사이에 여자 아기가 태어났다.

가진 재산은 거의 없었지만 그 일가가 사는 작은 오두막은 항상 기쁨의 빛으로 따뜻했다. 아키 키도수는 채소밭을 가꿨고, 어망을 고쳤고, 남은 생선과 산나물, 정원 달팽이, 절인 애벌레로 찌개를 만들었다. 크리피나 뮈닝의 대궁전에서 대접받는 산해진미만큼이나 훌륭한 맛을 내는 찌개였다. 오가 키도수는 낮에는 다른 어부들과 함께 바다에서 일했고, 밤에는 나뭇가지와 흙을 발라 만든 벽에 난 구멍들을 메우며 그때그때 지어낸 이야기로 아내와 아이들을 즐겁게 해 주었다. 나이 먹은 아이들은 어린 동생을 돌보았고 부모님을 도우면서 일을 배웠다. 그들은 평범하지만 흔하지 않았고, 유순하지만 비굴하지 않았으며, 고되지만 지쳐 빠지지 않는 삶을 살았다.

그 여자 아기는 태어나면서 큰 소리로 울었지만, 그녀의 목소리는 곧 울부짖는 바람에 잠겼다.

같은 날, 마피데레 황제의 선단은 '불멸자들의 땅'으로 가는 길을 탐험하기 위해 다수섬을 떠났다.

말년이 된 마피데레는 점점 더 생명 연장에 집착했다. 자칭 마술사들과 연금술사들이 궁정으로 몰려들어 영약과 물약, 주문, 의식, 운동을 비롯해 시간이 몸에 입히는 손상을 멈추거나 심지어 되돌리기 위한 방법을 늘어놓았다. 사람을 혹하게 하는 해결책은 무수했지만 모두 공통된 특징이 있었다. 바로 막대한 돈을 내야 한다는 것이었다.

눈을 반짝이며 약속을 속삭이는 사람들에게 제아무리 많은 돈을 건네고 어떤 이국적인 운동을 하고 음식을 먹고 기도를 해도, 해가 갈수록 황제는 점점 더 늙고 병들었다. 거짓말을 하는 사기꾼들을 죽이더라도 상황은 조금도 나아지지 않는 듯했다.

마침내 황제가 포기하려던 그때, 간 출신의 두 남자, 로나자 메투와 후진 크리타가 황제의 잿빛 마음에 다시 불을 붙이는 이야기를 가지고 찾아왔다.

북쪽에 땅이 하나 있다고 했다. 다라의 최북단에 있는 섬들 너머

수평선 아래, 해적들의 안식처로 쓰이는 흩어진 작은 섬들 너머에, 바다 갈매기들이 둥지를 튼 암초와 환초 너머에, 죽음의 여신 카나의 불같은 손가락들이 닿지 않는 땅이 있으며, 그곳에서 사람들은 불멸의 축복을 누린다고 했다.

"그 왕국에 사는 이들은 영원한 젊음의 비밀을 알고 있사옵니다, *렌가*. 그리고 저희는 길을 알고 있사옵니다. 불멸자 몇 명을 여기로 데려와 그들의 지식을 구하시면 됩니다."

"너희가 어떻게 그걸 아느냐?"

황제는 쉰 목소리로 속삭이듯 물었다.

"간의 상인들은 항상 새로운 땅과 무역로를 찾습니다. 그 땅의 경이로움을 말하는 많은 이야기에 저희는 오랫동안 흥미를 느껴 왔습니다."

두 사람 중 젊고 말솜씨가 좋은 후진 크리타가 말했다.

"잠시 지나가듯 언급되는 내용을 찾기 위해 고대 문헌을 샅샅이 뒤졌고, 단서를 찾기 위해 폭풍의 저주를 받은 어부들이 모아 둔 이상한 잔해들을 조사했습니다." 좀 더 침착하고 계산적인 느낌을 주는 로나자 메투가 말했다. "추론에 추론을 하다 보면 결국 피할 수 없는 결론이 나옵니다. 불멸자들의 땅은 진짜입니다."

마피데레는 사내들의 강인한 팔다리와 잘생기고 거만한 얼굴을 부러운 눈으로 바라보았다. 황제는 상인들의 목소리에서 동전들이 쟁그랑거리는 소리를 듣는 것처럼 보였다.

"그 이야기들은 어쩌면 그저 하등의 믿을 가치가 없는, 라파 신의 몽상초와 관련된 실체 없는 신기루일지도 모른다."

"하지만 전해지고 또다시 전해지는 이야기들을 기록한 것이 역사가 아니라면, 역사란 게 무엇이겠습니까?"

"그리고 황제께서 실현하시기 전까지 통일된 다라도 꿈이었을 뿐이었습니다. 안 그렇습니까, *렌가*?"

크리타와 메투가 차례대로 물었다.

"세계는 웅장하고 바다는 끝이 없습니다. 모든 이야기는 어느 한 곳에서는 분명한 진실이 됩니다."

크리타가 말했다.

황제는 그들의 말에 기뻐했다. 남자들의 추론에서는 논리라곤 찾아보기 힘들었지만, 때로는 신념이 논리보다 중요할 때도 있었다.

"그럼 길을 알려 다오."

남자들은 서로를 바라보더니 다시 황제를 향해 몸을 돌렸다.

"완성되기 전에 알려지면 안 되는 비밀도 있습니다. 심지어 자나의 황제께도 누설할 수 없습니다."

"물론 그렇겠지."

황제는 속으로 쓴웃음을 지었다. 그는 여러 해에 걸쳐 이런 부류에 대해 알게 되었다. 익숙한 사기의 징후를 발견하게 되어 유감이었다. 그러나 그는 희망이라는 유혹의 노래를 거부할 수 없었다.

"어떻게 하자는 거냐?"

남자들은 망설였다.

"음…… 불멸자들의 땅은 아주 멀리 떨어져 있는 고로, 긴 여정에서 살아남기 위해서는 매우 크고 튼튼한 배들, 거의 바다 위를 떠다니는 도시라고 할 만한 선단이 필요할 것입니다."

"비행함은?"

"아닙니다! 이 여정에는 수개월, 어쩌면 수년이 소요될 것입니다. 비행함이 나를 수 있는 물자 조금으로 감당하기엔 그 땅은 너무나 먼 곳에 있습니다. 황제께서는 저희의 설계를 바탕으로, 힘든 여정에 대비한 특별한 선단을 만드셔야 합니다."

건설 자금에서 돈을 빼돌려서 이득을 보려는 심산인가? 황제는 생각했다. 상관없었다. 그에게는 그런 상황에 대처할 방법이 있었다.

"너희 중 한 사람은 배의 건조를 맡고, 다른 한 사람은 선원과 물자를 모으도록 하라. 필요한 건 뭐든지 내줄 것이다."

두 남자는 흡족해하는 것처럼 보였다.

"준비가 끝나면, 한 사람은 원정을 지휘할 것이고 다른 한 사람은 좋은 소식이 오기를 기다리며 이곳에 나와 함께 머물 것이다."

황제는 남자들의 얼굴을 유심히 관찰했다.

두 남자는 서로를 쳐다보았다. 입을 먼저 연 건 크리타였다.

"네가 가, 내 오랜 친구. 네가 선원으로서는 나보다 나으니까."

"아니야. 설득에는 네가 더 뛰어나니 네가 가는 영광을 누려야지. 나는 남아서 우리 둘의 가족을 돌볼게. 넌 우리와 황제를 실망시키지 않을 거야."

도둑놈들에겐 명예란 게 없는 법이지. 정말로 저들이 사기꾼이라면, 둘 중 그 누구도 다른 한 사람이 돌아오지 않았을 때의 내 분노를 맞닥뜨리고 싶지 않을 거야. 하지만 둘 다 이곳에 머물겠다 자청했고 기꺼이 가족을 남겨 두고 떠날 마음도 있어. 그러니 어쩌면 정말로 불멸자들의 땅으로 가는 길을 알고 있을지도 몰라. 황제는 생

각했다.

마피데레의 배 대목(大木)들은 상인들의 설계를 바탕으로 거대한 도시급의 선박들을 건조하기 위해 밤낮으로 일했다. 각각의 선박은 판의 망루만큼 높았고 갑판은 말이 질주할 수 있을 만큼 넓고 길었다. 몇 년 동안의 보급품을 저장하기 위한 높은 선반들과 귀향길에 오를 불멸자 손님들을 위한 호화로운 전용 객실들도 갖추었다. 1만 2000명에 달하는 사람들이 미지의 북방 해역으로 향하는 원정을 위해 징집되었는데, 숙련된 선원, 무용수, 요리사, 재봉사, 목수, 대장장이, 군인 들이 포함되었다. 우수한 다라 문화를 보여 주어 불멸자들에게 깊은 인상을 남기려는 목적을 지니고 태운 사람들이 있는가 하면, 필요에 의해서는 좀 더 강압적인 수단을 통해 불멸자들에게 황제의 명령에 복종하는 지혜를 가르치기 위한 사람들도 있었다. 황제의 총애를 조금 적게 받은 부인 한 명에게서 태어난 한 황자는 황제가 불멸자들에 보이는 존경의 표시로 원정길에 함께할 예정이었다.

황태자 풀로는 다라 제도의 최북단인 다수섬에서 출발하는 선단을 환송하기 위해 친림했다. 그는 선원들 앞에 나서서 하늘과 바람의 신인 키지와 해류와 소용돌이의 신 타주에게 기도를 올렸다. 그러고 나서 안개와 파도 사이를 꿰뚫어 보고 길을 찾을 수 있도록, 뱃머리에 그려진 두 눈에다 눈알을 그려 넣으라고 명령했다.

날은 추웠지만 하늘은 맑고 바다는 고요했다. 탐험을 떠나기에 좋은 날이었다.

폭풍은 마지막 배의 돛대가 수평선 아래로 떨어지자마자 시작되었다. 바람은 땅과 바다를 가로질러 울부짖으며 오두막들의 지붕을 뜯어냈고, 나무들을 휘어 부러뜨렸다. 비가 억수같이 쏟아져 손 닿는 거리 너머로는 앞이 보이지 않았다. 선단을 배웅하러 나온 고관대작들과 관리들은 천둥이 울리고 번개가 하늘을 가로지르자 공포에 떨며 지하실로 몸을 피했다.

사흘 후, 폭풍은 시작될 때처럼 갑자기 멈췄고, 아치 모양의 밝은 무지개가 바다 위로 드리웠다.

풀로 황태자는 비행함들에 바다를 정찰해 선단의 흔적을 찾으라는 명령을 내렸다. 그들은 아무것도 찾지 못하고 사흘 만에 돌아왔다.

해군이 소집되는 동안 다수섬의 모든 어선은 즉시 바다로 출동했다. 선단을 잃었다고 생각하는 사람이 많았으며 어부들은 생존자를 찾으라는 지시를 받았다. 사실, 그들의 유일한 관심사는 황자였다. 황제가 황자의 이름을 기억할지조차도 의심스러웠지만(그렇지 않다면 왜 바보 같은 일에 선택되었겠는가?) 그래도 그는 황제의 아들이었으며 다수섬의 총독과 수령들은 수색에 충분한 열의를 보이지 않으면 어떤 결과를 맞이하게 될지 두려워했다.

그래서 어부들은 쉴 수 없었다. 돌아오자마자 다시 더 먼 바다로 나가라는 말을 들었다. 아무리 피곤하거나 졸려 보여도 황자를 찾기 전까지는 집에 갈 수 없었다.

많은 이들이 돌아오지 못했다.

풀로 황태자는 해안가에서 기다렸다. 그는 남동생을 다시 볼 수 있다는 희망을 포기한 상태였고, 선단의 잔해가 해안으로 밀려오기를 기다리고 있었다. 그러나 해변에 나타난 표류물들 가운데 그 어떤 것도 선단에서 나온 것 같지는 않았다.

폭풍이 끝난 지 열흘 만에 마침내 아룰루기섬의 뮈닝으로부터 대규모 함대가 도착했지만 풀로 황태자는 말했다.

"수색을 취소하라. 지금은 폭풍의 계절이다. 더 많은 생명을 위험에 빠뜨릴 필요는 없다. 아바마마께는 내가 알리겠다."

황제가 원정을 더 확실하게 믿을 수 있도록 뒤에 남았던 로나자 메투는 선단이 수색을 위해 내보내진 비행함과 어선 들이 가 닿지 못하는 곳까지 항해했을 거라고 확신했다. 폭풍은 그 배들을 질주하게 만드는 키지 신의 독특한 방법에 지나지 않는다는 것이었다.

그러나 마피데레 황제는 그 불길한 징조를 달리 해석했다. 키지 신과 타주 신은 선단을 해체하고 배들의 흔적조차 사라질 때까지 파편들을 집어삼켰다. 이것은 분명 그가 또다시 속았음을 알리는 신들의 방식이었다.

메투는 그 자신과 동료의 삼족에 포함되는 모든 남자와 함께 사형당했다. 황제는 그들의 피가 신들을 달래 주었는지는 딱히 신경쓰지 않았지만, 적어도 스스로는 만족해했다. 이로써 죽은 아들에게 충분한 열의를 보여 준 것이기를 바랐다. 죽은 아들의 영혼이 자신을 찾아와 괴롭히지 않을 정도로, 저승에서 다시 만난다 해도 스스로 겸연쩍지 않을 만큼은 한 것 같았다.

다라에 선단을 전멸시킨 폭풍에 대한 이야기가 아예 없던 것은 아니었다. 다수섬과 루이섬의 민간전승에 따르면, 격정적인 키지가 그의 형제자매 신들에게 화를 내면 그런 폭풍이 몰아닥친다고 했고, 그럴 때 태어난 아이들은 매우 운이 좋은 때가 있는 것으로 전해졌다. 그러나 키지 신을 모시는 사제들과 다수섬의 씨족장들은 이 폭풍을 점괘 책이나 씨족 사당 문서에 기록하지는 않았다. 황제가 이미 말하지 않았는가? 그 폭풍이 부는 시간은 저주받은 시간이었다.

하지만 아키 키도수는 그들의 판단에 따르지 않았다. 남편은 갓 태어난 딸과 며칠 밤을 보내기도 전에 겨울 바다를 가르는 소형 선단에 징집되었다. 수령은 그 선단더러 불멸자들의 땅으로 원정을 떠난 불운한 황자를 찾으라고 시켰다.

"부탁드립니다, 나리. 아내와 어린 딸한테는 제가 필요합니다. 우리 아기는 더 이상 아이를 낳을 수 없을 거라고 생각하던 저희 부부에게 찾아온 뜻밖의 선물입니다. 투투티카 사원의 비구니들께서는 아기를 특별히 보살펴야 한다고 말했습……."

"여자가 아이를 낳는 건 자연스러운 일이다. 재능 있는 자는 황제를 섬기는 영광을 누려야 한다. 듣자 하니 네가 이 근방에서 제일 뛰어난 선원이자 수영을 가장 잘한다더군. 넌 반드시 가야 한다."

"하지만 제 아들들이 이미 수색을 돕고 있습니다. 그러니 교대로……."

"네가 이야기꾼이라는 말도 들었다. 장어처럼 미끄덩거리는 혀를 가진 교활한 어부인 게지. 네 의무를 피하려고 들지 마라."

수령이 근엄하게 말했다.

"다음 날 돌아올 수 있으면 좋겠습……."

"아니, 넌 매년 봄마다 배로 하는 경주에서 우승하는 몸이니 누구보다 멀리 갈 수 있을 거다. 네가 다른 사람들보다 먼저 돌아온다면, 넌 반역자다."

다른 어부들은 한 명씩 지친 채 빈손으로 돌아왔다. 풀로 황태자가 다수섬을 떠나자 마침내 수령들은 어부들이 의무를 다했음을 확신할 수 있었고, 지친 이들은 드디어 집에 가서 쉴 수 있었다.

하지만 오가는 없었다.

아키는 간청했다.

"부탁드립니다. 마을의 다른 어부 가족들은 너무 지쳐서 다시 바다로 나갈 수가 없습니다. 해군이나 비행함에 부탁해서 그를 찾아주십시오."

"생각 없는 여자 같으니라고! 제국 해군과 공군을 한낱 어부를 찾기 위해 다시 내보내야겠느냐?"

"하지만 남편은 황자를 찾으러 갔습니다! 황제를 섬기려고요!"

"그렇다면 그는 자신의 목숨을 바친 것을 기뻐해야 한다."

마을의 남녀들은 충분한 힘을 회복한 다음 오가를 찾아 자진해서 바다로 나갔다. 사람들은 오가의 아들들더러 어머니와 집에 있으라고 고집을 부렸다. 비극이 일어날 가능성은 하나라도 가족에 충분하다는 것이었다. 사람들은 한 명씩 차례로 빈 배로 돌아왔고 아키에게 사과의 말을 중얼거렸다.

하지만 아키는 시체를 보기 전까지는 남편이 죽었다는 사실을 받아들이지 않을 참이었다. 곤궁한 사람들과 소박한 사람들은 황제와 마찬가지로 희망 앞에 무력했다.

"아빠는 수수를 수확할 때가 되면 돌아올 거야. 너에게 들려줄 멋진 이야기들을 엄청 많이 가지고 계실 거란다."

그녀는 새로 태어난 아기에게 젖을 먹인 후 속삭였다. 아키는 아기를 미미라고 불렀다. 입술을 핥으며 모유를 찾는 아키가 새끼 고양이 같았기 때문이다.

"미미티카, 걱정하지 마렴. 아빠는 다음 눈이 오기 전에 집에 올 거야. 널 어부바하고서 거센 바다에 떠 있는 배인 척해 줄 거야."

아키는 자장가를 불러 주었다.

"아빠가 여름이 끝나기 전에 집으로 돌아올 것 같아. 1년은 바다에서 보내기에 긴 시간이야. 해적들이 아빠를 구해 줬을 수도 있어. 아빠는 겨울밤에 다른 어부들하고 놀았던 것처럼 그들에게 즐거운 모험담들을 들려주고 있을지도 몰라."

아키는 쾌활한 척하며 노래하듯 말했다.

"넌 벌써 두 살이나 먹었어! 아빠가 널 보면 정말 놀랄 거야."

그러고 나서 아키는 한숨을 내쉬었는데, 아무도 자기 말을 들을 수 없다고 생각해서였다.

그녀는 매일 아침 해변에서 잔해를 찾아 헤맸고, 집으로 돌아오는 어선의 선원들에게 바다에 나가 있는 동안 뭔가를 보았는지 계속해서 물었다. 또 매일 저녁 키지 신과 타주 신에게 기도를 올렸다.

1년에 한 번, 가을 추수가 끝난 다음 지주에게 임대료를 내기 위해 다예 시장에 갔을 때, 아키는 총독의 저택에 찾아 붙잡힌 해적들에 관한 소식을 확인하며 남편과 인상착의가 일치하는 사람이 있는지도 물었다. 관리들은 윙윙거리는 파리라도 되는 양 쉬이 하며 그녀를 내쫓았다. 그들에게는 더 중요한 걱정거리들이 있었다. 새 황제인 에리시가 즉위했고, 먼 곳에서 반란이 일어났다는 소문이 돌았다. 이미 수많은 사람이 훨씬 덜 불가사의한 방법으로 죽었는데도 남편이 죽었다는 사실을 받아들이지 못하는 미친 여자를 상대할 시간이 없었다.

총독의 저택을 나온 아키는 잊지 않고 키지 신을 모시는 사원에 들러 공물을 올리고 조언을 구했다. 승려들과 비구니들은 인내심을 갖고 신들을 믿으라고 말했다. 하지만 그들은 자주 그녀를 홀로 내버려 두었고 때로는 말을 하다 말고 자리를 뜨기도 했다. 키지 신과 그의 수행원들을 위한 선물로 가득 찬 상자를 들고 사원에 들어오는 잘 차려입은 나리들과 마나님들을 맞이하기 위해서였다.

가난한 가족의 아이들이 대부분 그렇듯 미미는 걷자마자 어머니를 돕기 위해 들판과 해변에 나갔다.

봄이면 어머니와 열두 살 정도 나이가 많은 오빠들이 쟁기를 끄는 동안 그녀는 한 걸음씩 아장아장 발을 떼며 수수와 기장 씨앗을 흙으로 밀어 넣었다. 여름이면 텃밭에 있는 잎사귀들에서 살찐 애벌레를 잡아 머리를 으깬 다음 여전히 꿈틀거리는 그것들을 연잎 주머니에다 넣어 두었다. 나중에 간식으로 구워 먹으려는 것이었다. 고기를 살 여유가 없을 정도로 가난한 사람들이 입을 달래는 방법이었다. 어기(漁期)에는 조수로 배를 탈 나이가 되기 전부터 그물의 구멍을 때우는 일과 생선을 말리거나 반죽할 준비를 도왔다. 그러다 날카로운 비늘에 손바닥이 베고 소금에 손가락이 쩔리면 움찔 놀라며 얼굴을 찡그렸다. 미미의 두 손은 굳은살로 뒤덮여 땅에서 파낸 타로토란처럼 보였다.

"꼭 내 손 같구나."

어머니의 말은 칭찬도 탄식도 아니라 사실을 진술한 것이었다. 자신의 손이 훨씬 작았지만, 미미는 어머니 말이 맞다고 생각했다.

그녀는 두 오빠가 오래전에 입었던, 거의 누더기나 다름없는 옷들을 물려받았다. 신발은 물에 떠다니는 나뭇조각으로 직접 만들어 낚싯줄로 발에다 묶었다. 미미는 비단의 질감을 전혀 알지 못했다. 하지만 가끔 부잣집 아들딸들이 말을 타고 밭 옆을 지나가는 것을 보았다. 그럴 때면 무지개처럼 색이 변하는 긴 옷단들이 석양에서 갈가리 찢겨 나온 구름 조각처럼 펄럭였다.

미미의 삶은 다라 전역의 수많은 농민 아이들의 삶과 다르지 않았다. 힘들게 일하고 인내해야 하는 것은 가난한 사람들의 운명이었다, 안 그런가?

하지만 미미는 놀이에서만은 다른 아이들과 달랐다. 사이가 나쁘지는 않았지만, 미미는 친구들 사이에서 영향력을 미치는 권력과 위계의 미묘한 거미줄에 적응하기 어려워하는 듯했다. 마을의 다른 아이들이 들판에서 서로를 쫓아다니고, 진흙을 던지며 싸움을 하고, 왕과 왕비를 뽑아서 다라 사회의 극적인 사건들을 따라 하는 동안, 그녀는 하늘을 가로질러 떠다니는 구름을 올려다보거나 해변을 가볍게 때리는 파도를 보며 혼자 돌아다니는 것을 좋아했다.

"뭘 보고 있어?"

다른 아이들이 가끔 물었다.

"바람 소리와 바닷소리를 듣고 있어. 안 들려? 또 말다툼하고 있어……. 그리고 지금은 농담을 지어내는 중이야."

미미의 또 다른 특이 사항이라면 말을 할 수 있다는 거였다. 그녀는 두 번째 생일이 되기 훨씬 전부터 어머니와 완전한 문장으로 대화를 나누기 시작했고, 눈으로 이해를 내비치며 어른들의 대화를 들었다. 모두가 그녀의 총명함을 이야기했다.

어쩌면 이 아이는 신들과 대화를 나누게 될 운명일지도 몰라. 아키는 생각했다. 위대한 남녀 사제들, 승려와 비구니가 신들이 자연에 남긴 표식으로부터 그 뜻을 알아낼 수 있었음을 전하는 전설이 많았다. 하지만 아키는 즉시 그런 생각을 떨쳐 버렸다. 수련 수사가 되려면 키지 사원에 기부를 해야 하는데, 그것은 고사하고 자식 누구도 마을의 훈장에게 보낼 형편도 되지 않았다.

그러다 에리시 황제와 자나 제국에 대한 반란이 일어났다. 봄비가 내린 뒤에 솟아오르는 죽순처럼 다라 전역에 새 왕들이 등장했다. 다라 전역에서 전쟁이 벌어졌지만, 다행히 다수섬은 최악의 상황은 면했다. 자나의 원수 킨도 마라나가 동원령을 내렸을 때, 자나의 심장부에 속한 이 작은 섬 출신의 청년들 다수가 본섬에서 일어난 반란을 진압하기 위해 군대에 합류했다. 영광을 찾고자 하는 이도 있었고 먹을 것과 봉급을 원했던 이들도 있었지만 미미의 오빠들처럼 자신들의 뜻과 상관없이 군대에 징집된 이들도 있었다.

돌아오는 이는 없었다.

"우리 아들들은 아버지랑 같이 집에 돌아올 거야."

아키는 더 열심히 기도했다. 때때로 미미도 어머니와 함께 기도했다. 삶에 존재했던 모든 남자가 사라졌는데 뭘 더 할 수 있었을까? 희망은 절대로 마르지 않는 돈과도 같았고, 힘들게 일하고 인내해야 하는 것은 가난한 사람들의 운명이었다, 안 그런가?

미미는 바람과 바다에 귀를 기울이며 징조를 찾았고, 조수와 구름을 읽어 내려고 노력했다. 신들이 기도를 들었을까? 미미는 확신하지 못했다. 신들이 내는 우르르 소리는 그들의 기분을 말해 주는 것 같았지만, 무슨 말을 하는지 도저히 이해할 수가 없어서 미칠 지경이었다. 혼란과 무질서의 신 타주를 대변하는 조수가 야성적인 쾌감을 누리며 커 가는 동안, 자나의 수호신 키지의 목소리를 실어나르는 바람은 분노와 절망으로 가득 찬 것처럼 보인다면 그건 무슨 뜻일까? 이 특정한 발언은 왜 중요할까? 또 다른 표현 방식은 어떻게 중요할까?

미미는 세상을 이해하려고 애썼지만, 세상은 파고들 수 없는 베일에 싸여 있었다.

미미가 다섯 살 때였다. 어느 날 밤, 그녀는 방향 감각을 잃은 채깨어났다. 어머니는 곁에서 곤히 잠들어 있었다. 무슨 꿈을 꾸다가깼는지 기억해 낼 수가 없었다. 그녀는 오두막의 벽 너머에서 무슨중요한 일이 일어날 것만 같은 예감을 느꼈다. 그래서 침대에서 일어나 까치발을 하고서 슬그머니 오두막을 빠져나왔다.

하늘은 달도 별도 없이 완전히 어두웠다. 미풍이 익숙한 짭짤한내음을 풍기며 바다에서 불어왔다. 하지만 바다와 하늘이 만나는 북쪽 수평선에서는 번개가 번쩍였고, 멀리서 천둥이 우르릉거리는 소리는 느려지고 둔해진 채 들려왔다.

미미는 눈을 가늘게 뜨고 수평선을 바라보았다. 번갯불이 계속되는 가운데, 어둠 속에서 하늘과 바다가 뒤섞이는 지점에서 흐릿한 모양들이 드러나는 것만 같았다. 떠다니는 섬처럼 거대한 거북 한 마리가 공중을 맴도는 비행함처럼 뿌연 하늘과 바다 사이에서 모습을 드러내더니 번개가 번쩍 치는 동안 서쪽으로 휙 헤엄쳐 갔다. 그 뒤로는 하늘과 바다의 경계를 쏜살같이 내달리면서 턱을 쩍 벌렸다 덥석 무는, 훨씬 더 거대한 상어의 윤곽이 보였다. 그것은 이따금 공중으로 뛰어오르며 커다란 호를 그리고, 번개 표시처럼 들쭉날쭉한 이빨을 드러냈다. 거북은 한가롭게 지느러미를 젓고 상어는 미친 듯이 꼬리를 휘두르는 것처럼 보였지만, 상어는 결코 거북을 따라잡지 못했다.

미미는 거북이 어부의 신 루소의 *파위*고, 상어는 파괴적인 본성을 지닌 바다의 신 타주의 *파위*라는 사실을 알았다. 그녀는 이동 민속 가극단의 공연을 보듯 그 극적인 장면을 열심히 지켜보았다.

하늘과 바다를 배경으로 한 기이한 불빛 공연이 바뀌었다. 이제 미미는 이상한 형태의 배 하나가 던져지다시피 하면서 파도 위를 타고 오르는 모습을 보았다. 동그란 모양의 그것은 폭풍 속에서 위아래로 오르락내리락하는 야자열매 껍질 반쪽이나 수련 잎처럼 생겼다. 돛은 오래전에 접혔는지 바람에 찢겨 사라진 듯했고, 순백색의 거대한 돛대 하나가 연꽃 줄기처럼 배 중앙에서 삐져나와 있었다. 아주 작은 형상들이 배의 삭구와 뱃전에 매달리려 했지만, 그중 몇몇은 배가 오르락내리락할 때마다 풀려 나와 소리 없이 파도 속으로 굴러떨어지는 것 같았다. 번개의 불안정한 조명은 유령과도 같은 배가 꼼짝없이 처하게 된 끔찍한 운명을 강조하는 듯했다.

거대한 거북은 배까지 헤엄쳐 가 그것을 수면 아래로 끌고 내려갔다가 다시 올라왔다. 배는 조그마한 따개비에 불과한 듯 거북의 등껍질에 새겨진 깊은 홈에 단단히 박혀 있었다. 섬과 같은 거북은 천천히 서쪽으로 계속 헤엄쳤고, 상어는 꼬리를 흔들고 아가리를 쩍쩍 벌리며 바짝 뒤에서 거북을 쫓았다. 하지만 거북은 느리면서도 거침없이 멀어지고 있었다.

바다 앞에서 모든 사람은 형제다.

미미는 고래의 길로 용감하게 나선 사람들에게 모든 섬사람과 마찬가지로 본능적으로 연민과 공포를 느꼈다. 바다라는 거대한 야만 앞에서 모든 인간은 똑같이 무력했다. 그녀는 거북과 거북이 실어 나르는 배를 향해 소리를 질렀다. 하지만 배 안에서 피난처를 구하고 있는 게 뭐가 됐든, 유령이든, 영혼이든, 신이든, 필멸자든 너무 멀리 있어서 그녀의 말을 들을 수 없으리라는 것을 확신했다.

거대한 상어는 전보다 더 높이 뛰어올랐다. 거대한 상어가 가장 높은 곳에 도달하자 길고 비틀린 번개가 쳤다. 그것은 거대한 비단뱀의 혀처럼 상어와 거북 사이의 공간을 가로질러 뻗어 나가더니 거북 등에 둥지를 튼 배를 덮쳤다.

모든 것이 번개의 거칠고 차가운 광채에 잠시 얼어붙었고, 그다음에는 어둠이 파괴의 현장을 감췄다.

미미는 비명을 질렀다.

폭풍이 다시 수평선을 밝혔다. 수평선에 있는 거대한 상어는 미미의 말을 들은 것 같았다. 강력한 꼬리를 흔들며 상어는 섬으로 돌아섰고, 상어의 거대한 두 눈은 등대의 빛줄기처럼 그녀를 조준했다. 상어는 번개 모양의 아가리를 크게 벌렸다. 몇 초 후 미미의 주위에서 거대한 천둥소리가 울리더니 갑자기 하늘에서 비가 억수같이 쏟아지며 빠져 죽겠다 싶을 정도로 그녀를 완전히 흠뻑 적셨다.

신을 거역한다는 게 이런 걸까? 이렇게 난 죽는 걸까?

요동치는 빛들이 만들어 내는 섬처럼 해변으로 헤엄쳐 오는 상어의 거대한 모습이 어렴풋이 보였다. 상어가 다시 한번 턱을 벌리자 갈지자형의 기다란 번개가 미미를 향해 긴 촉수처럼 손을 뻗었다. 그 주변에서 번개로 달아오른 공기가 탁탁 갈라지는 소리를 냈다.

시간이 느리게 가는 것 같았다. 미미는 눈을 감았다. 그녀는 자신의 짧은 삶이 곧 끝날 것임을 확신했다.

어떤 거대한 존재가 그녀의 머리 위를 덮치듯 내려왔다. 두개골 근처의 피부가 팽팽해지고 따끔거렸다. 그녀는 눈을 깜빡 뜨고 고개를 들었다.

희미하게 빛나는 거대한 맹금이 바다와 번쩍이는 번개의 혀를 향해 급강하했다. 너무 넓은 수리의 날개는 녹은 은으로 만든 다리처럼 하늘을 가렸다. 나부끼는 날개의 가장자리에 있는 깃털들은 별똥별처럼 번쩍였다. 그녀가 본 것 중 가장 아름다운 광경이었다.

수리는 상어의 아가리가 쏜 번개를 막기 위해 방패처럼 오른쪽 날개를 내렸다. 상어의 눈은 놀라서 커졌다가 다시 가늘어졌다. 쉭 하는 소리를 내는 빛의 혀가 맹금의 날개와 이어졌다. 화산이 폭발하듯 눈부시고 거대한 불꽃이 튀더니, 번개가 사방으로 갈라졌다.

적은 번갯불 하나가 미미의 얼굴에 와 박혔다.

미미는 자신을 관통하는, 녹은 열의 한 줄기 혀를 느꼈다. 머리 위에서 암석이 녹아내리고 있고 자신이 그 깔때기가 된 것 같았다. 지글지글 끓는 용암이 몸을 통과하며 뭐든 장기를 녹인 뒤 왼쪽 다리를 통과해 땅속으로 들어갔다.

미미는 비명을 지르고, 또 질렀다.

열기가 몸의 모든 세포를 태우는 동안 미미는 언제 자신이 정신을 잃었는지 기억도 나지 않았다. 행복한 무의식 속으로 가라앉기 전, 그녀는 바다에서 뛰어오르는 상어에게 급강하하는 빛나는 거대한 독수리를 마지막으로 기억했다. 하늘과 바다가 아주 거대한 전투에서 서로를 삼키려는 것과 같았다.

벼락에 맞은 미미는 얼굴에 흉터가 남았고, 왼쪽 다리는 마비됐다. 그녀는 며칠 동안 혼수상태로 침대에 누워 이따금 소리를 질렀고, 그날 밤에 본 것을 두고 앞뒤가 맞지 않는 말을 옹알거렸다.

"참 예뻤는데."

마을 약초꾼인 토라가 한숨을 내쉬었다. 알고는 있지만 말하지는 못하는 1000가지 일을 함축한 한숨이었다. 괜찮은 남편을 잃고 아들도 없어진 아키의 미래가 안정될 수 없으리라는 사실이나 변덕스러운 세상사에 대한 한탄 같은 것들이었다.

"걔는 열심히 일하잖아요. 흉터가 나도 그건 여전해요. 미미에게 해 주실 수 있는 일이 없을까요?"

아키가 차분하게 말했다.

"열병에는 얼음 풀을 처방해 줄 거고, 잠을 더 잘 자도록 라파의 끈도 줄 수 있어. 하지만 우리가 할 수 있는 일이라곤 그 애를 편안하게 해 주는 것뿐이야……. 만약을 대비해서…… 이웃들더러 무덤을 준비하는 일을 도와 달라고 하는 게 좋겠어."

"자신이 태어난 목적을 신들에게 묻기도 전에 데려가시려고 그분들이 늙은 나에게 미미를 주시진 않았을 거예요."

아키가 고집스럽게 말했다.

토라는 고개를 저으며, 아이가 태어난 저주받은 시간에 대해 뭐라고 중얼거리더니 자리를 떴다.

아키는 포기를 거부했다. 침대에 누운 미미의 옆에서 몸을 웅크리고 누워 미미의 체온을 데워 주었다. 이웃들은 바다 밑 숲의 해초 줄기 끝에 가끔 붙어 있는 다이란의 알들인 희귀한 양놀래기 주머니를 아키에게 가져다주었다. 그녀는 그것으로 탕을 끓인 다음, 그 효능을 더하기 위해서 생선 뼈 숟가락으로 미미에게 떠먹였다.

천천히, 미미는 회복했다. 어느 날 아침 깨어난 그녀는 차분하고 안정적인 눈빛으로 어머니를 바라보았고, 벼락을 맞은 밤에 보았던 것을 들려주었다.

"열에 들떠서 꿈을 꾸면 환각을 얼마나 많이 보는지 아니?"

미미는 자신의 기억이 꿈이라고는 생각하지 않지만 확신할 수는 없었다. 그녀는 그 점을 새삼스럽게 주장하지는 않기로 했다.

감각이 사라지고 말을 듣지 않게 된 미미의 왼쪽 다리에 대해 무슨 일을 할 수 있을지 알아보려고 토라가 다시 집으로 찾아왔다. 이제 다리는 그녀의 일부가 아니라 몸에 붙어 있는 남의 것이 된 듯했다. 미미는 다리를 끌어야 했다. 다리가 몸통과 연결된 엉덩이에서는 천 개의 바늘이 찌르는 듯 얼얼한 통증이 느껴졌다.

"새우 반죽과 해초로 습포제를 만들어 줄게. 통증이 줄 거야. 하지만 이 다리로는…… 다시 걷지 못할 거야."

아키는 미소를 지었고 아무 말도 하지 않았다. 힘들게 일하고 인내해야 하는 것은 가난한 사람들의 운명이었다, 안 그런가? 분명 신들은 미미로부터 그 능력을 빼앗지 않을 것이었다.

"너무 아파서 잠이 안 와요, 엄마. 이야기 하나만 해 주세요."

미미가 말했다.

제6장

백화(百花)

다수섬

아주 오래전

미미가 자라는 동안 아키는 추억이 될 이야기들을 많이 들려주었다. 그러나 기억은 떠올릴 때마다 의식의 칼이 새롭게 만들어 내는 밀랍 덩어리 같은 것이었으니, 미미가 성장하고 달라지면서 이야기를 기억하는 방식이 달라졌다.

화려한 은유가 흔해 빠진 직유를 대체했고, 세련된 완곡 대칭법은 꾸밈없는 표현을 대체했으며, 아노 고전을 흉내 낸 말들이 어머니의 중얼거림 속 바다의 형상들을 대체했다. 어머니의 말을 정확하게 떠올리는 것은 꽉 쥔 주먹의 손가락 사이로 빠져나가는 모래를 붙잡는 것만큼이나 불가능했다.

하지만 이야기의 핵심적인 부분은 그대로 남았다. 그리고 그런 기억들 속에는 고향의 향기가 묻어 있었다. 그것들은 그녀가 어린 시절에 꾼 꿈의 풍경이었고, 첫 번째 이야기의 기슭이었다.

자, 우리 미미티카, 네 아버지와 내가 아이를 갖기 전에 말이야. 기나긴 겨울밤, 우린 사랑을 나누고 나서 잠들기 전에 서로에게 이야기를 들려주면서 즐거운 시간을 갖곤 했어. 그건 우리의 부모님이 들려준 이야기들이었고, 그분들이 들려주기 전에는 우리 부모님의 부모님이 우리 부모님에게 들려준 이야기들이었어. 때때로 우리는 이야기에다 살을 붙였는데, 딸이 어머니로부터 물려받은 옷을 수선하고 바꾸는 것과 같은 일이었고, 아들이 아버지로부터 물려받은 도구들을 조정하고 손보는 것과 같은 일이었어. 때때로 우리는 같은 이야기를 차례대로 서로 주고받으며 각자의 입맛에 맞게 바꾼 내용을 들려주기도 했어. 두 쌍의 손이 그들만의 공간에서 사랑을 빚고, 공을 들이고, 윤을 내고, 쌓는 일이었어.

이건 그런 이야기들 가운데 하나야.

한 해가 12개월로 구성되어 있고, 각자 동물이나 식물의 이름을 가지고 있다는 걸 알고 있을 거야. 매실의 해로 시작하고, 그다음에는 크루벤, 난초, 고래, 대나무, 잉어, 국화, 사슴, 소나무, 두꺼비, 야자열매가 이어진 다음 맨 마지막은 늑대야. 그리고 다시 매실의 해가 시작되지. 모든 아이의 운명은 태어난 해를 지배하는 식물이나 동물과 이어져 있어. 하지만 어떻게 이 동물들과 식물들이 선정되었을까? 그건 들려주고, 또 고쳐서 들려줄 가치가 있는 이야기야.

오래전, 신들과 영웅들이 형제처럼 함께 땅을 걸으며 서로 싸우고 껴안았을 때, 1년이라는 한 해에는 특징이 없었어. 모든 해가 산속 계곡에서 헤엄치는 잉어처럼 온순해서 땅과 바다 모두 풍요로웠지. 때로는 늙은 소나무의 옹이진 가지가 뒤흔들리는 것처럼 사나워지고 불화와 허기진 겨울이 찾아오기도 했어.

자비로운 치유의 신 루페조가 어느 날 말했어.

"형제자매들이여, 우린 너무 오랫동안 댐 없는 강처럼 시간을 흘려보냈어. 모든 바다의 근원이신 우리의 어머니가 다라의 사람들을 돌보라고 명령했음에도 말이야. 시간에 질서를 주면 그 명령을 더 잘 해낼 수 있을 거야."

다른 신과 여신 들은 아주 훌륭한 그 제안에 동의했어. 12마일*마다 댐과 물레방아로 거대한 미루강을 다스리는 것과 마찬가지로 시간을 12년을 주기로 나누기로 결정되었지. 그건 좋은 숫자였어. 공기와 흙, 물, 불의 네 가지 세계에 미래, 현재, 과거라는 사건의 세 가지 측면을 곱한 숫자였거든. 매해의 이름은 다라의 동물이나 식물의 이름을 따서 지을 예정이었는데, 그렇게 하면 해마다 주요한 특징이 생기는 셈이었어. 그러면 농부와 사냥꾼, 어부와 양치기는 무엇이 오게 될지를 미리 알고 장기적인 준비를 할 수 있게 되지.

"이름 없는 것에 이름을 부여하는 게 문명이야."

항상 책을 읽은 티를 내고 싶어 했던 루소 신이 말했어.

"첫 번째 해로 난 까마귀 한 쌍을 지명할게……."

---

* 1마일은 약 1.6킬로미터다.

카나 신이 말했어.

"……까마귀가 가장 현명한 새라는 걸 모두가 알기 때문이지."

라파 신이 말을 끝맺었어.

형제자매들의 말을 반박하기를 좋아했던 타주 신이 끼어들었어.

"아니, 아니, 아니. 우리가 모두 파워를 지명하면 무슨 재미가 있겠어? 우선, 우리에게 다 돌아갈 만큼 그 수가 많지 않아. 둘째, 우리는 다들 동등한 가운데 누가 첫째 순번을 차지해야 하는지를 놓고 방금 전쟁을 치렀어. 정말 다들 그런 전쟁을 다시 시작하고 싶어?"

"그럼 어떻게 하자는 거지, 타주?"

타주와 마찬가지로 신들이 또 논쟁해야 한다는 생각이 싫었던 투투티카 신이 물었어.

"놀이하듯이 하면 어떨까!"

다른 신과 여신 들은 이 말에 신이 났어. 아이들처럼 신들도 놀이를 가장 좋아했으니까.

"모든 꽃, 나무, 덩굴 식물, 새, 물고기, 짐승에게 다라의 신들이 시간을 다스릴 수호자들을 고르고 있다는 사실을 알리는 거야. 그리고 정해진 날에 다라의 한구석에 숨어 있다가 우리를 발견한 열두 생명체에게 한 해를 다스리는 영광을 주는 거지."

모든 신과 여신은 그게 멋진 생각이라고 생각했고, 놀이는 시작되었어.

"엄마! 난 신들을 찾고 싶어요!"

"왜? 신들이 귀찮은 일을 피하고 싶을 때 신들을 괴롭히면 좋은 게 없다는 걸 모르니?"

"이유를 알고 싶어요! 아빠는 왜 사라진 거예요? 페로와 파수는 왜 끌려갔어요? 난 왜 벼락을 맞은 걸까요? 우리는 죽도록 일하는데 왜 먹을 게 거의 없는지⋯⋯."

"쉿, 조용하렴. 모든 문제에 항상 답이 있는 건 아니야. 항상 존재하는 건 이야기뿐이란다."

정해진 날이 되자 모든 동물과 식물은 한 해를 자신의 것으로 만드는 행운아가 되고 싶어 다라 구석구석을 경쟁하듯 찾아다녔어.

식물 왕국과 동물 왕국의 백성 중에서는 스스로 이 일을 해내려는 것들도 있었단다. 물고기 중에서 가장 큰 고래들은 날렵하게 섬들을 돌아다니며 다른 것들보다 한발 앞서 숨겨진 모든 만을 탐험하고, 오염되지 않은 모든 해변을 찾아갔어. 황금 국화들은 방방곡곡에 피어나 아름다움을 사랑하는 신을 유혹하기를 바라며 공기를 향기로 채웠지. 영리한 까마귀들은 인간의 도시로 내려앉아 필멸자가 아닌 신성해 보이는 것들을 찾아 두리번거렸어. 야자열매들은 바다로 계속해 떨어지며 새롭고 기분 좋은 선율을 만들어, 신이 이걸 들으며 기쁨의 탄성을 내지르기를 바랐지. 금빛과 붉은빛의 인어들은 불멸자들에게 기쁨을 주어 유혹하려고 연못과 강에서 반짝거리는 빛을 만들어 춤을 추며, 속이 비치는 지느러미를 내젓고 수염을 흔들어 댔어. 연꽃은 1000개의 눈을 가진 씨방을 흩날리고 물 아래에서의 미세한 떨림을 듣기 위해 뿌리에 수백 개의 구멍을 뚫었지. 모든 걸 보고 들을 수 있는 아주 작은 감시탑과 같았어. 토끼와 사슴은 에코피섬과 초승달 군도의 목초지를 가로지르며 풀들의 바다에서 솟아오른 특이한 혹을 찾았어. 변장할 신일지도 모르니까. 풀들이 민감한 뿌리로 땅 밑의 신을 찾는 동시에, 바보 같은 초식동물의 관심을 딴 데로 돌리기 위해서 은신처를 거짓으로 꾸며낼 음모를 짜고 있다는 걸 모르고 말이야.

다른 것들은 다라 생명체 각각의 수법을 이용하기 위해 예상 밖의 동맹을 맺었지. 바다의 군주인 강력한 크루벤은 빛을 내는, 반은 동물이고 반은 식물인 해삼과 동맹이었어. 해삼에서 나오는 빛이 깊은 해저 참호의 어둡고 오목한 곳에 숨어 있는 신들의 모습을 드러내면 크루벤이 그들을 찾을 수 있을 거니까. 겨울철 가장 단단한 식물 셋인 겨울 매실나무, 대나무, 소나무는 열기를 좋아하는 사막 두꺼비와 동맹을 맺었어. 대나무 숲, 소나무 숲, 겨울 매실나무 숲이 눈 덮인 봉우리 너머로 서로 말을 속삭이는 동안 두꺼비는 화산 칼데라를 샅샅이 뒤질 수 있을 테니까. 땅에서 가장 사나운 포식자인 늑대는 들러붙는 덩굴 식물과 협약을 맺었지. 늑대들이 깊은 숲을 뒤지며 울부짖을 때, 신들이 내달리고 날쌔게 몸을 피하다가 부드러운 덩굴에 걸려들 수도 있으니까.

아침부터 정오까지, 그리고 정오부터 저녁까지 신들이 차례로 발견되었어.

먼저, 소나무 숲과 대나무 숲, 겨울 매실나무 숲은 제도의 얼음이 있는 곳은 빠짐없이 조사한 다음 위소티산맥에서 라파 신을 발견했어. 얼어붙은 폭포의 유리 같은 표면에 조각된 우아한 얼굴을 하고 있었지. 바로 이 직후에 두꺼비들은 흑요석의 유리막에 생긴 들쭉날쭉한 균열로 있는 카나 신을 발견했지.

불과 얼음의 동맹은 결실을 보았지.

하지만 모든 동맹이 그런 행복한 결말을 맞은 건 아니었어. 오만한 크루벤은 바다의 가장 깊은 참호 중 하나에서 뿜어내는 난기류의 소용돌이 한가운데에 곧장 뛰어들었지. 크루벤의 머리에 마치 의식용 지팡이의 끝을 감싼 보석처럼 붙어 있던 빛나는 해삼 수백 마리가 그 참호 속의 칠흑 같은 어둠을 비췄어. 하지만 마지막 순간, 크루벤이 웃으며 형태를 바꾸는 타주 신을 부드럽게 아가리로 낚아채기 직전, 바다의 군주는 각다귀를 떨쳐 내는 물소처럼 머리를 털어 아주 단단한 비늘에서 해삼을 떨어뜨렸단다. 크루벤이 의기양양하게 수면으로 쏜살같이 올라가는 동안, 그 가엾고 부드러운, 빛나는 관(管) 모양의 생명체들은 하늘에서 떨어져 나온 별들처럼 밑도 끝도 없는 공허 속으로 힘없이 떠내려갔지.

강하고 힘센 이들의 쾌락에 봉사하는 건 그토록 위험한 일이란다.

"엄마, 왜 가장 힘이 센 것들은 항상 그렇게 나빠요?"

"미미티카, 바다의 열매를 수확하는 어부가 사악해? 수수의 이삭을 잘라 내는 농부가 사악해? 누에고치를 삶아 태어날 때 입은 것을 수의로 만들어 푸는 베 짜는 사람이 사악해?"

"이해가 안 가요."

"필멸하든, 불멸하든, 위대한 신들은 할 일을 한단다. 그들의 관심사가 우리의 관심사는 아니야. 우리는 거인들이 밟는 풀이기에 고통받는 거란다."

본섬 북서쪽의 외딴 만에서 다라섬의 해안가를 철마다 다니던 고래들은 바다 밖으로 튀어나온 산호초처럼 등딱지에 금이 간, 나이가 아주 많은 바다거북을 발견했어.

고래들은 거북을 에워싸고 장난치듯 분수공에서 물을 뿜어내어 거북에게 끼얹었지. 그러며 안개로는 예쁜 무지개를 그려 냈단다.

"루소 신이시여, 정확히 예상했던 대로 숨어 계시는군요."

고래들의 우두머리가 말했단다. 수백 번의 봄을 본 그것의 눈은 회색이었고, 머리는 둥글었으며 암컷이었단다.

나이가 아주 많은 거북은 웃으며 짙은 피부의 선지자, 꿈과 징조의 어부로 변신했어.

"내가 예견했던 대로 너희가 날 찾아낸 것일 수도 있지."

고래들은 이 말에 혼란스러웠어.

"우리가 여기서 당신을 찾으러 다닐 것을 알고 계셨다면, 왜 다른 곳으로 숨지 않으셨습니까?"

루소 신은 그 물음에 미소를 짓더니 안개가 옅어지며 사라지고 있는 무지개를 가리켰어.

"미래를 예견할 수는 있어도 바꿀 수는 없기 때문입니까?"

루소는 미소 지으며 무지개를 가리켰어.

"미래를 예견하셨지만, 그게 결국 당신께서 원하는 것이라 판단하셨기 때문입니까?"

루소는 미소를 지으며 무지개를 가리켰어. 이제 무지개는 하늘에 희미한 기미만이 남아 있었지.

"그 이유가……."

하지만 이번에 고래는 질문을 끝내지 못했어. 루소가 무지개와 함께 사라졌거든.

"엄마, 왜 루소 신은 대답하는 대신 무지개를 가리켰어요?"

"아무도 몰라, 아가. 고래들도 몰랐고, 네 아버지, 우리의 부모님, 조부모님, 또는 그들의 윗대 조부모님들도 몰랐어. 그게 수수께끼라고 불리는 이유지. 때때로 신들은 말만으로는 이해할 수 없는 교훈을 준단다."

"루소 신은 그리 좋은 스승이 아닌 것 같아요."

"훌륭한 스승은 고래 중의 크루벤이나 물고기 중의 다이란처럼 드물어."

투투티카는 신들 가운데 가장 마지막으로 태어났고, 아름다움에 가장 심취해 있었단다. 그녀가 박자를 가지고 바다를 두드리는 야자열매의 교향곡이나 잉어의 황금빛 춤에 사로잡힌 것은 놀랄 일이 아니지. 투투티카 신은 소나루강 어귀에 모습을 드러냈어. 음악가들이 야자열매로 만든 북을 두드리는 가운데, 파사의 베일을 쓴 무희들이 몸을 움직이면 그때 있었던 천상의 춤을 엿볼 수 있다는 말이 전해지고 있단다.

안개로 뒤덮인 보아마 근처의 바위투성이 고원에서 한 새끼 사슴이 발을 헛디뎌 다치자 루퍼조 신이 모습을 드러낸 것도 놀랄 일이 아니었지. 생명체들이 신을 쫓다 다쳤는데 어찌 치유의 신이 방관할 수 있었겠니?

"다라는 12년을 주기로 사슴처럼 온화한 1년을 즐기게 되겠지."

초록색 망토를 걸친 신성한 치유자의 말이었어. 사슴은 열두 생명체 중 하나로 승격된 것에 기뻐하며 그 주위를 경중경중 뛰어다녔지.

마침내 해가 서쪽으로 질 무렵, 야심 찬 비행과 높이 솟은, 아름답고 드넓은 하늘의 수호자인 키지 신은 다라섬을 활공하는 밍겐 수리가 되어 다라 제도를 훑어보았어. 그러다 다무산맥과 시나네산맥이 만나는 곳 근처에 핀 국화꽃밭에서 뿜어지는, 톡 쏘는 듯한 꽃향기에 현기증을 느낀 수리는 나선형을 그리며 떨어졌지. 수리가 땅에 내려앉자 늑대 한 무리가 그를 덮쳐 꼼짝 못 하게 붙들었어.

"꽃의 왕과 짐승의 왕에게 붙잡혔으니 이렇게 하늘을 마무리하는 것도 나쁘지 않군."

남들보다 우월하길 원하는, 모든 사람의 신이 말했지.

다라에서는 많은 축하가 있었어. 신들은 때때로 본성이 시키는 대로 움직였기 때문이지.

하지만 늑대는 12년 주기의 열두 생명체에 속하게 된 다른 것들처럼 즐겁지 않았어. 늑대는 피소웨오 신의 파위였는데, 피소웨오가 사라졌기 때문이지.

"전쟁과 분쟁의 신 말이에요?"

"그래, 아가. 그건 피소웨오 신의 영역이야."

"그가 발견되지 않았다면 더 좋았겠네요. 그가 없었다면 전쟁도 없고 전쟁에서 나오는 모든 고통도 없었을 테니까요."

"미미티카, 신들에 관한 일이 그렇게 간단하진 않단다."

너도 알겠지만 이 경쟁은 대이산(大離散) 전쟁 이후에 있었던 일이란다. 전쟁 당시 신성한 형제들은 거대한 군대와 함께 싸웠고, 형제들은 형제에게, 자매들은 자매에게 등을 돌렸어.

영웅 일루산을 지키기 위해 피소웨오는 열흘 밤낮으로 키지와 싸웠지. 하지만 결국 키지의 번개에 피소웨오는 눈이 멀었어. 눈먼 신은 주기에 관한 토론에 참여하지 않았고, 위소티산맥 깊은 곳 어두운 동굴에 은신하여 상처를 돌보며 모든 생명을 피했단다.

머리 위 높은 곳의 종유석에서 물이 뚝뚝 떨어졌고, 여기저기서 밤하늘의 희미한 별처럼 빛을 내는 버섯 무더기를 제외하면 동굴에는 조명이랄 것이 거의 없었단다. 눈먼 신은 움직이지 않고 소리 내지 않으며 홀로 앉아 있었어.

그때 어떤 냄새가 코를 간지럽혔지. 너무 희미한 냄새라 피소웨오는 그게 상상인 줄 알았단다. 하지만 그건 단순하고 소박한 달콤한 냄새였어. 번개 치는 소낙비가 내린 다음 마시는 물 한 잔에 담긴 박하의 기미처럼, 햇볕에 말린 갓 세탁한 옷에 남아 있는 비누콩의 향취처럼, 힘겹게 긴 밤을 걸음 끝에 지친 여행자의 코를 어루만지는 요리하는 불의 내음처럼.

피소웨오는 자기도 모르게 일어나 향기를 쫓아 걸어갔어.

향기는 점점 강해졌지. 밤에 피는 난초라고 피소웨오는 생각했어. 한가운데에 뻣뻣한 꽃술대를 감추고, 말아 올린 혀처럼 생긴 커다란 입술꽃잎을 가진 하얀 꽃과 반투명한 나방 날개처럼 그 위에 서 있는 네 개의 꽃잎이 마음속에 떠올랐어. 냄새가 풍기는 곳에 더 가까이 다가가자 속이 비치는 날개가 그의 코를 스쳤지. 피소웨오는 혀를 내밀어 꽃잎의 형태를 더듬었어. 맞아, 그건 확실히 밤에 피는 난초였지. 어둠 속에서나 별빛 아래에서만 모습을 드러내어 그 것의 꽃가루를 옮겨 주는 나방이 어렴풋이 떠오르는 모습이었어. 현란하고 장식적인 것을 선호하는 마나님들이나 정원사들은 크게 가치를 두지 않는 단순한 꽃이었어.

피소웨오의 혀끝이 꿀의 달콤함을 맛보았지.

"혀에서 슬픔이 느껴져요."

어느 목소리가 속삭이자 신은 놀라서 뒤로 물러났어.

"신을 슬프게 할 수 있는 게 뭐가 있을까요?"

피소웨오는 그 목소리가 자신이 입맞춤한 꽃의 중심에서 나온다는 것을 깨닫고 시무룩해져 말했지.

"앞을 볼 수 없는 전쟁의 신이 무슨 소용이 있겠나?"

"앞이 안 보여요?"

신이 빈 눈구멍을 가리켰어. 난초가 아무런 대답을 하지 않자, 피소웨오는 그 어두운 동굴 안에서는 난초도 당연히 앞을 볼 수 없다는 사실을 깨달았어.

"앞이 안 보인다. 형제가 번개로 내 눈을 멀게 했거든."

"누가 당신이 장님이라고 말했어요?"

"당연히 나는 장님이다!"

"보려고 노력해 봤어요?"

피소웨오는 고개를 저었어. 난초를 논리로 설득할 수 있는 것 같지 않았거든.

"난 볼 수 있어요. 눈이 없기는 해도."

"말도 안 되는 소리."

"난 당신을 봤어요."

"무슨 뜻이야?"

"향기를 뻗었어요. 결국 그게 당신을 내게로 이끈 거고. 시간이 좀 걸렸지만, 난 봤어요."

"그건 보는 게 아니야."

"난 머리 위에 박쥐 열 마리 정도가 매달려 있다는 것도 말해 줄 수 있어요. 밤마다 떼를 지어 나방 무리가 나를 찾아온다는 것도요. 그 무엇도 나와 어울리는 짝이 아니긴 하지만요. 혹독한 겨울에 이 동굴 주변에서 털복숭이 두더지들이 코를 킁킁대며 돌아다닌다는 것도 말해 줄 수 있어요. 나는 당신이 모르는 이런 것들을 아는데, 당신은 내가 볼 수 없다고 말하는군요."

"그건……." 피소웨오는 잠시 말이 없었어. "좋아, 그것도 일종의 보는 것이라고 할 수 있겠군."

"보는 행위에는 여러 가지 종류가 있어요. 아노 현자들이 한 말에 따르면, 시각은 세상에 도로 반사되는, 눈에서 나오는 빛일 뿐이잖아요."

"사실……."

난초는 피소웨오의 말을 가로막았어.

"나는 세상에 향기를 보내요. 그리고 향기가 뭐에 닿는지 다시 끌어당겨서 봐요. 눈이 없다면 다른 방법으로 볼 수 있어요."

피소웨오는 킁킁대며 주변 공기의 냄새를 맡았어. 왼쪽에 있는 버섯의 사향과 더 센 두 번째 꽃향기, 그리고 난초의 향기보다 더 날카롭고 해사한 향기가 느껴졌지.

"내 오른편에 동굴 장미가 있나?"

"네."

"그리고 또 다른 게 있어." 피소웨오가 다시 냄새를 맡으며 말했어. "진흙과 늪 냄새."

"아주 좋아요. 건너편에 웅덩이가 있어요. 벌레풀과 너무 어두워서 눈을 잃어버린 작고 하얀 물고기들이 가득 차 있어요."

피소웨오는 심호흡했고, 다른 것들과 구분되는 희미한 생선 냄새를 알아차렸어.

"이제 알겠죠? 당신은 냄새의 지도를 만들고 있어요."

피소웨오는 그게 사실이라는 걸 알았어. 얼굴을 좌우로 돌리자 난초 너머 얼음처럼 차가운 물웅덩이는 물론이고, 빛을 내는 버섯과 동굴 벽에 만개한 동굴 장미가 보였어. 큰 병에 담긴 벌꿀 술을 너무 많이 마신 후에 눈이 흐릿해진 것처럼 모습이 불분명했지만.

기쁨도 잠시, 피소웨오는 다시 우울해졌어.

"난 너처럼 마냥 서 있을 수는 없어. 땅에 뿌리 내린 꽃이라면 냄새로 충분할지도 모르지. 하지만 분노와 움직임의 신에게는 충분하지 않아."

난초는 아무 말도 하지 않았어.

"운명이 무기를 빼앗아 가면 굴복해야 할 때도 있는 법이지."

난초는 아무 말도 하지 않았어.

"공허한 싸움을 한 뒤 더는 희망이 없으면, 절망에 굴복하는 쪽이 좀 더 명예로운 길을 선택하는 것이라 할 수 있어."

여전히 난초는 아무 말도 하지 않았어.

어둠 속에서 귀를 세운 피소웨오는 비단이 바스락거리는 소리 같은 걸 들었어.

"웃고 있는 거야? 네가 감히 내 불행을 비웃어?"

피소웨오가 으르렁거리듯 외치더니 일어서서 발을 들어 올렸어. 난초가 어디 있는지 아는 것은 그 향기만으로 충분했지. 한 걸음만 앞으로 떼면 발로 난초를 뭉개서 들쭉날쭉한 동굴 바닥에 대고 납작하게 만들 수도 있었어.

"난 자기가 신이라고 말하는 겁쟁이를 비웃어요. 자기 의무조차 이해하지 못하는 불멸자를 비웃어요."

"무슨 말을 하는 거냐? 난 전쟁과 전투의 신이야! 낡은 방패로 칼을 막으려면 흔들리는 칼에 반사된 빛을 봐야 해. 긴 장갑을 낀 팔로 화살을 옆으로 쳐내려면 화살을 봐야 하고. 단단한 창으로 탈출하는 적을 찌르려면 그 적을 봐야 하고. 냄새의 지도가 무슨 소용이 있겠어?"

"잘 들어 봐요."

피소웨오는 귀를 기울였어. 조용한 동굴 속에서 물이 불규칙하게 뚝뚝 떨어지는 소리 외에는 아무것도 들리지 않는 듯했어.

"귀를 열어요. 당신이 있는 이곳은 빛으로만 보는 눈이 쓸모가 없는 어둠의 장소예요. 이곳을 터전으로 삼는 생명들이 평생 발을 헛디디며 휘청대고 살아간다고 생각해요?"

피소웨오는 더 열심히 귀를 기울였어. 머리 위 공중을 오가는 새된 끽끽 소리를 들었는데, 너무 높은 음조라 거의 들리지 않았어.

"박쥐들은 목으로 소리를 쏘고, 귀로 튕겨 나오는 반향음을 포착하죠."

귀를 기울인 피소웨오는 또 다른 소리가 공기를 가득 채우고 있음을 깨달았어. 날개가 공기에 빠르게 부딪히는 소리였어. 동굴 천장 부근을 박쥐들이 넓은 호를 그리며 우아하게 덮고 있었지.

"물에 손을 넣어 봐요."

차가운 물에 손을 담근 피소웨오는 아찔한 추위에 익숙해졌는데도 두 손이 얼얼해지는 듯한 느낌을 받았어.

"작은 흰 물고기는 이 물을 가득 채우는, 보이지 않는 힘의 선을 만들어 내기 위해 근육과 신경을 꿈틀거려요. 뇌우가 오기 전 공기를 가득 채우는 신비한 힘처럼, 보이지 않는 선들이 꿈틀대며 살아 있는 존재를 휘감는 거예요. 눈먼 물고기들은 그들의 몸으로 보는 거죠."

집중한 피소웨오는 실제로 그의 팔을 찰싹이는, 보이지 않는 힘을 느꼈어. 그리고 그 힘의 잔물결이 작은 물고기에게로 되돌아가는 것을 상상했지.

"당신은 자신을 전쟁의 신이라고 부르죠. 하지만 전쟁은 단순히 나무 방패에 맞서는 강철 검이 연주하는 음악이나, 빠르게 비행한 화살이 가죽 갑옷에 퍽 하고 박히는 소리의 합창이 아니에요. 타주

신이나 루소 신도 건드리지 못할, 압도적인 역경과 싸우는 영역이기도 하고, 루피조 신의 도움을 받지 못한 상태에서 맹렬한 카나 신의 턱에서 생명을 낚아채는 일이며, 오직 당신만의 지혜를 사용해 우월한 적군으로부터 느긋한 라파 신의 편안함을 빼앗는 영역이고, 모든 이점이 없음에도 불구하고 겸손하고 자랑스러운 키지 신으로 가는 예상하지 못한 길을 찾아내야 하고, 또 추악함으로부터 사치스러운 투투티카 신에서 충격을 줄 아름다움을 빚어내는 영역이죠.

아무리 영웅이라고 할지라도 당신은 필멸자들을 상대로 거의 아무것도 치르지 않고 승리를 거두는 데 익숙해졌어요. 하지만 전쟁은 승리가 전부가 아니에요. 싸우고 지는 것, 다시 싸우기 위해 지는 것에 관한 일이죠.

전쟁의 신은 영원한 싸움의 수레바퀴에 붙들린 이들의 신이기도 해요. 패배가 확실하다는 걸 알면서도 계속 싸우는 사람들, 자긍심 하나만으로 무장한 채 친구들과 함께 창과 투석기와 번쩍이는 금속에 맞서는 사람들, 승리할 수 없다는 걸 알면서도 분투하고, 자신을 시험하고, 애를 쓰는 사람들의 신이에요.

당신은 강한 자의 신일 뿐만 아니라 약한 자의 신이기도 해요. 모든 게 사라진 것처럼 보일 때, 절망하는 것만이 합리적인 길인 것처럼 보일 때 용기는 더 잘 보이는 법이에요.

진정한 용기는 어둠이 주위의 모든 걸 둘러쌌을 때 보기를 고집하는 거죠."

피소웨오는 일어서서 울부짖었어. 목소리가 동굴 벽을 때리고 나서 귀로 돌아오자 보석으로 장식된 장막처럼 머리 위에 매달린 종유석들을, 대나무 싹처럼 자라는 석순들을, 전투 연처럼 허공을 질주하는 박쥐들을, 밤에 피는 난초와 살아 있는 보석처럼 피어나는 동굴 장미들을 마치 보는 듯했어. 동굴은 빛으로 가득 차 있었어.

전쟁의 신은 웃으며 난초를 향해 허리를 굽혀 입을 맞췄지.

"보는 법을 알려 주어 고맙군."

"나는 백화 중에서 가장 미친한 존재예요. 하지만 다라의 양탄자는 자랑스러운 국화나 교만한 겨울 매실나무, 저택을 받쳐 주는 대나무나 달콤한 과즙과 즐거운 음악을 들려주는 야자열매로만 짜이지 않았어요. 꽃상추와 민들레, 해란초류, 1만 종의 난초를 비롯해 무수한 다른 꽃도 있죠. 우리는 귀족 가문의 문장(紋章)으로 쓰인 역사가 없고, 정원에 심기지도 않고, 고매한 부인들이나 열정적인 조신들이 손으로 어루만져 주는 일도 없죠. 하지만 우리 역시 우박과 폭풍, 가뭄과 결핍, 김매는 괭이의 날카로운 칼날과 분무기가 내뿜는 제초제의 독과 맞서 싸워요. 우리에게도 시간에 대한 권리가 있어요. 그리고 꽃의 하루하루가 전투와도 같다는 사실을 이해하는 신을 가질 자격이 있고요."

피소웨오는 계속 울부짖어 그의 목과 귀과 그의 눈이 되게 했어. 그러고 나서 동굴 밖으로 걸어 나가 햇빛 속으로 모습을 드러냈고, 새카만 흑요석 두 개를 집어 눈구멍에 밀어 넣었지. 그리하여 그는 다시 눈을 갖게 되었어. 빛을 감지할 수는 없지만 쳐다보는 모든 이에게 두려움을 심어 주었지.

이렇게 해서 보잘것없는 난초가 12년 주기의 열두 생명체 중 하나가 되었단다.

제7장

스승과 학생

다수섬

원수정 원년(첫 번째 대시험이 있기 13년 전)

아키는 미미가 침대에서 벗어나는 걸 돕고 물에 떠다니는 나뭇조
각으로 직접 목발을 만들어 주었다. 미미가 다리를 다시 제대로 쓸
가능성이 얼마나 낮은지는 말해 주지 않았다. 그저 미미가 그렇게
하는 방법을 알아냈으면 하고 기대할 따름이었다.

두 모녀는 바닷가를 샅샅이 뒤지고, 밭에서 일했고, 고기잡이를
도왔다. 아키는 일부러 절뚝거리는 미미가 자기를 따라오는지 돌아
보지도 않고 앞으로 성큼성큼 걸어갔다. 다라의 필부들에게는 하루
하루가 전투였다.

미미는 무감각한 다리를, 따끔거리는 엉덩이를 무시하는 방법을
배웠다. 왼쪽 팔로 목발을 짚고 걸을 수 있을 때까지 몸을 기울여

체중을 이동하며 자기 몸을 단련했다.

어느 날 아침, 바닷가를 샅샅이 뒤지던 두 사람은 특이한 잔해를 발견했다. 원재(圓材)와 격벽(隔壁)의 잔해로 나무보다는 뼈나 상아에 더 가까운 것으로 만들어졌으며, 알려지지 않은 야수의 모습이 복잡하게 새겨져 있었다. 긴 꼬리에 발톱을 가진 두 발, 한 쌍의 큰 날개, 그리고 가늘고 뱀 같은 목 위에 있는 아주 크고 사슴처럼 가지 친 뿔이 있는 머리까지. 아키는 잔해를 일족의 족장에게 가져다주었지만, 나이 많은 그라고 해도 본 적이 없는 것이었다.

"황제의 탐험대에서 나온 게 아니에요."

아키는 그 이상 더는 말을 보태지 않았다. 세상은 알 수 없는 수수께끼로 가득했다. 그 이상한 잔해는 세상의 진실을 감추는 베일에 난 구멍처럼 보였지만, 미미는 자신이 보고 있는 것을 이해할 수 없었다.

그들은 시장에서 수집가들에게 구리 동전 몇 개를 받고 잔해를 팔았다.

하지만 한참 후, 미미는 그 이상한 야수를 꿈에서 봤다. 꿈에서 야수는 폭풍 속의 거북과 돌풍 속의 상어, 질풍 속의 수리와 싸웠다. 그들이 싸우는 동안 번개가 치며 순간적으로 얼어붙은 자세만이 내비쳤다. 무시무시한 만큼 간결하고 아름다운, 뚝뚝 끊기는 명암이 들어가는 장면들이었다.

미미는 신들이 그녀의 아버지와 오빠를 살려 주기를 바랐듯이, 거북이 꿈속의 배를 구했기를 바랐다.

더 이상 자나 제국이 존재하지 않는다는 소식이 전해졌다. 패왕이라 불리는 위대한 영주가 에리시 황제의 보위를 무궁성(無窮城)에서 무너뜨리고 옛 티로 왕들을 복위시켰다. 제국의 멸망을 슬퍼하는 마을 사람은 거의 없었다. 흰쌀처럼 애국심은 부유한 사람들의 사치였다.

패왕은 늑대발섬에서 자나 제국의 청년들을 도살했다고 했는데, 마라나 원수를 위해 싸우러 간 마을 청년들도 거기 포함되어 있었다. 며칠 동안 사람들은 아들과 남편, 아버지, 형제 들의 소식을 기다리며 관아의 문밖에서 기다렸지만, 문은 굳게 닫혀 있었다. 그동안 수령은 고문과 관리 들과 회의를 열어, 패왕의 환심을 사서 짙은 색 비단으로 만든 관모를 계속 쓰려면 어떻게 처신하는 게 좋을지를 궁리했다. 전사한 군인들의 삶은 뒤늦게라도 떠오르지 않았다.

아키는 아들들을 위한 위패도 만들어 올리지 않았다.

"내 손으로 그들을 묻지 않았으니 절대로 내 마음속에도 묻지 않을 거야."

때때로 미미는 한밤중에 잠에서 깨어나서 어머니가 침대 옆 바닥에 앉아 얼굴을 돌린 채 어깨를 들썩이는 걸 보았다. 미미는 손을 내밀어 어머니의 등을 어루만지곤 했다. 미미가 다시 잠들 때까지 두 사람은 침묵 속에서 그렇게 서로의 몸을 이어 두곤 했다.

결국 사람들은 수령의 집을 떠나 땀을 음식으로, 고통을 술로 바꾸는 끝없는 노고로 돌아갔다. 사람들의 집에는 죽은 자와 죽은 것으로 믿어지는 자를 위한 사당이 세워졌지만, 아무도 자나의 명예에 대해 열정적인 연설을 하거나 패왕에 대한 복수를 말하지 않았다. 슬픔으로 너무나 무감각해진 사람들은 증오를 느끼지 못했다. 위대한 영주들에게 전쟁은 개인적인 문제였다. 하지만 누가 패왕이 마라나 원수나 에리시 황제보다 그 죽음들에 더 많은 책임을 져야 한다고 확실히 말할 수 있겠는가?

미미의 오빠들과 아버지가 집에 돌아오지 않는 동안, 새로운 왕이 다수섬에 도착했다.

쿠니 왕은 이상한 영주였다. 세금을 낮췄고, 새 궁전을 짓겠다고 강제로 징집하지 않았고, 도로와 다리를 수리하는 노동자들에게 임금을 지급했으며, 재채기를 너무 크게 한 것까지 처벌했던, 오래되고 가혹한 자나 제국의 법을 폐지했다. 전쟁으로 인해 고향을 떠난, 다른 섬 출신의 사람들이 자유롭게 이곳에 살러 와도 된다는 사실을 알렸고, 씨앗과 도구를 무료로 주며 정착을 돕기까지 했다. 다수섬의 원로들과 과부들은 기뻐했다. 전쟁 때문에 섬에서 남자들의 씨가 말랐고, 남편과 아버지가 될 사람이 부족했다. 다른 가정에 첩으로 들어가는 여자들도 있었지만(특히 그 집이 부유하면 더 그랬다) 모든 여자가 그런 걸 원하는 것은 아니었다.

또 사랑에 빠진 여자들이나 서로를 필요로 하는 여자들은 라파식 결혼으로 맺어졌다. 라파 여신은 한때 어느 얼음 처녀와 사랑에 빠졌던 것으로 알려졌다. 민속 가극단의 노래는 이랬다.

억겁을 지속되는 사랑이었네.
세기로 가늠되는, 아주 조금씩 움직이는 미묘한 몸짓으로,
먼지 쌓인 역사의 선반을 따라 울려 퍼지는 속삭임으로,

창조를 꿰뚫는

단 한 번의 시선으로

화산이 폭발하며 다라섬이 바다로

가라앉는 것보다 더 오래 이어지는

단 한 번의 춤사위로.

전쟁이 벌어지면서 라파식 결혼이 늘어나며 여성들이 서로를 부양하게 되었다. 함께하면 밭을 갈고, 아이들을 키우는 일이 조금은 쉬워졌다. 그래도 남자를 더 좋아하거나 한 남자를 공유하고 싶어 하지 않는 여자가 많았기에 새로운 사람이 섬에 들어오면 진심으로 환영을 받았다.

요청을 받은 적이 있긴 했지만 아키는 라파식 결혼에 동의하지 않았으며, 마을에 정착하러 온 남자 중 몇이 관심을 보여도 전혀 관심을 두지 않았다. 아키는 미미의 도움만으로 작은 땅뙈기를 메며 고군분투했고, 어부를 도우며 수입에 보탰다.

"내 남편은 지금 다른 곳에 있어요. 곧 돌아올 거예요. 내 아들들도 그렇고요."

아키는 누군가 물어보면 이렇게 말했다.

"우리에게 어떤 재능이라는 게 있나요?"

어느 날 미미가 물었다.

"그건 왜 묻는 거니?"

일곱 살이 된 미미는 어머니가 밭에서 일을 마무리하는 동안 저녁을 준비하러 일찍 집으로 돌아왔다. 난로 위에 놓인 끓는 냄비에 손이 닿으려면 의자 위에 서야 했다. 위험천만한 일이었지만 가난한 집 아이들은 일찍부터 일을 배워야 했다. 한 관원이 다예의 궁에서 보낸 통지문을 손에 들고 뭐라 적혔는지 소리치며 마을을 돌아다녔다. 쿠니 왕이 재능 있는 사람들을 찾고 있으며 지금 직위가 높든 낮든 상관없이 기꺼이 보상하리라는 것이었다.

미미는 어머니에게 관원이 말한 내용을 그대로 들려주었다. 그의 말은 이렇게 끝이 났다. *가장 정교한 산호초 가지들에 끼여 있는 굴이든 진흙 속에 묻혀 있는 굴이든 모두 진주를 품을 수 있다.*

미미는 언제나 기억력이 훌륭했다. 아키가 한번 들려준 이야기를 되풀이해서 말할 수 있었고, 기나긴 겨울에는 어머니를 즐겁게 해 주기 위해 민속 가극 전체를 공연할 수도 있었다.

"수령의 아들은 서예 솜씨를 보여 주기 위해 다예의 궁으로 간대요. 그리고 마을 훈장님은 왕에게 바칠 고전 아노어 시를 가장 많이 암송할 수 있는 두 사람을 뽑으려고 제자들을 상대로 대회를 여는 중이고요. 마을 건너편의 소 아저씨는 어망 매듭을 묶는 새로운 방법을 왕에게 보여 준대요. 그리고 토라 아주머니는 약초 치료법을 모은 걸 전해 보겠다고 생각하고 있어요. 우리에게 어떤 재능이라는 게 있을까요? 어쩌면 우리도 왕을 찾아가면 수령의 아들처럼 살 수 있을지도 몰라요."

아키는 딸을 쳐다보았다. *이 아이는 특별해. 왕이 이 아이에게 관심을 가지면 어떻게 될까?*

그러고 나서 남편에게 일어난 일을 떠올렸다. *재능 있는 사람은*

황제를 섬기는 영광을 누려야 한다.

"재능이란 공작 꼬리에 달린 어여쁜 깃털과 같은 거란다. 힘 있는 사람에게는 기쁨을 가져다주지만, 새에게는 슬픔만을 주지."

미미는 그 말을 곰곰이 생각했다. 세상을 덮은 베일이 더욱 두꺼워지는 것 같았다.

쿠니 왕은 패왕에 반기를 들었다. 다시 한번 다수섬의 남자들은 (그리고 이번에는 여자들도) 밭과 고기잡이배를 떠나 먼 땅에서 죽었다. 아키는 놀라지 않았다. 위대한 영주들의 꿈은 민중의 피와 뼈 위에 세워졌다. 황금 국화를 피우기 위해서는 백화를 태워 만든 비료가 필요했다. 영원한 진리였다.

한동안 평화는 다시 찾아오지 않았다. 미미가 열세 살이 될 즈음 쿠니 왕이 라긴 황제가 되면서 사해평치가 시작되었다.

다수섬
사해평치 원년(첫 번째 대시험이 있기 5년 전)

미미는 다예의 시장에 나가 있었다. 아키가 수확한 곡식을 팔고 임대료를 내는 일을 혼자 맡아 볼 수 있는 나이였다. 그녀는 아키보다 나은 협상가였다.

부잣집 아들딸들이 말을 타고서 길을 지나가자 채찍질 소리가 허공을 갈랐다. 미미를 비롯한 농민들은 서둘러 길가로 벗어났다. 걸음이 절뚝거리고 견본용 곡물이 든 무거운 자루를 들고 있는 미미는 종종 너무 느렸고, 몇 번이나 말이 그녀를 짓밟을 뻔했다. 그러나 미미는 이만 악다물 뿐 불평하지 않았다. 보는 방법이 많듯 걷는 방법도 많았다.

황제를 섬기는 학자들이나 관료는 말이나 사람 여럿이 끄는 안락한 수레를 타고 좀 더 조용히 거리를 누볐고, 도로에 바짝 붙어 있는 하수도 옆에 선 가난한 사람들의 더럽고 멍한, 영양실조에 걸린 얼굴을 보지 않으려 시선을 돌렸다.

미미는 분노를 억눌렀다. 그게 세상 돌아가는 방식이었다. 그렇지 않나? 라긴 황제는 백성들의 삶에 신경을 썼지만 백성들 사이에도 차이가 있었다. 미미가 아는 한 이미 잘사는 사람들만이 새로운 통치를 찬양하는 노래를 불렀다.

어떻게 하면 그녀와 어머니도 여유롭고 호사롭게 살 수 있는지, 거친 삼베가 아니라 비단옷을 입을 수 있고 이를 긁는 모래 같은 수수 대신 부드러운 흰쌀밥을 먹을 수 있는지 생각하는 것은 민들레가 국화꽃처럼 예우를 받을 수 있을지 생각하는 것만큼이나 쓸모없었다.

시장 한가운데 사람들이 모여 있었다. 마술이나 곡예 같은 신나는 공연이 벌어지는 줄 알고 호기심이 동한 미미는 지팡이를 두꺼운 진흙이나 물을 휘젓는 노처럼 휘두르며 모여 있는 사람들 무리를 뚫고 앞으로 나아갔다. 그러다 한가운데 놓인, 손으로 짠 돗자리에 있는 남자 둘이 서로를 마주 보며 앉아 있는 모습을 보고 실망했다. 그들은 초급 제국시험에 합격해 토코 *다위지*의 지위를 얻었다는 것을 나타내는, 2단으로 틀어 올린 쪽 머리를 하고 있었다.

"……사물은 가까이 있을수록 더 커 보이고, 더 멀리 있을수록 더 작아집니다."

"그러면 태양이 새벽과 해 질 녘에는 더 가깝지만 정오에는 더 멀다는 뜻입니까. 그렇게 해서 일출과 일몰 때 태양이 더 크게 보이는 이유도 설명된다는 것이고요."

"분명히 그렇습니다."

"하지만 열을 내는 것이 가까울수록 더 뜨겁게 느껴진다는 것은 모든 사람이 알고 있습니다. 태양이 정오에 더 멀리 있다면, 정오가 더 덥고 새벽과 해 질 녘은 더 시원하다는 사실은 어떻게 설명하시 겠습니까."

"어……."

허를 찔린 학자는 눈썹을 찡그렸다.

"간단합니다, 당신 설명이 틀린 겁니다!"

학자는 얼굴이 뻘게지며 반박했다.

"틀리지 않았습니다. 위대한 현자 콘 피지는 자연은 인간 사회처럼 눈에 띄는 계층 구조를 따른다고 설명했습니다. 황제가 평범한 사람들 위에 있듯이 태양은 지구 위 먼 곳에 있습니다. 따라서 신들은 태양이 정점에 있을 때 지구에서 가장 멀리 떨어지게 해서 옥좌의 위엄과 고귀함을 상징하도록 의도하신 겁니다."

"하지만 그렇다면 똑똑하신 제 친구분께서는 한낮의 더위는 어떻게 설명하실 겁니까."

"그건 쉽게 설명할 수 있습니다."

첫 번째 학자는 차를 한 모금 마시며 둘러싼 군중을 살그머니 살폈다. 많은 사람이 지켜보고 있으므로 체면을 지키기 위해서라도 토론에서 이겨야 했다. 그는 찻잔을 내려놓고 거만한 자신감을 실어 목청을 높였다. 때로는 목소리를 높이는 것만으로도 무슨 말을 하고 있는지 알고 있는 것처럼 보이곤 했다.

"당신의 주장은 태양이 일정한 온도를 유지한다는 *가정*에 기초하고 있습니다. 하지만 그렇지 않습니다. 순수한 이성으로 알 수 있습니다. 태양이 지구에서 가장 먼 곳에 있는 정오에 가장 뜨겁게 느껴진다면 태양이 떠오르면서 같이 열이 올라가고, 저물면서는 같이 열이 내려간다는 겁니다. 태양이 가장 뜨거운 지점은 역시 가장 높이 있을 때인데, 이건 그야말로 완벽한 설계입니다."

세상이 인지할 수 있는 설계대로 움직이는 걸까? 자연은 사회의 모형이고, 그래서 자연스러운 게 정의로운 걸까? 미미는 궁금했다.

이전에는 그런 논쟁을 들어 본 적이 없는 미미는 넋을 놓고 빠져들었다. 이 학자들은 세상 자체가 해독할 수 있는 일종의 언설(言說)이라고 생각하는 것 같았다. 그녀는 어린 시절 신들의 대화를 이해하려고 노력했던 것을 떠올렸다. 신들의 계시를 해석할 수 있는, 세상의 베일 너머의 진리를 엿보게 해 줄 지식을 갈망했다.

다른 학자는 경멸하듯 받았다.

"당신네 도덕주의자들은 논쟁하기 전 결론을 가정하는 버릇이 있습니다. 라 오지가 말한 대로입니다. '콘 피지의 제자는 가장 강력한 렌즈다. 원하는 의견에 맞추기 위해 모든 증거를 왜곡하기 때문이다. 게을러서 배가 텅 비어 있어도 자기의 도의적 우월성을 인정하지 않고 적극적으로 자기에게 찾아내지 않은 음식의 잘못이라고 말할 것이다.'"

군중이 웃음을 터뜨렸다.

"도덕주의자는 자신 외에는 아무도 설득하지 못합니다."

두 번째 학자는 지지를 얻은 것에 흐뭇해하며 말을 이었다.

"유동론자들은 진실을 추구하는 사람들을 조롱하는 재주와 재치를 빼면 아무짝에도 쓸모없습니다. 그럼 태양의 크기가 변하는지 어떻게 설명하시겠습니까?"

첫 번째 학자는 화가 나서 떨리는 목소리로 말했다.

"누가 알겠습니까? 당신이 주장하듯 태양이 떠오르면서 더 멀리 움직이는 것일 수도 있고, 해파리가 바다 위로 올라가려고 갓을 수축하는 것처럼 태양도 그렇게 줄어드는 것일 수도 있지요. 하지만 당신의 접근 방식은 틀렸습니다. 욕망이 원하는 대로 그 틀에 자연을 꿰맞출 이유는 없습니다. 아노 현자들은 말했습니다. '기펜 코 피 데라 윈시루 나페 키 슈라사아 테피 네 오수.' 우리는 자연이 정한 속도에 우리의 삶을 맞추면 된다는 뜻입니다. 나는 상쾌한 아침 바람에 깨어나 부두에 갓 사서 생강으로 양념한 흰살생선 날것 몇 점을 먹습니다. 정오에는 큰 양산 같은 나무 그늘 아래로 숨어 낮잠을 자며, 내가 지느러미 치마를 펄럭이는 오징어이고 오징어도 내가 되기를 꿈꾸는 꿈을 꿉니다. 해 질 녘에 일어나 시원한 해변을 따라 활기차게 산책하고, 지는 해가 어렴풋이 얼굴을 붉히는 모습을 보며 감탄합니다. 나는 당신의 삶보다 내 삶이 훨씬 좋습니다."

"흐름을 따라간다고 해서 우주의 현실에 접근할 수는 없습니다.

나는 유인주의자는 아닙니다. 하지만 기 안지는 우리가 길가에 흩어진 멍청한 짐승이나 민들레가 아니라 세상을 천국과 유사하게 만들고자 하는 경건한 욕망을 가지고 태어났으므로 학식 있는 이들은 세상을 이해하고 개선해 나가야 함을 지적한 것은 옳은 말입니다."

"우주의 현실은 구성되는 것이 아니라 *경험되어야 하는 것*……."

미미는 생각했다. 그런 질문을 온종일 곰곰이 생각하는 것은 어떤 느낌일까? 자기 생각을 날씨와 수확량과 어획량에 국한하지 않고, 다음 식사와 그다음 식사를 마련하기 위해 고군분투할 필요가 없고, 태양의 실체를 상상하여 토론할 수 있고, 그리고 삶의 더 큰 법칙들을 읽어 내는 게 가능하다고 믿는 건 또 어떨까?

학자들은 그런 맥락에서 토론을 계속했고, 군중들은 환호하며 이따금 자기들 생각을 내놓았다. 고전에서 인용한 말과 학습한 내용이 모두 다 떨어지자 학자들은 지친 채 제 갈 길을 갔다. 군중들도 흩어지고 미미만 홀로 남아 마음속으로 여전히 토론을 떠올렸다.

"곧 시장이 닫습니다, 아가씨."

친절한 목소리가 하나 그녀의 상념을 끊었다.

"아, 안 돼!"

주위를 둘러본 미미는 그 말이 사실임을 알았다. 곡물 매입업자들은 짐을 싸서 수레를 몰고 창고로 돌아가고 있었다. 다음 날 다시 와야 할 상황이었다. 어떻게 그렇게 무책임할 수가 있었을까. 그녀는 자기 자신에게 화가 났다.

미미는 말을 건 사람을 바라보았다. 잘 마른 소나무 줄기처럼 키가 크고 깡마른 사람이었다. 40대 후반으로 보였으며 희끗희끗한 머리를 헐렁하게 틀어 올려 쪽을 지었고, 피부는 큰 바다거북의 등 딱지처럼 까맸다. 얼굴에 난 흉터들이 없었더라면 훨씬 잘생겨 보였 겠지만 그래도 초록색 눈은 석양의 빛을 받아 온화하고 따뜻했다.

"토론에 매료된 것 같더군요. 무슨 생각을 하고 있었나요?"

남자는 흥미를 보이며 말했다.

"왜 그렇게나 많은 현자들은 '지'로 끝나는 성을 가지고 있나요?"

미미는 여전히 조금 당황한 상태로 가장 먼저 떠오르는 말을 했다.

남자는 잠시 망연자실한 표정을 지은 뒤 그다음 웃었다.

미미의 얼굴이 붉어졌다. 그녀는 견본용 곡물 자루를 어깨 위로 들어 올리고 몸을 돌려 자리를 뜨려고 했지만 굴욕감에 몸이 휘청 거렸다.

"미안합니다! 독창적인 의견을 들으니 신선하고 좋아서 그랬습 니다. 기분을 상하게 할 의도는 없었습니다."

남자가 그녀의 뒤에서 말했다.

미미는 그의 목소리에서 진심을 읽어 냈다. 본섬 어딘가의 억양 이 있는 그의 말투는 무대 위에서 귀족들을 연기하는 민속 가극단 의 가수들처럼 예의 바르고 우아했다.

"내가 경솔했습니다. 다시 한번 사과하겠습니다."

몸을 돌린 미미는 자루를 내려놓았다.

"제가 한 말 어디가 그렇게 우스웠나요?"

남자는 매우 진지한 표정으로 물었다.

"학자들이 인용한 현자 가운데 그 누구라도 쓴 책에 대해 아는 게 있습니까?"

미미는 고개를 저었다.

"저는 학교에 다닌 적이 없어요." 그 뒤 덧붙였다. "뭐, '단 한 명의 진정한 현자'라는 콘 피지의 이름은 알아요. 민속 가극에 종종 등장하거든요."

남자는 고개를 끄덕였다.

"완벽하게 일리가 있는 질문입니다. 내가 당신이 알아차린 법칙에 주의를 기울인 적이 없었던 것뿐이지요. 종종 우리는 뭔가를 당연하게 여기면 질문을 멈추기 때문입니다. 사실 '지'라는 글자는 현자들의 성에 쓰이는 글씨가 아닙니다. 존경을 나타내는 고전 아노어 접미사로, '스승'이라는 뜻으로 풀어낼 수 있겠지요."

미미는 거드름을 피우지 않는 그의 말투에 기분이 좋아졌다.

"고전 아노어를 알아요?"

"네, 어렸을 때부터 공부했습니다."

"아직도 공부해요?"

남자가 웃으면서 말했다.

"공부는 멈추는 게 아닙니다. 고전 아노어뿐만 아니라 수학, 역학, 점술 등 많은 과목이 있죠."

"신들을 이해하세요?"

미미의 심장이 빨라졌다.

"그건 너무 멀리 나간 것 같습니다만." 남자는 복잡한 생각을 어떻게 설명해야 할지 고민이라도 하듯 머뭇거렸다. "신들과 대화를 나누긴 했지만, 신들 스스로도 자신들을 이해하는지도 확신할 수 없습니다. 더 많이 알수록 신들에게 의존할 필요가 적어질 수도 있습니다. 그리고 신들도 우리와 마찬가지로 배우는 중입니다."

그건 너무나 이상한 생각이어서 말문이 막힌 미미는 화제를 바꾸기로 했다.

"고전 아노어는 배우기 어려웠나요?"

"처음엔 그랬습니다. 하지만 중요한 책과 시가 모두 고전 아노어로 쓰여 있는 관계로 개인 교사가 그걸 배우게 시켰어요. 결국 아노표의 문자를 읽는 게 진다리 문자를 읽는 것만큼이나 쉬워졌죠."

"전 전혀 읽을 줄 몰라요."

고개를 끄덕이는 남자의 눈에는 슬픈 기색이 깃들어 있었다.

"나는 옛 하얀 출신입니다. 모든 아이에게 읽는 법을 가르쳤던 곳이지요. 이제 세상이 평화로워졌으니 하얀뿐만 아니라 다른 나라 전역에서도 그럴 수 있겠죠."

미미로서는 가당치 않은 상상이었다. 하지만 남자의 목소리는 너무나 열렬한 희망에 차 있어서 그를 슬프게 하고 싶지 않았다.

"아까 토론에 대해서 어떻게 생각하세요?"

남자는 다시 미소를 지었다.

"두 사람 모두 학식이 높은 것 같습니다만, 그렇다고 해서 현명하다는 뜻은 아닙니다. 어떤 생각이 들던가요?"

"전 그 두 사람이 모두 물고기의 무게를 재야 한다고 생각해요."

남자는 깜짝 놀랐다.

"네? 그게…… 무슨 말입니까?"

"어머니께서 가르쳐 주신 거예요. 흰살생선을 바다에서 건져 올린 뒤에 시간이 지나면 왜 더 무거워지는지 아느냐고 물으셨죠."

남자는 그 말을 곰곰이 생각하며 눈을 감았다.

"정말로 이상하군요. 나라면 시간이 지나며 살에서 물이 사라지니 물고기가 무거워지지 않고 가벼워지는 거라고 생각했을 겁니다. 흰살생선의 구조가 특이하기 때문일까요? 살이 공기 중에서 수분을 흡수하기 때문일까요? 아니면, 흰살생선이 살아 있을 때 밍겐 수리처럼 몸을 가볍게 해 주는 기체를 품고 있던 걸까요? 아니면……."

이제는 미미가 웃을 차례였다.

"제가 그랬던 것처럼 행동하고 계시네요. 누군가 당신에게 하는 말이 사실이라고 가정하고 있어요. 그러지 말고 물고기의 무게를 재야 해요."

"그렇게 한다면 뭘 알게 될까요?"

"흰살생선은 시간이 지나도 더 무거워지지 않아요. 생선의 배를 더 크게 보이도록 공기를 불어 넣은 파렴치한 상인들이 지어낸 이야기죠. 자기가 판 물고기가 같은 크기의 다른 물고기보다 무게가 덜 나가는 걸 들키니 상인들은 자기들 물고기가 더 신선하다고, 그래서 물고기가 가벼워진 거라고 주장했어요."

"그게 방금 토론하고 무슨 상관인가요?"

미미는 지는 해를 바라보았다.

"어두워지기 전에 전 집에 가야 해요. 내일 아침에 시내 북쪽에 있는 부두로 나오시면 그때 알려 드릴게요."

"꼭 그렇게 하죠. 이름이 뭔가요?"

"미미예요. 키도수 가문 출신이죠. 당신은 이름이 뭔가요?"

잠시 머뭇거린 남자는 이렇게 말했다.

"토루 노키입니다. 방랑자입니다."

다음 날 아침 새벽녘, 토루는 부두에 나타났다.

"시간을 잘 지키시네요. 원체 학식이 있으신 것 같아서 제 말을 진지하게 받아들일 줄은 몰랐어요."

"약속을 지키러 고기잡이 부둣가에 이른 아침에 나가 본 적이 좀 있거든요. 이런 약속들은 내게 세상에 대해 더 많은 가르침을 주곤 했지요."

토루는 이 이상 자세히 설명하지 않았다.

미미는 지팡이에 기대지 않고 서 있었다. 지팡이는 바닷가 모래밭에 심겨 있었다. 대나무 장대의 꼭대기에는 수평 가로대가 매달려 있었고, 한쪽 끝에는 한가운데를 밝게 닦은 오래된 작은 청동 거울이 올려져 있었다. 다른 한쪽 끝에 매달린 얇은 대나무 줄기 원형 그릇 안에는 바나나 잎 하나가 팽팽하게 당겨져 있었다.

미미는 떠오르는 태양의 모습이 바나나 잎에 반사되게끔 거울을 움직인 다음, 숯으로 태양의 윤곽선을 조심스럽게 그렸다.

"직접 만든 겁니까?"

"네, 저는 항상 바다나 하늘, 별과 구름과 같은 자연을 보는 걸 좋아했거든요. 그런데 태양은 너무 밝아 직접 볼 수 없으니 이렇게 반사된 모습으로 보는 거예요."

"잘 만들었군요."

토루는 감탄했다.

"정오에 다시 해요. 나중에 다시 오셔도 되고 근처에서 기다리셔도 돼요. 저는 시장으로 가서 곡물을 팔아야 해요. 저희의 유일한 돈벌이라 미룰 수가 없어요."

"당신 가족은 고기를 잡지 않나요?"

미미가 가라앉은 목소리로 답했다.

"아버지는 잡으셨대요. 하지만 어머니는 제가 고기잡이를 배우는 걸 바라지 않으세요. 아버지가…… 바다에서 사라졌거든요."

"나도 같이 가겠습니다."

그들은 시내로 들어갔다. 토루는 견본용 곡물 자루를 옮기는 걸 돕겠다고 했지만 미미는 허락하지 않겠다. ("제가 더 힘이 셀걸요.") 남자는 고집을 부리지 않았고, 미미는 그 점이 고마웠다. 미미는 다리 때문에 자기가 다른 사람들보다 뒤처진다고 생각되는 것을 결코 좋아하지 않았는데 사람들은 그런 점을 잘 이해하지 못했다.

미미는 시장으로 가고자 했지만 토루는 먼저 왕궁에 가 보자고 제안했다.

"왕궁이요? 하지만 관청은 보통 최악의 가격을 제시하는데요."

"당신이 놀라지 않을까 합니다."

라긴 황제는 형인 카도에게 다수섬을 영지로 주어 왕으로 임명했다. 그러나 모든 사람은 그것이 그저 상징적인 행위에 불과함을 알았다. 카도 왕은 황제가 직접 관리하는 다른 지역들처럼 자신의 왕국도 황제의 관료들이 운영하게 내버려 둔 채 대부분의 시간을 재건된 '화평성', 즉 판에 머물렀다. 그가 쓰는 왕궁은 쿠니 왕이 쓰던 궁전이었고 그 이전 자나 제국 시절에는 총독의 저택이었다. 왕궁은 다예의 다른 집들만 한 크기였다. 다수섬은 본섬의 대도시나 심지어는 루이섬 근처의 자나의 옛 수도, 크리피만큼도 크지 않았기 때문이다. 황제는 결코 과시하고자 하지 않았다. 그가 쿠니 왕에 불과했을 시절에도 마찬가지였다.

구매 담당 서기는 지루해하며 궁의 마당에 앉아 있었다. 라긴 황제는 검소한 것으로 명성이 높았고, 카도 왕의 섭정(대리 역할을 하는 다수섬의 총독)은 곡물 가격을 낮게 유지하라는 명령을 내렸다. 시장 상인들에게 팔 수 없는 가장 나쁜 품질의 곡물을 가진 농민들만이 관청에 운을 시험하러 왔다. 어제는 온종일 단 한 명의 행상만이 구매 담당 서기를 찾아왔으므로 그는 오늘도 상황이 마찬가지일 것이라 생각했다.

오, 행상인들인가 보구먼! 작물 품질이 얼마나 안 좋길래 여기까지 기꺼이 찾아왔는지 궁금한데. 서기는 눈을 크게 뜨고 주의를 기울였다.

서기는 책상으로 다가오는 두 사람(긴 팔다리에 성큼성큼 걷는 남자와 어깨에 견본용 곡물 자루를 무겁게 지고 지팡이를 짚으며 절뚝거리는 여자애)을 유심히 살피다 고쳐 앉으며 눈을 문질렀다.

지금 여기서 뭘 하는 거지? 서기는 대관식이 열리는 동안 섭정과 함께 판에 있었고, 코고 옐루 재상과 긴 여왕 옆에 서 있었던 그 남자의 인상적인 모습을 기억했다.

그는 엉덩이 밑에 용수철이라도 설치해 둔 양 벌떡 일어났다.

"어, 대학사…… 어…… 제국 학자……."

저 남자는 모든 직함을 사양했는데, 뭐라고 불러야 하지?

"내 이름은 토루 노키요. 내겐 직함이 없소."

남자가 미소를 지으며 말했다.

서기는 고개를 끄덕이고는, 그림자 인형극에서 조작하는 사람이 이리저리 꼬인 끈을 푼다고 홱 잡아당기기라도 한 인형처럼 반복적으로 절을 했다. *정체를 위장하는 데에는 그럴 만한 이유가 있겠지. 저분의 정체를 티 내지 않는 쪽이 좋겠어.*

여자애는 어깨에 멘 자루를 내려놓았다.

"토루, 자루 끈 푸는 걸 좀 도와줄래요? 꽉 잡고 있었더니 손가락이 좀 저려서요."

다라 황제의 가장 가까운 고문 중 하나가 곡식 자루의 끈을 풀기 위해 미천한 농부처럼 쭈그려 앉는 모습을 서기는 믿을 수 없다는 듯이 지켜봤다.

골똘히 생각한 뒤 서기는 자신이 뭘 해야 하는지 알아냈다.

그는 곡물을 거의 보지도 않고 말했다.

"품질이 아주 좋군! 몽땅 사지. 20킬로그램당 스무 냥 어떤가?"

"스무 냥이요?"

미미가 놀란 소리로 물었다.

"어…… 그럼 마흔 냥은 어떤가?"

"마흔 냥이요?"

그녀는 더 놀란 목소리로 물었다.

서기는 맥없이 '토루 노키'를 쳐다보았다. *이 정도면 시세의 네 배야!* 그는 이를 악물었다. 나중에 섭정이 불평하면 상황을 가능한 한 잘 설명해야 했다.

"그럼 여든 냥을 주지. 하지만 그게 내가 제시할 수 있는 최고가
란다. 정말이야, 응?"

여자아이는 먹물이 묻은 붓으로 계약서에 동그라미를 그려 넣으
면서도 멍한 표정이었다.

"이틀 안에 운송용 수레를 보내겠다."

"감사합니다."

미미에 이어 토루 노키가 웃으며 말했다.

"고맙습니다."

"좋은 협상이었네요."

"그건 전혀 협상이 아니었어요. 대체 어떤 분이세요? 서기가 꼭
고양이를 본 쥐 같던데요."

"요즘 난 방랑자에 불과합니다, 정말로. 내게 직함이 없다고 말한
건 거짓말이 아니랍니다."

"그렇다고 해서 중요한 사람이 아니라는 말은 아니잖아요."

"뭔가를 알게 되면 우정을 해치게 되기도 하지요. 난 우리가 동
등하게 대화하는 지금이 좋습니다. 그걸 잃고 싶지는 않습니다."

토루는 진지하게 말했다.

"좋아요." 마지못해 고개를 끄덕인 미미의 표정이 곧 밝아졌다.
"정오네요! 다시 저울을 재러 가야 할 시간이에요."

미미는 지팡이를 땅에 꽂고 거울과 바나나 잎을 꺼내 아까처럼
장치를 설치했다. 두 사람은 바나나 잎에 투사되는 한낮 태양의 모

습을 바라보았다. 그것은 그녀가 아침에 그려 놓은 윤곽과 정확하게 일치했다.

미미가 의기양양하게 말했다.

"생각했던 대로예요. 태양은 일출 때든 정오든 정확히 같은 크기예요. 지평선 근처에 있으면 더 커 보여도 실제로는 그렇지 않아요."

"훌륭하네요. 당신이 말한 그대로입니다. 항상 물고기 무게를 재 보라는 말 말입니다. 나는 우주가 항상 앎의 대상이라고 믿어 왔는데, 당신의 표현은 문제의 핵심을 찔렀습니다."

하지만 미미는 실망스러웠다.

"그래도 그 사람들의 토론은 아주 흥미로웠어요. 태양 크기가 달라지면 좋겠다는 생각까지 들었는걸요."

"엉성한 토대 위에 정교한 집을 지을 수는 없지요. 그들이 펼친 논쟁의 근거가 환상에 불과했다면, 추론이 얼마나 좋았는지는 중요하지 않습니다. 현자들의 말에는 지혜가 있지만 현자들이라고 해서 모든 것을 알지는 못했음을 명심해야 합니다. 모형을 세우면 세상을 이해하는 데 도움이 될 수 있지만 우리는 관찰한 것을 시험하며 모형을 가다듬어야 합니다. 현실을 경험하여 그것을 구성해야 한다는 뜻이지요."

미미는 토루의 말을 곰곰이 생각했다. 어쩐지 세상의 베일이 조금 더 투명해진 것 같았다.

세상은 신들의 마음속에 있는 이상향을 따라 한 모형일 뿐일까? 아니면 자연을 바라볼 때 느끼는 감정이 말로 표현할 수 없는 것처럼, 세상은 어느 모형 이상인 걸까?

"두 토코 *다위지*가 말한 것보다 훨씬 똑똑한 이야기 같아요."

"내가 한 말은 아닙니다. 유형주의 학파의 창시자인 나 모지의 말을 인용한 것이지요. 나는 내가 유형주의자에 제일 가깝다고 생각하지만, 모든 제자백가에게는 배울 만한 지혜가 있다고도 생각합니다. 현실을 형성하고 이해하기 위한 각기 도구들인 셈이지요. 그리고 재능 있는 장인은 그들의 도움을 받아 통찰력을 얻어 세상을 재구성할 수 있습니다. 제가 보기에는 당신에게도 유형주의적인 본능이 있고 원초적인 재능도 뛰어난 것 같습니다만, 그것을 발전시켜야 합니다."

재능이라. 미미는 생각했다. 어머니의 말이 갑자기 떠올랐다. *재능이란 공작 꼬리에 달린 어여쁜 깃털과 같은 거란다. 힘 있는 사람에게는 기쁨을 가져다주지만, 새에게는 슬픔만을 주지.*

"재능이나 지혜가 가난한 농부의 딸과 무슨 상관이 있을까요? 가난한 자와 힘 있는 자가 이 세상에서 가는 길은 달라요."

"긴 여왕의 이야기를 모르나요? 거리의 부랑아로 살았던 긴 여왕은 재능을 연마해 다라를 통틀어 가장 위대한 전술가가 되었어요."

"그때는 전쟁과 혼란의 시기였어요. 지금 세계는 평화로워요."

"전쟁에 유용한 재능과 평화에 유용한 재능은 따로 있지요. 신들에 대해 내가 모든 걸 속속들이 알지는 못해도, 훌륭한 진주가 어둠 속에 파묻혀 빛을 발하지 못하는 게 그분들의 뜻은 아닐 거라 믿습니다."

어머니가 몇 분 만에 생선의 비늘과 내장을 제거해서 저녁 식사를 맛있게 만드시는 것처럼, 마음의 수많은 도구로 능숙하게 현실

을 해부하고 다시 조립할 수 있다는 걸까?

지금껏 미미는 서당에 다니며 읽고 쓰는 것을 배우는 부잣집 아이들을 부러워한 적이 없었지만, 지금은 고통스러울 정도로 심하고 예리한 갈망을 느꼈다. 그녀는 저 밖의 더 넓은 세상을 맛보았고 표면 아래의 진실을 살짝 엿보았으며 신들의 말에 담긴 의미에 대한 단서를 얻었다. 미미는 더 많은 것을 원했다. 훨씬 더 많은 것을.

그런 지식을 비단옷과 흰쌀로 바꿀 수는 없을까? 어머니랑 내가 힘들게 일하지 않아도 되게 하인을 구하거나 마차, 짤랑대는 동전들을 받을 수는 없을까? 붐비는 양옆 길가를 메운 가난한 사람들을 보는 시선이 아니라, 앞으로 펼쳐진 길을 향하는 오만한 표정과 자랑스러워하는 시선을 얻을 수는 없을까?

불현 미미는 몸을 돌려 토루 앞에 무릎을 꿇고 이마를 땅에 가져다 댔다.

"저에게 가르침을 주세요, 토루지. 제가 이 재능을 가꾸도록 도와주세요."

하지만 토루는 그녀의 부복(俯伏)을 받아들이지 않고 옆으로 비켜섰다. 미미는 가슴이 철렁 내려앉았다. 그녀는 고개를 들고서 눈을 가늘게 떴다.

"진주는 어둠 속에 파묻혀 있지 않아야 한다면서요. 그걸 찾기 위해 어두운 바다로 뛰어들기에는 너무 두려우신 건가요?"

토루는 살짝 웃었지만, 그 속에는 약간의 슬픔과 쓸쓸함이 들어 있었다.

"당신은 불처럼 열정적인 정신을 가졌군요. 그건 좋은 것입니다.

하지만 참을성이 없어서 하고 싶은 말을 참지 못하는군요. 그건 항상 이롭지는 않겠습니다."

미미는 얼굴을 붉혔다.

"난 당신이 진실에 관심이 있는 줄 알았는데요."

"훌륭한 정신을 연마하는 것으로는 부족합니다." 토루의 눈은 멀리 있는 무언가, 시간과 공간을 뛰어넘은 무언가에 초점을 맞추고 있는 듯했다. "당신이 이끌어 달라고 말하는 길은 구불구불하고 울퉁불퉁한 길입니다. 당신은 거기서 진실을 지연시킬 때와, 또 진실을 공들여 만들어 내는 법을 알아야만 합니다. 그래야 그 진실이라는 것이 권력을 지닌 이들의 귀를 즐겁게 해 줄 수 있기 때문이지요. 나 역시 그런 기술이 좋은 편은 아닙니다. 내가 당신의 시야를 넓히고 주위에 숨은 유형들을 선택하는 방법을 보여 줄 수 있지만, 내가 읽어 내는 법을 가르쳐 줄 수 없는 유형도 있습니다. 바로 권력의 유형입니다."

"그래서 화평성에서 황제를 돕지 않고 섬을 떠도는 건가요?"

순간 미미는 선을 넘은 게 아닌가 싶어 두려워졌지만 토루의 얼굴은 이내 온화해졌다. 토루는 한 걸음 뒤로 물러나 여전히 엎드린 그녀 앞에 서, 허리를 굽혀 절했다.

"어쩌면 우리가 만난 건 신들의 뜻일 테지요. 내가 뭐라고 그분들의 바람을 거스를 수 있겠습니까?"

미미는 민속 가극에서 보았던 것처럼 엄숙하게 세 번 이마를 땅에 가져다 댔다. 위대한 스승이 문하생들을 받아들일 때 어떤 행동을 하는지 본 적이 있었다. 토루는 그 영예를 받아들이며 제자리에서 있었다.

"나를 스승이라 불러도 좋단다. 하지만 우리는 사실 서로에게 스승이 되는 셈이지. 스승과 제자의 관계는 막중한 신뢰의 관계이므로 진짜 이름을 아는 것이 중요하단다. '토루 노키'라는 이름은 먼 나라에 있는 몇몇 친구들이 오래전에 지어 준 이름이다. 내 진짜 이름은 하안 출신 지아 가문의 루안이다. 네 정식 이름은 무엇이냐, 미미티카?"

라긴 황제의 최고 전략가잖아. 미미는 놀라서 남자를 쳐다보았다. *그런데 그 사람이 내가 딸이라도 되는 것처럼 말했어.* 그녀는 이게 꿈이 아님을 믿을 수 없었다.

"저에겐…… 정식 이름이 없습니다. 저는 언제나 그저 시골 여자애 미미였습니다."

루안이 고개를 끄덕였다.

"그러면 내가 너에게 정식 이름을 지어 주마."

기대에 찬 미미가 그를 바라보았다. 루안은 곰곰이 생각했다.

"'조미'는 어떠니."

미미가 고개를 끄덕였다.

"좋게 들려요. 무슨 뜻입니까?"

"고전 아노의 표의 문자로, 바다 건너 아노국에 있던 식물인 '불의 진주'를 의미한단다. 산불이 꺼진 뒤에 잿더미 속에서 자라나, 모든 것이 파괴되고 색이 사라진 세상에 색을 가져다준 최초의 식물이라고들 하지. 네 불같은 성미가 상서로운 것이기를!"

제8장

연회

판

사해평치 6년 3월

보병대 총사령관인 뮌 사크리가 입양한 아들의 백일잔치는 떠들썩했고 관습에 얽매이지 않았다. 사크리 장군은 저택 인근 세 구역 안에 있는 모든 사람을 초대했을 뿐만 아니라, 사람들의 흥을 돋우기 위해 진창 우리에서 돼지 다섯 마리와 몸소 몸싸움을 벌였다. 300개가 넘는 연회용 탁자가 저택을 채우다 못해 마당을 벗어나 집 앞 거리 대부분을 차지했다.

너무 많은 술과 맥주가 팔리고 너무 많은 돼지가 도살된 덕에 판의 이 지역 정육점 주인들과 술집 주인들, 양념 상인들은 '제대로 된 수익'을 올렸던 이 날을 여러 해 동안 두고두고 떠올렸다.

날이 어두워진 뒤, 손님들 대부분이 마침내 행운을 빌어 주고 빨갛게 물들인 행운의 타로토란을 가지고 집으로 돌아가고 나서는 좀 더 친밀한 뒤풀이를 위한 시간이 찾아왔다. 드디어 사크리 장군은 가까운 친우들과 이야기를 나눌 수 있게 됐다.

뮌 사크리의 배우자인 나로 훈은 가족이 쓰는 식당으로 친구들을 맞이하러 나가기 전에, 고집불통인 장군에게 목욕할 것을 겨우 설득시켰다.

"아까 몸싸움했던 돼지나 당신이나 비슷해. 씻을 때까지는 난 당신 몸에 손도 대지 않을 거야."

나로는 눈살을 찌푸렸다. 그는 주디의 문지기에 불과할 시절에도 언제나 책상을 티끌 하나 없이 깨끗하게 유지했다.

"그 사람들은 더 심한 꼴도 봤어. 전쟁 중에는 누가 더 목욕을 안 하고 버틸 수 있나 센하고 경쟁하기도 했어."

뮌은 투덜거렸지만 고분고분하게 욕실로 들어가 재빨리 뜨겁고 차가운 물이 담긴 물통들을 들어 끼얹은 뒤, 수건을 허리에 감고 밖으로 나왔다.

"설마 그게 제대로 된 행동이라고 생각하는 건 아니겠지……." 그러나 뮌이 나로를 끌어당겨 입맞춤하자 나로는 누그러졌다. "어쨌거나 당신하고 전쟁에 나갔던 사람들은 당신 가슴 털 보는 일쯤이야 괜찮겠지."

그렇게 해서 뮌 사크리와 나로 훈은 식당에 모습을 드러냈다. 뮌은 반쯤 벌거벗은 채 포대기에 싼 아기를 소중한 짐보따리인 양 껴안고 있었고(아기는 유모와 시간을 보낸 뒤 낮잠을 자고 있었다) 나로 훈은 아이가 새로 태어난 집의 아버지가 입는 물결무늬 비단으로 만든 옷을 멋있게 차려입었는데, 옷에는 수사슴과 황새치가 수놓여 있었다. 훈훈한 식당에서는 다라에서 가장 권세가 높은 장군과 귀족, 대신 들이 커다란 둥근 탁자 주변에 빙 둘러앉아 차와 다과를 먹고 있었다.

"어디 좀 보자고!"

기병대 총사령관 겸 해군 제독인 샌 카루코노가 외쳤다.

"두 손을 써! 그리고 머리를 부드럽게 받쳐, 머리를! 앤 아기지 나무토막이 아니라고, 이 미련퉁이야! 살살 다뤄!"

뮌이 훈계조로 말했다.

"아시겠지만 저 이도 아기를 돌본 적이 있답니다. 저랑 아기를 몇 명이나 만들었는걸요. 그리고 애는 괜찮을 거예요. 벌써 6개월이나 됐잖아요!"

샌 카루코노의 아내인 페잉고 부인이 말했다.

"돼지들하고 몸싸움하는 사람한테서 살살 다루라는 말을 듣다니 믿을 수가 없구려. 나로가 널 어떻게 참아 주는 거야? 분명 매일 그릇이나 잔은 하나씩 깨뜨릴 텐데. 오호, 아기가 날 보고 웃는군. 네 수염 때문에 너한테는 겁을 먹나 봐."

"내가 한 번 안아 보지."

포린 후작으로 불리는 푸마 예무가 말하자 샌이 아이를 건네주었고, 푸마는 곧장 작은 포대기를 높이 던졌다.

"오, 쌍둥이 신들이시여!"

뮌은 소리쳤고 페잉고 부인은 숨을 혁 참았다. 하지만 푸마는 아이를 붙들고는 웃었다.

"죽여 버린다."

뮌이 맹세라도 하듯 말했다.

"난 내 아이들한테도 이렇게 해 주오. 좋아하던데."

"타페와 지크리가 없을 때만 그러시는 게 분명해요." 페잉고 부인이 푸마의 말에 웃으며 말했다. "남자들 사이에서는 여러분 모두 아주 센 사람인 듯 굴겠지만, 여러분을 조율하는 규칙을 만드는 건 부인들 몫이죠."

미소를 지은 푸마는 그녀의 말에 반박하지 않았다. 푸마의 품에 안긴 포대기에서 까르륵거리는 소리가 새어 나왔다. 나로와 뮌은 아기가 괜찮은지 확인하러 달려왔다.

"애가 웃는 걸 보는 건 이번이 처음이에요!"

나로가 외치자 푸마가 말했다.

"당연하지. 아기가 좋아할 거라고 했잖소. 애들은 나를 좋아해."

뮌은 푸마에게서 아이를 뺏어 들고는 노려보았다.

"봐, 이제 애가 울걸? 안 그래도 무섭게 생겼는데 턱수염을 그렇게 기르니까 더 그렇지."

"애가 내 수염을 가지고 노는 걸 좋아해!"

뮌은 고슴도치 가시처럼 사방으로 튀어나온 덥수룩한 수염을 자랑스러운 듯 쓰다듬었다. 아기는 그의 품에서 계속 깔깔거렸다.

"아기가 너보다 나로를 더 닮았으면 좋겠네."

샌의 말에 뮌이 답했다.

"분명 그럴 거야. 나로의 여동생이 낳은 자식이거든. 그들 부부는 우리가 입양을 원한다고 하니까 도울 수 있어서 기쁘다고 했어. 내가 아는 모든 걸 가르칠 거야. 나로처럼 생기고 나처럼 싸우면 더없이 기쁘겠지."

나로의 여동생이 이익을 보고 싶어 그 일환으로 입양을 제안했을 가능성이 크다는 건 모두가 알고 있었지만, 지금처럼 행복한 순간에 굳이 할 필요는 없는 이야기였다. 어떤 일을 할 때 사랑과 사리사욕이 동시에 그 이유가 되는 경우도 있었다.

"왜 카카야라고 이름 지은 거야? 아주 드문 이름이잖아."

린 코다의 물음에 뮌의 얼굴이 새빨개졌다.

"그냥…… 그 이름의 발음이 좋아."

"무슨 뜻인데?"

뮌은 좀 더 방어적인 어투가 됐다.

"꼭 무슨 의미가 있어야 해? 그냥 어릴 적 애칭일 뿐이야. 앞으로 몇 년 동안은 상서로운 정식 이름을 붙일 필요가 없잖아."

린은 망원자의 본능으로 더 많은 이야기가 있음을 감지했다.

"솔직하게 이야기해 봐! 아뒤섬 말처럼 들리는데."

모두 고개를 돌렸다. 몇 년 동안 아뒤 사람들 사이에서 살았던 루안 지아는 미소를 지으며 뮌을 돌아보았다. 뮌이 주저하며 말했다.

"말해도 됩니다. 이름을 골라 달라고 부탁드렸으니까, 이야기해도 괜찮을 것 같습니다."

루안은 기침을 한 번 하고는 천천히 말했다.

"아뒤섬 말이 맞습니다. 탄 아뒤 사람들이 멧돼지의 주둥이에 있는 두껍고 강한 털을 부를 때 쓰는 말이지요. 그곳에서 멧돼지는 귀중한 고기의 공급원이자 괴력의 상징입니다."

모두가 적절한 감탄의 말을 생각하며 그 정보를 받아들였다.

"잠깐, 네 아들 이름을 '돼지털'이라고 지었다고?"

린이 믿을 수 없어 하며 묻더니, 하 하는 소리를 내며 웃었다.

뮌이 짜증을 내며 말했다.

"난 내 예전 직업이 자랑스러워. 아들이 자기 뿌리를 기억했으면 해. 나로가 괜찮다고 했으니, 다른 사람들이 어찌 생각하든 상관없어!"

나로는 지지한다는 뜻으로 수건에 쌓인 뮌의 엉덩이를 툭 쳤다.

한 줄기 바람이 방 안으로 불어오자 등불과 촛불이 깜박거렸다. 뮌이 몸을 떨자 나로는 옷을 벗어 뮌의 몸에 둘러 주었다.

"감기 걸리면 안 되니까."

그 말에 뮌은 나로의 허리에 팔을 감았다. 뮌의 얼굴은 느긋해졌다.

"당신들 두 사람은 아직도 신혼부부 같구려!"

푸마 예무가 놀렸다.

"날 위해서 좀 저래 봐요."

샌 카루코노가 페잉고 부인을 바라보며 말했다.

"추우시다면 제 치마를 기꺼이 빌려 드리지요. 진주 단추가 달린 게 좋으세요, 아니면 주홍 작약이 달린 게 좋으세요? 당신이 입으면 좀 낄 수도 있지만 나쁠 것 같지는 않네요. 맥주 마셔서 부른 배의 곡선을 기분 좋게 강조해 줄 것 같아요."

샌은 일부러 상처받은 표정을 지으며 뮌과 나로를 쳐다보았다.

"봐, 집에서 온종일 이런다니까."

"당신이 행동을 똑바로 하면요."

페잉고 부인과 샌은 싱긋 웃으며 서로를 바라보았다. 그들의 눈은 바깥의 달처럼 빛났다.

"나로와 뮌은 연애가 오래가려면 어떻게 해야 하는지 알고 있는 게 분명해. 좋은 의미로 이디와 모소타에 비유할 수 있을 거야. 시인들처럼 말하자면 '지치도록 깨어 있는 유약(柔弱)함'이라는 거지."

코고 옐루가 웃으며 말했다.

사람들은 모두 술잔을 멈췄다. 어색한 침묵이 흐르자 코고는 주위를 둘러보았다.

"왜?"

"옛 친구가 유약하다고 모욕하는 거요?"

그동안 말이 없던 아룰루기 공작 세카 키모가 묻자, 코고는 혼란스러워했다.

"모욕이 아니었어!"

루안이 끼어들었다.

"코고 공은 오래된 이야기를 비유로 드신 겁니다. 수 세기 전, 아무섬의 이디 왕은 연인인 모소타에게 아주 깊이 빠져 있었습니다. 모소타가 그의 품에서 잠이 든 적이 있는데, 왕이 입궁을 해야 하는 상황이었죠. 그래서 이디 왕은 그와 모소타가 누워 있는 침대를 들고 정전으로 가자고 조신들에게 명령했습니다. 연인을 깨우지 않으려고요. 아무의 시인들은 '깨어 있는 유약함'이라는 말을, 낭만적인 사랑에 대한 완곡 대칭법으로 사용했습니다.*"

"완곡 대칭법이 뭡니까?"

뭔이 물었다.

"그건 시적인…… 코고 공은 그저 서로에 대한 여러분의 애정에 찬사를 보내려고 한 겁니다. 그게 전부입니다."

뭔은 기뻐했고, 세카는 당황해서 코고에게 사과했다.

하지만 이제 다라의 원수 긴 마조티가 목소리를 높였다.

"'주창자 대학'하고 대시험 고시관에서 너무 많은 시간을 보내서 옛 동지들과 대화하는 법을 잊어버린 겁니까, 코고 공?"

루안은 긴의 말투가 거칠다는 것에 놀랐지만, 긴은 그와 눈을 마주치려고 하지 않았다.

"질문이 좀 그렇습니다, 긴 여왕."

하지만 장군들의 냉랭한 표정은 긴이 그들 모두의 생각을 대표하고 있음을 분명히 드러냈다.

"우리는 검과 말에 대해서 압니다. 하지만 뭔, 푸마, 샌, 세카, 나를 모두 합쳐도 머릿속에서는 책 반 권 이상 분량이 나오지 않을 겁니다. 그러니 기회다 싶을 때마다 먹물을 뿜지 말고 차를 마셔 줬으면 고맙겠군요."

긴의 말투는 자기비하적이긴 했으나 분명히 예리한 부분이 숨어 있었다.

"진심으로 사과드립니다, 긴 여왕. 책벌레와 오만한 사람들하고

---

* 영어의 Weakness는 '약하다, 유약하다'는 뜻의 명사이지만 '많이 좋아한다, 편애한다'는 뜻도 있는데 여기서는 중의적으로 쓰였다.

너무 많은 시간을 어울리느라 옛 친구들과 충분히 어울리지 못한 것 같군요."

코고가 겸손하게 말하자 긴은 고개를 끄덕이고 더 이상 말하지 않았다.

루안은 갑자기 가라앉은 방 안 분위기를 풀어 보려고 애썼다.

"자, 다들 놀이 한 판 어떠십니까?"

"무슨 놀이요?"

뮌이 물었다.

"음…… '바보의 거울' 놀이는 어떻습니까?"

그건 참가자들이 차례로 자신을 정해진 대로 식물, 동물, 광물, 가구, 농기구 등에 비유하고, 그게 어울리는지 아닌지 다른 사람들의 생각에 따라 술을 마시는 놀이였다.

서로를 바라본 뮌, 샌, 린은 웃었다.

"뭐가 그렇게 재미있어요?"

나로가 물었다. 페잉고 부인도 마찬가지로 어리둥절했다.

"몇 년 전, 지금 황제가 되신 가루 공이 너한테 날 소개해 주신 이유가 바로 바보의 거울 덕분이었어."

"항상 궁금했어요. 당신이 어떻게 용기를 내서 가루 공이 날 방문하시게 했는지. 술에 먼저 취했던 거군요?"

"취하지 않았어! 그냥…… 깨어 있는 유약함을 지녔을 뿐이야."

나로가 웃으며 뮌의 볼에 소리 내어 입을 맞추자 식당 안의 사람들은 큰 소리로 껄껄 웃었다.

"넌 칼과 말을 계속 쓰는 게 낫겠어. 시는 어울리지 않아. 그럼 꽃과 식물을 주제로 모두가 어떻게 변했는지 한번 보지."

모두 샌의 말에 동의했다.

"내가 먼저 시작하지. 난 한때 가시 돋친 선인장이었지만 지금은 가시가 있는 배가 됐어." 입을 연 뭔은 나로의 품에 안긴 아기를 사랑스럽게 바라보았다. "어린아이는 사람을 바꾸지. 몸을 달콤함과 빛으로 채우고. 아버지가 되기 전에 황제께서 나를 포섭하신 건 잘한 일이었어. 안 그랬더라면 나는 결코 반란군이 되지 못했을 테니."

손님들이 잔을 들어 술을 마실 준비를 했지만 샌이 말했다.

"아니지, 아니지, 아니야. 너무 달아서 싫을 정도로 과하게 익은 배로 비유한 게 아니라면 동의 못 해."

다른 사람들이 싱긋 웃는 동안 뭔은 샌을 노려보았지만 나로가 그를 도왔다.

"다음은 제가 할게요. 저는 나팔꽃이에요. 제 덩굴은 단 하나의 진정한, 그리고 견고한 참나무라는 지지대를 찾았어요." 나로는 뭔을 꽉 끌어안았다. "달콤한 말을 하는 건 쉬워요. 하지만 첫눈에 반하는 사랑을 넘어 계속되는 사랑을 찾기는 쉽지 않고요. 전 운이 좋은 편이에요."

나로를 향해 고개를 돌린 뭔의 얼굴은 나긋나긋해져 있었다.

"나도 운이 좋아."

모두 아무 말 없이 술을 마셨다. 샌 카루코노는 페잉고 부인을 끌어당겼고, 그녀는 얼굴을 붉히며 남편의 무릎에 앉았다. 루안과 긴은 서로를 잠시 바라보았다. 루안은 얼굴이 달아오르는 것을 느꼈지만 긴의 침착한 얼굴은 도통 읽어 낼 수가 없었다.

166

푸마 예무가 말했다.

"우리의 사랑스러운 주인장들처럼 하기는 쉽지 않겠구려. 하지만 노력은 해 보지. 나는 몇 년 전 놀이에는 참여하지 않았지만, 이젠 여러분만큼 오랫동안 황제 폐하를 섬겨 왔소. 나는 소나루 사막의 튀어 오르는 콩이오. 평범한 야생 덤불과 다를 바 없어 보일지도 모르지만 풀을 뜯는 짐승들이 가까이 오면 1000여개의 콩을 움직여 소리를 내지. 그럼 코끼리라도 겁을 먹고 도망간다오!"

"코끼리가 겁을 먹고 도망가는 건 잘 모르겠소만." 샌 카루코노가 조롱하듯 말했다. "술자리에서 놀이를 할 때면 분명히 아주 큰 소리로 욕을 해서 도시의 개가 밤새 짖어 대는 건 알지만."

"그건 당신이 속임수를 쓰기 때문……."

푸마 예무가 으르렁거리자 페잉고 부인이 끼어들었다.

"저는 아주 훌륭한 비유 같은데요. 전쟁에 대해서 저는 잘 모르지만, 비유를 들으니 생생한 그림이 그려져요."

"아주 적절한 비유야. 그대의 기습 전술을 모든 다라 병사에게 가르쳐야 한다고 봐."

긴이 말했다.

더 이상 논평은 없었다. 모두가 잔을 비웠다.

루안은 행복하게 차를 홀짝였지만, 그 순간이 이상하다는 생각이 들었다. 원래라면 주최자인 뮌과 나로가 참가자들의 비유에 대해 최종적인 의견을 제시해야만 했다. 하지만 나로는 관리가 아니었고 뮌은 연설을 잘하지 못해, 자연스럽게도 참석자 중 최고위급인 두 사람, 코고와 긴이 여론을 주도하는 역할을 맡았다. 그런데 긴은 자기가 코고와 상의하지 않고 주도자 역할을 맡는 게 당연하다고 생각하는 듯했다.

"다음은 내가 해 볼게." 린은 일어서서 식탁 주변을 서성였다. "나는 밤에 꽃을 피우는 야화 선인장이었지. 어둠 속에서 황제를 섬기며 은밀한 정보를 수집…… 아니지, 음. 자양분을 모았지. 하지만 지금은 키 큰 나무들이 우거진 숲에 자란 덤불에 가깝다고 생각해."

뒤따른 침묵으로 보아 다른 사람들이 이 비유에 다소 당황해하고 있다는 점이 분명해졌다.

뮌이 망설이며 입을 열었다.

"음……. 아노 고전이나 그런 걸 인용한 거야? 네가 서당에 다녔다는 걸 알지만……."

린은 웃으며 그의 등을 찰싹 때렸다.

"너희가 불타듯 뜨거운 태양과 억수같이 퍼붓는 비를 받는 동안 난 그늘을 즐길 수 있다는 말이었어! 난 운이 좋아. 나도 알아. 너희들처럼 목숨을 걸거나 열심히 일할 필요가 없었지. 너희와 함께할 수 있어서 감사해."

"품위 있는 비유야. 하지만 적절하지는 않아. 그대도 우리처럼 민들레 가문의 기둥이야. 그대는 마셔야 해."

긴의 말에 린은 기쁜 마음으로 술을 마셨다.

루안은 얼굴을 찡그렸다. 농담처럼 말했지만 린의 비유에서는 불안한 씁쓸함이 묻어났다. *긴에게 인정을 받고 싶어 하고 있었어.*

"다음으로는 루안의 말을 들어 보지."

긴이 루안의 상념을 끊으며 말했다.

"흠." 생각에 잠긴 루안은 턱을 쓰다듬었다. "전 멀리 있는 바다의 말미잘입니다. 파도를 타고 바람을 마시며 바다 위를 떠다니지요. 내게 필요한 건 햇빛 조금뿐입니다. 색깔이나 향기로 백화와 경쟁할 필요도 없지요."

"조금 외롭게 들리는군요." 나로가 애석해하듯 말했다. 그러고는 재빨리 루안에게 절을 했다. "기분을 상하게 할 의도는 아니었어요."

"황궁의 모든 직함을 거부한 남자에게는 이상적인 삶이야. 네 삶에 건배할게."

코고가 미소를 지었다.

"부평초 같은 삶이 좋아?"

긴의 물음에 루안은 그녀를 바라보았다. *정말 묻고 싶은 게 뭘까?*

"나는 정원사의 판단과 무관한 삶을 살고 싶어."

긴은 잠시 가만히 루안을 응시하다, 고개를 끄덕이고는 술을 마셨다. 다른 손님들도 그녀를 따랐다.

세카 키모가 말했다.

"다음은 내 차례요. 여러분들 대부분보다는 늦게 황제를 모시게 되었지만 내 몫은 다했다고 생각하오. 그걸 증명할 흉터도 있지." 세카 키모는 키가 커 보이려고 무릎을 펴며 일어섰고 허리도 꼿꼿하게 폈다. "요즘 나는 더는 열매를 맺지 않는, 마당의 오래된 사과나무 같소. 내 용도가 만약에 남아 있다면 장작으로 쓰려고 베어지는 것이겠지."

토끼를 잡고 난 뒤 줄에 매이는 사냥개처럼, 기러기를 잡고 난 뒤 꽁꽁 싸매 치우는 활처럼. 루안은 몇 년 전 긴과 나눈 대화를 떠올

렸다. 그는 이 반역에 가까운 말을 질책할 것을 기대하며 원수를 건너다보았다.

다른 장군들도 긴을 바라보았다. 그들의 술잔은 입술에서 멀찌감치 떨어져 있었다. 루안은 그들 대부분이 충격보다는 연민의 표정을 짓고 있는 듯 보인다는 사실을 알아차렸다.

"난 동의 못 하오."

긴이 말했다.

그리고 루안은 참았던 숨을 내쉬었다.

하지만 긴은 말을 계속했다.

"그 오래된 사과나무는 뮌이 자기 집을 짓기 전부터 여기에 있었고, 그리고 아마 집이 사라진 후에도 여기에 있겠지. 그대의 충성심은 흙터에 쓰여 있어. 그건 정신없이 바쁜 관료들이 새겨 넣은 그 어떤 밀랍 표의 문자보다 더 오래가는 것이오. 황제 폐하는 그대의 봉사를 잊지 않았고 이 소중한 평화를 지키기 위해 검과 갑옷이 필요하다는 걸 잊지 않으실 것이오. 내가 다라의 원수인 한, 그대는 베어지지 않을 거요."

루안은 눈을 감았다. *뭘 하는 거야, 긴?*

세카는 감사해하며 깊이 몸을 숙였다.

"하지만 원수, 황후와 관련된 소문을 아직 듣지 못했소? 황후께서 세습 귀족들, 심지어는 황제와 함께 왕조를 세운 사람들의 생각에 반하는 행동을 한다는 소문 말이오. 몇몇 남자들은 반역이나 불복종이라는 명목으로 영지를 몰수당했소. 내가 두려운 건……."

하지만 그는 말을 끝내지 못했다. 말을 하는 도중 뮌의 집사가 식당으로 들어와 소식을 알렸기 때문이다.

"황실 부인 리사나 마마께서 오셨습니다!"

리사나는 새로 태어난 아기와 행복한 부부를 위해 선물을 실은 짐꾼과 하녀들을 데리고 들이닥쳤다. 어린 남자아이가 군인 놀이를 할 때 쓸 옥으로 조각한 말들, 의복과 아이 방을 위한 고급 비단 여러 필, 그리고 비행함으로 다라 전역에서 실어 온 진미들⋯⋯. (황실을 위해 따로 진상되는 것들도 포함되어 있었다.)

그녀는 나로의 품에 안긴 아기에게 부드럽게 말을 걸었고, 뭔에게는 수건과 헐렁한 옷만 걸친 채로 있어도 전혀 문제되지 않는다고 힘주어 말했다.

"전쟁 중에는 우리가 함께 막사에서 지냈다는 걸 잊지 마세요!"

리사나는 자기 말이 진심임을 보여 주기 위해 공식 예복을 벗고서 간소한 옷차림을 했다.

그녀는 우아한 봄 제비처럼 방 안을 돌아다니며 고개를 끄덕이고 미소를 지었다.

"세카! 아룰루기섬에서 낚시하는 건 어때요? 이번엔 좀 더 있다가 나랑 투투티카 호수로 낚시하러 가세요. 푸마! 당신은 하나도 안 변했군요. 일전에 피로가 당신을 찾아가서 승마 강습을 받자고 했어요. 두 분 모두 수도로 가족들을 좀 더 자주 모시고 오세요. 샌! 아이들은 잘 지내나요? 페잉고! 궁으로 날 보러 한번 찾아오세요⋯⋯."

그녀는 이미 일어서 있던 긴 앞에서 멈춰 섰다. 두 사람은 따뜻하게 포옹했다.

"가끔은 전쟁 때가 그리워요. 그땐 서로를 훨씬 자주 봤으니까요."

"맞습니다, 리사나 부인. 그랬습니다."

마지막으로 그녀는 루안에게 가 *지리* 자세로 깊이 절을 했다. 루안도 허리를 숙였다.

"마지막으로 봤을 때랑 조금도 변하지 않았네요." 리사나는 루안을 위아래로 훑어보며 활짝 웃어 보였다. "영원한 젊음의 비밀이라도 발견한 것 같은데요!"

"마마께서는 너무 친절하십니다."

루안은 싱긋 웃으며 말했다. 리사나의 아름다움은 몇 년 동안 변화했을 뿐 줄어들지는 않았지만 그는 칭찬을 건네지 않았다. 본능적으로 거리를 두고 싶었다.

"진짜 뭔가가 있어요……. 당신은 풀고 싶은 수수께끼를 찾은 것 같은데요."

루안은 조금 놀랐다. 리사나의 재능은 사람들이 진정으로 원하는 것을 직감적으로 알아차리는 것이었지만, 그렇다고 그게 모든 사람에게 통하는 것은 아니었다.

"맞습니다. 제 마음을 차지한 것을 발견했거든요." 그는 불규칙한 모양의, 하얀 물질로 만들어진 작은 물건을 꺼냈다. "이게 무엇인 것 같습니까?"

리사나는 그 물건을 주의 깊게 살폈다. 뼈나 상아처럼 보였으며, 두 발과 한 쌍의 날개, 긴 목을 가진 이상한 짐승 그림이 새겨져 있었다.

"다수에 있을 때 이런 것을 본 기억이 있어요. 육지로 떠밀려 왔어요. 그렇죠?"

루안은 고개를 끄덕였다.

"저는 이런 물건들을 수집해 왔습니다. 이건 판 시장에서 산 것입니다. 기원을 확신할 수는 없지만, 확인된 목격담에 따르면 섬의 북쪽 해안에서 발견된 것 같습니다. 북녘에 조사할 만한 게 있는 것 같습니다. 제가 수도에 온 이유 중 하나이기도 합니다. 황제 폐하와 이야기를 나누고 싶습니다."

"배움을 멈추고 싶지 않은 거지요?"

리사나와 더 대화를 나누며 루안은 자기가 얼마나 그 대화를 즐기고 있는지를 깨달았다. 그것이 리사나의 재능이기도 했다. 그녀에게는 사람들에게 관심을 기울이는 고유의 방식이 있어, 그녀와 대화하다 보면 그 방에서 그들만 있는 듯이 느꼈다. 사람들은 자기도 모르게 그녀를 좋아했다.

리사나가 모든 사람과 안부 인사를 나누는 동안, 수행원들은 향로와 이동식 비단 가림막을 설치했다. 그러고 나자 리사나는 손뼉을 쳤다.

"뮌과 나로의 아기를 축하하기 위해, 여흥을 조금 준비했어요!"

향로에서는 향이 타올랐고, 가림막 뒤로는 등불이 설치되었다. 리사나는 야자열매로 만든 비파와 아홉 줄로 된 금(琴)의 반주에 맞춰 춤을 추고 노래를 부르기 시작했다.

사평해는 긴긴 세월만큼이나 넓고
기러기가 연못 위를 날며 바람에 소리를 남기네.

누군가는 이 세상을 살다 이름을 남기고 가네.

영웅들이 잊힐지, 믿음은 보답받을지.

별들은 폭풍에 흔들려도 우리네 마음은 흔들리지 않네.

머리카락이 하얗게 세더라도 피는 진홍빛이네.

리사나는 펄쩍펄쩍 뛰고 빙글빙글 돌았다. 몸을 숙이고 비틀어 댔다. 길고 느슨한 머리카락은 명필이 휘두르는 붓의 끄트머리처럼 우아하게 공중에서 돌았다. 비단 가림막 너머로는 그림자가 깜박거렸다. 그녀는 옷소매로 향로의 연기를 휘저어 흐물흐물한 형태들을 빚어냈다. 요동치는 파도에서 모습을 드러내는 배들과 짙은 구름, 어두운 평원에서 충돌하는 군대들, 공중에서 서로를 향해 칼을 휘두르며 결투를 벌이는 영웅들, 허공과 해저에서 전쟁 중인 한 무리의 거대한 함대들.

자리에 있던 손님들은 공연에 매료되었다. 루안은 다른 사람들을 몰래 쳐다보았다. 다라의 군사적 장려(壯麗)에 대한 헌사에 몇몇 사람의 눈시울이 촉촉해지는 것이 보였다.

아무리 긴 축하연이라도 끝은 있기 마련이다. 동녘에서 샛별들이 떠오르자 손님들은 주최자들에게 작별 인사를 건넸다.

"내 걱정만큼 상황이 안 좋습니까, 오랜 친구여?"

루안은 일부러 코고가 자리를 뜰 때까지 기다렸다.

항상 조심스러운 코고는 마차에 오른 후에야 답했다.

"뭘 의미하시는지에 따라 다릅니다."

그는 긴장을 풀고 자리에 앉아 만족한 듯 한숨을 쉬었다.

"예를 들어, 코고 공께서는 화평성에서 먼 곳에 가족을 두고 계시지요."

"모든 사람이 정치에 관심이 있는 건 아닙니다. 능숙하지도 않고요."

"황제의 옛 장군들은 두려워하고 불안해하고 있는 듯하더군요."

"황제께서 영지와 지배권을 빼앗으려고 드신다 생각하면, 편집증으로 이어지는 게 당연합니다."

"과연 편집증일까요. 전 황후와 많은 시간을 보낸 적이 없습니다."

코고는 루안을 바라보았다.

"황후가 뭘 원하는지 알 수가 없어 리사나 부인이 그녀를 두려워한다고 하더군요. 그건 우리도 마찬가지입니다. 황후는 학자와 관료들의 경력을 키워 주기 위해 많은 일을 했지요. 하지만 그게 단지 전란의 시기에서 평화의 시기로 나아가는 과정 중에 황제가 필요로 하는 일이라 그런지, 아니면 황후 자신이 뭔가 음모를 계획하고 있는지는 아무도 모릅니다."

"긴에게는 무슨 일이 있었던 겁니까? 그녀가 그대를 가르치려고 드는 게 이상했습니다. 그녀는 서당에는 다니지 않았을진 몰라도 아노 고전을 독학으로 공부했습니다. 모두 긴이 일자무식한 군인이 아니라는 걸 알지요."

"긴은 옛 장군들의 주축입니다. 사람들의 호응을 끌어내려고 한다고 해서 그녀를 비난하고 싶지는 않습니다."

"긴이 황후를 못마땅해합니까?"

"아시겠지만 긴은 심중의 생각을 남에게 잘 털어놓지 않습니다.

하지만 사해평치가 시작되고 황후는 긴과 친해지기 위해 노력했지요. 긴은 리사나 부인을 동지로서 생각했고, 지금도 그렇게 생각하는 듯합니다. 그래서 그녀에게 충성하고 싶어 하고요. 황후의 노력은 결과적으로 좌절된 셈입니다."

루안은 눈을 감고 한숨을 쉬었다. *긴, 너는 항시 너무 경솔해. 궁정의 음모에 말려들지 말라고 말했는데도.*

"오늘 밤에 찾아온 사람이 황후나 황제가 아니라 리사나 부인이었다는 사실에 신경이 쓰이는군요."

"그대만 그런 게 아닙니다."

황제가 오지 않는다는 것은 황후를 지지한다는 뜻일까?

코고는 루안이 소리 내어 말하지 않은 질문을 짐작이라도 한 듯 말했다.

"최근 들어 황제가 리사나 부인의 조언에 더욱 의지하고 있다는 말이 돕니다. 국사를 논의하기 위해서 자주 찾는다더군요. 리사나 부인이 관직을 구하고자 하는 이들의 진정성을 파악할 수 있기에 그녀의 인물 평가에 의존한다는 겁니다. 하지만 그렇다고 딱히 황후가 총애를 잃은 것도 아닙니다. 그저 영향력을 다른 방식으로 행사할 뿐이지요.

리사나 부인은 쿠니의 옛 장군들의 부인들과 친하게 지내는 반면, 지아 황후의 시녀 중 몇은 고위직 대신이나 학자와 결혼하거나 그들의 집에서 신뢰를 받으며 살림을 보살피게 되었습니다."

"그중 몇몇은 황후가 패왕의 인질로 있던 시절에서 사루자 거리에서 구출한 젊은 아가씨가 아닙니까."

"맞습니다. 황후는 그들에게 엄마와 다름없지요. 회복력이 뛰어나고, 재치가 많고, 그리고…….

코고가 적절한 단어를 찾느라 망설이는 동안 루안이 말을 이었다.

"……황후에게 각별한 충성심을 품고 있겠죠. 아마도 다른 사람들이 불편해할 정도로 열정적일 테고."

코고는 싱긋 웃었다.

"황실은 화목합니다……. 또 동시에 그렇지 않기도 하죠."

루안이 고개를 끄덕였다. 불협화음을 내는 목소리를 편안하게 여기는 건 아주 쿠니답군.

"오늘 밤 코고 공께서는 꽃에 자신을 비유하지 않으셨습니다."

코고가 웃었다.

"지난번 그 놀이를 했을 때, 저는 참을성이 있으며 딱 하는 소리를 내는 파리지옥에 스스로를 빗대었습니다. 하지만 폐하는 통치를 지탱하는 굵직한 대나무에 계속 비유하셨지요. 저는 그 비유에서 벗어나지 않을 겁니다. 요즘은 제가 굵직하기보다는 팽팽한 대나무 같습니다. 너무 구부러져 있어서 탁 부러지는 게 아닌가 싶습니다."

"황후께서는 군 지휘관들과 소원하시니 그대를 아끼실 겁니다."

"권력자들에게 '총애'를 받는 건 쉽지 않은 일입니다. 떠다니는 말미잘이 되기 위해 모든 직함을 거부한 그대는 그런 점을 분명 알고 있으시겠지요."

"미안합니다." 루안은 궁정의 파벌들이나 서로 싸우는 황제의 부인들과는 더는 엮이고 싶지 않았지만, 친구들과 연인의 운명을 신경 쓰지 않을 수도 없었다. "그대가 실제로 섬기는 건 누구입니까,

오랜 친구여?"

"저는 항상 다라 사람들을 위해 봉사해 왔습니다."

코고는 차분한 어조로 말했다.

두 사람은 각자 자신만의 생각에 빠져 판의 어두운 거리를 마차로 달렸다.

리사나 부인의 수행원들이 모든 짐을 싸 뮌 사크리의 집을 떠날 때쯤에는 다들 너무나 피곤해서 그중 둘이 사라졌다는 사실을 누구도 깨닫지 못했다.

나로는 집 안뜰 정원에 가끔 서재로 쓰기도 하는 오두막을 만들어 두었다. 두 사람은 리사나의 무희들의 옷을 입은 채 그곳에 서서, 겨울을 나기 위해 안뜰에 보관해 둔 수조에서 헤엄치는 잉어들을 보며 감탄하고 있었다. 붉은 산호색과 햇살 황금색, 진줏빛 백색, 비취색을 띠는 물고기들은 꿈에서 얼핏 하는 생각들처럼, 희미하게 깜박이는 석유등의 불빛에 반짝이는 비늘을 드러내기 위해 어두운 물에서 이따금 수면 위로 떠올랐다.

"네 학생은 다시 떠나고 싶어 하는 것 같네."

금발에 푸른 눈을 가진 여자가 말했다. 사랑스러운 잉어들조차도 그녀를 힐끗 보고 아름다움을 견줄 수 없다는 사실에 당황해 더 깊은 물속으로 잠수하는 것처럼 보였다.

"그런 것 같아."

남자의 주름진 검은 피부와 땅딸막한 몸매는 무희라기보다는 어부 같았다.

"쿠니를 도우라고 하고 싶지 않아? 폭풍이 만들어지고 있어. 우리 형제자매들은 너무나도 여기 개입하고 싶어 해. 타주는 이미 그러고 있어."

"타주는 항상 개입하지. 그래서 우리 모두의 삶이 더 흥미로워지고. 하지만 누이, 루안이 더 많이 배울수록 나는 그를 가르칠 필요가 없어져. 당연한 거야. 스승은 학생이 이미 선택한 길로 그를 이끌 수 있을 뿐이야."

"그건 약간…… 유동주의자 같은 말인데, 루소. 조금 놀라운걸."

노인은 빙긋 웃었다.

"필멸자들로부터 배울 것이 있는데 그들의 철학을 무시할 필요는 없지. 아이들과 학생들이 성장하고, 부모들과 선생들이 그들을 놓아주어야 하는 것이 이 세상의 흐름이야. 필멸자들의 지식이 늘어나는 그간 신들은 자신들의 영역에서 후퇴해 왔어. 강과 개울의 방향을 바꾸는 관개를 배우기 전 인간들은 키지에게 비를 내리게 해 달라고 기도하곤 했고, 약초를 사용하고 약을 만드는 법을 배울 때까지는 루피조에게 치료법을 달라고 기도하곤 했어. 미래를 만들 수 있다는 자신감이 생길 때까지는 나에게 예지를 달라고 기도했고."

"하지만 인간들은 여전히 기도해."

"어떤 이들은 그렇지. 하지만 사원들은 더 이상 대이산 전쟁 때만큼 강력하지 않아. 그리고 우리에게 기도하는 사람들조차도 신들이 더 멀어졌다는 걸 알고 있는 듯하고."

"넌 그 사실을 전혀 슬프게 생각하는 것 같지가 않아."

"필멸자들을 이끌고 가르치기만 하자고 합의했을 때 모두 필연적인 결과를 알고 있었어. 인간들이 성장하리라는 것 말이야."

투투티카는 한숨을 쉬었다.

"그래도 난 신경이 쓰여. 그들이 잘 해냈으면 해."

"당연히 신경을 안 쓸 수가 없지. 그게 모든 부모와 스승의 저주잖아. 필멸자든, 불멸자든 말이야."

두 신은 마치 어둡고 어두운 바다에서 미래를 찾기라도 하는 것처럼, 수조 속의 유령 같은 잉어를 지켜보았다.

제9장

황궁 시험

판

사해평치 6년 3월

카도 왕과 테테 부인을 황궁으로 데려오는 마차는 지체되었다.

"뭐가 문제야?"

테테는 고개를 내밀고 마부에게 물었다.

"성난 *카시마* 무리가 길을 막고 있습니다, 부인."

실제로, 약 100여 명의 *카시마*들이 길을 이리저리 돌아다니고 있었고, 지나가는 마차들은 그들 사이를 조심스럽게 통과해야 했다. *카시마* 한 명이 뒤집힌 과일 상자 위에 서서 군중을 향해 소리치고 있었다.

"100명의 *피로아* 가운데 하안 출신이 쉰 명 이상이고, 자나의 옛 땅에서는 단 한 명만이 나옵니다. 이게 어떻게 공평한 것입니까?"

"황제 폐하는 다수섬에서 세력을 키우셨소. 그리고 카도 왕은 폐하의 형이지. 심사위원들은 분명 점수를 매길 때 그런 점을 고려했을 것이오."

군중 속 *카시마* 한 명이 말했다.

"다수섬에서 세력을 키우셨지만 폐하는 고문들의 말을 듣잖소. 하안의 귀족인 루안 지아가 궁에서 얼마나 큰 영향력을 행사하고 있는지는 다들 알 겁니다."

"루안 지아는 황제 폐하의 아버지 장례식 이후로 입궁하지도 않았소!"

"남들 몰래 좀 더 잘 황제의 귀에다가 속삭여 보려고 하는 속셈이겠지요. 황궁까지 행진해서 조사를 요구해야 합니다! 모든 글을 공개하고, 다라의 운명을 이끌 것이라는 자들에게 자격이 있는지, 황제의 시험 행정관들이 신임을 받을 만한 자격이 있는지 우리가 판단하게 해 달라고 요구해야 합니다!"

군중 속 다른 *카시마*들은 찬성하는 말을 외쳐 댔다.

열성적인 학자들이 남편에 대해 더 이야기하지 않는 걸 보고 테테는 다시 마차 안으로 몸을 피했다.

"대시험 결과에 불평하는 것 같아요."

"당연히 그렇겠죠. 피로*아*가 되어 좋은 작위를 보장받을 수 있을 만큼의 점수를 얻지 못한 사람이 할 수 있는 일은 불평하는 것 정도일 테니."

"정말로 심사위원들이 공정했는지 아세요? 다수섬의 응시생들도 순위권에 들었나요?"

"내가 황제와 그 측근들이 비밀회의에서 뭘 하는지 어찌 알겠어요?" 카도는 쓴웃음을 지었다. "당신도 알지 않습니까. 아버지가 돌아가시기 전에 날 위해서 뭐라도 해 달라고 간청을 했기에 쿠니가 지금의 직함을 준 거라는 걸. 나는 옛날 티로 왕같은 존재가 아닙니다."

테테는 카도가 감정을 보이자 당황했다. 남편의 말이 사실이라는 것은 알았지만 듣고 있기 괴로웠다. 쿠니가 어렸을 때 카도와 그녀가 보인 태도를 두고 쿠니는 아직도 그들을 원망했다. 비천한 깡패처럼 주디의 거리를 활보하던 카도의 게으른 동생에게 무슨 일이 일어날지 누가 상상이나 했겠는가?

"쿠니는 요즘 불만이 없어요?"

테테가 조심스럽게 물었다.

그녀는 쿠니가 카도를 불만스러워하는지를 물은 것이었지만, 카도는 그 질문을 폭넓게 해석했다.

"궁정에서 무슨 일이 일어나는지 자세히는 모르지만, 황태자 지명이 미뤄지는 바람에 파벌이 갈라졌다고 하더군요. 장군들과 귀족들은 피로를, 대신들과 주창자 대학은 티무를 지지한다고 합니다. 당연하게도 황후와 리사나 부인이 끼어들었고, 두 사람 모두 추악한 일들을 저질렀죠."

"구멍가게 주인에서부터 다라의 황제에 이르기까지 상속을 두고 골머리를 썩이는군요. 당신이 중재하겠다고 나설 건가요?"

카도는 고개를 세차게 저었다.

"현명하게 사는 방법은 쿠니가 챙겨 주는 용돈을 받으며 눈에 띄지 않는 것이죠. 나름의 즐거움을 누리면서 말이에요. 쿠니가 하고 싶은 대로 하게 내버려 둬야지요. 다수에 있는 '섭정' 라 올루가 실질적인 총독이고, 쿠니에게 직접 보고를 올립니다. 나는 아무것도 모릅니다. 그리고 그게 낫다고 생각해요."

"그럼 왜 우리는 궁으로 가는 거죠?"

"내가 장식품으로 있어야 하는 행사도 있으니까." 카도는 다수의 섭정이 보낸, 서명되어 있지 않은 여분의 출입증 다발을 흔들며 말했다. "화평성 사람들은 조화로운 황실을 보고 싶어 하죠. 각자 맡은 역할을 해야 합니다. 이것들을 제출하고, 황궁 시험에서는 쿠니의 결정에 따라 고개를 끄덕이고 웃으면 됩니다."

성적이 좋은 100명의 응시생들은 *피로아* 지위를 받았다. 그리고 이론적으로 그 응시생들 모두 황궁 시험에 참여할 수 있었다. 하지만 실제로는 *파나 메지*로 지명되는 영광을 누리는 상위 열 명만 황궁 시험에 참여할 기회를 받았다. 나머지는 공공 행정 인력군으로 배정되어 아랫사람이 필요한 대신이나 장군과 짝을 이루게 될 터였다. 그들은 그게 관료로서의 영광스러운 경력을 시작하는 발판이 되기를 바랐다.

*파나 메지*들은 대정전의 한쪽 끝의 연단 앞에 두 줄로 앉아 있었다. 연단은 황실 가족을 위해 높이 올라가 있었다. 황제가 곧 직접 질문을 던질 예정이었다.

라긴 황제는 정식 예복을 차려입고서 2.5미터 높이의 연단 위에 앉아 있었다. 민들레를 가지고 노는 수백 마리의 황금빛 크루벤으로 장식되어 있고, 일어나는 파도와 바다의 다양한 작은 생물들을 묘사한 정교한 자수가 들어간, 밝은 빨간색의 옷이었다. 또 윗부분이 평편한 왕관에는 황제의 표정을 가리는 일곱 가닥의 조개껍데기로 만든 술이 앞에 달려 있었고, 균형을 맞추기 위해 일곱 가닥의 산호로 된 또 다른 술을 뒤에 달아 두었다. 황제는 공식적인 자세, 즉 *미파 라리* 자세로 옥좌에 앉아 있었다. 옥좌는 제국에서 가장 유명한 약초 전문가인 황후가 만든, 박하와 훈의초를 비롯해 정신을 맑게 하는 방향제들로 채워진 방석을 덧대고 금박을 입힌 단단한 나무로 만든 것이었다.

지아 황후는 쿠니 가루의 왼쪽에, 리사나 부인은 오른쪽에 앉았는데, 둘 다 공식적인 궁중 예복을 입고 왕관을 쓰고 있었다. 도톰한 빨간 비단으로 만들어진 옷으로, 쿠니 가루가 다라 제도의 옥좌를 향한 여정을 시작한 곳인 다수섬의 색이 빨강이었기 때문이었다. 지아와 리사나의 예복은 황제의 것보다 조금 밝은 빛이었다. 지아의 예복은 여성성을 상징하는 무지개 꼬리 날치인 다이란이 민들레를 물고 있는 모습으로 장식되어 있었고, 리사나의 예복은 그녀의 고향 아룰루기섬을 기리기 위해 잉어를 주제로 장식되어 있었다. 리사나의 방석 의자 발치에는 뛰어오르는 잉어의 형상이 올라간 작은 청동 향로가 있었고, 그 향로의 입구에서는 희미한 연기가 뿜어져 나왔다. 건강상의 이유로 리사나 부인이 특정한 약초의 연기를 들이마셔야 해서 그러한 향로들이 종종 함께한다는 말이 돌았다.

연단 아래에서 두 줄로 선 학자들 옆의 제국의 영주들은 국사 결정에 미치는 영향을 보여 주는 식으로 자리 잡았다. 수년 전 라긴 황제의 대관식 이후로 멀리 떨어진 지방의 총독들과 각기 다른 영지를 하사받은 귀족들이 수도에 모이는 일은 드물었다. 대시험은 매우 특별한 행사였으므로 황궁은 최고 수준의 예절을 과시하듯 드러냈다.

황제의 왼쪽, 대정전의 서쪽에는 수도의 대신들과 지방 총독들이 계급별로 정렬한 채 긴 열을 이루어 *미 파 라 리* 자세로 중앙을 향해 무릎을 꿇고 있었다. 총독들은 두꺼운 다마스크가 들어간 물결 무늬 비단으로 만든 회색과 청색이 도는 예복을 입고 있었는데, 그 옷들은 태어난 지방을 상징하는 형상으로 장식되었다. 북쪽 루이섬 출신은 뱅어떼로, 숲으로 둘러싸인 리마는 우뚝 솟은 참나무로 장식되었고 북쪽 파사는 양털 같은 구름으로, 중부 코크루는 익어 가는 수수 다발과 일군의 국화검이었다. 각 대신이 책임지는 영역에 따라 달라지기도 했다. 망원장관 린 코다는 수천 개의 눈을 양식화하여 표시했고 제국 기록 담당 보안관은 두루마리와 고문서, 최고 세금 징수관은 저울, 제1전령관은 나팔이었으며 제국 필경상 수장은 글쓰기용 칼이었다.

코고 옐루 재상이 모든 재상과 총독 중 가장 앞서 있었다. 평소 그가 옥좌에서 가장 가까이 앉곤 한다는 뜻이었으나, 오늘 옥좌에 가장 가까이 있는 사람은 루안 지아였다. 그는 아주 작은 빨판상어들로 장식된 물결무늬 비단 예복을 입고 있었다. 맡은 직무도 없었고 어떤 공식적인 직책도 없었지만(그는 사실 거의 판을 방문하지도 않았다) 코고는 옛 친구가 라긴 황제의 가장 신뢰받는 고문으로서의 명예직을 받아야 한다고 주장했다.

황제의 오른쪽이자 대정전의 동쪽에는 장군들과 영지를 하사받은 귀족들이 대열을 맞추어 마찬가지로 정중한 *미파 라리* 자세로 무릎을 꿇고 있었다. 대신이나 총독 들과는 달리 그들은 전쟁에서 활약해 직위를 받았고, 옻칠한 나무로 만든 의식용 갑옷으로 입고 산호나 향을 먹인 종이, 고운 자기로 만든 장식용 검 따위를 허리에 차고 있었다. 황궁 근위대원들 외에는 실제 무기를 궁 안으로 가지고 들어가는 것이 허락되지 않았으며 대정전은 더욱 엄격했다.

게지라의 여왕이자 모든 군대의 지도자, 다라의 원수인 긴은 장군과 귀족 대열 맨 앞에 눈에 띄는 모습으로 앉아 있었다. 옆에는 황제의 형인 카도 가루가 있었는데 비대한 몸에 너무 꽉 끼는 듯한 의식용 갑옷을 입고 있어 불편해 보였다. 그의 뒤로는 반란과 국화·민들레 전쟁 때 황제와 싸웠던 다른 사람들이 자리를 잡고 있었다. 아룰루기 공작 세카 키모, 포린 후작 푸마 예무, 기병대 총사령관이자 해군 제독인 샌 카루코노……

두 개의 계층이 이룬 전체는 조화롭게 짜여 균형이 있었다. 그리고 위로는 다라 영주의 배우자나 조수 들이 노대에 앉아 있었다. 그들은 황궁 시험을 참관할 수는 있어도 발언권은 없었다.

긴 마조티는 대정전 건너편에 있는 루안 지아를 바라보며 미소 지었다. 하지만 지아 황후가 귀족들을 훑어보며 얼굴을 조금 찌푸리는 것은 눈치채지 못했다. 황후의 시선은 긴이 허리에 보란 듯이 차고 있는 강철 검에 잠시 머물렀다. 조화로울 수 있었던 대정전에서, 그 검만이 오싹한 죽음의 느낌을 주었다.

황실의 격식과 질서는 전쟁 기간 쿠니의 진영에서 자주 보였던 느슨한 분위기와도, 쿠니를 따르는 이들이 부하보다는 친구처럼 굴며 제국의 초창기를 기념했던 광란의 축제와도 거리가 멀었다. 대부분 배경이 미천한 쿠니의 수행원들이 보이는 무례한 태도는 종종 칠국(七國)의 옛 귀족들과 패왕을 따르던 사람들에게 충격을 주었다.

예를 들어, 대관식에서 그의 옛 동료들은 대부분 의식에 맞추어 큰 병에 마시는 대신 그릇으로 술로 마셨다. 그리고 젓가락을 적절하게 사용하는 대신 손으로 음식을 움켜쥐었다. 적절한 의례에 따르면 만두나 군만두를 먹을 때에는 젓가락 하나, 국수와 밥을 먹을 때는 젓가락 두 개, 생선과 과일과 고기를 먹을 때는 세 개(한 손으로 젓가락 두 개를 사용해서 음식을 잡고 마지막 젓가락으로는 음식을 더 작은 조각으로 나누었다)를 사용해야 했다. 그러고는 술에 취해 자리에서 일어나 젓가락과 숟가락을 무슨 검이라도 되는 듯 들고 춤을 추면서 새 궁전의 기둥을 요란하게 두드렸다.

수도의 옛 귀족과 학식 있는 학자 들은 경멸하며 속삭거리거나 킬킬댔다. 코고 옐루는 다라 제도가 평화로워졌으니 지루하긴 해도 궁궐 내의 행동 규범이 필요하다고 간언하며, 새로운 의례장(儀禮長)을 임명할 것을 권했다.

"콘 피지가 말했듯 '적절한 의식은 적절한 생각을 전달합니다.'"

"우리가 다시 콘 피지의 말에 귀를 기울여야 해? 어렸을 때부터 나는 그를 좋아한 적이 없어."

"시대마다 맞는 철학자들이 따로 있는 법입니다. 전장에서의 군사들이 보이는 예절이 평화로운 궁에도 맞는 것은 아닙니다. 아노 현자들은 이렇게 말했습니다. *아디 코 카크루 코피후아 키 투시위*

리 로수 크루벤 마 디카로 코 카크루 키 예가길루 아크루타카페세타 카사카위 크루도기세다겐. 넓은 바다에서 물 위로 자유롭게 뛰어오르는 크루벤은 많은 고기잡이배로 가득한 항구에서는 부드럽게 떠다닐 필요가 있을지도 모른다는 뜻입니다."

코고가 달래듯이 말했다.

"그냥 옛 속담을 인용해. '늑대를 보면 울부짖고, 원숭이를 보면 머리를 긁어라.' 미사여구로 된 고전 아노어 인용구보다 훨씬 생생한 말인 것 같은데. 그리고 아노어 경구를 번역해 줄 필요는 없어. 알다시피 난 로잉 사부님의 수업에 약간 주의를 기울였거든."

누구보다 오래 쿠니를 알고 지내던 린 코다와, 보통 사람들이 말하듯이 하는 걸 더 좋아하는 쿠니에 익숙했던 지아가 웃음을 터뜨렸다. 싱긋 웃었지만 코고의 뺨은 적갈색으로 변했다.

누가 새 의례장이 되어야 할까? 논의를 좀 더 한 끝에 코고는 자토 루티를 추천했다.

"퇴위당한 리마의 왕 말이야? 긴은 그 사람 완전히 별로인 것 같은데."

믿을 수 없다는 듯 쿠니가 물었다.

"그는 근래 가장 유명한 도덕주의자이기도 합니다. 숲속 오두막에서 폐하를 비난하는 글을 쓰도록 두는 것보다는 그의 명성과 지식을 이용하는 게 낫지 않을까요."

"또 당신이 새 시대를, 책이 검보다 더 높이 평가받는 시대를 시작할 준비가 되었다는 신호를 학자들에게 보내는 셈이 되지요. 창으로 한 번에 물고기 두 마리를 꿰는 걸 좋아하지 않나요?"

지아가 동의의 말을 보탰다.

쿠니는 확신이 없었지만, 그래도 항상 조언을 듣는 편이었다.

"오래되고 퀴퀴한 책은 재미는 없어도 문을 받쳐 두는 데는 도움이 되긴 하지."

쿠니는 혼잣말했다. 자토 루티를 황실로 소환하라는 명령이 내려졌다.

자토 루티는 승격에 만족스러워했다. 새 황실의 의례를 마련하는 것은 자토 루티에게 군대를 운영하거나 세금 정책을 고안하는 사소한 일들(그런 일들은 그가 마지못해 동료로 받아들인 긴이나, 코고 옐루와 같은 사람들에게 맡기는 게 나았다)보다 더 중요했다. 제국의 궁중 의례는 보다 작은 궁들이나 학식 있는 사람들에게 적절한 행동의 모범이 될 것이고, 다시 대중의 본보기가 될 것이었다. 그는 도덕주의적 이상에 따라 다라 사람들의 영혼을 조각할 기회를 얻은 셈이었다.

자토 루티는 의욕적으로 일에 몰두했다. 그는 고대 역사와 모든 옛 티로국의 의례 편람을 참고했다. 타락하기 전의 황금기를 묘사한, 고전 아노어로 된 모든 서정적인 단장(斷章)들을 수집했고, 방대한 원고를 작성하고 상세한 계획들을 입안했다.

마침내 그가 자기 계획을 제안했을 때, 쿠니는 다시 로잉 사부의 교실로 돌아온 것 같다는 생각이 들었다. 루티의 의례 편람을 적은 두루마리는 대정전 길이의 절반쯤 됐다.

"루티 선생, 당신은 내 휘하 장군들이 배울 수 있는 것을 만들어야 하오." 쿠니는 목소리에서 조급한 티를 내지 않으려고 애쓰며 말했다. "이건 너무 복잡하오. 모든 의례의 문구와 행차, 좌석을 배치하는 방법이나 절을 하는 횟수를 제대로 지킬 수가 없을 것이오.”

"해 보려고 하시지도 않으셨습니다, *렌가*!"

"근면하게 일한 것은 매우 고맙소. 하지만 내가 이걸 조금 단순하게 만들면 어떻겠소?"

쿠니가 간단한 계획(쿠니의 키만 한 두루마리였다)을 제시하자 자토루티는 충격을 받아 거의 기절할 뻔했다.

"이건, 이건, 이건 의례라고 할 수도 없습니다. 고전 아노어 편은 어디에 있사옵니까? 영혼을 고양하기 위한 모범적인 걸음걸이는 어디에 있사옵니까? 토론의 지침이 되는 현자들의 인용문은 어디에 있사옵니까? 이건 해바라기 씨와 설탕에 절인 원숭이딸기를 먹는 관객들을 기쁘게 하려고 민속 가극에서 추려 낸 것 같습니다!"

쿠니는 그것이 오해라고 참을성 있게 설명했다. 본질을 보존하면서도, 그저 필멸자에 불과한 사람들이 실천에 옮길 수 있도록 루티의 생각을 간략하고 세련되게 만들었음을 설명했다. 실제로 민속 가극 무대로부터 많은 영감을 얻었으며 리사나와 상의해 그녀의 전문 지식을 빌렸다는 점은 말하지 않았다. 그 모든 것을 하나의 큰 연극으로 설명해야만 쿠니가 이 일을 참아 낼 수 있었다.

황제와 의례장은 옛 귀족과 학자 들의 예의범절에 대한 루티의 갈망을 만족시킬 만한 형식을 갖추면서도 황제와 그의 전우들에게 받아들여질 만큼 재미있는 무언가를 만들어 내기 위해 타협하고 노력하며 줄다리기하듯 논쟁을 벌였다.

"왜 나만 앉아 있는 거요?"

쿠니는 공식 어전 회의의 좌석 배치를 그린 가장 최근의 삽화를 가리키며 물었다.

루티는 그것이 엄격한 유인자인 제국의 대학자, 뤼고 크루포가 고안한 자나 제국 어전 회의 의례집에 기초했다고 설명했다. 마피데레 황제는 모든 대신과 장군들이 똑바로 서 있는 동안 자신은 다리를 앞으로 쭉 뻗는, 대단히 격식 없는 *사크리도* 자세로 앉고자 했다.

"크루포는 회의할 때 서 있으면 더 효율적일 수 있다고 믿었습니다. 그는 많은 부분에서 틀렸지만 이 점에 있어서는 타당하다는 것이 제 생각입니다. 효율적인 행정은 중요합니다, *렌가*."

"하지만 그러면 아랫것들과 회의를 여는 도적들의 왕처럼 보일 거요. 평범한 사람들은 그걸 폭정을 다루는 연극으로 볼 것이고."

"폐하께 *사크리도* 자세로 앉으라고 하는 게 아닙니다!" 루티는 약간 화를 냈다. "저는 야만인이 아닙니다. 폐하께서는 *게위파* 자세로 앉으셔야 합니다. 이는 적절한 시를 참조한 것으로 작자는……."

"요점은 모두가 앉자는 거요."

"하지만 *렌가*, 당신께서 다른 사람들처럼 앉아 있다면 황제의 지위가 지니는 차이가 모호해집니다. 폐하는 곧 국가의 상징입니다."

"나를 섬기는 대신과 장군도 마찬가지요. 내가 나라의 머리라면, 그들은 팔과 다리지. 머리를 애지중지하느라 몸을 괴롭히는 것은 말이 되지 않소. 공식 어전 회의는 다라의 모든 사람 사이의 조화를 모범으로 삼아야 하오. 이 대정전은 나의 좋고 싫음을 가리는 게 아니라 국민 전체의 운명을 논의하고 결정하는 곳이오."

루티는 통치자와 피통치자 사이에 대한 도덕주의적 이상을 암시하는 황제의 말에 만족했다. 다라를 발칵 뒤집어 놓고, 여자들을 군대에 끌어들이고, 권력을 잡으며 티로 국들을 쓸어 버린 황제 쿠니가루에 대한 의견이 새로워지고 있었다. 그는 어쩌면 맥주로 부푼 쿠니의 배 깊은 곳에 도덕주의자의 영혼이 있을 것이라는 희망을 품었다. 루티는 좀 더 융통성을 발휘하여 이 흥미로운 주군을 섬겨 볼 생각이었다.

쿠니와 루티는 몇 주 동안 어전 회의에 쓰일 황권의 상징물들(쿠니가 생각하기에는 '의상과 소품'), 연설(또는 '대본'), 예례(또는 '연출')를 구상했다. 그들은 밤이 깊도록 토론했고, 간략한 그림들을 그리느라 많은 종이를 사용했으며, 야식과 황후가 만든 정신을 차리게 해 주는 약탕을 자주 요구했다. 최종 결과물은 도덕주의 전통을 *너무* 과하게 훼손하지 않으면서도 쿠니의 이상을 반영하게 되었다.

쿠니는 자신의 예술을 위해 기꺼이 고통을 감내하고자 했다. 시종들이 거들어도 예복과 왕관을 입고 쓰는 데 시간이 소요됐다. 황권을 상징하기 위해서 그는 불편한 *미파 라리* 자세로 뻣뻣하게 무릎을 꿇어야 했다. 하지만 황제가 본보기를 보이자 제멋대로인 장군들의 불평불만이 한꺼번에 끝나 버렸다. 그들은 모두 딱딱한 예복과 의식용 갑옷, 무거운 관모를 쓰고 *미파 라리* 자세로 무릎을 꿇었다.

대정전의 천장에서 바라본 쿠니의 어전 회의는 바다를 순항하는 크루벤처럼 보였다. 벽을 따라 두 열로 늘어선 고문들은 비늘로 덮인 그것의 힘찬 몸의 윤곽을 닮아 있었다. 눈부시게 빛나고 호화로운 것이었다. 끝에 있는 연단은 크루벤의 머리였으며, 지아 황후와 리사나 부인이 형형한 두 눈 역할을 했다. 당연하게도 라긴 황제는 이마 중앙에 있는 자랑스러운 뿔로 사나운 바다를 향해 돌진하며 흥미로운 길을 보여 주었다.

제1전령관은 황실 연단의 뒤편 남쪽 벽에 설치된 해시계를 확인하고 자리에서 일어섰다.

대정전 안의 모든 중얼거림과 속삭임이 멈췄다. 황제부터 입구에 서 있는 근위대원까지, 모든 사람이 허리를 폈다.

"모기 사 로뒤아푸 키 기스고 기레, 아디 사 메위파 키 케달로 피아 키. 핀딘 사 라코길루 위피레, 크루다위가다 사 피소잉네 기달로 피아 키. 잉글루이아 사 필루 지센 도사에레, 나위핀 라리 사 필루 샤노아 가세달로 피아 키."

전령관은 대이산 시대 영웅 전설들이 적힌 오래된 운율을 고수하면서(통치를 위한 적절한 의식을 규정한 도덕주의 문헌에서 적절하다고 여겨지는 것이었다) 엄숙하게 그 단어들을 외웠다. 그 고전 아노어는 다음과 같은 뜻이었다. 하늘빛이 유순하게 내달리고 고래의 길이 고요히 잠들기를. 사람들이 기뻐하고 신들이 흡족하기를. 왕이 자문을 잘 받고 대신들이 잘 통솔되기를.

제1전령관의 목소리가 대정전에 계속 울려 퍼지는 가운데 그는 자리에 앉았다.

라긴 황제는 목청을 가다듬고 공식 어전 회의를 시작하는 의례적인 말들을 읊조렸다.

"존경하는 영주들, 충성스러운 총독들, 유능한 고문들, 용감한 장군들, 우리는 오늘 신을 찬양하고 사람들을 위로하기 위해 모였다.

그대들은 어떤 사안에 대해 나의 관심을 촉구하고 싶은가?"

잠시 시간이 흐른 뒤, 황실 선생인 자토 루티가 일어섰다.

"*렌가*, 이 상서로운 날에 저는 폐하께 이번 대시험의 *파나 메지*들을 소개해 드리고자 하옵니다."

쿠니 가루가 고개를 끄덕이자 그의 얼굴 앞에 드리워진 조개껍데기 가닥들이 바스락거리는 소리를 냈다.

"그대와 다른 심사위원들의 노고에 감사하오. 이렇게 짧은 기간에 1000편이 넘는 글을 꼼꼼히 평가해야 한다는 건 결코 쉬운 일이아니지. 그대들처럼 학식 높은 사람들에게 글을 평가받을 수 있다는 건 응시생들에게 큰 행운이오."

황제 옆에서 카도 왕은 눈에 띄지 않게 무릎을 움직이며 황실 소속 교사를 바라보았다. 이곳으로 오는 길에 우연히 마주친, *카시마*들이 외치던 불평불만이 떠올랐다. *저 늙은이는 자기가 얼마나 곤란해졌는지 곧 알게 되겠지.*

자토 루티는 절을 했다.

"유연하고 참신한 이들과 소통할 수 있어서 즐거웠습니다." 자토루티가 첫 번째 줄에서 가장 왼쪽에 있는 학자, 섬세하고 잘생긴 이목구비를 가진 피부색이 짙은 청년을 가리키자 청년은 자리에서 일어섰다. "하안의 키타 수입니다. 글은 정교한 필체로 쓰였고, 서예를 보면 고(故) 코수기 왕의 최고의 작품들이 떠오릅니다. 그는 수학 연구에 열정을 품었지만, 글에서는 다라 학교들을 콘 피지의 저작을 강조하는 방향으로 개혁할 것을 제안했습니다."

침묵이었다. 대정전에서는 감탄의 속삭임 하나 들리지 않았다.

카도는 눈살을 찌푸렸다. *생각해 낼 수 있는 가장 지루한 개혁안 같은데. 간의 숙련된 자수 장인처럼 평범한 실로 눈부신 무늬를 엮는 법을 알고 있거나 도덕주의자들이 가장 좋아하는 현자가 쓴 곰팡내 나는 책을 암송할 줄만 아는 애송이에게 자토 루티가 높은 점수를 줬겠지. 그렇게 자신이 어떤 편견을 가지고 있는지 증명한 거야.*

하지만 황제는 그 젊은이를 지긋이 바라보기만 할 뿐이었다. 매달린 조개껍데기 가닥들이 얼굴을 가리고 있어서 대정전 안의 그 누구도 그의 감정을 감별해 내기가 어려웠다. 입을 연 황제의 어조는 완전히 평온했고 기쁨도 불쾌함도 드러나지 않았다.

"코수기 왕의 친척인가?"

카도는 대정전에 있는 다른 사람들처럼 앉은 채로 몸을 더 곧게 폈다. *흥미롭군!*

젊은이는 허리를 깊이 숙였다.

"렌가, 그것은 제 종조부의 영광스러운 이름입니다."

"그는 어려운 시기에도 평온한 사람이었다."

키타는 무심코 고개를 끄덕였다. 황제의 말은 칭찬으로도 비판으로도 받아들여질 수 있었다. 자나 제국에 대항한 반란이 벌어지는 동안 코수기 왕은 티로국 왕들 가운데 가장 유력하지 못한 이들 중 하나로 여겨졌다. 그는 하안을 재건했으나 본섬에서 라긴 황제의 군대에 의해 제일 처음으로 함락되었다. 그러한 역사에 연연하지 않는 것이 최선이었다.

루티가 흡족해하며 말했다.

"난 물 흐르듯 부드럽게 흐르는 그대의 표의 문자 윤곽에서 장엄한 정신을 본 것 같았다! 젊은 사람치곤 글쓰기용 칼을 아주 잘 다루더군." 그러고 나서 루티는 자신의 말이 어떻게 들리는지를 깨닫고 당황을 감추기 위해 기침했다. "물론 우리는 모든 글을 익명으로 검토했기 때문에 그대의 배경을 전혀 알지 못했다."

카도는 고개를 저었다. 루티가 한 말이 알려지면, 카시마들이 편견과 정실(情實)을 비난하기 위해 쓸 만한 무기들이 더 많아지겠군.

"너는 지금의 다라 행정은 장기적으로 유지되지 못하리라 썼다. 그 주장을 다시 한번 말해 보아라."

쿠니의 말에 두 열로 선 관리들 사이에서 흥분된 속삭임이 오르락내리락했다.

카도는 자토 루티를 지켜보았다. 그는 놀란 관리들로 가득 찬 대정전을 둘러보며 만족스러운 듯 미소를 지어 보였다. *교활한 늙은 여우 같으니라고! 당연히 가장 일반적인 방식으로 주장을 진술하면서 진실된 의미를 위장하겠지. 황제가 불만스러워하면 키타 수로부터 거리를 둘 수도 있고. 수의 필체에 대해 아낌없이 찬사를 퍼부은 것도 필요할 때 더 격렬한 부정을 하기 위함이렷다. 언제든 쓰인 글의 실체보다는 형식에 압도당했노라 주장할 수 있을 테니.*

카도는 자신이 어전 회의로부터 가능한 한 멀리 있다는 사실을 다시 한번 기쁘게 생각했다. 대정전은 깊은 수영장이었고, 평온한 표면 아래 강력한 물살과 역류가 숨어 있어 부주의하게 수영을 하는 사람은 쉽게 끌려 들어가 절대 빠져나올 수 없었다. 그는 어깨를 구부리고 시선을 코끝에 집중한 채 더욱 똑바로 무릎을 꿇었다.

키타 수는 경외와 존경의 완벽한 가면을 쓴 채 황제를 쳐다보았다.

"물론입니다, *렌가*. 제 어리석은 생각을 비판해 주시기를 간구하옵니다."

옥좌 뒤로는 다라의 지도가 그려진 무거운 양탄자가 걸려 있었고, 그 뒤에는 황제의 개인 탈의실로 통하는 작은 문이 있었다. 그곳에서 황제와 그의 부인들은 어전 회의를 준비했다. 공식 어전 회의가 열렸으니 이제 그 방은 비어 있어야만 했다.

탈의실의 또 다른 문, 황실의 내궁으로 통하는 복도와 연결된 문이 천천히 열렸다.

"서둘러! 누가 보기 전에 빨리 들어가."

티무와 세라, 피로는 슬그머니 탈의실로 들어와서 조용히 문을 닫았다. 지금 벌이고 있는 이 장난은 세라의 제안이었다. 피로는 시험을 염탐하는 게 재미있을지 모르겠다고 했고("난 내 시험을 보는 것도 안 좋아해!"), 티무는 발각되면 아버지와 루티의 분노를 맞닥뜨릴 것을 걱정했다.

하지만 세라는 피로가 흥분해할 만한 장면을 상상하게 했고("아버지가 어느 책벌레를 위협하시는 걸 보고 싶지 않아?"), 설사 이 장난에 끼지 않더라도 곤경에 처할 거라며 티무를 설득했다("동생들이 잘못된 모험을 하는 것을 막는 게 맏이의 의무가 아닐까? 그리고 의무를 다하지 못한다면 맏이도 나머지와 똑같이 잘못이 있는 거 아닌가?"). 결국, 두 남자아이는 세라와 함께하는 데 동의했다. (한 명은 안달이 났고, 다른 한 명은 마지못해서였다.)

탈의실 등불은 여전히 켜져 있었다. 아이들은 그곳에 아무도 없는 게 아니라는 사실을 깨닫고는 겁에 질려 비명을 지를 뻔했다. 황후의 절친이자 어렸을 적 티무와 세라를 돌봐 주었던 소토 부인이 대정전으로 통하는 문 옆에서 그들을 노려보았다.

"그냥 그렇게 서 있지 마세요." 그녀가 쉿 하는 소리를 내며 말했다. "몰래 엿듣고 싶으면 가까이 와요!"

제10장

열기구 타기

초승달섬 북쪽 바다 어딘가

사해평치 원년(첫 번째 대시험이 있기 5년 전)

'호기심 많은 거북'호는 끝없는 바다 위를 유유히 떠다녔다.

"보세요! 저기요!"

조미가 동남쪽을 가리키며 소리쳤다.

부드러운 파도가 일더니 육중하고 날렵한 짙은 색 몸이 물 밖으로 튀어나왔다. 거리가 있는데도 그들이 타고 있는 열기구의 몇 배나 되는 크기였다. 거대한 물고기는 잠시 허공에 매달려 있었다. 수천 개의 검은 비늘이 보석처럼 햇빛에 반짝였다. 그러고는 무겁게 물속으로 다시 떨어졌다. 잠시 후, 둔탁한 첨벙 소리가 먼 천둥소리처럼 귀에 와 닿았다.

"저게 크루벤이란다. 바다의 군주지. 루이섬과 초승달섬 사이의 바다에서 종종 볼 수 있어. 파사 사람들이 루피조 폭포 근처에서 온천욕을 즐기는 듯, 크루벤들은 수중 화산까지 잠수해서 뜨거운 물속에 머무르는 것을 좋아하는 것 같아."

"제가 크루벤을 보게 될 거라곤 생각도 못 했어요! 이건⋯⋯." 조미가 머뭇거렸다. "아름다워요. 아니, 그건 제대로 된 말이 아니에요. 아름답고, 장엄하고, 눈부시고, 화려하고, 숭고하고, 웅장하고⋯⋯ 죄송해요. 제대로 된 말을 못 찾겠어요. 제가 알고 있는 멋진 말을 다 동원한 거예요."

"세상은 웅장하고 경이로움으로 가득 차 있어."

루안은 하안의 저인망 어선 갑판에서 수면 위로 뛰어오르는 크루벤을 처음 보았을 때 느꼈던, 형언할 수 없는 기쁨을 기억하며 재잘대는 여자애를 향해 미소 지었다. 그때 그는 겨우 열 살이었고, 하안의 수석 점복관이었던 그의 아버지는 어린 루안의 어깨에 손을 부드럽게 얹은 채 옆에 서서 도약하는 크루벤들을 보며 비늘로 덮인 고래들에 관한 민간전승을 이야기해 주었다.

어떻게 그렇게 세상에 대해 많이 아세요, 아버지?

호기심을 쫓으면 돼. 루소 신이 무엇보다 중시하는 자질이 그거란다.

저도 언젠가 아버지처럼 많이 알 수 있을까요?

루티카, 넌 나보다 더 많은 것을 알게 될 거야. 아들이 아버지보다 뛰어나고, 제자가 스승보다 뛰어나게 되는 것이 우주의 자연스러운 흐름이니까.

"좀 더 가까이서 볼 수 있을까요?"

조미는 간절한 눈빛으로 물었다.

"어쩌면." 루안은 목에서 차오르는 혹 같은 느낌을 삼켰고, 젖은 눈시울을 감추기 위해 고개를 돌렸다. "오늘 우리에게 운이 따르는지 어디 한번 보자꾸나."

그는 열기구의 측면 너머로 몸을 기울이고는 술 담는 박 뚜껑을 열었다. 그러고는 박을 조심스럽게 기울여서 빨간 술을 가느다랗게 흘렸다. 물줄기는 아래로 곧장 곤두박질쳤지만, 바다에 가까워지면서 뒤틀려 동남쪽을 향했다. 곧이어 진홍색 진주들을 꿰어서 만든 것 같은 한 가닥 줄로 변한 다음 흩어져서 파도 속으로 떨어졌다.

"좋아. 바람이 지표면 근처 북서쪽에서 불어오고 있으니 바람을 탈 수 있겠어."

루안은 머리 위쪽으로 손을 뻗어 지름이 30센티미터 정도 되는 돌림판을 돌렸다. 돌림판은 톱니바퀴와 벨트 장치를 통해 동결 증류액(마시는 용도가 아니라 페인트를 닦고 벗겨 내기 위한)으로 채워져 있는 위쪽 난로에 연결되어 있어, 두꺼운 아마 심지의 수축을 조절할 수 있었다. 머리 위에서 맹렬히 타오르던 불꽃이 잠잠해지며 점점 작아지더니 열기구가 하강하기 시작했다.

"그럼 전적으로 바람에 의지할 수밖에 없는 거예요?" 열기구는 북서로부터 불어오는 산들바람이 자기를 낚아챌 때까지 계속 하강했다. "가고 싶은 방향으로 부는 바람을 찾지 못하면 어떡해요?"

루안은 손을 뻗어 돌림판을 반대로 돌렸다. 심지가 늘어나더니 불꽃은 다시 굉음을 내며 살아났다. 그러자 풍선은 하강을 멈추고 북동쪽으로 표류했다.

"그럼 다른 곳으로 가야지. 열기구는 목적지가 정확히 정해진 사람들을 위한 물건이 아니야. '호기심 많은 거북'호는 가고 싶은 곳으로 항상 가지는 못할지도 모르지만, 언제나 흥미로운 곳으로 널 데려갈 거야."

그들은 앞서 크루벤이 수면 위로 뛰어오른 지점에 도달했고, 루안은 다시 불꽃이 키워 열기구가 산들바람을 벗어나 상승하게 했다. 그러자 그들은 너울 위를 맴돌게 됐다. 물은 다시 갈라졌다. 조미는 곡예 같은 도약을 다시 가까이서 볼 수 있기를 바라며 열기구 벽에 간절하게 몸을 기댔다. 하지만 이번에 크루벤은 물 위로 머리만 빼꼼 내밀었다. 거대한 뿔은 배의 돛대와도 같았다. 분수공을 통해 크루벤이 숨을 내쉬자 열기구 근처의 공중으로 안개가 분수처럼 높이 솟아올랐다. 조미는 기뻐서 소리치며 고개를 돌려 루안을 쳐다보았다.

"크루벤이 저를 보고 웃었어요!"

그녀의 얼굴은 미소로 환했으며 크루벤에서 뿜어져 나온 옅은 안개로 젖어 있었다.

루안은 조미와 함께 웃으며 자신이 매우 늙었음을, 그러면서도 또 매우 젊다는 것을 동시에 느꼈다.

잠을 자면서 조미는 고향 집에 대한 꿈을 꾸었다.

"얼마나 오래 집을 비울지 모르겠어요."

조미의 말에 아키는 고개를 끄덕였다. 그녀는 꿀에 적신 수수떡 덩어리와 소금에 절인 애벌레가 들어 있는 작은 항아리를 보자기에

싸고 있었다. 아키는 미미를 쳐다보지도 않고 말했다.

"집이 그리우면 떡을 먹으며 우리가 함께한 달콤한 여름을 떠올리렴. 슬프면 애벌레를 먹고 내 요리를 생각하고."

루안이 말했다.

"키도수 부인, 딸을 잘 돌보겠노라고 약속드리겠습니다. 재능이 뛰어난 아이입니다만, 세상을 보지 않고서는 제가 가르치려는 것을 배울 수 없습니다."

"감사합니다. 전 항상 미미가 곁에 머물며 저와 같은 삶을 살기를 바랐죠. 하지만 그건 신들이 이미 제가 사랑하는 사람들을 무수히 빼앗아서 생긴 이기적인 욕심임을 알고 있어요. 전 항상 조미가 특별하다는 걸 알고 있었어요. 당신이 그녀를 찾아냈다는 게 전혀 놀랍지 않아요."

"세상의 비밀들을 배우고 어머니 삶을 좀 더 낫게 해 드릴게요." 하고 싶은 말이 많았지만 미미는 자기 목소리가 갈라지지 않을 거라고 확신할 수 없었다. 그래서 간단히만 말했다. "흰쌀밥을 매일 드실걸요."

"공부 열심히 하렴, 미미티카. 그리고 내 생각은 너무 많이 하지 말고. 넌 내 딸이지 내 물건이 아니야. 모든 아이가 부모에게 가지는 유일한 의무가 있다면, 자기 본성에 충실하게 사는 것이란다."

조미는 깨어났다.

불꽃이 은은하게 타오르는 가운데 '호기심 많은 거북'호는 바람을 계속 탔다. 아주 작은 점을 이루는 밝은 별들이 사방에서 보였다.

물이 따뜻했던 짧은 여름 동안 만에서 수영하면서 눈에 익었던, 빛을 내는 해파리 같았다. 그녀는 수영을 좋아했다. 말을 듣지 않는 왼쪽 다리로부터 자유로워진 느낌이 들었다. 그녀는 자기가 *다리를 절뚝이거나 불구*인 게 아니라, 우아하고 완전하다고 느꼈다.

그녀는 밤에 열기구를 타고 나는 것도 좋아했다. 천국 같은 바다를 떠다니는 것 같았다.

끼이이익, 끼이이이익.

이상한 소리가 미미의 주의를 끌었다. 그녀는 돌아서서 선체 건너편에서 루안이 다리를 앞으로 뻗고 앉아 있는 모습을 보았다. 그는 막대기와 황소 힘줄 다발로 만든 장치를 오른쪽 종아리에 감고 있었다. 그가 다리에 힘을 주어 움직이자 그 장치가 방금 들었던 운율감 있는 소음을 만들어 냈다.

"그게 뭐예요, 스승님?"

깜짝 놀란 루안은 다리를 멈추고 조미를 건너다보았다.

"아, 아무것도 아니란다. 다시 자렴. 몇 시간 후에 열기구를 조종할 수 있게 깨워 주마."

조미는 더 물어보려고 했으나, 루안은 다리 위로 담요를 덮고서는 항상 가지고 다니는 두꺼운 책을 펼쳤다. 그 책의 제목은 *기트레위수*로 고전 아노어로 '너 자신을 알라.'라는 뜻이라고 했다. 그녀의 스승은 다른 어떤 것보다, 또는 어떤 사람보다 그 책을 더 사랑하는 것 같았다. 그는 여자, 아이, 부모에 대해 말하는 법이 없었다. 명색이 제국의 건설을 도운 고문이건만, 어쩌다 글을 모르는 아이들과 거친 바닷가로 다니는 일이나 즐기게 된 걸까? 그에 대해 그녀가 모르는 것들이 너무 많았다.

　별들이 머리 위에서 회전하고 선체가 부드럽게 흔들리자 조미는
다시 잠이 들었다.

　루안이 열기구를 조종하는 동안, 조미는 분필로 석판에다 진다리
글자를 연습했다. 산들바람은 드넓은 바다의 맑은 향기를 풍기면서
도 꾸준하고 강했다.

　"초승달섬에 도착할 때까지 얼마나 더 남았어요?"

　조미는 글 쓰는 것을 멈추고 하품을 했다.

　"바람이 계속 안정적이라면 아마 이틀 정도 더 걸릴 테지. 하지만
바람은 결코 안정적이지 않고." 루안은 다정하게 조미를 바라보았
다. "벌써 피곤하니? 글을 쓴 지 이제 겨우 15분밖에 안 됐어."

　"지루해요! 이틀 전에 모든 글자와 소리를 외웠는데, 똑같은 걸
반복해서 쓰라고 하셨잖아요. 언제 아노 표의 문자를 가르쳐 주실
건가요? 배우는 데 닷새 이상 걸릴까요?"

　루안은 웃었다.

　"넌 표의 문자와 고전 아노어를 배워야 해. 숙달하려면 몇 년이
걸릴 거야."

　"몇 년이라고요! 그럼 당장 시작하는 게 좋겠어요."

　"너무 조급하게 굴지 마. 선체에서 밀랍을 조각하는 법을 가르쳐
줄 순 없어. 열기구가 이렇게 흔들리는 상황에서 칼을 쓰면 위험할
수 있어."

　"굳이 아노 표의 문자를 배우느라 시간을 낭비해야 할 이유를 모

르겠어요. 글 쓰는 건 한 가지만 배우면 충분하지 않아요?"

루안은 아노 표의 문자를 배우지 않아도 괜찮을 거로 생각하는 학생을 만나 본 적이 없었다. 하지만 조미는 개인 교사나 학당을 감당할 여유가 있는 학생들과는 달랐다.

"표의 문자에 대해서는 다음에 이야기할 기회가 있을 거야. 지금은 진다리 문자로 '일백명사(一百名辭)'를 쓰는 연습을 더 해야 해. 네 필체는 형편없거든."

"스승님이 그린 작은 사각형 안에 글자를 꿰맞추기가 어려워요! 그리고 뭣 때문에 글자들을 사각형 안에다 넣어야 하는 거예요?"

"진다리 문자는 표의 문자보다 훨씬 뒤에 만들어졌어. 진다리 문자들은 표의 문자 모양을 모방해서 사각형 안에다 배열한단다. 가끔 모호하거나 새로운 표의 문자에 대해 설명을 달아야 할 때 진다리 문자와 표의 문자를 같이 쓸 때가 있는데, 그래야 조화로운 모습을 만들 수 있거든. 글을 쓸 줄 아는 것만으로는 부족해. 아름답게 쓸 줄 알아야 하지."

"아름다움이 왜 중요해요?" 조미의 목소리는 조금 날이 섰다. "뜻이 통하는 것으로 충분하지 않나요?"

루안은 그녀의 얼굴에 난 흉터와 다리 옆 선체 바닥에 있는 지팡이를 보고서 자신이 아픈 곳에 소금을 뿌렸음을 깨달았다.

"세상에는 다양한 아름다움이 있어. 그중 일부는 신들의 영역이고, 다른 일부는 인간의 영역이야. 글쓰기를 통한 표현의 아름다움은 작가가 통제할 수 있는 부분이고, 우아한 서예는 마음을 설득할 준비를 시켜 준단다."

"옷을 잘 차려입은 사람들의 말에 사람들이 귀를 더 기울인다는 뜻 같네요."

루안은 한숨을 쉬었다.

"내 말은 그런 뜻이 아니지만, 왜 그렇게 느끼는지는 알겠구나. 네가 스승이 되어 달라고 했으니 넌 내가 하라는 대로 해야 한단다. 균형감 있게 사각형 안에다 글자들을 끼워 넣는 연습을 하려무나. 아무리 싫더라도 필수적인 기술이니."

마지못해 조미는 다시 글쓰기로 돌아갔다. 그러나 잠시간 침묵이 흐른 후 그녀는 다시 입을 열었다.

"만추(晚秋) 축제 때 행운의 떡을 만들던 게 생각나요. 엄마는 항상 제가 너무 성급해서 떡을 굽기 전에 가루 반죽에다 예쁜 무늬를 만들지 못한다고 말씀하셨어요. 하지만 적어도 결국에는 맛있는 걸 먹을 수 있었으니까 된 거죠."

"먹을 수 있는 낱말 사각형을 만들게 찹쌀가루를 가져 달라는 말이니?"

루안이 비꼬듯 묻자 조미가 고개를 들었다.

"그러면 정말 좋을 거 같아요! 스승님, 그렇게 하실 수 있어요? 꿀이 있다면 종이로 원뿔 모양을 만들고 꼭지를 잘라 낸 다음 떨어지는 꿀로 진다리 글자를 쓸 수 있어요. 그리고 연꽃 씨앗 조금하고 야자열매 대팻밥이 있다면……."

"새 음식을 떠올리는 데 들이는 열정만큼만, 딱 그만큼만 글쓰기 연습에 쏟았다면, 벌써 제대로 된 필체에 숙달했을 거다!"

조미는 잠시 그를 노려보다가 눈을 내리깔고는 다시 글쓰기로 돌아갔다. 그녀의 손은 석판을 가로질러 아주 천천히 움직였다.

루안은 다시 한숨을 쉬었다. *모든 사람이 같은 식으로 배우는 건 아니지. 칼은 돌에 대고 벼려야 하지만 진주는 부드러운 천으로 닦아야 하고. 나는 훈련과 연습을 홀로 반복하며 그 고독에서 무한한 기쁨과 위안을 찾았지만, 이 아이에게는 다른 방법이 필요할지도 모르겠어.*

"글쓰기 말고 열기구 날게 하는 법을 배우고 싶으냐?"

조미는 석판을 내려놓고 순식간에 일어나 루안 옆에 섰다.

"먼저 바람이 어디에 있는지 알아내야 해. 열기구는 스스로 앞으로 나아갈 방법이 없으니까. 열기구는 바람을 타야 해."

"스승님은 왜 비행함 대신 열기구를 타고 다니세요?"

루안은 웃었다.

"비행함들을 움직이려면 키지산에서 나오는 특별한 부양용 기체가 필요해. 그 기체는 제국 공군과 국가 업무를 위해서만 사용하게끔 되어 있어."

"아마도 똑같이 작용하는 다른 기체들도 있을 거예요."

"그럴지도 모르지. 하지만 내가 알기론 그런 기체가 더 없어. 게다가 나는 열기구를 좋아한단다. 비행함은 한 장소에서 다른 장소로 이동하는 것이고 사람들은 끊임없이 추진력에 대해 걱정해. 반면에 열기구를 타고 나는 건…… 마음이 더 느긋하지."

술 담는 박을 들어 뚜껑을 연 조미는 열기구 밖으로 그걸 뒤집었다. 루안은 서둘러 조롱박을 붙잡았다.

"살살해! 살살! 바람을 시험하는 덴 조금만 써도 돼! 술을 전부

낭비하지 마렴. 초승달섬의 잉카에 도착할 때까지는 그게 다란다."

"어쨌든 스승님은 술을 너무 많이 마시세요." 하지만 조미는 이번
에는 조심스럽게 박을 뒤집은 다음 가느다란 물줄기가 곧장 바다로
내려가는 것을 지켜보았다. "이 아래에는 바람이 없어요."

"우리가 향하는 곳과 다른 방향의 바람은 없는 거겠지."

루안이 정정했다.

"위쪽에는 바람이 어디에 있는지 어떻게 아세요?" 조미는 눈을
가늘게 뜨고 하늘을 쳐다보았다. 성긴 구름 몇 줄기가 텅 빈 푸르름
속에 점점이 흩어져 있었다. "술을 위쪽으로 따를 순 없잖아요. 내
가 크루벤이었으면 좋겠어요. 그러면 분수공으로 물을 뿌려서 바람
을 볼 수 있을 거예요!"

루안은 선체 바닥에 있는 사물함을 뒤적여서 종이 더미처럼 보이
는 것을 꺼냈다. 그러고는 위쪽에 있는 고리를 잡아당겼다. 그러자
주름 종이로 된 측면과 접혀 있었던 대나무 골격이 펴지며 정육면
체 모양의 각등(角燈)으로 변신했다. 아랫면은 종이 등 안에 촛불을
잡아 주는 철사 가로대로 펼쳐졌다.

"정말 멋진데요!"

"내가 발명한 거란다." 루안의 목소리에서는 자부심이 느껴졌다.
"떠다니는 등불은 태곳적부터 알려져 있었지. 난 쉽게 가지고 다닐
수 있는 접이식 대나무 뼈대를 생각해 냈고."

루안은 등 밑에 가는 비단 끈을 달아서 조미에게 건네주고는 초에
불을 켰다. 그 안의 공기가 뜨거워지자 각등이 떠오르기 시작했다.

"열기구 밖으로 몸을 기울여서 끈을 풀어. 그건 연 열기구란다.

위쪽 바람의 방향을 감지하는 데 사용할 수 있어."

조미가 연 열기구를 조종하며 다양한 높이에서 바람의 방향을 관찰해 알려 주자 루안은 그 내용을 석판에 적었다. 충분히 관찰했다는 판단이 서자, 그는 조미에게 연 열기구를 끌어 내려서 촛불을 끄라고 지시했다.

"자, 말해 보렴. 저 방향으로 가고 싶다면 어떻게 해야겠어?"

루안이 남서쪽을 가리켰다.

조미는 석판을 쳐다보았다. 거기에는 그녀가 관찰한 내용을 바탕으로 높이와 풍향 들이 깔끔하게 정리되어 있었다.

"90미터 상승하면…… 강한 북동풍을 만나겠군요?"

루안은 고개를 끄덕였다.

"나 모지가 널 자랑스러워하겠구나."

"그 사람이 누구였죠?"

"유형주의 학파의 창시자란다. 수 세기 전의 사람으로, 당시 자나는 다른 티로국들에 비해 원시적인 곳이었어. 나 모지는 기러기에 비단 리본을 묶어 새들이 겨울에는 남쪽으로 이동하고 봄에는 북쪽으로 돌아온다는 것을 증명했어. 또한 하늘에 현란한 모양들을 그려 보이게끔 줄 두 개가 달린 연을 처음으로 고안한 사람이었어.

나 모지는 자연은 수학을 언어로 하는 책이라고 믿었어. 신중하게 관찰하고 시험을 해 보면 자연의 깊이를 측정하고 유형을 설계할 수 있다는 거지. 심지어 신들도 자연의 유형에 종속되어 있다고도 주장했어. 비록 그들은 우리보다 자연에서 더 많은 걸 읽어 낼 수 있긴 하지마는.

이제 연 열기구로 바람의 지도를 만들었으니 너는 네가 원하는 곳으로 날아갈 준비가 되었어. 그리고 유형주의에 따르면 자연적 요소인 공기 중에 있을 때 열기구는 집에 있는 셈이란다."

조미는 하늘과 바다를 둘러보았다. 하지만 이제 그녀는 세찬 바람을 그저 텅 빈 무언가가 아니라 보이지 않는 도시의 넓고 입체적인 대로와 거리로 여기는 듯했다. 조미의 얼굴에 환한 미소가 떠올랐다.

"유형주의가 *마음에* 들어요! 더요, 더! 더 가르쳐 주세요!"

루안이 빙긋이 웃었다.

"글세, 이제 너는 '호기심 많은 거북'호를 실제로 바람 속으로 끌어 올려야 한단다. 그러려면 다른 학파의 의견을 들어야 하고."

조미는 루안의 도움을 받아 돌림판을 돌렸다. 액체 난로에서 불꽃이 치솟더니 홱 하고 움직였다. 그와 동시에 열기구가 움직였다.

"살살 해! 불을 조절하는 거지, 싸우는 게 아니란다!"

조미가 돌림판을 천천히 반대로 돌리자, 불꽃이 조금 사그라지며 열기구의 상승 속도가 줄어들었다.

"불꽃이 열기구 안의 공기를 가열하면 공기가 팽창하지. 그렇게 공기가 흘러넘쳐 열기구를 빠져나가니 내부의 뜨거운 공기는 외부의 차가운 공기보다 밀도가 낮아져. 이런 식으로 열기구는 제국의 비행함처럼 고도를 올릴 수 있어. 가열된 공기는 키지산의 다코 호수에서 나오는 부양용 기체와 유사한 역할을 한단다."

바람이 세지자 열기구가 남서쪽으로 떠갔다. 조미는 계속 천천히 돌림판을 돌리며 열기구가 수평을 이룰 때까지 불꽃을 조절했다.

"방금 연습한 건 유인주의, 즉 방화주의 학파를 현실로 옮긴 것이 란다. 이름처럼 그건 불을 기초로 해서 만들어졌지."

"이해가 안 가요. 유인주의자들은 불타는 것들을 믿어요? 마피데 레 황제가 책을 불태웠던 것처럼요!"

"도대체 어떻게 그런……. 아니다, 신경 쓰지 마렴. 유인주의 학 파는 위대한 현자 중 제일 어렸던 기 안지가 설립한 것이란다. 그는 고대 아노 사람이 아니라 현대인이야. 기 안지는 사람들이 천성적 으로 게으르고 변화에 저항한다고 믿었어. 그래서 현명한 통치자는 적절한 보상과 징벌로 동기를 부여해야 한다고 믿었어."

"제 어머니는 훨씬 더 간단하게 말씀하셨어요. '침대에서 안 일어 나면 불타는 석탄을 담요에 던져 버릴 거야.' 그러고 보니 유인주의 자라는 사람들은 불타는 걸 좋아하네요."

루안이 껄껄 웃었다.

"그것도 유인주의를 바라보는 한 가지 관점일 수 있겠지. 기 안지 는 미덕을 함양하자는 도덕주의자들의 주장이 잘못되었다고 말하 고자 했어. 사람들은 대부분 구제할 수 없을 정도로 이기적이니 통 치자는 올바른 행동을 장려하기 위해 법을 조정해야 한다는 거지. 만약 농장에 대한 세금을 올리지만 목초지에 대한 세금을 낮춘다 면……."

"왜 농부들을 싫어하세요?"

"싫어하지 않아! 그저 예를 든 것뿐이란다."

"다른 예를 들어 주세요. 전 세금이 별로예요. 세금 징수원들은 항상 어머니하고 저한테 못되게 굴었거든요."

"좋아." 루안은 몇 시간은 세금에 관해 이야기할 수 있을 동료, 코고 옐루를 생각하며 미소 지었다. "예술과 문화를 장려하고 싶어 한다고 가정해 보자꾸나. 사람들에게 공부하라고 권하기보다는, 권력 있는 직책을 얻으려면 뭔가를 배워야 하게끔 만드는 게 낫겠지."

"공평한 것 같진 않은데요. 학교에 가려면 돈이 있어야……."

"요는 이런 거야. 법은 복잡한 기계와 같은 것이고, 올바른 손잡이와 돌림판을 조정함으로써 사람들에게 무엇이든 하게 시킬 수 있다는 거지. 난로의 불을 높이면 공기가 빠져나가 열기구가 상승하고, 불을 죽이면 찬 공기가 들어올 수 있는 공간이 만들어져 열기구가 하강하듯이 말이야."

"그 이야기는 아주…… 가혹하게 들리네요."

"그럴 수 있어. 가장 탁월한 유인주의자는 마피데레 황제 시절의 대학자이자 나중에 에리시 황제의 섭정이 된 뤼고 크루포였어. 그는 기 안지의 사상을 극단으로까지 몰고 가서 가혹한 법들을 제정했고, 이는 결국 '생선 안의 두루마리' 반란으로 이어졌어."

"불을 너무 세게 두면 냄비가 끓어 넘치는 것처럼 말이죠."

"정확해. 하지만 유인주의가 그 자체로 악인 것은 아니야. 단지 세상을 이해하는 도구일 뿐이야. 뤼고 크루포는 이렇게 말한 바가 있어. *미로티로 마 시에피 로 위라디 기크루 카 기세피 가 게 카위 페노, 고세 마 페위 네 마 칼루, 고코 필루토아 라리 마 리 위 렌로아 키 크루에수 필루토아 코 크루세 네 오수.* 뜻풀이를 하자면 이렇게 돼. 이익과 고통만이 사람에게 동기를 부여한다. 이것은 죄가 아니다. 그 모든 욕망은 땅을 천국으로 바꾸려는 욕망의 그림자이기 때문이다."

루안 지아가 강의를 하는 동안, 열기구 바로 앞에서 날던 갈매기가 갑자기 쑥 아래로 꺼지다가 날개를 힘차게 퍼덕여서 다시 원래 높이를 유지하는 모습이 보였다. 열기구 벽에 몸을 기댄 조미의 얼굴에 옅은 미소가 슬그머니 퍼져 나갔다.

"……사실, 기 안지의 또 다른 학생인 탄 페위지는 유인주의를 확장했는데, 도덕주의……."

열기구가 갈매기를 가던 길에서 밀어낸 옆바람에 부딪혀 휘청거렸다. 루안 지아는 비틀거리며 벽을 붙잡았고 강의는 중단되었다.

"스승님이 자기 얼굴을 보셨어야 했는데! 제가 유형을 발견했거든요. 그걸 써 봤어요."

조미의 웃음소리는 바람처럼 방종했다.

루안은 고개를 가로저었지만, 조미의 기쁨은 전염성이 있었다.

"넌 두 가지 학파에 대한 설명을 들었잖니. 안 지루해?"

"농담하시는 거예요? 재미있어요! 열기구 날리는 법에 대한 이론을 더 가르쳐 주세요!"

"봐 봐, 유인주의와 유형주의에 대한 강의를 열기구 날리는 법에 대한 내용으로 꾸미니까 네가 강의를 즐기게 되었잖아. 좋은 발상은 올바르게 표현하면 더 쉽게 흡수되는 법이야. 정답이 존재할 때도, 글씨를 잘 쓰고 문장 구성을 제대로 하면 더 많은 사람을 설득할 수 있단다."

조미는 한숨을 쉬었다.

"제가 필체 연습을 더 해야 한다는 건가요?"

"네가 일백명사를 50번 더 쓰면, 내 마음이 기뻐질 테지. 그리고 우린 더 많은 크루벤을 찾아 나서겠고."

조미는 바닥에 앉아 석판을 집어 들어 열심히 글을 쓰기 시작했다.

"잠깐만요……." 그녀는 글쓰기를 멈추고 빙긋이 웃는 루안 지아를 올려다보았다. 그러고는 혀를 쏙 내밀었다. "스승님이 실현하시는 유인주의는 별로네요!"

열기구가 계속해서 초승달섬으로 향하는 동안 스승과 제자는 농담을 나누었고, 대화는 이따금 웃음소리에 중단되었다. 아래쪽의 잔잔한 물결에 태양이 얼룩졌다.

제11장

크루벤 늑대

판

사해평치 6년 3월

키타 수는 열띤 연설을 시작하는 대신 돌아서서 손뼉을 쳤다.

"어서! 시작해, 시작!"

그러자 두 줄로 늘어선 *파나 메지* 뒤에 앉아 있던 하인 한 무리가 일어나 대정전으로 가져온 짐 가방을 풀기 시작했다. 그렇게 키타 수와 옥좌 연단 사이의 공간으로 몰려든 그들은 의상을 입고, 소품을 설치하고, 정교한 종이 대나무 조각품을 조립한 뒤 복잡한 기계를 조립했다…….

그들은 황제를 위한 연극을 상연하려는 중이었다.

키타 수가 무대 감독처럼 명령을 내리며 돌아다니는 동안, 다라의 영주들은 큰 관심을 두고 지켜보았다.

황제가 가장 신뢰하는 장군들 대다수가 배움이 얕았으므로, *파나메지* 대다수는 글에서 언급한 핵심 내용을 미사여구로 죽 나열해도 그들이 관심을 보이지 않으리라 정확하게 판단했다. 황제 본인도 학문적 수사에 대한 인내심이 거의 없다고 알려졌으니 황궁 시험에서 발표하는 응시생들은 조금 더 역동적인 형식을 선택해야 했다.

그리고 그들이 발표를 준비할 시간은 한 달도 채 되지 않았다.

하인들이 준비를 마치자 키타는 고개를 끄덕여 시작하라는 신호를 보냈다.

다라의 영주들과 라긴 황제는 재미있으면서도 소름 끼치는 광경을 보게 되었다.

하인 둘이 바다를 표현하기 위해 희미하게 빛나는 푸른색 물결무늬 비단 한 자락을 펼쳤다. 물결이 갈라지자 깊은 곳에서 괴물이 솟구쳤다. 두 배우가 의상을 입어 표현한 것이었다. 괴물의 앞쪽 절반은 크루벤이었고, 뒤쪽 절반은 늑대였다. 물속에 다리가 잠겨 있어 앞으로 나아가지 못하자 괴물은 비틀대고 몸부림쳤다. 앞쪽의 배우는 이따금 비단 바다에서 크루벤 머리를 들어 올렸고, 괴물의 헐떡거림을 흉내 내기 위해 향기로운 장미수를 공중에 뿌렸다. 그 기분 좋은 향기가 점점 대정전을 가득 채웠다.

대정전 주변과 발코니에서 킥킥 웃는 소리가 들렸다. 심지어 황후와 황실 부인 리사나도 그 공연에 매료되었다.

배우 둘이 더 나와서 비단 바다 옆에 모형 산과 계곡이 가득한 낮은 단을 배치해 육지를 표현했다. 그 단 위로 뛰어오른 뒤에야 크루벤과 늑대가 결합한 그것은 드디어 땅을 디딜 수 있게 되었다. 하지만 물에 뜨지 못하는 괴물의 무거운 앞쪽 절반은 짐이 되었다. 여전히 괴물은 효과적으로 움직일 수 없었다. 지느러미는 쓸모없이 땅에 부딪히며 펄럭이며 괴물을 자벌레처럼 아주 천천히 앞으로 밀어냈다.

키타는 휘파람을 불어 새로운 장면을 시작하라는 신호를 주었다. 그러자 배우들은 의상과 소품을 바꾸기 위해 바삐 움직였다. 다라의 영주들은 매와 잉어, 사슴과 벌레, 거북과 코끼리(코와 다리가 작은 껍데기 안으로 들어가지 못했다)의 결합체를 연속해서 관람했다. 그리고 무엇보다도 가장 흥미로운 것은 뭔가를 잡아먹을 방법이 없어서 바다에서 허우적대는 버섯과 상어가 결합한 것의 모습이었다.

"마피데레 황제는 다라 제도를 여러 속주(屬州)로 나누고 관료제로 만들어 자신에게만 충성하도록 하여 직접 통치했습니다. 정복당하기 전, 티로국 왕들은 영지를 하사받은 세습 귀족들에게 행정을 일임했습니다. 폐하께서는 그 둘 모두와 다른 길을 고르셨습니다. 폐하 땅의 절반은 귀족들의 것이 되었습니다. 귀족들은 어느 정도 독립을 유지하고 있지요. 나머지 절반은 총독들이 직접 관리하고 있습니다. 하지만 이렇게 하여 폐하께서는 둘의 단점만을 취하셨을 뿐 장점을 얻지 못하셨습니다."

하인들이 청소를 마친 뒤 물건을 짐 가방에 다시 집어넣는 동안 키타는 황제 앞에서 성큼성큼 오가며 열정적인 몸짓을 곁들여 연설을 했다.

"제국 칙령 하나가 새로운 세금을 발표했다 가정할 경우, 총독은 그 제도를 반드시 시행해야 하지만 이웃한 공작이나 왕은 그걸 무시할 수 있습니다. 이것은 법의 비일관성을 초래하고, 영리하고 비양심적인 사람들은 그러한 차이를 이용하여 이익을 얻습니다.

폐하께서는 물고기도 아니고 새도 아닌, 그 어디에도 고향을 갖지 못하는 괴물을 만드셨습니다."

"아주 인상적이고, 또 좀 보태자면 재미까지 있는 발표구나. 비록 전적으로 동의하지는 않는다만. 너에게 해결책이 있느냐? 여기 모인 다라의 영주들에게 말해 보아라."

키타 수는 대정전 전체에 목소리를 전달하려고 심호흡한 뒤 또박또박 말했다.

"*렌가*, 티로국 제도를 완전히 복구할 것을 제안 드리는 바입니다."

아이들은 키타 수가 올린 공연에 빠져들었다. 탈의실 문은 옥좌 연단 옆쪽에 있었고, 문의 이음매는 양탄자에 난 몇 개의 구멍과 나란히 있었다. 엿보기 구멍에다 눈을 갖다 대면 대정전에서 무슨 일이 일어나고 있는지 들키지 않고 관찰할 수 있었다.

"난 크루벤이랑 늑대가 붙은 괴물 연기를 해 보고 싶어. 같이할래, *라타티카*?"

피로의 속삭임에 세라가 말했다.

"내가 크루벤 역할이면."

"누난 항상 가장 좋은 역할을 차지……."

소토가 속삭이며 말을 가로챘다.

"이 키타라는 사람은 가장 복잡한 문제를 대놓고 *끄*집어냈어요.

220

분명 수학자의 사고방식입니다."

"무슨 뜻이에요?"

피로가 물었다.

"귀족과 총독 들은 수년 동안 서로에 대해 불평해 왔거든요. 학자들이 사소한 불복종 행위를 지나치게 부풀려서 말한 탓에 영지가 빼앗긴 남작들이 몇 있다고 사람들이 요즘 수군대고 있답니다. 그동안 정신없이 노느라 상황이 어찌 되는지 모르셨나 봅니다."

세라가 당황한 피로를 도와주었다.

"칙령을 따르지 않는 사람들이 있다고 어머니께서 불평하는 걸 우연히 들었어요. 아버지가 자신을 따르던 사람에게 지나치게 관대해서 너무 많은 땅과 권한을 줬다고 생각하시는 것 같아요."

소토가 고개를 끄덕였다.

"여러분 아버님 입장도 곤란하긴 했지요. 아버님을 위해 목숨을 건 사람들이 보상을 받아야 했지만, 반(半)자치적 귀족들이 하도 많다 보니 정책을 획일적으로 추진하기가 어려운 상황이 된 거예요."

"하지만 이점이 있을 수도 있어요. 화평성에서 그릇된 명령이 내려온다면 적어도 영주들은 영지의 조건에 맞게 그 명령을 조정하거나 거부할 수 있어요. 다라는 크고 다양하니까, 귀족들이 실험할 수 있도록 여지를 남겨 두는 것이 나을 수도 있죠."

"그런 식으로 생각해 본 적이 없네요." 소토는 감탄하며 세라를 바라보았다. "하지만 아버님은 황녀님이 말한 것처럼 *과도한* 중앙집권화에 대항하기 위해 병렬 체제를 의도했을 수도 있겠군요."

"그래도 분명 아버지는 옛 티로국 왕들을 복권하는 것에 찬성하지 않을 거예요!"

피로의 말에 소토가 빙그레 웃었다.

"네, 그러시지 않을 거예요. 하지만 몰락한 하안의 왕가가 바라는 건 한 가지뿐입니다. 나와 키타의 종조부인 코수기는 알던 사이였어요. 코수기가 원했던 건 긴펜의 왕좌로 돌아가는 것뿐이었지요. 그의 꿈이 새로운 세대에도 이어진 것 같군요."

키타가 계속해서 말했다.

"티로국들을 부활시켜 귀족 혈통의 사람들을 왕으로 임명해야 합니다. 물론 티로국 왕들은 왕국을 완전히 자율적으로 관리하면서도, 주권자이신 폐하께서 마땅히 받아야 할 존경을 보여야만 합니다."

"그게 다라에 어떻게 도움이 되느냐?"

황제의 표정은 달랑거리는 조개껍데기 베일에 가려져 있었다.

"크고 작은, 수없이 많은 이득이 있습니다. 관료들은 폐하의 뜻에 따라 봉사한다 하지만 필연적으로 개인적인 이익에 따르게 되고, 자신들의 업적을 과장하고 실수는 숨기며 폐하를 속일 것입니다. 하지만 티로국 왕들은 우월한 도덕적 사고를 따르는 고귀한 인격을 지닌 사람들입니다. 세습된 지위를 유지하고 싶어 하며 폐하를 기쁘게 하려 하지 않을 테고, 오직 명예와 동료들의 호평을 쫓을 것입니다."

"짐은 그저 명목상의 우두머리로 만족해야 하는 것이냐?"

"전혀 그렇지 않습니다. *렌가*, 폐하께서는 사소한 행정에서 해방

되어 방방곡곡을 돌아다니며 티로 국가들의 양심을 살피실 것입니다. 미덕에 관해 더 오래 사색하시어 다라 제도 전체의 윤리적 수준을 높이실 것입니다. 티로국 왕들은 폐하를 좇을 것이고, 다라 귀족들은 또 그들을 좇을 것입니다. 이는 곧 영주를 따라 하고자 하는 가장 미천한 시골뜨기에게까지 닿을 것입니다. 시간이 지나면 서쪽 바다, 가라앉은 땅의 아노 현자들이 말했던 황금시대로 돌아갈 수도 있을 것입니다. 그 시대에는 사람들이 밤에 문을 잠그지 않고도 잠을 잤고, 거리에서 물건을 잃어버리더라도 아침에 아무도 손대지 않은 채로 잃어버린 장소에서 찾을 수 있을 거로 생각했습니다.

위대한 통치자는 단순한 관료가 아니라 철학자여야 합니다."

"참 기분 좋은 미래상이군."

쿠니는 여전히 차분한 어조로 말했다.

이제 사실상 모든 사람이 긴 마조티의 반응을 보기 위해 그녀를 응시하고 있었다. 긴은 칠국의 옛 귀족들과 친구가 아니었으나, 쿠니의 새로운 귀족 중에서 자기 권위를 가장 많이 확장한 사람으로 알려져 있었다. 하지만 긴은 가만히 앉아 있었고 얼굴에는 감정의 기미가 전혀 보이지 않았다.

"넌 도덕주의의 본질을 설명했다."

자토 루티는 한숨을 쉬며 말했다.

"콘 피지조차도 더 나은 미래를 상상할 수 없었습니다."

"그래, 그럴 수 없었어." 쿠니와 아주 가까이 있는 사람들은 그 목소리에 섞인 웃음기를 읽어 낼 수 있었다. "하지만 키타, 질문이 하나 있다. 군대는 누가 책임져야 하는가?"

"당연히 티로 왕들이 각자 영토의 방위를 담당할 것입니다. 그리고 반역이 일어나면, 티로 왕들이 모두 폐하를 도우러 올 겁니다."

"나에게는 군대가 없는 거고?"

"도덕적 통치자는 무력에 의지해서는 안 됩니다."

황제는 오른쪽으로 고개를 돌려 리사나 부인을 바라보았다. 그녀는 키타를 뚫어지게 바라보는 중에도 발치에 있는 향로에서 나오는 희미한 연기를 흐트러트리려는 듯 무심하게 손을 흔들었다. 그러고 나서 오른손을 들어 귓불에 매달려 있는 작고 빨간 산호 잉어를 부드럽게 매만졌다.

쿠니는 자세를 약간 흐트리며 키타에게로 고개를 돌려 끄덕였다.

"고맙구나. 너는 네 생각을 진실되게 믿고 있고 그것은 칭찬할 만하다."

"많은 책을 읽은 끝에 도달한 결론입니다."

키타는 자랑스럽다는 듯 허리를 곧게 폈다.

"내 보니 너에게 딱 맞는 자리가 있구나. 넌 도덕적으로 강직하고 수학에 소질이 있으며, 조정하고 관리하는 걸 좋아하지. 아 참, 조금 전 무대에 올린 공연은 긴장감이 넘치더구나! 네게 긴펜에 있는 제국연구소를 맡기면 딱일 것 같다."

키타는 놀라서 황제를 바라보았다. 높은 직책이었지만 권력의 중심에서 멀리 떨어져 있었다.

모든 피로아의 꿈은 황제가 새로 만든 주창자 대학에 들어가는 것이었다. 특별히 책임을 지는 영역이 없는, 다시 말해 정해진 관심사가 없는 젊은 학자들로 구성된 주창자 대학은 대신들이 내놓은 새로운 정책 제안을 평가하고 반대 의견을 제시하여 비판하는 임무를 맡았다.

황제는 논쟁을 부추겨 관료주의 내에서 사상과 관행이 경직되는 것을 방지하기 위함이라고 설명했다. 대신들은 처음에 경험이 전무한 젊은이들이 연장자들의 정책 제안을 비판한다는 생각이 근본적으로 잘못되었다며 반대했지만, 황후는 자토 루티와 다른 학자들에게 주창자 대학이 실은 철학자 왕이라는 개념을 실행하는 방법이라고 설득했다. 이제는 주창자 대학 내의 자리가 최고의 보직으로 여겨졌다.

하지만 키타가 황제와 나눈 대화는 그가 갈구했던 명예를 가져다주지 못했다. 그가 받은 보직을 이해하려고 노력하면서 그 자리에 뿌리를 박은 듯 서 있는 동안 시간은 흘러갔다.

자토 루티가 나서서 불편한 침묵을 깼다.

"황제께 감사를 표하라!"

당황한 키타는 절을 했다. *적어도 긴펜의 가족들과 가까이 있을 수는 있겠군.* 하지만 그들이 이걸 성공으로 볼지는 불확실했다. 이를 악문 그는 *파나 메지*들 사이로 돌아가 앉기 위해 뒤로 물러나기 전에 마지막으로 한 번 더 설득해 보았다.

"*렌가*, 제 제안을 충분히 고려해 주길 바라옵나이다."

"오늘 밤 파라를 재우며 그 애와 상의해 보겠다."

모인 대신과 장군 들의 산발적인 웃음소리가 장내에 메아리쳤다.

"키타라는 사람, 아주 멍청하네요."

세라가 속삭이자 소토가 물었다.

"왜 그가 실패했다고 생각해요?"

"정말 말도 안 되는 제안이잖아요! 아버지는 그걸 동화에 빗대셨는데요!"

피로도 동조했다.

"황제에게 깊은 인상을 남길 기회였는데 완전히 망쳤네요. 아버지가 군대에 얼마나 많은 관심을 기울이는지는 모두가 알고 있는……."

"수년간 공부해서 소중한 *단 한 번*의 기회를, 똑같이 열심히 공부한 다른 사람들이 결코 얻지 못할 기회를 망쳤어요!"

세라가 피로의 말을 마저 완성했다.

티무가 머뭇거리며 입을 열었다.

"난 타당한 말인 것 같은데. 콘 피지의 『도덕관계론』에 대한 루티스승님의 설명에 따르면……."

"아버지가 '단 한 명의 진정한 현자'를 '단 한 명의 진정한 멍청이'라고 불렀던 걸 기억하지?"

세라의 말에 피로는 웃음이 터졌고, 조용히 하려고 애쓰느라 얼굴이 빨개질 때까지 손으로 입을 가려야 했다.

"효심이 있다면 부모님이 저녁에 술을 마시고 떠들어 댄 말을 따라 해선 안 돼." 티무가 다소 냉정한 어조로 말했다. "또 황제께서 말씀하시기를……."

하지만 소토가 끼어들었다.

"황자님은 *파나 메지* 중에 미천한 농민의 아이들이 있다고 생각해요?"

티무와 세라, 피로는 문의 이음매 사이로 대정전의 중앙에 앉아 있는 열 명을 훔쳐보았다. 모두 젊고 잘생겼으며 고운 비단옷을 입고 있었다. 마지막 줄 끝에 무릎을 꿇고 있는 젊은 여자만이 다라의 지도처럼 군데군데 덧댄 평범한 삼베옷을 입고 있었다.

"봐 봐, 조미야!"

피로가 속삭였다.

"그래! 그녀를 돕는 게 맞았다니까!"

기쁜 나머지 세라가 얼굴이 빨개져서 말했다.

"그녀를 제외하고는 모두 크고 중요한 가문들, 권력과 돈, 최고의 개인 교사를 가진 집안들, 사회적 지위가 높아 장차 앞으로도 많은 *파나 메지*가 나올 수 있는 집안들 출신이에요. 그들 모두 멀리 내다보고 있어요. 저런 응시생들이 하는 말을 그 사람 개인의 말로 해석하면 안 됩니다."

소토가 설명하자 피로가 물었다.

"아빠에게 할 말이 있다면, 왜 그들은 지역의 총독이나 귀족에게 탄원서를 전달하지 않는 거예요?"

세라가 대신 대답했다.

"왜냐하면…… 아버지가 그 탄원에 어떻게 반응할지 이미 알고 있기 때문이지. 안 그래? 공개적인 장소에서 이야기해야 하는 문제라서 그런 거겠지."

소토는 동의한다는 듯 고개를 끄덕였다.

"누구든 다라의 영주뿐만 아니라 황제에게까지 직접 의견을 전

할 기회가 얼마나 자주 있겠어요? 황궁 시험은 그런 집안들에는 드문 기회죠. 황자님들과 황녀님은 방금 폐위된 티로국 옛 귀족 중 일부가 아버님의 통치를 어떻게 생각하는지를 들었던 겁니다."

세라는 고개를 끄덕였다. 눈에 썬 베일이 벗겨져 나온 것 같았다.

"그렇다면 키타의 그 동화는 정말 위협이었네요. 반역의 위협요."

티무는 충격을 받아 그녀를 바라보았다.

"세라! 그게 사실이라면 아버지는 농담하시는 대신에 근위대원들에게 그를 붙잡으라고 했을 거야. 어떻게 그런 터무니없는 말을 할 수가 있어?"

소토는 속으로 한숨을 쉬었다. 쿠니의 모든 아이가 아버지처럼 정치적 본능을 타고난 것은 아니었다. 그녀는 인내심을 갖고 설명했다.

"폐하의 농담은 키타를 향한 것이 아닙니다. 버릇없게 구는 작은 나라의 영주가 어찌 반응하든 아버님께서는 분명히 신경 쓰시지 않으세요."

"무슨 말이에요?"

티무는 여전히 이해 못 하겠다는 표정을 짓고 있었다.

"아버님께서 고문과 식사 자리를 가진다고 해 봐요. 그러면 그 사람들이 정말로 음식에 관심이 있을 것 같나요? 어머님께서 리사나 부인을 가극에 초대한다고 하면 정말로 공연에 관심이 있어서 그러는 걸까요? 무대에 올리는 공연은 대화를 위한 핑계일 뿐이에요. 그런 핑계가 없다면 대화 자리가 어색해질 테니까요."

세라는 다시 이음매 사이로 엿보았다. 대정전 서쪽에 있는 대신과 총독 들은 대부분 킬킬대며 웃었지만, 동쪽에 있는 장군과 귀족들은 몇 명만이 웃고 있었다. 몇몇은 심지어…… 긴장한 듯 보였다.

"새로 영지를 받은 귀족들이 불안해하고 있다고 생각하세요? 그러면 아버지를 상대로 칠국의 옛 귀족들과 동맹을 맺을까요?"

세라가 물었다. 그건 너무 나간 생각 같았다. *긴 여왕, 키모 공작, 예무 후작……. 모두 아버지하고 친구잖아, 안 그런가?*

"아니면 아버님께서 그들이 그렇다고 *생각하시는* 건지도 모르죠. 그건 같기도 하고, 같지 않은 것이기도 해요. 황후 전하께서 총독과 관료 편을 들고 귀족과 장군을 의심스럽게 여긴다는 건 공공연한 사실입니다. 아버님은 황후 전하의 의견을 존중해요. 그 농담은 사실 시험이었어요."

"난 이해가 안 가요……."

티무가 입을 뗐다.

"아니면……." 세라는 깊은 생각에 잠긴 채 아랫입술을 깨물었다. "아마도 일부 귀족은 아버지가 자기들이 야망을 가지고 있다고 의심하신다고 생각하는 거죠. 그래서 웃거나 웃지 않음으로써 아버지를 살피는 거겠네요."

"아악!" 피로가 두 팔로 머리를 과장되게 감쌌다. "머리가 아파. 왜 그렇게 모든 걸 복잡하게 만드는 거야, 라타티카? 누가 정말로 반란을 일으킨다면, 아빠는 패왕과 싸웠을 때처럼 군대를 이끌고 나가서 문제를 해결할 거야. 긴 이모는 그들에게 잊지 못할 교훈을 가르쳐 줄 거고!"

소토가 웃었다.

"영리함이 과도할 때도 있긴 하죠. 아무도 귀족들 마음속의 진실을 알지 못하지만, 동시에 모두가 그걸 알아내려고 하지요. 키타 수의 전언(傳言)은 연못에 던져진 돌멩이였어요. 이제 대정전의 모든 사람이 그 잔물결을 읽으려고 하고 있는 중이고요."

"우리가 그런 것들을 논의할 필요는 없다고 생각해."

티무는 눈에 띄게 불편해 보였다. 소토는 그를 측은하게 바라보았다.

"황제께서 황자님을 황태자로 삼으신다면 어떡할 겁니까? 그럼 그런 것들을 생각하는 게 황자님의 일이 될 겁니다."

12장

초승달섬

초승달섬

사해평치 원년(첫 번째 대시험이 있기 5년 전)

　해안 도시와 무역항 몇몇을 제외하면, 초승달섬에는 대부분 정착민이 없었다.

　경사가 완만한 화산과 험준한 산맥, 울창한 숲이 빈틈없이 들어차 있는 곳이었다. 화산에서는 용암이 수 킬로미터에 걸쳐 흐르며 밧줄 모양으로 식었다. 그 위로는 거의 아무것도 자라지 않는데, 신들이 거대한 마차로 진흙 길에 바큇자국을 파 놓은 듯했다. 산을 가운데 두고 이웃한 숲에서는 광활한 바다를 사이에 두고 갈라진 두 개의 섬인 양 각기 다른 동식물이 자랐다.

　티로국 왕들의 시대, 섬의 남부를 지배한 아무국의 왕들은 그곳을 왕실 사냥터로 사용했다. 다라 전역의 왕과 귀족 들은 때때로 우정이나 보상의 표시로 그곳에서 사냥 허가를 받았다. 산사슴과 용암새, 흰모자원숭이, 밝은 깃털을 가진 앵무새 모두 선호도가 높은 사냥감이었지만, 가장 귀하게 여겨지는 것은 초승달섬의 수백 개의 계곡마다 다른 모양, 크기, 색깔의 엄니를 가졌다는 멧돼지였다. 옛 아무국의 왕 몇몇은 모든 엄니를 수집하는 데 집착해 뮈닝에서 통치하는 것보다 사냥터에서 더 많은 시간을 보냈다. 그리고 뮈닝 궁정에서 유행을 선도하는 것으로도 유명했던 아무국의 시인 나키포는 다음과 같이 읊은 바가 있었다.

주둥이 옆 초승달.
바다의 초승달.
넌 왕의 마음을 사로잡았네.
아름다운 야생의 기쁨.

마피데레 황제 치하에서도 초승달섬을 야생 상태로 보존하는 정책은 계속되었고, 이후 라긴 황제 치하에서도 마찬가지였다. 처음 쿠니는 자신의 전쟁에 참전한 노병 일부를 황무지를 개간한 새로운 땅에 정착시키려고 했지만, 이곳의 토양 대부분은 척박한 것으로 드러났으며 문명으로부터 멀리 떨어져 있기를 바라는 사람도 없었다. 귀족들의 사냥 모임을 위한 안내인 및 짐꾼과 그 가족들만이 흩어져 있는 해안 정착지에 살며 일이 없는 시기에는 고기잡이로 수입을 보충했다.

해적들의 천국이 되는 것을 막기 위해 수비대가 소규모로 주둔했지만, 대이산 전쟁 시기 섬 내륙에 작은 공국을 세운 왕자들과 공주들의 후손이 거주하는 작은 마을들도 있었다. 그들은 제국 재무부에 세금을 내지 않았고 제국 칙령에도 신경 쓰지 않았다. 떠돌이 이야기꾼들과 궁정 시인들은 그들을 원시적인 관습과 불가능한 믿음을 유지하는 사람들로 묘사했다.

"저기 보세요!"

조미가 남서쪽을 가리키며 소리쳤다. 우뚝 솟은 절벽 아래에는 작은 개간지가 있었고, 그 주변으로는 10여 채의 작은 초가집들이 둥글게 옹기종기 모여 있었다.

"그래, 저기서 점심을 먹고 산으로 올라갈 거야. 마을 한가운데 있는 개간지에다 열기구를 착륙시키면 돼. 저 사람들은 이게 내 열기구라는 걸 알거든."

조미는 머리 위에 있는 돌림판에서 비켜났다.

"스승님이 착륙시키는 게 나을 거 같은데요."

"말도 안 되는 소리. '호기심 많은 거북'호는 네 책임이야. 첫 번째 착륙은 모두에게나 어려운 일이지. 하지만 네가 그걸 실패로 보는지 아니면 단지 교훈으로 보는지가 진짜로 중요한 거란다."

잉카 해안에서 처음 열기구를 착륙시키려고 해 보다가 땅에 세게 부딪히면서 열기구가 뒤집히는 바람에 그녀와 루안이 퍼덕이는 물고기처럼 내동댕이쳐졌던 일을 떠올리며 미미는 얼굴을 붉혔다.

위로 손을 뻗은 미미는 천천히 하자고 생각했다. 바람은 잔잔했고 열기구는 천천히 표류하고 있었다. 불꽃이 잠잠해지자 열기구는 서서히 고도를 낮췄다.

"착륙 지점에다 시선을 고정해. 하강하는 선을 머릿속에 그려서 그걸 따라가고. 경사면을 미끄러져 내려간다고 생각하렴."

조미는 돌림판을 세심하게 조정하면서 슬쩍 찔러대는 기류와 충격에 대응했다. 또 자신이 열기구의 일부라고 상상하려고 노력했다. 실패해서 스승을 실망시키지 않을 작정이었다.

열기구가 약 15미터 높이로 낮아지자 조미는 비단 줄에 연결된 무거운 금속 닻을 열기구 벽 너머로 넘기려 애를 썼다. 왼쪽 다리 때문에 힘을 쓰기가 어려웠지만, 루안은 미미가 모든 일을 스스로 하기를 원한다는 걸 알고 있었으므로 도움을 주려고 나서지 않았다.

닻이 내려졌다. '호기심 많은 거북'호는 무게를 잃으면서 획 일어났다. 하지만 그걸 대비해 뒀던 조미는 열기구 벽을 붙들고 있었다. 닻의 발톱이 쿵 소리를 내며 풀밭에 가서 부딪혔고, 흙덩어리를 토해 내며 몇 미터 정도 풀밭 위를 깡충깡충 뛰다 이윽고 멈춰 섰다. 잠시 팽팽하게 뻗었던 닻줄이 연줄처럼 사뿐히 늘어졌다. 열기구는 단단히 고정되었다.

"잘했어!"

조미가 권양기로 열기구를 끌어 내리자, 몇몇 마을 사람이 집 밖으로 나와 해파리처럼 하늘에서 물결치는 풍선을 올려다보았다. 조미는 그들의 특이한 옷(동물 가죽으로 만든 허리띠와 허리 지갑이 있는, 이상한 방식으로 자른 거친 삼베 겉옷)에 주목했다.

"대이산 전쟁 때 의상을 입은 민속 가극 배우들 같아요."

"오래전 아룰루기섬에서 온 사람들이 그들의 조상이야. 수 세기 동안 다른 섬들의 유행은 끝없이 변했지만 이 섬 사람들은 거기서 벗어난 채 살았지. 세차게 흐르는 강가의 고요한 웅덩이와 같은 사람들이야. 그들 자체가 하나의 세계나 다름없지."

"저 사람들을 부러워하시는 것 같네요."

"으응?"

"저렇게 살고 싶으세요? 모든 사람과 떨어져서?"

루안은 곰곰이 생각했다.

"분주한 다라의 대도시에서 벗어나 있을 때면 그곳의 소음이나 색이 그립단다. 그 속에서 너무 많은 시간을 보내고 나면 자연의 명료함과 고독이 그립고."

"만족하는 방법을 모르시는 것 같아요."

루안은 웃었다.

"그래, 사실이야. 복잡한 문제란다."

마침내 열기구가 땅에 닿았다. 조미가 위쪽의 불꽃을 끄자 공기를 잃은 풍선이 미풍에 물결치기 시작했다. 열기구에서 빠져나온 조미는 대나무 조각 몇 개를 연결해서 긴 장대를 만들었고, 축 처진 풍선을 그 장대로 밀어서 땅을 따라 가지런히 떨어지게, 그래서 헝클어지지 않게 했다.

흰 수염을 기른 노인이 방문객들을 맞이하기 위해 앞으로 나왔다. 루안도 선체에서 빠져나왔다.

"윌 비 할레, 올브리 춘."

"고드 오로, 코미. 할레 수 윌."

차례대로 말한 노인과 루안은 서로에게 깊이 절을 했다. 코미라는 이름의 장로는 고대 영웅들을 다룬 민속 가극에서 집주인이 손님을 맞이할 때 했던 것처럼 두 사람 사이의 땅을 세 번 소매로 쓸었다. 그러고는 두 사람은 모두 *게위파* 자세로 앉았다.

"무슨 사투리를 쓰는 거예요?"

조미는 날쎄게 움직여서 루안의 옆에 앉으며 속삭였다.

"아무국 방언이야."

"장터에서 만난 아무국 상인들이 말하는 것과는 다른 것 같아요. 아, 잠깐, 한 900년 전엔 저런 식으로 말했나요?"

"꼭 그렇지는 않아. 말은 빠르게 변해. 네가 살았던 마을의 어르신들이 너와 똑같이 말하지 않는다는 걸 너도 알지 않니? 이곳 마을 사람들이 말하는 방법도 시간이 지나면서 달라졌을 거야. 하지만 그들은 고립되어 있었기 때문에 다른 아무국 사람들이 잃어버린 과거의 발음과 어휘를 그대로 간직하고 있어. 나는 몇 가지 말을 할줄 알고 알아듣는 말은 그보다 많지만, 저들의 언어를 배우는 데 충분한 시간을 할애하진 못했어."

"그럼 어떻게 대화하실 거예요?"

"잘 봐."

조미보다 어린 남자아이와 여자아이가 집 하나에서 나와 다가왔다. 남자아이는 옅은 회색 진흙 같은 것이 가득 담긴 쟁반을 들고 있었고, 여자애는 조잡한 도자기 찻주전자와 네 개의 잔, 그리고 간식거리 몇 접시가 담긴 쟁반을 들고 있었다. 아이들은 코미 장로와 루안 지아 사이에 쟁반을 놓고서 절을 하고 자리를 떴다.

코미 장로는 모두를 위해 차를 따르고(신들을 위한 네 번째 잔도 있었다) 맛을 보라고 손짓했다. 조미는 차를 홀짝거렸다. 우려낸 차는 차가웠고, 기분이 좋아지는 생소한 꽃향기가 났다.

장로는 소매를 걷어붙인 다음 쟁반 옆에 놓인 칼을 집어 들었다. 날이 너무 무뎌서 칼은 작은 주걱처럼 보였다. 그는 마치 떡을 자르 듯 칼을 사용해서 회색 물질에다 사각형 격자를 그렸다. 그러고는 칼을 내려놓고 손으로 모든 사각형 안의 부드럽고 끈적거리는 회색 물질을 조각하기 시작했다.

"점토란다."

조미는 매료된 채 그 광경을 지켜보았다. 장로는 점토 사각형을 작은 언덕과 산 모양으로 만든 다음 칼로 조각하기 시작했다.

"글을 쓰고 있는 건가요? 아노 표의 문자들이죠, 그렇죠?"

조미의 속삭임에 루안은 고개를 끄덕였다.

"진다리 문자는 소리만 나타내. 나는 그의 말을 이해하지 못하는 것과 마찬가지로 그가 쓰는 글을 읽을 수도 없지. 하지만 아노 표의 문자는 사람들이 매일 쓰는 말과 상관이 없고, 우리 둘 다 아는, 사 라진 아노족의 언어와 함께 보존되어 있어."

"그럼 저분은 처음 아노족 사람들이 썼던 것과 정확히 같은 방식 으로 글을 쓰고 있는 거예요?"

조미는 수천 년 전에 죽은 사람의 유령처럼 글을 쓰는 사람을 볼 수 있다는 것에 경외감을 느꼈다. 일종의 마술 같았다.

"꼭 그렇지만은 않아. 고전 아노어는 더 이상 일상적으로 사용되 지는 않지만, 시와 학문의 언어야. 아노족이 이 섬들에 온 이후로 새 로운 단어와 생각을 수용하기 위해 시간이 흐르며 변화한 것은 당연한 일이지. 하지만 학식 있는 사람들을 제외하고 고전 아노어를 입말로 쓰는 사람은 거의 없어. 그래서 변덕스러운 보통의 언어보다는 훨씬 더 느리게 진화하는 표의 문자에 고정되어 있지. 마피데 레가 칠국을 통일하던 당시에도 칠국에서 쓰던 표의 문자들은 서로 많이 비슷했어. 제대로 교육을 받고 유형을 잘 인식한다면 다른 나라의 표의 문자에 숙달하기도 쉬웠단다. 저 장로가 쓰는 표의 문자는 내가 배운 것과 약간 다르지만, 이해하는 건 그다지 어렵지 않아. 우린 점토와 칼로 대화할 수 있어."

조미는 코미 장로와 루안 지아가 번갈아 가며 점토의 모양을 잡은 뒤 말로 조각하는 모습을 지켜보았다. 코미 장로는 시력이 나빠지고 있었고, 눈 대신 손가락을 써서 표의 문자들을 부드럽게 어루만지며 루안의 대답을 읽어 냈다.

"첫 번째로 쓰신 표의 문자는 무슨 뜻이에요?"

"뭐처럼 보이니?" 루안이 차를 한 모금 마시면서 물었다. "매실과 조난초(朝蘭草)를 우려낸 차 같은데 훌륭하구나. 이게 그리웠단다."

단순한 문자였다. 꼭대기에 세 개의 봉우리가 솟은 작달막한 원뿔이었다.

"작은 산이에요?"

조미의 목소리에서는 약간의 두려움이 묻어났다.

"맞아. 저건 *예다*라고 읽히는, 산을 표현하는 표의 문자야. 다음 것도 알겠니?"

성공에 고무된 조미는 더 많은 자신감을 느끼며 쟁반 안의 다음 사각형을 바라보았다. 이번 표의 문자는 더 복잡했다. 경사면에 있는 작은 사람을 묘사한 것처럼 보였다.

"산 경사면에 있는 사람?"

"그 사람이 어느 쪽을 향하고 있지?"

조미는 좀 더 자세히 보려고 몸을 웅크렸다. 삼각형 모양 머리의 끝은 경사면의 꼭대기를 가리켰다.

"작은 남자가 경사면을 올라가고 있는 것 같네요." 조미는 골똘히 생각했다. "등산?"

"좋아! 아주 좋아! 코토수라고 읽어." 루안은 젓가락 두 개로 집고 있던 떡 덩이를 한 입 베어 물었다. "미미, 너도 먹어 보렴."

한동안 젓가락과 씨름하다가 포기한 조미는 루안의 눈총을 받으며 손으로 떡 한 덩이를 집어 들었다. 맛이 기가 막히게 좋았다! 야자열매 대팻밥이 올라간 찰떡으로, 속은 번과수* 맛이 나지만 번과수가 아닌 무언가로 채워져 있었다.

떡을 씹느라 미미는 간신히 말했다.

"그럼 마을 뒤편 산에 오르는 것과 관련해서 얘기하시는 거예요?"

루안 지아는 웃었다.

"좋은 추측이야. 이것들은 내가 어렸을 때 처음 배운 표의 문자들이란다."

"모든 표의 문자는 말하는 것을 조각한 수준인 건가요? 알아내기가 쉬운데요! 왜 여러 해에 걸쳐서 배우는 거예요?"

코미 장로는 루안의 질문을 다 읽은 상태였다. 그는 글쓰기용 쟁

_____

* 파파야.

반의 나머지 사각형 칸에다 답을 조각하기 시작했다.

"그게 그렇게 쉬운 일인 것 같으면, 코미 장로가 무슨 말을 하는지 한번 맞혀 보겠니?"

조미는 코미 장로의 손과 칼이 사각형 점토 칸들 위로 차례차례 만들어 내는 표의 문자를 찬찬히 들여다보았다.

"저건…… 가리비 껍데기처럼 보이는데요? 하지만 다른 두 가지도 같은 사각형 안에 있어요……. 도톰한 겨울 참외인가요? 그리고 저건 바나나 잎이에요?"

루안은 기침하느라 찻잔을 떨어뜨릴 뻔했다. 그는 소매로 입을 가린 채 얼굴이 빨개지고 눈물이 나올 때까지 눈으로 웃었다.

조미는 상처받은 듯한 표정을 지어 보였다.

"콘 피지가 지식을 추구하는 사람들을 비웃는 건 적절치 않다고 했잖아요."

"넌 '단 한 명의 진정한 현자'의 인용문을 스승에게 써먹을 수 있겠다 싶을 때 기억해 낼 수 있는 사람이었구나."

"아, 제발! 설명해 주세요!"

"알았다, 알았어. 표의 문자는 단순한 물체를 조각한 것 그 이상이야. 언덕과 산을 어떻게 구별할 거니? 만약 뭔가를 정확하게 묘사해야 하는데 그게 새로운 물레방아처럼 복잡한 무언가라면 어떻게 표현하겠니? '명예'나 '용기' 같은 추상적인 말을 어떻게 할 거고?"

글쓰기용 칼을 내려놓은 코미 장로는 루안을 향해 *당신 차례*라는 의미로 손짓했다.

루안은 자신이 만든 첫 번째 표의 문자들을 평편하게 만든 뒤, 조미에게 계속 설명하며 답을 조각하기 시작했다.

"'도톰한 겨울 참외'라는 건 꽉 쥔 주먹이고, '바나나 잎'이라는 건 펼친 손바닥이야. 아노 표의 문자들은 조각하긴 쉽지만 원래 사물하고는 닮지 않은 표현을 양식화해서 편입시켰단다."

"그러면 가리비 껍데기를 꽉 쥔 주먹과 편 손바닥 옆에 놓은 건 무슨 뜻이에요?"

"어떻게 조합했는지 알면 표의 문자의 비밀이 풀린단다. 어디 보자, 넌 물건을 만드는 걸 좋아하니 기술자가 하는 식으로 설명해 보마. 기계가 뭔지 대답해 보렴."

그런 질문에 대해 깊이 생각해 본 적이 없던 조미는 답을 생각해 내는 데 어려움을 겪었다. *기계가 뭔지는 자명하지 않나?*

"기계는…… 톱니바퀴와 손잡이 같은 것들이 있는 거예요." *분명한 것을 말로 표현해야 하니 어렵네.* "아, 기계는 일이 쉽게 만들어 줘요. 소가 끄는 쟁기가 괭이보다 낫고 빠른 것처럼요."

"나쁘지 않아! 위대한 기술자인 나 모지는 『기계 예술』이란 책에서 다음과 같이 정의했어. 기계는 목적을 달성하기 위해 조립된 구성 요소들의 집합체다. 그런데 구성 요소는 뭘까?"

조미는 당황하여 얼굴을 찡그렸다.

"이해가 안 돼요."

"네가 만든 태양 측정 장치를 생각해 봐. 장대 두 개와 대나무 테에 걸친 바나나 잎, 손거울을 조립했잖아. 그 각각은 뭐지? 그 각각에는 어떤 목적이 있었니?"

조미는 그 질문을 곰곰이 생각했다. 두 장대는 가로대가 되어 장치를 지탱했다. 자수 테와 천을 본뜬 것인 대나무 테와 바나나 잎은 기록지가 되었다. 청동 판에 나무 손잡이를 달아 만든 거울은 빛을 반사하여 선명한 형상을 보여 주기 위한 것이었다.

"그것들은 제각각…… 자신만의 부품으로 만들어진 기계예요."

"정확해! 기계는 각각의 목적을 가진 하위기계로 만들어져서, 새로운 목적을 달성하기 위해 이 모든 목적을 아우르고 조정해. 너라면 네 태양 관찰 장치가 더 큰 기계의 구성 요소가 되는 경우를 상상할 수 있을 것 같구나. 예를 들면, 원래의 상이 반사된 것을 새 종이에다 그려 넣는 장치, 즉 다시 말해 말해 복사기 같은 걸 만들 수도 있겠지."

루안은 글쓰기용 칼을 내려놓고 코미 장로에게 대답하라는 손짓을 했다.

조미는 머리가 어질어질했다. 그녀는 세련되어지고 커진, 자신의 조잡했던 태양 관찰 장치를 상상했다. 거치대와 화가가 쓰는 그림 받침대, 거울과 조명과 지주(支柱)로 된 장치에 부착되어 있어서 정확하게 그림을 복사할 수 있는 무엇인가를.

"그건…… 놀라우면서도 재미있고, 경이롭고도 아름다워요."

"너는 빛을 반사하는 거울의 성질, 탄성이 있고 유연한 대나무 장대, 매끄러운 바나나 잎의 표면에서 착안해 태양 관찰 장치를 만들었지. 그것들을 조합해서 이전에 없었던 무언가가 이루어낸 셈이야. 공학은 기존의 기계들을 새로운 기계들과 결합하는 것이고, 하위기계의 효과를 활용하여 새로운 효과를 만들어 문제를 해결하는 예술이란다. 밧줄과 무게 추로 그물을 짜는 어부가 됐든, 모루에다 쟁기를 놓고 망치질하고 모양을 만드는 대장장이가 됐든, 말뚝과 고리로 통을 만드는 통장이가 됐든, 그건 사실이야."

조미는 입을 딱 벌린 채 앉아 있었다. 그런 식으로 사물을 묘사하는 발상은 들어 본 적 없었다. 예술 같았다. 순회하는 민속 가극단이 노래하는 시 같았다. 마치…… 신들의 진실을 힐끔 보는 것 같았다.

"나 모지는 공학이 시와 같다고 이야기했어. 시인은 단어를 구로, 구를 행으로, 행을 연으로, 그리고 연을 시로 조합해. 기술자는 못과 널빤지, 밧줄, 톱니바퀴와 같은 원 구성 요소들을 일반적인 구성 요소로 조립하지. 그리고 일반 구성 요소를 장치로, 장치를 기계로, 기계를 체계로 조립해. 시인은 듣는 사람의 마음을 움직일 목적으로 단어와 구와 연을 그러모으고, 기술자는 세상을 바꿀 목적으로 구성 요소와 장치와 효과를 그러모아."

조미의 마음은 두근거렸다.

"고대 영웅의 이야기에 따르면 인간은 단어에 굶주린 동물이라고 하지. 나는 발상을 굶주린 동물이라고 말하고 싶구나. 아노 표의 문자는 발상을 위해 고안된 가장 정교한 기계야."

코미 장로는 글쓰기용 칼을 내려놓고 허리를 폈다. 입을 여는 얼굴에는 미소가 번져 있었다.

"웰렌. 그라머시."

"그라머시."

그렇데 답한 루안은 조미를 향해 시선을 돌렸다. 그녀는 여전히 점토 표의 문자들을 바라보며 루안이 한 말을 머릿속으로 따져 보고 있었다.

"미미티카, 코미 장로와 합의를 봤단다. 우선 여기서 점심을 먹자. 코미 장로가 마을 사람 몇 명을 붙여 줄 거야. 동물과 식물 들을 조사하기 위해 산에 오르는 동안 안내인 역할을 해 줄 사람들이지. 열기구에서 교역품을 가져오는 걸 좀 거들어 주겠니?"

여전히 약간 멍한 채로 조미는 루안을 따라 물건들이 담긴 바구니를 들고 돌아왔다. 그중 일부는 다수섬에서 가져왔고, 나머지는 잉카 항구에서 사 온 것들로, 주철 냄비, 고기를 자르고 채소를 썰기 위한 큰 칼, 삼베 천 여러 필, 향신료와 설탕, 소금 꾸러미 등등이었다. 그녀는 가져온 것들을 찻그릇과 사용한 접시를 가지러 온 남자애와 여자애에게 건넸다.

코미 장로는 일어서서 놀라울 정도로 건강하고 튼튼한 이를 드러내며 씩 웃었다.

"할레 리파스트."

그는 글쓰기용 쟁반을 집으려고 몸을 숙였다.

"잠깐요!"

조미가 소리쳤다.

루안과 코미 장로는 둘 다 고개를 돌려 그녀를 바라보았다.

"글쓰기용 쟁반은 그냥 놔두세요, 부탁드려요." 조미는 코미 장로에게 자신을 이해시키려고 손짓했다. 그녀는 루안에게 고개를 돌렸다. "표의 문자를 가르쳐 주시겠어요?"

루안이 싱긋 웃었다.

"네가 표의 문자들엔 관심이 없는 줄 알았는데."

"미리 말씀해 주시지 않았잖아요. 그것들이 공학적인 발상을 위한 거라고요!"

깊숙한 내륙에 있는 관계로 마을에서 내온 음식에는 조미가 주로 먹던 신선한 생선이 없었다. 대신 점심으로는 말린 생선, 작게 찐 떡, 그리고 산나물과 참외가 들어간 국물에 담긴 쌀국수였다.

"가리비 껍데기와 두 개의 손으로 된 표의 문자를 해석하는 방법을 아직 설명해 주시지 않으셨어요."

조미는 국물을 홀짝이며 말했다.

"국수를 먹을 때는 손 대신 잊지 말고 젓가락을 사용하도록 해. 콘 피지가 말하길……."

조미가 루안의 말을 잘랐다.

"네, 네, 만두와 군만두를 먹을 때는 젓가락 하나를, 국수와 밥을 먹을 때는 젓가락 두 개를 사용하라는 거죠. 생선과 과일과 고기를 먹을 때는 세 개를 사용해야 하는데, 그래야 한 손으로 젓가락 두 개를 사용해서 음식을 잡고 마지막 젓가락으로는 음식을 더 작은 조각으로 나눌 수 있으니까요. 그리고 여자인 저는 항상 젓가락을 식탁에 놓아두도록 주의해야 하죠. 그래야만 사용하지 않을 때 젓가락들이 나란히 얌전하게 놓여 있을 테니까요. 끼니때마다 말해 주셨어요! 전 그동안 그 말을 *계속* 들었고요."

"이런 규칙들이 어리석다고 생각하는 건 알지만, 좋은 글씨체처럼 적절한 예절을 갖추면 다른 사람들의 마음을 누그러뜨릴 수 있단다. 그러면 사람들이 네 발상을 더 잘 수용할 거고."

조미는 젓가락 두 개를 집어 들고는 건성으로 국수를 입안으로 밀어 넣었다. 입에 음식이 가득 든 채로는 말을 할 수 없었고, 말을 하면 예의범절에 대한 더 많은 가르침이 이어질 터이므로 안달하며 손으로 표의 문자를 가리켰다.

루안은 고개를 저으며 웃었다.

"정말로 지식이 고프구나. 좋아. 표의 문자를 고유의 효과를 가진 구성 요소로 구성된 작은 기계로 보렴. 가리비 껍데기는 의미의 근원이 돼. 표의 문자가 지니는 전체 의미를 규정하지. 고대 아노족은 조개껍데기를 화폐로 썼단다. 따라서 가리비 껍데기는 무역, 금융, 부를 대표해. 표의 문자에 숙달하기 위해 배워야 하는 의미의 근원에 해당하는 글자들은 수백 개에 달해."

조미는 입에 넣은 국수를 삼켰다.

"그럼 손은요?"

"애야, 음식은 씹어 먹으렴! 손들은 좀 더 복잡해. 동기 수식어라고 하는 것으로, 좀 더 구체적인 의미를 가리키기 위해 의미를 좁히고 거르지. 열린 손과 꽉 쥔 주먹을 조합하는 것은 흔히 변화나 변신을 나타내는 법이야. 그것들을 모두 합하면 그 표의 문자가 '거래', 즉 잉크룬을 뜻한다는 걸 알 수 있어."

"그게 스승님과 코미 장로가 논의하고 계던 거군요! 스승님은 산에 오르는 것에 대해 이야기하자 거래를 제안했던 거고요."

"맞아. 여기 아래에 있는 표의 문자 한 쌍을 봐."

루안은 젓가락으로 글쓰기용 쟁반에 있는 다른 표의 문자 두 개를 가리켰다.

조미는 그것들을 응시하며 혼잣말로 중얼거렸다.

"흠…… 두 개 모두 '거래'를 뜻하는 표의 문자가 작은 크기로 들어가 있는 것 같아……. 그리고 둘 다 위에 평편한 판과 같은 게 있는데……. 생선 살인가요?" 조미의 말에 루안은 떡이 목에 걸릴 뻔했다. "똑같이 생겼는데요."

"정말이야?"

조미는 다시 몸을 웅크리고 앉아 모든 각도에서 표의 문자들을 살펴보았다.

"아, 무슨 말씀이신지 알겠어요. 납작한 생선 살 같은 것에 다른 기호들이 새겨져 있네요. 가운데에 소용돌이를 그린 선이 있는 반원이 있는 게 있고, 삼각형 한 쌍 사이를 지르는 선이 있는 반원이 새겨져 있는 게 있어요."

"맞아. 그런데 그 생선 살 말이야, 왜 네 머릿속에서는 항상 음식 생각이 떠나지 않는 거니? 먹을 만큼 먹었을 텐데. 그 '생선 살'은 음성 보조기라고 한단다. 첫 번째 표의 문자는 '사다'라는 뜻의 아노어 크루아이고, 두 번째 표의 문자는 '팔다'라는 뜻의 아노어 야투야. 음성 보조기에는 표의 문자가 어떻게 발음되어야 하는지 실마리를 주는 기호가 표시되어 있어. 이건 혀를 말거나 치아 사이에 놓으라는 뜻이야. 음성 보조기는 서로 밀접한 뜻이 있는 단어들을 구별할 수 있게 해 주지. 조상들이 진다리 문자를 발명하는 데 영감을 주기도 했단다. 하지만 아직 넌 모든 세부 사항을 발견하진 못했어. '거래'의 구성 요소를 좀 더 살펴보렴."

비슷한 회색이라 구분하기 힘든 세부 사항을 발견해 내기 위해 조미는 손을 뻗어 표의 문자를 탐색했다.

"조개껍데기, 즉 대표 의미를 상징하는 글자 옆에 다른 표시와 유형이 새겨져 있어요. 무슨 뜻이에요?"

"굴절 상형문자라고 불린단다. 동사의 활용과, 명사와 형용사, 대명사의 어형 변화를 나타내. 공식적인 글쓰기에서는 보기 쉽거나 아름답게 만들려고 보통 색을 칠한단다. 좀 더 우아한 윤곽을 만들기 위해 서예에서는 생략하는 경우도 종종 있고. 표의 문자들의 높이나 각도를 변화시킴으로써, 어투, 강조 등을 표시할 수도 있는데…… 이건 너무 앞서가는 내용인 것 같구나. 때가 되면 이런 것들은 배우게 될 거야."

"이미 가지고 있는 기계로 새 기계를 만드는 것처럼 간단한 것들로 복잡한 표의 문자를 만드는 거군요."

"정확해!" 루안은 식사를 마치고 남은 떡이 담긴 접시를 조미에게 떠밀었다. "간단한 예부터 시작해 보자꾸나. '산'이라는 표의 문자를 가져다가 '불'이라는 표의 문자와 결합하면(그는 글쓰기용 칼을 능숙하게 몇 번 움직여서는 그 표의 문자를 재빨리 조각했다) 무슨 뜻이 되겠니?"

"음…… 화산이요?"

"그래! 좋아, 조금 더 복잡한 것을 시도해 보자꾸나. 만약 네가 '화산'이라는 표의 문자에다 '꽃'이라는 동기 수식어를 더한다면, 그 결과는 뭐겠어?"

조미는 곰곰이 생각했다.

"화산화?"

"너무 문자 그대로 생각하고 있어. 자신을 보려고 거울을 쓰기도

하지만, 다른 표면에 상을 비추는 데에도 거울을 쓸 수도 있잖니. 은유적으로 생각해 봐."

조미는 꽃이 피는 것을 상상하며…… 생각의 속도를 빨리했다.

"화산 폭발이요."

루안의 얼굴에는 함박웃음이 차올랐다.

"한 가지 예를 더 들어 보마. 화산 폭발을 의미하는 표의 문자를 동기 수식어로 사용하고, 그걸 '마음'을 의미하는 글자 옆에 두어 보자. 고대 아노족들은 생각이 뇌가 아니라 심장에서 비롯되었다고 믿었으니 '심장·위의·느낌'이라는 글자가 된단다. 그러면 무슨 뜻이겠니?"

조미는 루안이 조각한 새로운 표의 문자를 응시했다. '심장·위의·느낌'이라는 하위 표의 문자는 물결 모양의 능선 세 개로 장식이 된, 배(梨) 모양의 작은 혹으로 만들어져 있었는데, 조미는 그것을 보고 닭의 대가리를 떠올렸다.

"폭발…… 마음…… 분노?"

루안은 크게 소리를 내며 웃었다.

"정말 빠르구나! 아무국의 시인 나키포의 유명한 시 「분노」는 이렇게 쓴단다."

그는 쟁반에다 시를 조각했다. 위쪽에는 '분노'를 뜻하는 정교한 표의 문자가, 그리고 그 아래로는 각각 네 개의 표의 문자가 있는 두 줄이 만들어졌다.

조미는 표의 문자들을 하나씩 분석했다.

공기·심장·불·산·꽃

공기·심장. 불. 산. 꽃.

불·꽃. 산. 공기. 심장.

"이해가 안 가요. 이게 무슨 바보 같은 시예요?"

"아직 굴절 상형문자나 음성 보조기를 모두 알아보지는 못하니까 읽고 번역해 주마."

세피노.

잉킹소 마 도에수. 로아페루 피칸 코 마카.

오페레, 파라기 코 위기디라워 카 게위세위! 잉킹소 코 아에 키 고피 크루페.

분노.

불타는 마음. 얼어붙은 용암으로 된 꽃.

열려라, 내 돌 같은 영혼아! 심장을 스치는 산들바람.

"아름답지 않니? 나키포가 가장 친한 친구 중 한 명과 논쟁한 후에 쓴 시로, 옛 아무국에서 인기가 많았던 사상주의(寫像主義) 시파의 가장 좋은 예시 중 하나라고들 한단다. 두 행은 모두 시 제목으로 쓰인 단일한 표의 문자에서 발견한 다섯 개의 하위 표의 문자가 변형된 모습으로 쓰여 있고, 새로운 의미를 부여하기 위해 다양한 방식으로 결합해 있어. 이 시는 제국의 비행함이나 보석으로 장식한 물시계만큼이나 세심하게 설계되고 정교하게 만들어진 기계야."

마을의 두 젊은 여자가 다가왔다. 그들은 커다란 고리버들 바구니를 등에 메고서 루안과 조미를 향해 고개를 끄덕였다.

"우릴 안내할 사람들이 도착했구나."

조미는 루안의 말을 듣지 못한 것 같았다. 먹다 만 떡은 옆으로 치워져 있었다. 그녀는 글쓰기용 쟁반에 있는 표의 문자들을 계속해서 쓰다듬었다.

상인과 농부

판

사해평치 6년 3월

다른 *파나 메지*들도 한 명씩 소개되었다. 그들은 각기 다른 열정으로 자신들의 발상을 발표했다. 키타 수처럼 촌극을 보여 주는 사람도 있었고, 모형이나 삽화를 공개하는 사람도 있었다. 한 사람은 자기가 주장하는 내용의 고조된 어조를 보여 줄 목적으로 연들을 날리겠다며 하인들을 뛰어다니게 했는데, 줄이 뒤엉켜 연들이 노대에 충돌하는 바람에 사람들은 당혹해하며 그의 논리의 '뒤엉킨 타래'에 대한 농담을 하기도 했다. 또 다른 사람은 다라의 영주들을 참여시켰는데(그들은 매우 짧은 가극의 참여자가 되어 합창곡을 부르게 되었다.) 그 실험은 딱 예상 가능한 그만큼만 성공적이었다.

라긴 황제는 *파나 메지*들이 쓴 글에서 시작해서 본인이 흥미를 가지는 주제로 넘어가며 모두에게 각각 질문을 던졌다. 이제 행사의 진정한 의미를 알게 된 세라는 대정전 내의 미묘한 힘의 흐름뿐만 아니라 응시생들이 내놓는 딱딱하고 기묘한 대답을 더 잘 이해할 수 있었다. 마치 황제, *파나 메지*, 그리고 어전 회의의 모든 참석자가 대화 밑으로 또 다른 대화를 하는, 정교한 놀이를 하는 것만 같았다.

다음 응시생인 나로카 후자는 긴 여왕이 다스리는 게지라 출신이었다. 그는 간 사람들 특유의 산뜻하고 밝은 모음을 발음했고, 머리 위로 틀어 올린 3단 쪽에 꽂은 옥 머리핀은 비스듬한 햇살에 반짝거렸다.

"*렌가*, 경이로운 마음으로 폐하의 지혜와 코고 엘루 재상의 근면함에 대해 존경을 표하며 제 발표를 시작하겠습니다."

나로카의 하인들은 짐 가방을 풀고 거대한 기계를 대정전 한가운데에 조립하기 시작했다. 그 기계는 양쪽에 있는 두 개의 큰 수직 바큇살로 구성되어 있었다. 오른쪽 바큇살에는 거대한 종이 두루마리가 설치되어 있었고, 그것은 다시 왼쪽 바큇살 위로 감겨 있었다. 두루마리는 큰 직사각형으로 나누어져 있었으며, 각각의 직사각형 안에 그림이 그려져 있었다.

바큇살 앞에는 직사각형 틀이 세워졌는데 그 크기는 두루마리 그림의 크기와 같았다. 틀의 상단과 하단은 각각 자유롭게 회전하는 축이었다. 두 개의 바람개비만 있는 물레방아 수차처럼 한 쌍의 평편한 판이 각각의 축에 부착되어 있었다. 이 덮개들은 상단과 하단의 바람개비가 틀의 한가운데에서 만나도록 설계되어 있었다. 두

바퀴는 동시에 회전하면서 교대로 뒤에 있는 두루마리의 시야를 차단하거나(덮개들이 가운데에서 만날 때) 두루마리를 드러내는(덮개들이 지면과 평행할 때) 회전문 역할을 했다.

복잡한 일련의 톱니바퀴와 줄이 바큇살과 바람개비가 있는 바퀴를 옆에 연결된 한 쌍의 발판에 연결했다. 하인들은 발판 위 좌석에 앉아서 준비 자세를 취했다.

대정전 안의 모든 사람은 숨을 죽이며 그 이상한 장치가 어떤 묘기를 보여 줄지 기다렸다.

나로카는 대정전을 둘러보았고, 모든 관심이 자신에게 쏠려 있다는 점에 흡족해했다.

"시작해!"

그는 힘차게 손을 흔들었다.

하인들은 일정한 속도로 발판을 밟기 시작했다. 톱니바퀴와 줄이 바람개비가 달린 바퀴에 움직임을 전달했고, 덮개가 열렸다가 닫히면서 빛이 연속해서 빠르게 통과했다. 동시에, 거대한 종이 두루마리가 회전하면서 오른쪽에서 왼쪽으로 감겼다.

대정전에 있던 모든 사람이 숨을 헉하고 멈췄다.

두루마리의 그림들은 살아 있는 것처럼 보였다. 곡물이 든 자루들과 비단 여러 필, 다른 상품이 든 상자들을 가득 실은 배가 거세게 몰아치는 바다를 항해하고 있었다. 배는 용감하게 비와 번개를 뚫고 선착장에 도착했다. 그곳에서는 환호하는 군중들이 선원들을 환영했다.

그러고 나서 다라 제도의 지도가 나타났다. 보이지 않는 손이 그림을 그리는 것처럼 각 지역의 상품들이 차례로 지도에 모습을 드러냈다. 자틴만의 귀한 물고기와 게, 코크루의 토실하고 붉은 수수와 윤기 있는 흰쌀, 늑대발섬 해안에서 나는 산호와 진주, 탄 아뒤에서 나는 타로토란과 동물 가죽, 리마에서 나는 두꺼운 제재목 더미들, 파사에서 나는 과일과 술과 양모, 그리고 게지라에서 만든 향료와 비단…….

작은 배들이 나타나 다라의 한 지역에서 다른 지역으로 항해하면서 거미줄 같은 흔적을 남겼다. 항해하는 배들이 남기는 반짝이는 흔적들이 서로 연결되면서 다라 제도의 전체 모습이 점차 드러났다. 배들은 어두운 하늘에 눈부시게 밝은 흔적을 남기는 유성들처럼 깜박이며 점점 더 환해졌다.

살아 있는 것 같던 그림이 갑작스레 멈춰 섰다. 거대한 종이 두루마리 전체가 오른쪽에서 왼쪽으로 풀렸고, 느슨해진 종이의 끝부분이 율동적으로 기계에 와서 부딪혔다. 하인들은 속도를 늦추더니 발판 밟는 것을 멈췄다.

다라의 영주들은 그 경이로운 광경이 끝났다는 것을 믿고 싶지 않았다. 그야말로 너무나도 마법적인 광경이었다.

루안은 알겠다는 듯 미소를 지었다. 인상적인 시연이었지만, 그는 그 원리를 곧장 이해했다. 살아 있는 듯한 그림은 등불 축제에서 민속 예술가들이 만드는 회전식 등불이나 두꺼운 고전 사본의 한 귀퉁이에 남학생들이 그린 그림과 유사한 방식었다. 이전 그림과 약간씩만 다른 그림을 연속하여 그린 뒤 깜빡이는 개폐기 뒤에서 적절한 속도로 그림을 움직이는 것이다. 그걸 계속 보고 있노라면 그림 자체가 살아 있는 듯한 착각이 일게 됐다.

"······상인들이 마땅한 인정과 바라던 보호를 받는다면 번영은 분명 따라올 것입니다."

"항구세를 올리는 칙령에 항의하는 것이냐?"

쿠니와 나로카가 문답을 주고받았다.

"다른 정책들에 비해 그렇습니다."

"난 그 제안이 흥미롭다고 생각한다. 물론 옛날의 간은 무역으로 유명했다. 콘 피지는 농부, 직조공, 장인(匠人), 대장장이, 그리고 그와 유사한 숙련공들은 물건을 만드는데 상인들은 단순히 물건을 이동시키면서 다른 사람들의 필요, 박탈, 굶주림으로부터 이익을 얻는다고 주장했다. 네 발표는 놀라웠지만, 정당성에 대한 설명은 부족했다. 좀 더 자세히 설명할 수 있겠느냐?"

"저건 지금껏 본 시연 중에 최고야. 저런 움직이는 그림을 만들 수 있으면 좋겠어."

피로가 말하자 세라가 받았다.

"네겐 그럴 만한 인내심이 없을걸. 예술가 수백 명이 대시험 이후 쉬지 않고 일해서 만들었을 거야. 나로카 가족은 매우 부유해. 그리고 저건 정교한 시연이 아니야. 아버지는 저걸 좋아하지 않을 거야."

"난 아빠가 상인들을 좋아하는 줄 알았는데. 아빠는 주디 공이었던 시절에 상인들을 보호하기 위해 얼마나 많은 일을 했는지에 대해 항상 이야기하잖아."

"황제는 자신의 것이 아닌 질문을 던져야 할 때도 있어요. 그리고 아버님이 도출해 내는 답은 다른 사람들의 귀를 위한 거라는 사실을 기억하세요."

소토가 말했다.

"도덕주의자들은 많은 것을 가르쳤습니다, *렌가*. 하지만 '단 한 명의 진정한 현자'는 마을이 작고 주민들이 집에서 15킬로미터 이상 여행하지 않았던 시대에 살았습니다. 시대에 따라 다른 지혜가 필요합니다."

"어떤 진실은 영원하지."

지아 황후의 목소리는 크지 않았지만, 대정전 전체에 낭랑하게 전달되었다.

그 누구도 말을 하거나 갑작스러운 움직임을 보이지는 않았지만, 세라는 모두가 귀를 쫑긋 세우며 대정전의 분위기가 바뀌는 것을 느꼈다.

황후가 어전 회의에 모습을 드러내는 것은 드문 일이었고, 그녀가 말을 하는 것은 더더욱 드물었다. 자토 루티가 설계한 궁중 의전은 칠국의 관습을 고수하여 황실 가족들을 어전 회의에서 배제하도록 했다. 하지만 쿠니는 옥좌 옆에 부인들을 위한 자리를 만들 것을 주장했고 도덕주의 학자들은 경악하며 반대 의견을 내놓았다. 특별한 행사에만 자신과 리사나가 어전 회의에 모습을 드러내겠다는 절충안을 자발적으로 제안한 사람은 지아 황후였으며, 그녀와 리사나는 어전 회의에서 대부분 침묵을 지켰다.

나로카는 인정한다는 뜻으로 황후에게 절을 했다.

"맞습니다, 황후 전하. 하지만 도덕주의자들만이 진실을 아는 것은 아닙니다. 위대한 정신의 소유자 라 오지는 바다의 썰물과 밀물이 모든 행복을 찾는 일의 중심에 있다고 말했습니다."

"그 유동주의 격언이 짤랑거리는 동전과 이익을 보기 위해 흥정하는 것과 무슨 상관이 있지?"

"조수(潮水)의 본질은 움직임과 변화입니다. 지속적인 흐름은 정체를 막고 생명을 새롭게 합니다. 상인들이 아무것도 생산하지 않는다는 것은 오해입니다. 상품을 풍요로운 곳에서 부족한 곳으로 가져오고, 과잉이 부족을 메우게 합니다. 상업의 흐름은 욕망을 충족시키고 새로운 발상을 퍼뜨립니다."

"멋진 말이군. 하지만 게지라의 가장 부유한 상인이라면 농부들의 세금을 낮출 수 있도록 항구세를 인상하라는 칙령에 분명 불만을 가질 수밖에 없지. 그 아들의 입에서 나온 말인 만큼 진정성이 의심되는구나."

순간 나로카는 주눅이 드는 것처럼 보였지만 곧 힘을 되찾았다.

"모든 남자와 여자는 이기심에 의해 움직입니다. 상인들은 그런 사실 앞에 더 솔직합니다. 이익과 교역이 없다면, 밭은 놀게 되고 광산은 버려질 것⋯⋯."

황후는 수그러들지 않았다.

"먹고살기 위해 노동하는 농부들과 광부들이 상인들이 주장하는 삶의 목적을 들으면 매우 놀라지 않을까 싶구나. 라긴 황제께서는 반란과 국화·민들레 전쟁에 참여한 용사들이 안정적인 삶을 영위하며 스스로 먹고살 수 있도록 농부가 되기를 바라 정착할 작은 땅을 나눠 주었지. 하지만 부도덕한 상인들은 목돈을 쥐게 해 주겠다며 그런 땅을 사들였고, 대다수 참전 용사들은 도박장에서 그 돈을 탕진했어. 이제 지주였던 이들은 소작농이나 노동자가 되어 근근이 생계를 유지해 나가야 하는 처지다. 교역에 대한 세금을 인상해야 이러한 추세를 막을 수 있다."

"하지만 가족 단위의 소규모 농장은 대규모 농장만큼 효율적이지가 않습······."

"내게 효율성에 대해 가르치려 드는 것이냐! 나는 너희가 사용하는 속임수를 잘 알고 있다. 땅을 충분히 사들인 후, 쌀이나 수수, 채소를 재배하는 대신 더 많은 이익을 얻기 위해 사탕수수밭이나 비단 농장으로 쓰겠지. 게지라의 일부 지역에서는 식량을 수입해야 한다. 다라에서 가장 좋은 땅 중 하나인데도 정말로 이상한 상황이지. 한 작물의 운명에 속주 전체의 목숨을 거는 것은 다라를 더욱 불안정하게 만들거니와, 설령 작물이 실패하면 일자리를 잃은 노동자들은 도적질에 의지해야만 한다. 고대 티로국인 디요와 케오스가 가르쳐 준 교훈에 귀를 기울여야 한다. 케오스는 디요의 곡물 선적에 의존하다가 몰락했지."

"지역적인 자급자족은 바람직하지 않습니다, 황후 전하. 전하께서는 고대의 디요와 케오스에 대해 말씀하시지만, 근래의 역사에서 반복되는 형국을 보면 제 견해가 타당합니다. 리마는 자급자족을 위해 노력했지만 결국 침체하다 쇠락했습니다. 하지만 황제 폐하의 다수섬은 부분적이긴 해도 상업을 추구했기 때문에 부상했습니다."

이 말에 라긴 황제는 싱긋 웃었다.

"코고, 네가 훈련시킨 '제대로 된 다수 요리사'들 기억해?"

코고 옐루 재상은 미소를 지으며 고개를 끄덕였다.

지아 황후는 곁가지 대화를 무시했다.

"네 주장은 유동주의에서 유인주의로, 그다음에는 유형주의로 널을 뛰는군. 하지만 그 핵심에 있는 건, 교역은 착취라는 사실이다. 게피카에 풍년이 들어도, 너희들은 그곳 농부들이 다른 해보다 더 많은 수익을 올리지 못하도록 제시하는 가격을 낮추지. 메뚜기 떼가 투노아를 덮치면 요구하는 가격을 올려서 그곳의 사람들은 빚을 질 것인지 굶주릴 것인지를 선택하게 하지. '교역'이라는 단어 자체가 부적절하다. 너희들은 불행으로 먹고살아! 간의 상인들은 비단옷을 입고 끼니마다 고기를 먹는데, 밭을 가는 코크루의 농부들은 왜 아직도 굶주리고 있는 걸까?"

"그건 그저 자연적인 결과……."

"입 다물라! 널 대시험에 추천한 사람이 누구냐?"

나로카의 오만한 미소가 얼어붙었다.

"어머니가 왜 저렇게 화가 나셨을까요? 전혀 어머니답지 않아요."

티무가 속삭이자 소토가 답했다.

"잘 보세요. 가끔 주인을 노리고 개를 걷어차는 일도 있으니까요."

"제가 추천했습니다. 좀 거만할 순 있겠으나, 속주시험에 그가 제출한 답안이 탁월한 면모를 보였다고 생각했습니다."

게지라의 긴 여왕은 침착하고 낮은 어투로 말했다. 게지라와 늑대발섬 모두 옛 티로국 간의 영역이었지만 지금 늑대발섬은 제국의 속주였고, 게지라는 긴 여왕이 책임지고 있었다.

"그의 주장은 유급 소송인의 말처럼 강직함이나 원칙의 확고함이 없네."

"지아 부인, 제 영지 출신의 젊은이가 경솔하게 말한 것에 대해 사과드립니다." 하지만 긴의 말투에는 전혀 미안해하는 기미가 보이지 않았다. "그렇지만 칠국 시대로까지 기원이 거슬러 올라가는 이 황궁 시험에서 응시생이 누군가의 심기를 거스를 것을 두려워하지 않고 솔직하게 말하는 건 관례가 아닙니까?"

다른 대신들과 장군들은 감히 깊은숨을 들이쉴 생각도 하지 못한 채 코끝에 시선을 집중했고 루안 지아는 얼굴을 찡그렸다.

"지아 부인이라?"

황후는 어이없어하며 긴 여왕의 말을 반복했다.

"용서하십시오, 황후 전하." 긴 여왕이 경칭을 사무적으로 발음하며 말했다. "오래된 습관을 바꾸는 것이 때로 어렵습니다. 제 마음은 아직도 황제 폐하께서 그저 가루 공이고 제가 그분의 원수였던 옛날 같습니다."

여전히 앉은 채로 그녀는 황후에게 절을 했다. 딱딱한 의식용 갑옷을 입어 군인 식의 경례만 할 수 있었기에 깊숙이 숙이지는 못했지만.

긴이 허리에 찬 검집이 돌바닥에 쩡그랑 부딪치는 소리가 대정전에 울려 퍼졌다.

소토는 고개를 저으며 중얼거렸다.

"바보 같으니."

티무와 피로는 이해하지 못한 채 그녀를 쳐다보았다.

하지만 세라는 생각했다. *어머니 얘기일까, 긴 여왕 얘기일까?*

"*긴, 지아, 적당히들 하시오.*"

쿠니가 말했다.

지아는 긴에게서 시선을 돌려 정면을 바라보았다.

긴이 등을 곧게 펴자 검이 바닥을 부드럽게 긁어 댔다.

"긴, 노키다의 궁전을 개조하려던 계획을 취소했다고 들었소. 게지라의 국고에 도움이 필요한가?"

새들이 목욕하라고 놓아둔 정원의 돌 웅덩이처럼 차분한 목소리로 황후가 말했다.

"그렇게 세심하게 배려해 주시다니 황후 전하께 감사드립니다. 하지만 게지라는 문제없이 돌아가고 있습니다. 저는 황제 폐하의 예를 따르고 있습니다. 좋은 궁궐은 백성의 행복보다 더 중요하지 않습니다."

"그렇다면 올해 백성들의 부담을 늘리지 않고 황실 재무부에 더 기여한 것에 대해 치하해야 마땅하겠군."

황후의 목소리에서는 조롱의 흔적이 조금씩 묻어났다.

"저는 제 의무를 압니다."

긴이 차분하게 말했다.

라긴 황제의 표정을 볼 수는 없었지만, 제관의 달랑거리는 조개껍데기 가닥들이 갑자기 서로 부딪치는 소리가 그와 가장 가까이 있는 사람들에게 잘 들렸다. 남편의 기분에 매우 민감한 리사나는 쿠니를 향해 고개를 돌렸고, 손을 뻗어 그의 손을 잡을 뻔했다. 하지만 그 순간 자신이 어디에 있는지 기억한 그녀는 마지막 순간에 자신을 통제했다.

루안 지아는 긴을 바라보았다. 그의 얼굴에 드러난 찌푸림은 점점 더 또렷해져 갔다.

"무슨 대화예요?"

피토가 묻자 소토가 답했다.

"황제께서 항구세를 올리라는 칙령을 내리셨으니 부유한 상인들이 많은 게지라에서 거두는 세금이 증가했겠지요?"

아이들은 고개를 끄덕였다.

"그러니 게지라에서 제국 재무부로 올리는 세금도 증가할 거고요."

티무가 끼어들었다.

"코고 옐루 재상이 현명하게 황제와 속주 및 영지의 필요가 어우러지게 세금 제도를 설계했습니다. 그래야 하는 방식대로요."

소토는 그를 쳐다보았다.

"그리고 황자님은 저 대화에서 이상한 걸 못 느끼셨나요?"

티무는 당황한 얼굴로 그녀를 돌아보았다.

"나는 수수께끼를 좋아하지 않습니다, 소토 부인."

소토는 다시 속으로 한숨을 내쉬었다. *지아가 이 아이 때문에 힘들겠군.*

세라가 끼어들었다.

"세수가 증가했는데 긴 여왕은 왜 궁 개조 계획을 미뤘을까요?"

소토는 그녀를 향해 고개를 돌리고 미소를 지었다.

"아주 좋은 질문이에요."

티무는 상황을 이해해 보려고 애썼다

"혹시…… 긴 여왕이 칙령을 이행할 것을 거부하고 더 나아가 세수가 증가할 것으로 예상되는데 재무부에다 제 몫을 다 내지 않으려 한다고 비난하는 건가요?"

"황자님의 어머님은 '백성들의 부담을 늘리지 않고'라고 말했어요, 기억해요?"

"근데 어머니가 왜 그랬을까요?"

내가 설명할 수 있는 건 여기까지야. 한 걸음씩 발을 뗄 때마다 내가 손을 잡아 줄 수는 없어. 소토는 생각했다.

하지만 세라가 오빠를 도와주었다.

"긴 이모는 칙령이 잘못되었다고 생각하거나, 아니면 백성들이 아버지보다 자기를 더 좋아하기를 원하기 때문이겠지. 어느 쪽이든 어머니는…… 그걸 좋아하지 않는 거고."

"이제 다음 학자와 이야기를 나눌 시간 아닐까 합니다만."

리사나 부인이 침묵을 깼다.

친절하게도 그녀는 모두가 잊고 있었던 나로카 후자에게 자리로 돌아가라고 손짓했다. 상인의 젊은 아들은 시련이 끝난 것을 다행으로 여기며 다른 *파나 메지*들 사이로 급히 돌아가 자리에 앉았다.

쿠니는 빨간 산호 잉어 귀걸이를 오른손으로 만지고 있는 리사나를 쳐다보았다. 황제는 고개를 끄덕인 뒤 다시 눈길을 돌렸다.

"주창자 대학에 들어가도록 하라. 어전 회의에 참석하는 모든 이에게 네 견해가 큰 도움이 될 것 같군."

나로카가 기대했던 결과는 확실히 아니었다. 그는 일어서서 황제에게 깊이 절을 하고 다시 자리에 앉았다.

지아 황후는 단호히 그를 무시했다.

황후와 긴 여왕의 열띤 대화에 놀란 자토 루티는 정신을 차렸다.

"아…… 네, 물론입니다. 다음은 다수섬 출신의 조미 키도수입니다. 그녀의 글은 거칠고 섬세하지 않은 필체로 쓰였습니다만, 조각된 표의 문자들에는 수 세기 전 자나 출신의 가장 훌륭한 석재 서예가들을 떠올리게 하는 강력한 무언가가 있었습니다. 그들은 개간되지 않은 땅에서 어려운 재료로 작업했지요. 저는 그걸 발견하고는 놀랐습니다. 그건……."

긴 마조티는 그를 쳐다보며 재미있어했다. 자토 루티가 리마의 왕이었을 시절, 그는 여자와 남자 간의 적절한 관계에 대한 도덕주의적 격언들을 인용하며 쿠니 가루가 다수의 원수로 여자를 선택한 일에 반대한다는 뜻을 반복적으로 선언했다. 하지만 황제가 여성들에게도 시험을 개방하고 루티가 황실 소속 개인 교사로서 모든 황자와 황녀에게 같은 과정을 가르쳐야 할 것임을 분명히 한 후, 그는 콘 피지의 글에서 적어도 명문가 출신의 여성들은 *때로* 학문을 추구할 자격이 된다는 점을 암시하는 대목을 찾아 황제의 견해를 뒷받침했다. 대학자의 손을 거치면 고대 문헌들은 따뜻한 밀랍 덩어리만큼이나 모양이 바뀔 수 있으며 어떤 해석도 견딜 수 있는 것이 분명했다.

하지만 오래 묵은 습관은 잘 사라지지 않았다. 그는 자신과 다른 심사위원들이 뽑은 열 명의 *파나 메지* 중 한 명이 여자라는 사실을 알고 적잖이 놀랐음이 틀림없었다.

"으흠." 루티는 목청을 가다듬고 말을 이었다. "그녀의 글은 대담하고 독창적이었으며 본 적이 없는 방식으로 유동주의와 도덕주의를 조화시켰습니다. 옛 아노 현자들의 좀 더 간소한 의식들을 되살리자는 그녀의 제안은 충분히 고려할 가치가 있다고 생각합니다."

조미는 앉아 있는 학자들이 만든 두 줄 중 뒤쪽에서 일어섰다.

자리에 함께한 대신들과 장군들 사이에서 속삭임과 중얼거림이 일었다.

황후는 눈살을 찌푸렸고, 리사나 부인은 어리둥절한 표정을 지었다.

그러나 가장 놀란 것은 루안 지아와 카도 가루였다.

해냈어! 루안은 기뻐서 벌떡 일어나 소리치고 싶은 충동을 억눌렀다.

저 여자는 대체 누구야? 카도는 자신이 받은 이름들의 목록을 떠올렸다.

무릎을 꿇고 있을 때는 조미의 허름한 복장이 감춰졌지만, 선 채로 관심의 대상이 되자 그녀의 초라한 옷차림은 만천하에 드러났다. 평범한 삼베 옷의 단은 닳아 있었고 찢어진 틈으로 안에 입은 옷이 드러났다. 왼쪽 다리에 차고 있는 마구도 얼핏 엿보였는데, 그

266

것으로 절뚝거리는 걸음걸이가 설명되었다.

루안 지아는 그녀를 쳐다보며 격려하는 미소를 지어 보였다. 그녀도 미소를 되돌려주었다.

"왜 그렇게 옷차림이 초라한가?"

라긴 황제가 물었다.

"제가 *가난하기* 때문입니다."

자토 루티는 오늘 행사를 위해 *파나 메지*들에게 궁중 의전을 가르치는 임무를 맡았던, 무릎을 꿇고 있는 학자들 뒤의 관리들을 노려보았다.

그들 중 한 명이 떨리는 목소리로 말했다.

"오늘 입을 예복을 사 주려고 했습니다. 하지만 그녀가 거절했습니다."

"먼지막이 보에 싸여도 옥은 옥입니다. 하지만 개똥은 비단에 싸여도 방 안에서 냄새를 풍길 것입니다."

조미가 말했다.

아연실색하는 침묵의 순간이 흐른 후, 리사나 부인의 웃음소리가 대정전 안에 울려 퍼졌다. 다른 *파나 메지*들은 모욕을 당했다는 것을 깨닫고 고개를 돌려 화난 눈빛으로 조미를 바라보았다.

조개껍데기 가닥들이 만든 장막 뒤에서 미소를 짓던 쿠니는 몸을 앞으로 내밀며 말했다.

"다라 개혁에 대한 네 제안을 모두에게 설명해 보지 않겠느냐?"

복도로 통하는 문이 쾅 하고 열렸다. 탈의실에 있던 도청자 넷은 돌아서서 눈이 휘둥그레진 네 살배기 꼬마 파라가 문간에 서 있는 것을 보았다.

"숨바꼭질하는 중이야?" 파라는 펄쩍펄쩍 제자리에서 뛰며 소리 쳤다. 그녀의 얼굴에는 웃음이 피어올랐다. "숨바꼭질! 숨바꼭질!"

고함이 너무 커서 대정전 안에 있는 사람들이 분명히 그 소리를 들을 수 있을 것 같았다.

아이들은 서로를 쳐다보았다.

"나쁜 생각이라고 했잖아. 황제와 황후께서 노발대발하실 거야!" 이어서 중얼대는 티무의 얼굴은 더욱 슬퍼 보였다. "루티 스승님은 이 일을 두고 글을 열두 편쯤 쓰게 시킬 거고. 아마도 너희들을 막 지 않은 것을 두고 그 양을 두 배로 늘릴 거야."

복도로 통하는 문간에 서 있던 하녀 하나가 겁에 질려 몸을 떨고 있었다.

"소토 부인! 죄송합니다! 파라 황녀께서는 제가 간식을 준비하기 위해 자리를 비운 동안 도망치셨습니다. 제가 따라잡기에는 너무 빨랐습니다."

소토는 그녀에게 물러가라는 뜻으로 손짓했다. 그녀가 아이들에 게 달아나라고 말하고 홀로 황제의 분노를 감당하려는 참에 세라가 파라를 끌어당기며 침착하게 말했다.

"맞아. 우린 숨바꼭질 놀이를 하다 널 발견했어."

"하지만 내가 언니를 찾아냈어!"

"오늘은 반대로 하는 날이야. 내가 하자는 대로 해."

세라는 피로와 티무에게 가라고 손짓했다.

그러고는 대정전으로 통하는 문을 당겨서 열고, 심호흡한 다음 소리쳤다.

　"찾았다, 아다티카! 정말 멋진 숨바꼭질 장소를 찾았네! 네가 소리치지 않았다면 널 찾지 못했을 거야. 근데, 이 문은 어디로 통하는 거야?"

제14장

산 오르기

초승달섬

사해평치 원년(첫 번째 대시험이 있기 5년 전)

멀리서는 깎아 내지른 듯한 낭떠러지처럼 보였으나 그 위에는 구불구불한 길이 새겨져 있었다. 케폴루와 세지는 믿음직한 안내인으로, 덩굴과 돌출된 돌을 손으로 잡아당겨 가면서 산을 올랐다.

그 두 여자는 자매였고 산을 오르는 동안 계속 수다를 떨었다. 두 사제는 그들의 말을 이해할 수 없었지만, 자매가 잠깐 멈추는 동안 때때로 엿볼 수 있는, 표정이 살아 있는 얼굴과 우스꽝스럽도록 과장된 몸짓에 빙그레 웃었다. 자매는 긴 겨울이 지난 후 처음으로 산에 오르는 터라 들떠 있었다. 봄은 약초, 산나물, 새싹, 약효가 있는 유용한 곤충 들을 채집하기에 좋은 계절이었다.

길은 다리가 불편한 조미에게 너무 가팔랐다. 루안은 그녀를 업고 줄로 묶었다. 그러고는 안내인들 뒤를 바짝 따라가며 그녀들의 걸음걸이를 그대로 따라 했으며 똑같은 곳을 손으로 붙잡았다. 그들 모두는 안전을 위해 밧줄로 서로 연결되어 있었다. 스승이 자신을 등에 업고서 산을 오르는 상황에 조미의 기쁨은 위축되었다. 지루해진 조미는 그만 옆을 내려다보는 실수를 범했다가 루안의 목에 팔을 감고 필사적으로 매달리게 되었다.

"산에 올라가려고 한 거였다면 왜 그냥 열기구를 타고 날아가지 않는 거예요?"

"산꼭대기의 숲은 너무 빽빽해서 열기구가 착륙할 수가 없어." 루안이 안내인들에게 신호를 보내기 위해 밧줄을 부드럽게 잡아당겼다. 조미가 좀 더 진정될 때까지 멈추어야 한다는 뜻이었다. "그리고 공중에서만 조사한다면 우리가 보러 온 것들을 자세히 들여다볼 수 없어."

잠시 후, 조미의 호흡이 정상으로 돌아왔다. 그녀는 일행들을 향해 고개를 끄덕여서 계속 산을 오르자는 뜻을 전했다.

케풀루와 세지는 이따금 걸음을 멈추고는 길가에서 발견한 나뭇잎, 열매, 이끼, 곤충, 버섯 등을 모아서 등에 진 바구니에 넣었다. 루안은 가끔 그녀들을 멈춰 세워 표본을 건네 달라고 부탁해, 그것을 기트레 위수의 책장 사이에다 넣고 조심스럽게 눌렀다. 사물이 너무 두꺼운 경우에는 숯 조각으로 책에다 그림을 그렸다.

"산 정상에 올라가는 일에 왜 그렇게나 관심이 많으세요?"

조미는 점점 등반을 즐기기 시작했다. 그들은 안개가 까마득히 먼 내리막을 가려 줄 정도로 높이 올랐고, 루안의 등에 올라탄 조미는 마치 구름 사이에 떠 있는 것 같았다.

"보물이 있어서 그렇단다."

"보물이요?" 조미의 심장이 빠르게 뛰었다. 흥미로운데. "해적들의 보물이요?"

"음······ 정확히 그런 건 아니야. 난 이곳에 두 번쯤 온 적이 있지만, 올해는 다르단다. 지난겨울 이곳 화산이 폭발했는데, 그간에는 그런 큰 소동이 있고 난 뒤 자연이 어떻게 스스로 회복하는지를 관찰할 기회가 없었어. 저 아래 마을에 있을 때 얼마나 물건들이 건조한지 혹시 알아차렸니? 내 생각에는 화산 폭발과 관련이 있을 것 같구나." 루안은 손에 든 책을 다정하게 쓰다듬었다. "이 책은 큰 편이지만, 그래도 무엇보다도 가장 큰 보물인 자연이라는 책의 활기 없는 사본일 뿐이지."

"스승님은 식물을 수집하고 동물의 그림을 그리며 다라 곳곳을 두루 돌아다니려고 궁에서의 삶을 포기한 거예요?"

"사냥을 즐기는 사람이 있듯 난 지식을 모으는 것을 즐길 뿐이란다."

조미는 자신이 해변을 따라 했던 긴 산책과, 고향의 들판과 숲을 돌아다니면서 내달리는 구름과 피어나는 꽃들, 중얼대는 바람의 유형들에 주목하고 신들의 목소리를 이해할 수 있기를 바라며 보냈던 날들을 생각했다. 그래, 그녀의 스승은 괴짜일지 모르지만 그녀와 비슷한 영혼을 가진 사람이었다.

조미는 루안의 호흡을 듣고 그가 지쳐 가고 있음을 느꼈다. 조그마한 선반처럼 튀어나온 바위 아래로 넓어지는, 산길의 비교적 평평한 부분에 다다르자 조미는 길옆에 자라고 있는 작은 덤불을 가리키며 물었다.

"저게 뭐예요?"

"흠…… 잘 모르겠네." 루안은 안내인들에게 멈춰 달라고 부탁하기 위해 다시 밧줄을 당겼다. "좀 더 자세히 봐야겠구나."

"가까이 올라가서 볼 수 있게 저를 먼저 내려 주세요."

루안은 조미를 조심스럽게 내려 준 뒤, 바위 사이에 튼튼한 한 발을 안전하게 놓은 뒤 잡을 만한 곳을 단단히 붙들 수 있게 도왔다.

루안이 식물을 연구하는 동안, 케풀루와 세지는 안전 밧줄을 풀었고(루안을 보호하기 위해 밧줄을 먼저 절벽에 고정한 뒤였다), 달랑달랑 매달려 있는 덩굴을 타고 그렇지 않고서야 오를 수 없는 절벽의 한 지점에 갔다. 그들은 새알을 모으고 덩이줄기를 파냈고, 다양한 식물들의 즙 많은 이파리 냄새를 맡고 그것들을 한 줌 뜯어서 바구니를 채웠다. 거미줄 위를 움직이는 거미처럼 안전하게 절벽을 돌아다니는 그들의 모습에 조미는 감탄했다. 잠시 그들의 완벽하고 균형 잡힌 팔다리, 튼튼한 근육과 유연한 힘줄에 질투심이 들긴 했지만 조미는 곧 그런 생각들을 떨쳐 냈다. 그래 봤자 미치게 될 뿐이었다. 신들의 선택은 의심해서는 안 되는 것이었다.

"정말 놀라운걸."

중얼거린 루아 지아는 칼을 꺼내 작은 덤불에서 나뭇가지를 자르기 시작했다. 조미는 뭐가 그렇게 놀라운 것인지 전혀 알 수 없었다. 그건 고향 다수섬의 가파른 비탈에서 흔히 볼 수 있는, 감겨 붙는 자작나무와 똑같아 보였다. 조미는 루안이 그녀를 업고 산을 오르는 대신 좀 더 길게 쉬기를 바라는 마음으로, 이미 잘 아는 식물에 관한 강의를 끌어내고자 질문했을 뿐이었다. 하지만 스승은 그것이 한 번도 본 적이 없는 이국적인 식물인 것처럼 취급했다.

"뭐가 그렇게 특별해요?"

"이것들이 얼마나 강하고 유연한지 보렴."

루안은 약 30센티미터 길이와 손가락 마디 정도 굵기로 자른 가지로 된 다발을 손에 들고 있었다. 그는 그것들을 구부리며 얼마나 탄력적인지 보고 약한 부분을 살폈다. 그러고는 만족스러워하며 안전 밧줄을 짧게 해서 땅 위로 튀어나온 바위에 두고서는 움푹 팬 절벽 두 곳에 발을 단단히 고정했다. 그 뒤 허리에 찬 자루에서 밧줄과 황소 힘줄을 얼마간 꺼내어 나뭇가지들을 묶어서 뼈대를 만들었다.

"뭘 만들고 계세요?"

"네게 도움이 될 만한 발상이 떠올랐는데 먼저 날 믿어 줘야 해. 우선 이쪽으로 앉아서 덩굴을 잡고 네 다리를 내 쪽으로 뻗어 보겠어?"

조미는 의심스러운 듯 그를 쳐다보았다. 조미는 사람들이 그녀의 약한 다리에 주목하는 것을 좋아하지 않았다. 하물며 다른 사람이 만지는 것은 더 싫어했다.

"무서워?"

루안은 자기가 만든 이상한 장치를 들고서 물었다. 입가에는 놀리는 듯한 미소가 머물러 있었다.

그것으로 문제 해결이었다. 조미는 그의 곁으로 기어가 덩굴을 팔에다 감은 뒤 약간의 노력을 들여 왼쪽 다리를 루안의 무릎에 놓았다.

"난 아무것도 두렵지 않아요."

"당연히 그렇겠지."

루안은 조미의 다리에다 뼈대를 감았다. 나뭇가지들이 종아리를 단단히 감싸자, 그는 황소 힘줄을 조여서 나뭇가지들이 조미의 피부로 파고들게 했다.

"아야!"

조미가 소리쳤다. 하지만 그 즉시 소리를 내지 않기 위해 입술을 깨물었다.

루안은 신중하고 부드럽게 손을 움직이며 속도를 늦췄다. 조미는 눈을 감고 이를 악물었다. 그가 그녀의 다리를 움직이고 구부리는 동안, 마치 1000마리의 개미가 다리 위로 기어오르는 것처럼 피부와 신경이 얼얼했다.

"네 몸이 익숙해지는 동안, 세 번째와 네 번째 학파, 즉 유동주의와 도덕주의에 대해 가르쳐 주마."

"스승님은 한순간도 그냥 지나가게 두지를 못하시는군요?"

어조는 심술궂었지만, 조미는 정신을 팔 만한 것이 있다는 데 감사했다.

"인생은 짧지만, 지식은 점점 더 풍부해지니까. 유동주의의 창시자는 고대 아노 시대 경구가인 라 오지야. 그는 이렇게 말한 바가 있어. '도사실로로 마 딘카 사 노코 피아 키 잉가노아 로수 잉그로아 위 이기에레 네피수 미로 네 오수, 피긴 위 코포피달로.' 도덕주의자는 자신을 제외한 모든 사람이 어떻게 행동해야 하는지 알려

줄 수 있는 사람이라는 뜻이지."

조미는 웃음을 터트렸다.

"그 사람 마음에 드는데요."

조미의 왼쪽 신발을 벗겨 낸 루안은 그녀의 발 바로 밑, 엄지발가락의 동그란 부분에서 발뒤꿈치까지 다른 나뭇가지들을 놓았고, 발목과 발에다 힘줄을 친친 감아서 그것들을 단단히 고정했다. 또 다른 짧은 나뭇가지를 비틀어 힘줄을 조인 뒤 조미의 종아리를 감싸고 있는 뼈대와 맞물리게 해서 고정했다.

"그래, 라 오지는 대단한 사람이었어. 콘 피지보다 한 세대 정도 어렸다는 사실을 빼면 그의 삶에 대해 알려진 게 많이 없어. 하지만 매우 학식이 있는 집안 출신이었던 건 틀림없어. 고대 아노족 전통, 심지어 아노족이 다라 제도에 당도하기 전의 전통에 대해서도 광범위한 지식을 가지고 있었으니까. 대이산 전쟁 중에 소실된 많은 아노족의 책들은 현재 그의 시와 우화에서 살아남은 단편들로만 알 수가 있어. 그리고 라 오지는 티로국들을 만든 위대한 입법가인 아루아노에 대한 생동감 있고 감동적인 전기를 쓰기도 했지.

하지만 그런 성과는 그가 나이가 들었을 때 나왔어. 젊은 시절, 라 오지는 콘 피지의 생각에 대해 반대 토론을 하면서 이름을 날렸어."

"그가 '단 한 명의 진정한 현자'를 상대로 반대 토론을 했다고요? 그런 말은 들어 본 적이 없어요."

"도덕주의자들은 그들의 위대한 스승 역시 도전을 받을 수 있다는 사실을 사람들에게 상기시켜 주는 걸 좋아하지 않는 것 같더구나."

루안은 버팀대 역할을 하는 나뭇가지들을 이리저리 구부렸고, 그

중 몇몇에는 칼로 홈을 새겨 넣었다. 그러고 나서 좀 더 두꺼운 나뭇가지 두 개를 조각하며 껍질을 벗겨 매끄러운 안쪽을 드러냈다.

"뭐에 관한 토론이었나요?"

"콘 피지는 아노족 조상의 고향이었던, 가라앉은 서쪽 대륙에서 행해졌던 고대 장례 의식을 복원해야 한다며 코크루 왕의 어전 회의에 참석한 적이 있단다. 계층별로 의식을 엄격하게 규정했어. 죽은 자에 대한 긴 애도 기간도 그 의식 중에 하나였지. 예를 들어, 왕이 서거하면 모든 신하는 3년, 공작은 1년, 백작 또는 후작은 6개월, 백작은 3개월, 자작은 한 달, 그리고 남작은 보름 동안 애도해야 한다는 의무를 졌어. 평민들의 경우엔 직업에 따라 그 규칙이 달랐어. 상인들은 맨 아래 직업이었고, 농부들은 맨 꼭대기 직업군이었어. 콘 피지는 상인들을 아무것도 생산하지 않는 착취자들로 보았거든. 또한 묘소의 크기, 장례식에서 입는 옷의 종류, 운구하는 사람 수 등에 대한 규칙도 있었어."

"국수를 먹기 위해 젓가락을 몇 개 써야 하는지에 관한 규칙만큼이나 유용한 것 같네요."

"넌 황제의 궁정에 있는 도덕주의자들과 잘 지내겠다 싶구나."

"한번 맞혀 볼게요. 콘 피지는 남자와 여자에게 각각 다른 규칙을 적용했을 것 같아요."

"넌 지금 유형주의자처럼 생각하고 있어. 그리고 네 말이 맞아."

"그럴 줄 알았어요."

루안은 조미의 발뒤꿈치 너머로 튀어나온 나뭇가지들의 홈에다 더 길고 두꺼운 막대기 두 개를 끼운 다음, 힘줄로 만든 튼튼한 테로 막대기의 다른 끝을 그녀의 종아리를 감싸고 있는 버팀대에다 연결했다.

"코크루의 왕도 너만큼이나 회의적이었단다. 콘 피지는 그 의식에 따르면 각 계급이 받아야 하는 존경이 어느 정도 수준인지 구체적으로 제정해 둘 수 있기에 중요하다고 주장했지. 실천을 통해 계급을 현실화할 수 있다는 거야. 도덕주의자들의 말을 쓰자면 *구체화*한다고 해. 추상적인 원칙들은 수행을 통해 생명력을 얻게 된다는 거야. 친구든 적이든 똑같은 규칙을 적용하면 *명예*에 의미가 생기지. 소유물을 나눠주면 *자선*에 의미가 생기고, 처벌과 세금을 줄이면 *자비*에 중요한 의미가 생겨. 언뜻 자의적으로 보이는 행동 강령을 고수하면 안정적인 사회 구조를 구체화할 수 있다는 거야."

조미는 그 말을 곰곰이 생각했다.

"하지만 진심으로 하는 일이 아니잖아요. 모두 콘 피지가 지시한 역할을 연기하는 것뿐이지. 왕이 규칙을 따르는 게 전부라면 진정한 명예나 자비, 혹은 자신이 아니에요."

"'단 한 명의 진정한 현자'는 의도가 행동을 끌어내는 것처럼 행동도 의도를 끌어낼 수 있다고 말할 거야. 도덕적으로 *행동함*으로써 도덕적이게 *된다*는 거지."

"끔찍하게 딱딱하고 꽉 막힌 이야기 같은데요."

"그래서 도덕주의자들의 자연적 요소가 땅인 거지. 땅은 국정의 안정적인 기반이니까."

"라 오지는 뭐라고 했나요?"

"아무 말도 하지 않음으로써 토론을 시작했단다."

"네?"

"라 오지가 매우 눈에 띄는 외모를 가진 청년이었다는 점을 알아 둘 필요가 있어. 그날 그가 코크루 왕의 어전 회의가 열리는 곳에 들어서자 모든 남녀가 얼빠진 듯이 그저 그를 바라보기만 했다는 말이 전해져."

"잘생겨서요?" 조미가 살짝 실망하며 물었다. 그녀는 연로하고 답답한 콘 피지를 상대로 반대 토론을 제기하는 라 오지를 일종의 영웅으로 생각했다. 잘생겼다는 것은…… 조미가 상상한 이상적인 모습에서 벗어나는 것처럼 보였다. "잠깐만요, 어전 회의에 여자들도 있었단 말이에요?"

"아, 이건 티로국 시대 초창기에 있었던 일이야. 당시엔 귀족 여성들이 종종 어전 회의에서 의견을 발표했어. 학자들이 여성이 정치에 개입해서는 안 된다고 왕들을 설득한 건 나중 일이었고. 어쨌든 첫 번째 질문에 대답해 주자면, '아니'야. 그건 그가 물소를 타고 입장했기 때문이었어."

"물소요?"

"맞아, 리루강 옆에 있는 코크루의 한 농부의 논에서 뒹굴던 물소. 물소 다리는 여전히 진흙으로 뒤덮여 있었고, 라 오지는 한껏 행복감에 젖은 채 *게위파* 자세로 물소 등에 앉아 있었다고 해."

그 말에 조미는 입을 가리라는 도덕주의의 처방을 까맣게 잊은 채 소리 내어 크게 웃었다. 루안은 미소를 지었고, 그녀의 행동을 바로잡지 않았다. 루안이 다리 주변의 마구를 계속해서 조정했지만 이제 조미는 아주 익숙해져서 더는 큰 관심을 기울이지 않았다.

"코크루의 왕이 깜짝 놀라서 물었어. '어떻게 흙탕물을 뒤집어쓴 물소 등에 올라타고 궁궐로 들어올 수가 있느냐, 라 오지? 너는 왕을 존경하지 않는 것이냐?'

'저는 물소를 통제하지 않습니다, 폐하. 조상들이 이 섬에 왔을 때는 어디가 됐든 바다가 원하는 곳으로 자신들을 데려가도록 그냥 내버려 두었습니다. 마찬가지로 저도 물소가 원하는 곳이 어디가 됐든 알아서 돌아다니게 놔둡니다. 소매로 땅을 몇 번이나 닦을지, 얼마나 깊이 절을 해야 할지 고민하는 대신에 '흐름'을 탈 때 제 삶은 훨씬 더 즐겁습니다.'

코크루의 왕은 라 오지가 콘 피지에 도전하고 있다는 것을 깨달았어. 그래서 수염을 쓰다듬으며 물었어.

'각자가 자신의 의무를 알아야 도덕적인 사회를 이룰 수 있으니, 고대의 의식을 지키자는 콘 피지 선생의 주장에 너는 어찌 답하겠느냐.'

'간단합니다. 우리의 조상들은 땅이 모든 것을 지배하는 대륙에서 왔습니다. 작은 마을에서는 안정된 삶이 무엇보다 중요했습니다. 하지만 우리는 지금 제도에 살고 있습니다. 이곳은 변화하는 조류가 모든 것을 결정합니다. 백성들은 이동하는 물고기 떼들, 예측할 수 없는 태풍과 해일, 그리고 폭발하며 불꽃을 강물처럼 쏟아 내는 화산을 다루어야 합니다. 심지어 요즘에는 땅마저 흔들립니다. 우리는 새로운 광경을 묘사하기 위해 새로운 표의 문자들을 발명해야 했습니다. 그리고 삶에서 유일하게 확실한 것이 있다면 그것이 불확실하다는 점입니다. 새로운 환경에서는 새로운 철학이 등장합

니다. 전통을 엄격하게 고수하는 것보다는 융통성과 탄력성을 갖추는 것이 우리에게 도움이 될 것입니다.'

콘 피지가 물었어.

'어떻게 그런 말을 할 수가 있느냐? 우리의 삶은 바뀌었을지 모르지만 죽음은 바뀌지 않았다. 노인에 대한 존경과 잘 산 삶에 주어지는 명예는 우리를 과거로부터 축적된 지혜와 연결해 주는 것이다. 너는 죽을 때 찬사를 받는 대학자가 아니라 미천한 시골뜨기로 묻히고 싶으냐?'

'콘 피지 선생님, 100년 안에 사부님과 저는 둘 다 먼지가 될 것입니다. 우리의 살을 파먹은 벌레와 새도 윤회를 이미 여러 번 거쳤을 겁니다. 삶은 유한하지만, 우주는 무한합니다. 영원한 별들에 비하면 우리는 여름밤 반딧불이의 재에 불과합니다. 저는 죽을 땐 본섬을 관으로 삼고 '천국처럼 아름다운 진주들의 강'을 수의로 입을 수 있도록 무방비 상태로 열린 땅에 놓이길 원합니다. 매미들이 제 장례를 위해 연주하고, 꽃들이 향로가 될 것입니다. 제 살은 1만여 개의 생명체들을 먹여 살리고, 뼈는 흙을 풍요롭게 할 것입니다. 저는 우주의 거대한 흐름으로 돌아갈 것입니다. 책에서 베낀 죽은 말에 순종하는 사람들에 의해 제정된 죽음의 의식들은 그런 영예에 결코 필적할 수 없습니다.'"

조미는 환호성을 지르고 주먹을 휘두르며 일어섰다.

루안은 미소를 띠며 그녀를 바라보았다.

아래를 내려다본 조미는 왼쪽 다리가 자신을 지탱하고 있음을 깨달았다. 그녀는 믿지 못하며 조심스럽게 체중을 옮겨도 보았고 다리를 구부려도 보았다. 유연한 나뭇가지와 튼튼한 힘줄로 된 복잡한 뼈대는 구부러지면서도 힘과 지지력을 제공해 위축된 근육의 움직임을 돕는 듯했다.

"어떻게 한 거예요?"

조미는 경외와 놀라움이 담긴 목소리로 물었다.

"황제의 군대에서 긴 마조티 원수와 함께 일했을 때 우리 밑에는 전투나 마피데레 황제가 벌인 사업에 참여했다가 사지를 잃은 병사들이 많았어. 원수와 나는 병사들이 잃어버린 능력을 회복할 수 있도록 인공 팔다리를 고안했단다. 그 경험을 떠올리며 그런 것들 가운데 하나를 네 상태에 맞게 조정한 거야." 루안은 몸을 아래로 기울여서 힘줄과 유연한 나뭇가지가 어떻게 그녀의 근육에서 나오는 힘을 영리하게 저장하고 확대하는지 보여 주었다. "골격과 비슷한 원리야. 다만 다리 안쪽이 아닌 바깥쪽에서 지지력과 기동성을 제공하는 거지."

"스승님은 마법사세요!"

그 장치를 이해하기 시작한 조미는 기뻐서 이리저리 움직였다. 공중에서 수영을 하는 기분이었다. 벼락을 맞은 밤 이후로 그렇게 힘 안 들이고 쉽게 움직일 수 있던 적이 없었다. 산을 오르는 데는 여전히 도움이 필요하겠지만, 평지라면 거의 완벽하게 움직일 수 있을 터였다.

조미는 루안의 친절한 얼굴을 돌아보았고, 그가 열기구 안에서 비밀스럽게 작업하던 장치를 떠올렸다. 이것은 분명 한순간에 발명된 것이 아니었다. 얼마나 오랫동안 시제품을 생각하며 은밀하게 작업해 온 것일까? 루안은 조미가 자신의 다리에 대해 얼마나 민감한지 알았다. 그래서 해결책을 찾기 전까지는 그 장치에 관한 관심을 보여 그녀를 민망하게 하고 싶지 않았던 것이다.

그녀는 자연스럽게 루안에게로 달려가 그를 와락 껴안았다.

루안도 그녀를 껴안았다.

버팀대 만들기와 시험을 조용히 지켜보던 안내인들은 환호성을 지르며 박수를 쳤다.

조미는 목구멍에 뭐가 걸린 것 같아 감히 말을 잇지 못했다. 그렇다고 개구리처럼 울부짖고 싶지도 않았다.

마침내 네 사람은 안개의 바다를 뚫고 올라가 절벽 꼭대기에 모습을 드러냈다. 봉우리 정상에 부는 강한 바람 때문에 나무 대부분이 땅바닥을 기어가듯 했으며 사람 키보다 크지 않았지만, 그곳 주변에는 크고 울창한 숲이랄 것이 펼쳐져 있었다.

그들은 조심스럽게 그 숲을 통과했다. 안내인들이 때때로 바구니에다 뭔가를 더 넣기 멈추면 루안은 그들에게 식물과 버섯 들의 쓰임을 설명해 달라고 서둘러 요청했고, 세 사람은 흙과 부엽토에 표의 문자를 새겨 가며 대화를 나누었다.

조미는 혼자서 돌아다니면서 새로 얻은 자유를 누렸다. 특히 나뭇잎 뒤에 반쯤 숨어 100여 가지의 다른 노래들을 부르며 나뭇가지 위를 날아다니는 새들이 그녀의 마음에 들었다.

"저 새의 이름은 뭐예요?"

조미가 얼룩덜룩한 녹청색 새를 가리키며 물었다.

"세로로 홈이 있는 개똥지빠귀야."

"그리고 저건요?"

"진홍색 검은방울새."

"그리고 저기 밝은 노란색 꼬리를 가진 건요?"

"구름 사이로 비치는 햇살."

루안은 각각의 이름을 말해 주고 표의 문자를 그려 보여 주었다.

"저 새 중 몇몇은 아노족이 고향에서 알았던 새들과 비슷해 보였단다. 그래서 같은 이름을 지어 주었던 거야. 또 처음 보는 새들도 있었으니 새로운 말과 표의 문자들도 만들어야 했어. 하지만 보렴, 모든 새의 이름은 *새*라는 의미적인 뿌리를 가지고 있어. 그래서 설령 표의 문자가 정확히 뭘 의미하는지 모르더라도 그게 새의 이름이라는 것을 추측할 수가 있지. 이건 아노 표의 문자가 세상의 지식에 대한 실마리를 제공하는 방법들 가운데 하나야. 자연의 책을 우리 마음속의 모형으로 변환하는 기계가 되는 셈이지."

그 말에 대해 생각해 본 조미는 이어서 다양한 꽃과 버섯의 이름을 물었다. 루안은 참을성 있게 그녀에게 이름들을 알려 주고 땅에다 표의 문자들을 그려서 보여 주었다. 루안은 조미가 호기심이 왕성한 것이 좋았다. 그것으로 그는 다시 젊어진 느낌을 받았다.

"왜 이 버섯이란 표의 문자에 꽃의 의미론적 뿌리가 있어요?"

"역사가 있는 문제야. 맨 처음 표의 문자를 고안했을 때 고대 아노족은 버섯을 식물의 한 종류로 생각했어. 학자들과 약초 전문가들이 균류가 식물계와 다르다고 판단한 것은 훨씬 나중의 일이야."

"분류상의 오류가 표의 문자에 그대로 남아 있는 거군요."

"지식은 오류와 막다른 골목을 뚫고 나아가는 수단이야. 역사에서는 이전의 사건들이 남긴 바큇자국들이 수 세기 동안 지속되지. 크리피의 넓은 포장도로는 그 도시가 아노국 요새에 불과했던 시절의 흙길을 따라 만들어진 것이고, 또 그 흙길은 그곳이 작은 마을에 불과했던 시절에 떠돌이 양 무리가 다져 놓은 길을 따라 만들어진 것이란다. 아노족의 표의 문자는 우리가 지식의 산을 오른 기록이라 할 수 있지."

"하지만 왜 오류에 대한 기록을 연구해야 하는 거예요? 왜 여러 세대의 학생들이 같은 실수를 하도록 강요하는 건가요?"

루안은 어리둥절했다.

"무슨 말이야?"

"아노족이 이곳 다라 제도에 왔을 때, 그들은 새로운 동물과 식물을 보았지만, 누적된 오류로 가득 찬 표의 문자 체계와 함께 구식 기구를 사용하여 이름을 짓고 분류하는 것을 고집했어요. 생각의 자리가 머릿속에 있다는 걸 배웠지만, '마음'은 여전히 심장·위의·느낌이라는 식으로 써요. 왜 완전히 새로운 무언가를 시작하지 않는 거죠?"

"미미티카, 아주 좋은 질문이구나. 하지만 완벽한 새 출발을 하고자 하는 열망은 과거의 지혜를 무시하는 철학적 횡포에 매우 가깝다는 점을 경고해 두고 싶구나.

콘 피지와 라 오지 간의 논쟁에서 콘 피지가 더 나쁜 주장을 펼쳤을까? 제도의 상황은 아노족의 고향과는 다르지만 사람들의 마음은 다르지 않아. 그들의 모든 이상, 열정, 탐욕스러움에는 고귀한 회생을 추동하는 드높은 명예심이나 이기심이 함께 딸려 오지. 과거의 지혜를 존중해야 하고, 여러 세대가 살아온 경험에 따라 개척된 길을 존중해야 한다고 말한 콘 피지의 말은 틀리지 않았어.”

“음······.”

“네가 말문이 막히다니 처음 보는 일인데.”

루안이 싱긋 웃으며 말했다.

“스승님의 말씀을 듣자 하니 실제로 콘 피지는······ 진정한 현자인 것 같아요.”

루안이 웃었다.

“내가 도덕주의자들의 면면을 언제나 공평하게 소개해 주지는 않았지. 잘못했구나. 하지만 철학의 4대 학파와 제자백가들 모두에게 배울 것이 있단다. 우리는 새로운 것과 오래된 것 사이의 균형을 구하고자 노력해야 해.”

“전 우리가 진실을 알려고 노력해야 한다고 생각했는데요.”

“우린 신이 아니야. 항상 진실과 오류를 구별할 수는 없어. 그러니 조심해야 한단다.”

조미는 루안이 땅에다 새긴 표의 문자를 이해할 수 없다는 듯이 쳐다보았다.

안개가 자욱한 숲의 조금 앞쪽에 있던 케폴루와 세지가 신이 나서 소리쳤다. 루안과 조미는 서둘러 그 목소리를 따라갔다. 주위의 공기는 매캐한 연기와 불 냄새로 가득 차 있었다.

걱정스러운 마음에 걸음을 멈추고 상황을 파악하고자 했던 루안은 조미에게 속도를 줄이라고 소리쳤다. 아직은 몸의 균형을 잡기가 조금 힘든지라 조미는 버팀대를 찬 다리를 짚으며 앞으로 비틀거렸지만 루안의 충고에 귀를 기울이지는 않았다. 루안은 서둘러 그녀의 뒤를 쫓을 수밖에 없었다.

앞에 숲에 난 흉터 같은 좁은 공터가 나타났다.

그것은 상처였다. 화산이 폭발하며 산의 초록빛 살결에 불에 탄 혀를 새겨 넣은 것이었다. 신화 속의 '아무것도 뜨지 않는 강'같이 밧줄 모양으로 굳은 두꺼운 용암에는 당연하게도 생명체와 초목이 존재할 수 없었다. 이 황폐한 환경에서 생명이 회복되기까지는 몇 년이 걸릴 터였다.

하지만 용암류는 거대한 호두의 껍데기처럼 주름과 뒤틀림으로 가득 찬 검은 표면이 아니었다. 땅속 깊은 곳에서 아직 신선한 양 매우 밝은 빨강이었다. 연기와 불타는 냄새가 압도적이었다.

깜짝 놀란 루안은 조미를 위험한 것으로부터 끌어내기 위해 손을 뻗었고, 그제야 케풀루와 세지가 불타는 용암 한가운데서 춤을 추고 있음을 알아차렸다.

"꽃이에요!"

조미는 이렇게 외치고 루안의 손아귀에서 벗어나 선홍색 용암류 위로 올라가 춤을 추었다.

다시 살펴본 루안은 용암류의 전체 표면에는 선홍색 식물들이 양탄자처럼 가득 차 있음을 깨달았다. 각각의 식물은 높이가 약 30센티미터 정도 됐고, 풍신자처럼 수상화서(穗狀花序) 모양*을 하고 있

---

* 풍신자는 히아신스의 한자어로, 수상화서란 이삭처럼 꽃이 매달린 것을 말한다.

었다. 나뭇잎과 줄기, 꽃 모두 불타는 듯한 진홍색이었고, 꽃이 시든 곳에는 주홍색 산딸기 열매들이 매달려 있었다.

그 열매들 몇 개를 따 본 루안은 그것들이 옻칠한 구슬처럼 단단하다는 사실을 알아차렸다. 꽃들은 마치 식물들이 타서 매운 연기를 피우는 듯 강한 향기를 풍겼다. 열매에서 나는 냄새는 덜했지만, 그래도 강한 편이었다. 식물 전체가 작은 불꽃 같았다.

"향기를 조심하렴. 너무 깊게 숨을 들이마시지는 마. 나는 약초에 대해 전문적으로 알지는 못하지만, 냄새가 강하고 특이한 것은 일반적으로 독을 품었거나 정신에 영향을 줄 수 있어."

조심스럽게 몇몇 식물을 채집한 케폴루와 세지는 루안에게 표본을 보여 주었다. 역시나 희미한 붉은색인 뿌리가 거미줄 가닥처럼 뻗어 황량한 바위 표면에 달라붙어 있었다. 뿌리가 바위 표면으로부터 떨어져 나갈 때는 조그맣게 펑 하는 소리만이 났다. 이것은 다른 어떤 꽃도 감히 밟을 수 없는 곳에다 집을 만든 끈질긴 식물이었고, 꽃의 선구자였다.

"이름이 뭐래요?"

"작년 가을쯤 화산이 폭발했는데, 안내인들 말로는 전에 본 적이 없는 식물이라 하더군. 완전히 새로운 발견이야!"

케폴루와 세지는 루안에게 신이 나서 재잘거리더니 *요청하는 듯한* 손짓을 했다.

그가 혼란스러워하는 듯한 표정을 짓자, 그들은 재빨리 땅에 몇 개의 표의 문자들을 조각했다. 루안은 싱긋 웃었다.

"내게 이 식물의 이름을 지어 달라고 했어. 큰 영광이야."

"뭐라고 지을 거예요?"

루안은 곰곰이 생각하다 미소를 지었다.

"이 불타는 듯한 식물은 너무나 성급해서 다른 식물들이 밟기를 두려워하는 땅을 탐험할 정도이니, '불의 진주'라는 뜻인 조미라고 부르는 건 어떨지?"

조미는 기뻐하며 웃었고, 더 많은 열매를 호주머니에 모았다.

"이것들로 목걸이를 만들 거예요."

루안은 안내인들에게 마을로 돌아가서 연구할 수 있도록 식물들을 좀 더 모아 달라고 부탁해야겠다고 생각하며 자리에서 일어섰지만, 충격으로 얼어붙은 여자들의 얼굴에 순간 멈칫했다. 그는 고개를 돌려 그들의 시선이 향하는 쪽을 바라보았고, 짙은 연기 기둥들이 왔던 방향에서 피어오르는 것을 보았다.

제15장

학자들의 반란

판

사해평치 6년 3월

쿠니는 옥좌에서 뒤돌며 소리쳤다.

"세라? 티무도 같이 있느냐?"

잠시 후 떨리는 남자의 목소리가 대답했다.

"*렌가*, 당신의 충실한 종복이 여기 있습니다. 정말 죄송……
웩…… 음…….."

입이 꽉 틀어막힌 것 같은 꿀꿀거림이 낮게 깔리더니, 다급한 토
론에 낀 다른 아이들의 목소리가 그 위로 들렸다. 그중 몇 마디는
어전 회의에 모인 다라의 영주들이 들을 수 있을 정도로 컸다.

"……입 다물어…… 계획…….."

"……난 안 떠날…….."

"……말 들어! …… 언니…… 날 믿어……."

"……함께…… 글은 더 못 쓰겠어…… 손가락이 떨어져 나갈 것……."

그리고 네 살배기 여자아이 같은 킥킥거림이 사이로 간간이 끼어들었다.

대정전은 이제 어린애 놀이방 같아졌다. 지아와 리사나의 얼굴에는 굴욕감이 묻어났다. 대신과 장군, 귀족 들은 심각한 표정을 유지하려고 애를 썼지만, 몸은 웃음을 참느라 부르르 떨렸다.

자토 루티는 자리에서 일어서면서 분노로 몸을 떨었다. 그러고는 옥좌 연단 뒤편 탈의실로 성큼성큼 걸어갈 생각을 하며 평소에 지니고 다니던 매를 찾기 위해 옷 주름을 손으로 더듬었다. 아쉽게도 그는 오늘 그 매를 방에다 두고 온 참이었다. 정식 궁정 의복이 깔끔하게 떨어지지 않았기 때문이었다.

하지만 쿠니는 다시 자리에 앉으라고 손짓했다.

"모두 들어와라." 황제가 외치자 아이들의 다급한 속삭임이 멈췄다. "지금은 보통 아이들이 환영받지 못할 공식적인 행사 자리이나, 적어도 티무는 나랏일을 더 많이 접해 볼 나이가 된 것 같구려."

옥좌 뒤의 무거운 장막이 갈라졌다. 아이들은 줄줄이 앞으로 나왔다. 맨 끝자락에는 소토 부인이 서 있었다.

"아이들은 원하는 곳 어디로든 간답니다."

소토가 마치 그 말이 모든 것을 설명한다는 듯이 말했고 쿠니는 고개를 끄덕였다.

"아이들은 발이 빠르지. 신들이 오늘 아이들을 이곳으로 인도하신 이유가 있을 것이오." 잠시 뒤 그는 웃음기가 묻어나는 목소리로 덧붙였다. "위험을 무릅쓰지 않는 아이는 재미있게 살지 못할 것이로고."

세라가 사과했다.

"정말 죄송합니다, 아버지. 파라가 너무 어려서 아직 철이 들지 않았어요. 그리고 놀이에 너무 집중하느라 파라가 있어서는 안 되는 방에 숨어 있다는 걸 미처 깨닫지 못했습니다."

파라는 대정전에 많은 사람이 있다는 걸 알아차리고는 귀엽고 천진난만한 얼굴을 언니의 치맛자락에다 묻었고, 세라는 그녀를 팔로 따스하게 감싸 안았다.

"사람이 정말 많네요, 아빠. 전혀 몰랐어요!"

피로 역시 주변을 둘러보고는 두 눈을 동그랗게 뜨면서 과장되게 연기를 펼쳤다.

쿠니는 얼굴 앞으로 늘어뜨린 조개껍데기 가닥들을 옆으로 밀친 뒤 피로에게 미소를 지었다.

"다라의 영주들은 학문을 기리기 위해 이 자리에 모였다. 너희들도 그들을 본받아 더 부지런히 공부해야 한다!"

"렌가."

티무가 깊숙이 절했다. 그는 언제나처럼 아버지 앞에서 매우 긴장했고, 입술을 계속 움직였지만 더 이상 소리를 내지 못했다.

"왔구나." 쿠니의 말투로는 이 말이 단순한 관찰인지 격려인지 한탄인지 알 수가 없었다. 잠시 후, 황제는 조개껍데기를 원래 위치로 되돌려 놓았다. "너희 모두 연단 밑에 앉아서 잘 지켜보아라."

지아는 눈살을 찌푸렸다. 아이들의 연기는 당연하게도 어설펐고, 속아 넘어가지 않은 그녀는 단 한 순간도 아이들이 일부러 엿듣던 게 아니라고 생각하지 않았다. 티무는 언제나 끔찍할 정도로 거짓말에 젬병이었다. 그런 성격은 장점도 있었고 단점도 있었다. 하지만 세라는 모두가 체면을 잃지 않도록 설명했다. 그녀는 나중에 소토와 황궁 근위대장 다피로 미로에게 황궁의 보안 절차를 개선하도록 언질을 줘야겠다고 생각했다.

쿠니가 고개를 돌려 조미와 대화를 시작하려는데, 어딘가 먼 곳에서 쨍그랑하는 소리가 요란하게 들려왔다. 수백 개의 징이 울리는 듯한 소리였다. 대정전은 고요해졌다. 영주들은 멀리서 고함치는 군중의 희미한 소리를 들을 수 있게 되었다.

"무슨 일이에요?"

리사나가 물었다. 그녀의 얼굴에서는 핏기가 사라졌다.

쿠니는 옆에 서 있는 다피로 미로를 힐끗 쳐다보았다. 고개를 끄덕인 근위대장은 근위대원 하나에게 신호를 보냈다. 그 근위대원은 뛰어서 대정전을 빠져나갔다.

"시험을 계속하도록 하지." 쿠니의 목소리는 아무런 불안감도 내비치지 않았다. 황제는 자기 앞에 거의 잊힌 채로 서 있던 *파나 메지*를 향해 고개를 돌렸다. "조미 키도수, 이제 네 생각을 말해 보아라."

모든 사람의 관심이 원래대로 돌아왔다. 남루한 옷을 보고 아무도 조미에게 대단한 발표를 기대하지 않았다. 몇몇 장군들은 긴 연설이 이어지리라 생각하면서 하품을 참았다.

"저는 이미 제 발표를 시작했습니다."

"이미 시작했다고?"

"다라에서 최고 중의 최고라는 사람들이 거리에서 폭동을 일으키고 있습니다. *이것이* 제 발표입니다."

다라의 영주들은 귀를 쫑긋 세웠다. 이제 이 발표가 흥미로워지기 시작했다.

"*피로아*에 들지 못한 *카시마*들이 궁전 앞 크루벤 광장에 모여 시위를 벌이고 있습니다. 소음으로 보아 많은 구경꾼이 모인 듯합니다. 그들 중 일부는 법이 군중을 처벌할 수 없다는 이론을 근거로 지금의 상황을 악용해서 약탈을 저지를 수도 있을 것입니다."

"네가 이 폭동을 *시작했느냐?*"

쿠니가 심각한 말투로 물었다.

"제가 불을 피운 불꽃이었는지는 모르겠습니다. 하지만 믿어 주십시오. 위험한 연료를 모아 둔 사람은 제가 아닙니다."

쿠니는 대정전 출구 쪽으로 향하기 시작한 다피로 미로를 다시 한번 힐끗 쳐다보았다.

황후가 말했다.

"근위대장, 도시 수비대를 소환해야 할지도 모르겠군요. 거리에 폭동이 일어나면 신속히 진압해야 합니다."

"아니다!"

쿠니가 말했다.

다피로 미로는 걸음을 멈추고 뒤를 돌아 쿠니와 지아를 바라보았다.

"그들은 학생들일 뿐이다. 무슨 일이 있더라도 해치지 마라."

황제의 지시에 지아는 눈을 가늘게 떴지만 아무 대꾸도 하지 않았다.

다피로는 고개를 끄덕인 뒤 돌아서서 밖으로 나갔다.

쿠니는 조미 키도수로 시선을 돌렸다.

"네가 불꽃이라고 자칭했으니 말인데, 그들의 불만이 정확히 무엇이냐?"

"그들은 대시험이 공정하게 운영되지 않았다고 생각합니다."

"뭐라고?"

자토 루티가 식식댔다.

"저는 그저 응시생들 사이에서 돌고 있는 불평불만을 그대로 말씀드린 것뿐입니다." 조미는 대정전에 있는 다른 *파나 메지*들을 쳐다보았다. "제 동료들이 확인해 줄 수 있을 것입니다."

루티는 앉아 있는 응시생들을 쳐다보았고, 그들은 마지못해 고개를 끄덕였다.

여전히 무릎을 꿇은 채로 루티는 황제를 마주 보기 위해 몸을 움직인 뒤 이마가 땅에 닿을 정도로 깊이 고개를 숙였다.

"*렌가*, 저와 다른 심사위원들은 모든 기록을 재검토할 용의가 있습니다. 장담하건대 편파는 없었습니다."

"몸을 바로 하시오. 자신들이 생각만큼 똑똑하지 않다는 현실을 받아들이지 못하는 몇몇 성급한 학생들 때문에 당신을 의심하지는 않을 것이니."

"하지만 이건 심각한 문제 제기입니다, *렌가*! 제 명예를 이렇게 더럽힐 수는 없습니다. 폐하께서 우리가 어떤 절차를 거쳤는지 완전히 감사하시고, 대시험에 제출된 답안지를 재평가하시기를 간청드립니다. 그러면 우리가 공정성을 보장하기 위해 가장 까다로운 절차를 따랐다는 사실을 알게 되실 겁니다……."

"그럴 필요 없소."

하지만 얼굴이 벌게진 자토 루티는 계속해서 말을 이었다. 문장 위에 문장이 얹히면서 그의 입가에는 침이 묻어났다.

"코고 옐루 재상과 저는 가장 꼼꼼하고 신중한 과정을 고안해 냈습니다. 글을 수집한 서기들에게 학생들이 규정을 따랐는지, 식별 가능한 표시를 남기지는 않았는지 일일이 검사하라고 명했습니다. 위반자는 즉시 자격을 박탈당했습니다. 익명의 답안지들만이 심사 위원단에 제출되었습니다.

각각의 글에 심사 순서를 무작위로 할당했습니다. 글을 읽는 순서가 수험생들의 칸막이 순서와 아무런 관련이 없게 하고 더불어 고시관에 있던 심사위원들이 글을 쓴 사람을 추측할 수 없게 하려는 목적이었습니다. 심사위원 일곱 명과 저는 모든 글을 읽고 각각 1점에서 10점 사이의 점수를 독립적으로 부여했습니다. 그리하여 최고점과 최저점은 제외한 나머지를 합산하여 최종 점수를 결정했습니다. 저는 이를 비난할 근거가 될 만한 것이 없다고 전적으로 확신합니다."

"그건 나도 알고 있소." 쿠니가 참지 못하고 말했다. "루티 선생, 당신은 흠잡을 데 없이 공정하지. 전쟁터에서 긴 여왕과 맞섰을 때도, 당신은 긴 여왕이 군대를 쉬게 하고 편대를 짜기 전까지 공격하지 않았소. 당연히 나는 마음이 상한 피배자들의 비난을 신뢰하지 않소."

"그건 방법의 공정일 뿐 실질적인 공정은 아닙니다."

조미가 말했다.

모두가 망연자실한 눈으로 젊은 여자를 바라보았지만, 그녀는 겁도 없이 황제를 바라보았다.

"너…… 너……." 루티는 너무나 심하게 몸을 떨어서 말을 제대로 하기도 어려웠다. "무…… 무슨 말을 하는 거야? 이건 네 글과는 아무런 상관이 없다!"

"저는 단지 당신의 오랜 생각을 모방한 글을 썼습니다. 심사위원을 기쁘게 하려면 그의 생각에 새 옷을 입혀서 되돌려주는 것 이상의 방법이 없지요. 물론 저는 그 생각을 황제 폐하께 아뢰지 않을 것입니다."

루티의 눈이 커졌다. 대정전에 있는 거의 모든 사람도 마찬가지였다.

이 젊은 여자는 대담한 수준을 넘어 분명 미친 게 틀림없었다.

하지만 조미는 그런 놀라운 말은 한마디도 하지 않았다는 듯 계속 말을 이어 갔다.

"루티 선생님, 대시험을 본 *카시마* 중에 하안 출신이 몇 명이나 되는지 말씀해 주시겠습니까?"

루티가 소리치자 근위대원들은 명령에 따르기 위해 날쌔게 움직였다. 몇 분 후, 젊은 근위대원이 루티에게 두꺼운 장부를 가져다주었다. 연로한 학자는 장부를 휙휙 넘기며 출신 지역별 응시생 명단을 찾아 숫자를 세어 보았다.

"일흔세 명이다."

"늑대발섬 출신은 몇 명입니까?"

"백예순한 명."

"루이 출신은요?"

"아흔여섯 명."

조미는 고개를 끄덕였다.

"각각의 인구에 비례하는 수준입니다. 하지만 *피로아*의 반열에 오른 *카시마* 100명 중, 하안 사람은 몇이나 됩니까?"

루티는 장부를 뒤적였다.

"쉰한 명."

"늑대발섬 출신은요?"

"열 명."

"루이 출신은요?"

"올해 *피로아* 지위를 얻은 루이 출신 *카시마*는 없었다."

조미는 다시 고개를 끄덕였다. 그리고 나서 옆에 앉은 아홉 명의 다른 *파나 메지*를 쳐다보았다.

"각자 어디 출신인지 말해 주겠나?"

"하안."

"게지라."

"하안."

"늑대발섬."

"하안."

"하안."

"아룰루기."

"파사."

"동부 코크루."

조미는 눈을 반짝이며 대정전을 둘러보았다.

"저는 물론 다수의 딸입니다. 루티 사부님, 당신은 리마 출신이고 재상께서는 코크루 출신입니다만, 심사위원단에 속해 있는 다른 심사위원 여섯 명은 어디 출신입니까?"

"한 사람은 아룰루기 출신의 학자이고, 다른 사람들은 모두 하안 출신의 유명한 선생들이다."

조미는 황제를 물끄러미 바라보았다.

"이 숫자들이 무엇을 말하는지는 자명한 것 같습니다."

자토 루티가 발끈했다.

"네 장황한 이야기가 뭔가를 증명한 것 같나? 나는 리마 출신이다. 네가 암시하듯 내가 정말로 비양심적이었다면, 적어도 리마 출신의 학자 한 명 정도는 고위직으로 올리지 않았겠나?"

루티의 목소리는 사나운 폭풍처럼 커졌지만, 조미는 얼음 웅덩이처럼 침착하게 목소리를 유지했다.

"루티 선생님, 저는 당신의 진실성에 의문을 제기하는 게 아닙니다. 하지만 정직한 사람도 시험을 불공정하게 운영할 수 있습니다."

"각각의 글을 누가 썼는지 알 수 없는데 심사위원들이 어디 출신인지가 무슨 상관이냐?"

"사람들의 눈에 그런 결과가 어떻게 보이겠습니까? 명예가 너무 편파적으로 분배된다면, 그 절차에 결점이 있다고 생각하는 것이

마땅합니다. 중요한 것은 절차가 아니라 내용입니다."

루티는 너무 화가 나서 웃기 시작했다.

"콘 피지의 우화에 나오는, 구리가 금만큼 가치가 없다고 한탄한 바보처럼 말하는구나. 네가 말하는 숫자는 편견을 드러내기는커녕 실제로 심사위원단이 제대로 일을 했다는 것을 증명한다!

하안 사람들이 배움과 학문에 진심이며, 아노어 고전을 두 살배기에게도 가르친다는 것은 잘 알려진 사실이다. 반면 루이섬에는 유명한 학당이 거의 없고, 옛 자나 제국의 통치자들은 결코 지혜를 추구하고자 헌신하지 않았다. 그래서 마피데레 황제가 코크루에서 뤼고 크루포를 포섭해야 했으며, 심지어 다수의 왕이셨던 라긴 황제께서도 재능 있는 사람을 찾기 위해 다라 전역을 샅샅이 뒤져야 했다.

*카시마*는 각 속주에 있는 최고의 학자들을 대표한다. 하지만 그들이 한곳에 모이면 하안의 *카시마*가 루이섬이나 다수섬의 *카시마*를 능가하는 것은 당연한 일이다. 너는 파사의 과수원에 있는 사과가 코크루의 사과보다 크다고 해서 불평하느냐? 아니면 자틴만에서 잡힌 게가 오게섬 해안가에서 잡힌 게보다 더 맛나다고 해서 불평을 하느냐?

지금만큼 하안 출신의 학자들이 최고 성적을 거두지 못했다면 난 뭔가 크게 잘못됐다고 생각했을 것이다."

"하안이 다라의 전부입니까? 다라의 다른 지역 사람들은 가치가 떨어집니까?"

장부를 바닥에 쾅 내려친 루티는 마구 손짓을 해 댔다. 그는 예의

범절과 겉으로 보이는 모습에 더는 신경 쓰지 않았다.

"황제께서 내게 맡기신 임무는 재능 있는 남자, 그리고 여자를 찾는 일이다. 나는 내 의무를 충실히 이행했다. 네가 이곳에 있다는 게 그 방법이 올바르다는 증거다. 넌 글도 모르는 무식한 농민들이 사는, 보잘것없는 땅에서 왔지만, 오늘 황제와 모든 다라의 영주가 네 말에 귀를 기울였다!"

"'재능'은 과장된 말입니다. 시험이 측정하는 게 진정한 재능입니까, 아니면 단순한 마음의 습관입니까?"

루티가 웃었다.

"그런 식으로 시험을 비판하는 주장에는 익숙하다. 나도 젊었을 때 같은 이유로 리마의 관료 시험을 경멸했다. 리마의 시험은 라 오지의 알려지지 않은 경구를 되풀이하거나 덜 유명한 콘 피지의 대화를 채울 것을 요구했다. 암기력만이 유일하게 중요한 기술이었다. 나는 그런 협소한 초점을 혐오했다.

그래서 나는 제국시험을 설계할 때 창의력과 통찰력, 대담함, 세련된 표현을 아우를 수 있도록 했다. 글쓰기용 칼처럼 예리하거나 가열된 밀랍처럼 유연한 머리 없이 시험을 잘 치를 수 있을 것 같나? 논쟁을 구성하는 방법을 아는 것, 고전에 언급된 명석한 말을 실생활에서 얻은 적절한 예시로 뒷받침하는 것, 자신의 것에 반대되는 관점을 예측하고 고려하는 것, 그리고 이 모든 와중에도 제한된 공간에 표의 문자를 꿰맞추고 엄청난 압박 속에서 제한된 자원을 최대한 실용적으로 활용하는 부분까지 계획하도록 했다. 이것이 야말로 진정한 재능에 대한 *시험이다.*"

조미는 고개를 저었다.

"당신은 바다 아래에 있는 '100마리'의 물고기 대신 햇빛에 젖은 수면만을 봅니다. 시험은 표현의 아름다움과 훌륭한 서예, 그리고 논쟁의 날카로움을 평가합니다. 하지만 그런 것들은 습관에 따라 형성된 판단이라는 걸 모르시겠습니까?

당신과 다른 심사위원들은 함께 공부하며 서로의 글을 읽었고, 그런 다음 무엇이 설득력 있고 무엇이 만족스러운지에 대한 공감대를 형성했습니다. 그다음 당신들은 그것을 당신들의 학생들에게 가르쳤고, 그 학생들은 그러한 이상(理想)을 전파하며 그 자신들의 학생들에게 그 가르침을 전했습니다. 그 이상은 하안의 학당들에서 가장 발달해 있고 다른 곳에서는 희박합니다. 당신들이 글쓰기의 아름다움과 우아함, 유연함이라고 부르는 것은 서로의 말을 듣는 데 익숙해진 사람들 사이의 합의에 불과합니다. 당신들이 어느 글을 좋다고 평가하면, 그것은 그 글이 당신 자신들의 생각을 반영하기 때문입니다. 당신들은 표의 문자 뒤에 있는 얼굴을 볼 수는 없지만 당신들과 똑같은 남자들을 선택하게 됩니다! 저는 당신들이 사랑하는 거울 속 모습을 본따 글을 쓰는 법을 배웠기에 지금 이곳에 있는 것입니다!"

루티는 눈을 부릅뜨고 숨을 헐떡이며 조미를 노려보았다.

"이런 오만하고 무례한 어린애를……."

그가 미처 말을 끝내기도 전에 다피로 미로가 대정전으로 들어섰다.

"렌가! 급한 소식이 있습니다."

제16장

진화

초승달섬

사해평치 원년(첫 번째 대시험이 있기 5년 전)

네 사람은 굽이진 절벽을 따라 마을로 돌아왔을 때, 그곳은 아수라장이었다.

1.5킬로미터 정도 떨어진 곳에서 거대한 반원형의 불길이 으르렁대며 혀를 허공으로 날름거렸고, 넘실거리는 연기 기둥들이 개간지 쪽으로 표류하듯 넘어와 집들을 가리고 숨통을 막았다. 이만큼 떨어진 곳에서도 열기가 느껴졌다.

귀족 남성 하나가 사냥에 걸맞은 옷을 입은 다른 남자 10명과 함께 '호기심 많은 거북'호 옆에 서 있었다. 몇몇은 엄니가 있는 멧돼지 머리를 들고 있었는데, 분노로 영원히 찡그려진 그것들의 얼굴은 죽은 눈으로 세상을 응시하고 있었다.

"열기구를 띄울 준비를 해라!"

기침해 대며 숨을 헐떡이던 귀족이 소리쳤다. 부하들은 앞다투어 그 말에 따랐다. 모두가 이곳으로 오려고 숲속을 있는 힘껏 달려온 것이 분명했다.

몇 미터 떨어진 곳에서는 코미 장로가 말없이 그들을 지켜보며 나머지 마을 사람들과 함께 서 있었다.

귀족이 소리쳤다.

"거기 그냥 그렇게 서 있지 마라! 왜 농사꾼들을 모아서 불을 끄러 가지 않는 거냐?"

마을 사람들은 이해하지 못한 채 그를 쳐다보았다.

이런 산불과 맞서라니, 말도 안 되는 일이야. 조미는 생각했다.

"삽과 양동이, 그리고 손에 잡히는 건 뭐든지 가지고 와라! 집중해서 노력하면, 열기구가 이륙할 시간을 벌 수 있을지도 모른다."

마을 사람들은 서로를 쳐다보았지만 아무도 움직이지 않았다.

"오, 이런 젠장! 이 야만인들은 인간의 말을 이해 못 하는군."

귀족은 펄쩍펄쩍 뛰면서 삽으로 흙을 퍼 올리고 양동이로 물을 퍼서 불에 붓는 흉내를 냈다. 그러고는 목소리를 한층 높였는데, 그러면 마을 사람들의 이해를 도울 수 있으리라 믿는 듯했다.

"어서 가라! 어서! 난 메리퀴소 백작이다. 죽는 게 겁나냐? 위대한 영주를 위해 죽는 것은 명예로운 일이다!"

코미 장로는 고개를 돌렸다. 그는 낮지만 단호한 목소리로 마을 사람들에게 말을 하고 절벽을 가리켰다. 젊은 남녀 몇 명이 소리를 지르며 고개를 저었다. 장로는 미소를 지으며 자신의 다리를 가리키고는 *미파 라리* 자세로 힘겹게 주저앉았다. 그는 고개를 숙였고, 다시 절벽을 가리켰고, 그러고는 결연하게 말했다.

루안과 다른 사람들이 서둘러 그 소동에 합류했다. 조미는 한 편의 민속 가극을 보고 있는 것 같다는 기이한 느낌을 받았다. 처음 가극을 접했을 때는 화려한 언어와 복잡한 발성적 꾸밈이 있는 노랫말을 이해하기 어려웠다. 그녀는 배우들의 표정과 몸짓을 단서로 삼아 무슨 일이 일어나고 있는지 부족한 이해를 메웠다. 감도는 기운 속에서 감정의 가닥들을 포착하고, 빈칸에다 색을 칠했다.

애들아, 마을은 사라질 운명에 처했단다. 집은 다시 짓고 정원은 다시 식물로 채울 수 있지만 사람들은 그럴 수 없단다. 가렴, 절벽으로 가서 탈출해.

하지만 할아버지, 할아버지는 그 다리로 탈출하실 수 없잖아요.

내 걱정은 하지 마. 어서 가, 어서!

조미는 눈이 뜨끈해지고 목구멍이 조여들었다. 어머니가 떠올랐다. 불이 다가오는데 자신이 다리 때문에 도망칠 수 없다면 어머니가 어떻게 행동할까.

"열기구를 그렇게 엉키게 하면 절대 띄울 수가 없습니다."

루안은 열기구를 작동한 경험이 부족해서 일을 엉망으로 만들고 있는 병사들에게 침착하게 말했다.

알아들을 수 있는 말을 하는 사람을 발견하고 기쁜 나머지 귀족 남자가 바로 달려와 루안의 옷깃을 붙잡았다.

"이 열기구가 네 것이냐? 좋아! 아주 좋아! 어서 날 준비를 해라."

"무슨 일이 있었던 겁니까?"

"아무도 잡지 못한 무늬의 엄니를 가진 멧돼지들이 있다는 소식에 이 미개한 골짜기로 왔다. 그것들이 숲속 깊은 곳에 숨어 있으니, 아랫것 하나가 불을 질러 멧돼지를 몰자고 꾀를 냈지."

"아주 건조한 계절에 그게 얼마나 위험한지 몰랐습니까?"

"무슨 소리냐. 아주 효과가 있었는데! 난 훌륭한 전리품을 여섯 얻었다. 이 근처에서 바람이 너무 빨리 바뀌는 것이 내 잘못이겠느냐. 모든 것을 야영지에 버린 뒤에 간신히 죽지 않고 탈출할 수 있었다. 네가 여기에 있어서 얼마나 다행인지 모르겠구나! 투투티카 신이시여, 감사드립니다!"

루안은 고개를 저었다. 그와 조미는 엉킨 열기구를 풀고 독한 술을 연료로 삼는 난로에 불을 피우기 위해 서둘렀다. 불꽃이 굉음을 내며 살아나고 열기구가 부풀어 오르자 귀족과 병사들은 환호했다.

"지금 올라타야 합니다."

루안이 메리퀴소 백작에게 말했다.

"하지만 이 열기구는 너무 작아!"

"필요하지 않은 건 모두 버리십시오. 침대, 담요, 음식과 물 같은 것 말입니다. 또한 버릴 수 있는 건 뭐든 버리십시오."

루안은 화가 난 채 말했다.

"맞다, 맞아. 좋은 생각이다!"

병사들이 백작의 말에 따라 황급히 움직이며 빗장으로 열기구에 고정되어 있지 않은 모든 것을 뜯어내는 동안, 루안과 조미는 대나무 장대로 계속 열기구의 풍선을 고르게 펴며 뜨거운 공기를 균일하게 채웠다.

루안이 속삭였다.

"미미*티카*. 최우선 과제는 코미 장로의 목숨을 구하는 거야. 그는 절벽을 올라서 탈출할 수 없으니까 이게 그의 유일한 기회야. 나중에 무슨 일을 시키든 넌 내 말을 따라야 한다, 알겠니?"

"무슨 생각을 하시는 거예요?"

조미의 경계심이 커졌다. 루안의 말투는 너무나도 이상했다.

"토 달지 마! 넌 제자다. 복종해야 해."

"잘못된 명령에는 복종하지 않을 겁니다!"

루안이 웃었다.

"인제야 도덕주의자처럼 말하는구나. '정의와 진실'에 대한 의무가 다른 모든 것보다, 심지어 스승의 명령보다 우선한다고 말한 사람이 콘 피지였어. 네가 콘 피지를 좋아하지 않는 줄 알았는데."

"바보도 가끔은 옳을 수 있어요."

"하! 감히 말하건대 콘 피지는 그런 옹호를 받을 줄 상상도 못 했을 게다."

백작과 그의 병사들은 마침내 열기구에서 모든 걸 떼어 내고 우르르 난입했다. 병사 네 명이 바닥에 앉아 팔짱을 껴서 백작이 앉을 수 있도록 자리를 편안하게 만들었다. 나머지 병사들은 선체로 기어 올라와 동료들 위에 올라타거나 열기구 옆에 매달렸다.

"조심해! 조심! 엄니에 손상 안 가게 해!"

멧돼지 머리를 열기구 안으로 들이고, 백작 주변의 남자들이 그걸 조심스럽게 들어올리자 백작이 소리쳤다. 루안은 어이없는 광경에 고개를 저었다.

"열기구를 당신 부하들로만 채워도 된다고 누가 말했습니까?"

"마을 사람들은 절벽을 오를 수 있어. 그게 그들이 원하는 거고."

"왜 당신이 대신 절벽을 오르면 안 됩니까? 건강하고 튼튼해 보이는데요."

백작은 루안을 미친 사람 보듯 쳐다보았다.

"내가 저 산꼭대기에서 언제까지 발이 묶일지 누가 알겠나? 이 전리품들은 제시간에 박제사에게 보내지 않으면 제대로 보존되지 않을 거다."

루안은 조미의 어깨에 손을 올려 제지하고는 말했다.

"적어도 코미 장로를 위한 자리는 만들어야 합니다." 열기구에는 공기가 거의 가득 찼고, 땅에 박혀 있는 고정용 말뚝에는 힘이 잔뜩 들어가 있었다. "그리고 당신 중 누군가 열기구를 조종할 줄 안다면 모를까, 여기 조미와 내가 그 열기구 안에 있어야 합니다. 경고해 둡니다만, 불은 기류에다 이상한 일을 벌일 수 있습니다. 당신들에겐 숙련된 조종사가 필요합니다."

백작은 루안과 조미를 의심스러운 눈으로 바라보았다.

"이 여자애가 열기구를 조종할 줄 안다고? 난 쓸모없는 사람이 열기구에 타는 걸 원치 않는다."

루안은 백작의 근육질 허벅지를 떠받치고 있는 위축된 병사들을 쳐다보고는 비꼬는 말을 삼켰다. 대신, 짤막하게 이렇게만 말했다.

"그녀는 어리지만 훌륭한 조종사입니다."

차가운 미소와 함께 백작의 입술이 갈라졌다.

"그럼 두 사람 다 필요하지는 않겠군, 안 그래? 여자애를 붙잡아!"

열기구 옆에 매달려 있던 남자들이 땅바닥으로 뛰어내려 조미를 붙잡아 끌어다 열기구로 밀어 넣었다. 조미는 비명을 지르며 발길 질했지만 남자들을 이겨 낼 만큼 힘이 세지 않았다. 루안이 도우러 달려오자 한 남자가 사냥용 칼을 칼집에서 꺼내 휘둘렀고, 그는 비틀거리다 땅에 쓰러졌다.

마을 사람들이 달려왔다. 세지는 아무 말 없이 루안의 바지를 찢어서 넓적다리에 난 끔찍한 상처를 드러냈다. 그녀가 지혈대를 만들기 위해 루안의 겉옷에서 천 쪼가리들을 찢어 내는 동안, 케풀루는 바구니를 뒤적거려서 나뭇잎들을 찾아냈다. 그녀는 나뭇잎들을 씹어서 습포제로 만들었고, 이를 상처에다 붙인 다음 다리에다 천을 감았다.

그동안 백작의 부하들은 비명을 지르는 조미를 선체에다 실었다. 네 명의 '인간 방석'은 그녀가 열기구의 난로를 제어하는 돌림판과 손잡이 바로 아래에 있도록 움직여 공간을 만들었고, 뒤이어 백작과 그의 멧돼지 전리품들 옆에서 옴짝달싹 못 하도록 바짝 다가와 조미의 다리를 잡아 눌렀다.

"봐! 난 당신들을 위해서 열기구를 조종하진 않을 거야."

화가 난 마을 사람들이 소리치며 열기구 쪽으로 다가갔다. 백작의 부하들은 사냥용 칼을 꺼내서 위협적으로 휘둘렀다.

"멈추시오!"

루안은 소란 너머로 들리게끔 큰 소리로 외쳤다. 그의 어조에는 너무나 자연스러운 권위가 있었으므로 양편 모두 동작을 멈췄다. 그는 좀 더 차분해진 어조로 말을 이었다.

"미미티카, 내 말 들어. 넌 나 없이 열기구를 하늘에 띄우고 조종해야 해."

"절대 안 돼요! 스승님 없이는 여길 떠나지 않을 거예요."

"코미 장로를 구해야 해! 곤돌라 밑에 마구를 줄로 매달면 그를 안전한 곳으로 실어 갈 수 있어. 나머지 사람들은 절벽으로 올라갈 수 있어."

"그런 다리로는 절벽을 오를 수 없어요!"

"오를 수 있어!" 루안이 자리에서 일어섰다. 세지가 부축하기 위해 손을 뻗었지만, 그는 그녀를 밀쳐내고 한 마리의 학인 양 똑바로 섰다. "넌 아까 버팀대를 차고서 절벽을 올랐어. 그러니 나도 그렇게 할 수 있단다. 마을 사람들의 의술을 과소평가하지 말렴."

조미는 여전히 회의적인 표정이었지만 차츰 진정하고 있었다. 아마도 결국에는 그렇게 하는 게 해결책이 될 터였다.

백작이 소리쳤다.

"서둘러라, 어서! 저 나이 든 농사꾼을 구하고 싶다면, 지금 당장 움직여!"

루안이 무엇을 원하는지 몸짓으로 설명하고 표의 문자를 대충 땅에다 새기자, 마을 사람들은 재빨리 코미 장로를 지지할 마구를 막대기와 가죽으로 만든 다음 열기구 측면에다 고정했다.

열기구가 거의 다 부풀어 오르자 백작의 부하들은 닻을 걷어 올렸다. 열기구는 땅 위에서 흔들거렸고 고정용 밧줄만이 그걸 잡아 주고 있었다.

"미미티카. 시간이 별로 없어. 한 가지 더 가르쳐 줄 게 있다."

조미는 믿을 수 없다는 듯 루안을 쳐다보았다. 이 순간에 왜 스승이 또 다른 철학적 토론을 시작하는 건지 이해할 수 없었다. *그리고 스승님은 왜 그냥 저기 서 계시기만 하는 거지?*

　"도덕주의자들에 대해서 네가 어떻게 생각을 하든, 그들의 핵심 신념만큼은 옳아. 때때로 상처를 받더라도 너는 옳은 일을 해야 한단다. 행동은 이상을 구체화시켜. 선을 행하기 위해, 약자와 권세 없는 사람들을 보호하기 위한 노력을 절대 멈추지 말아야 한다. 이는 모든 학자가 지는 의무란다."

　조미는 고개를 끄덕이는 한편으로 루안의 굳은 자세를 계속 응시했다. 평생 약한 다리를 다뤄 온 그녀는 사람들이 다리에 체중을 어떻게 배분하는지 민감했다.

　"미미*티카*, 넌 젊고 뛰어난 여성이야. 진리의 한계를 넘어 미지의 영역으로 향하고자 하는 호기심이 있고, 혼란스러운 질문들이 이루는 덤불을 뚫고 나갈 영리한 머리도 가지고 있단다. 하지만 넌 아직 건드리지 않은 밀랍 덩어리와 같으며, 규율이 없고, 모양도, 목적도 없단다. 네 발상을 표현하기 위한 복잡한 표의 문자로 마음을 바꾸기 위해서는 공부라는 지루한 일, 그 조각칼 같은 일에 헌신해야 한단다. 알겠니?"

　조미는 그의 말을 흘려들으며 고개를 끄덕였다.

　"출발해, 어서!"

　백작이 소리쳤다.

　마을 사람들은 코미 장로의 마구를 열기구에 다 묶은 참이었다. 그들은 강한 바람에 흔들리는 열기구로부터 뒤로 멀찌감치 물러났다. 연기는 더 짙어지고 불은 더 가까워졌다. 백작의 부하가 고정용 밧줄을 잘랐다.

"사람들을 안전한 곳으로 데려다주고, 불이 꺼지면 산 반대편으로 날 데리러 오면 돼. 바람의 흐름을 주의 깊게 보고, 가능한 한 높이 날아."

조미는 손을 들어서 돌림판으로 난로의 출력을 최대치로 했다. 불이 활활 타오르자 열기구는 힘겹게 이륙했다.

"갑시다, 가!"

루안이 마을 사람들에게 손짓했다. 마을 사람들이 움직이지 않자, 그는 그중 하나에게서 짐 운반용 장대를 뺏어서 땅바닥에 글을 쓰기 시작했다.

몸을 굽히지도 않아서. 조미는 생각했다.

열기구의 상승이 휙 멈추었다. 코미 장로의 마구가 땅바닥에 질질 끌리더니 열기구는 더 위로 올라가지 못했다.

"무게가 너무 많이 나가! 마구를 잘라 버려."

당황한 백작이 소리쳤다.

"안 돼요! 장로를 구해야 해요! 당신 부하더러 뛰어내리라고 하지 그래요? 무게가 훨씬 더 나가고 절벽을 올라갈 수 있잖아요."

"어딜 감히……." 하지만 열기구를 뒤흔드는 뜨거운 바람의 소용돌이에서 벗어나기 위해 조미가 필요한 존재임을 깨달은 백작은 욕설을 참았다. "미개한 농사꾼의 목숨이 내 부하의 목숨보다 더 가치 있다고 생각하는 건 아니겠지."

"그럼 멧돼지 머리들을 밖으로 던져 버리세요! 멧돼지 머리 여섯

312

개는 분명 저 장로보다 무거울 거예요."

"절대 안 돼! 뭐 때문에 여기 왔는데."

백작이 의미심장한 눈길을 보냈다. 그러자 그중 하나가 재빨리 사냥용 칼을 휘둘러 마구를 고정하는 줄을 끊었고, 나머지는 조미를 붙잡아 행동을 먹었다.

"빌어먹을! 죽여……."

남자 하나가 그녀가 더 격앙된 말을 못 하도록 세게 때렸다. 조미는 순간 정신을 잃었다.

마침내 열기구가 떠오르면서 선체가 미친 듯이 휘청거렸다.

조미는 다시 정신을 차리고 팔과 멧돼지 머리, 백작의 증오에 찬 얼굴이 혼란스럽게 엉켜 있는 풍경 너머로 아래를 내려다보았다. 마을 사람들이 돕기 위해 달려오는 동안 코미 장로는 망가진 마구에서 힘겹게 빠져나왔다. 그리고 여전히 같은 장소에 서 있던 루안은 다른 사람들이 지켜보는 가운데 장대로 땅바닥에 계속 글을 썼다. 운반용 장대의 길이가 어정쩡해서 루안은 표의 문자의 획을 크게 크게 그어야 했고, 6미터 높이에서도 조미는 그가 무엇을 쓰고 있는지 볼 수 있었다.

그것은 세 가지 요소로 구성된 단일 표의 문자였다.

흐르는 강. 화산. 불꽃의 양식화된 윤곽.

흐름. 붉은색 화산, 불과 재, 화장, 죽음의 여신인 카나의 상징인 붉은색 화산. 하지만 불의 살갗? 그게 뭐지?

"전 열기구를 조종해야 해요."

조미가 백작에게 말하고는 걷잡을 수 없이 기침해 댔다. 그녀의 목소리는 겁에 질려 있는 것 같았다. 이제는 연기가 너무 자욱해져서 하늘을 보기가 힘들었다. 넘실대는 연기 기둥들은 복잡한 모양으로 이리저리 뒤틀리며 열기구를 마구 흔드는 혼란스러운 기류를 드러냈고, 모든 부하는 필사적으로 뭔가를 붙잡아야 했다.

마침내 그녀가 정신을 차렸다고 생각한 백작은 고개를 끄덕여서 부하들이 조미를 놓아주게 했다. 조미는 돌림판을 조정해서 불꽃을 줄이고 열기구의 상승을 늦췄다.

"뭐 하는 짓이야?"

백작이 놀라서 물었다.

"뭐긴 뭐야, 돼지랑 싸우는 거지."

조미는 멧돼지 머리 하나를 움켜쥐어 백작의 얼굴에 내리쳤다. 엄니 하나가 백작의 눈을 겨냥했다. 백작이 비명을 질렀고, 열기구에 탄 남자들이 그를 보호하느라 몰려드는 사이 조미는 돌림판을 위로 끝까지 돌렸다. 그러자 열기구가 갑자기 휙 하고 움직였고, 안에 탄 사람들은 뒤죽박죽 넘어지며 한 더미가 되었다. 그녀는 그 위로 기어올라 열기구 옆으로 넘어간 다음 손을 놓았다.

"미미!"

루안이 소리쳤다.

조미는 땅에 닿을 때 몸을 굴리려고 했지만, 왼쪽 다리뼈가 부러지는 소리가 들렸다. 잠시 뒤 날카로운 통증이 찾아왔다. 그녀는 움직일 수가 없었다. 숨을 쉴 수도 없었다.

루안은 장대를 내던지고 조미 쪽으로 가 보려 했지만 다리에 힘이 들어가지 않았다. 그는 땅에 털썩 주저앉았다. 세지와 케풀루가 달려왔고, 이제는 쓸모가 없게 된 버팀대를 뜯어낸 다음 재빨리 부러진 뼈를 바로 하고 부목으로 골절된 부분을 받쳤다.

마침내 조미는 폐 한가득 숨을 들이쉴 수 있을 만큼 추락의 충격에서 회복했다. 그녀는 고통으로 비명을 질러 댔다.

열기구는 계속 떠올랐고, 바깥쪽에 매달려 있던 남자들은 젖 먹던 힘까지 다해 손가락을 고리버들 속으로 파묻으며 비명을 질렀다. 백작이 내뱉는 욕설이 마치 우박이 쏟아지듯 들려왔다. 열기구가 뜨거운 바람에 이리저리 흔들리며 계속 올라가자 그의 욕설은 조금씩 잦아들었다.

루안은 제대로 쓸 수 없는 다리를 뒤로 끌며 손과 한쪽 무릎으로 조미에게 기어갔다.

"어떻게 열기구에서 어리석게 뛰어내릴 수가 있어? 왜 내 말을 듣지 않은 거야?"

조미가 소리를 질렀다.

"스승님이 거짓말을 하셨기 때문이죠! 스승님은 걷지도 못했지만, 저보고는 열기구에 타서 그 돼지를 태우고 안전한 곳으로 가라고 하셨잖아요. 그 돼지가 코미 장로님을 아래로 떨어트렸는데!"

루안이 일어나 앉아 그녀를 안으려고 하자, 조미는 주먹으로 그의 가슴과 어깨, 팔을 내리쳤다.

"그건 학자의 의무……."

"거짓말하셨어요! 절 보내고 여기서 죽으려고 하셨잖아요! 아버지는 의무를 지키겠다고 절 버렸지만, 저는 도덕주의자들이 뭐라고 하든 의무를 지키겠다고 사랑하는 사람을 버리지 않을 거예요. 절대로 그러지 않을 거라고요."

그녀가 계속 말하는 동안 루안은 변명을 하려 들지 않았다. 한참 후 조미는 루안의 목에 팔을 두르고 울었다.

"미미티카, 고집불통인 내 아이." 루안은 그녀의 등을 쓰다듬으며 한숨을 내쉬었다. "유동주의자들에 대해 가르쳐 준 것을 기억하니. 흐름은 멈출 수 없는 우주의 물살이야. 인생을 우아하게 산다는 것은 그걸 받아들이고 지나가는 모든 순간순간에서 기쁨을 찾는 거야. 모든 여행에는 종착지가 있는 법이고, 모든 생에는 끝이 있는 법이야. 우리는 물속 깊은 곳에서 은빛 줄무늬들이 서로를 스쳐 지나가는, 드넓은 바다의 다이란과 같아. 우린 주어진 시간을 소중히 여겨야 해."

"전 그런 수동적인 삶을 살기 싫어요!"

"흐름을 받아들이는 것은 수동적인 게 *아니야*. 우주에 균형과 궁극적인 정산(精算)이 있다는 것을 이해하는 거야." 조미는 고개를 들어 침울한 루안의 얼굴을 보았다. "카나 신이 불꽃처럼 싸우라고 명할 때도 있고, 라파 신이 잠을 자라고 부드러이 명할 때도 있지. 나는 여기서 죽을 운명이지만 너는 그렇지 않아."

"왜요? 왜 스승님이 죽을 운명이라고 생각하시는 거예요?"

"언제고 황제에게 배신을 하라고 충고한 적이 있었어. 난 그게 옳다고 생각했단다. 그 뒤로 나 때문에 사라진 생명들을 결코 잊을 수가 없었지……. 그 후로 난 그 일을 속죄하고자 했어. 오늘이 내가 죽는 날이라는 걸 알려 주는 징조들이 있었단다."

"그렇게나 유동주의를 믿으세요? 그러면 우리는 함께 여행을 끝낼 운명일 수도 있어요."

"하지만 넌 너무나 어려! 그건 옳지 않아."

"어떻게 스승님이 흐름의 길을 안다고 주장하실 수 있으세요?"

"난 내가 뛰어난 유동주의자라고 주장하지 않는다. 그리고 토론에서 너와는 상대도 안 될 것이고."

빙그레 웃은 루안은 조미를 꽉 껴안았고, 아이도 그를 끌어안았다.

이제 불이 으르렁거리는 소리가 너무나도 커져서, 마치 태풍 속에 있는 것만 같았다. 짙어지는 연기와 타는 듯한 열기가 주변의 모든 것을 꿈처럼 아른거리고 흐릿하게 했다.

하지만 조미는 루안의 고요함에 동참하지 않았다. 그녀는 흐름이 든 뭐가 됐든 간에 그것이 그들의 죽음을 예정하고 있다고 믿지 않기로 했다. 분명코 그녀의 스승은 무언가 할 일을 생각해 낼 수 있었다.

"백작의 배신행위는 우리가 결코 죽을 운명이 아니라는 징조일 수 있어요."

"응?" 다가오는 불길을 반사하며 순간 루안의 눈이 반짝 빛을 냈다. "하지만 우리가 뭘 할 수 있을까?"

"그런 건 스승님께서 알아내셔야죠!"

"우리 둘 다 절벽을 못 올라가니, 마을 사람들에게 최대한 빨리 떠나라고 재촉해야 해."

그러나 마을 사람들은 코미 장로나 루안, 조미를 포기하기를 거부했고 다가오는 불 속에서 모두 함께 죽을 것처럼 보였다. 이제는 불길은 너무나 가까워져 그들과 개간지 사이에는 얇은 띠 같은 숲만이 놓여 있었다.

마을 사람들과 코미 장로는 루안과 조미 주변으로 반원을 그리며 *미파 라리* 자세로 앉았다.

"티로, 티로."

장로가 평화로운 미소를 지으며 말했다.

"티로, 티로."

마을 사람들은 따라 하며 각자 팔을 뻗어 서로 마주 잡아 육신의 벽을 만들었다.

루안과 조미는 손님이었다. 마을 사람들은 손님들을 보호해야 한다는 주인의 오래된 의무를 수행하는 중이었다. 그 희생이 단 몇 초도 불길을 멈추지 못할지라도.

루안과 조미는 고개를 숙였다. 루안은 옛 도덕주의의 격언을 인용하며 말했다.

"황량하고 끝없는 바다와 불타고 폭발하는 화산 앞에서는 모두가 동료란다."

다시 한번, 조미는 하늘에서 '호기심 많은 거북'호를 찾았다. 난로를 최대치로 키웠음에도 너무 많은 사람이 탄 열기구의 상승 속도는 매우 느렸다. 그것은 겨우 15미터 상공에 있었고, 불길 쪽으로 빠르게 다가가고 있었다.

"바람을 관장하는 키지 신도 잔인한 백작과 그 부하들을 달가워하지는 않는 것 같네요. 불 쪽으로 밀고 있어요. 구워지기 전에 제때 높이 올라가지는 못할 것 같은데요."

루안은 눈을 가늘게 뜨고 고개를 가로저었다.

"키지 신이 백작을 탐탁지 않아 할 수도 있지. 하지만 나는 지난 세월을 겪으며 최대한 신을 탓하지 않기로 했단다. 나는 나 모지의 계율에 의지해. 신들의 의지를 확인할 수는 없으므로, 검증 가능한 유형들로 사물을 설명하는 것이 항상 더 간단한 방법이고, 그게 더 정확할 가능성이 크다는 거지."

"스승님은 점복관의 아들이 아니에요? 거의…… 무신론자들이 하는 말 같은데요!"

"신들을 공경하는 가장 좋은 방법은 그들을 덜 탓하는 것이겠지. 마음이 내키면 신들이 지도를 해 주거나 가르침을 줄 수도 있겠지. 하지만 나는 우주를 알아낼 수 있는 것으로 생각하고자 해. 열기구가 지금 표류하는 건 쉽게 설명할 수 있지. 불이 위쪽의 공기를 가열하면 공기의 움직임이 활발해지고 가벼워져. 공기가 상승하며 진공 상태가 되는 곳이 생기고, 불 밖에 있던 상대적으로 차갑고 무거운 공기는 그 진공을 메우기 위해 움직인단다."

"열기구를 부풀릴 때처럼요? 차가운 공기가 밀려 들어와 불꽃을 똑바로 서게 할 때처럼요?"

"정확해." 루안은 고개를 끄덕이고는 미소를 지었다. 그러고는 입가에 손을 가져다 대어 멀어지는 열기구를 향해 소리쳤다. "닻을 내리세요! 당신들은 충분한 고도까지 제때 올라갈 수 없을 겁니다! 아직 절벽으로 탈출할 수 있습니다!"

하지만 열기구에 탄 남자들은 대답하지 않았다.

"아마 너무 멀리 간 것 같구나. 네가 한번 소리쳐 보겠니? 목소리 음정이 더 높으니 불꽃이 타는 소리 너머로까지 더 잘 들릴 텐데."

조미는 고개를 저었다.

"전 저들을 구하기 위한 어떤 일도 하지 않을 거예요."

"그건 도덕적인 일이 아니……."

"상관없어요! 저는 가까운 사람들만 챙길 거니까."

루안은 한숨을 쉬었다. 주변으로 거세고 뜨거운 바람이 휘몰아치자 그는 조미를 바싹 끌어당겼다. 활활 타오르는 불길 위의 짙은 연기 속으로 열기구가 사라졌다. 그는 조미를 껴안은 채 더 이상 아무말도 하지 않았다.

비명이 들리는 것도 같았지만, 열기구가 너무 멀리 있어서 확실치 않았다.

갑자기 조미가 몸부림을 치며 품을 벗어났다.

"스승님! 방법이 있을 것 같아요!"

루안과 조미가 자리를 지키는 동안, 마을 사람들은 집으로 뛰어들어가 식용유와 약용 술, 해진 천, 침대 덮개, 작은 탁자, 요람 침대를 들고 나타났다.

그들은 손님들을 위해 희생하는 것이 아니라 들고 갈 수 있는 물건이라면 뭐든지 챙겨서 탈출할 준비가 되어 있는 사람들처럼 보였다. 코미 장로는 마을 한가운데 서서 손짓하고 지시를 외쳐 댔다.

하지만 마을 사람들은 절벽으로 향하는 대신, 나무로 된 가구를 부수고 기름 먹인 해진 천을 나무의 끝에 감쌌다. 그런 다음 두 무리로 갈라졌다. 한 무리는 임시로 만든 횃불에 불을 붙이고 장작 다발과 기름 항아리를 등에 지고 다녔고, 다른 무리는 삽과 괭이를 들었다. 그러고 나서 두 무리는 마을을 향해 진격하는 맹렬한 불길 속으로 향했다.

열기는 보이지 않는 벽 같았다. 몇 사람이 비틀거리며 넘어졌다 일어나, 다시 앞으로 나아갔다. 그들은 숨을 틀어막는 연기 속에서 숨을 쉴 수 있게 열을 내리는 약초 수액을 적신 누더기를 코와 입에 감았다. 몇몇 대담한 사람들은 마음을 속여서 무엇이든 믿게 하는 약초를 씹었다. 불은 *없다. 위험은 없다*. 그들은 혼잣말을 중얼거리며 계속 나아갔다.

바람에 휘날리는 누더기를 입고 뛰어다니는 마을 사람들은 불꽃으로 직진하는 나방 떼와도 같았다.

점점 열기가 거세져 한 치도 더 나아갈 수 없는 상황이 될 즈음, 마을 사람들은 숲 가장자리에 있는 관목과 묘목 무리에 도달했다. 우리에 갇힌 괴물 같은 산불은 연약한 차단막을 뚫고 마지막 대학살을 위해 개간지로 나오려던 참이었다.

마을 사람들은 세지가 외치는 명령에 따라 일하기 시작했다. 삽과 괭이를 든 사람들은 얕은 도랑을 파기 시작했고, 풀과 낙엽, 표토를 뜯어냈다. 그들은 빠르고 효율적으로 일하며 숲 가장자리에 얕은 방어용 해자를 팠다. 하지만 그렇게 작은 도랑이 그들이 직면한 맹렬한 불길에 대항해 무슨 일을 할 수 있을까? 불은 그것을 쉽게 건너와 마을을 집어삼킬 것이다.

한편 다른 무리는 흩어져서, 얕은 해자의 가로 양끝에 장작 무더기를 활 모양으로 쌓았다. 그러고는 식용유 병과 술병을 장작에 쏟아붓고 불을 붙였다.

불에 앞에 두고 불을 붙인 셈이었다.

누군가 지켜보고 있다면 직면한 상황이 얼마나 절박해야 차라리 스스로 불을 질러 죽는 게 더 낫다고 믿게 되었는지 궁금해할 만했다.

마을 사람들은 도랑과 그 양끝의 활 모양의 불길을 계속 키웠다. 그 불길로 마을을 포위하려는 듯했다. 새로운 불길은 점점 강해지고 환해지며 소리를 더 크게 냈다. 곧 남자 하나의 키만큼 높아지더니 그다음은 둘셋을 합쳐 둔 것만큼 높아졌다. 진홍색 혀가 뻗어 나와 숲 가장자리의 나무를 핥아 댔다.

신기하게도 새로운 불길의 벽은 분명히 쓸모가 없어 보이는 도랑을 넘실대며 뛰어넘는 대신, 어머니의 포옹을 갈망하는 아이처럼 숲에 있는 더 큰 불로 방향을 틀었다. 더욱 거세진 바람은 새로운 불길을 미친 듯이 부채질했다.

숲 가장자리에 있던 나무들이 불길에 휩싸였다. 불타는 활은 기쁨에 겨워 포효하며 다른 편에 있던 훨씬 더 큰 불을 껴안으려고 덤벼들었다. 그러며 덤불, 쓰러진 통나무, 살아 있는 나무, 반쯤 썩어 두툼하게 층을 이룬 이파리 등, 자신을 가로막는 모든 것을 집어삼켰다. 나뭇가지들이 부러졌고 초록색 이파리들이 쪼그라들며 밝은 불똥을 터트렸다. 연기 기둥들이 합쳐지며 두꺼워졌다.

마을 사람들은 머리가 그을리고 목이 바싹 마른 채 비틀대며 개간지로 돌아왔다. 그들이 키워 낸 불길의 벽은 탈 만한 물질이라곤 조금도 남아 있지 않은 땅을 훨씬 더 넓게 확보해 냈다.

산불이 부른 굶주린 바람이 만들어 낸 불은 더 타오를 만한 것들을 바닥냈다.

"대담한 수였어."

루안이 감탄에 찬 목소리로 말했다.

"물론 다 스승님의 가르침 덕분입니다." 조미가 노인 목소리를 흉내 내며 말했다. "유인주의의 불에 대한 선호와 유형주의의 바람에 대한 이해를 결합하면, 도덕주의적 계획을 실행하는 데는 견고한 유동주의의 자신감과 우아함만이 필요한 거죠."

루안은 입을 벌린 채 조미를 쳐다보았다.

"글쎄다. 난 그 해석이 확실히, 음……."

조미는 얼굴을 씰룩거리더니 큰 소리로 웃음을 터뜨렸다.

루안은 고개를 가로저으며 한숨을 내쉬었다.

"미미, 넌 영리하지만 내가 조각하기에는 너무 미끄러운 밀랍 덩어리이지 않나 싶구나."

조미는 그의 팔을 잡고 웃음을 참으려고 애썼다.

"인정하세요. 좀 전에 제가 스승님 흉내 낸 거, 꽤 괜찮았잖아요."

"전혀 괜찮지 않았어! 그동안 내가 고집불통인 송아지에게 금을 연주해 온 거냐?"

"좋습니다, 좋아요. 스승님을 흉내 낸 건 죄송해요. 하지만 스승님이 영감을 주신 건 사실이에요."

"응?"

조미는 루안이 운반용 장대로 땅에다 새긴 표의 문자를 가리켰다.

흐르는 강. 화산. 불의 살갗.

"저건 하나의 표의 문자로 된 라 오지의 경구야. 모든 것을 집어 삼키는 죽음 앞에서의 고요함에 대해, 흐름 속으로 섞이는 일에 대해 언급한 거야."

조미는 고개를 저었다.

"저는 그렇게 읽지 않았어요." 그녀는 구성 요소들을 하나씩 가리키며 낮게 읊조렸다. "흐르는 물살. 산 같은 벽. 바깥쪽의 불."

"하지만 그건 그런 식으로……."

"저는 그게 어떻게 읽혀야 *하는지*에 대해 신경 쓰지 않아요. 새로운 목적을 달성하기 위해, 스승님이 쓰신 표의 문자의 구성 요소를 새로운 발상 기계로 재조직한 거예요. 죽음 앞에서 포기하고 스스로에게 그 이유를 찾아 주는 대신, 파괴의 동인(動因)을 통해 생명을 지키려고 노력했습니다."

"넌 진정한 '불의 진주'야." 루안은 세지와 케풀루가 옆에 두고 간 바구니를 뒤적여 새빨간 조미 열매를 꺼냈다. "오늘 운명이 우리를 이 열매들로 이끌었구나. 네 마음이 이 열매의 향기처럼 계속 선명하고, 네 의지가 이 껍질처럼 내내 강하기를 바란단다."

열매 알들을 끈으로 꿰어 목걸이를 만드는 두 사제에게 마을 사람들이 신선하고 시원한 우물물 한 그릇을 들고 다가왔다. 멀리서 산불은 이 평화로운 안식처를 침입할 힘을 잃은 채 벌써 쇠잔해지고 있었다.

몇 년 동안, 스승과 학생은 다라섬을 떠돌았다.

때로는 열기구를 타고, 때로는 말을 타고 여행했다. 작은 어선을 타고 자틴만을 표류하면서 건져 올린 물고기와 해초를 세고 분류하느라 여름 저녁을 보냈고, 개 썰매를 타고 눈에 파묻힌 리마의 숲을 미끄러지듯 이동하거나 거울처럼 단단한 피소웨오산의 빙하를 걸어서 오르느라 겨울 아침을 보내기도 했다. 줄이 없는 연 두 개를 타고 위소티산맥의 숨겨진 계곡 위 하늘을 날아다닌 적도 있었다. 우연히 그 모습을 올려다본 사냥꾼들은 두 마리의 독수리가 선회하는 모습을 보고 있다고 생각했다.

여행을 하며 자연이라는 책의 경이로움을 연구하는 동안, 루안은 조미에게 하안의 유명한 학당들조차 필적할 수 없이 넓고 깊게 고전을 가르쳐 주려고 신경을 썼다. 남아 있는 입법가 아루아노의 단편적 담론, 나 모지가 제시한 공학적 원리와 예시들, 그리고 그에 대해 라오지와 그의 유동주의 제자들이 남긴 재치 있는 경구와 문헌, 정치와 법을 주제로 기 안지가 쓴 글, 탄 페위지와 뤼고 크루포가 각기 발전시킨 유인주의의 역사, 나키포와 루루센과 같은 위대한 고대 아노 시인들의 서정시들을 가르쳤다. 심지어 제자백가의 저작도 엄선해서 가르쳤는데, 이는 페 곤지의 군사 전략, 후조 투안의 신랄한 비평, 그리고 미타후 피아티가 티로국 시대 초기 리마에서 보낸 시절을 회고한 기록을 망라했다.

조각칼과 글쓰기용 붓을 다루는 조미의 솜씨는 점점 더 자신감에 찼으며 표현은 풍부해졌다.

"춤이 몸을 표현하기 위함이듯이 서예는 마음을 표현하기 위한 기술란다."

루안은 반복해서 상기시켰다.

제도에 도착한 이후 폐허에 흩어진 석비에 이야기를 남긴 고대의 아노족 사람들처럼, 조미는 단색 밀랍의 날카롭고 단순한 표면에 표의 문자를 조각하는 법을 배웠다. 또 아무국 시인들처럼 화려하게 글을 쓰는 법을 배웠는데, 모든 모서리와 각진 부분은 매끄럽게 다듬었고 귀퉁이는 둥글게 만들어 윤을 냈으며, 색을 자유롭게 써 의미과 강조를 드러내는 방식은 그야말로 예술이었다. 코크루 필경사들처럼 추상적이고 서정적으로 글을 쓸 때는 그 병사들의 검무처럼 단순화된 표의 문자로 약어와 깨끗한 선, 거친 표면을 사용했다. 또 자나 기술자들처럼 독특하면서도 분명한 붓놀림으로 쓰는 법도 배웠다. 자나의 기술자는 숫자의 정확함과 우아함을 좋아하여, 감정적인 언어를 드러내지 않는 글씨체를 만들기 위해 진다리 문자와 아노 표의 문자들의 윤곽이 거의 없는 평편한 돌기를 결합시켰다. 조미는 의미의 근원 1001개, 동기 수식어 집단 51개, 모든 음성 보조기와 굴절 상형 문자를 배웠다. 또 설득과 해설, 탐구와 예술적 쾌락을 위한 어조 높임 기술을 배워 학자들처럼 칼과 붓을 휘둘러 아노 표의 문자를 복잡한 발상 기계로 재조합할 수도 있게 되었다.

물자를 조달하고 쉬기 위해 가끔 소읍과 마을에 들렀지만 결코 오래 머무는 법은 없었는데, 루안이 번다하고 복잡한 도시의 생활보다는 황무지의 고독을 더 좋아했기 때문이었다. 하지만 어느 날 저녁, 물레방아 설계를 연구하기 위해 바닥이 평편한 배를 타고 미루강을 따라 긴 여행을 한 뒤, 하안에 있는 작은 마을의 해변을 따라 걷고 있던 루안과 조미는 놀라운 광경에 감탄하며 발걸음을 멈추었다.

새끼 거북 수천 마리가 둥지에서 빠져나오고 있었다. 갓 부화한 새끼들은 몸부림치며 모래사장을 벗어났고, 버둥거리고 주변 환경을 관찰하면서 시간을 보낸 다음 어색한 몸짓으로 새하얀 파도를 향해 움직였다. 춤을 추듯 철썩이는 파도 소리는 드넓은 물의 세상을 약속했다. 그 세상은 육지에서 걸을 때처럼 지느러미발 때문에 힘겹고 자꾸만 멈추는 대신, 우아하고 편안하게 돌아다닐 자유를 누릴 수 있는 곳이었다.

멀리 있는 부두를 힐끗 쳐다본 루안은 이곳이 어디인지 깨달았다. 새끼 거북이 처음 바다에 풍덩 들어갈 때처럼, 한 늙은 어부의 신발을 찾아 주려고 얼음처럼 차가운 바다로 뛰어들었던 아주 오래전의 상쾌한 아침이 떠올랐다.

이건 아마 징조일 거야.

루안은 고개를 돌려 조미를 바라보며 생각에 잠겼다. 그녀는 이제 더 이상 아이가 아니었고, 키도 스승만큼 컸다.

"여기서 나는 스승을 만나 작별 인사를 올렸단다."

"오래전 일이에요?"

"그래, 오래전 일이야." 루안은 잠시 아련한 표정을 지었다. "갓 태어난 새끼들에게 바다로 나아가야 할 때가 오듯이 학생들 역시 스승에게 작별 인사를 해야 할 때가 온다."

조미는 혼란스러워 보였다.

"하지만 전 아직 배울 게 너무 많아요!"

"나도 마찬가지란다. 하지만 미미*티카*, 세상의 부름이 느껴지지 않니? 네가 읽어야 할 책은 항상 많을 테지만 넌 자신만의 여정을 시작할 준비가 된 것 같구나. 그 행적은 언제고 글로 쓰일 것이란다."

"스승님은요? 제가 떠나면 저녁에 누가 스승님 차를 끓여 드리겠어요? 점심때는 누구하고 토론하실 거고요? 누가 스승님에게 여쭈어……."

"얘야, 난 괜찮을 거야." 루안이 웃었다. "게다가 난 또 다른 모험을 시작할 생각을 해 왔단다. 여행하다가 바다 너머의 새로운 세계를 암시하는 흥미로운 조각들을 보지 않니."

"제게 보여 주신, 그 날개 달리고 뿔 달린 이상한 짐승이 그려진 것들요? 어렸을 때 어머니와 저도 그런 걸 발견한 적이 있다고 말씀드렸잖아요."

루안이 고개를 끄덕였다.

"난 그 새로운 세계를 찾기 위해 황제에게 도움을 요청할 계획이야. 내겐 언제나 거부할 수 없는 방랑벽이 있단다."

"그럼 저도 같이 가게 해 주세요!"

"열기구나 바지선을 타고 세상을 떠돌며 흐름이 어디로든 데려가게 두는 것에 나는 만족하고 있단다. 나는 나이 많은 장수거북이야. 반면 너는 아직 유동주의자로서의 삶을 받아들일 준비가 되지 않은 것 같구나. 파도가 모래에 부딪히듯, 제국에는 재능 있는 남자와 여자가 필요하단다. 내년에 대시험이 있을 예정이야. 넌 두각을 드러낼 준비가 되었어. 네 정신을 키우고 소임을 맡으렴."

루안은 손을 뻗어 조미가 걸고 있는 목걸이를 매만졌다. 열매는 말라 버린 지 오래였고, 시간이 지나면서 피부나 옷에 쓸리며 매끄러워지며 윤이 났지만, 새빨간 색은 조금도 옅어지지 않았다.

"권력의 바다로 가는 긴 여정의 첫걸음인 고을 시험을 봐야겠구나. 아침에 다수로 가자꾸나."

"스승님, 부탁이 하나 있습니다."

"뭐든지."

"시험이 끝날 때까지 제가 스승님의 제자라는 사실을 언급하지 않아도 될까요?"

루안은 놀랐다.

"왜?"

"제가 성공을 거둔다면 그게 제 재능 덕분이길 바라요. 일전에 다수의 서기가 제 곡물에 아주 높은 가격을 제시했죠. 그때처럼 스승님의 이름에 빚지고 싶지 않아요. 실패하면 스승님의 명성을 더럽히고 싶지 않아요. 사람들이 스승님이 좋은 교사가 아니었노라 생각하지 않았으면 해요. 제가 고집이 세서 공부를 잘하지 못했던 건 사실이니까요."

"미미야." 루안은 조미의 자부심과 세심한 배려에 감동했다. "하고 싶은 대로 하렴. 하지만 너만 한 학생은 절대로 없을 거란다. 내가 바라보기만 하고 닿지 못할 높이까지 네가 날아오르길 기다리마."

조미는 입을 뗄 자신이 없었다. 갑자기 눈앞이 흐려지면서 목구멍에 뭔가가 차오르며 눌리는 느낌이 들었다. 그녀는 말을 더 하는 대신 몸을 굽혀 모래에 표의 문자를 새겼다.

심장·위의·느낌, 한 사람, 아이.

사람·안의·심장, 아이·안의·심장, 열린·손·꽉·쥔·주먹.

심장·위의·물.

'스승'에 해당하는 아노어는 문자 그대로 '마음·의·아버지'였다. 사랑이 심장을 주고받는 것이 아니고 무엇이겠는가.

루안은 그녀를 껴안았다. 두 사람은 바람이 얼굴로 흘러나온 마음의 물을 말리고, 별들의 조용한 음악이 영혼을 달래 줄 때까지 그 자리에 서 있었다.

아키 키도수는 미미가 좋아하는 음식을 모두 만들었다. 달걀을 풀어서 말린 애벌레를 넣어 익힌 것, 봄 약초와 떫은 참외로 맛을 낸 신선한 버섯 국, 달콤한 초록 강낭콩과 연(蓮) 반죽이 들어간 찹쌀떡. 돼지고기를 살 돈까지는 없었지만, 애벌레들은 양념이 잘 되어 있었고 맛이 특히 좋았다.

미미는 실컷 먹었다.

"너무 그리웠어요. 애벌레들한테서 달콤한 향이 나요. 시가 떠올라요."

그녀는 여러 해가 지난 후에 집에 돌아오게 돼서 너무나 좋았다.

흰 구슬 사이의 흰 방울들,
빨간 입술 사이의 빨간 막대기들.
연꽃 씨를 오도독 씹는 여자애들,
부드럽게 미끄러지는 야윈 선박들.

"민속 가극에 나오는 시니? 들어 보질 못한 거 같구나."

미미가 쑥스러워하며 말했다.

"그건…… 아무국 사람인 키코미 공주의 시예요. 별거 아녜요."

그녀와 루안 지아는 서로에게 시를 인용해 주는 것을 좋아했다. 오래된 시구들로 새로운 무엇인가를 말하는 것은, 오래된 부품으로 새로운 목적을 이루는 기술자와 같은 사고방식이었다. 그러나 이곳, 그녀가 자란 소박한 오두막, 벽에는 금이 가고 바닥은 돗자리 없이 흙바닥으로 되어 있는 이곳에서는 우아함과 세련됨이라는 이상에 가장 헌신적이었던 죽은 타로국의 공주를 인용하는 것이 잘못된 것만 같았다.

"떫은 참외 좀 먹어 보렴! 텃밭에서 딴 거란다."

"음, 음!"

음식을 씹는 동안 미미는 어머니가 관자놀이 부근의 머리카락이 하얗게 세고 등이 더 굽었다는 사실을 알아차렸다. 농사를 짓고 임대료를 내기 위해 혼자서 힘겹게 일하는 어머니를 생각하니 가슴이 아팠다.

미미는 손에 쥔 찹쌀떡 한 조각을 베어 물어 만족스럽게 씹던 어머니가 동작을 멈추고 자신을 쳐다보고 있는 것을 알아차렸다.

미미도 동작을 멈추었다. 그녀가 앙증맞게 쥔 한 개의 젓가락 끝에는 꿰어진 떡 한 조각이 입에서 조금 떨어진 곳에 어색하게 걸려 있었다.

"수령의 딸처럼 먹는구나."

아키의 말투가 감탄하는 것인지 안타까워하는 것인지 분간하기 어려웠다.

미미가 서둘러 설명했다.

"그냥 습관이에요. 스승님과 저는 밥을 먹으면서 특히 어려운 표의 문자의 복잡함에 대해서 토론하기를 좋아했는데, 손가락을 더럽히지 않으면 좀 더 쉽게…… . 그리고 콘 피지가 말하기를…… ."

그녀는 스스로에게 당황해하며 말을 멈췄다. 어머니에게 아무국의 시를 낭송하고 콘 피지를 인용하고 있었다. 조미는 떡이 손가락에 들러붙든 말든 신경 쓰지 않고 떡을 젓가락 끝에서 과감하게 떼어 내어 크게 한 입 베어 물었다. 또 일부러 젓가락이 식탁 위의 다른 수저들과 보기 흉하게 교차하도록 내려 두었다.

어머니는 고개를 끄덕이고 다시 음식을 먹기 시작했지만, 동작은 이제 어색하고 불안해졌다. 새해 식사 자리에서는 의례 지주가 소작인들에게 감사를 표하곤 했는데, 어머니는 마치 그때 지주 세크루 이키게게의 딸들과 함께 앉아 있는 듯이 굴었다. 그 여자애들은 세련되지 못한 소작농들의 행동거지를 언제나 비웃곤 했다.

어머니의 얼굴에 새로 생긴 주름과 치마에 새로 덧댄 천 쪼가리를 세며 미미의 가슴은 따끔거렸다.

어떻게 고을 시험을 보러 갈 생각을 한 거지. 어떻게 어머니를 혼자 여기에 두고 갈 생각을 한 거냐고. 난 언제까지나 어머니와 함께할 거야.

그녀는 대화를 이어 나가려고 노력했다. 하지만 음식에 대해 칭찬해도 아키는 "넓은 세상에 나갔으니 훨씬 더 나은 음식을 먹었겠구나."라고 대꾸했고, 건강을 물어보면 "뼈뿐인 몸이지만 아직 살날이 한참 남았단다."라고 예의 바르게 대답했다. 미미는 할 말이 바닥이 났다. 몇 년 동안 루안에게 철학과 공학, 정치와 시, 수학에 대한 수다를 떨다 보니 어머니와 대화하는 방법을 잊어버린 것이다.

미미는 너무나도 부끄러웠다.

어머니가 어색한 침묵을 깼다.

"밥을 먹고 낮잠을 좀 자렴. 침대 덮개를 깨끗한 쪽으로 뒤집어 두마."

손님이나 수령, 학자의 딸을 대하는 듯한 투였다.

"낮잠은 안 자도 돼요. 농사나 집안일 좀 거들게요. 뭘 할까요?"

"지루하지 않겠니. 난 이키게 나리 집에 가서 큰딸 결혼식에 쓸 종이 나비를 자르려고 한단다."

"큰딸이 직접 해야 하는 거 아니에요?"

"그게, 그 여자는 손가락에 살이 아주 많아. 중요한 날이 밝기 전에 살을 빼려고 노력하는 중이긴 하지만."

아키와 미미는 낄낄거렸다. 잠시 예전으로 돌아간 느낌이 들었지만 아키가 말을 덧붙였다.

"벌써 늦었단다. 빨리 가지 않으면 나리가 구리 닷 냥 정도 임대료를 올릴 거야."

미미의 얼굴이 얼어붙었다.

"어떻게 그럴 수가 있어요? 임대차 계약에 따라 임대료는 고정되어 있잖아요."

아키는 접시를 개수대에서 씻었다. 갈라진 그녀의 손가락이 비늘로 뒤덮인 물고기처럼 물속을 지나다녔다.

"나리 말로는, 라킨 황제의 명에 따라 섭정이 세금을 올렸다고 하더라고. 임대차 계약에서 세금에 대해서는 따로 정해진 바가 없으니 세입자 모두가 부담해야 한다는 거야."

말도 안 되는 소리였다. 백성의 삶에 관심을 가져야 할 황제가 왜 가난한 사람들 가운데에서도 가장 가난한 사람들에 대한 세금을 올리겠는가?

아키가 접시를 닦으며 말을 이었다.

"이키게게 나리는 너그럽잖니. 허드렛일을 해 주면 내 몫을 줄여 주겠다고 했어. 그래서 가정부 일을 대신해 주는 식으로 임대료를 감당하고 있어."

어머니가 지주의 고갯짓과 요구에 맞춰 뼈 빠지게 일한다는 생각이 들자 미미는 역겨워졌다.

"가지 마세요. 이제 제가 집에 왔으니 제가 갈게요. 오랫동안 자리를 비워서 죄송해요. 하지만 더 고생하실 필요는 없을 거예요."

이게 옳은 일이야. 안 그래? 콘 퍼지도 동의할걸.

하지만 아키는 접시를 쌓아 올려 두고 고개를 저었다.

"너에게는 이제 새로운 이름이 있단다, 조미 키도수. 넌 더 이상 단순 무식한 농부의 딸이 아니야."

"무슨 말씀이세요?"

아키는 돌아서서 무릎에 손을 포개 올려뒀다.

"황금 잉어가 루피조폭포를 뛰어넘으면 다이란으로 변해 무지개 꼬리를 가지게 된다고 하지. 넌 폭포를 뛰어넘었어, 미미티카. 너에겐 미래가 있어. 하지만 그 미래는 이곳에 있는 게 아니란다. 나와 함께라면 미래가 없어."

미미는 눈을 감았다. 루안과 끈 없는 연을 타고 날았던 시간을 떠올렸다. 그렇게나 높은 곳에서 세상을 본 후, 몇천 평에 불과한 땅과 좁다란 해변을 둔 이 마을의 작은 방 한 칸짜리 집에서 남은 인생을 보낼 수 있을까? 제자백가의 철학에 비평을 가한 후, 몸을 숙이며 지주에게서 구리 동전 몇 냥을 받아 내려고 할 수 있을까? 훨씬 더 많은 것을 경험한 후에 이런 지루한 삶을 견딜 수 있을까?

"네게는 방랑벽이 있어. 항상 그랬지만 지금은 더 커졌구나."

어머니 말이 맞아요. 이곳은 더는 제 집이 아니에요. 저는 새로운 집을 만들어야 해요.

"절 자랑스러워할 수 있도록 할게요. 고을 시험을 볼 거예요. 명예와 부를 가져다 드릴게요. 날마다 흰쌀밥을 먹고, 비단옷을 입고, 깃털로 채워진 요 위에서 재워 드릴게요."

아키아 다가와 미미를 안았다. 그녀는 딸의 얼굴을 쓰다듬기 위해 손을 위로 뻗어야 했다.

"나는 네가 행복해지면 됐단다, 애야. 내 아가, 너는 넓은 바다로 향하고 있어. 널 도울 지식이나 기술이 없어 미안하구나."

학자의 의무에 대해서 왜 신경을 써야 하지? 왜 메리퀴소 백작이나 이키게게 나리의 삶을 더 나아지게 하려고 노력해야 하지? 난 내가 사랑하는 사람들만 챙길 거야.

미미는 어머니를 마주 껴안았다.

"더 나은 삶을 살게 해 드릴게요. 맹세해요."

제17장

베일 사이로

판

사해평치 6년 3월

"조미 키도수의 말이 맞았습니다. *피로아*에 들지 못한 *카시마*들
이 궁궐 문밖에 무리를 이루었습니다. 징을 두드리고 노래를 부르
며 새로운 심사위원단이 대시험 답안지를 심사할 것을 요구하는 등
터무니없는 짓을 벌였습니다. 빈둥대는 작자들이나 호기심 많은 행
인들이 상당히 모이는 일이 있었습니다."

다피로가 보고하자 쿠니는 모두에게 조용히 하라는 뜻으로 손을
흔들었다. 그는 귀를 기울였다. 징을 두드리는 소리나 학생들이 노
래하는 소리, 무리가 고함치는 소리는 들리지 않았다. 둔하고 낮게
라도, 비슷하게라도 들려오지 않았다.

"그런 일이 있었다고 말씀드렸습니다."

말투는 겸손했지만 근위대장은 잘난 체하는 기색이 역력했다. 그는 관객을 가지고 노는 이야기꾼처럼 침묵이 길어지는 가운데 잠자코 기다렸다.

쿠니는 관에 매달린 조개껍데기 가닥들을 서둘러 반으로 갈라 얼굴을 드러냈다. 자신이 근위대장의 그러한 극적인 시도를 어떻게 생각하는지 알아차리라는 뜻이었다.

다피로는 절을 하고 서둘러 설명했다.

"*렌가*, 저는 소동을 일으킨 *파시마*들에게 폐하께서는 그들의 불만을 이해하고자 하시지만 학생들 사이에 다양한 목소리가 있는 관계로 그들 중 가장 통찰력 있는 학자가 서명한 단 하나의 탄원서만을 받아 보겠다고 전했습니다. '폐하께서는 제국황실 소속의 교사인 루티를 거치지 않고 친히 탄원서를 검토하실 것'이라 말한 뒤 눈짓을 했을지도 모르겠습니다. '심지어는 개인적으로 폐하를 알현할 기회를 가질 수도 있다'고 덧붙였습니다."

쿠니는 조개껍데기 가닥을 원래대로 내리며 미소를 감췄다.

"똑똑하구나, 다프."

다피로의 눈이 반짝거렸다.

"뛰어난 스승이 있습니다, *렌가*."

이 말에 황후와 리사나 부인도 진지한 표정을 유지하지 못했고, 쿠니를 가장 오랫동안 보필해 온 장군들과 대신들 몇몇은 빙긋이 웃었다. 젊은 시절의 쿠니가 파렴치한 속임수로 명성이 자자했던 건 잘 알려진 사실이었다.

다피로는 자토 루티를 향해 절했다.

"죄송합니다, 루티 선생님. 선생님께서 그 버릇없는 이들을 만나고 싶어 하지 않을 거로 생각했습니다."

루티는 무시하듯 손을 내저어 다피로의 악의 없는 거짓말에 기분이 상하지 않았음을 표시했다.

"잠깐, 잠깐만요! 아빠, 미로 근위대장의 말이 어떻게 난동을 막은 거예요? 이해가 안 가요."

피로가 연단 기슭에 있는 자기 자리에서 펄쩍 뛰었다.

쿠니는 피로를 다정하게 바라본 뒤(비록 아들은 그의 얼굴을 볼 수 없었지만), 이어서 똑같이 혼란스러운 얼굴인 티무를 힐끗 쳐다보았다. 오직 세라만이 대정전에 있는 대신과 장군 들처럼 다 안다는 듯 싱긋 웃으며 서 있었다. 황제는 혼자 조용히 한숨을 내쉬었다.

"다프, 어린 황자에게 설명을 좀 해 보게."

다피로는 고개를 끄덕였다.

"피로 황자님, 제가 탄원서와 알현 이야기를 꺼내자 학자들 사이에서 무슨 일이 벌어졌을 거로 생각하십니까?"

피로는 힘없이 두 손을 벌렸다.

"모르겠어."

"생각해 봐라, 피로. 게으르구나."

쿠니가 목소리에 초조함을 내비쳤고 리사나는 어색하지 않게 끼어들었다.

"네가 학자라고 생각해 보렴. 친구들하고 전쟁놀이했을 때 어땠는지 기억해? 누가 원수 역할을 했지?"

"제가요."

피로는 더 혼란스러워하며 말했다.

쿠니는 거의 보이지 않게 살짝 고개를 가로저었다. 피로는 판의 대신과 귀족의 아이들과 자주 놀았지만, 황제의 아들이라 으레 무슨 놀이를 할지 직접 고르곤 했으며 또 언제나 최고의 역할을 맡았다. 집단에 대한 이해도 부족했고 정치 역학을 경험해 본 적도 없다는 뜻이었다.

다피로는 차분하게 황자를 도왔다.

"소동을 일으킨 *카시마*들은 야심 찬 학자들입니다. 자기들이 아는 사람 중에서 가장 영리한 남자, 혹은 여자가 되는 일에 익숙한 사람들이 대부분입니다. 가장 뛰어난 한 사람에게만 황제 폐하가 탄원서를 받을 것이라고 말하면, 모두가 스스로가 그런 위치에 있음을 주장하고 싶어지는 것이 당연합니다. 게다가 그 한 명이 *파나메지*나 다름없이 황제를 개인적으로 알현할 수 있다고 암시하는 일은 불에 기름을 부은 격입니다."

피로의 눈은 이해의 빛으로 반짝였다.

"그래서…… 누가 '가장 통찰력 있는' 사람인지를 놓고 싸우기 시작했겠구나?"

황자는 신이 나서 두 손을 비벼 대며 흥미진진한 싸움을 보지 못한 것을 아쉬워했다.

다피로는 고개를 끄덕였다.

"하지만 황자님, 그들은 학자들입니다. 그래서 그들의 싸움은…… 어떻게 표현해야 할지…… 병사들 사이의 몸싸움과는 질적으로 다릅니다."

"누가 콘 피지의 알려지지 않은 구절을 가장 많이 인용할 수 있는지 경쟁했을 게 분명해."

피로가 싱긋 웃으며 말했다. 티무는 질책하는 눈빛을 보내며 아무것도 보지 못하는 척하고 있는 자토 루티를 눈에 띄지 않게 가리켰다.

"네, 그런 일도 있었습니다. 그러고 나서 서로의 문법적 오류를 지적하기 시작했고, 그다음엔 수정상의 오류를, 또 그다음엔 수정상의 오류를 수정하다 생긴 오류를 지적하기 시작했습니다. 아노어 경구들이 낭송되는 억양에 대해 비꼬기 시작한 사람도 있었고, 열정적인 연설을 펼친 사람의 시대착오적인 유형을 지적하는 경우도 있었지요. 저는 얼굴이 빨개지고 연설을 하다 목이 마를 때까지 계속 그러도록 잠시 내버려 두었습니다. 그런 다음 판에서 가장 좋은 술집으로 가는 길을 알려 주었습니다. 그들은 다음 날까지 거기서 논쟁하고 토론할 것입니다. *카시마*들은 징을 챙겨 갔고, 군중들은 공짜 연극을 더 즐기기 위해 그들을 따라가거나 흩어졌습니다."

다피로의 설명이 끝나자 쿠니가 덧붙였다.

"그래서 라 오지는 이렇게 말했지. *도지도 살루스마 코 주아킨 마 뒤몬 위 크룰루페위 로세타 노아위 로수 로 마 간켄 도 크루 크루시 달로.* 열 명의 학자들이 반란을 일으킨다면, 파벌 이름에 합의하는 데 3년 간의 논쟁이 필요할 것이라는 뜻이다."

피로는 너무 심하게 웃다 급기야 기침까지 했다.

"토토티카 형, 형은 왠지…… 으흠……그 사람들과 잘 어울릴 것 같아."

티무는 어색하게 서 있었다. 반박할 말을 떠올리지 못한 그의 얼굴은 벌겋게 상기된 기색이 완연했다.

세라는 동료 응시생들이 한바탕 조롱당하는 모습을 본 다른 *파나 메지*들의 얼굴에 당황한 기색이 역력하다는 것을 알아차렸다. 그녀는 웃음을 멈추고 다피로에게 고개를 돌렸다.

"재빨리 꾀를 내어 고마워, 미로 근위대장. 황실 관료제의 기둥이라 할 수 있는 학자들의 일시적인 분노를 아무런 해도 없이 다른 곳으로 돌려주어 아버님께서 고마워하실 거라 생각해. 학자들은 다라의 진정한 보물이기도 하지."

황녀는 *지리* 자세로 다피로에게 절했고 다피로는 이제 사뭇 진지한 얼굴이 되어 깊숙이 절했다. 티무와 *파나 메지*들은 긴장을 늦추었다.

쿠니는 흐뭇한 마음으로 지켜보았다.

"학자들이 대표자를 뽑고 나면 이야기를 나누어 보지. 시험에 걸려 있는 것이 많다 보니 실망스러운 결과에 그리 반응하는 것은 이해할 만하다. 하지만 시험이 온전함에 대해서는 논쟁의 여지가 없고 나는 그에 만족한다. 그들이 사리를 분별토록 할 것이다."

미로와 아이들이 대화하는 내내 침묵하던 조미 키도수가 그제야 끼어들었다.

"근위대장님은 오늘 실망한 *카시마*들을 오락으로 달래셨지만, 시험의 불공정성이라는 근본적인 문제는 여전합니다."

대정전 안의 모든 사람은 아직 황궁 시험이 치러지고 있다는 사실을 되새겼다. 다피로는 대정전의 가장자리로 물러섰고, 아이들은 조용해져서 자리에 앉았다. 쿠니는 똑바로 앉아 다시금 조미에게 주의를 집중했다.

"넌 높이 평가받는 글은 하안 긴펜에 있는 학당의 취향을 반영하는 경향이 있다고 했다. 그 비판은 타당성이 있다. 하지만 다른 다라의 지역들도 하안처럼 학문에 전념하기까지는 시간이 걸린다."

조미는 고개를 저었다.

"*렌가*, 그것이 전부가 아닙니다. 다라의 다른 모든 지역에 긴펜에 있는 것처럼 존경받는 학당이 있다고 하더라도, 이러한 시험들은 여전히 인재를 골라내지 못합니다. *카시마*들은 근위대장의 속임수에 쉽게 조종당하였습니다. 그들은 1만여 개의 표의문자를 외우면 알 것은 다 안 것이라고 생각하는 편협한 바보들입니다. 그렇게 빈곤한 정신은 진정한 아름다움이나 우아함, 또는 유연한 사고로는 이어질 수 없습니다."

쿠니는 순간 그녀의 맹렬함에 깜짝 놀랐지만, 리사나가 끼어들었다.

"조미 키도수, 너는 무엇이 아름답고 우아하며 유연하다고 할 만한 것인지에 대해 다른 견해를 가지고 있는 것이냐?"

조미는 고개를 끄덕였다.

"루티 선생님은 삶에서 모범을 이끌어 내면 사람들을 설득할 수 있노라고 이야기합니다. 하지만 그의 제자들이 사는 삶은 폐하의 신민들이 사는 삶과 다릅니다. 온실에서 응석받이로 자란 장미의 삶이 들판에서 자란 민들레의 삶과 구별되는 것과 같습니다.

그는 자기 가문이 다시금 왕국에 지배적인 영향력을 행사하고자 합니다. 또 저기 저 남자는 모든 법과 세금을 다시 설계하여 자기 가문이 부를 축적할 수 있는 이상적인 세상을 바랍니다. 이 사람들은 죽은 철학자들을 인용하여 그러한 욕망을 치장하지만, 저는 추악함과 위선만을 봅니다. 이들을 보십시오." 조미는 다른 *파나 메지*들을 가리켰다. "이 중 한 명도 다음 끼니를 먹기 위해 일하거나, 강제 부역을 미루기 위해 담당 관리에게 애걸할 필요가 없었을 것입니다."

조개껍데기 술 뒤에 감춰진 쿠니 가루의 얼굴이 움찔했다.

"저들 중 가운데 한 명이라도 수수와 밀 이삭을 구별할 수 있을지, 또는 가잉만에서 하루 동안 저인망으로 물고기를 잡으면 배가 얼마나 차는지 알기나 할지 의문스럽습니다. 정직하게 하루의 노동을 하며 땀 흘려 본 적도, 낫을 휘두르거나 그물을 끌어당기느라 생긴 물집에서 피를 흘려 본 적도 없는 사람들입니다.

주창자 대학의 그 누구라도 상인들의 세금을 인상하면 결국 폐하께서 돕고자 하시는 소농들에게 해를 끼친다는 사실을 아뢴 적이 있사옵니까?"

쿠니는 고개를 가로저었다.

"황후께서 지적하신 대로 상인들은 대지주인 경우가 많습니다. 상인들에게 매기는 세금이 오르면 그들은 소작인에게 세금을 전가합니다."

"그건 그러면 안 되는……."

"그런 일이 일어나서는 안 된다는 건 저도 압니다. 하지만 그런 일은 일어납니다. 제 어머니에게도 일어난 일입니다. 폐하께서 칙령과 정책을 발표하셔도 마을에서는 부유한 사람들이 원하는 일을 하고 가난한 이들은 따라야 합니다. 가난한 자들의 목소리는 대정전에 닿지 않으므로 폐하께서는 그들의 곤경을 이해하지 못합니다."

쿠니 가루가 침착하게 말했다.

"내가 항상 다라의 황제였던 건 아니다. 한때 마피데레의 행렬을 보기 위해 길가에 서 있기도 했고, 주디의 시장을 돌아다니며 유혹에 빠졌어도 아무것도 살 여유가 없었던 남자아이였다. 다음 끼니를 어디서 해결할지 모르는 날들도 있었다."

"그래서 폐하께서는 더더욱 자기 잇속만 차리는 보고서, 상상으로만 존재하는 모형, 또는 희망적인 이상을 신뢰하는 대신 물고기의 무게를 재셔야 합니다!"

쿠니는 자신을 변호하는 말을 하려 했지만 조미는 그가 끼어들 틈을 주지 않았다.

"그리고 이들을 보십시오." 그녀는 *파나 메지*들을 향해 팔을 내저었다. "이들은 모두 남자입니다! 폐하께서는 여성이 공직을 맡을 수 있게 문호를 개방하셨을지 모르지만, 대시험을 위해 판에 온 *카시마*들 중 여성은 겨우 수십 명에 불과하고, 또 그중 겨우 몇 명만이 *피로아*의 반열에 올랐습니다.

폐하의 주창자 대학에 있는 사람들은 남성이 아닌 여성이 소중히 여기는 아름다움에 대해 무엇을 알고 있습니까? 남자에게 주어진 어떤 이점도 없이 아이들을 키워야 하는 여성의 곤경에 대해서는 무엇을 알고 있습니까? 왜 어느 여성들이 청루에다 자신을 팔아넘길까요? 노예와도 같은 결혼이 그렇게나 많은 여성에게 합리적인 선택지가 되는 이유는요?"

리사나는 힘차게 고개를 끄덕이지 않을 수 없었다. 그녀는 쿠니 가루를 만나기 전에 어머니와 함께 했던 삶을 기억했다. 그러며 궁 안 삶에 대한 걱정에 너무 몰두하느라 옛날의 그녀처럼 사는 사람 들을 위해 더 많은 일을 하지 않았던 것을 속으로 자책했다. 이 젊 은 여성은 영감을 주었다.

"폐하의 *피로아*들이 거칠고 단순한 방언으로 지어진 어부의 노 래를 듣고 거들먹거리는 것 말고 어떻게 반응하겠습니까? 구운 견 과류 꾸러미에서 구한 포장지로 농사꾼의 딸이 도약하는 잉어를 접 어 만들었다면, 거기에 스며든 창의력과 사랑을 볼 수 있겠습니까? 그들과 폐하께서는 *사람들의* 삶에서 끌어낸 예시에 공감하실 수 있 겠습니까? 폐하께서 잊고 계시는⋯⋯."

"모든 물고기를 잡을 수 없음을 안다고 해서 바다로 나아가는 것 을 포기할 수는 없다!" 말을 멈춘 황제는 잠시 후 차분한 어조로 말 을 이었다. "마피데레 시대 이전에는 세습 귀족을 통해 모든 것을 관리하는 나라도 있었고, 토지를 소유한 가문에만 관료 시험을 개 방하는 나라도 있었다. 마피데레는 모든 사람에게 시험을 개방하였 지만 그가 선정한 심사위원들은 뇌물로 매수할 수 있었던 것이 사 실이다. 나는 성별이나 신분에 상관없이 모두가 시험에 응시할 수 있도록 확대했고, 다라 제도 전체에 걸쳐 문제와 채점 기준을 표준 화시켜 공정성을 강화했다. 내 시험은 비록 불완전하지만, 이전의 그 어떤 시험보다 낫지 않느냐?"

"*렌가*, 무례를 범하고자 하는 것은 아닙니다만, 폐하께서는 썩은 물고기로 가득 찬 선창(船艙)을 가진 어부가 마찬가지로 썩은 물고기로 가득 찬, 더 큰 선창을 가진 다른 사람을 비웃는 양 말씀하시고 계십니다."

"짧은 시간 안에 완벽을 달성할 수는 없다! 제국시험의 사다리는 재능 있는 남성과 여성을 빠짐없이 높은 곳에 올려놓지는 못하겠지만, 열심히 공부하는 사람들과 가난한 사람들에게 희망의 빛을 던져 준다. 힘없는 소작농 집안 출신인 너는 오늘 다라의 학자 가운데 가장 영예로운 사람들과 함께하고 있다. 너는 내가 제도에 가지는 희망과 신뢰의 결과물이다."

"저는 좋은 모범이 아닙니다. 저는…… 극소수만이 바랄 수 있는 스승으로부터 가르침을 받는 복을 받았고, 또 시험에 응시할 기회를 놓칠 뻔한 순간 낯선 사람들이 저를 도와주었습니다. 운은 약속이 아닙니다."

학생에게 느끼는 자부심이 크게 부풀었지만 루안 지아는 자신의 감정을 숨겨야 했다. 조미가 자신의 능력만으로 시험을 통과하기로 마음먹었으니 그는 어떤 일이 있어도 그녀와 자신의 관계를 밝힐 수 없었다. *넌 하늘로 향하는 갓 태어난 독수리요, 바다로 뛰어드는 갓 깨어난 거북이란다.*

"그렇다면 네가 다른 사람들보다 높은 위치에 오르는 건 신의 뜻이다. 나도 능력만큼이나 행운이 따른 덕분에 다라의 옥좌에 올랐지. 무작위적인 운은 우리가 인정하고 싶어 하는 수준보다 훨씬 더 크게 운명을 좌우한다."

"그건 절망적인 생각입니다, *렌가.* 진정으로 재능 있는 사람을 찾고자 하십니까? 폐하가 설계한 시험 제도는 안전하다고 편리하다는 이유로 부두에서만 진주를 찾는 사람과 비슷합니다. 그 사람은 무작위적으로 움직이는 조수가 가치가 높은 진주를 손이 닿는 곳까지 가져다줄 거라고 주장하고 있습니다."

이후 한참 동안 대정전은 조용했다.

뜻밖에도 피로 황자가 큰 소리로 말했다.

"넌 너하고 달리 부유한 사람들을 질투하고 있는 것 같아. 하지만 부유한 사람들의 가족은 네 가족만큼이나 열심히 일해서 돈을 모은 거야. 그들의 자녀들이 왜 부잣집에서 태어난 장점을 누리면 안 되는 거야?"

리사나와 쿠니 모두 어린 남자아이를 쳐다보았다. 리사나는 이 엄숙한 대정전에서 말을 한 것을 두고 아이를 꾸짖으려 했으나, 쿠니는 그녀에게 조용히 하라며 손을 흔들었다.

"그렇게 볼 수도 있지요. 다른 식으로 설명해 보겠습니다."

조미는 옆으로 걸어가 자토 루티 앞에 서서 절을 했다.

"이걸 빌릴 수 있겠습니까?" 그녀는 시험에서 수거한 답안지를 보관하는 얇은 나무 상자 더미를 가리키며 물었다. "아시겠지만 전 따로 발표 준비를 하지 않았습니다. 임시변통을 해야 합니다."

당황한 루티는 고개를 끄덕였다.

조미는 나무 상자 네 개를 집어 들고 원래 자리로 돌아갔고 바닥에다 그것들을 일렬로 늘어놓았다. 그다음 무릎을 꿇고 옷자락으로 상자들을 감추었는데, 그 안에다 뭔가를 넣는 것처럼 보였다. 그러고 나서는 일어서서 상자들을 내보이며 그 뒤로 가서 섰다.

"이 상자들에 황자님과 황녀님 들을 위한 소박한 선물들을 몇 개 넣어 두었습니다." 조미는 티무와 세라, 피로, 어린 파라를 차례로 쳐다보며 말했다. "이 중 하나에는 달콤한 꿀에 담그고 연꽃 씨를 채워 천 겹으로 만든 떡 한 조각이 들어 있습니다. 나머지 세 상자 는 비어 있습니다. 황자님과 황녀님 들은 각각 상자를 고를 수 있습 니다. 무엇을 찾으시든, 오늘 밤 후식으로 드실 수 있으십니다. 설령 천 겹 떡을 갖게 되어도 형제자매와 나누지 않으셔도 됩니다. 그리 고 빈 상자를 선택하더라도 불평하지 말아야 합니다. 이러한 규칙 이 마음에 드십니까?"

"음……."

피로가 말했다.

"그건 불공평해. 우린 나눠야 해!"

파라가 명랑하고 어린애 같은 목소리로 말했다.

"왜 그게 불공평합니까?"

"난 잘못한 게 없는데 내가 왜 빈 상자를 가져야 해?"

조미는 피로를 쳐다보았다.

"태어나기 전에 우리는 모두 가능성만을 가지고 있습니다. 황제 의 아들이나 농부의 딸이 될 수도 있는 육체를 갖게 되는 순간을 우 리는 통제할 수 없습니다. 세상에 태어나 장막이 벗겨지면 우리는 지닌 가치와 상관없이 자신의 운명을 결정짓는 상자를 든 스스로를 발견하게 됩니다. 모든 위대한 철학자는 우리 영혼의 무게는 '세상 의 아버지'인 타솔루오의 눈으로 보면 동등하다고 말해 왔습니다. 네 살배기 아이의 정의감보다 현자들의 지혜에 의해 함양된 우리의 정의감이 부족하다면, 그보다 이상한 일은 없을 겁니다."

피로는 얼굴이 빨개졌지만 아무런 대꾸도 하지 않았다.

뜻밖에도 티무가 그를 구해 주었다.

"조미 키도수, 그건 궤변일 뿐이야."

조미 키도수는 그를 냉랭하게 쳐다보았다.

"넌 고대 철학자들을 잘못 생각하고 있어. '세상의 아버지'의 눈으로 보면 우리의 영혼이 평등하다는 것은, 모두가 물질적 평등을 이루도록 운명이 정해졌다는 뜻은 아니야. 현자들은 남자와 여자가 다른 지위로 태어났다고 가르치지. 우리 모두 삶이라는 조화로운 연극에서 수행해야 할 역할이 있어. 너는 농사꾼이 되는 것은 나쁘다는 듯이 말을 하지만, 가난에는 덕을 갖게 되는 고귀함이 있지. 또 왕이 되는 것이 좋다는 식으로 말하지만 왕의 근심은 그가 가진 재산만큼이나 많다. 둘 중 그 무엇도 본질적으로 보면 다른 것보다 낫지 않아. 각자는 자기가 받은 위치에서 빼어나도록 노력해야 해. 모든 사람이 천 겹 떡을 좋아하는 건 아니니까. 그게 진정한 지혜야."

"알겠습니다. 그렇다면, 티무 황자님, 제가 천 겹 떡을 먹은 뒤 포장지를 핥아먹으라 드려도 분명 반대하지 않으시겠지요? 아니, 제가 궁에서 황자님이 겪으시는 여러 근심의 고통을 경험하고, 황자님은 제 진흙투성이 오두막에서 가난의 고귀함을 경험할 수 있도록 서로의 자리를 바꾸어 보는 건 어떻겠습니까?"

이제는 티무가 할 말을 잃을 차례였다.

"너…… 너……."

지아 황후는 차가운 얼굴로 조미를 쳐다보았다.

"티무, 더 이상 말하지 말아라."

"그래서 어느 상자에 천 겹 떡이 들어 있어?" 파라는 여전히 상자들을 응시하며 물었다. "좀 봐도 돼?"

조미는 고개를 끄덕였다.

파라가 첫 번째 상자를 열었다. 그것은 비어 있었다.

"다시 해도 돼?"

그녀는 조미를 쳐다보았다. 조미는 고개를 끄덕였다.

파라가 두 번째 상자를 열었고, 그다음에는 차례로 세 번째 상자와 마지막 상자를 열었다. 모든 상자가 비어 있었다.

"떡은 어딨어?"

"떡은 없었습니다."

파라는 실눈을 뜨고 그녀를 쳐다보았다.

"하지만 있다고 말했잖아!"

"다라에 있는 재능 있는 사람들 대부분에게 제국시험이 하는 약속이란 이런 겁니다."

쿠니가 끼어들었다.

"분명 글에 적지 않은 제안이 있는 듯하구나. 이제 그걸 발표할 때가 된 것 같은데."

루안 지아는 긴장한 얼굴로 조미를 내내 쳐다보고 있었다. 하지만 조미는 그와 눈을 마주치려 하지 않고 태연하게 황제를 바라보았다.

"저는 제국시험에서 아노 표의 문자와 고전 아노어의 사용을 전면 폐지할 것을 제안합니다. 시험은 모국어로 쓰는 진다리 문자만을 사용하도록 해야 합니다."

그녀의 목소리는 안정적이고 확신에 차 있었다.

쿠니는 모든 대신과 장군, 귀족과 마찬가지로 얼어붙었다. 대정전은 조용해져 멀리서 들려오는 군중들의 소음만이 유일한 소리가되었다.

자리에 모인 대신들이 믿을 수 없어 하며 중얼거리기 시작했고, 그 중얼거림은 커졌다. 몇 명은 웃기 시작했다.

세라는 젊은 학자의 말 한마디 한마디에 집중했다. 그렇게 대담하고 독창적인 말을 하는 사람을 본 적이 없었다. 조미는 어두운 하늘을 비추는 번개와 같았다. 세라는 세상을 그렇게 뒤집는 게 가능하다는 것을, 마치 앞서 존재하는 게 아무것도 아니라는 듯 세상을 다시 상상할 수 있다는 것을 전혀 믿지 않았다.

"분명 년······."

쿠니가 입을 뗐다.

"터무니없는 소리!" 루티는 자신이 황제의 말을 가로막고 있음을 깨닫지 못했거나 혹은 신경 쓰지 않는 것 같았다. "고전 아노 표의 문자에 대한 지식이 없어도 된다면, 읽고 쓰기를 아예 없애자는 말이다!"

"그건 사실이 아닙니다. 어린아이가 진다리 문자를 배우고 모국어로 글을 쓰는 데는 한 달 정도밖에 걸리지 않습니다. 그러나 우리는 진다리 문자로만 글을 쓰는 것은 용납할 수 없는 일이라 여겨, 아노 철학자가 썼던 복잡한, 그러나 죽은 말을 배우고 그들의 틀에 생각을 꿰맞추느라 수년간의 교육을 받습니다. 표의 문자에 집중한 학교들은 스스로 노동하며 살아갈 필요가 없는 사람들만 다닐 수 있습니다.

그런 제도 아래에서 가치 있게 여겨지는 논쟁은 굳은 것이고 생명력이 없는 것이며 과거를 바라는 것입니다. 아노 표의 문자를 배울 필요가 없게 하고 새로운 시대의 지혜를 진다리 문자만 사용하여 모국어로 쓴다면, 다라 전역에서 학문이 번성하여 원하시는 인재를 찾을 가능성이 훨씬 커질 것입니다. 하안의 부두 근처에 있는 얕은 해안가에서 진주를 찾는 대신, 그물을 멀고 넓은 바다 전체에 던질 수 있습니다.

표의 문자를 완전히 폐기해야 한다는 주장은 아닙니다. 아름다움, 문학적 표현력, 과거와 연결하고자 할 때, 다르게 말하는 사람이 서로 소통하고, 또 기쁨과 편안한 세계를 만들고자 할 때 표의문자는 장점을 지닙니다.

하지만 그 때문에 시험에 너무 큰 비용이 수반되고 있습니다. 저는 여러분만큼, 아니, 어쩌면 더 많이 표의문자를 사랑합니다. 하지만 어떤 것을 사랑한다고 해서 사정이 바뀌었는데도 그것을 고집해야 하는 건 아닙니다. 이제는 낡은 기계를 버리고 다라의 마음을 다시 만들어야 할 때입니다."

대정전은 분노와 논쟁의 목소리들로 폭발했다.

이제 내 비밀이 숨겨질 수만 있다면. 조미는 생각했다.

제18장

제국의 계승자

판

사해평치 6년 3월

황궁 뒤편, 공회당들과 내궁을 가르는 벽 뒤에는 정원이 하나 있었다.

면적으로는 중간 크기의 농장만 했는데, 개인 사냥터와 수백만 평의 땅을 차지한 해변의 휴양지를 종종 가지고 있던 옛 티로국 왕들의 기준에서 보면 그리 크지 않았다. 하지만 그것은 황실 가족의 취향을 반영하여 정교하게 설계한 것이었다.

지아 황후가 가꾸는 정원의 서쪽 끄트머리는 장식용 꽃들과 유용한 약초들로 가득 채워져 있었다. 다양한 국화와 장미는 꽃의 소용돌이무늬를 본떠 동심원 모양으로 배치되어, 산호와 흑요석으로 가장자리를 만든 화분들(화분 덕분에 추운 계절에 식물들을 온실로 옮기는 일이 쉬웠다) 안에서 다양한 색깔로 피어났다. 다라의 구석구석에서 채집된 약초들은 격자 모양으로 재배되었고, 각각의 정사각형에는 약초의 이름과 원산지, 경고 문구(독성이 있는 경우)가 선명하게 표시되어 있었다. 주디의 거리에서 쑥 뽑아서 가져온 것처럼 코크루의 약방을 그대로 본떠 만든 작업장이 약초밭 한가운데에 자리하고 있었다.

정원의 동쪽 끄트머리는 리사나 부인의 소유였는데, 그녀는 잘 다듬은 두꺼운 울타리로 미로를 만들었고 거대한 해면(海綿)을 닮은 주름과 구멍이 가득한 깊은 호수의 바위들, 바다에서 가져온 산호 형성물들로 장식했다. 또 여러 색의 잉어 떼들을 품고서 조수 웅덩이처럼 고요하게 태양을 반사하는 작은 연못도 만들었다. 곳곳에서는 정신에 영향에 미친다는 약초들이 재배되었다. 리사나 부인은 때때로 연기술을 연습하곤 했다. 미로를 환상의 나라로 바꿀 때도 있었는데, 현명한 조언을 제공하는 친절한 불멸자들과 신화 속 괴물들이 나오면 아이들은 그걸 보고 놀라서 웃음을 터뜨리며 기뻐하곤 했다.

하지만 정원에 들어가는 특권을 누리는 몇 안 되는 방문객은 모두 정원의 중심 부분, 즉 황제가 가꾸는 곳이 가장 독특하다는 점에 동의했다.

황궁 시험이 끝난 후 대정전에 남아 있던 아이들은 짜 놓은 안무를 추는 것처럼 다라의 모든 영주가 계급과 연공 서열에 따라 대정전을 떠나는 진귀한 광경을 관찰했다. 시험을 방해한 것에 대해 황후와 스승의 꾸지람을 피할 수 있다는 생각이 적지 않은 동기가 되었다. 그 후 황궁 뒤편의 내궁으로 돌아가기 위해 대정전을 떠났다.

근위대원이 지키고 있는 '고요의 벽'을 통과하고, 서에서 동으로 흐르는 얇은 개울을 가로지르고, 궁에서 업무를 보기 위한 공간과 생활을 위한 공간을 구분하는 작은 아치형 다리를 건너면 정원이었다.

왼편에는 봄이 오면 논이 될, 물에 잠긴 들판이 있었고 오른편에는 타로토란 밭과 포도덩굴을 위한 격자 울타리로 가득 찬 밭이 있었다. 이곳이 황실 정원임을 모르는 사람이 보았다면 황자와 황녀들이 막 코크루에 있는 농장에 발을 들여놓았다고 생각했을지도 모르는 일이었다.

그리고 코크루 농부가 대대로 입는 옷을 걸친 남자도 있었다. 긴 삼베로 만든 흰색 아랫도리에, 얼굴과 목에는 들이치는 햇빛을 가리기 위해 갈대로 짠 커다란 챙 달린 모자를 쓰고 자유롭게 움직일 수 있도록 허리띠에 집어넣은 얇은 윗도리가 그의 차림새였다. 남자는 물 양동이 두 개를 운반용 장대 끝에 매달아 개울에서 채소밭으로 옮기고 있었다.

"*렌가*, 폐하께 순종하는 아이들이 예를 표합니다."

티무가 소리쳤다.

갈대 모자를 쓴 남자는 걸음을 멈추고, 양동이의 물이 쏟아지지 않도록 천천히 돌아서서 아이들에게 미소를 지었다. 그는 정말로 다라 제도의 라긴 황제, 쿠니 가루였다.

페소와 나레 가루의 직업은 농부였지만, 그들 소유의 땅이 있었으며 소작인이 아니었다. 쿠니가 어렸을 때 가루 가족은 주디시(市) 도심에 정착했고, 다른 사업에 보태기 위해 농장을 다른 사람에게 임대했다. 쿠니는 농사를 지으며 살아가는 삶에 대해서는 아주 희미한 기억만 가지고 있을 뿐이었다.

하지만 황제가 된 후, 특히 그의 아버지가 세상을 떠난 후, 쿠니는 일종의 취미로 농사를 시작했으며 황실 정원에서 그 취미를 헌신적으로 추구했다. 가족의 뿌리를 추억하는 동시에 다라 전반의 경제를 실질적으로 지탱하고 있는 농업을 예우하는 방법이었을 것이다.

"이리 와서 좀 도와주렴. 싹이 트는 타로토란과 껍질 콩을 보여 주마."

쿠니의 말에 티무가 말했다.

"최고의 존경과 영예를 누리는 아버님. 아주 반가운 초대를 해 주셔서 제가 겸허해집니다. 다라의 가장 낮은 신민들의 행복에 대한 폐하의 배려는 전례가 없습니다! 자신을 낮춰서 땅에서 음식을 얻는 일을 수행하는 것은 황송하게도 하찮은 새우의 역할을 하는 크루벤과 비슷합니다. 덕망 있는 영주는 평범한 백성들의 삶을 경험하여 그들과 가까워질 수 있습니다. '단 한 명의 진정한 현자'인 콘피지가 말하길……."

"됐다, 티무야." 쿠니가 아들의 말을 가로막았다. 그는 여전히 웃고 있었지만 눈에는 조급한 기색이 역력했다. "네가 하고 싶은 말은 전 바쁩니다, 고맙지만 사양하겠습니다, 이런 거겠지."

"어…… 루티 스승님은 앞서 어리석은 학생에게 몇 가지 중요한 교훈을 알려 주고 싶다고 하셨습니다. 저는 제국의 주권자이자 제

몸의 틀인 아버님의 말을 따르지만, 또 지식의 왕국의 주권자이자 정신의 저자인 스승님의 말에도 순종해야 하는 어려운 처지에 처해 있습니다."

"가라, 어서!"

쿠니는 성가신 파리를 쫓는 것처럼 한 손을 흔들며 말했다. 그 때문에 어깨 위에서 균형을 잡고 있던 장대가 흔들리며 양동이에서 물이 조금 쏟아졌다.

"관대함에 깊이 감사드립니다, 렌가."

티무는 절하고 서둘러 자리를 떴다.

쿠니는 싱긋 웃었지만, 속으로는 한숨을 내쉬었다. *흙을 파고 몸을 써서 일하는 것이 어울리지 않는다고 생각하는구나. 천한 일을 하면 마음이 저열해진다는 콘 피지의 말을 액면 그대로 받아들이고 있어. 가끔 나는 그렇게 많은 책을 읽는 것이 과연 좋은 일인지 궁금하구나. 어쩜 나와 그렇게도 다른 게냐?*

그는 피로에게로 고개를 돌렸다.

"후도티카, 넌 어떠냐?"

"아빠, 전 바빠요. 고맙지만 사양하겠습니다."

쿠니는 큰 소리로 웃었고 양동이에서는 더 많은 물이 쏟아졌다.

"알겠다. 근데 뭣 때문에 바쁜 거냐?"

"미로 대장이 저를 만나 어떻게 학자들이 난동을 일으키도록 두는 대신 술을 마시도록 했는지 자세히 말해 주기로 약속했습니다. 그리고 긴 이모와 세카 삼촌에게 패왕에 관한 이야기를 들려 달라고 부탁할 거예요."

쿠니는 고개를 끄덕였고, 역시나 가라는 뜻으로 그에게 손을 흔들었다. *어렸을 때 나를 아주 닮았어. 하지만 대담함과 전쟁이 주는 설렘에 너무나 집착하는구나. 편안한 삶을 영위하고 있는 저 아이가 언제 어떻게 인내심을 익히게 될지 모르겠어……*

마침내 그는 여자애들에게로 고개를 돌렸다.

"라타티카와 아다티카, 너희들은 어떠니? 바쁘냐?"

"전 흙에서 노는 게 좋아요!"

파라는 소리를 지르며 쿠니를 껴안기 위해 달려갔다. 그녀가 너무 빨라서 쿠니는 장대를 내려놓을 시간이 없었다. 파라가 아버지의 다리를 팔로 감싸 안자 더 많은 물이 쏟아졌다. 그러고 나서 그녀는 손을 놓았고, 진흙과 물이 화려한 드레스를 엉망진창으로 적시는 것을 신경 쓰지 않고 행복한 표정으로 빈 논으로 달려가 물을 튕겼다.

"아버지." 세라는 쿠니에게로 가까이 와서 *지리* 자세로 깊이 절을 했다. 그녀는 양동이를 힐끗 보았다. "함께 개울로 돌아가서 양동이에 물을 다시 채우는 게 좋을 것 같아요."

"그래, 그게 좋겠다. 네 형제자매 때문에 양동이의 물 대부분이 흘렀으니."

쿠니는 장대를 내려놓고 양동이를 풀어내서 둘 중 하나를 세라에게 건네주었다. 아버지와 딸은 개울가로 걸어가 양동이에 물을 다시 채웠다. 쿠니를 따라가는 동안 세라는 양동이의 무게에 힘겨워했다. 물이 그녀의 걸음걸이에 맞춰 철렁대면서 양동이 가장자리를 넘어 철벅 튀어 나왔다.

"자, 도와주마." 쿠니는 허리를 굽혀 작은 나무 널빤지를 집어 들어 세라의 양동이 한가운데에다 띄웠다. "이제 해 봐."

무게 때문에 아직 힘겹기는 했어도 널빤지 때문에 양동이 안의 파도가 약해져 물이 밖으로 쏟아지지는 않았다.

"무언가를 다스리는 것은 물통을 들고 다니는 일과 같다. 파도를 일으키려고 위협하는 세력은 항상 존재한다. 통제 불능 상태로 쏟아져 나오는 여러 세력 간의 균형을 유지하면서도 땅을 관개하고 백성을 먹여 살릴 방법을 찾는 것이 통치자의 일이다."

"양동이가 흔들리지 않도록 그냥 내려놓으면 안 되나요?"

호흡이 가빠진 세라가 물었다.

"그러면 우리에겐 죽은 물이 담긴 양동이만이 남을 것이고 아무것도 자라지 않겠지. 반드시 앞으로 가야 한단다, *라타티카*. 유일하게 변하지 않는 것이 있다면 그것은 변화한다는 사실이겠지."

세라는 그게 오빠와 남동생을 위해 준비해 둔 말이 아닐까 싶었다. 하지만 아버지와 그 순간을 공유할 수 있어서 기뻤다. 세라는 아버지가 정치나 경제에 대해서 말하는 것을 듣는 게 항상 좋았다. 자주 황제를 괴롭히지 않으려고는 했지만, 아버지는 아이들이 함께 시간을 보내고 싶어 할 때면 언제나 하던 일을 멈추었다.

"아버지, 아버지를 압박하는 사람들이 많나요?"

"셀 수 없을 만큼 많지. 귀족들은 더 독립하기를 원하는 반면 대신들은 더 많이 통일되어야 한다고 말해. 주창자 대학의 사람들은 정책 발언권을 확대해 달라고 요청하고, 장군들은 병사들에게 급료를 주어야 한다며 돈을 더 달라고 하지. 참전 용사들은 정착할 땅을 달라 하는 한편, 상인들은 해적들을 소탕하고 유능한 지역 관리들을 챙기는 데 돈을 더 많이 쓰라고 해. 심지어 유급 소송인이라는 직업을 되살리기도 했단다. 농부들은 관개와 개간에 더 많은 지원을 해 달라고 요구하지. 모두가 다른 사람에게 세금을 더 많이 부과하라고 요구해. 나는 모든 방향에서 불어오는 바람을 맞는 연과 같은 신세란다. 높이 떠 있는 게 내가 할 수 있는 전부지."

패왕의 전설처럼 하늘을 나는 아버지의 모습을 상상한 세라는 그에 대한 연민이 물결처럼 밀려오는 것을 느꼈다. 정확히 말하자면 안쓰럽지는 않았지만, 항상 자신 있어 보였던 아버지가 모든 것을 알지는 못한다고 하는 말을 들으니 이상하게 감동적이었다.

"아버님께 간언을 드릴 현명한 대신과 장군 들이 많이 있어서 다행이에요."

"하지만 모두가 전체의 한 부분만을 보지. 부분들 사이의 균형을 유지하는 일은 나에게 의존하고. 라타티카, 어떻게 해야 할지 고민하는 동안 사람들이 표정을 보지 못하게끔 관으로 얼굴을 가리는 건 그래서란다. 너무 심하게 조종당하지 않도록 생각을 숨기는 것이 내가 하는 일의 반쯤은 된다 볼 수 있어."

부녀는 채소밭에 도착했다. 쿠니가 안내해 주는 대로 세라는 조롱박을 반으로 잘라 만든 국자를 써서 흙에서 막 튀어나온 순과 새싹에 조심스럽게 물을 주었다.

"라타티카, 우리가 왜 벼와 함께 채소를 심지 않고, 또 타로토란 밭에다 포도나무를 섞지 않는지 아느냐?"

티무가 이런 질문을 받았더라면, 존재의 사슬 내에서 각각의 식물이 차지하는 자연적인 위치를 확실히 존중하기 위해 같은 식물끼리만 있게 한 것이라고 답했을 터였다. 피로였다면 식물들이 서로 싸우는 것을 막기 위해서라고 대답했을 것이다. 하지만 세라는 그것이 어쩐지 일종의 시험 같다고 이해했다.

그녀는 황제의 정원 배치를 살폈다. 다소 산만해 보였다. 논의 모양은 불규칙했고, 너무 작은 타로토란 밭은 수확해도 두서너 끼 정도도 고작이었다. 채소밭은 콩과 참외, 잎이 무성한 채소가 무질서하게 뒤섞여 있었으며 그 너머에는 민들레와 같은 들꽃들이 제멋대로 피어 있는, 잡초로 무성한 구역이 있었다.

진짜 농부들은 이런 식으론 하지 않겠지.

그녀는 정원을 모든 각도로 살피며 걸어 다녔다. 지금껏 그 옆을 수도 없이 지나다녔고 가까이 살펴본 적도 있었지만 결코 깨닫지 못했다…… *가만, 그래. 맞아!* 각기 다른 작물들이 자라는 땅뙈기의 모양을 보고 있자니 다라 제도가 떠올랐다.

세라는 조심스럽게 말했다.

"식물마다 다른 영양소와 다른 양의 물이 필요하기 때문이에요. 논은 물에 잠겨 있어야 하지만, 포도나무는 공기가 충분하고 물이 거의 없는 것이 가장 좋아요. 그리고 잡초조차도 아버님 영토의 일부이며, 그것들에겐 그것들만의 필요가 있는 거죠."

쿠니는 만족한 얼굴로 고개를 끄덕였다.

"지역마다 다른 정책이 필요하지."

세라의 가슴이 두근거렸다. *내가 맞았어! 귀족들에게 독립성을 준 건 실험하기 위한 거야.*

"그리고 아무래도 새 작물을 심을 때는 다른 처방에 따라 다른 땅 뙈기에 심고, 그중 어떤 것이 가장 생산량이 많은지 관찰하는 것이 좋을 거고요."

쿠니는 웃었다.

"내 딸이 농사에 재능이 있구나……. 아마도 더 많은 일에도 적용할 수도 있겠고."

"더 자주 아버지와 함께 농사를 지을 수 있어요."

"그럼 좋겠구나." 잠시 말을 멈추었다가 쿠니는 덧붙였다. "미로 근위대장이 일을 벌인 뒤, *파나 메지*들과 루티 선생의 체면이 설 수 있게 나서서 도운 것은 아주 영리했다. 네 오빠와 남동생이 너 같은 감각을 가졌더라면 좋았을 것을."

칭찬에 기뻐 세라의 얼굴이 발그레해졌다.

"조미 키도수의 제안을 어떻게 생각하세요?"

그녀는 자신의 피보호자에 대한 아버지의 견해를 듣고 싶었다.

쿠니가 호기심 어린 눈으로 그녀를 쳐다보았다.

"그 여자아이를 아느냐?"

"어…… 아니요. 하지만 매우 인상적이었어요."

쿠니는 그녀를 계속 쳐다보았지만 더는 묻지 않았다.

"적절한 흙을 준비해야만 번성하는 씨앗이 있지."

그는 자세한 말을 덧붙이지 않았다. 세라는 아버지와 계속 정원에 물을 주면서 그 대답을 곰곰이 생각했다.

퉁, 조롱박이 양동이 바닥을 긁어 대고 텅 빈 채로 올라왔다. 세라는 일어서서 소매로 이마를 닦았다.

"개울로 돌아가서 물을 더 가져올까요?"

땀에 젖은 딸의 얼굴을 바라보고 쿠니의 표정이 누그러졌다.

"괜찮다. 이미 날 많이 도와주었어. 여자애는 땀을 뻘뻘 흘리고 햇볕에 타서는 안 된단다. 아다티카를 데리고 네 어머니가 관리하는 정원의 그늘에서 놀도록 하렴."

세라는 아랫입술을 깨물며 쿠니를 바라보았다. 그러고 나서 마음을 단단히 먹으며 똑바로 일어서서 물었다.

"아버지, 전쟁 중에 긴 여왕에게도 땀을 뻘뻘 흘리고 햇볕에 타서는 안 된다, 그렇게 말씀하셨나요?"

잠시 쿠니의 표정은 놀라움과 당황스러움 사이에서 멈췄다. 그러고 나서 황제는 딸을 향해 고개를 숙이며 미소를 지었다.

"미안하구나, 세라 황녀. 강인한 여인은 긴 장포를 입고 있을 수도, 치마를 입고 있을 수도 있지. 모욕할 생각은 없었다만 네 말이 옳구나. 내가 사려 없이 말했어. 네가 어머니의 성미와 배짱을 닮았구나. 좋은 일이다."

세라는 *지리* 자세로 깊숙이 허리를 굽혀 절을 했다.

"아버지는 너른 마음을 가진 군주이십니다."

그들이 빈 양동이를 들고 개울로 돌아갈 준비를 하고 있을 때, 멀리서 친근한 목소리가 들려왔다.

"루안! 여기서 뭐 하는 거요?"

쿠니와 세라는 몸을 돌려 제국의 망원장관 린 코다가 아치형 다리를 건너오는 것을 보았다. 그는 교대(橋臺)에 섞여 들려는 것처럼 다리 밑에 서 있는 루안 지아에게 말을 걸고 있었다.

루안은 다리 그늘에서 빠져나와 절을 했다.

"죄송합니다, *렌가*. 폐하께서 아이들과 함께하시는 개인적인 시간을 방해하고 싶지 않았습니다."

린이 말했다.

"방해라니! 그대는 가족이나 다름없소! 그대가 너무 오랫동안 코빼기도 비추지 않긴 했지만! 나중에 최소한 술 여섯 잔은 마셔야 해. 예전보다 훨씬 좋은 술을 종류별로 모아 두었지. 장담하오. 그대가 이렇게 찾아왔는데 많은 시간을 함께하지 못해 미안하구려. 그대가 자리를 비운 동안 내 부하들이 그대를 감시하느라 크게 고생했소. 감시라기보다는 보호하기 위함이었지만 말이오. 그대는 바닷속의 종잡을 수 없는 거북과 같아, 한 마을에 며칠 나타났다가 다시 몇 달간 사라지곤 했으니!"

루안이 싱긋 웃었다.

"내 안전을 신경 써 주어 고맙소. 하지만 부하들이 한낱 떠돌이 학자를 감시하는 데 어려움을 겪고 있다는 사실을 폐하 앞에서 인정하지 않는 게 우리의 최고위직 정보원에겐 최선일 텐데."

린은 일축하듯 손을 흔들었다.

"쿠니는 내가 진짜 문제아들을 주의 깊게 지켜보고 있다는 사실을 알고 있소. 조언이 필요할 때를 대비해서 그대를 이곳으로 데려올 수 있기를 원했을 뿐이야."

황제의 어린 시절 친구였던 린 코다는 황제에게 격식을 차리는 일로부터 언제나 예외였다.

"황제께서는 단순한 기술자보다 훨씬 더 지혜로운 남자와 여자들에 둘러싸여 있다고 확신하오만."

"아, 그만하시오! 그런 지나친 겸손은 자랑이나 다름없소!"

쿠니는 그들의 정감 어린 농담을 행복한 마음으로 들었다. 모든 게 더 단순했던 시간이 떠올랐다.

"아버님, 아버님께서 국사를 논의하실 수 있도록 저는 아다티카와 함께 물러나겠습니다." 세라는 린이 아버지를 찾아오면 대개 비밀스러운 일에 관한 이야기를 나눌 때임을 알았다. 그녀는 루안과 린에게 *지리* 자세로 절하고, 파라에게 따라오라고 말하고는 정원을 떠나 내궁 쪽으로 향했다.

쿠니가 린에게로 고개를 돌렸다.

"*카시마*들은 여전히 술을 마시며 논쟁하고 있어. 지금은 더 이상 문제를 일으키진 않을 거야." 그러고 나서 깊이 뉘우치는 표정이 되어 덧붙였다. "난동을 예상하지 못해서 미안해."

쿠니는 아무 일 아니라는 듯 손을 내저었다.

"괜찮아. 결국엔 내가 그들의 탄원을 해결해야 했어. 지역 간의 불균형을 어떻게 해결할 것인지와 관련해서 코고랑 자토와 이야기해 볼 생각이야. 아마도 하안과 간이 아닌 지역 출신의 학자들에게 약간 가산점을 주는 제도가 필요하다 싶어. 익명성과 관련한 요건들을 약간 완화할 필요도 있을 거고."

"고집불통인 루티를 상대로 그 계획의 타당성을 설득하려면 운이 필요할 텐데. 행운을 빌어 줄게. 루티는 가산점 때문에 합격하는 후보자는 누가 됐든 하안 출신 후보자들에게 항상 열등감을 느낄 것이니 네 치료법은 병보다 더 나쁘다고 말할 거야."

"루티가 완전히 틀린 건 아니야. 그래서 이 문제가 어렵다는 거야. 하지만 타협은 국가 운영이라는 기계를 계속 작동시키는 윤활유야." 루안이 공학적 비유에 눈썹을 치켜올리자 쿠니는 씩 웃었다. "난 그대가 귀환할 것을 대비해서 이 말을 아껴 왔어."

루안이 웃으며 말했다.

"황제께서는 그 누구보다 흥미로운 군주이십니다."

린이 말했다.

"좋은 선생님들이 하안을 떠나 다른 지방으로 이주하도록 유도하기 위해 이미 많은 돈을 지출하고 있잖아. 책벌레들은 네가 그들의 불만을 해결하기 위해 얼마나 많은 일을 뒤에서 해 왔는지 깨닫지 못하는 것 같아."

"묘목이 우뚝 솟은 참나무로 자라는 것을 보는 데 많은 시간이 걸리는 것과 마찬가지로, 전통적인 학문이 없는 지역에서 학문을 일구어내는 데는 많은 시간이 걸려. 하지만 젊은이들에게는 그런 인내심이 없으니 임시방편적인 조치들이 필요해. 게다가 나는 가난한 사람들의 아이들이 재능 있는 인재로 더 많이 거듭날 수 있도록 그들이 학당에 다니도록 장려하려고 하지만, 그러면 부유한 집안의 아이들이 경쟁이 심해진다며 반대할 것이 확실하지. 일이 닥치면 그때 또 대처해 나가면 돼. 또 보고할 게 있어?"

"많지는 않아. 폐위된 귀족 몇몇이 문제를 일으키고 있어. 그중 두 명은 최근 판에서 회동을 가졌어. 하지만 크게 문제가 되진 않을 거라는 판단이야. 투노아 제도에서 패왕 숭배가 고개를 들고 있는 것이 더 우려스러워. 다른 지역으로까지 확산될 조짐이 보이거든.

지금까지는 감시만 해 왔는데, 더 많이 개입해야 하는 걸까?"

쿠니는 얼굴이 어두워졌지만, 잠시 후 긴장을 풀었다.

"이제 마타는 다라에서 나타나는 유령에 불과해. 섬의 한쪽 끝에서 다른 끝까지 피를 조공할 것을 요구하는, 만족할 줄 모르는 영주가 아니지. 사람들의 기억 속에서 점점 미화될 거야."

"이런 배은망덕한 것들⋯⋯."

"아니! 평화롭기만 하다면, 내 형제에 대한 숭배가 커지는 걸 방해하지 말고 내버려 둬."

"하지만 쿠니⋯⋯."

"아니, 강압적으로 대응해 봤자 내 불행을 바라는 사람들을 부추길 뿐이야. 일전 리루강과 바다가 만나는 곳에서 마타를 배신한 것은 그게 더 큰 명예를 섬기는 길이라 생각했기 때문이었어. 민들레 가문이 죄악 위에 세워졌다 누군가 믿는다고 해서, 그 입을 헛되이 막으려고 하며 그의 생각이 옳음을 증명하지는 않을 거야. 마타는 진정으로 비범한 사람이었지. 그의 명예와 신념을 숭배해도 위협이 되지는 않아."

옆에 있는 루안이 고개를 주억거렸다.

"'황금 잉어 계획'은 어떻게 돼 가?"

"쉽지 않은 상황이야. 젊은 여성의 부모는 가장 설득하기 힘든 사람들이야. 부자면 더더욱."

"그럼 가난한 사람들에게 초점을 맞춰. 지금 이득 볼 게 적은 사람들을 설득하는 게 더 쉽겠지."

"계속 노력해 볼게." 고개를 끄덕인 린은 루안에게 고개를 돌렸다. "나중에 같이 술 먹는 거 있지 말게. 코고와 긴도 초대할 생각이니까. 하지만 우선…… 음…… 황후의 정원에서 뭔가를 좀 확인해야 해서."

그는 서둘러 작별 인사를 하고 지아의 정원으로 자리를 떴다.

"지아는 항상 누군가가 허락도 없이 자신의 행복초를 가져간다고 불평해. 난 항상 린이 범인이라고 의심해 왔고."

웃으며 돌아선 황제는 루안이 이상한 표정을 짓고 있는 것을 보았다.

"왜 그래?"

"궁정에 맡은 직무가 없으니 제가 뭔가를 간언할 위치에 있다고 생각하지는 않습니다만……."

"왜 이래. 우리가 왜 가식적인 말을 주고받는 거야? 난 궁정의 정치에 얽히고 싶지 않다는 그대의 바람을 들어줬어. 그런데 옛 친구는 내게 솔직하게 말해 주지 않는군."

루안은 고개를 끄덕였고, 그의 군주가 여전히 자신을 그렇게 생각하고 있음에 위안을 받았다.

"그럼 직설적으로 말씀드려도 괜찮으시겠지요. 아무런 방해도 받지 않고 욕구를 만족시키는 건 좋지 않습니다. 비록 폐하께서 여전히 활력이 넘치셔서 새로운…… 미인들을 찾는 건 마땅히 축하할 일이긴 합니다만, 판에서 있었던 일이 떠올랐습니다. 에리시 황제의 궁전을 정복한 후 여인들이 기거하는 곳으로 들어갔을 때의 일 말입니다……."

"도대체 무슨 말을 하는 거야?"

루안의 말이 이어지는 동안 눈이 점점 더 커져만 가던 쿠니가 그를 가로막았다.

"아······. 그 '황금 잉어 계획' 말입니다······. 루피조폭포 위로 도약하는 황금 잉어는 다이란으로 변하게 된다는 이야기를 의미하는 것 아닙니까? 그리고 린은 젊은 여성들을 언급했습니다······. 그래서······. 제가 폐하를 재미나게 해 드렸다니 기쁘군요, *렌가*."

쿠니는 배를 잡고 몸을 접을 정도로 심하게 웃었다.

"루안, 루안! 그대는 너무 오랫동안 자리를 *비웠어*. 상처받을 것 같네. 나를 얼마나 낮잡아 봤으면 내가 다라의 평민 중에 새 아내를 선발하려고 미인 대회를 열 거라고 믿는 거야? 그런 생각을 했다는 것 그 자체만으로도 상처야!"

"그럼 린에게 시키신 일은 뭡니까?"

쿠니는 웃음을 참으려고 애를 썼다.

"으흠······ 조미 키도수의 말이 맞아. 최대한 공정하도록 애를 썼지만, 다라 전역의 재능 있는 인재를 끌어모으기 위해서라면 제국 시험은 좋은 방법이 아니야. 난 여성들에게 시험과 관료 제도를 개방했어. 하지만 시험에 응시한 여성들은 거의 없었으며, 낮은 곳에서 높은 지위까지 올라온 사람은 더 드물었지. 난 린에게 재능을 가진, 장래가 촉망되는 여자아이들을 찾아내고, 그들 부모에게 몰래 장학금을 줘서 그녀들이 학교에 다니고 시험을 치르도록 격려하라고 했어. 그게 바로 '황금 잉어 계획'이야. 하지만 지금까지는 결과가 좋지 않아. 하물며 하안에서도 그래. 대부분의 부모는 딸들이 집을 떠나 제국 관료제에서 경력을 키우는 걸 원치 않더군."

"습관은 바뀌기 어려운 것입니다."

루안은 자신의 추측이 틀렸다는 것을 알고 크게 안심했다. 어쩌면 그가 지금껏 쿠니 가루에 대해 너무 냉소적이었는지도 모를 일이었다. 쿠니 가루는 기꺼이 가장 흥미로운 길을 가고자 했던, 성공을 위해 도박을 하고자 했던 군주였다.

"시간이 걸리는 일이지. 도덕주의자들의 위세가 너무나 등등하고 목소리가 커서 그 계획을 비밀에 부쳐야 했어. 이 일이 알려진다면, 분명히 트집 잡기 대학은 (쿠니가 주창자 대학을 그리 부르는 것을 듣고 루안은 미소 지었다) 전통을 무시하고 미덕을 벗어났다는 이유로 산더미 같은 탄원서 아래에 나를 묻어 버릴걸. 내 인생은 모든 게 타협이야."

"물 나르는 걸 좀 도와 드릴까요, 가루 공?"

그렇게 말한 루안은 잠시 오래되고 익숙한 화법으로 넘어간 것이 황제의 심기를 거스를 수도 있겠다 걱정했지만, 쿠니의 여유로운 얼굴에 안심했다. 모든 습관이 나쁜 것은 아니었다.

"궁에 머무르면서 내가 행정이라는 짐을 지는 것을 돕는 건 어때."

"저는 늙은 물소입니다, 가루 공. 황야를 떠돌아다니기에는 걸맞아도 쟁기질을 할 능력은 이제 없습니다."

"하! 또 시작이네. 지나친 겸손은 사실 자랑이나 다름없어. 괜찮아. 그대가 자유를 사랑한다는 걸 알아. 내가 그대 입장이라도 다시 궁으로 돌아오고 싶지 않겠지."

"부탁이 하나 있습니다."

"뭔데?"

"북방 탐험에 돈을 대 주실 수 있겠습니까? 마피데레 황제가 했던, '불멸자들의 땅'으로의 항해 기록이 마음에 걸립니다. 우린 바다에 대해 아는 것이 거의 없습니다. 고대의 책들은 폭풍으로 만들어진 벽과 여행자를 모조리 잡아먹는 살아 있는 섬들에 대해 말하고 있지만, 진실을 알기가 어렵습니다."

루안은 소매에서 날개와 뿔이 달린 짐승들 그림이 가득 새겨져 있는 이상한 잔해를 꺼내고는 자신의 계획을 설명했다.

"정말로 궁에 머물지 않기로 마음먹었군, 그렇지?" 목소리에서 실망감이 완연히 드러났지만 쿠니는 곧 그것을 떨쳐 냈다. "좋아. 여기 머무르라고 그대에게 강요할 순 없지. 하지만 마피데레가 내보낸, 어리석다시피 한 규모의 탐험대를 감당할 여유는 없어."

"제가 바라는 장비가 갖춰진, 작지만 성능이 좋은 배 몇 척만 있으면 됩니다."

"힘닿는 데까지 도울게."

채소밭에 물을 퍼 나르고 가족과 일에 대해 계속 이야기를 나누는 동안, 루안은 쿠니의 쾌활한 겉모습 아래 먹구름이 드리워져 있다는 것을 깨달았다.

"공은 국가라는 배를 조종하며 험난한 바다를 항해하고 있으며 키를 잡은 손은 자신에 차 보입니다. 하지만 아마도 마음 깊숙한 곳에는 뭔가가 걸리는 듯합니다."

쿠니는 그를 힐끗 보았다.

"맞아. 뭔가 걸려. 다시는 궁으로 돌아오지 않겠다던 그대 결정이 잘한 것 같아." 황제는 하인들이 정원 가까이에 있지 않은지 주위를 둘러보았고 목소리를 더 낮췄다. "황궁에서 맡은 직책이 없으니, 그대가 좀 더 객관적인 조언을 해 줄 수 있을지도 모르겠어. 메타시의 배처럼, 민들레 가문도 다가오는 폭풍에 직면해 있거든."

루안은 쿠니가 한 말을 생각해 보려고 하던 일을 잠시 멈췄다. 메타시는 한 고대 티로국의 이름이었다. 마피데레 황제의 통일 전쟁이 있기 전에 칠국 간의 힘의 균형은 어떤 형태로든 1000년 이상 지속됐지만, 티로 역사에 그 나라들만 있었던 건 아니었다. 대이산 전쟁 이후, 다라 제도는 서로 적대하는 더 많은 작은 티로국들로 나뉘었다. 혼란스러운 전쟁의 초기 단계에서 살아남은 국가들이 칠국으로 거듭난 것이다.

본섬의 북쪽 해안에 세워진 작은 국가였던 메타시는 1000년도 더 전에 본섬을 통일하려고 시도했다. 메타시의 고타 왕은 다무산맥과 시나네산맥 북쪽의 모든 영토를 확보하고 오늘날의 보아마 지역에 수도를 세웠다. 그러나 고타가 죽은 후, 그의 가장 강력한 세 장군인 하안과 파사, 리마는 각각 별도의 후계자를 지지하며 막 탄생한 제국을 분열시켰다. 보아마 궁정의 시인 파라는 메타시를 독립된 국가 세 개로 나눈 일을 두고 이런 시를 지었다.

무자비한 봄은 첫 폭풍을 맞이하고
보아마 성벽은 무너진다.
왕의 명성은 여름을 맞았으나
이제 배는 쪼개져 따끔한 겨울을 느낀다.

"아직 젊으십니다, 렌가."

쿠니는 쓴웃음을 지어 보였다.

"우리는 모두 신들의 눈에는 어리고 아이들의 눈에는 늙은 존재지. 젊은 왕조는 첫 번째 계승이라는 폭풍의 벽을 통과해야 해. 고대 문헌에 나오는 신화 속 벽 못지않게 험난한 여정이야. 성공한다면 이 제국은 칠국만큼 오래 지속될 거야. 실패한다면 내 운명은 마피데레와 다르지 않을 것이고. 지아와 리사나 둘 다 나름의 방식대로 황태자를 지명해 달라고 요청해 왔어. 그대라면 누구를 선택하겠어?"

깜짝 놀란 루안이 자신 없다는 듯 고개를 숙였다.

"저는 황자들을 잘 모릅니다."

"그대는 그 다리 아래에 아이들이 도착하기 전부터 서 있었잖아." 쿠니가 침착하게 말했다. "*퀴파* 선수의 저력을 판단할 때는 단 한 번의 움직임만 봐도 충분할 때가 있어."

의견을 말할 수밖에 없다는 것을 깨달은 루안은 조심스럽게 말을 이어 나갔다. 그는 황궁 시험에서 아이들이 보여 준 모습과 아버지와 나눈 대화에서 관찰한 바를 생각했다.

"티무 황자님은 아노 현자들의 방식에 정통합니다. 의심의 여지 없이 대신들과 주창자 대학의 지지를 얻을 것입니다. 신중하고 존경받을 만하며, 유능한 관리자가 될 것입니다."

쿠니는 아무 말도 하지 않았지만 계속하라는 뜻으로 루안을 보고 고개를 끄덕였다.

"피로 황자님은 명예와 영광을 갈망하며, 타고난 매력을 가져 장군과 귀족 들에게 호소력을 가집니다. 피로 황자님의 쾌활한 태도를 보면 폐하가 떠오릅니다. 전쟁의 시기에 좋은 지도자가 될 것으로 믿습니다."

쿠니는 루안을 바라보았다.

"내가 아이들 가운데 누가 주창자 대학을 이끌어야 하는지, 갑옷을 입고 긴의 옆에서 말을 달려야 하는지 알려 달라고 했어? 그대는 다라라는 배를 조종하는 데는 그보다 더 많은, 훨씬 더 많은 것이 필요하다는 것을 잘 알고 있을 테지."

루안은 한숨을 내쉬고 침묵했다.

"침묵이 말보다 더 효과적이군. 이제 그대는 내가 마주한 난관을 이해할 거야."

"만약 적절히 조언을 받는다면 누구라도 성공할 겁니다."

"만약에. *만약에*! 하지만 그게 바로 문제지. 고문들은 통제권을 자기가 쥐고 싶어 해. 벌써 줄을 대며 내가 죽기만 기다리고 있다고."

"상황이 그렇게나 나쁜 건 분명 아닙니다!"

"아니지, 아마 아닐 거야. 하지만…… 지금까지 그대는 재능에 대해 말했어. 하지만 아버지의 마음에 대해서 이야기하면 어때?"

루안은 깊이 숨을 들이마셨다.

"피로 황자님과 공의 사이에는 자연스러운 애정이 있습니다만, 유감스럽게도 티무 황자님과의 사이에는 그런 게 없습니다."

쿠니는 움찔했지만 눈길을 돌리지 않았다.

"신들은 우리의 오류와 실수를 계속 기록하지. 그리고 우리는 그 대가를 치러야 하고. 티무가 자랄 동안 나는 그 아이의 삶을 떠나 있었어. 우리 사이는 항상 어색했고. 하지만 그 아이가 선택하지 않은 일을 두고 맏아들이 타고난 계승권을 빼앗는 게 옳은 일일까?"

"죄책감으로 후계자를 선택해서는 안 됩니다."

"그건 알아!" 쿠니는 마음을 가라앉히기 위해 심호흡했다. "하지만 나는 딱딱한 나무로 만든, 무감각한 저울이 아니야. 스스로의 감정을 무시할 수 없어. 리사나는 전쟁 기간 내내 내 곁을 지켰고, 피로는 내 무릎에서 자랐어. 하지만 패왕에게 인질로 잡혀 있었던 지아의 신성한 희생이 없었다면 민들레 가문은 오늘날 옥좌에 오르지 못했을 거야. 나는 그녀에게 너무 많은 빚을 졌어."

"그렇다면 그날 황후께서는 주디에서 현명하게 선택하신 겁니다. 비행함에서 내리신 것 말입니다."

"그 선택을 내린 이유 중에서 사랑이 과연 몇 할일까. 또 이런 날을 위한 계산은 몇 할을 차지할까. 그 누가 알겠어." 쿠니는 한숨을 재차 내쉬었다. "형제들이 서로에게 무기를 겨누거나, 아내들이 치명적인 왕위 계승 전쟁에 꼼짝없이 갇히는 걸 보고 싶지는 않아. 두 황자 각자에게 궁정 내 파벌이 있어. 내가 할 수 있는 일이라곤 내 선택을 숨기는 것뿐이고."

루안은 쿠니가 형제라고 언급한 것을 따져 보면서 잠깐 말을 멈췄다. 그는 재차 보고 들은 것을 검토했고, 별안간 쿠니가 진짜 하고자 하는 말을 이해했다.

"*렌가*, 당신께서는 정말로 너른 마음을 가진 군주이십니다!"

쿠니는 간절한 표정으로 그를 바라보았다.

"내 해결책이 어떤 것 같아?"

"시간이 걸릴 겁니다."

루안이 조심스럽게 말했다. 그의 마음은 아직 쿠니의 진짜 계획을 알게 되면서 받은 충격을 수습하는 중이었다. 황태녀였다. 황태자가 아니라.

"아주 오랜 시간이 걸리겠지. 그것이 '황금 잉어 계획'의 진정한 목적이야. 긴이 예외적인 존재로 간주되는 한, 주창자 대학이나 귀족, 대신 들은 절대로 내가 선택한 계승자를 받아들이지 않을 거야. 대정전에 장포를 입는 사람들의 수만큼 치마를 입는 사람들이 있어야 세라가 다라의 황좌에 오를 수 있겠지."

이미 쿠니의 계획을 알아차렸음에도 루안은 쿠니가 진짜 후계자의 이름을 큰 소리로 말하는 것을 보며 충격을 받았다. 루안은 주창자 대학의 울분에 찬 항의와 도덕주의자들의 비난을 상상했다. 쿠니가 황후와 리사나 부인이 어전 회의에 출석하는 것을 허용하도록 어전 회의의 구성원들을 설득할 때도 어마어마한 노력이 필요했다. 두 사람이 쿠니의 고문으로 오랫동안 일해 왔다는 사실은 아무런 도움이 되지 않았다. 여자를 황제로 받아들이도록 설득하려면 아예 혁명이 필요할 터였다. 아니면 어전 회의의 구성이 싹 바뀌거나.

"오늘 시험에서 당신의 제자를 보게 되어 기뻤어. 부탁도 하지 않았는데 나를 위해 황금 잉어를 찾아 주었던데."

"어떻게…… 그녀가 제 제자라는 것을 알았습니까?"

쿠니가 한쪽 눈썹을 까닥였다.

"내가 그대와 논쟁을 벌인 것도 수년이야. 매우 독창적이긴 했어도 수사학을 사용하는 방식에서 그대가 쓰는 독특한 유형이 묻어나

왔어. 그녀는 늑대 무리가 두려운 줄 모르는, 갓 태어난 송아지처럼 대담하고 건방져. 너무 급진적인 발상이라 적어도 아직은 시행할 수 없고."

루안은 사람들이 항상 쿠니를 과소평가해 왔음을 다시금 떠올렸다. 때로는 심지어 자신도 그랬다.

"시간이 지나며 겸손을 배울 것입니다. 원철(原鐵)은 경험이라는 도가니로 정련해야 강철이 됩니다."

"젊은이들이 급진적인 생각을 하지 않으면, 세상은 절대 변하지 않아." 쿠니가 말했다. 루안의 머리에는 마피데레의 얼굴을 쳐다보았다가 그가 맞게 될 몰락을 보았다던 젊은 쿠니 가루의 전설이 떠올랐다. "바다에서 갓 태어나 육지로 밀려오는 파도는 거칠고, 대담하고, 급진적이며, 새로 만들어진 발상처럼 투박하지. 그러다 가혹한 육지라는 불가피한 현실에 닿게 돼. 파도는 흩어지고 고갈되다 결국 다음 파도에 밀려나. 이 모든 건 헛된 노력처럼 보이지. 그러나 파도는 계속 밀려들며 노력을 쌓아올리며 여러 세대와 오랜 세월에 걸쳐 다라의 해안선을 조각했어. 그녀는 가능성이라는 기술을 배울 거야, 나처럼 말이야. 나는 참을성이 아주 강해."

"가끔 공께서는 시간에 맞추어 연을 타는 사람 같습니다. 공의 이상은 현재라는 지평선 너머 아주 먼 곳에 있습니다."

"그것이 유일한 방도니까. 제국의 키를 잡을 수 있는 판단력, 정치와 연극에 대한 본능을 가진 사람은 아이들 중 세라가 유일해. 두 형제 모두와도 사이가 좋아. 승계자가 되면 형제들의 경쟁심을 누그러뜨리고 두 사람 모두 그녀를 돕도록 할 방법을 찾을 거야. 그건 두 남자아이 중 누구도 스스로는 할 수 없는 일이지. 하지만 세라가 세상에 받아들여지기 위해서 나는 장기전에 대비해야 해. 모든 사람이 모르게끔 그 애가 걸을 승계의 길을 미묘하게 닦아 두어야 하고. 때가 무르익을 때까지는 세라가 명백한 권력 기반을 구축하지 못하도록 해야 해. 피로와 리사나는 장군을, 티무와 지아는 학자를 배경으로 삼고 있어. 내가 세라에게 자신만의 권력을 구축하라고 권유하면 결국 더 격렬한 파벌 싸움으로 이어질 뿐이야. 세라에게 권력이랄 게 없어 보이는 상태를 유지해야만 궁극적으로 그 아이가 권력을 잡도록 도울 수 있어."

"왜 황후 폐하께 털어놓지 않으십니까? 아들만큼이나 딸을 지지하실 겁니다."

쿠니는 고개를 저었다.

"지아는 그런 급진적인 변화가 가져오는 위험을 용납하지 않을 거야. 게다가 자부심이 강하니 자기가 선택한 길을 포기하지도 않겠지."

"궁정이 너무 분열되어 황후와 공께서 한마음으로 보실 수 없게 되신 듯합니다."

"우린 한마음이었던 적이 없어. 내 말을 오해하지는 마. 우리 사이의 사랑은 시들지 않았거든. 하지만 누군가를 사랑한다고 해서 스스로의 의지를 포기해야 하는 건 아니야. 그대는 지아를 과소평가하고 있어. 그녀는 안정이 무엇보다 중요하다고 생각해. 하지만 내 혁명 계획은 자칫하면 제국을 내전으로 던져 넣을 수도 있어. 게다가 지아는 여러 해 동안 학자들과 친분을 쌓으며 그들의 이익을 도모해 주었지. 지아가 불가능한 내 꿈을 이루기 위해 그간 쌓아 올린 모든 것을 도박으로 날리려고 할까? 그렇게 의기양양하고 확신이 있는 사람이 말이야."

"공의 꿈은 아주 흥미로운 꿈이지요."

두 사람은 과거의 대담한 행동들을 떠올리며 동시에 미소 지었다.

"그대의 마음을 돌려 놓을 만큼 흥미로워?"

루안은 고개를 저었다.

"공의 목표는 존경스럽습니다, 가루 공. 하지만 저는 궁중의 정치보다는 거친 바다를 무릅쓰겠습니다."

"내 궁궐이 변덕스러운 타주의 영역보다 더 치명적일까?"

"저는 제 재능과 한계를 알고 있습니다."

쿠니는 한숨을 쉬었다.

"나로선 시도는 한번 해 봐야만 했어."

"성공하시기를 모든 힘을 다해 바랍니다."

"내가 심은 씨앗에 싹이 트고 꽃이 피는 것을 볼 수 있을 때까지는 통치자의 자리를 지켜야 해. 어떤 면에서는 나이가 들수록 신들에게 더 많은 시간을 달라고 빌었던 마피데레에게 연민이 커지는 것도 같아. 기분을 조절하는 지아의 약초와 격렬한 운동으로 건강을 유지하고 있어." 쿠니는 개울로 다시 돌아가기 위해 양동이를 집어 들었다. "물이 넘쳐 쏟아지지 않게 막을 수만 있다면, 다라가 폭풍의 벽을 헤쳐 나가도록 준비시킬 기회가 있는 거겠지."

황제와 그의 고문은 황궁 한가운데 있는 농장에서 계속 일하며 오랜 우정과 새싹들에 비료를 주었다.

"린!"

황후가 작업장에서 소리쳤다.

"아!" 놀란 린은 '루피조의 손가락'(고통을 달래고 행복감을 유발하기 위해 잎을 말아서 담배처럼 피우는 약초)이 자라는 땅뙈기에서 벌떡 일어섰다. "어떻게 아셨습니까, 어, 네, 맞습니다, 접니다!"

그는 재빨리 그러모은 이파리들을 소매에다 쑤셔 넣고 겉옷의 흙과 풀을 털어 낸 다음, 모자를 고쳐 쓰고는 모든 것을 부인할 생각으로 당당하게 작업장으로 걸어 들어갔다.

작업장에는 머리가 어지러워지는, 1000여 가지 약초 냄새가 가득했다. 린은 이곳을 거의 찾지 않았다. 해를 끼칠 만한 것들이 가득 차 있는 것처럼 보였다. 식물 표본들(독이 있을 수도 있는)과 이상한 동물 부위들이 십자형으로 교차하는 선들에 매달린 채 햇볕에 마르고 있었다. 벽을 따라 선 서랍장들에는 지아의 깔끔한 글씨체로 쓰인 인식표가 붙은 작은 서랍들이 빽빽이 들어차 있었다. 해마, 해파리, 지네, 거미, 작은 뱀, 그리고 다른 이국적인 생물들이 증류주 병들 안에 떠 있고 책장에는 처방법과 실험으로 넘쳐나는 공책들이 늘어서 있었다.

지아는 기다란 대에서 일하고 있었다. 막자사발에 재료들을 섞어 넣고 찧고 있었는데, 힘을 쓰느라 팔의 근육이 도드라져 보였다. 린은 사발을 긁으며 재료를 짓이기는 막자 소리를 가장 무서워했다.

황후는 사라진 약초에 대해 언급하지 않았고, 린은 안도했다. 그녀는 하던 일을 멈추고 주디의 한 선술집에서 만나는 것처럼 가벼운 인사로 린을 맞이했다.

"다들 바빠서 예전처럼 이야기 나눌 기회가 없었네. 여기, 그대가 좋아할 것 같은 새로운 알약 몇 개를 만들었어." 그녀는 서랍장의 작은 서랍을 열고 종이 꾸러미 몇 개를 꺼내 건넸다. "첫 번째 것은 추운 밤에 좋아. 뼈에 스미는 추위를 막고 빠르게 활력을 높여 줘. 황제 때문에 힘들지? 늦게까지 깨어 있어야 할 때도 있고. 두 번째 건 수면 보조제인데, 평화롭고 생생한 꿈을 꾸게 도와줘. 그대가 행복초를 좋아한다는 것쯤은 알고 있어." 린은 얼굴을 붉혔지만, 지아는 계속 말했다. "그리고 마지막으로 청록색 꾸러미는…… 음, 다음 번에 당신이 여자와 함께할 때 한번 먹어 보라는 말로 설명을 대신하지. 그녀와 당신 둘 다 그 약에 감사하게 될걸."

린을 보고 빙긋 웃은 지아는 막자와 막자사발로 되돌아갔다.

린의 얼굴은 이제 새빨개졌다. 그는 간신히 몇 마디 감사의 말을 중얼거리면서 꾸러미들을 챙겨 넣었다. 린은 결혼하지도, 자신만의 가정을 꾸리지도 않았다. 대신 황실을 섬기는 일에 총력을 기울였다. 린은 자기가 쿠니의 고문 가운데 가장 재능 있는 사람이 아니라는 걸 알고 있었다. 쿠니와 함께 자랐다는 점이 지금의 지위를 얻은 상당한 이유가 되었다는 것도. 물론 규칙을 유연하게 적용하면서 쿠니가 해야 하는 일을(쿠니가 알 필요 없이) 처리할 줄 알기 때문이기도 했다. 항상 쿠니의 삶에서 자기가 얼마만큼의 위치를 차지하는지 린은 조금 자신감이 없었다. 그렇기에 지아의 배려에 그는 마음이 따뜻해졌다.

"망원자들 일은 요즘 어때?"

지아가 가볍게 물었다.

"괜찮습니다. 모든 것이 평화롭습니다. 패왕을 섬겼던 일부 불만에 찬 늙은 귀족이나 참전 용사들이 항상 자기들이 얼마나 불운한지 불평해 대지만, 황후 전하나 쿠니가 걱정할 만한 일은 없습니다."

"황실 재무부에 청구한 액수가 그리 크진 않았겠네. 많은 사람을 쓸 필요도 없었겠고."

"맞습니다." 린은 자긍심이 느껴지는 목소리로 말했다. "사실 예산을 줄여 달라고 요청했습니다."

그는 자신이 뒷골목과 연결되어 소소한 수익을 올릴지는 몰라도 (뇌물과 정보를 제공하는 특정 패거리들에게서 첩자들을 떼어 놓는 식이었다) 쿠니의 돈을 빼돌리고 있지는 않다는 사실을 지아에게 확실히 알려주고 싶었다.

지아는 싱긋 웃었다.

"린, 그대는 지나칠 정도로 정직할 때가 있어. 관료적 조작이라는 것의 기본 규칙을 몰라?"

린은 혼란스러웠다.

"전⋯⋯ 이해를 잘 못 하겠습니다."

"자토 루티는 제국시험을 공정하게 관리하기 위해서는 일이 많다며 끊임없이 불평해. 결국 매년 더 많은 예산을 받고 자기 친구와 제자를 더 많이 고용하지. 코고 옐루는 새로운 계획을 하나씩 내놓아. 그러면 자기 부하가 늘어나고 집무실도 더 많아지거든. 주창자 대학에 속한 사람들은 황제에게 도움을 줄 방법을 항상 새로 발견하는 것 같더군. 비평문도 더 상세히 쓰지. 그러면 더 많은 탄원서를 검토하고 더 많은 연구에 돈을 쓸 수 있으니까. 장군이나 영지를 하사받은 귀족들도 영토에 있는 해적이나 도적을 상세하게, 때로는 과장까지 하면서 묘사해. 자기들 군대와 함대가 비대해진 걸 정당화하려고 말이야. 스스로 할 일을 찾아내지 못한다면 어떻게 어전회의의 탁자에서 계속 한자리를 차지할 수 있겠어? 황제에 대한 음모나 반란이 없다면 망원장관이 존재할 이유가 있을까?"

린은 더욱 감동했다. 지아는 그가 긴이나 코고와 같은 영리한 사람들을 따라잡을 만한 타고난 재능이 없다는 것을 알고 큰누나처럼 그의 이익을 챙겨 주는 듯했다.

"그럼…… 쿠니한테…… 그 학자들이나 패왕 숭배자들처럼 반란을 획책하는 불평분자들이 더 많다고 말하고 더 많은 예산을 요구해야 할까요?"

지아는 돌아서지 않고 계속 막자사발을 찧어 대며 율동감 있는 소음과 함께 말을 이었다.

"음, 과장만으로는 한계가 있어. 모든 부서가 제한된 자금을 두고 경쟁하고 있고, 모두가 자기들 나름의 제국을 확장하려고 노력하고 있다는 게 관료의 기본 원리지. 위치를 확실히 하려면 결과를 보여 줘야 해."

"하지만…… 어떻게 말입니까? 다라는 평화롭습니다. 불평하는 사람은 항상 있어도 진지하게 반란을 일으키려는 사람은 드뭅니다."

하던 일을 멈춘 지아는 재미있어하며 린을 쳐다보았다.

"반란군이 없다면…… 그대가 만들어 낼 수 있지 않겠어?"

"뭐라고요?"

린은 자신이 제대로 들었는지 확신하지 못했다.

"지금 이 평화의 시기를 싫어하는 사람들이 많아." 지아의 얼굴에서는 미소가 사라졌다. "다만 자금과 무기, 사람이 부족해서 행동하지 않는 것뿐이야. 당신이 그들에게 무기와 돈을 주고 마음속 야망을 불태울 방법을 찾아 주면 어떨까. 그러고 나서 때가 되면 황제에게 방대한 음모를 밝히면? 당신 부서의 필요성을 보여 줄 수 있다는 생각이 들지 않아?"

"하지만 제가 왜 쿠니에 대한 음모를 부추기겠습니까?"

"정확히 말하면, 부추기는 게 아니야." 지아는 손을 뻗어 작업장을 가로지르는 줄에 매달린 채 말라 가고 있는 이파리 하나를 잡아당겼다. "이게 뭔지 알아?"

얇고 주름이 졌으며 문어를 똑 닮은 이파리였다. 그는 고개를 저었다.

"배수공(排水工) 풀이라고 불리는 식물로, 종종 게지라에서 발견돼. 게지라 사람들은 매우 근면해. 지주들은 돈을 더 벌려고 작업장을 짓지. 그리고 그들이 사용하는 염료나 산, 표백제는 토양을 중독시켜. 나중에 그 땅에서 다시 농사가 짓고 싶어지면 그곳 사람들은 배수공 풀을 심어. 이 풀들은 동물을 막기 위해서 토양에서 소금과 오염 물질을 뽑아내서 자기 몸에 품거든. 그다음에 농부들은 배수공 풀을 베고, 이파리를 태우고 재는 수레에 실어 날라. 이런 과정을 몇 번 거치면 토양은 정화되고 다시 작물을 기를 수 있는 곳이 돼. 무슨 말인지 알겠어, 린?"

린은 지아의 모호한 암시를 이해해 보려 애썼다.

"전하님의 말씀은…… 그러니까 불충하다고 의심되는 사람들에게 돈과 무기를 준다면, 그들을 수면 위로 나오게 할 수 있고 제국의 토양에 숨겨진 독을 뽑아낼 수 있다는 거군요."

지아가 고개를 끄덕였다.

"그리고 그런 음모를 폭로하게 되면 그대는 쿠니의 영원한 감사를 받게 될 것이고 더 많은 예산을 할당받게 되겠지."

린은 그 계획을 곰곰이 생각해 보고는 빙긋이 웃었다. 폭력배 집단의 중간급 간부들이 서로 경쟁할 때 힘을 확보할 요량으로 때로는 일부러 갈등을 만들어 내 자기들 윗사람 눈에 들려고 하는 것이 기억이 났다. 그는 깊이 절을 했다.

"전하, 너무나 감사합니다. 단 한 번 대화를 한 것 같은데 학당에서 10년은 공부한 듯합니다."

지아는 싱긋 웃었다.

"아첨은 당신에게 어울리지 않아, 린. 그 계획을 실행한다면, 쿠니와 나는 당신에게 감사할 게 많을 거야. 하지만 물론 당신이 그걸 비밀로 해야만 효과가 있을 거야. 안 그러면 쿠니는 당신이 만들고 밝혀낸 음모에 그렇게 감동하지 않을 거니까."

린은 닭이 쌀을 쪼듯 고개를 끄덕였다.

"물론입니다. 물론이고말고요!"

지아는 그가 자리를 뜨는 모습을 지켜보았다. 그녀의 미소는 유령처럼 점차 옅어져 갔다.

제19장
이별

판

사해평치 6년 4월

옛 친구들과 회포를 풀고 문명의 열매를 탐닉하는 일은 좋았지만, 그러한 욕망이 시들해지기까지 갈 수 있는 연회나 찻집의 수는 한정되어 있었다. 루안이 화평성을 떠날 시간이 되었다.

긴은 성문까지 그를 배웅했다.

"나랑 노키다에서 며칠 지내러 올래?"

루안은 고개를 저었다.

"네가 오면 좋겠는데. 만나 볼 사람이⋯⋯." 긴의 눈은 잠시 흐릿해지더니 다시금 단호하게 변했다. "너에게는 너의 여정이 있고, 내겐 내 여정이 있어. 불멸자들을 찾는 탐험을 준비하려고 북쪽으로 가는 거지?"

"응, 하지만 저렴하게 탐험 장비를 마련하기 위해서 몇 가지 생각해 둔 게 있어. 시간이 좀 걸리는 일이야."

루안은 긴을 포옹하고 싶었지만 그러지 않았다. 뮌 사크리의 아들을 위한 잔치가 열린 밤 이후로, 긴은 내내 냉랭하게 굴었다. 어쩌면 이별의 슬픔을 무디게 하기 위해서 처음부터 너무 얽히지 않으려고 했던 것일 수도 있었다. 그리고 루안도 긴처럼 행동하지 않았다고 장담할 수 있을까.

그래도 마음에 있는 말을 하지 않고 연인을 떠나기는 쉬운 일이 아니었다.

"조심해, 긴. 넌 너무 의기양양해. 언제나 크루벤의 호의를 살 사람들과는 적이 되지 마."

긴은 가늘어진 눈으로 그를 쳐다보았다.

"한 번이라도 내가 싸움을 피하는 것을 본 적이 있어?"

루안이 대답하기도 전에 옆에서 카랑카랑한 목소리가 들려왔다.

"스승님!"

루안은 고개를 돌리자 조미 키도수가 어깨에 가방을 메고서 도시 쪽에서 성큼성큼 걸어오는 모습이 보였다.

"이미 작별 인사를 하지 않았니, 미미티카."

"제자라면 여행이 시작될 때 스승과 40리를 동행해야 한다고 루루센이 말하지 않았던가요?"

긴이 자세를 바꾸고 목청을 가다듬었다.

조미는 여왕이 그곳에 있다는 것을 처음 깨달은 것처럼 고개를 돌렸다.

"여왕님, 감사 인사를 드리려던 참이었습니다. 세라 황녀가 제 일과 관련해서 여왕님의 도움을 구한 것이 저로서는 정말 운이 좋았습니다."

긴은 고압적으로 고개를 끄덕였다.

"별거 아니니, 더는 말하지 마."

"궁금합니다, 여왕님. 어떻게 황녀님이……."

긴이 가로막았다.

"더는 말하지 말라고 했다, 이해 못 하겠어?"

얼굴이 벌게진 조미가 고개를 끄덕였다.

루안은 긴에 대한 짜증을 억누르며 조용히 대화를 관찰했다. 그녀는 조미가 아무런 직함도 없는 스승을 알아보기 전에 여왕인 자기를 알아보지 않아 언짢아진 게 틀림없었다. 긴의 자긍심은 오만에 가까웠다. 그는 긴과 조미가 서로를 안다는 사실에 약간 어리둥절했지만, 긴이 이야기하고 싶어 하지 않으므로 더는 캐묻지 않기로 했다.

긴은 루안을 힐끗 쳐다보았고, 말을 하려는 듯하다가 멈추었고, 한 번 더 말을 하려다 또다시 멈췄다. 결국에 이렇게 말했다.

"먼바다 말미잘은 수족관에서 키울 수 없지. 잘 지내길 바라."

그녀는 자리를 뜨려고 돌아섰다.

"넌 한 번도 '바보의 거울'에서 너 자신을 본 적이 없어!"

루안이 소리치자 긴은 걸음을 멈췄다. 그녀는 돌아보지도 않은 채 말했다.

"넌 내가 의기양양하다고 말하지. 그럼 나 자신을 거울 매화에 비유하지 말아야 할 이유가 없는 거지?"

그러고 나서 그녀는 떠났다.

"슬퍼 보이세요, 스승님."

"아무것도 아니란다. 우리는 모두 타고난 본성에 충실해야 한다는 생각이 드는구나."

겨울 매화와 국화는 시에 같이 쓰였다. 국화는 겨울이 시작되기 전에 마지막으로 피는 꽃으로 죽음에 반항했고, 겨울 매화는 봄이 오기 전 가장 먼저 피는 꽃으로 서리와 눈에 맞서 강한 향기를 감추지 않고 드러냈다.

한 번이라도 내가 싸움을 피하는 것을 본 적이 있어?

"황제께서 마침내 자리를 정해 주셨어요!"

"어떤 자리니?"

루안이 흥분해서 물었다. 황궁 시험이 끝날 무렵, 조미의 발표에 너무 많은 이들이 크게 경악하고 분노했던 관계로 황제는 시간을 두고 그녀에게 적절한 보직을 생각해 보겠노라고 했다.

"주창자 대학에 임명하셨어요! 다른 임명자들보다 높은, 2급에서 시작해요."

"그럴 만도 했지!"

루안은 기뻐했다. 조미의 의견은 황제가 자신의 계획을 실행하는 데 꼭 필요한 것일 터였다.

두 사람은 함께 40리를 걸었고, 조미가 챙겨 온 조롱박에 든 술을 마시기 위해 5리 정도마다 멈추었다. 조미는 제국 정책을 개편하고 어머니를 판으로 데려올 것이라 말했고, 루안은 어렴풋한 미래의 모습을 상상하며 고개를 끄덕이고 웃었다.

"스승님."

조미의 목소리에 의심과 망설임이 밴 것은 처음이었다. 40리가 거의 끝나 갔다. 지금이 그녀가 질문을 할 수 있는 마지막 기회였다.

"만일 제가 끔찍한 일을, 모든 사람이 저를 다르게 볼 일을 저질렀다고 말씀드린다면 어떻게 하실 건가요?"

루안은 그녀를 쳐다보았다.

"왕에게 평화 조약을 깨라고 조언한 적이 있었단다. 수천 명의 사람을 죽여 미래 수십만 명의 생명을 구하라는 의미였어. 황제는 다라 제도에 더 나은 미래를 안겨 주기 위해 가장 친한 친구를 배신했지. 그리하여 개인적인 명예 대신 제왕의 위엄을 드높이기로 택했단다. 미미*티카*, 과거는 과거로 남겨 두렴. 그리고 더 나은 미래를 만들기 위한 선택을 하도록 노력해."

조미는 그 충고를 곰곰이 생각했고, 고개를 끄덕였고, 절을 했다.

"가시는 곳이 어디든 계속 보물을 찾아내시기를 기원합니다."

루안은 자신의 잔을 비운 뒤 잔을 뒤집어 조미에게 확인시켜 주었다. 그런 다음 허리를 굽혀 절을 한 뒤, 다른 말 없이 자리를 떴다.

옛 영웅들은 이야기와 노래 속으로 사라지게 돼. 새로운 영웅들이 세상을 다시 만들 거야.

"아주버님이 떠나시기 전에 이야기를 나눌 기회가 있어서 기쁘군요." 지아가 매실주 잔을 들어 올리며 말했다. 그녀는 두 다리를 교차하도록 포갠 채 느긋한 *게위파* 자세로 앉아 있었다. "황실 가족이 함께하는 게 아주 오랜만입니다."

맞은편에서는 긴장한 카도 가루가 그 말에 호응하며 잔을 들어 올렸다. 그는 딱딱한 *미파 라리* 자세를 그대로 유지하고 있었다.

"제수씨, 초대해 주셔서 황송합니다."

카도와 지아는 가까웠던 적이 없었다. 그는 황후가 목적을 갖고 자신을 불렀다고 확신했다.

"그간 다수섬에서 훌륭히 일해 오셨습니다. 아주버님은 그 섬이 쿠니에게 얼마나 특별한지 알고 계시지요. 어떤 면에서 그곳은 쿠니의 두 번째 고향입니다. 달리 그 누구도 믿을 수 없었기에 쿠니는 아주버님에게 그 섬의 운영을 맡긴 겁니다."

카도는 지아의 말을 마음속으로 되뇌었다. *무슨 뜻이지? 내가 다수에서 아무런 일도 하지 않는다는 걸 잘 알고 있을 텐데. '왕'이 된 이후로 총독 겸 섭정이 뭐든 원하는 걸 내 이름으로 하도록 내버려 두었어. 거기에 간 적도 열몇 번이 될까 말까 해.*

"쿠니가 유능한 조수를 골라 다행이었습니다."

카도는 이것이 지아가 듣고 싶어 하는 대답이길 바랐다.

"그렇게까지 겸손할 필요는 없습니다. 아주버님이 천거한 학자가 황궁 시험에서 1등을 하다니요! 작고 빈곤한 다수섬에서 그런 일을 해내리라곤 아무도 예상하지 못했습니다."

그 일 때문이군. 카도가 생각했다. 황궁 시험에서 조미 키도수가 티무 황자를 난처하게 만들자 지아는 속을 끓이며 못마땅해하는 표정을 내비쳤다. 쿠니가 티무보다 피로를 더 좋아하는 것 같으니 황후가 아들을 극도로 싸고돈다는 소문이 돌았다. 카도의 등에

서 식은땀이 솟아났다. 피로를 황태자로 책봉시키는 데 내가 어떻게든 힘을 실어 주려고 조미 키도수를 천거했다고 지아가 생각한다면…….

"고백할 게 한 가지 있습니다. 전 조미 키도수를 추천하지 않았습니다."

"네?"

지아가 눈썹을 치켜올렸다.

"섭정인 라 올루가 정말로 저를 대신해서 모든 일을 합니다. 제가 겸손해서 한 말이 아닙니다. 올해의 대시험 때 전 일찌감치 비어 있는 출입증에다 서명했습니다. 최고의 *카시마*들의 이름을 거기 써 넣은 사람은 라 올루였습니다. 나중에 재가를 위해 명단을 보내 주긴 했습니다만. 저는 정말 후보자들과 아무런 관련이 없었습니다."

"하지만 아주버님은 그녀의 출입증을 무효로 할 수도 있었습니다. 아주버님이 그녀를 명성과 영광의 길로 보낸 셈이지요."

"바로 그 점과 관련해서 말입니다만……." 카도는 잔을 내려놓고 비밀스러운 이야기라도 속삭이듯 앞으로 몸을 숙였다. "조미 키도수의 이름은 명단에 없었습니다."

지아의 몸이 얼음처럼 굳었다.

"뭐라고요?"

"황궁 시험에서 그녀를 보고 놀랐습니다." 카도의 얼굴엔 미소가 나타났다. "하지만 아무 말도 하지 않았습니다. 왜냐하면…… 음……."

"그녀가 시험을 잘 치른다면, 조미를 추천한 것에 대한 공로를 인정받겠다 싶었으니까 그랬겠죠. 성공을 망치려고 들 이유가 뭐가 있겠나요?"

지아가 능글맞게 웃으며 말했다.

"으흠." 카도는 어색하게 목청을 가다듬었다. "황후 전하께서는 아무것도 숨길 수가 없군요. 송구스럽게도 저는 그렇게 생각하였습니다. 물론 좀 더 신중했어야 했습니다."

"그럼 아주버님이 그녀를 추천하지 않았다면, 어떻게 조미가 고시관 출입증을 소지하게 되었을까요? 위조한 걸까요?"

"그 후에 신중하게 조사를 좀 했습니다. 그녀는 제대로 된 시험 출입증을 가지고 입궁했지만, 제가 서명한 게 아니었습니다."

"그럼 누가 서명을 한 겁니까?"

"게지라의 여왕 긴이었습니다."

생각에 잠긴 것 같던 지아가 이윽고 미소를 지으며 다시 잔을 들어 올렸다.

"고마워요, 아주버님. 고맙군요."

바깥뜰에서는 미풍이 까닥이는 민들레꽃들을 어루만지며 지나 갔다.

돌풍과 강풍

제20장

마법의 거울

투노아 군도

사해평치 8년 6월

파룬 해협 건너편의 본섬 해안에서 패왕이 죽은 뒤, 그에 대한 숭배가 시작되었다.

8년 전, 다라 제도 전역을 활보했던 위대한 전사 마타 진두는 옛 친구 쿠니 가루에게 배신당한 후 충실한 배우자인 미라 부인과 함께 자살했다. 패왕이 고향의 백성들을 보는 수치를 견디지 못해 해협을 건너기를 거부했다는 소식이 전해졌을 때, 많은 이들이 영주의 원수를 갚기 위해 최후까지 쿠니 가루와 싸우겠다고 맹세했다.

하지만 쿠니는 침략군을 보내는 대신 패왕의 모든 추종자를 사면했고, 패왕에 대한 큰 애정과 존경을 보여 주기 위해 사루자 외곽에서 호화로운 장례식을 계획했다. 다라의 신들도 마지막 순간에 개입함으로써 마타 진두의 시신을 신화와 전설의 영역으로 데려가며 협조했다.

다라의 나머지 지역 사람들은 지금은 라긴 황제가 된 쿠니 가루의 관대함에 관해 이야기했다. 학자들은 패왕과 그가 나눈 우정, 그리고 그 우정에 균열을 일으킬 수밖에 없었던 마타 진두의 비극적인 결함들을 다루며, 황제에게 전기와 시를 바치기 위해 경쟁했다.

하지만 투노아에서는 패왕에 마지막까지 충성하는 군대의 지휘관이 남아, 검과 말로 승리한 사람들에게는 조각칼과 붓을 휘두르는 이들이 자발적으로 함께한다는 사실을 상기시켰다. 결국 마타 진두의 가장 큰 결점은 '거짓말을 밥 먹듯 하는 산적 두목'인 교활한 쿠니 가루를 지나치게 믿은 것이었다.

황제는 투노아 군도를 귀족들에게 영지로 하사하지 않고 제국의 직접 통치령으로 삼을 것이라고 발표했다. 또 투노아 사람들은 5년 동안 세금이 면제되었는데, 이는 한때 황제가 형제라 불렀던 이를 기리기 위해서였다. 황궁은 필요한 모든 건어물을 투노아로부터 보장된 가격에 독점적으로 구매할 것이며, 투노아 여성들이 제국 자수사로 일할 수 있도록 일자리를 마련할 것이라고 했다. 마지막으로, 진두 성을 개조해 패왕의 묘소로 만들 것이었다. 제국 재무부는 지역의 석공, 목수, 대장장이, 일반 노동자 들이 대규모로 일자리를 얻게 될 것임을 암시했다.

저속한 쿠니 가루가 늘 해 왔듯 속이 뻔히 들여다보이는 책략이었다. 그러나 사람들은 먹고 마셔야 했고 아이들은 먹을 것과 입을 것이 필요했다. 패왕의 남은 대장들과 부관들은 패왕의 복수를 따라 외치는 이들이 점점 줄어든다는 사실을 알아차렸고, 결국 멈췄다. 병사들은 조용히 수비대 요새를 떠났고, 군복을 수집가들에게 팔았으며, 어촌으로 사라졌다.

마타 진두의 유명한 흑마인 레피로아의 머리 없는 사체와 그의 무기인 장엄한 청동 철검 나아로엔나와 무시무시한 엄니가 박힌 전투용 곤봉 고레마우를 들고 황제의 사절단이 파룬 항구에 도착했을 때, 투노아 사람들은 묵묵히 해안가에 서서 영주의 유품을 맞이했다. 황제의 사절단은 화살 한 대도 쏘지 않고, 피 한 방울도 흘리지 않고 패왕의 마지막 사령관들의 항복을 받아들였다.

레피로아는 진두 가문의 묘지에 묻혔다. 검과 곤봉은 진두 성의 가장 높은 방에 배치되었다. 그곳은 진두 가문의 선조들이 남긴 무기들을 명예롭게 보관하는 장소로, 몇 달 동안 오래된 구조물을 개조하고 확장한 뒤였다. 황제가 직접 라파 신과 카나 신을 모시는 사제들에게 돈을 지불하여 조상들을 모신 사당에 불꽃이 영원히 타오르게끔 했다. 위대한 이의 세운 업적을 듣고 다라 제도를 바꾼 무기들을 보기 위해 전역에서 순례자들이 찾아왔다.

황제는 약속을 이행했다. 투노아 사람들은 주머니에서 구리 동전이 짤랑대는 소리에 미소를 머금었다. 더 이상 복수나 명예에 관한 이야기는 없었다.

그것이 세상이 돌아가는 이치였다, 안 그런가?

하지만 어느 정신에 대한 기억을 살려 두는 데는 대가가 따랐다. 그런 정신을 가둬 놓는 것은 어려운 일이었다.

모타 키피는 패왕의 '팔백전사(八百戰士)'였던 아버지의 용맹에 대한 이야기를 듣고 자랐다.

그는 17년 전에 태어났는데, 이미 아버지가 자나 제국에 대항하는 반란에 가담하기 위해 패왕과 함께 투노아를 떠나 본섬으로 향한 다음이었다. 모타의 아버지는 주디성 포위전에서 자나 병사 스무 명을 죽였고, 늑대발섬 돌격전에서는 패왕 옆에서 싸웠으며, 자나 백부장 세 명을 죽여 스스로 백부장이 되었다고 했다.

그의 아버지는 고향으로 다시 돌아오지 않다. 그래서 그러한 이야기들은 더 사실 같아졌을 뿐이었다.

아버지와 닮고 싶지 않은 아들이 있을까?

그러나 지금 그의 앞에 있는 두 사람은 폐위된 티로국 왕들처럼 보이지 않았다. 옷은 누더기였으며 수염도 터부룩해 강도짓을 하다가 거지로 전업한 절망적인 사람들처럼 보였다. 그들이 '어전 회의'를 연 투노아 해변에 있는 동굴은 작고 축축했고, 텁텁하고 더운 공기는 소금내와 썩은 쓰레기 냄새로 가득했다.

"소코 협곡에서 쿠니 가루의 배신을 처음 본 사람이 나였다."

그 사람은 자신을 남부 게피카의 왕 도루 솔로피라고 했다. 그는 모타가 자신이 누군지 모른다는 것에 모욕감을 느낀 것 같았다.

"정말로 패왕을 알았습니까?"

모타가 미심쩍다는 듯 묻자 솔로피가 싱긋 웃었다.

"대단한 시대에 살고 있구먼. 어린애가 왕을 신문하다니."

"사기꾼도 그렇게 말할 수는 있으니까요. 어렸을 땐 패왕 역할로 연극을 하기도 했는데요."

"증거를 보여 주마." 노다 미라고 하는, 단단한 체격에 피부가 어두운 다른 남자가 말했다. 그는 동굴 속 깊은 곳 어딘가에서 복잡한 무늬가 새겨진, 옥으로 된 긴 막대를 가지고 왔다. "이건 패왕이 나를 위해 만들어 준 티로국 중부 게피카의 인장이야."

모타는 옥 막대를 유심히 살폈다. 그는 아노 표의 문자를 읽을 줄 몰랐지만, 물건이 매우 가치가 높고 솜씨가 정교하다는 것을 알 수 있었다. 남자들은 귀족이었거나, 적어도 귀족들로부터 공예품을 훔친 해적이나 강도일 가능성이 있다는 것이 모타의 판단이었다.

"당신들이 티로국 왕이라면 어떻게 이 동굴에 있게 된 거예요? 내가 가져온 음식값도 치를 형편이 안 되는 건 왜고요?"

"음식이나 돈 이야길 하자고 널 부른 게 아니야!" 도루 솔로피가 쏘아붙였다. "패왕의 공적을 기리는 무용단 공연에 네가 관심을 보이는 것을 봤다. 다시 패왕을 섬길 의향이 있을지도 모른다고 생각했지."

"무슨 말씀이세요? 우리 가족은 이미 패왕을 섬기는데요. 1년에 한 번 파룬의 묘소에 갈 뿐만 아니라, 집 뒤편에 사당도 세워 두었는데……."

"그건 섬기는 게 아니야." 참을성 없는 솔로피가 말을 가로챘다. "그를 위해 싸울 의향이 있나?"

모타는 몇 걸음 뒤로 물러났다.

"그것은 반역의 말입니다! 황제는 패왕의 기억을 존중해 왔어요. 그를 대적하기 위한 음모에 동참하지 않을 겁니다."

"복수하는 것이 너의 의무라고 패왕이 직접 말한다면 어떨까?"

노다 미의 눈은 차갑게 빛을 냈다.

"무…… 무슨 뜻입니까?"

주위는 더웠지만 모타는 등골이 오싹해졌다.

노다는 동굴 뒤쪽으로 걸어갔다. 그곳에서 천장의 갈라진 틈 사이로 밝은 햇빛 한 줄기가 들어와 자연적으로 만들어진, 선반처럼 튀어나온 바위로 떨어졌다. 그는 사당에서처럼 그 선반의 바닥 부분에 무릎을 꿇은 다음 비단 보따리를 꺼내 경건하게 끌렀다.

"이리 와 봐." 그는 모타에게 손짓하며 말했다. "이걸 봐라."

모타는 신중하게 가까이 걸어가서 거울을 집어 들었다. 청동으로 만들어졌고 매우 무거웠다. 거울의 뒷면은 부조로 조각되어 있었다. 햇살 덕분에 그것이 패왕의 뒷모습인 걸 알아볼 수 있었다. 그는 우뚝 선 채로 오른손에는 나아로엔나, 왼손에는 고레마우를 들고 있었다. 두 무기는 땅을 향하고 있었다. 모타는 거울을 이리저리 뒤집어 가며 매끄럽고 밝게 닦인 표면을 들여다보았다. 반사된 자신의 모습이 그를 응시했다. 평범한 물건은 절대 아니었다.

"이런 거울은 여기저기서 많이 봤어요. 이건 어머니가 가지고 계신 것보다는 잘 만들어진……."

"조용히 해! 자, 잘 봐."

노다 미는 한 줄기 햇빛 아래에 거울을 놓고, 빛을 비춰 훨씬 큰 동그라미를 만들어 그게 반대편 벽에 떨어질 때까지 거울을 기울였다.

모타는 눈을 크게 뜨고 입을 벌린 채 그 모습을 응시했다. 뒤이어 무릎을 꿇고 이마를 땅에다 가져다 댔다.

"저는 당신의 복종(僕從)입니다, 패왕!"

노다 미와 도루 솔로피는 서로를 바라보고, 미소 지었다.

동굴 벽에는 패왕의 모습이 선명하게 투영되어 있었다. 정면을 바라보는 모습으로, 엄숙하고 단호한 표정을 하고 있었다. 두 무기는 그가 또 다른 불멸의 공격을 준비하는 것처럼 허공을 향해 추어올려져 있었다. 한 줄로 된 진다리 글자들이 후광처럼 그의 주변을 감싸고 있었다.

쿠니 가루는 죽어야 한다.

마법의 거울에 대한 소문이 퍼지며 대담한 젊은 남자들과, 그보다는 적은 젊은 여자들이 유령을 보기 위해 신비에 싸인 동굴로 왔다. 그들은 거울을 주의 깊게 검사했지만 완벽하게 매끄러운 표면에서는 어떤 결점도 찾을 수 없었다. 하지만 거울을 햇빛 아래에다 두면, 전투 중인 패왕의 유령 같은 모습이 어김없이 나타났다.

진짜가 아니고서야 설명이 안 됐다. 그럴 가능성은 극히 낮았지만 말이다. 패왕이 무덤 너머에서 말하고 있었다.

노다 미는 그가 '영적인 춤'이라고 부르는 것을 연습시킨다며 밤에 사람들을 여러 무리로 모았다. 그곳에서 젊은 숭배자들은 전통적인 검무와 행진이 혼합된, 세심하게 설계한 발동작들을 따라 해야 했다. 그들이 땀을 흘리면 노다는 냄새가 강하게 나는 뜨거운 약탕이 담긴 그릇을 나눠 주었다. 그 액체를 마시면 밝은 보름달이나 깜박이는 횃불의 빛을 받고 산비탈에 투영된 패왕의 유령이 그들을 지켜보는 것을 느낄 수 있었다.

그리고 약이 효력을 발휘하면 패왕은 눈앞에서 움직이기 시작했다. 뛰어오르고, 피하고, 돌격하고, 돌진했다. 숭배자들은 최면 상태에 빠져 구호를 외치기 시작했다.

> 나는 산을 뽑아낼 수 있는 힘을 가졌다.
> 내 영혼은 바다를 덮을 만큼 넓다.
> 생전에 나는 왕 중의 왕이었다.
> 사후에 나는 유령들의 황제가 됐다.
> 나아로엔나는 다시 한번 피를 마실 것이다.
> 고레마우는 다시 한번 골수를 맛볼 것이다.
> 불명예스러운 이 땅에서 명예를 되찾아라.
> 쿠니 가루는 죽어야 한다!

"오늘 밤은 수익이 짭짤한데."

만족한 노다가 말했다. 그는 지갑에서 짤랑대는 동전 소리가 좋았다. 저녁 집회의 신자들이 낸 기부금이었다.

"이제는 돈이 많지 않아? 거지처럼 옷을 입는 것도 질리는데. 언제쯤 깨끗한 옷으로 갈아입고 청루에 다시 놀러 갈 수 있는 거야?"

"인내심을 가져, 형제. 총독이나 쿠니 가루가 운영하는 첩자들의 관심을 끌면 안 돼. 지금까진 운이 좋았지만 너무 과신하진 말자고. 모은 자금을 무기로 바꿔야 해."

정말로, 그들은 운이 대단히 좋았다. 몇 번의 반란이 실패하고 몇 달 동안 린 코다의 첩자들로부터 도망치며 숨어 지낸 후, 그들은 투노아로 가기로 마음먹었다. 그곳에서는 패왕 숭배가 이루어졌으니

만큼 두려움 없는 병사들을 얻기를 바랐다.

　망원자들은 작은 군도까지 추적해 왔다. 하지만 이곳에서 그들은 갑자기 폐위된 두 티로국 왕에 대한 관심을 잃은 것처럼 보였다. 노다와 도루를 잡는 데 실패했을 뿐만 아니라, 과거의 성공으로 자신 감이 과했던 때문이었는지 실수를 시작했다.

　노다와 도루가 꼼짝없이 갇혔다고 생각한 찻집에서 사냥꾼들은 사냥감들에게 들릴 정도로 큰 목소리로 계획을 말했고, 그들을 체포도 하지 않고 자리를 떴다. 부주의하고 게을렀던 망원자들은 여관방에다 지도와 코다 공이 직접 서명한 명령서를 남겼다. 노다와 도루는 그것을 읽고 코다 공의 자금 이동에 대한 중요한 정보를 수집했다.

　처음에 두 왕은 그 문서들이 알려 준 정보를 믿을 수가 없었다. 읽은 내용에 따르면, 코다 공의 귀중한 보석을 운반하는 호송대 중 몇몇은 실제로는 경비가 허술했고 보호 조치라고 해 봐야 그것들이 쓰레기 운반차로 위장하고 있다는 사실에 전적으로 의존하고 있었다. 노다와 도루는 호송대 하나를 습격해서 운을 시험했고 아무런 인명 피해 없이 많은 보물을 보상으로 받았다. 코다 공의 마부들은 공격을 받고 있다는 것을 깨닫자마자 도망치다시피 했다. 두 왕은 비겁한 황제의 첩자들을 보고 큰 소리로 웃었다.

　그들은 그 돈으로 세력권을 넓혔다. 또 다라 전역의 귀족 궁정과 제국 대신들의 집무실에 잠입하는 첩자들을 고용하기도 했다. 첩자 우두머리들을 감시하는 데 첩보 행위를 위해 마련된 돈을 쓰는 것은 아주 달콤했다.

청루를 방문했을 때는 운이 더 좋았다. 짙은 머리의 예쁘장한 여자애 하나가 끊임없이 재주를 자랑하며 중요한 고객에게서 전해 들은 소문을 자랑처럼 떠들어 대고 있었다. 하지만 그녀는 매실주 한 잔에 얼굴이 벌겋게 달아오르더니 잔이 비기도 전에 잠들었다. 노다는 그녀의 방을 수색했고, 자물쇠가 채워져 있지 않은 짐가방을 발견했다. 어리석은 고객들 덕에 꽤 부유해졌으리라는 노다의 추측은 사실이었다.

노다는 지갑을 챙긴 다음 황급히 자리를 떴다. 그와 도루는 나중에야 그 지갑 안에 보석 이상의 것이 들어 있음을 알게 되었다. 최면술을 유도하는 약탕을 제조하는 법이(그 여자아이의 속임수 중 하나인 게 분명했다) 들어 있었고, 또 독립 영지들의 군대에 대한 자금 지원을 줄이는 황제의 정책을 비판한, 아름다운 글씨체로 적혔지만 폐기된 초안도 들어 있었다. 아마도 고객 중 한 명이 남긴 기념품으로 보였다.

노다는 즉시 무기를 더 손에 넣을 요량으로 귀족들에게 접근할 계획을 세웠다. 제국이 돈을 적게 준다면 귀족들은 군대를 줄이거나, 세금을 늘리거나, 암시장에서 무기를 팔기 시작할 수밖에 없을 것이다. 그는 적지 않은 귀족들이 마지막 선택지에 의지하리라 확신했다.

하지만 가장 운이 좋았던 것은 지갑 밑바닥에 들어 있던, 종이로 싸 둔 거울이었다. 도금된 손잡이와 후부(後部)로 만들어진 거울을 보고, 처음에는 그것이 그저 귀중품인 줄 알았다. 하지만 어느 날, 거울에 비친 자신을 보며 감탄하던 도루 솔로피는 완벽하게 매끄러운 표면을 가졌음에도 거울이 벽에다 벌거벗은 여성의 모습을 비추고 있음을 발견했다. 거울을 싸고 있는 포장지에는 하안에 있는 한 허름한 가게의 거울 제작자 이름과 주소가 적혀 있었다.

노다는 즉시 신뢰할 만한 전령을 그곳으로 보냈다. 노다가 생각한 대로 그 가게는 최근에 비밀스러운 거울 제작 기술을 개발했다. 가게 주인 부부는 반역 문구가 새겨진 거울을 만들기를 꺼렸지만, 돈과 가족에 대한 위협이 함께 힘을 발휘하자 협력했다. 그렇게 그들은 노다와 도루가 추종자들을 위해 무대에 올리는 연극에서 중요한 역할을 할 거울을 만들었다.

"2년 전 판에서 의형제를 맺었을 때 신들이 우리에게 손을 들어줄 수도 있다고 생각했던 거 기억해?"

노다의 물음에 도루가 고개를 끄덕였다.

"난 이제 그렇다고 믿어."

제21장

어머니와 딸

판

사해평치 9년 4월

"교육 과정에 전기(傳記)를 더 추가하는 게 좋겠다는 제 생각에 폐하도 동의하셨습니다."

자토 루티가 말했다. 봄바람이 강의실 안으로 퍼지며 일찍 피는 꽃들의 향기를 풍겼다.

"역사적으로 중요한 인물들이 남긴 위대한 행적을 보시고, 황제님의 아들딸이신 황자님과 황녀님 들은 더 큰 미덕을 본받으실 수 있습니다. 또 과거의 유형들은 미래의 함정을 경고해 주고 있기도 합니다. 각기 가까운 과거에서 한 인물을 고르시고, 그에 집중하시어 다음 한 달을 보내십시오. 그자의 삶을 자세히 연구하여 흥망성쇠를 설명하고, 이를 더 광범위한 역사에 연결시키시길 바랍니다.

파라 황녀님, 먼저 시작해 보시지요. 누구를 연구하고 싶으십니까?"

"미라 부인에 대한 이야기를 듣고 싶어요."

일곱 살 난 파라가 말했다. 첫 번째 사해평치 대시험이 있고 나서 3년이 지났다. 한때 다라의 영주들을 홀렸던 젖살은 빠졌지만, 그녀의 눈은 장난기와 억제할 수 없는 기쁨으로 가득 차 있었다.

"패왕의 부인 말입니까?" 곰곰이 생각한 루티는 수락한다는 뜻으로 고개를 끄덕였다. "미라 부인은 패왕의 변덕을 달래려고 애썼고, 사랑하는 남편에게 믿음을 보여 주기 위해 죽었습니다. 그녀는 도덕적인 여성의 본보기였지요. 젊은 여성이 연구하기에 적절한 선택입니다. 그다음 티무 황자님, 황자님은 누가 제일 좋으십니까?"

이제 열여섯 살이 된 티무는 제대로 된 자세로 무릎을 꿇고 있었고 두 손을 포개 반대편 팔뚝까지 올라오게 해서는 흘러내리는 소맷자락으로 두 팔뚝을 가렸다. 옛날 책들 속에 나오는 격식을 차린 자세였는데, 손가락에 남은 밀랍과 흩어진 먹물로 스승의 눈을 어지럽히지 않음으로써 존경을 보여 주는 것이었다. 그는 잘생긴 얼굴을 숙였다.

"저는 지주 왕의 행적을 연구하고 싶습니다."

피로는 눈을 치켜떴고 파라는 킬킬대며 입을 가렸다.

루티의 눈은 기쁨으로 빛났다.

"대단히 탁월한 선택입니다. 반란 동안, 지주 왕은 모든 티로국 왕 중에서 가장 덕망이 높은 왕 중 한 명이었음이 분명합니다. 삶 그 자체보다 사람들을 사랑했고, 시인과 떠돌이 이야기꾼 들은 그의 희생을 기립니다. 그를 모범으로 삼는 것은 황자님의 인격이 훌

릉하심을 말해 주는 것입니다. 피로 황자님은요?"

"패왕과 긴 여왕에 대한 모든 이야기를 듣고 싶어요."

지난 3년 간, 피로는 키가 많이 자랐고 근육질로 변해 다부진 체격이 되었다. 그는 이제 열두 살이 되었다.

루티는 망설였다.

"패왕은 고귀한 인격을 지녔습니다. 폐하께서도 추도사에서 인정하셨지요. 그가 가진 매력은 이해할 만합니다. 그런데 긴 여왕은 왜 고르신 겁니까?"

"패왕은 다라의 가장 위대한 전사였지만 긴 여왕은 그를 물리쳤습니다. 이 사실 뒤에는 얼마나 대담한 이야기가 숨어 있을까요! 예무 삼촌과 키모 공은 종종 긴 여왕과 함께 전투를 벌였던 때를 떠올리곤 해요. 하지만 말해 주지 않은 이야기들이 분명 있을 거예요. 루티 스승님, 제발요. 지식에 대한 갈증을 충족시켜 주셔야 해요!"

루티는 한숨을 쉬었다.

"최선을 다하겠지만, 황자님은 책을 읽으셔야 합니다! 먼저 긴 여왕의 리마 정복에 관해 제가 쓴 저작을 과제로 내 드리는 게 좋을 것 같군요……. 기억하십시오. 황자님이 들은 소문이 모두 사실인 것은 아닙니다."

세라와 피로는 다 안다는 듯한 미소를 교환했다.

루티는 마지막 학생에게로 고개를 돌렸다.

"세라 황녀님은요?"

어머니의 미모와 젊은 시절 아버지의 장난기 많은 모습이 어우러진, 열네 살 먹은 공주는 잠시 망설이다가 대답했다.

"키코미 공주를 연구하고 싶습니다."

루티는 눈살을 찌푸렸다.

"세라 황녀님, 키코미는 자나의 원수 킨도 마라나에 대한 어리석은 충절 때문에 반란군을 배신했습니다. 그녀는 패왕과 그 삼촌의 애정을 가지고 놀면서 간계를 부려 두 사람 모두를 유혹했습니다. 성격이 변덕스러웠고 현명하지 못하게 행동했습니다. 매우 부적절한 선택입니다."

세라의 눈이 번뜩였다. 그녀는 심호흡했다.

"나는 그런 생각에 정중히 반대합니다. 키코미가 오해를 받았다는 게 내 생각입니다. 나는 그녀의 이름을 올바르게 복원할 생각입니다."

"네? 어떻게 말입니까?"

"그녀가 킨도 마라나를 사랑하여 그렇게 움직였다는 것은 키코미가 죽기 전에 내뱉은 말에 근거한 것입니다. 반면 킨도 마라나에 관한 기록에는 두 사람 사이에 그런 애정 관계가 존재했다는 암시가 없습니다."

"아룰루기가 함락된 후 키코미는 그를 침대로 끌어들였습니다. 아무궁 관리들의 신뢰할 수 있는 회고록에서 증명된 사실입니다."

세라는 고개를 저었다.

"키코미는 그의 포로였습니다. 아무를 구할 목적에서 마라나를 유혹하려고 했던 것일지도 몰라요. 뮈닝은 함락되었지만 약탈당하진 않았죠. 이는 키코미 공주가 지주 왕과 같은 위업, 다시 말해 도시를 구하기 위해 정복자와 거래를 성사시키는 업적을 달성했음을 암시합니다."

"그렇다면 그녀가 패왕과 핀 진두를 조종한 것은 어떻게 보십니까?"

"마라나가 요구한 대가가 아닐까요. 아무를 폐허로 만들지 않고 그대로 남겨 두는 것에 대한 대가 말입니다. 마라나는 적들을 분열시키고 정복하기 위해 무엇이든 이용하는 것으로 알려져 있었어요."

"하지만 키코미 공주는 심지어 죽을 때조차도 마라나를 사랑한다고 선언했습니다!"

"그래야만 했으니까요! 만약 그녀의 계책이 탄로가 난다면 패왕은 아무에 복수했을 거예요. 패왕의 분노를 마라나에게 돌리려고 죽을 때 그런 말을 남긴 걸 수도 있죠."

"대담한 생각입니다. 하지만……."

"투투티카의 계책보다는 대담하지 않아요. 그녀는 대이산 전쟁 당시 일루산 군대의 분노로부터 아무를 구하기 위해 비슷한 유혹의 책략을 구사했거든요."

"황녀님은 지금 여신에 대해 말하고 있습니다……."

"그녀는 아무의 수호신이기도 해요. 자연스럽게 키코미 공주에게 영감을 주었을 겁니다."

"황녀님에겐 아무런 증거가 없습니다……."

"전 학자나 역사가나 쓰지 않은 것까지 포함해 키코미에 관한 모든 것을 읽었어요. 제가 찾아낼 수 있는 것은 모두 다요. 지인들과 양부모 가족이 쓴 회고록, 그녀가 남긴 문서와 그녀가 썼다고 전해지는 글, 소문, 전설, 그리고 민간전승까지도요. 모든 자료가 그녀가 사실은 백성들에게 헌신적이고 야망 있다는 사람이었다고 말하고 있어요. 그녀의 글은 권력의 본질과 역사의 길에 대한 통찰력으로 가득 차 있었지요. 궁정 역사가들이 그려 낸, 어리석은 풍자화와는 전혀 어울리지 않았어요."

"하지만 역사에는 사랑을 위해 더 나쁜 짓을 한 여성들이 많습니다……."

세라는 고개를 저었다.

"바로 그거예요, 사부님. 키코미가 남자였다면, 그녀가 잘못된 사랑을 위해 백성들을 배신했다고 그렇게나 확신하셨을까요?"

"남자들도 그와 같은 병에 걸릴 수 있습니다. 핀 진두는 키코미의 여자스러운 간계 때문에 함정에 빠졌습니다."

"사부님은 핀 진두의 용기와 그가 오랫동안 복수를 준비했다고 이야기를 하지요. 또 패왕이 키코미에게 한 구애는 그의 삶을 바탕으로 한 아주 넓은 이야기 중 아주 작은 한 자락만을 차지할 뿐이에요. 하지만 역사 속의 여자들은 어떤 남자를 사랑했는지에 따라 정의되어요. 미라 부인이 패왕에 대한 사랑으로 자살했다는 것 외에 우리가 듣는 이야기가 있나요? 파라, 한때 사루자의 모든 귀족이 미라 부인의 자수를 원했다는 것을 알았니? 키코미는 반란군의 가장 중요한 지도자 중 하나였지만, 우리는 사랑에 현혹되어 남자를 유혹한 여자라는 것 외에는 그녀에 대해 이야기하지 않지요. 재능 있는 사람은 장포를 입을 수도 있고 치마를 입을 수도 있어요. 왜 차이를 둬야 하지요?"

"흠……."

자토 루티는 할 말을 잃었다.

"우리는 스스로 보고 싶어 하는 유형들을 보게 됩니다. 키코미 공주도 그런 경향성을 이용했다고 생각해요. 사부님뿐만 아니라, 핀진두의 침실로 쳐들어간 병사들에서도 볼 수 있지요. 그녀는 목표를 위해 드높은 평판을 희생하기로 택한 겁니다."

"그건 여성으로서는 대단한 용기와 지혜의 행동입니다……."

"사부님, 사부님은 한때 여자의 전쟁 수행 능력을 잘못 판단하셔서 왕위를 잃으셨지요. 모욕하려고 하는 말이 아니에요. 늘 쉽게 역사의 교훈을 발견할 수 있지는 않다고 말씀드리는 거예요. 내 이론이 옳다고 모든 사람을 만족스럽게 설득할 수는 없겠지만, 나름의 이론을 믿고자 해요. 그게 더 흥미로우니까요."

사부가 고통스러워하는 이야기를 꺼냈으므로 질책을 받을 것이 확실하다 생각하며 세라는 *미파 라리* 자세로 다시 앉았다.

오랜 침묵 끝에 루티는 세라를 향해 허리를 굽혀 절을 했다.

깜짝 놀란 세라도 허리를 굽혀 절을 했다.

"스승에게 가장 자랑스러운 순간은, 제자로부터 새로운 것을 배울 때입니다."

황후는 조용히 강의실 밖에 서서 안의 대화를 듣고 있었다.

그녀는 목표를 위해 드높은 평판을 희생하기로 택한 겁니다.

지아는 쓴웃음을 지었다. 역사는 왕비들이 아이들의 이익을 위해 궁정에서 음모를 꾸미며 경쟁하는 이야기로 가득했다. 그리고 사람들은 그녀도 그렇게 이야기하게 될 것이었다.

하지만 그들은 틀릴 것이다. 제대로 틀릴 것이다.

지아는 다라 백성들을 사랑했다. 그리고 그들은 그녀를 싫어할 것이다. 진정으로 웅대하고 흥미로운 발상에 대한 대가였다.

아이들이 스승과 대화를 계속하자 지아는 조용히 자리를 떴다.

집사 오소 크린이 작업장으로 들어왔다.

"마님, 전령들이 돌아왔습니다."

그는 둘만 있을 때는 항상 그녀를 그렇게 불렀다.

지아는 그에게 다가가 짧게 입을 맞췄다.

"기부금을 성공적으로 전달했습니다. 제가 궁중의 예산을 담당하고 있긴 하지만, 더는 의심을 사지 않고 돈을 마련할 수 없을 것 같습니다.".

"자금은 더 구해 줄게." 지아가 선언하듯 말했다. "패왕 숭배 집단의 지도자들도, 망원자들도 돈의 출처를 모르는 게 확실하지?"

오소는 고개를 끄덕였다.

"전령들에게 제 정체를 절대 드러내지 않기 위해 조심하고 또 조심했습니다."

"린은 투노아 군도를 주시하고 있어. 돈을 몰래 가지고 들어가기 쉽지 않았을 거야."

"순회 민속극단을 전령들로 활용하자는 라기 부인의 생각이 없었다면 어려웠을 겁니다."

지아의 얼굴에 미소가 스쳤다. 라기는 지아의 시녀로, 자토 루티의 조카이자 교통과 운송을 담당하는 부대신인 고리 루티와 결혼했다.

"라기는 언제나 순회공연을 좋아했지요. 사루자의 여자애였을 적에 공연에 데려가 달라고 했던 걸 기억하십니까? 패왕이 저를 가택에 연금시켰을 때도 그랬습니다." 더 위험했지만 그만큼 근심 걱정도 없었던 날들의 기억에 오소의 가슴이 아프도록 두근거렸다. 그는 옛 기억을 떨쳐 내며 계속 말했다. "린 코다의 첩자들은 상인과 대지주, 거대 밀수단이 항구로 운송하는 물건들을 예의 주시하고 있지만, 순회하는 예능인들, 특히 여성들에게는 거의 관심을 기울이지 않습니다. 라기 부인이 추천한 여배우들은 자금을 비롯한 물건들을 소품용 짐가방에 숨겨서 투노아 군도로 가져갈 수 있었고, 첩자들도 뭔가 잘못된 게 없나 의심하지 않았습니다. 극단 하나가 라기 부인의 남편으로부터 소개장을 받은 것도 도움이 되었습니다."

"많고 많은 남자가 여자를 단순한 소품과 예능인으로 생각해. 그 사각지대에 숨는 것은 쉬운 일이지."

지아의 말에 오소는 움찔했다. 그는 지아가 그렇게 냉정하고 계산적으로 말하는 것을 좋아하지 않았다. 하지만 오소는 그녀를 사랑했다. 때로 사랑을 위해서는 특정한 감정을 무시해야 했다.

"어떻게 물건을 숭배 집단 지도자들의 손에 전달한 거야?"

"그 일은 조금 더 까다로웠습니다. 여배우 한 명을 청루에 팔아 그녀의 짐가방에다 물건을 숨겼습니다. 숭배 집단의 지도자 하나가 청루를 방문하자 그녀는 아닌 척하면서 모든 것을 내주었습니다. 일이 끝나자 가극단은 그녀의 자유를 되사서 길을 떠났습니다."

지아는 고개를 끄덕였다.

"영리해. 린의 첩자들만큼 그자도 보고 있으면서도 못 본 게 분명해." 하지만 지아의 의기양양함은 곧 사그라들었다. 그녀는 좌절감에 두 주먹을 불끈 쥐었다. "이제 그 바보들이 내가 쥐여 준 자원을 활용하기만 하면 되는데! 내가 모든 일을 해 줄 수는 없어."

"가극단을 어떻게 할까요?"

"약속된 보수를 줘. 그리고 이것도." 지아는 종이 꾸러미 몇 개를 건넸다. "신들과의 교감을 경험하기 위한 약이라고 말해 줘. 그걸 먹는다면 그건 사실이 될 거야. 적어도 당분간은."

오소는 고개를 끄덕였고, 더 이상 묻지 않았다. 오래전에 지아가 계획한 것의 모든 세부 사항을 모르는 게 마음의 평화를 위해 최선이라는 결론을 냈다. 한번은 전령 한 명이 온몸이 불덩이라고 소리치며 벌거벗은 채 거리를 내달리는 모습을 본 적이 있었다. 전령은 놀란 말들의 발굽 아래로 몸을 던졌다. 또 어떤 때에는 청루에서 극심한 격정의 고통 속에서 죽은 사람들에 대한 소문을 듣기도 했다. 지아는 창의성을 발휘해서 자신만의 처방을 만들었다.

"만약에 대비해서 공연단에 돈이 넘쳐난다고 도적단 몇 곳에 알려."

가끔 오소는 지아를 전혀 이해하지 못하는 것 같았지만, 지아는 그를 필요로 했다. 그래서 오소는 항상 그녀 곁에 있을 생각이었다.

"오소, 양심 때문에 가슴 아파하지는 마." 지아는 황후다운 당당한 미소를 지어 보였다. "내가 하려는 일을 설명할까 생각도 했지만, 정치는 네 영역이 아니지. 내가 다라의 꿈을 이루고자 한다는 걸 믿어. 쿠니와 내가 구축한 연약한 평화를 지킨다는 꿈." 이해하지 못하는 오소를 본 그녀는 다정다감하게 팔을 내밀어 그를 감쌌다. "이렇게 생각해 봐. 쿠니는 이해하지 못해도, 나는 쿠니를 사랑하는 마음에서 움직여. 사랑은 우리에게 이상한 일들을 하게 만들어."

오소는 고개를 끄덕였다. 그는 그런 감정을 이해할 수 있었다.

정원에서 일하던 세라와 쿠니의 옆을 지나가던 리사나 부인이 걸음을 멈췄다.

"찾고 있었어요, 쿠니!"

"리사나 작은어머님. 인사를 제대로 못 드려서 죄송해요. 제가 지금 좀 흙투성이라서요."

리사나는 괜찮다는 표시로 손을 흔들었다.

"둘이 봄볕을 함께 즐기는 모습이 너무 보기 좋아요. 후도티카도 함께했으면 좋았을 텐데요."

"사냥도 좋은 운동이야."

쿠니는 땀에 젖은 얼굴을 수건으로 닦고 정원 밖으로 나가 아내를 맞이했다.

"좋은 소식을 가지고 온 것 같네."

그가 웃으며 말했다.

"맞아요. 코고 재상이 지주와 소작인 사이의 표준 임대차에 대한 제 제안서 초안을 검토한 뒤 좋은 생각이라고 판단했거든요."

"당연히 그랬겠지. 조미 키도수가 말한 것처럼 정책이 오용되는 걸 막고, 합당한 곳이 세금을 부담하도록 하는 데 표준 임대 절차는 도움이 될 거야. 하지만 이 표준안을 귀족 영지에 반포시키는 건 더 까다로운 일일 거야. 귀족들은 그걸 제국의 간섭으로 볼 테니까."

옆에서는 세라가 금등롱 묘목을 계속 심었다. 조미의 이름이 들리자 그녀는 귀는 쫑긋 세웠다. 손놀림은 느려졌다.

"해결책이 있어요. 칙령을 내릴 때, 의견을 요청하는 식으로 하는 거예요. 그런 식으로 하면 귀족이 나름대로 제안을 할 수 있을 거예요. 그러면 개별 영지의 독특한 조건에 맞게 표준안을 조정할 수 있겠죠."

"좋은 생각이야. 그렇게 하면 그들은 강요당한다기보다는 협상 중이라고 느낄 테고."

"저는 가장 고집을 부리는 영주들의 부인에게 개인적으로 편지를 쓰죠. 저는 그들이 뭘 정말로 두려워하는지 알거든요. 이 정책이 황후와는 아무런 상관이 없다고 믿게끔 부인들을 설득할 거예요. 그리고 그런 생각을 남편들에게 전하도록 할 거고요."

세라는 황후와 리사나 부인이 비공식적인 수단을 통해 막강한 영향력을 행사한다는 것을 알았다. 그녀의 아버지는 제국을 원활하게 운영하기 위해 필요한 사회적 유대와 비선 인맥을 유지하기 위해 두 사람에 의존했다.

"고마워. 당신은 언제나 아주 신중해."

"제가 한 일을 알아주시는 것만으로도 충분해요."

리사나가 말했다. 그녀와 쿠니는 입맞춤하고 나서 낮은 목소리로 계속 이야기했다.

작은어머님이 자신의 발상에 대한 공을 차지하지 못하는 건 안타까운 일이야. 세라는 생각했다.

"샌 카루코노의 조카인 로네에 대해 어떻게 생각해?"

지아가 물었다.

세라와 지아는 황후의 침전 바깥 뜰에서 꽃꽂이를 하고 있었다. 어렸을 적에 세라는 민들레 홀씨들을 어머니한테 가져오곤 했다. 두 사람은 함께 입으로 그 홀씨에다 바람을 불었다. 그때 이후 그들은 항상 함께 꽃꽂이를 즐겼다.

"정말로 자신감이 넘쳐 보였어요."

일전에 카루코노 가족이 황궁을 방문하러 왔다. 세라는 지아가 이야기를 나누는 동안 차를 대접했다.

"황궁 시험을 볼 수 있는 등수에 아깝게 들지 못한 *피로아래*. 샌은 로네를 자기 아들인 양 대해. 자랑스럽게 생각하는 이유가 있는 거지."

세라가 코웃음을 쳤다.

"발상이 조금 더 대담했으면 좋은 인상을 받았을 거예요."

3년 전 조미 키도수가 황궁 시험에서 했던 발표가 기억이 났다. 그녀는 혼자 웃었다.

지아는 꽃줄기 다듬는 일을 멈추고 세라를 쳐다보았다.

"그럼 키타 수는 어떻게 생각해? 분명히 발표는 대담했잖아."

어머니가 누구를 말하는 것인지를 기억해 내는 데 시간이 조금 필요했다.

"티로국 체제로의 회귀를 주장한 사람이요? 웃음가마리였어요!"

"그의 발상을 지지하는 사람들의 수가 제법 돼. 네 아버지가 농담으로 본다고 다른 사람들도 언제나 그렇게 생각하는 건 아니야."

"미래를 보는 눈이 없는 것 같던데요."

세라가 고집스럽게 말했다.

"나로카 후자는 어때? 재상이 칭찬하던데."

마침내 세라는 어머니의 말투가 전혀 일상적이지 않다는 생각이 들었다. 왜 그 남자들에 대해서 의견을 물으시는 거지?

"남자들의 인물을 판단하기에는 제가 너무 어린 것 같아요."

이제 매우 조심스러워진 세라가 말했다. 지아는 다시 꽃을 다듬었다.

"정말? 네 또래 귀족 여성들 절반은 이미 결혼했어."

"하지만 전 그 어느 남자도 좋아하지 않는걸요!"

"우리가 할 수 있는 선택은 제한적이야. 미래를 위해, 네가 어디에 머무를지 정하려면 어떻게 해야 유리한지 생각해 봐야 해. 넌 영리한 여자아이지. 그 영리함이 낭비되지 않도록 하려면 적절한 연합을 구성해야 하고. 네 삶을 낭만적 개념으로 정의하지 마."

세라의 심장이 뛰었다. 그녀는 비명을 지를까 봐 감히 입을 떼지 못했다. 그 연합이 나를 위한 걸까, 아니면 오빠를 위한 걸까?

제22장

황제의 그림자들

판

사해평치 9년 4월

작은 비행함이 끝없는 거울처럼 햇빛에 반짝이는 투투티카 호수 위를 떠가고 있었다. 높은 곳에서는 작은 어선들은 물에 떠 있는 소금쟁이처럼 보였다. 물고기를 사냥하는 독수리들도 작은 각다귀처럼 비행함 아래를 빙빙 맴돌았다. 근위대원 열두 명이 가벼운 북소리에 맞춰 깃털이 달린 노를 젓고 있었다. 선체 안에서 황제와 황후, 리사나 부인은 작은 탁자에 둘러앉아 설탕이 든 연꽃 씨앗을 간식으로 먹고 뜨거운 녹차를 마셨다. 황가 가족이 궁궐의 근심과 음모에서 벗어나 봄날을 함께 즐기는 여유를 갖는 것은 드문 일이었다.

"피로가 긴을 다시 방문하게 해 달라고 조르고 있어요."

리사나가 말했다. 지아는 하얀 천으로 찻잔을 꼼꼼하게 닦아 내

422

며 아무 말도 하지 않았다.

"그 애는 언제나 책보다 장군들과 함께하는 것을 더 좋아했지." 쿠니는 싱긋 웃었다. "이해가 가."

"평화로운 시기에는 검보다 책이 더 중요해."

지아가 대나무 숟가락으로 조심스럽게 가루 차를 잔에 담으며 말했다.

"피로는 계속 자라고 있어요. 그 애는 루티 사부님의 가르침이 가치가 있긴 하지만, 자기가 알아야 할 것을 가르쳐 주지는 않는다고 불평해요."

쿠니는 잠시 눈을 감고 가루 차의 향기를 들이마셨다.

"책에서 배울 수 있는 건 한정적이지. 그 어떤 책도 내게 황제가 될 준비를 시켜 줄 수 없었을 거야. 내 아이들도 다르지 않겠지."

승계 계획이 아직 없어서 미묘한 궁궐의 분위기를 인정하는 것이나 다름없는 말이었다. 리사나는 지아를 힐끗 쳐다보았지만, 지아는 뜨거운 석탄 위의 화로에만 집중하고 있는 것 같았다.

리사나는 입술을 깨물었다. 그녀는 위험을 감수하기로 했다.

"두 황자 모두 통치를 배운다면 가장 좋을 거예요." 리사나는 지아를 주시하면서 계속 말했다. "티무가 옥좌를 물려받는 날이 오면 피로는 고문으로서 티무를 돕겠지요."

그녀는 자신이 할 만큼 한 것이기를 바랐다. 지아를 안심시킬 수 있기를. 하지만 지아의 기분은 언제나 읽어 내기가 힘들었다.

지아는 물이 화로에서 바르르 끓어오를 때까지 기다렸다. 마치 물고기가 연못의 조용한 구석으로 내뿜은 것 같은 거품들이 수면을 덮었다. 그러자 지아는 주전자를 화로에서 들어 올려 찻잔 세 개에 뜨거운 물을 부었다. 그녀가 손목을 구부리자 뜨거운 물줄기가 한데 모인 광선처럼 뿜어져 나와 빠르게 찻잔을 계속해서 채웠다. 지아가 말했다.

"황자들은 국가라는 마차를 운전하는 방법을 이해하기 위해 연습이 필요해. 맛 좀 봐. 피나 부인의 부모가 파사에서 보낸 거야."

리사나는 차를 홀짝였다.

"아주 훌륭해요. 존경하는 언니, 언니는 차가 지닌 최고의 품질을 뽑아내지요. 그 기술은 비길 데가 없어요."

지아는 수긍한다는 듯 미소를 지었다.

"쿠니, 당신은 집안의 맏이가 아니야. 하지만 다라의 황제가 된건 당신 형이 아니라 당신이지. 장자 상속이라는 생각에 얽매일 필요는 없어. 통치에 가장 적합한 사람이 황위에 올라야 해."

리사나는 지아에게 연민을 느낄 뻔했다. 자신의 약점을 인정하기 위해서 지아는 힘이라는 힘은 모두 동원했음이 틀림없었다. 쿠니는 궁정보다는 안장에 올라타 있는 것을 편하게 생각하는 남자들(그리고 여자들)의 도움으로 권력을 잡았다. 그들 대부분은 리사나가 더 동정이 많으며 피로가 더 나은 후계자라고 생각했다. 쿠니가 피로를 황태자로 지명하겠다고 명시적으로 언급한 적은 없었지만, 눈이 있는 사람이라면 쿠니가 형제 중 어린 쪽을 얼마나 더 좋아하는지 알 수 있었다.

지아가 마지막에 한 말은 현시점에서의 패배를 사실상 인정하는 것이었다.

"황후께서는 정말 비범하신 분이세요." 승리한 자의 자애로움을 보이고자 리사나가 말했다. "그 마음의 원대함에 몸 둘 바를 모르겠습니다."

지아는 속으로 한숨을 내쉬었다. 어색한 쿠니와 티무의 사이는 복잡한 문제였다. 많은 이들은 티무가 어렸을 때(지아와 아이들이 패왕의 인질이었던 때) 아버지와 장기간 떨어져 있었다는 사실이 그 문제의 뿌리라고 생각했다. 둘이 재회했을 때 티무는 아버지보다 지아의 정부인 오소 크린에게 더 큰 애착을 형성한 상태였다. 이후 몇 년 동안 티무의 딱딱한 태도와 소심한 성격은 도움이 되지 않았다.

하지만 피로가 황제가 된다면 재앙이 될 것이다. 티무와 자신뿐만 아니라 다라의 모든 사람을 위해 그런 미래가 현실이 되지 않게끔 하는 것은 그녀에게 달려 있었다.

지아가 말했다.

"생각이 하나 있어. 누가 통치에 가장 적합한지를 판단하기 위해서는 실제 환경에서 그들을 관찰하는 게 제일 좋지. 우호적인 경쟁을 해 보자는 거지."

쿠니가 싱긋 웃었다.

"황자 두 명만 신경 써야 한다는 게 다행이네."

몇 년 전, 피나 부인이 세상을 떠난 다음, 쿠니와 지아, 리사나는 모두 더 이상의 임신을 예방할 수 있는 약초를 준비해야 한다는 점에 동의했다. 지아와 같은 기술을 가진 사람이 있다고 해도 출산은 여자들에게는 매우 위험한 일이었고, 쿠니는 그런 식으로 자신과 가까운 사람이 죽는 것을 보고 싶지 않았다. 그는 아이들이 충분하다고 선언했다. 명시적으로 표현하지는 않았어도, 더 많은 아이가 태어나면 미래의 승계 경쟁이 더욱 심화하는 것에 대해서도 걱정했으리라.

"왕국은 제국보다 규모는 작지만, 안고 있는 문제는 비슷해. 황자들이 통치 경험을 쌓으면 도움이 될 거야." 지아는 차를 홀짝였다. "그림자 인형극은 세상을 축소해서 묘사하는 거잖아. 그런 것처럼 황자들이 황제의 그림자가 되는 거지."

"황제의 그림자라." 쿠니가 중얼거렸다. "좋아. 어떤 곳을 황자들에게 주지?"

"카도 아주버님이 다수에서 하는 일이 그리 많지는 않지. 아주버님이 아주 만족스러워하시며 조카를 위해 왕위에서 물러날 것 같아. 카도 아주버님과 그 가족에게 영지가 없는 세습 작위를 맡기는 게 좋을 성싶어. 예우는 받겠지만, 책임감을 가질 필요는 없을 테니까."

쿠니는 고개를 끄덕였다. 그는 카도와 특별히 가깝지 않았고 이건 좋은 해결책처럼 보였다.

"티무가 좋겠어? 아니면 피로?"

"다수는 주민들의 정신적, 지적 발전에 더 많은 관심을 가진 통치자가 필요해. 주창자 키도수도 그렇게 말했지. 그 영지에는 티무가 더 적합할 거야. 제국의 선생인 자토 루티가 그를 도울 수 있다고 생각해."

쿠니가 보기에는 합리적인 제안이었다.

"그럼 피로는?"

긴장한 리사나는 찻잔을 홀짝거리며 불안감을 감추었다. 피로를 긴 마조티의 견습생 같은 것으로 삼자고 먼저 제안하지 않은 것이 후회스러웠다. 그렇게 되면 피로는 필요한 경험을 쌓을 뿐만 아니라 왕국에서 가장 강력한 장군을 더 가까운 곳에서 볼 수 있을 터였다. 하지만 이제 주도권은 지아의 것이 되었다. 리사나는 기다릴 수밖에 없었다.

지아는 생각에 잠긴 듯했다.

"올해는 늑대의 해지. 분쟁과 위험이 도사린 시기야. 패왕에 충성하는 세력이 투노아 군도에서 나쁜 짓을 벌이고 있어. 피로를 새 영지로 보내 그쪽 땅에 완전한 평화를 가져오도록 하는 건 어떨까. 린코다가 그의 고문이 되어 줄 수 있겠지. 당신이 아들들의 싸움을 모두 대신해 줄 수는 없잖아."

리사나는 지아의 제안을 곰곰이 따져 보았다. 문제점을 찾을 수가 없는 제안이었다. 다수섬과 투노아 군도 둘 다 크기와 인구가 비슷했다. 사실, 투노아가 살짝 더 컸다. 지아의 발상은 두 황자가 가진 능력과 그 지역의 필요에 부합했다. 정말로 두 아들을 위해 최선을 다하려고 하는 듯했다.

"아이들을 사려 깊게 배려해 주셔서 감사해요, 언니."

"나는 내 의무를 다하고 있을 뿐이야. 너는 내 여동생이나 다름없으니까."

세 사람은 차를 계속 마시며 아래 펼쳐진 아름다운 호수에 감탄했다. 하늘과 물 사이에 뜬 비행함은 모든 것을 햇살이 만든 거미줄 속에 있는 다른 모든 것에 연결하는 단 하나의 진주가 되었다.

'황제의 그림자들'이 발표되자 판의 모든 사람이 왁자지껄했다.

이 일로 황자들이 더 큰 역할을 (그리고 황제는 좀 더 작은 역할을) 맡게 된다는 걸까. 많은 이가 황제의 의중을 궁금해했다. 어떤 이들은 다수섬의 문화를 발전시키기 위해 티무 황자를 보내기로 한 결정을 칭찬했다. 피로 황자를 투노아 군도에 임명한 것은, 라긴 황제의 통치를 두고 옛 귀족들의 불만이 증가했음을 시사하는 것이라고 걱정하는 사람도 있었다. 하지만 어떤 흥미로운 그림자 인형극의 한 자락쯤으로 생각하는 사람도 있었다. 경쟁하는 황자들이 다라 제도의 변두리에서 독립적인 권력 기반을 구축하는 내용의 연극이었다.

지아가 손에 작은 바구니를 들고 길을 내려왔을 때, 소토 부인은 정원의 서쪽 끝에서 파라에게 책을 읽어 주고 있었다.

"큰어머님."

파라는 일어서서 깊은 *지리* 자세로 절을 했다.

"가서 과수원에서 혼자 놀고 계세요. 나중에 데리러 가겠습니다. 그럼 함께 이야기를 마저 다 읽을 수 있을 겁니다."

소토의 말에 파라는 서둘러 자리를 떴다. 소토는 책을 옆에 내려놓았다.

책 제목을 힐끗 본 지아는 눈살을 찌푸렸다.

"에코 여왕과 일곱 왕자 이야기를 읽어 주기엔 파라가 좀 어리지 않아?"

"우리 생각보다 어린 아이들은 피비린내 나는 이야기를 훨씬 잘 소화해 내지요. 우리가 막아야 하는 건 이야기가 아니라 진짜 유혈 사태입니다."

지아는 고개를 기울이며 소토를 쳐다보았다. 그녀의 입꼬리가 위를 향했다.

"우리가 말을 돌릴 시점은 진즉에 지났지. 하고 싶은 말이 있으면 그냥 해."

소토는 심호흡했다.

"전하께서 무슨 일을 하고 계신지 솔직히 전 모르겠습니다."

지아는 경쾌하게 말했다.

"아이들에게 줄 귤을 따러 온실로 가는 길이야."

"저는 농담이 아니라 솔직한 대답을 들을 자격이 있어요. 회계 장부를 훑어보았습니다. 크린 집사는 조심했겠지만, 그렇게 많은 돈이 움직였는데 흔적이 남지 않을 수는 없죠."

황후의 얼굴에서 미소가 사라졌다.

"내가 아직도 티무를 황태자로 만들려고 애쓰는 중인 건지 궁금하겠지. 그래, 맞아. 그러는 중이야."

"저도 압니다. 하지만 황제의 그림자들이라는 게 어떻게 그 목적을 달성할지는 모르겠습니다. 전하께서 제국 재무부 모르게 돈을 빼돌린 게 그 목적과 무슨 관계가 있는지도 모르겠고요. 거침없고 무예를 숭상하는 피로가 장군들의 추대를 받을까 봐 걱정하시지 않으셨나요. 그래서 장군들의 힘을 줄이거나, 혹은 티무가 장군들의 인망을 얻게 함으로써 상황을 개선하려고 하실 거라 생각했습니다. 하지만 이 계획은 그 둘 중 어느 것에도 해당하지 않는 듯합니다."

"무언가를 계속 해 봐도 효과가 없었어. 그래도 같은 길을 가려고 하는 건 미친 짓이지."

소토는 심호흡했다.

"전 언제나 마님께 충성할 겁니다. 하지만 전 모든 아이를 사랑하고 있어요. 아이들이 다치는 걸 보고 싶지 않습니다."

지아는 평온하게 소토를 바라보았다.

"왜 어머니가 하는 일은 항상 이기적인 것이라 여겨질까? 나는 아이들이 함께 자라는 모습을 지켜봤어. 그 애들을 다 내가 낳은 건 아니어도 모두를 사랑해. 하지만 남자들이 자기 것이 아닌 걸 힘으로 움켜쥐려는 야심을 품으면 피가 물처럼 흐르지. 나는 그 모습을 봤어. 그런 미래를 막기 위해서는 할 수 있는 일을 해야 해. 난 다라의 황후야. 내 첫 번째 의무는 백성에 대한 것이지."

"피로가 황좌에 앉으면 그런 미래가 오리라 보시나요?"

잠시 시선을 돌린 지아는 무언가 결론을 내린 듯 보였다.

"그대는 패왕보다 내 남편이 다라에 더 나은 미래를 줄 것이라 믿어 내 남편을 섬기기로 했지. 아직도 그렇게 믿고 있어?"

소토는 고개를 끄덕였다.

"그렇다면 당신의 믿음은 위험 중에서도 가장 큰 위험이야."

"이해가 가지 않습니다."

"패왕처럼 쿠니도 개인적인 신뢰에 너무 많이 의존하고 있어. 국화·민들레 전쟁 당시, 쿠니는 긴 마조티가 여왕을 자칭하도록 허락했지. 그렇게 신뢰를 보이면 긴의 충성심을 살 것이라 여겨 도박을 한 거야. 또 다라 제도가 평화로운데도 귀족들이 군대를 유지하도록 허락했어. 그 규모가 본섬에 파멸을 가져올 수 있을 만큼 큰데도 말이야. 한때 그가 형제라고 불렀던 사람이 그랬듯이, 쿠니는 자기와 자기를 섬기는 사람들 사이의 신뢰와 유대를 바탕으로 제국을 건설하기로 한 거야."

"그런데 그게 왜 잘못입니까?"

"신뢰라는 건 변덕스럽지. 무거운 짐을 지지 않아. 쿠니는 자기만 앞으로 나아갈 길을 볼 수 있다고 생각해서 제국이 그에게 의존하도록 했어. 그러면 제국은 취약해지지. 피로는 어리지만, 그와 같은 성향을 보이고 있어."

"하지만 대혼란의 시기에는 마차를 끌 힘이 있는 사람이 고삐를 잡아야 하지 않을까요? 티무는 그런 힘이 없습니다."

"아마 그럴 거야. 하지만 나는 충성과 우정의 맹세로 다라의 평온이 유지되는 대신, 체계와 제도, 반복을 통해 *구체화된* 성문화된 행동에 기반을 두었으면 해. 지속적인 평화를 구축하는 유일한 방법은 개인으로부터 권력을 빼앗아 구조에 투입하는 거야. 쿠니는 사람들이 도덕적일 때 옳은 일을 하리라 믿지. 나는 그 이유가 뭐든 사람들이 옳은 행동을 할 때만 도덕적이라고 말할 수 있다고 봐."

"지아 마님은 도덕주의자들처럼 말씀하시지만, 제가 보기엔 사실 유인주의자 같으십니다. 마님께서 원하는 걸 이루기 위해서는 통치를 처벌과 보상의 체계로 축소해야만 합니다."

지아는 아쉬운 듯 미소 지었다.

"모든 선한 왕은 도덕주의의 옷을 입은 유인주의자라고 말할 수 있지 않을까. 그리고 유능한 유형주의자 대신들의 도움을 받겠지."

"유동주의자들은요?"

"그들은 단순한 필멸자들을 넘어선 영역에서 살잖아. 이승에서의 우리는 항상 최악의 상황을 생각해야 해."

소토는 한숨을 쉬었다.

"마님이 *퀴파*를 두는 동안 리사나 부인은 참새작을 하고 있군요."

지아가 웃었다.

"내가 너무 계산적이고…… 차가운 사람처럼 들리는걸."

"안 그러신가요?"

"할 말은 다 했어. 믿을 수 있는 친구라고 해도…… 뭐, 나는 내가 믿음에 대해 어떻게 생각하는지 솔직하게 말했어."

소토는 지아의 얼굴을 찬찬히 바라보았다. 결국 그녀는 한숨을 내쉬었다.

"마님 마음을 알기가 훨씬 어려워졌어요. 속에 뭐가 들었는지요."

"내 친구로 남아 줘. 날 그렇게 저열하게 보지 말고. 누군가를 좋게 생각하면 모든 행동이 조금 더 친절하게 느껴지잖아. 너는 음모를 목도하고 있다고 생각할지도 모르지. 하지만 그게 단지 무고한 행동을 그대 자신의 두려움에 비추어 보고 있는 거라면 어떨까."

"주창자 키도수!"

조미는 내궁으로 이어지는 개울 위 다리 바로 너머에서 걸음을 멈췄다. 그녀는 몸을 돌리고 황제의 채소밭 한가운데에서 자신을 향해 걸어오고 있는 사람이 세라 황녀임을 알아보았다. 밭에서 일하기 위해 평복을 입고 있었고 손은 진흙투성이였지만, 우아한 움직임과 자신감 넘치는 태도는 비단옷을 입고 고운 장갑을 낀 것만큼이나 그녀의 지위를 분명히 보여 주었다.

조미는 조바심을 억누르며 고개를 끄덕였다.

"황녀님."

그녀가 궁전에 올 때마다(자주 있는 일은 아니었는데, 조미와 같은 신참 주창자는 1년에 몇 번밖에 어전 회의에 소환되지 않았다) 세라는 그녀와 이야기할 핑곗거리를 찾는 것 같았다. 하지만 황녀는 흥미로운 무언가를 말한 적이 없었다.

"바빠? 한동안 얼굴을 못 봤네."

"뭘 도와 드릴까요?"

조미의 목소리는 뻣뻣했다.

그녀는 자신의 무례를 자책했다. 세라를 볼 때마다 왜 그렇게 짜증이 나는지 스스로도 설명할 수가 없었다. 사실 조미는 세라에게 고마워해야 했다. 세라는 대시험에 들어갈 출입증을 구해 기회를 준 사람이었다.

하지만 조미는 감사한 마음을 느끼지 못했다. 어떤 점에서 세라와 그녀의 오빠와 남동생이 개입했다는 사실은 그녀의 승리가 갖는 순수성을 빼앗아 갔다. 그래, 그거였다. 그들은 다른 계급 출신이었다. 국화가 민들레와 다른 것만큼이나 세라와 조미는 달랐다. 하지만 세라는 자신의 삶이 지닌 특권을 인정하지 않고, 두 사람을 둘러싼 환경이 만들어 내는 격차와 그에 따르는 곤란함에 대한 배려도 없이 그들이 서로 동등한 것처럼 행동하기를 고집했다. 시험을 볼 수 있는 출입증을 구해 주는 것은 세라와 그녀의 형제들에게는 단순한 놀이였겠지만 조미에게는 꿈을 이루느냐 산산조각 나느냐는 기로였다.

그녀는 세라가 다른 사람을 연기하는 것도 싫었다. 세라는 삼발이 단지에서 평민으로 변장했고, 이곳 황실 정원에서 농부처럼 옷을 차려입었다. 두 사람의 삶에는 사실 공통점이 전혀 없는데도 친구인 양 조미에게 안부를 묻기도 했다. 그런 것들이 싫었다.

"아무것도 아니야. 그런 뜻은 아니었어…… 난 그냥……."

황녀의 얼굴이 빨개졌다.

조미는 기다렸다.

"아노 표의 문자의 사용을 폐지하자는 네 제안을 줄곧 생각해 왔어." 입을 열었지만 황녀의 말은 서로 뒤엉키며 뒤죽박죽되기 시작했다. "언젠가 키코미 공주가 쓴 시를 읽었는데 그거 때문에 네 제안이 떠올라서, 네가 그걸 읽어 봤을지는 확실치가 않은, 원하면 베껴서 너한테 줄 수도 있는데, 아니면 네가 도서관에서 구할 수 있을지도, 물론 넌 구할 수 있을 테지만……."

"황녀 전하, 황후께서 저를 부르셨는데 늦으면 안 됩니다."

"아." 황녀는 실망스러운 기색이었다. "미안해." 그러다 용기를 짜내는 듯 불쑥 말했다. "난 널 흠모해, 주창자 키도수. 사실 난 네 삶이 부러워. 넌 네 재능에 따라 살 자유가 있지. 하지만 내 가치는 오로지 출생에 얽매여 있으니까. 나는 다른 사람들의 야망을 키우는 도구야."

조미는 그녀를 맹렬하게 비난하지 않기 위해서 안간힘을 써야 했다. 몇 번 심호흡을 한 후, 그녀는 간단히 말했다.

"황녀 전하, 다른 사람이 어떤 길을 걸어왔는지 모르는데 '부럽다'는 말을 그렇게 무심코 쓰지 마십시오. 황녀님께서 가지고 있는 특권을 가진 여성은, 아니 *사람*은 극히 드뭅니다. 만약 황녀님께서 원하는 대로 살 수 없다고 한탄하신다면, 그것은 아마도 황녀님이 자신으로 살려고 전혀 노력하지 않았기 때문일 것입니다."

"말로 다 표현할 수 없을 만큼 영광입니다, 황후 전하."

조미 키도수는 격식을 차린 *미파 라리* 자세로 앉은 채 말했다. 그녀는 극도로 불안했다. 황후는 조미를 부른 적이 없었고, 조미는 아직 세라 황녀와의 만남으로 마음이 산란했다.

"아니다. 편히 하라."

지아는 *게위파* 자세로 바꾸며 조미에게도 그렇게 하라고 손짓했다.

그들은 황후의 침전에 속한 알현실에 있었다. 짚으로 만든 깔개가 몸을 푹신하게 받쳐 주었고, 난로 속의 장작불은 초봄 추위에도 방을 포근하게 데웠다. 따뜻한 매실주 한 병과 잔 두 개가 사이의 탁자에 놓여 있었다.

"네가 황제께 올리는 탄원서에 대해 종종 들었다. 황제께서는 깊이 감명받으셨어."

조미는 놀라움을 감추려고 애를 썼다. 3년 전 주창자 대학에 임명된 이후, 조미는 기존의 정책 제안서를 비판하는 상세한 탄원서를 수십 개 썼다. 여러 대신과 옐루 재상을 가리지 않고 비판했고, 황제를 비판할 때도 거침이 없었다. 그녀는 황제로부터 언제나 똑같은 의견을 받았다. *읽어 보았다.* 조미의 대담한 발상들은 실행에 옮겨진 적이 없었다.

그녀는 변화를 만들지 못했다.

"매실주를 들거라."

그녀는 두 잔을 모두 술로 채웠다. 겨울 매실의 향기가 공기를 가득 채웠다. 조미는 예의를 갖추기 위해 한 모금 마셨다. 술은 셌고, 조미의 얼굴은 따뜻해졌다.

"네 어머니가 판으로 이사하지 않겠다고 했다 들었다."

조미는 긴장했다. 황후는 궁정에서 조미의 사생활에 대해 말한 적이 없었다.

"황후 전하, 배려에 감사드립니다. 제 어머니는 살아오시던 방식에 익숙하셔서, 분주한 수도에 있으면 당신께서 불행해질 거라 생각했습니다."

황후는 고개를 끄덕였다.

"내 부모님도 그랬지. 내가 아무리 자주 초대해도 황궁에서 살고 싶어 하지 않아. 모든 말과 행동을 조심해야 하는 황궁 대신 원하는 대로 할 수 있는 파사의 집을 훨씬 더 좋아하거든."

이상하게도 조미는 감동했다. 맞은편에 앉은 여자는 예상과는 아주 달랐다.

"물론 나는 훨씬 간단한 상황이지. 부모님 곁에서 딸의 도리를 다하지는 못하더라도 보물이건, 부모님이 즐기실 음악가건, 생신에 제대로 된 다수 요리를 대접할 황실 요리사건 내가 원하는 건 뭐든 비행함에 태워 보내 드릴 수 있으니."

그녀는 조미를 보고 싱긋 웃었다. 조미는 나이 든 부모님께 깜짝스러운 생일 축하를 전하기 위해 비행함을 보내는 장면을 상상하며 웃고 있었다. 그러고 나서 황후는 아쉬워하는 듯하더니 어두운 표정이 되어 말을 이었다.

"주창자 대학에 속한 이가 받는 적은 월급으로 어머니에게 더 나은 삶을 선사해 드리기는 훨씬 어렵지. 폐하는 대학을 간소하게 운영하고자 하신다. 하지만 네 동료들은 집에 돈이 많거나, 아니면 다른 방법으로 수입을 보충하지."

황후의 동정 어린 말투가 조미의 마지막 경계심을 무너뜨렸다. 주창자 대학의 봉급은 미미한 수준이었고, 판의 생활비는 비쌌다. 조미는 절약하며 적은 돈이나마 저축했지만, 고향 집에 있는 어머니에게 큰돈을 보낼 수는 없었다.

게다가 그녀는 동료들이 하는 장난질에 동참하기를 거부했다. 다른 주창자들은 비판해야 할 정책을 제안한 대신들과 값비싼 식당과 가극장을 종종 방문했다. 만족스러운 미소를 지으며 조심스럽게 포장된 꾸러미를 겨드랑이에 끼고서 자리를 뜰 때도 있었다. 권력자들과 친해지고 승진에서도 유리해지는 방법이었다. 조미는 동료들이 차례로 정책을 입안하는 직위로 승진하는 것을 보면서 그런 점을 이해했지만 마음이 동하지 않았다. 그녀는 깊은 혐오감을 느꼈다.

"폐하는 재능 있는 사람들에게 보상해 주어야 한다고 믿고 계시고, 그건 나도 마찬가지다. 내게 네 문제에 대한 해결책이 있을 것 같구나."

"이 어리석은 주창자가 황후 전하께서 염두에 두신 임무를 수행하지 못할 것 같아 두렵습니다."

"긴 여왕이 황제께 편지로 수석 고문을 요청했다. 난 그대를 추천했고."

조미는 너무 놀라서 황후를 쳐다보았다. 긴 여왕과 같은 주요 귀족의 수석 고문이 되는 것은 옛 티로국 왕의 재상이 되는 것과 같았다. 그런 관리들은 대단한 힘을 가지고 있었다. 조미는 분명 자신이 한 발상의 일부를 실행에 옮길 수 있게 될 것이었다. 다른 사람들이 한 발상에 대해 비효율적인 비평을 쓰는 것보다는 훨씬 기꺼운 변화였다. 그리고 모든 귀족 중에서도 조미는 긴 여왕을 가장 존경했다. 더욱이 여왕이 그녀를 시험에 추천했으므로, 긴을 섬기는 것은 조미의 비밀이 가장 안전해지는 길인 것처럼 보였다.

그런 승진에는 엄청난 봉급 인상이 따른다는 점도 나쁘지 않았다. 마침내 어머니에게 한 약속을 지킬 수 있을지도 몰랐다.

하지만 황후가 귀족의 일에 그렇게 관심을 두는 것은 이상한 일이었다. 황후가 귀족들의 권력을 줄이는 데 전념한다고 모두가 이야기했다. 작년 조미 키도수는 민간 기반시설 구축 계획으로 더 많은 돈을 써야 한다며 귀족들의 군대에 대한 지원을 줄이자는 황후의 제안을 비판했다. (결국에는 실시됐다.) 그녀는 사실 그 제안에 찬성했지만, 개인적인 감정과 상관없이 모든 정책 제안에 비판을 가하는 것이 주창자들의 일이었다.

조미가 새로 알게 된 소식의 충격으로 허둥대는 동안 황후는 계속 말했다.

"여러 소문이 있긴 하지. 하지만 독립 영지는 정책을 실험하는 데 중요한 역할을 수행하고, 나는 그 점을 높이 평가한다. 긴 여왕은 유능한 전사지만…… 행정에서는 세심함이 부족하지. 네가 도우면 고마워할 거다. 게다가 너는 루안 지아의 제자이니 암묵적으로 널 신뢰할 가능성도 있지."

황후가 누가 그녀의 스승인지 알고 있다는 것에 조미는 놀라지 않았다. 황제도 알아냈으니까. 그녀는 스승과 여왕의 관계에 대한 지아의 조심스러운 언급에 고개를 끄덕였다.

지아의 말은 일리가 있다. 하지만 조미는 황후가 다른 무언가를 염두에 두고 있다는 것을 느꼈다. 조미는 정치에 능숙하지는 않았으나 그러한 호의에는 대개 대가가 따른다는 건 알았다.

"저에게 특별한 지시를 내리시는 것인지요?"

그녀가 캐물었다. 여왕과 황후 사이의 불화는 공공연한 비밀이었다. 지아가 어떤 식으로든 그녀가 긴 여왕을 배신하기를 원한다면, 조미는 그 직책을 거절할 방법을 찾아야 했다.

"딱 한 가지다. 결과에 상관없이 다라를 위해 옳은 일을 하는 것이지."

조미는 미심쩍다는 듯 그녀를 쳐다보았다.

"피로 황자는 영리하긴 해도 경험이 없다. 코다 공은 자기 일에 능숙하지만 열정이 과해지는 수가 있고. 투노아 군도에 평화를 가져오려다 그 두 사람이 황제께서 유감스러워하실 수도 있는 방식으로 무고한 사람들에게 해를 끼칠까 봐 두렵구나. 황제를 비난하는 것이 모두 반역은 아니다. 황자와 코다 공이 다른 의견을 가진 재능 있는 남녀들을 너무 심하게 압박한다면 그들은 결국 다라에서 피신처를 구해야 하겠지."

조미는 황후의 말을 곰곰이 생각했다. 역시나 이치에 맞았다. 황궁 시험에서 보인 발표와 주창자 대학에서 해 온 신랄한 비평은 조미의 자신감에 대한 명성을 다져 두었다. 반대자들을 보호해야 한다는 그녀의 주장은 당연하게 여겨질 터였다. 과연 그랬다. 그녀는 삼발이 단지를 떠올리며 미소를 지었다.

"황후께서는 영지들을 없앨 생각이 없으십니까?" 조미가 조심스럽게 질문을 던졌다. "솔직히 말씀드리자면 제 생각은……."

"우리가 듣는 모든 것을 믿을 수는 없다. 난 언제나 다라를 위해 최선인 것만을 원해 왔다. 열린 마음은 설득에도 열려 있지. 영지들에게 더 많은 독립성을 주어야 한다는 너의 주장은 매우 설득력이 있었다."

조미는 황후가 자신의 탄원서를 읽었고, 설득력이 있다고 생각한다는 사실에 기뻐하며 얼굴을 붉혔다. *어쩌면 내가 시간을 낭비한 게 아닌지도 모르겠어.*

그녀는 *미파 라리* 자세로 무릎을 꿇고, 깊숙이 절을 하며 머리를 바닥에다 댔다.

"황후 전하, 정말로 넓은 아량을 지니셨사옵니다."

지아는 그녀에게 일어나라고 손짓했다.

"한 가지 더 말해 둘 게 있다. 지금 이 대화를 다른 사람에게 절대로 말해선 안 된다."

조미는 고개를 들며 눈으로 질문을 던졌다.

"황제의 부인들이 국정에 간섭하면 학자들이 투덜대니까." 지아는 살짝 쓴웃음을 지으며 말했다. "내 역할이 최대한 적게 드러나야 한다. 이게 너랑은 다르게 능력에 따라 승진해서 출세하지 않은 여성들의 곤경이지."

조미는 고개를 끄덕였고, 다시 고개를 숙였다.

"황후께서 하신 내밀한 이야기를 절대 누설하지 않을 것임을 맹세합니다."

그들은 술 한 병을 다 마셨다. 조미는 날아갈 듯 가벼운 발걸음으로 자리를 떴다.

"아, 허영심이란."

황후는 한참 후에 혼잣말을 했다. 조미는 너무 멀리 있어서 그 말을 들을 수가 없었다.

몇 시간 동안 세라는 방에 틀어박혔다. 굴욕의 눈물이 얼굴을 타고 흘렀다.

세라는 몇 년 동안 멀리서 조미 키도수를 동경해 왔다. 그녀를 통해 다른 인생을 살며, 자신은 할 수 없어도 조미는 할 수 있는 모험을 상상했다. 하지만 이야기를 나눌 때 그 여자가 보여 준 태도는 세라가 머릿속에 구축한, 친절하고, 현명하고, 자상한 친구라는 환상을 산이 부숴 놓았다.

조미가 한 말이 세라의 마음속에서 울려 퍼졌다. 그리고 사라지지 않았다. *그것은 아마도 황녀님이 자신으로 살려고 전혀 노력하지 않았기 때문일 것입니다.*

젊은 황자와 황녀 들은 봄바람을 쐬러 가기로 했다. 티무, 세라,

그리고 피로는 말을 탔고 파라는 마차를 탔다. 근위대원 스물 남짓이 그들을 에워쌌다. 마차와 보행자 들은 그들이 다가가자 예를 갖추며 길가로 물러났다.

"다수에서 뭘 할 건지 생각해 봤어?"

세라가 티무에게 물었다.

"폐하께서 세력을 키우실 때 의미가 있었던 곳들부터 방문해 볼까 싶어. 땅굴 입구, 킨도 마라나를 속인 가짜 조선소, 리사나 작은 어머님과 함께 노래를 부르던 해변 같은 곳 말이야. 그런 다음 조미 같은 젊은이들을 돕기 위해 학교에 자금을 댈 방법을 찾아보려고. 필요하면 루티 사부님과 상의할 거야."

"판을 떠나 그렇게 멀리까지 가야 하는데 사부님은 괜찮아하셔?"

"전혀 안 그래. 지금 매우 기분이 좋으셔. 그곳 기록 보관소에서 연구를 더 진행할 수 있기를 원하셔. 국화·민들레 전쟁의 역사에 관해서 말이야. 특히 전쟁 초기에 긴 여왕이 했던 역할과 관련한 약간 공백이 있는데, 그걸 메우고 싶어 하시지."

세라는 티무가 말 등에 똑바로 앉아 있고 평소보다 활기차게 이야기하고 있다는 것을 알아차렸다. 결코 기쁘게 해 줄 수 없던 아버지에게서 떨어져 혼자 있을 수 있다는 생각에 생기가 생긴 듯했다.

"넌 어때, 후도티카?"

"린 삼촌하고 반역자들을 위한 여러 함정을 계획해 뒀어!"

피로는 기쁜 마음에 손을 비벼 댔다. 세라는 싱긋 웃었다.

"투노아는 거친 땅이야. 매일 밤 후식으로 먹는 천 겹 떡이 없어도 정말 괜찮겠어?"

"내가 무슨 파라 나이야?" 피로는 상처받은 것처럼 보였다. "난 패왕이 그랬던 것처럼 스스로 물고기를 잡을 거야! 투노아는 역사로 가득해. 여러 세대에 걸쳐 코크루의 원수들이 태어난 곳이야. 고성의 폐허를 거닐며 위대한 영웅들의 유령들과 소통할 거야. 하루 동안 힘들게 행진한 후에, 별들을 지붕 삼고 옛날이야기 속 언덕 비탈의 풀밭을 침대 삼아 잠을 청하는 것보다 더 행복한 게 있겠어?"

"라 오지가 한 말을 나름대로 해체한 것 같네." 세라가 웃으며 말했다. "라 오지는 죽음이 삶의 흐름의 자연스러운 결과라고 말했고, 격식을 차린 장례식을 원하지 않았⋯⋯."

"난 라 오지의 말을 마음대로 해석할 수 있어. 말은 죽어 있지만, 난 살아 있으니까."

세라는 미소를 짓고는 더 이상 말하지 않았다. 피로는 여러 면에서 아버지와 정말 많이 닮아 있었다. 그녀는 그가 커 가면서 충동을 더 잘 다스리는 법을 배우기를 바랄 뿐이었다.

행복한 오빠와 남동생을 보면서 세라는 또 다른 질투의 고통을 느꼈다. 그들은 넓은 세상으로 가서 삶을 경험할 예정이었다. 아직 남자아이에 불과한 그들은 사람들의 삶을 바꾸는 결정을 내릴 터였다. 자토 루티와 린 코다의 감독과 조언이 있겠지만. 그들은 성취와 판단, 통치의 삶으로 가는 길을 걸어가기 위한 출발선에 있었다. 반면에 그녀는 스스로 유일하게 예견할 수 있는 미래를 준비하며 궁에 틀어박혀 있을 예정이었다. 그것은 알 수 없는 남자와의 결혼이었다.

하지만 그녀는 그 미래를 바꾸기 위한 작은 발걸음을 내디뎠다는 생각에 위안을 얻었다.

"아버님, 다른 그림자들은요? 기회를 가질 자격이 없는 건가요?"

"넌 뭘 하고 싶으니, 라타티카?"

아버지의 개인 서재로 들이친 비딱한 햇빛 줄기들 속에서, 먼지 티끌들이 그녀의 생각만큼이나 혼란스럽게 춤을 추었다.

"우리의 동의 없이 아다티카나 저를 결혼시키지 말아 주세요. 약속해 주시겠어요?"

"물론이지! 그런 생각조차도 하지 않을 거야."

"어머니가 그렇게 하라고 해도요?"

그는 황궁 시험에서 학생을 평가하는 것처럼 세라를 쳐다보았다.

"하지 않을게. 네 어머니가 그렇게 말하더라도."

그녀는 안도의 한숨을 쉬고 덧붙였다.

"루티 사부님이 떠난 다음 새 교사를 구하지 마세요. 저는 아다티카를 직접 가르칠 거고, 제가 좋아하는 것을 공부하고 싶어요."

작은 발걸음에 불과했지만, 충실한 딸, 다정한 언니, 예의 바른 황녀, 양심적인 학생 외에 그녀 자신이 누구인지 알아내려는 일의 시작이었다.

"저기 봐, 기러기야!"

소리 친 파라는 손으로 가리키기 위해 마차에서 일어섰다. 세라는 그녀가 넘어질까 봐 마차 쪽으로 더 가까이 다가갔다.

하지만 티무와 피로는 이미 멀찌감치 앞서가고 있었다. 티무가 손으로 눈을 가리고 기러기들이 날아가는 모습을 올려다보고는 날씨의 양상에 대해 뭐라고 중얼거리는 동안, 피로는 어깨에서 활을 빼내서는 화살 하나를 매겼다.

"그러지 마!"

세라가 소리쳤지만 이미 늦은 뒤였다.

피로는 나이에 비해 강했지만 아직은 활시위를 완전히 당길 힘이 부족했다. 화살은 기러기에게 해를 입히지 못했다. 하지만 황자를 기쁘게 하려고 근위대원들이 모두 멈춰 서서 화살 세례를 퍼부었다. 기러기는 가련한 울음소리와 함께 하늘에서 떨어져 내렸다.

"이건 내가 직접 쏜 거나 마찬가지야."

근위대원들은 피로의 말에 동의한다는 뜻으로 환호했다.

"가여운 기러기."

파라가 말했다.

"맞아, 가여운 기러기네."

세라가 말했다.

제23장

아이들이 보낸 편지

노키다

사해평치 11년 6월

사랑하는 어머니께,

지난번 편지에서 어머니가 다수섬을 떠나 루이섬에 있는 친척들을 오랫동안 방문할까 생각하고 있다고 해서 놀랐어요. 제가 지어 드린 집이 별로인가요? 하녀들이 일을 별로 못 하나요? 행간을 읽다 보면, 이웃들이 딸의 성공을 시기해서 어머니를 불편하게 만드는 게 아닌가 하는 생각이 들어요. 그 사람들이 즐거움을 망치게 두지 마세요! 여왕께서는 봉급을 많이 주십니다. 약속드렸던 대로 어머니에게 더 나은 삶을 살게 해 드리고 싶어요.

오랫동안 편지를 쓰지 못해서 죄송합니다. 변명하려는 건 아니지만, 일이 아주 잘 진행되면서 아주 바빴거든요. 책임져야 할 일이 많아졌어요. 제 생각이겠지만 여왕께서는 날이 갈수록 저를 더욱더 신뢰하시는 것 같아요. 지금은 하고 싶던 일에 집중하고 있어요. 게다가 농가의 딸들에게 진다리 문자를 가르치고, 모국어 번역문으로 아노 고전을 읽도록 하는 거예요. 아노 표의 문자를 억지로 배우지 않아도 되게요. 그 애들은 그걸 아주 좋아해요! 고대 아노 문학은 풍부한 아름다움을 지녔지만, 그걸 즐길 수 있는 사람은 거의 없어요. 표의 문자를 읽을 수가 없으니까요. 여자애들은 고전 아노어 인용문들로 가득한 아름다운 이야기들을 쓰고 있어요. 모국어로 되어 있다는 사실을 제외하면 그건 또래 남자애들이 학당에서 쓴 이야기들보다 훨씬 나은 것 같아요.

아, 재미있어하실 만한 게 있어요. 여왕님과 다른 대신들에게 제출한 제 보고서들에다 어머니가 알려 주시곤 하던 민간 속담들을 번역해서, 가짜 아노 고전 인용문들을 여기저기에 삽입해 뒀어요. 이렇게요.

크루디가다 마 조다 가테랄루카위 로, 크루디가다 위 조다 기라타, 위위 잉그로 사 피다겐.

"신들이 귀찮아지고 싶지 않을 때 귀찮게 굴면 좋은 일이 찾아오는 법은 없다."라는 뜻이에요.

메위딘 코 다위키리 마 젠고아 코 위리 키라 네 오투.

이건 "평범한 사람의 삶에서 매일매일은 전투와도 같다."라는 뜻이고요.

어머니께선 이런 게 어떤 효과를 발휘하는지 잘 모르시겠지요. 지금은 밀랍으로 표의 문자를 조각하는 게 아니라, 속기의 형태로 표의 문자를 그려 보이고 있으니까요. 하지만 절 믿으세요. 보기에 아주 좋은 글자들이랍니다.

가장 놀라운 건요, 대신 중 단 한 명도 그 존재를 알아차리지 못했다는 거예요! 진짜 아노 고전 인용문이 아닌데도 제가 인용하는 도덕주의 논문이나 종교에 관련한 두루마리를 정확히 알고 있는 것처럼 행동해요. 배움이 없어 보일까 봐 너무나도 두려워서, 차라리 고개를 끄덕이고, 한숨을 쉬고, 참으로 훌륭한 인용문을 조각했다고 말하는 거예요.

하지만 여왕님은 그런 문장과 마주치면 이상한 아이를 보듯 저를 쳐다봐요. 저는 여왕이 제 작은 농담들을 꿰뚫어 본다고(희망컨대, 즐기고 있다고) 생각합니다.

몸조심하세요. 제가 해 드릴 수 있는 게 있으면 말씀해 주세요.

미미 올림

다수섬

사해평치 11년 6월

최고로 존경하옵는 렌가께,

아버님의 자격 없는 아들이 당신이 100일 동안 1000일의 행복한 날들을 보낼 수 있게 기원할 수 있도록 허락하여 주십시오. 아버님의 하루하루가 보통의 하루보다 열 배나 행복하기를 바란다는 뜻입니다. 그렇다고 과중한 부담을 지고 계신 현명한 다라 제도의 황제께 보통의 날 같은 것이 있다는 뜻은 아닙니다. 아버님의 하루하루가 저와 같은 사람의 하루에 비하면 걱정할 게 열 배나 많기 때문입니다. 그러므로 아버님의 하루가 열 배나 더 행복하기를 바라는 것은 모든 상황을 감안할 때 그저 적절하고 당연할 뿐입니다. 아, 이 자격 없는 아들이 가장 위엄 있는 군주이자 아버지인 폐하께 진정한 애정과 경외심을 표현하려고 할 때는 말들이 서로에게 걸려 넘어집니다.

지난 편지에서 하신 질문에 저는 크게 충격을 받고 놀랐습니다. 저는 답을 찾는 데 모든 시간을 바쳤습니다. 이제 불만족스럽지 않은 답변을 드릴 수 있다고 생각합니다. 정확히 말하자면 답변은 다음과 같습니다.

렌가의 문의: 다수에서 올해 대시험에 보낸 지원자들이 정말 다수 출신인지 확인하라.

답변: 이 문의에 온전히 답하기 위해서는 많은 연구와 용어의 정확한 정의가 있어야 합니다. '다수', '출신', '보낸'과 같은 개념들에 모두 이론 (異論)이 있을 수 있고 신중한 구문 분석이 필요하기 때문입니다…….

[이후에는 약 30쪽에 달하는 빽빽한 아노 표의 문자들이 이어졌다.]

영원토록 친애하고 순종적인,

당신의 가장 헌신적인 하인이자 아이,

다라의 황자, 다수의 섭정

티무 올림

판

사해평치 11년 6월

지아가 쿠니의 옆구리를 쿡 찔렀다.

"어이! 으흠! 훌륭한 낭독이야, 훌륭해!"

정신을 살짝 잃은 채로 쿠니는 텅 비어 있다시피 한 전용 알현실을 향해 소리쳤다.

"내가 글을 읽고 있었어. 어떤 학자가 아니라. 정말 잤어?"

"잠? 아니야! 그냥 눈을 좀 쉬게 해 주고 있었어."

"어떻게 그럴 수가!"

"나를 탓할 일이 아니야! 티무의 편지는 점점 더 지루해지고 있어. 그 애는 항상 용어법*을 사용해. 티무의 글은 내 정원 가장자리의 잡초처럼 통제할 수 없을 정도로 무성해진 것 같아."

"티무 황자의 문체는…… 화려하고 장식적이에요."

리사나가 말하고, 이어서 쿠니가 말했다.

"그 애는 한 문장으로 말할 수 있는 것을 열 문장으로 써. 그러니까 그건 다른 사람들이 아마도…… 봐, 그 애 때문에 나도 이러네!"

"당신에게 편지를 쓸 때 긴장하는 것뿐이야."

지아가 말했다.

"티무가 보낸 답신에 집중하도록 해요."

리사나가 재촉했다.

"누가 날 위해 요약 좀 해 주겠어? 솔직히 말해서 난…… 그 애가 한 답을 제대로 못 들었거든."

"그는 맞는다고, 당신 의심이 옳았다고 설명했어. 다수에서 대시험에 보낸 모든 지원자 중 거의 절반이 지난 5년 이내에 주요 섬에서 다수로 이주한 가문 출신이었어."

---

* 강조나 수사적 효과를 높이기 위하여 논리적으로는 불필요한 말을 덧붙이는 표현 방법

"그럴 줄 알았어!" 쿠니가 의기양양하게 소리쳤다. "부유한 집안들은 모두 다 똑같아. 항상 체제를 악용하는 방법을 찾아낸다니까."

"5년 전 *카시마*들의 항의에 타협한 것은 나쁘지 않았어. 하안, 게지라처럼 전통적으로 학문이 뛰어난 지역을 제외한 다른 속주에서 온 수험생들에게 추가점을 주면 *피로아*들 사이의 지역적 균형을 좀 더 이룰 수 있겠다고 우리 모두 동의했잖아."

지아의 말에 쿠니는 한숨을 쉬었다.

"그런 변화에 동의하긴 했지만, 동시에 주요 섬의 사업가 집안들이 자기 자손들에게 제국시험에서 이득을 주기 위해서 다수나 투노아 같은 곳으로 이주하리라고 생각했지."

"이건 정책의 의도와는 전혀 맞지 않아요."

리사나가 얼굴을 찌푸리고 말했다.

"맞아. 하지만 이런 정책 때문에 하안의 일부 가문들이 다수로 이주하는 유인이 된다면, 어찌 보면 다수의 학문 정신을 고양하는 데 도움이 될 수도 있겠지."

지아가 말했다.

"다수에서 오래 살았던 가문들에게 보상할 수 있게 속주시험 제도를 조정하라고 편지를 써야겠어."

쿠니의 말에 지아가 답했다.

"아니면, 당신이 뭐가 문제라고 생각하는지 알려 줘. 그리고 티무가 직접 해결책을 찾도록 맡겨 둬. 그 애가 당신을 위해서 문제를 해결해 줘야 하는 거야. 그 반대가 아니라. 알지?"

쿠니는 아주 현명한 생각이라며 동의했다.

투노아 군도

사해평치 11년 6월

친애하는 아버님께,

마지막으로 편지를 보낸 이후로, 갑자기 공무원들이 암살당하고 민들레 황가를 비난하는 벽보들이 관아의 문에 계속 나붙었습니다. 수비대 병사들은 겁이 나서 두세 명이 한 조를 이루지 않으면 막사를 떠나지 않으려 합니다.

매우 놀라운 일이었습니다. 저는 비밀 숭배 집단의 위협이 이제는 거의 사라졌다고 생각했기 때문입니다.

제가 보낸 보고서에 따르면, 2년 전 봄 투노아에 도착했을 때 코다 공과 저는 200개 이상의 패왕을 숭배하는 비밀 집단을 발견했습니다. 구성원은 10여 명에서 수백 명까지 다양했고 대부분은 투노아에서 가장 사랑받았던 아들을 기리는 단순한 농부들이어서 해가 될 만한 게 없었습니다. 하지만 소수는 패왕에 대한 존경심을 위장하여 반란을 조장하고자 했고, 하급 관료들을 암살하고 무기를 모으는 단계까지 발전했습니다.

저는 마타 진두에 대한 사적인 숭배를 불법화하고 패왕의 숭배하는 모든 사람을 파룬의 묘소로 집중시키고자 결정했습니다. 이에 따라 코다 공은 말썽꾼들을 단속하기 위해 노력해 왔습니다. 아버님께서 그러하셨듯이 저도 그가 아주 빠르게 독사들의 둥지를 발견하고 그 지도자들을 체포하는 부분을 칭찬했습니다. 코다 공은 망원장관의 명성에 걸맞게 그들을 어디서 발견할 수 있는지에 대한 초자연적인 감각을 지닌 것처럼 보일 때도 있었습니다.

이러한 숭배 집단들 대부분은 불만을 가진 옛 티로국 귀족들에 의해 시작되었지만, 몇몇 경우에는 게지라 상인들이 자금을 댔습니다. 가격 하한선을 책정해 상인들을 희생시키면서 농부들을 지원하는 아버님의 새 정책에 불만을 품은 것이 그 이유입니다. 우리는 관련된 모든 상인의 신원을 밝히기 위해 긴 여왕과 협력해 왔습니다.

하지만 동시에 채찍과 당근을 짝지어야 한다는 아버님의 충고를 염두에 두고 있었습니다. 숭배 집단의 지도자들을 공개적으로 처형했지만, 패왕에 대한 잘못된 헌신을 가지고 그런 지도자들을 따른 무지한 남녀들은 관대한 처분을 받았습니다. 열정은 넘치지만 지혜는 부족한, 아버님을 비난하는 글을 발간한 젊은 학자들은 부모에게 인계해 집에 머물며 스스로의 잘못을 반성할 수 있게 했습니다. 패왕의 묘소에 대한 지원금도 늘렸습니다. 그곳으로 이끌리는 숭배자들이 많을수록, 투노아 땅에서 잠재적인 숭배자들이 번성할 가능성은 작아집니다.

그런데도 최근 민들레 가문에 반대하는 활동이 급증한 것은 정책 조정이 필요하다는 점을 시사합니다.

과거에는 숭배 집단들이 마을에서 멀리 떨어진 숲과 언덕에다 본거지를 구축하곤 했습니다. 그 본거지에서 요리할 때 나오는 연기가 멀리서도 보인 덕에 비행함에서 쉽게 그들을 발견할 수 있었습니다. 하지만 최근의 공중 순찰에서는 그런 징후들이 보이지 않았습니다. 코다 공은 숭배자들이 이에 적응하며 더 잘 숨게 되었을 거로 의심했습니다. 그는 계획을 세웠고, 저는 그 계획에 적극적으로 찬성했습니다.

저는 대부분의 마을 들이 재고를 다 소진할 때까지 밀랍과 고래기름의 운송을 제한했습니다. 그러고 나서 앞으로도 공급이 부족할 수도 있다는 발표와 함께 규제를 풀었습니다. 한편, 코다 공의 첩자들은 투노아 전역에서 밀랍과 고래기름의 판매량을 감시하며 비정상적으로 많이 사들이는 곳이 어디인지 눈여겨보았습니다. 코다 공은 숭배자들이 낮에는 자고 밤에는 활동하고 있는 게 틀림없다고 추론했습니다.

그러니 조명으로 양초와 등잔이 필요할 것입니다. 최근 있었던 공급 제한과 제가 한 발표로 그들은 많은 양을 비축해 두려고 할 것이었습니다.

곧 보통 사람들이 일반적으로 필요로 하는 것보다 훨씬 많이 양초와 조명용 기름을 구매하는 여러 마을을 발견했습니다. 심층적인 조사를 위해 더 많은 첩자를 발견했습니다.

그들이 발견한 내용은 충격적이었습니다. 마타 진두가 임명한 티로 국의 왕이었던, 노다 미와 도루 솔로피가 반란을 위한 비밀 모임들로 이루어진 거미줄 같은 조직을 구축하고 있었습니다. 그들은 비행함의 시야에서 벗어나서 밤을 틈타 동굴과 지하실에서 활동했습니다. 그곳에서 추종자 수천 명이 모여 패왕을 숭배하고 반역 음모를 꾸몄습니다.

저는 수비대와 사제들을 파견해 그들의 은신처를 급습했습니다. 과거에는 지도자들을 체포해서 교수형에 처하고 이후 패왕을 제대로 숭배하는 유일한 방법은 패왕의 묘소에서 하는 것이라고 사제들이 설명하는 것만으로 그러한 숭배를 끝내기에 충분했습니다. 하지만 이번에는 병사들이 싸워야만 했습니다. 미와 솔로피의 추종자들은 격렬하게 저항했을 뿐만 아니라, 사제들이 패왕의 적절한 대변자가 아니라고 주장하며 그들을 죽이기까지 했습니다.

미와 솔로피가 패왕의 영혼과 대화할 수 있다는 소문이 거리 구석구석에서 돌아다닙니다. 이상한 마법을 부리는 거울 10여 개를 압수하자 마침내 그 소문의 근원을 추적해 낼 수 있었습니다. 그것들은 아주 평범해 보이지만, 태양 아래에다 놓으면 초자연적인 방식으로 패왕의 형상을 투영합니다. 코다 공과 저는 이 거울들을 심도 있게 연구했고, 거울 제작자들과 학자들에게 자문을 구했으며, 심지어 그 과정에서 거울 중 몇 개를 깨트리기도 했지만, 아무도 그 비밀을 알아내지 못했습니다. 노다 미와 도루 솔로피는 이제 공개적으로 반란을 주도하고 있고, 그 두 사람이 마타 진두의 불굴의 정신에 도움을 받았다는 생각에 어리석은 자들이 매일 그들의 대의를 지지하려고 점점 더 많이 모여들고 있습니다.

아버님께서 그 비밀을 알아내는 데 도움을 주실 수 있기를 바라며 이 편지와 함께 그런 거울들 가운데 몇 개를 함께 보냅니다. 현재 반란자의 수가 증가하고 있고(그들은 알 수 없는 어디에선가 무기를 찾아내는 것처럼 보입니다) 지금 약간의 실패를 겪었습니다만, 우리는 아버님을 믿으며 두려움 없이, 가차 없이, 그들과 싸울 것입니다.

사랑을 담아,

피로 올림

판

사해평치 11년 6월

"피로는 정말 성장했어요. 이제는 어린애 같지가 않아요. 편지를 보낼 때마다 점점 더 자신만한해 보이고요. 마지막 말을 읽어 보세요. 얼마나 용기가 가상해요." 리사나는 지아를 힐끗 보고 재빨리 덧붙였다. "그래도 형을 따라잡으려면 더 많이 노력해야겠지요. 올해 다수는 대시험에서 놀라울 정도로 좋은 성적을 거두었더라고요. 피로아 셋을 배출하고, 그중 하나는 황궁 시험에까지 이르다니. 다수에 문제가 있는 건 맞지만, 그래도 티무 황자가 그 외딴곳에서 열심히 일한 덕분에 이러한 업적이 이루어졌다는 건 의심의 여지가 없어요."

"아니면 루티 선생이 심사위원을 기쁘게 하는 방법을 무의식적으로 다수의 학자들에게 가르쳤는지도 모르지." 지아는 희미하게 웃으면서 말했다. "피로는 힘들게 얻은 평화를 지키는 어려운 일을 하고 있군."

"린의 필체가 느껴져. 그는 편지를 곧잘 쓰곤 했잖아. 노력을 강조하면서 나쁜 상황을 극복하려고 애쓰고 있어. 피로가 보고서를 썼을 수도 있지만, 린이 거기에 자기의 특별한 필치를 반드시 보냈을걸."

지아는 속으로 고개를 끄덕였다. *지금쯤 린은 내 말을 들은 것을 후회하고 있겠지. 하지만 이건 시작에 불과해.*

"편지에 쓰인 것보다 상황이 더 나쁘다는 뜻이에요? 지원군을 보내야 하는 거 아닐까요?"

불안해진 리사나가 물었다.

"아버지가 아들의 모든 싸움을 대신 싸워 줄 수는 없어."

쿠니는 지아의 말을 곰곰이 생각했다.

"지아의 말이 맞아. 마지막 말은 지원군을 요청하는 뜻이 아니야. 어렵다는 신호를 처음 보내자마자 지원군을 보낸다면 피로에 대한 내 신뢰가 부족하다는 걸 드러내는 셈이지. 그러면 그 아이의 권위가 약해질 거고. 피로는 숭배 집단을 너무 가혹하고 성급하게 다루긴 했지만, 혼자서 문제를 해결하도록 내버려 둬야 해."

"어떻게 이렇게 빨리 상황이 나빠진 거예요? 린과 후도*티카*가 모든 것을 통제하는 줄 알았는데요."

"내가 걱정하는 건 반란군이 *지금* 얼마나 강한지가 아니야. 그들이 얼마나 더 강해질 수 있는가가 걱정이지. 이상한 장치에 능숙했던 루안 지아의 조언이 진심으로 필요할 때가 있지. 지금이 바로 그런 때고."

쿠니는 편지를 한쪽으로 밀쳐 두고 큰 접시에 든 청동 거울 하나를 집어 들었다. 전용 알현실의 창문에 가까이 걸어간 그는 밝은 햇살을 거울에 비추어 천장에 투영되는 형상을 응시했다.

패왕의 얼굴이었다. 매우 숙련된 솜씨로 새겨진 무늬로, 힘찬 선이 각진 이목구비를 포착했으며 비전통적인 음영이 얼굴의 깊이를 표현했다. 마타 진두의 유명한 중동안이 자신감에 찬 눈으로 쿠니를 내려보았다. 태양에 열기에 거울이 희미하게 빛이 나자 그 형상은 살아나는 것처럼 보였다.

"안녕하신가, 형제."

쿠니는 더운데도 몸을 떨었다.

"이건 속임수일 뿐이야. 파라도 속지 않을 거야."

지아가 말했다.

"하지만 이런 속임수는 학식 있는 학자들이 펼치는 복잡한 주장보다 일반인들에게는 훨씬 더 설득력이 있을 수 있어요. 젊은 시절에 저는 공연을 아주 많이 했지요. 구경거리가 있다는 건 효과적이에요."

"리사나 말이 맞아. 후노 크리마와 조파 시긴은 물고기에 비단 두루마리를 쑤셔 넣어 반란을 일으켰고, 자나 제국을 무너뜨렸어. 사람들이 이 '마법'을 믿는 한, 힘을 갖게 돼."

"비행함을 다 내보내서 루안을 찾아볼 수도 있어."

"그러려면 그가 어디에 있는지 알아야 해. 바다는 광대하지. 우리는…… 그가 떠난 이후로 소식을 듣지 못했어. 나는 그가 무사하기만을 바라."

황제는 옛 친구의 운명을 상상하며 잠시 멍해진 듯했다.

"하지만 타주 신의 노여움을 이겨 낼 수 있는 사람이 있다면, 그건 루소 신의 제자이자 나이가 많고 지혜로운 거북, 크루벤의 등에 올라탄 적이 있는 그 친구겠지. 신들은 스스로 돕는 자를 도와. 코고의 생각을 알아봐야겠군. 중요한 건 이 거울들이 아니야. 반군이 어떻게 무기를 융통하는지를 살펴야 해."

그렇게 말한 쿠니는 큰 걸음으로 결연하게 알현실을 빠져나갔다.

제24장

소풍

투투티카 호수

사해평치 11년 6월

세라와 파라는 선창에 앉아 있었다. 다리를 늘어뜨려 차가운 물에 발을 담근 채였다. 거친 삼베 천으로 된 소박한 옷을 입고 있는 그들은 더위를 피해 잠시 쉬고 있는 시골 소녀들처럼 보였다. 그 앞으로는 연잎이 눈에 보이는 모든 투투티카 호수를 덮고 있었고, 분홍색과 흰색이 섞인 거대한 꽃들이 바람이 흔들리는 무희들처럼 피어 있었다. 작은 배들이 연잎 사이를 누볐고, 젊은 여자들은 연꽃 씨를 수확하면서 노래를 불렀다.

내 사랑, 연꽃이 피어나요.

당신을 보고 연꽃이 얼굴을 붉히네요.

내 사랑, 심장이 뛰어요.

여름이 얼마나 짧은지 모르시나요?

"이렇게 나오니 재미있다. 이런 나들이 좀 더 자주 하자."

열일곱 살인 세라는 아홉 살 먹은 어린 여동생을 옆구리 쪽으로 다정하게 안아 당겼다.

스승의 가르침 없이 공부를 하게 된 이후로, 세라는 도덕주의를 다룬 책을 읽는 것을 중단했다. 제국 도서관에 소장된 방대한 책 중 읽을 것을 고를 때에는 두 사람의 열정만을 선택 기준으로 삼았다. 어떤 날에는 파사 민속에 관한 책을 실컷 읽을 수도 있었고, 그다음 날에는 군사 공학을 다룬 책에 나온 그림들을 보며 감탄할 수도 있었다. 또 그다음 날에는 대이산 전쟁에 관한 서정적인 시들을 읽으며 시간을 보낼 수도 있었다. 방대한 사전의 도움을 받아 그런 시들에 적힌 모호한 표의 문자들이 의미하는 바를 알아낼 수도 있었다. 그들은 자토 루티의 지도하에 있던 때보다 더 오랜 시간 책을 읽으며 보냈다.

하지만 황녀들은 책 읽는 것을 즐기는 만큼이나 때때로 그저 황궁으로부터 멀리 벗어나기를, 근위대원과 시종, 하인과 하녀로부터 멀리 떨어져 있기를, 황녀라는 역할에서 벗어나기를 원했다.

그들은 신선한 농산물을 황궁의 주방으로 배달하는 농부들의 마차에 숨어서 궁궐을 몰래 빠져나갔다. 그리고 나서 상인들과 농부들의 마차를 얻어 타고서 호숫가에 도착했다.

"이런 일을 더 자주 벌이면, 어머니께서 본인 머리카락을 모두 쥐

어뜯어 버리지 않을까 싶은데. 돌아가면, 어머닌 너에게 100번의 획으로 써야 할 표의 문자를 100번 쓰게 할 거야."

"그럴 만한 가치가 있어."

"정말 그럴 만한 가치가 있답니다."

새로운 목소리가 말했다.

소녀들은 고개를 돌렸다. 말을 한 사람은 비범하게 아름다운 귀부인이었다. 금발에 푸른 눈을 가진 그녀의 갈색 피부는 윤이 나는 호박처럼 매끄러웠다. 푸른 비단 치마가 물로 만들어진 베일처럼 그녀의 주변을 떠다녔다. 그 목소리는 수양버들의 잎사귀 사이를 지나가는 산들바람처럼 부드럽고 시원했다.

세라는 일어서서 *지리* 자세로 그녀에게 절했다. 그러면서 그녀가 아마 이곳 사선창(私船倉)과 인근의 모든 농지를 소유하고 있는 큰 저택의 안주인일 거로 생각했다.

"무단으로 침입한 것에 사과드립니다. 곧 자리를 뜰 겁니다."

귀부인은 미소를 지으며 고개를 저었다.

"떠나다니요, 왜요? 인생에는 네 가지 큰 즐거움이 있는데 지금 이것도 그중 하나랍니다."

"가장 큰 즐거움 네 가지가 뭔데요?"

파라는 그 즉시 호기심을 느끼며 물었다.

"창밖에 눈이 내리는 겨울에는 아늑한 난로 옆에 앉아 있는 일, 봄비가 내린 후에 높은 곳에 올라 생동감 넘치는 세상을 보는 일, 가을에는 바닷가에서 갓 우려낸 차와 함께 게를 먹는 일, 한여름에는 연잎으로 덮인 시원한 호수에 발을 담그는 일이지요."

"아." 파라가 약간 실망했다. "난 부인이 말해 주는 게, 좀 더, 뭐랄까……."

"좀 더 인상적인 걸 말하겠거니 생각한 건가요?" 파라가 고개를 끄덕이자 귀부인은 빙긋이 웃었다. "나만큼 오래 살게 되면 인생에서 가장 큰 즐거움은 전혀 인상적이지 않다는 것을 깨닫게 될 거예요. 수백만 명이 바치는 생각 없는 숭배를 받는 것보다 금으로 머뭇거리는 곡조를 뽑아낼 때 그 마음속의 목소리를 이해해 주는 진정한 친구가 한 명 있는 것이 낫지요."

세라는 귀부인의 평온한 얼굴을 자세히 들여다보다가 그녀의 나이를 짐작할 수가 없음을 깨달았다. 순간적으로 귀부인은 세라 자신처럼 어려 보였으나, 반짝이는 호수의 빛이 달리 반사되자 갑자기 근처의 밭을 일구는 할머니들처럼 늙어 보였다.

세라는 귀부인의 말을 마음속으로 곰곰이 되뇌었다. 그녀의 생각에 동의하는지는 확신할 수 없었지만, 적어도 흥미로웠다.

"부인께서는 유동주의자인 것 같은데요, 그렇죠?"

"이름표에 대해서 나는 별로 신경 쓰지 않아요. 하지만 라 오지가 다른 아노 철학자들보다는 진실에 더 가까웠다고 생각하지요. 황제건, 거지건, 황녀건, 하녀건 관계없이, 그 모든 노력과 투쟁에도 불구하고 결국 흐름은 우리 모두를 지배하니까요."

"하지만 부인이 말한 게 맞을 리가 없어요." 파라가 갑자기 말하기 시작했다. "그러니까…… 큰 기쁨과 관련해서는 말이에요."

"왜 그렇죠?"

"잘생긴 남자의 사랑을 언급하지 않았잖아요! 그게 가장 중요한 거예요.”

“왜 그렇게 생각하나요?”

세라가 대신 대답했다.

“귀부인들…… 음, 나이 든 여자애들이 들려주는 이야기들 때문에 저러는 거예요. 순회 인형 가극단이 공연하는 연극도 있고요. 미라 부인은 사랑을 위해 자살하고, 키코미 공주는 사랑을 위해 살인하고, 지 부인은 사랑을 위해 리루강에 뛰어들잖아요.”

귀부인은 섬세한 천으로 만들어진 치마를 개의치 않고 선창에 앉았다. 그러고는 나막신을 벗고 발을 물에 담갔다. 세라는 그녀의 발이 굳은살이 박이고 거칠다는 것을 알아차렸고, 그 즉시 그녀를 더 좋아하게 되었다.

“이리 와서 앉아요.” 귀부인은 세라를 향해 미간을 찌푸렸다. “당신 말투를 들으면 사랑에 딱히 의미를 두지는 않는 것 같은데요.”

“남자에 관한 노래는 우정과 전쟁, 먼 나라의 광경, 영원한 바다의 소리에 관한 것들이잖아요. 하지만 여자에 관한 노래는…… 그냥 들어 보세요.”

세라의 말에 그들은 조용히 작은 배에 타고서 연 씨방을 모으는 여자들이 부르는 노래를 들었다.

내 사랑, 나는 무르익었으니 수확해 주어요.
그렇지 않는다면 다른 사람이 거둘 테지요.
내 몸은 욕망으로 무거워 얼굴이 아래로 기울어요.
베일과 떨리는 목소리의 밤을 위한 준비가 됐어요.

"난 이게 무슨 노래인지 알아요!" 파라가 신이 나서 말했다. "결혼식에서 연 씨앗을 먹잖아요. 행운을 의미한다고. 신부는 곧 임신해서 연 씨앗처럼 많은 아이를 낳을 거예요."

"아시겠죠?"

세라의 말에 귀부인은 이렇게 대꾸했다.

"내가 한때 알았던 어느 젊은 여성처럼 말하는군요. 당시 그녀는 당신과 비슷한 또래였고, 여성의 운명과 아름다움이 치르는 대가를 두고 할 말이 많았어요. 그런데 당신은 저 노래를 너무 박하게 평가하는 것 같네요. 잘 들어 보세요."

배에 탄 젊은 여자들은 발밑의 물처럼 시원하고 상쾌한 목소리로 노래를 계속했다.

> 하지만 아무도 나를 거두지 않을 거야.
> 그런다 해도 끔찍한 운명은 아니야.
> 난 물에 입맞춤해서 내 씨앗을 풀어 줄 거야.
> 그것들이 물길을 떠도는 것을 볼 거야.
> 얼마나 멀리 갈까. 무엇을 보게 될까.
> 어느 먼 기슭에 도착해서 머물게 되는지.
> 물 밑으로 가라앉고, 싹이 트고, 자라고, 꽃을 피우게 되는지.
> 그래서 햇빛에 젖은 물결에 또다시 흔들리게 될는지!

"멋지네요."

"아주 멋져요."

세라와 파라가 차례대로 말하자 귀부인이 대꾸했다.

"꽃더러 경박하다고 하는 사람들이 많지만 꽃은 많은 지혜를 품고 있지요."

"어머니가 제게 꽃에 대해서 가르치려고 하셨거든요. 그래서 오히려 제가 꽃에 별로 관심이 없었던 것도 같아요. 연꽃은 민들레랑 비슷하네요. 민들레 씨는 바람을 타고, 연 씨는 물결을 타요. 둘 다 모험을 하지요." 말하는 동안 세라의 시야가 흐릿해졌다. "꽃들마저도 어떤 사람들보다 더 많은 일을 할 수 있네요."

귀부인은 작은 배 하나를 향해 손을 흔들었다. 거기 있던 젊은 여자는 연의 단단한 뿌리처럼 억센 팔을 움직여 햇빛 아래서 노를 저었다. 귀부인은 그녀에게 은 주괴 하나를 주고 연 씨방 몇 개를 샀다.

"돈이 부족해서 잔돈을 드릴 수가 없어요, 마님." 젊은 여자가 웃으며 말했다. "저희 집에 있는 모든 것을 합쳐도 이 정도 가치가 안 됩니다."

"그냥 가지세요. 연 씨방과 마찬가지로 투투티카 호수가 준 선물이라고 생각하세요."

젊은 시골 여자는 부유한 여인을 바라보았고, 엄숙하게 고개를 끄덕였다. 그녀는 가슴 앞에 두 팔을 교차시킨 채 *지리* 자세로 절했다.

"감사합니다. 투투티카 신이 항상 우리와 함께 걷고 있길."

세라는 게피카에서는, 특히 시골에서는, 사람들이 담수와 농업의 여신인 투투티카를 경건한 마음으로 숭배한다는 사실을 알았다. 인품의 아름다움을 시험하기 위해 여신이 때때로 사람의 모습을 취한

다고 알려졌기 때문에 낯선 사람들에게 관대한 관습도 있었다. 이
유 없는 친절한 행동에 전례가 없지 않았다.

시골 여자는 노를 저어 멀어져 가며 매끄러운 수면에 흔적을 남
겼다. 귀부인은 작은 뼈칼을 꺼내 해면 모양의 씨방 하나를 잘라 씨
를 꺼냈다. 그러고는 고무 같은 껍질을 벗겨 안에 있는 하얀 알맹이
들을 드러냈다.

파라는 넋을 잃고 바라보았다. 설탕에 절인 연꽃 씨를 많이 먹었
고 후식으로 나오는 연 떡을 좋아했지만, 신선한 연 씨를 먹어 본
적은 한 번도 없었다.

"하나만 주세요."

"파라!" 세라가 질책했다. "무례한 말이야."

"나눠 먹으려고 샀어요." 귀부인이 웃으며 말했다. "하지만 기다
려야 해요. 지금 이걸 주면 전혀 좋아하지 않을걸요."

두 황녀가 지켜보는 가운데, 귀부인은 칼을 옆으로 치우고, 머리
장식을 벗어 씨의 한가운데를 차례로 찔렀다.

"이 씨앗에는 초록색 심이 있어요. 배아라고 해요. 여러분이 평생
먹어 볼 것들 가운데 가장 쓸 거예요."

그녀는 심을 제거한 씨앗들을 파라와 세라에게 건넸다. 세라는
감사를 표하고 그것을 입에다 넣었다. 맛은 절묘했다. 시원하고 상
쾌했고, 달달하지만 과하게 달지 않았다.

파라는 웃으며 발로 물을 튕겼다.

"자기가 돈을 안 낸, 신선한 연 씨를 먹는 걸 가장 큰 기쁨의 목록
에 넣어야 할 것 같은데요."

세라가 한숨을 내쉬자 귀부인은 재미있다는 듯이 그녀를 쳐다보았다.

"무슨 문제가 있나요?"

"제가 미래를 어찌할 수 없다는 걸 생각하면…… 가슴이 쓰려요."

"그 누구도 미래를 어찌할 수 없어요. 신들조차도 그렇지요. 하지만 이야기를 하나 해 줄게요. 아룰루기섬의 찻집들은 이쑤시개로 연 씨앗에 다양한 음식을 넣어 별미를 준비해요. 아마룩 반죽이나 얇게 저민 돼지고기 조각, 게의 알, 사과 맛이 나는 빙수, 바다 소금을 채우지요. 그런 다음 씨앗을 한꺼번에 섞어 큰 접시에 담아 손님에게 대접해요. 어떤 맛을 고르든지 놀라움 그 자체를 즐긴답니다."

"만약 누가 심을 빼지 않은 씨앗을 넣는 장난을 친다면요?"

파라가 얼굴을 찌푸리며 말했다.

"저녁 만찬 모임에서 당신이 날 도와주는 일은 상상하기 어렵겠네요." 귀부인은 명랑하고 시원하게 웃으며 말했다. "유동주의자들은 마음이 비어 있는 것이 이상적이라고들 하지요. 마음을 비우면 기쁨이나 화, 슬픔과 행복과 같이 미래에 대한 무한한 잠재력이 존재하게 되지요. 마음을 어떻게 채울지는 운명과 관련이 있어요. 타고난 재능, 태어난 환경, 운의 부침, 심지어는 신들의 개입보다도 더욱 말이에요. 들은 이야기가 마음에 들지 않는다면 새로운 이야기로 마음을 가득 채우세요. 주어진 대본이 마음에 들지 않으면 새로운 역할을 직접 만들어요."

내 이름은 '슬픔을 해결하는 자'라는 뜻이야. 내 마음속 씁쓸함이 사라지면, 잠재력이 남아.

세라는 자신의 심장이 점점 가벼워지고 속이 움푹 패고 넓어지는 것을 상상하며 귀부인을 보았다. 이제 그녀가 누구인지 확실히 알 수 있을 것 같았다. 신선한 존재에 이렇게나 가까이 있다니 경이로운 순간이었다.

"새로운 인생의 즐거움을 찾았어요. 한 시간 동안 부인께서 말하는 것을 듣는 것입니다."

귀부인은 빙그레 웃었다.

"내가 말한 즐거움 들은 친구와 함께하면 더 좋지요. 진정한 친구란 우리에게 진실을 다시 비춰서 보여 주는 거울과 같지요."

"거울?"

순간 세라는 조미 키도수가 참을성 없이 그녀를 외면했던 일을 떠올리고 다시금 가슴이 무거워졌다. 조미의 진짜 친구는 누구일까? 하지만 그때 아버지를 괴롭히는 이상한 거울들이 떠올랐다.

여신과의 지금 조우를 최대한 활용하고 싶다는 충동이 그녀를 사로잡았다. (가장 흥미로운 선택이었다. 안 그런가?)

"유령들을 불러낼 수 있는 매끄러운 거울의 본질에 대해 말씀해 주실 수 있으실까요?"

"당신은 어머니처럼 섬세하고 고집 센 마음을 가지고 있네요. 내가 다른 비유를 말해 준다고 해서 규칙을 어기는 것은 아닌 것 같고요. 정확히 따지자면요."

귀부인은 연 씨앗 하나를 호수에다 던졌다. 그 씨앗이 막 물에 닿으려는 찰나 황금 잉어 한 마리가 튀어나와 그것을 낚아챘다. 그러고 나서도 잉어는 더 많은 먹이를 기다리며 수면 근처에서 기다렸고, 물속에서 까닥거리며 원을 그리며 퍼져나가는 물결을 여러 개 만들어 냈다.

"정말 예쁜 물고기예요."

파라가 소리쳤다.

"내가 가장 좋아하는 동물이랍니다. 하지만 잔물결을 조심해요."

잔물결은 퍼져나가 선창의 곧바른 가장자리에 부딪혔다. 그것은 다시 새로운 동심원 모양의 물결 무리를 만들어 내며 호수 중심으로 되돌아갔다. 잉어의 물결과 되돌아오는 물결이 뒤섞이며 서로 맞물리렸다.

"물고기 비늘 같아요."

세라가 말했다.

"두 파도의 물마루가 합쳐지면, 더 높은 파도가 만들어지죠. 파곡들이 겹쳐지면, 더 깊은 파곡이 만들어지고요. 한 파도의 물마루가 다른 파도의 파곡과 만나면, 두 파도는 서로를 상쇄시켜요. 그리고 그것이 유형의 원인이 된답니다."

"우정에 대한 은유인가요? 우리의 장점이 서로를 강화하고 결점을 보완할 수 있지만, 우리의 결점이 더해진다면 더 나쁜 결과로 이어질 수도 있다, 따라서 친구가 많은 것이 가장 좋다, 이런 의미에서요."

"좋은 학생이네요. 그건 내가 의도하지도 않았던 교훈이에요. 다만, 빛과 물결이 본질적으로는 많이 흡사하다는 게 내가 하고 싶은 말이었어요. 파동과 반사에 대해 생각해 봐야 할 거랍니다."

세라는 이해했는지 확신할 수 없었지만, 물결을 유심히 보고 유형을 외우려고 노력했다.

그들은 늦게까지 연 씨를 먹었다. 그러고 나서 여자애들은 집으로 돌아가야 했다.

제25장

시험과 역시험

판, 아룰루기, 그리고 카로 반도

사해평치 11년 7월

"일은 처리했어?"

오소 크린이 지아의 물음에 고개를 끄덕였다.

"거울 제작자들의 입은 영원히 봉해 두었습니다."

"그리고 비밀과 관련한 흔적이 남지 않게 작업장도 불태웠어?"

오소 크린은 메스꺼워졌다. 도적이었을 때에도 그는 피를 보는 것을 좋아하지 않았다. 지아가 자신을 위로해 줬으면 하고 바랐지만 그럴 일은 없었다. 지아는 그가 알았던 여자에게서 점점 더 멀어지는 듯했다. 하지만 오소 크린은 그런 생각을 떨쳐 냈다. 지아 마님은(황후 전하는, 그는 속으로 호칭을 수정했다) 항상 뭐가 옳은 일인지 알았다. 그는 세세한 것들에 대한 생각이 어떻든지 그녀를 도울 작정이었다.

사랑은 희생을 요구했다.

"다른 일은?"

"코다 공의 첩자들에게 익명의 편지를 전달했습니다. 아룰루기섬에서 온 배가 투노아에 도착하는 대로 수색할 겁니다."

지아는 참았던 숨을 내쉬었다.

"린의 부하들이 세카 키모에게 관심을 가지면 키모에게 꼭 알리도록 해. 난 나대로 도움이 될 만한 일을 할게." 그녀는 오소 크린의 뺨에다 손을 가져다 댔다. "넌 다라의 미래를 위해 많은 일을 했어. 사람들이 알지도 못하고 이해하지도 못할 수도 있지만, 나는 너에게 감사해한다는 걸 알아 둬."

오소는 지아를 처음 만났던 때를, 그녀가 그의 마음을 웅장한 용기로 가득 차게 했던 때를 다시금 떠올렸다.

지아는 말했다. *착실한 사람이네요. 그건 보기 드문 자질인데.*

오소 크린은 절했다.

"제가 신경 쓰는 건 마님이 절 좋게 보느냐 아니냐일 뿐입니다."

쿠니는 전용 알현실에서 서성댔다. 그는 떨리는 손에 쥔 투노아에서 새로 온 편지를 자세히 살펴보기 위해 이따금 걸음을 멈추었다, 이미 여러 번 읽어 암송할 수 있을 정도로 외운 후였다.

"아마도 피로가 틀렸을 거야."

지아가 말했다.

"피로가 어리기는 해요." 리사나가 방어적으로 말했다. "하지만 코다 공은 매우 신중한 사람이에요. 철석같은 증거가 없고서야 피로가 그런 비난을 하는 것을 지지할 사람이 아니에요."

"그래도, 황제의 가장 충성스러운 부하 중 하나에 대한 이러한 혐의 제기는 대단히 이례적이야."

"난 언제나 세카를 믿었어."

쿠니가 중얼거렸다.

"당신은 정말로 그랬지. 그런 신뢰는 당신에게 도움이 되었어. 하지만 신뢰는 연약한 끈이야. 때때로 연은 떨어져 나가 자신들만의 길을 가기도 해."

지아가 말했다.

"긴 마조티를 불러들여야 하는 거 아닐까요?"

리사나가 물었다.

"이상하게 보일 수도 있어. 선제공격을 했는데 혐의가 거짓으로 밝혀지면, 황제에게 충성하는 모든 귀족의 마음이 싸늘하게 식을 거야."

지아가 말했다.

"그럼 어떻게 하는 게 좋을까?"

쿠니가 물었다.

"세카 키모가 정말로 투노아의 반란군들에게 무기를 공급해 왔다면, 당신을 주의 깊게 관찰하고 있을 거야. 아룰루기섬 건너편에 있는 카로 반도 방문을 시작으로 하는 순행을 발표하면 돼. 그러곤 샌 카루코노에게 상당한 규모의 제국군 파견대와 함께 당신을 수행하라고 하는 거지. 키모가 결백하다면 아무 일도 하지 않을 거야. 하지만 정말 반역을 일으킬 계획이라면…….”

“언니.” 리사나가 감탄하며 말했다. “언니는 루안 지아처럼 수완이 좋으세요. 예전에 했던 연기술 속임수가 떠오르네요. 키모는 신기루를 보게 될 거예요. 그가 어떻게 반응하는지 보면 마음속에 무엇이 있는지를 볼 수 있을 테지요.”

쿠니는 마지못해 고개를 끄덕였다.

“아직 결정을 못 내리셨습니까?”

아룰루기궁 근위대장인 카노 소가 물었다.

그와 영주인 세카 키모 공은 토예모티카 호수 한가운데에 있는 바닥이 평평한 작은 배에 앉아 있었다. 기슭에서 그렇게나 멀리 나와 있는 배는 그것이 유일했다. 가랑비가 약간 내렸고, 안개 때문에 멀리 있는 뮈닝시의 나무줄기 같은 건물들과 덩굴 식물이 매달린 노대들이 수채화처럼 흐릿하게 보였다.

세카 키모 공은 아무 말도 하지 않고 잔을 비웠다. 다른 사람들은 수천 가지 종류의 난초와 대나무 새싹으로 만든 아룰루기 특산 차이거나, 혹은 키모의 지위에 걸맞게 파사의 오래된 포도원에서 가져온 값비싼 포도주가 잔에 담겨 있을 것이라 추측하겠지만 사실 거기 담긴 것은 가난한 다라 사람들이 좋아하는 값싸고 불타는 듯 화끈한 수수 술이었다.

“이보다 더 황제의 의도가 분명할 수 있겠습니까.”

“구운 돼지고기 더 있나?”

키노는 묵묵히 발치의 바구니를 열어, 사이의 낮은 탁자에 놓인 접시를 다시 채웠다. 두 사람 다 우아하다고 소문이 난 섬을 다스리는 교양 있는 고위직이 아니라 깡패들인 양 *사크리* 도 자세로 앉아 있었다.

사실 키모는 아름다운 아룰루기섬에서 편안한 적이 없었다. 라긴 황제와 패왕이 전쟁을 벌이는 동안 긴 마조티 원수의 지시에 따라 아룰루기를 정복한 키모는 바로 그곳을 영지로 하사받았다. 하지만 키모는 이곳의 일인자임에도 항상 부유한 사람들의 집에서 환영받지 못하는 농부 같은 느낌이 들었다. 뮈닝의 세습 귀족들은 그에게 절을 하며 예를 갖추어 말을 했지만, 키모는 그들이 자신의 상스러운 태도와 얼굴에 새겨진 문신을 조롱하고 유죄 판결을 받기도 한 흉악범의 과거가 짐작된다며 수군대는 것을 느낄 수 있었다. *어떻게 감히! 땅을 갖도록 해 주는 대신 그들을 전부 학살할 수도 있었는데.* 그는 유서 깊은 아무 귀족 출신의 상류층인 아내들과 대화 주제를 찾으려고 애쓰는 자신을 발견했다. 세 아내는 모두 그와 있기보다는 자기들끼리 있는 것을 더 좋아하는 듯했다. 난초 대나무 새싹 차와 이를 둘러싼 정교한 의식들은 성가셨고, 찻집과 공작의 궁전에서 여자아이들이 (격식을 차렸으며 위엄 있고, 빛나는 아무의 과거에 대한 모호한 암시로 가득 차 있는) 부르는 노래와 추는 춤을 감상하고 있노라면 졸음이 왔다.

"비행함이 매일 아룰루기섬 해안가와 아무 해협 해안을 지나다닙니다. 해군 함대가 해협으로 모이고 있고요. 샌 카루코노는 카로 반도에 병력을 집결시켰습니다. 무슨 뜻인지 모르시겠습니까?"

"폐하께서는 섬을 둘러보고 싶어 하신다. 보안 조치를 취하는 건 당연하지. 폐하께서는 사람을 신뢰하시며 덕이 높으시다. 그리고 내가 노다 미와 도루 솔루피에게 가는 물자를 차단했으니, 내게 해가 되는 일을 벌이시지는 않을 거야."

키모는 그 섬에서 가장 강력한 사람이며 그의 말은 곧 법이었지만, 그는 영지를 관리하는 일을 좋아하지는 않았다. 조세 정책을 세세히 조정해 가며 제국 칙령을 시행하는 일보다는 반짝이는 보물, 기름진 음식, 방탕한 여자, 그리고 싸움을 벌이는 남자를 좋아했다. 그러나 세상은 평화로워졌다. 그가 활력을 표출할 수 있는 방법은 에코섬에서 코끼리를 사냥하거나 초승달섬에서 멧돼지를 사냥하는 것 정도였다. 하지만 콘 피지의 도덕주의나 기 안지의 유인주의에 심취한 대신들은 제대로 된 통치자라면 백성들의 복지에 헌신해야 하며, 무방비한 동물을 도살하는 일에 시간을 낭비해서는 안 된다고 끊임없이 그를 가르치려 들었다! *무방비하다고? 돌격하는 수코끼리를 마주한 적이 있긴 할까?*

신성하고 관능적인 투투티카 신에게 감사할 일은, 그를 판단하는 대신 있는 그대로의 그를 기꺼이 받아들이는 유일한 사람인 카노소가 곁에 있다는 점이었다. 키모가 항상 카노의 조언에 귀를 기울인 이유였다.

키모는 지금 그 결정을 후회하는 중이었다. 그는 노다 미와 도루 솔로피가 자신들의 미친 계획에 성공하리라 생각해 본 적이 없었다. 반역을 일으키자는 그들의 권유도 딱 부러지게 거절했다. 충성심을 보이기 위해 그 두 사람의 팔을 뒤로 묶어서 판으로 보낼까도 생각했다.

그러나 카노는 그들이 해롭지 않으며, 키모의 영지에서 황제에 대한 음모가 있다는 사실을 드러내면 아룰루기섬에 대한 조사가 더 많아질 뿐이라며 보내 주자고 설득했다. 대신 두 사람에게 남은 무기를 팔 것을 제안했다.

"재무부가 독립 영지의 군대에 자금 지원을 중단했습니다. 군대 규모를 줄여야 할 수밖에 없을 겁니다."

달가운 전망은 아니었다. 그의 기반은 군대였다.

"노다와 도루가 결코 대단한 뭔가가 되지 않을 것 같다면, 군대를 유지할 수 있도록 저들에게 무기를 판들 무슨 해가 되겠습니까? 반대로 노다와 도루가 성가신 수준 이상이 된다면 폐하는 반드시 공게 반란을 진압하라 하실 겁니다. 그리하여 공이 지닌 제국 영주로서의 가치를 확인하시겠지요."

키모는 무슨 일이 일어나든 결국 자신이 이득을 본다면 좋았다.

불행하게도 노다와 도루는 반란을 일으켰다. 그러나 그들을 진압하라는 명령을 받은 사람은 키모가 아니라 피로 황자였다. 키모는 반란군과의 거래를 끊었지만, 코다 공의 첩자들은 이제 그가 음모에 가담했다는 증거를 찾기 위해 섬으로 몰려들고 있었다. 키모는 대신 중 누구와도 그 일에 대해 감히 말할 수 없었다. 그중 누군가는 키모가 실수하기만을 기다리며 망원장관을 위해 일하고 있을 것이라는 두려움이 있기 때문이었다.

그는 다시 한번 술잔을 비우고 술이 식도를 따라 내려가며 나는 타는 듯한 느낌을 음미했다. 키모는 자고 싶었다. 안장을 베개 삼아 밖에서 노숙했던, 피를 쏟는 것이 죄가 아니라 사람의 진정한 척도

로 여겨졌던 영광의 시대를 돌아가는 꿈을 꾸고 싶었다. 한 번은 그
가 왕을 죽인 적도 있었다! 하지만 지금 키모는 호수 한가운데에 있
는 배에서 몸을 웅크리고 남몰래 자신의 운명에 대해 불평하고 있
었다.

> 한 독실한 남자가 진주를 찾아 잠수하고 싶다는 생각에
> 늑대발 섬으로 갔다네.
> "가지 말게나." 토아자의 상인들은 말했네.
> "올해는 상어가 특히 사납다네."

안개와 이슬비 속에서 또 다른 작은 배가 가까이 다가왔다. 바나
나잎과 연잎으로 짠 우비를 입은 남자가 긴 노 하나를 잡고 고물에
서 있었다. 그는 상어 이빨 목걸이를 걸고 있었는데, 고요하고 깨끗
한 호수와는 어울리지 않았다. 발치에는 바구니와 낚싯대가 몇 개
있었다. 공작과 대장을 알아채지 못한 그 남자는 다정한 몸짓으로
손을 흔들며 크고 쉰 목소리로 계속 노래를 불렀다.

> "나는 독실하고 신을 공경해." 남자는 말했다네.
> "타주 신은 분명 나를 지켜 줄 거야."
> 그는 굴 까는 칼을 사고 발에다 돌을 묶었다네
> 그리고 배를 타러 항구로 향했다네.

> "가지 말게나." 해안의 어부들이 말했네.

"상어가 바다를 죽음의 왕국으로 만들었네."

"나는 독실하고 신들을 공경해." 남자는 말했다네.

"타주 신은 분명 나를 지켜 줄 거야."

그는 가능한 한 빨리 노를 저어 바다로 들어갔다네.

해안이 사라질 때까지 노를 젓고 또 저었네.

일어나서 잠수할 준비를 했다네.

갈매기들이 덤벼들며 꽥꽥거렸다네. "가지 말게나. 가지 말게나."

"나는 독실하고 신들을 공경해." 남자는 말했다네.

"타주 신은 분명 나를 지켜 줄 거야."

그는 진주를 찾아 바다에 뛰어들었다네.

하지만 큰 상어가 아가리로 다리를 물었다네.

"타주 신이시여, 왜요?" 그 남자는 수면에서 숨을 헐떡거렸다네.

피가 거품이 긴 바다를 더럽히고 고통이 그의 마음을 괴롭혔다네.

"네가 진정 독실하다면." 타주 신이 대답했다네.

"세 번의 경고에 주의를 기울였을 테지."

더 이상 기도는 들리지 않았다네.

남자가 파도 아래로 가라앉았으니.

어부는 안개 속으로 사라졌지만 그가 부르는 노랫소리는 남았다.

"키모 공, 솔직히 말씀드리겠습니다. 공께서는 경고를 드러내는 징후에 주의해야 합니다. 쿠니 가루는 당신을 보고 웃다가 다음 순간 당신을 찌를 남자입니다. 빨리 행동하지 않으면 저승의 패왕을 만나게 되실 겁니다."

세카 키모는 깜짝 놀라며 그의 친구를 쳐다보았다.

"넌 반역을 입에 올리는구나. 하지만 왜 그러느냐?"

결정을 내리기 전 카노의 얼굴에 일련의 표정이 스쳐 지나갔다.

"아무의 보석을 위해서입니다."

"키코미? 그 변덕스러운 여자 말이야?"

"그녀에 대해 그렇게 말하지 마십시오!"

키모는 잔을 내려놓았다. 그의 얼굴은 어두웠다.

"네가 누군지 잊었군, 소 대장."

카노 소는 애써 목소리를 낮췄다.

"키모 공, 욱하는 감정을 내보인 걸 사과드립니다." 그는 정식 *미 퐈 라리* 자세로 앉았다. "저는 키코미 공주를 킨도 마라나의 감옥선에서 구해 냈습니다. 그녀는 비길 데 없는 용기와 지혜를 가진 여자였습니다. 저는 그녀가 죽은 다음에 나온 거짓말들을 절대 믿지 않을 겁니다."

"그녀의 배신은 모든 아이도 아는……."

"배신하여 승리를 거둔 사람이 어떻게 명예를 말할 수 있겠습니까? 반란 이후, 쿠니 가루는 자나에 대한 반란 중에 죽은 모든 위대한 귀족을 기렸습니다. 지주는 나 시온에서 숭배를 받고 모크리는 늑대발섬에서 숭배를 받습니다. 심지어 패왕을 기리는 사당까지도 황제의 승인을 얻어 투노아 군도에 세워졌습니다. 하지만 키코미는 예외입니다. 아룰루기섬에 그녀를 기리는 사원을 세우는 일은 허락된 적이 없으며, 황제를 기쁘게 해 주고자 하는 조심성 많은 학자들은 역사책에서 그녀의 명성을 계속 더럽히고 있습니다."

"황제가 그녀를 그렇게 생각하는 건 이해할 만해. 황제와 패왕의 스승인 핀 진두를 죽였으니까……."

카노가 웃었다.

"쿠니 가루는 자신의 어두운 과거를 명예를 건 경건한 맹세로 위장할 수 있습니다. 하지만 진실은 사람들의 마음속에 계속 살아 있습니다. 키코미 공주에 대한 거짓말이 자기의 진실을 말해 주기 때문에 쿠니 가루는 그녀를 두려워합니다. 그는 변덕스러운 마음을 가진 군주로서 누군가를 조종하는 것에는 능숙하지만, 충의를 누릴 자격은 없습니다. 쿠니 가루는 당신을 배신할 겁니다."

세카 키모는 카노의 말을 곰곰이 생각했다. 전쟁 중, 쿠니는 세카 키모와 같은 사람들이 필요했다. 라나 키다에서 승리한 후 쿠니가 옥좌에 오르는 일에 목숨을 걸었던 사람들을 보상하지 않을 수는 없었으리라. 하지만 세상이 평화로운데 황제가 그를 얼마나 필요로 할까? 세카의 공헌에 대한 기억이 희미해지면, 쿠니 가루가 패왕에게 그랬던 것처럼 굴지 않을 이유가 뭐가 있을까?

"긴 여왕은 우리에게 어떤 일도 일어나지 않게 하겠다고 약속했어."

"원수는 지금 어디에 있습니까? 왜 그녀는 카로 반도로 와서 당신의 무죄를 호소하지 않습니까?"

키모는 아무 말도 하지 않았다. 징후들은 전쟁의 안개처럼 모호했다.

"아룰루기는 해전에 능숙합니다. 마음을 다잡고 먼저 공격하면 주도권을 빼앗을 수 있을 것입니다. 승리하면 아룰루기의 독립을 보장하고 당신을 운명의 주인으로 만들 것입니다. 아이들이 당신이 지키고자 했던 삶을 물려받기를 원합니까? 그렇다면 영주님, 신들의 경고에 귀를 기울이시지요."

키모는 궁정의 음모와 교활한 계략들을 이해하지 못했지만, 거리에서 구르던 범죄자로서의 경험에 비춰 봤을 때 카노의 말은 완벽하게 일리가 있었다. 큰 패거리의 우두머리는 자신의 영역을 지키기 위해 기꺼이 싸우겠다는 것을 보여 주는 남자들을 존중했다. 힘센 깡패는 자기가 아직 힘이 있다고 보여 주어야만 생존할 수 있었다.

술잔을 비우자 불타는 듯한 술에 키모의 눈에 눈물이 그렁그렁 맺혔다.

"대비를 하는 건 나쁘지 않겠지."

"그는 나를 따라 하고 있어." 쿠니가 중얼거렸다. "세카 키모는 무슨 생각을 하는 걸까? 왜 그는 육군을 해안으로, 해군을 해협으로 옮겼을까?"

"아마 당신이 건널 바닷길을 확보하는 걸 돕기 위해 배가 모이고 있을 거야."

지아가 의견을 내놓았다.

"내가 건너겠다는 뜻을 비치지 않았는데도?"

쿠니가 씩씩거리며 말했다.

"우리는 이곳에 몇 주 동안이나 있었는데 아직 문안 인사를 하러 오지도 않았습니다. 세카 키모의 의도가 좋지 않다는 걸 보여 주는 징조예요."

리사나가 초조해했다.

"아노 현자들이 말하길, 신뢰는 얻기 어렵지만, 의심의 순간에 그것을 잃기는 쉽다고 했어."

지아가 말했다.

"그게 무슨 뜻이야?" 쿠니가 딱딱거리듯 물었다. "믿을 수 없는 사람을 믿는 것은 지혜의 표시가 아니야."

"세카는 전쟁 중에 자신을 증명했어."

지아가 차분하게 말했다.

"그건 10년도 지난 일이야!" 짜증이 난 쿠니가 말했다. "나는 나 자신뿐만 아니라 아이들에 대해서도 생각해야 해. 내가 내일 죽는다면, 티무나 피로가…… 그를 감당할 수 있을 거라 생각해?"

황제는 흥분한 채 자리를 떴고, 리사나는 그를 달래기 위해 뒤를 바짝 따랐다. 지아는 제자리에 서서 그들이 멀어지는 모습을 지켜보았다.

"키모 영주님, 가시면 안 됩니다."

카노 소가 말했다.

공작의 대정전은 판에 있는 알현실의 축소판처럼 세카 키모의 대신과 장군으로 가득 차야 했지만, 지금은 오직 장군들(10년 이상 세카의 휘하에서 일해 온 퇴역 군인들)과 카노의 신임을 받는 귀족들 몇 명만이 벽 두 개 면을 따라 앉아 있었다. 아룰루기섬의 가장 유서 깊고 저명한 혈통에 속한 사람들이었는데, 오랫동안 아무가 독립을 되찾기를 바라 왔고 황제의 첩자들에 의해 오염되지 않았을 가능성이 높은 집단이었다. 그들은 세카 키모를 좋아하지는 않았지만 줄어든 권세를 되찾고자 하는 마음이 컸다.

"황제의 직접적인 명령을 거역하는 것은 공공연한 반역 행위야."

"황제는 이미 반역죄를 조작할 수도 있을 정도의 증거를 가지고 있습니다. 처한 상황을 생각해 보십시오, 영주님. 당신의 무기고에서 나온 무기들이 패왕의 이름을 외치는 투노아 반군들의 손에서 발견되었습니다. 당신은 황제의 함대를 경계하며 아무 해협에 배들을 집결시켰습니다. 병사들은 당신의 명령을 따를 준비를 한 채 뮈닝 주변에 모였습니다. 당신은 황제가 추천한 대신과 고문 들로부터 거리를 두었고, 뭔가 비밀스러운 음모를 꾸미는 듯한 인상을 풍겼습니다."

"하지만 난 단지 예방 조치라고 생각했어. 내게 아직 힘이 있음을 상기시켜 주는 것이라고! 폐하께서는 내가 반란을 일으킬 생각이 없다는 것을 아셔야 해."

"행동은 그 자체로는 의미가 없습니다. 중요한 것은 어떻게 보이는지입니다. 거울이 일그러지면 뚱뚱한 사람이 여위어 보이고, 충성스러운 사람이 반역자로 나타날 것입니다."

"그러니 더더욱 황제의 부름에 응답해 나 자신을 해명해야 해."

"키모 영주님, 패왕이 판에 들어간 뒤에 연 연회를 잊으셨습니까? 그가 쿠니 가루를 연회에 초대한 이유는, 자신을 배신했던 그를 부하들로부터 떼어 낸 다음 죽일 생각이었기 때문입니다."

"하지만 쿠니 가루는 무사히 탈출했어!"

"쿠니 가루는 유급 소송인만큼이나 영리하고 재빠른 혀를 가지고 있었습니다. 영주님은 어떻습니까? 또 쿠니가 패왕의 실수를 반복할 거로 생각하십니까? 가시면 돌아오지 못하십니다."

"이건 분명 나쁜 꿈일 거야." 키모가 중얼거렸다. "내가 무슨 짓을 한 거지?"

"영주님은 사리에 맞는 일만을 하셨습니다. 황제가 영주님께 강제한 일입니다. 사냥꾼이 도끼를 갈고 왔는데, 당신은 도살을 기다리는 충성스러운 개처럼 구시겠습니까, 사나운 늑대로 변해서 목숨을 지키기 위해 싸우겠습니까? 영주님은 반란을 일으키고 싶지 않으시겠지만, 황제는 선택권을 빼앗아 갔습니다."

세카 키모는 앉아서 곰곰이 생각했다. 근육이 서서히 긴장하면서 몸이 떨리기 시작했고, 얼굴의 혈관들로 피가 몰리면서 얼굴에 새긴 문신이 도드라졌다. 요란한 소리와 함께 그의 손에 들려 있던 대나무 잔이 산산이 부서졌다.

"어쩌다 이렇게 된 거야, 쿠니 가루?" 세카 키모는 분노로 울부짖었다. "어쩌다가?"

"키모가 *아프다고*?" 쿠니는 불신과 분노의 기색을 풍기며 조금 전 한 말을 반복했다. "*아프단* 말이지?"

"이해가 안 되는 편지입니다." 판에서 쿠니 대신 섭정을 하다 불려 온 코고가 말했다. "건강이 좋지 않아서 너무 멀리 갈 수 없다면서 아무 해협 중간 지점까지는 올 수 있다고 하는군요."

"그 '이해가 안 된다'는 말은 정확하지 않은 것 같군요. '말도 안 된다는' 말이 적절하겠죠. 그는 카로에 와서 황제에게 경의를 표하기를 거절했을 뿐만 아니라, 이제는 황제와 각각 배 한 척을 가지고 아무 해협 한가운데서 만날 것을 제안하고 있어요. 대체 자신이 뭐라고 생각하는 걸까요?"

리사나가 말했다.

"두 명의 티로 왕이 협상하고 있는 거라고 생각하는 거야. 개인적으로 그를 아니까 하는 말인데, 길거리 폭력배 일당의 우두머리 둘이 마주 앉아서 차를 마시며 청루와 술집, 도박장으로부터 뜯어내는 자릿세 분배에 대해 논의하고 있는 식으로 생각하는 거지. 키모는 반란을 일으킨 거야. 맙소사, 이미 반란을 일으켰다고."

모든 사람이 황제의 목소리에 섞여 든 고통을 느낄 수 있었다.

"그런 그를 전에 철석같이 믿었다니, 미안해."

지아가 말했다.

"미안해하지 마. 우리가 그의 마음속 어둠을 볼 수 있었던 건 당신이 제안한 카로 반도행 덕분이었어."

"긴 마조티를 불러서 공격에 대비하길 원하세요?"

리사나가 묻자 지아가 말했다.

"키모와 마조티는 패왕에 맞서 수년간 함께 싸웠어. 아직 완벽한 증거가 없다면 긴은 아룰루기 침공에 반대할지도 몰라. 게다가 세카 키모와 공개적인 전쟁을 벌이면 투노아의 다른 귀족들을 혼란에 빠뜨리고 그곳에 있는 반란군에게 용기를 주겠지. 조심하지 않는다면 혼란을 틈타서 반란의 깃발을 들려는 오래된 귀족들이 늘어날거야. 이 문제를 조용히 해결할 수 있다면 그편이 나아."

"황후 전하 말씀이 맞습니다. 키모의 요구에 응하여 아무 해협에서 만나는 것이 상책일지도 모릅니다."

코고가 말했다.

"왜죠?" 리사나가 물었다. 하지만 그러고 나서 그녀는 코코의 얼굴에서 교활한 미소를 보았다. "아, 간계를 펼칠 거군요."

쿠니가 말했다.

"키모는 '다라의 다른 영주들에게 불화의 모습을 보이는 것'을 피할 수 있도록, 호위함 없이 각자 배를 타고 와서 아무 해협의 중간 지점에서 볼 것을 '제안하고' 있어. 난 해전에서 내 배가 그의 배를 이길 수 있을지 확신할 수가 없어."

"그건 너무 위험해."

지아가 끼어들었다.

"……그리고 그를 놀래킬 것이니 비행함도 날 도울 수가 없어. 코고, 무슨 계획을 세우고 있는 거야?"

"그는 폐하께서 배 한 척을 타고 정해진 장소에 도착하는 모습을 볼 겁니다. 하지만……."

"당신이 보는 것이 항상 전부는 아니에요. 전쟁에서도, 연기술에서도요."

리사나와 코고는 서로를 쳐다보며 미소 지었다.

쿠니는 두 사람을 번갈아 가며 쳐다보았고, 깨달음이 얼굴에 퍼져 나갔다. 그는 싱긋 웃었다.

"루안 지아가 이곳에 없긴 하지만, 이건 다라의 최고 전략가에게 걸맞은 속임수야."

"황제께서 내 조건에 응했다고?" 세카 키모는 자신이 무언가를 놓치지 않았는지 확인하려고 편지를 몇 번 더 읽었다. "카노, 우리의 간계가 효과가 있었던 것 같군. 쿠니 가루는 전쟁을 벌일 생각이 없고, 나와 협상하기로 마음먹은 게 틀림없어."

"쿠니 가루는 교활하고 속임수로 가득 찬 사람입니다. 일이 겉보기처럼 간단하지 않을 것입니다."

"그가 내 편지에 언급된 조건들을 준수하는지 아닌지는 쉽게 확인할 수 있을 거야." 세카가 자신감에 차서 말했다. "열린 바다 한가운데서 뭘 할 수 있겠어? 몇 킬로미터 떨어진 곳에서 매복 공격을 감행해도 눈에 훤히 보일 거야. 넌 걱정이 너무 많아."

"예상치 못한 일에 대비하는 것이 최선입니다."

황제와 공작은 각자 평범한 상선을 타고서 배 하나 정도의 거리까지 접근한 뒤 닻을 내렸다. 둘 다 각자 선실에서 나와 지금을 위해 갑판에 세워 둔 연단에 앉았다. 두 사람은 저마다 앞쪽에 음식과 술이 놓인 작은 탁자를 놓고 있었다. 서로를 파도 너머에 두고 각자 음식을 먹을 예정이었다. 비록 그들의 마음을 갈라 둔 간격은 훨씬 더 넓었지만.

무언가가 쿠니 가루의 마음에 비슷한 기억을 불러일으켰다. 15년 전, 그와 패왕은 피비린내 나는 충돌을 끝내기 위해 리루강에 뜬 바닥이 평평한 배 두 척에 앉아 서로를 마주했다. 그런데 지금 그는 또 하나의 충돌을 막기 위해 물을 사이에 두고 다른 싸움꾼을 마주하고 앉아 있었다. 역사는 이상한 장난을 치곤 했다.

"키모 공, 건강해 보여서 다행이군." 쿠니가 물 건너편에서 소리쳤다. "공의 편지를 읽고서는 죽음이 임박한 줄 알았어."

키모는 더 건강해 보일 수 없을 정도였다. 겨울이라 두껍고 풍성한 옷을 입었지만, 주장과 달리 그가 '아프지' 않다는 것에는 의심의 여지가 없었다.

키모에게는 얼굴을 붉힐 정도의 예의는 있었다.

"렌가, 당신께서 이성적으로 행동하실 의사가 있다는 소식을 듣고 제 건강이 빠르게 회복했습니다."

"응? 그동안 내가 이성적이지 못했던 게 뭘까?"

키모는 심호흡하고 카노 소가 써 준 연설을 시작했다.

"가루 영주와 나는 한때 다라의 동등한 영주였으며, 자나의 전제주의를 타도하려는 이상을 위해 헌신했다."

세카가 자신을 '가루 영주'라고 불렀는데도, 쿠니의 얼굴은 변하지 않았다. 그 정도는 예상한 일이었다.

"하지만 반란이 성공한 후, 가루 영주는 세상을 익숙한 길로 되돌리는 대신 마피데레의 폐해를 재현하는 길에 착수했다. 가루 영주는 패왕처럼 땅을 동등한 티로국들에게 나누는 대신, 자신을 황제라 부르고 다라 대부분을 차지했다. 나와 다른 다라 영주들에게 던져 준 거라곤 그저 몇몇 부스러기들뿐이었다."

"몇몇 부스러기들이라." 쿠니가 중얼거렸다. "그렇군, 세 개의 주요 섬과 옛 티로국 몇 개보다 더 큰 영토를 가진 게 부스러기에 불과하군."

"그럼에도 가루 영주는 불만을 품고 있는 것 같다. 시간이 지나자 칙령을 내려 영지를 하사받은 귀족들을 약화시키고, 그들의 무기와 땅을 빼앗으려는 의도를 드러냈다. 가루 영주는 모든 다라가 단 하나의 주먹 아래에 있을 때까지 멈추지 않을 것 같다. 나의 후계자들과 나를 따라온 사람들을 위해서, 나는 가루 영주에게 정의를 요구한다."

"정의를 요구한다고? 그대는 투노아에 있는 반란군에게 보급품을 제공하고, 나에게 대항하기 위해 군대와 배를 모았어. 그대를 불러 설명하게 하려 했지만, 그대는 오기를 거부했어. 그대는 칭병하고, 주군에게 요구 조건을 정해 주고, 반역하려는 마음을 보였다. 더 많은 피를 흘리길 바라지 않아 내 이성을 초월하여 관용을 베풀었건만, 감히 그대가 정의를 요구해?"

"내가 배반할 것이라 당신이 이미 마음을 정했다면, 내가 하는 말은 아무런 의미가 없소. 가루 영주, 요청컨대 나에게 왕의 칭호를 내려 주고, 초승달섬과 에코섬을 포함한 아룰루기섬을 당신에게 복종할 의무가 없는 독립된 티로 왕국으로 선언해 주시오. 그러면 우리는 함께할 거요. 당신은 동쪽에, 나는 서쪽에, 영원한 우정으로 엮인 형제로."

쿠니는 웃었다. 키모는 잘 작성된 연설문을 잠시 외웠지만, 아직도 자신의 몫을 요구하는 거리의 깡패처럼 말했다. 쿠니는 고개를 저었다.

"동의하지 않는다면?"

키모는 이를 악물었다.

"아룰루기의 해군과 군대는 내 주장을 실행할 준비가 되어 있소. 우리는 비행함에 대비하여 폭죽도 미리 준비했소. 본섬을 침략할 수는 없겠지만, 아룰루기를 정복하는 건 쉽지 않을 거요. 당신이 전쟁을 선포한다면, 영지를 하사받은 다라의 다른 영주들은 자신들의 미래를 볼 것이고, 나를 돕기 위해 뭉칠 것이오. 가루 영주, 후회할 수도 있는 결정을 경솔하게 내리기 전에 잘 생각해 보시오."

"내가 그대에게 어두운 음모를 실행에 옮길 기회를 주지 않는 건 잘하는 일이지." 쿠니는 주먹을 탁자에 내리쳤고, 높은 위치에 설치한 연단 아래에 있던 근위대원 열 명은 바다를 향해 전성관(傳聲管)을 들어 올리고 동시에 외쳤다.

"배를 들이받아라!"

키모의 배에 타고 있던 병사들은 쿠니가 자신의 배로 그들을 들이받을 거로 생각했고, 놀란 나머지 닻을 올리고 배를 움직이려 했다. 그 순간, 아래의 바다가 출렁이기 시작했다.

"고래인가?"

병사 한 명이 물었다.

"크루벤인가?"

다른 병사가 물었다.

샌 카루코노는 기계 크루벤의 눈 역할을 하는 두꺼운 수정 조각을 들여다보았다. 거대한 잠수선은 약 수면 15미터 아래에 맴돌고 있었는데, 희미한 햇빛 때문에 물은 짙은 녹색으로 보였다. 때때로 물고기들이 둥근 창 옆으로 헤엄쳐 지나갔다.

뒤로는 기계 크루벤의 눅눅한 내부에 있던 병사들이 증기 기관의 밸브를 열 준비를 하고 있었다. 그 동력은 수중 화산에서 채집한 가열 암석이었다. 코고 옐루는 10여 년 전 루안 지아가 그린 비밀 지도에 의지해서 길을 찾았고, 라긴 황제와 키모 공의 만남 장소를 수중 화산 근처로 지정했다.

카루코노는 수면에서 출렁이는 해초 덩어리로 위장한 부표까지 뻗은 호흡관의 개구부에다 귀를 대고 있었다.

그는 기다리고 있던 명령을 들었다.

"시작해, 시작!"

선원들은 손잡이를 내던지고 돌림판을 돌렸고, 다른 선원들은 내부 균형을 기울여 뱃머리를 위로 돌리기 위해 절제된 움직임으로 기계 꼬리 쪽으로 달려갔다. 잠수선은 이제 막 수면으로 떠오를 참이었다.

바다가 폭발했다.

단단한 나무로 된 뿔이 키모의 배를 아래에서 들이받아 거의 물 밖으로 들어 올린 다음, 순식간에 반으로 부러뜨렸다. 돛대와 원재들이 부서지는 소리에 귀가 먹먹해졌고, 기계 크루벤에 동력을 공급하는 뜨거운 황산의 증기 냄새가 코를 찔렀다.

갑판에서 내동댕이쳐진 선원과 수병 들은 살려 달라고 외치며 타주 신과 투투티카 신에게 기도했다. 선체의 파편들과 삭구에 뒤엉킨 돛대가 다시 아래로 떨어지며 물에 처박히는 가운데, 키모와 그의 부하들은 구조되기만을 기다리다가 황제의 족쇄를 찰 수밖에 없는 상황임이 분명했다.

그러나 쿠니 가루는 턱을 딱 벌린 채 하늘을 쳐다보고 있었다. 그곳에는 우아한 포물선을 그리며 나는 세카 키모가 있었다. 그는 공중에서 몇 번이나 몸을 굴렸고, 그가 입고 있던 풍만한 옷은 거대한 새의 날개처럼 활짝 펴졌다. 용수철이 장착된 대나무 막대들이 딸깍대며 옷을 거대한 연 모양으로 늘어뜨렸다. 15년 전 주디를 기습적으로 공격한 패왕처럼, 세카 키모는 끈이 없는 연 아래에 매달려 아룰루기섬으로 천천히 미끄러져 갔다.

아룰루기의 장인들은 유연한 구조물을 만드는 데 능숙했다. 대나무와 덩굴나무를 엮어서 토예모티카 호수 위에 떠 있는 왕관을 닮은 도시, 뮈닝의 우아한 노대를 만들기도 했다. 카노 소는 키모가 앉아 있는 연단을 투석기의 끝부분처럼 설계했다. 튼튼한 대나무로 팔을 만들어 도르래로 잡아 내려서 밧줄로 고정했다. 무언가 잘못되면 키모는 투석기를 작동시켜 공중으로 튕겨 나간 다음, 루안 지아와 토룰루 페링의 설계를 결합한 연을 타고서 아무런 해를 입지 않고 아룰루기로 돌아갈 수 있었다. 몰래 착용할 수 있도록 복잡한 접이식 틀을 갖춘 연은 연약하고 사고가 나기 쉬웠으며, 일반적으로 쓸 수 있으리라는 확실하고 충분한 신뢰성이 없었다. 카노는 키모에게 절망적인 순간의 마지막 수단으로 그것을 입으라고 주장했지만, 알고 보니 그게 오늘 키모의 목숨을 구한 것이었다.

궁수들이 급히 갑판으로 올라갔지만 연은 이미 멀어진 상태였다. 쿠니는 키모가 손 쓸 수 없는 거리로 벗어나는 모습을 지켜보며 10년 동안 다라 제도를 지배해 온 평화가 끝났음을 깨닫고 한숨을 쉬었다.

제26장

빛과 이성

판

사해평치 11년 7월

호의를 좀 베풀어 줘, 형제.

투투티카가 음악 같은 박자의 목소리로 말했다.

왜 네 섬 대신에 쿠니의 딸을 돕기로 했지?

호전적인 성격의 피소웨오가 물었다.

키코미에 대한 기억을 존중하고 싶어서.

하지만 세카는 반란이 성공하면 그녀를 기리는 사당을 세우겠다고 카노 소에게 약속했다.

키코미를 기리는 최고의 방법은 돌이나 나무로 된 사당이 아니라, 자신의 잠재력을 자유롭게 발휘하는 공주야.

네가 직접 가르치는 건 어때.

거울을 만드는 건 네 기술이잖아.

그녀가 볼 수 있도록 돕기 위해 앞을 못 보는 신을 찾아왔군.

한때 앞을 못 보는 난초가 너를 도와줬던 것과 같은 거지.

나는 전쟁의 신이야. 어린 여자애들을 가르치는 건 정말이지……
할 만큼 했어.

넌 불굴의 투쟁에서 기쁨을 찾는 모든 사람의 신이야. 전쟁이라
고 해서 칼과 창으로만 싸우는 건 아니고, 적을 전장에서만 발견할
수 있는 것도 아니야. 시대가 변하고 있어, 형제. 우리도 그에 발맞
춰서 변해야 해.

세라는 궁전의 외딴 구석, 잉어 연못이 내려다보이는 난간에 기
대어 있었다. 아래에서는 주홍색과 황금색, 검은색, 흰색, 푸른색,
옥색의 관상용 물고기들이 헤엄을 치면서 서로를 방해하는 끝없는
잔물결들을 복잡한 모양으로 일으켰다.

그 부인이 뭐라고 했지? 빛은 물결이다? 그게 마법의 거울이 지
닌 비밀에 어떤 도움이 되는 거지?

그때 황궁 깊숙한 곳으로부터 어여쁜 곡조가 들려왔다. 그녀는
곡을 연주하는 것이 무슨 악기인지 구분해 내지 못했다. 높은 소리
는 풍경처럼 맑았고, 낮은 소리는 크루벤의 노래처럼 엄숙했다. 각
각의 소리는 허공에서 맴돌았고 그다음 소리와 또 그다음 소리가
서로 섞여들었다.

그녀는 소리의 근원을 찾아 나섰다. 구불구불한 복도와 긴 주랑
현관을 수없이 지난 다음 음악당으로 들어섰다. 이곳에서 황제와

리사나는 때때로 야자열매 비파를 연주하고, 노래하고, 춤을 추곤 했다.

파라가 그녀에게로 뛰어왔다.

"라타! 이거 예쁘지 않아?"

놀란 세라는 그녀를 껴안았다.

"응, 예뻐, 아다티*카*."

사람 키만 한 나무틀이 한가운데 설치되어 있었다. 틀에는 가로 대 두 개가 있었는데, 하나는 머리 높이에, 다른 하나는 허리 높이에 있었다. 각각의 가로대에는 다양한 두께의 매끄러운 청동 판 여덟 개가 매달려 있었는데, 각각은 아주 큰 책만 한 크기였다.

깡마른 중년 남자 하나가 나무틀의 발치에 *미파 라리* 자세로 무 릎을 꿇고서, 손잡이가 달린 긴 망치로 청동 판을 치며 곡을 연주하 고 있었다. 소매가 짧은 웃옷을 입고 있었는데, 팔은 근육으로 불룩 했고 피부에는 오래되었거나 새로운 상처가 나란히 있었다. 세라는 음악가라기보다는 대장장이나 군인의 것으로 보이는 그 팔들을 보 며 좀 이상하다고 생각했다.

두 자매는 음악을 들으며 서 있었다. 그 남자는 향 한 개비를 다 태우는 시간이 걸린 후에 연주를 끝냈다. 그는 뒤로 물러앉으며 부 드럽게 망치를 내려놓았고, 마지막 음이 서서히 사라질 때까지 기 다렸다.

그는 돌아서서 절했다.

"조악한 음악이 황녀님들을 즐겁게 해 주었기를 바랍니다."

파라는 손뼉을 쳤다.

"정말 멋졌어! 리사나 작은어머니가 오셔서 이 음악을 들으면 좋아하실 거야."

세라도 답례로 절했다. 이제 그녀는 그 남자의 얼굴을 볼 수 있었고, 눈을 보고 깜짝 놀랐다. 너무나 어두워서 단단한 흑요석으로 만들어진 것처럼 동공이 전혀 보이지 않았다. 너무나 독특해서 이전에 궁에서 그를 봤다면 분명 기억했을 거였다. 근육질 몸매와 팔에 난 상처 때문에 그녀는 불안했다. 다피로 미로 대장의 보안을 뚫고 암살자가 들어온다는 것은 상상도 할 수 없는 일이었지만, 황제가 자리를 비운 상태이고 투노아에서 반란군이 맹위를 떨치고 있다는 사실을 생각한다면…….

천천히, 그녀는 파라 앞으로 나섰다.

"선생의 영광스러운 이름을 아는 기쁨을 내 미처 누리지 못한 것 같군."

그 남자는 웃었다. 깊고, 아랫배를 울리는 웃음이었다.

"세라 황녀님의 지성에 대한 평판은 널리 알려졌지만, 세련된 태도뿐만 아니라 용기까지 갖춘 숙녀라는 것까지는 미처 알지 못했습니다. 정중한 인사였지만, 제가 두 사람에게 해를 입힐까 봐 여동생을 보호하고자 했지요. 최악의 상황에 대비하면서도 제 감정을 배려하시는군요. 콘 피지조차도 그 해결책에 감탄할 것입니다."

세라는 자신의 의도가 너무나 분명하게 드러나자 얼굴을 붉혔다. 그러나 그 남자는 상냥하게 말을 이었다.

"제 이름은 별로 중요하지 않습니다. 우연히 음악에 관심을 가진 늙은 대장장이일 뿐입니다. 근위대원들을 탓하지 마십시오. 저는 제 마음대로 드나들고, 제가 큰 희망을 품고 있는 청중을 위해 음악을 연주합니다. 우리는 모두 단 하나의 진정한 친구를 찾고 있습니다. 우리가 *모아피아*로 곡조를 주저하듯 연주할 때 마음속의 목소리를 이해할 수 있는 그런 친구 말입니다."

남자가 마지막에 한 말의 친근함에 세라는 긴장이 풀렸다. 이 남자가 누구든, 믿을 수 있다는 느낌이었다.

"이름을 알려 주지 않는다면, 더는 묻지 않겠소. 이것이 *모아피아*인가? 한 번도 본 적이 없는데."

"이산 전쟁 이후로는 거의 볼 수 없는 오래된 아노 시대 악기입니다. 그 이름은 '직각을 이루는 소리'라는 뜻입니다. 오래된 영웅담들에 언급이 있지요. 영웅 일루산은 이 악기를 곧잘 연주하곤 했습니다." 그가 파라에게 손짓했다. "한번 연주해 보시겠습니까?"

파라가 별다른 기술 없이 열성적으로 청동 판들을 두드리는 동안, 세라가 물었다.

"좀 더 말해 줄 수 있는가?"

"아노인들은 악기를 여덟 가지 과(科)로 나누었습니다. 비단은 비파나 금과 같은 현악기입니다. 대나무는 대적과 갈대 피리 같은 것이고, 나무는 목금이나 박자를 맞출 때 쓰는 봉입니다. 돌은 평판과 공명 그릇, 점토는 도자기 피리나 관입니다. 박과 덩굴나무는 마라카스, 가죽은 북과 노래하는 풀무입니다. 그리고 마지막으로 금속인데 종 같은 것들이 포함됩니다. *모아피아* 역시 금속에 속합니다. 다라의 신들은 각기 다른 과를 좋아하고, 악기의 한 개 과는 다른 과가 흉내 낼 수 없는 독특한 특색을 표현합니다."

세라는 한숨을 쉬었다.

"정말 음악에 대해 더 많이 알고 싶소. 리사나 작은어머니와 함께 춤을 배우는 것을 좋아하지만, 악기를 배울 인내심은 없었거든. 티무 오라버니가 그런 일은 더 잘하지."

"*모아피아*는 내가 가장 좋아하는 악기입니다. 연주하기도 어렵지만 만들기는 더 어렵습니다. 정확한 치수로 판을 주조해야만 정확한 음을 낼 수 있습니다. 흠결이 있으면 소리를 망치게 됩니다."

"판이 제대로 만들어졌는지 어떻게 확인하는가?"

"보세요."

남자는 검은 선들이 격자무늬로 표시된, 얇고 반투명한 비단 천을 꺼낸 뒤 세라에게 가까이 오라고 손짓해서 청동 판을 자세히 보게 했다. 세라는 청동 판에 비단 천의 선들과 정확히 일치하는 격자무늬의 선들이 표시된 것을 보았다. 남자는 두 격자가 정확히 일치하는지 보려고 비단 천을 청동 판에 감쌌다.

그러고 나서 그는 망치를 집어 들어 비단으로 싼 청동 판을 쳤다. 판이 뗑그렁 소리를 냈다. 비단 천의 격자가 고르게 떨리며 사방으로 번지자 마치 살아나는 듯했다. 하지만 어딘지 뭔가가 잘못된 것 같았다. 격자는 약간 정렬되지 않은 듯했고 나머지와 일치하지 않는 모양으로 떨리는 것 같았다.

"똑같은 비단 조각 둘을 겹쳐 놓고서, 격자가 겹쳐지고 회전하면서 어떤 무늬를 만드는지 관찰해 보신 적이 있습니까?"

세라는 고개를 끄덕였다. 어릴 적에는 그런 무늬들을 보는 것을 좋아했다. 사실, 그녀가 가장 좋아하는 취미 중 하나는 미라 부인이

수를 놓은 패왕의 초상화에다 다른 비단을 덧대어 보는 것이었다. 그렇게 하면 살랑대는 비단 천 때문에 미라 부인의 추상 작품이 살아 있는 것처럼 보였다.

"원리는 같습니다. 육안으로는 주물 판의 결함을 볼 수 없지만, 이와 같은 격자를 참고하면 주조 공정 중에 발생한 미세한 결함을 감지할 수 있습니다." 그는 아쉬워하는 듯한 표정을 지었다. "이건 다시 주조해야겠군요. 신들도 실수를 하기 마련이니."

세라는 진동하는 비단의 격자를 응시했다. 겹쳐진 격자 두 개가 만들어 낸 무늬들을 보자 투투티카 호수 표면에서 서로 간섭하던 파문이 떠올랐다. *두 개의 파동…… 거울…… 결점과 불완전함…….* 무엇인가를 이해하기 직전인 듯했지만, 그것이 무엇인지 정확히 말할 수 없었다.

마음속에서는 마법의 거울에 의해 주조된 패왕의 모습이 미라 부인의 수를 놓은 초상화와 겹쳐졌다. 두 개의 환영(하나는 상세하며 실물과 같고, 다른 하나는 추상적이고 기하학적인 모양으로 만들어진)은 싸움이라도 하듯 서로를 방해했다. 빛과 그림자, 명예와 잔인함, 다라를 가로질러 성큼성큼 걸어간 거인과 다라 제도에 출몰하는 유령. 어느 게 더 정확한 그 남자의 초상일까?

"라타티카, 그 남자 어디로 갔어?"

파라가 물었다.

놀란 세라는 고개를 들었다. 남자는 사라지고 없었다.

물고기의 무게를 재야 합니다. 세라는 조미 키도수가 황궁 시험

발표에서 말했던 흥미로운 문구를 기억했다. *물고기의 예언은 속임수였어. '마법의 거울'이라고 다를까?*

세라는 정신없이 자기 일에 몰두했다. 이전에는 이렇게 복잡한 난문(難問)을 풀어 본 적이 없었다. 그녀는 적과 맞서는 것에서 기쁨을 발견했다. *이게 패왕이 항상 이야기하고 후도티카가 내내 갈망했던 전쟁에 대한 욕구 같은 걸까. 압도적인 역경을 극복하고 미지에 맞서기 위해 모든 힘을 쏟으며 자신을 헌신한다는 것에 대한 기쁨 말이야.*

그녀는 빛의 본질을 묘사한 아노 시대와 근래의 문헌을 모조리 찾아냈고, 두루마리들을 한쪽 끝에서 다른 끝까지 읽었다. 다피로에게 거울 제작 명인들을 불러 달라고 요청했고, 그들이 더는 답할 수 없을 때까지 질문했다. 그녀는 제국학당의 작업장 하나를 넘겨받았다. 그리고 학자와 금속 세공사, 거울 제작자 들과 함께 작업해서 실험적인 원형들을 만들어 냈다.

그러고 나서, 투노아로부터 소식이 들려왔다.

제27장

다라의 반란군들

투노아 군도

사해평치 11월

전쟁의 북소리에 맞춰 5000명에 달하는 투노아의 반란군들이 일제히 구호를 외쳤다.

> 당년 9월 하고도 9일
> 내가 필 무렵이면 다른 이는 모두 스러졌으리
> 넓고 스산한 판의 거리에 차가운 바람이 이네
> 황금빛 폭풍이, 황금빛 파도가 덮쳐 오네
> 화려한 내 향기 하늘을 찌르고
> 황금 갑옷 만인의 눈을 가리리
> 도도한 긍지에 취해 만 자루 검이 춤을 추네

제왕의 위엄을 지키려, 홍진의 죄를 씻으려
충절과 지조에 사는 고귀한 형제여
그 색을 몸에 두르고 어찌 겨울을 두려워하는가.

이제 티로 왕답게 옷을 차려입은 노다 미와 도루 솔로피는 흙을 다져 만든 연단에 서 있었다. 그들은 그 뒤에 있는 높은 나무 두 그루에 커다란 화포(畫布)를 걸쳐서 펼쳐 두었다. 연단 주변의 키 큰 나무들이 흔들리며 그늘을 드리웠다.

천천히 그리고 경건하게, 도루 솔로피는 거울을 들어 햇빛 아래에서 기울였다. 애마 레피로아를 탄 패왕의 거대한 형상이 화포에 나타났다. 다리를 쳐든 말의 입가엔 거품이 일었고, 말에 올라탄 사람은 나아로엔나와 고레마우를 휘둘렀다. 그의 중동안이 얼굴을 응시하자 모든 반란군은 등골이 오싹해졌다.

노다 미가 엄숙한 어조로 말했다.

"투노아의 동지 여러분. 19여 년 전, 패왕은 다라에서 폭정을 없애겠다는 결의를 드러내기 위해 이 시를 지었습니다. 비극적이게도, 패왕의 빛나는 생애는 그가 한때 형제라고 불렀던, 다라의 옥좌를 훔치기 위해 그를 배신한 비열한 도적 쿠니 가루에 의해 끊겼습니다."

그는 잠시 멈추고 반란군들을 유심히 바라보았다. 몇 달이라는 짧은 시간 만에 반란군은 강력한 병력이 되었다. 쿠니 가루는 충성스러웠던 귀족들이 실은 야망을 품었다고 의심하며 속셈을 드러냈고, 세카 키모는 반란을 일으켜야 할 지경으로 몰렸다. 제국 통치에

504

불만을 품은 이들은 세카 키모와 노다 미, 도루 솔로피에게서 영감을 받아 다양한 지원을 약속했다. 하안의 세습 귀족들은 보물을 바쳤고, 한가하고 땅이 없는 퇴역 군인들은 경험을 제공했으며, 제국 시험에 낙제한 학자들조차 조언을 아끼지 않았다.

자금이 넘쳐나자 미와 솔로피는 모든 반란군에게 도금한 갑옷과 좀 더 나은 품질의 아룰루기섬 무기를 지급했고(세카는 왕국에 대한 제국의 금수 조치 때문에 무역을 부흥시키고 싶어 안달이 나 있었다), 자신들을 위해서는 티로국 왕이라는 지위에 어울리는 공식적인 예복과 보기(寶器)들을 장만했다. (노다 미는 "믿음을 얻기 위해서 사람들 사이에 섞인 누군가처럼 보여야 할 때가 있듯, 경외심을 불러일으키기 위해서는 사람들 위에 있는 것처럼 보일 때도 있어야 한다."라고 말했다.)

반란군들에게 대의에 관한 동기를 불어넣는 작업을 기존에 있던 마법의 거울들로만 해결해야 한다는 것은 너무나도 안타까운 일이었다. 노다는 살아 있을 때 거울 제작자 가족을 납치하지 않은 것을 자주 후회했다.

자금이 새로 몰리면서 신뢰할 수 없는 도적들과 오로지 한몫을 챙기는 데만 관심이 있는 무법자들이 유입되는 것은 당연한 일이었고, 이는 반란군의 기강에 위협이 되었다. 하지만 전반적으로 투노아 반군은 강력한 병력으로 보였다.

노다 미의 목소리가 점점 커졌다.

"하지만 패왕은 예언을 했습니다. 숫자 9가 두 개가 되는 날이 특별한 날이 될 것이라고 말했습니다. 2년 전, 사해평치 9년 9월, 늑대의 해에 카나 여신과 라파 여신이 우리에게 이 영적인 거울들을 건

네주었습니다……."

　도루 솔로피는 번지르르한 노다의 말을 들으며 웃지 않으려고 기를 써야 했다. 물론 그와 노다가 그 거울들을 발견한 날짜에 이처럼 중요성을 부여할 생각을 한 것은 시간이 한참 흐른 후였다. 하지만 그간의 일들을 두루뭉술하게 보자면 노다 미가 딱히 거짓말을 하는 건 아니라고 생각했다. 노다가 처음 마법의 거울이 든 지갑을 훔친 창녀는 정말로 검은 머리였고, 그날 밤 그와 함께 있었던 소녀는 금발이었다. 청루는 확실히 그들이 '여신'급 자질을 가진 것으로 분류해서 돈을 청구했다. 어쨌든, 노다 미는 항상 말했다. "왕의 위엄은 얼마나 위엄 있는 거짓말을 하느냐에 달린 거야." 그는 이 말을 아노 표의 문자로 적으면 회문(回文)이라고 주장했다.

　"……올해는 크루벤의 해로 위대함이 솟아나고 야망이 보상받는 시기입니다. 우리는 예언을 실현하고 패왕의 원수를 갚기 위해 판으로 진군할 것입니다."

　반란군들은 황금 창을 황금 방패에다 부딪쳐 소리를 냈고, 일제히 함성을 질렀다. 그 소음은 새와 짐승 들을 몇 킬로미터 인근 숲에서 쫓아냈다.

　"어쩌다 일이 이렇게 된 거예요? 어쩌다가?"

　'린 삼촌'과 항상 친근하게 지냈던 피로는 이제 첩자들의 우두머리를 향해 소리를 질러 댔다.

　린이 움찔했다. 그는 황후의 말을 듣지 않았더라면 얼마나 좋았을까 하고 생각했다. 처음, 그는 상당한 규모의 반란군과 싸우려면

506

자금을 추가로 요청해야 한다는 것을 생각하며 반란군의 성장에 기뻐했다. 하지만 아룰루기섬에서 들려온 소식은 생각했던 것과는 달랐고, 그는 더 이상 상황을 통제하기 어려운 지경임을 깨달았다.

투노아의 반란군은 진두 성을 포위했다. 사당으로 쓰임이 바뀐 후에도 성벽은 여전히 오래되고 두꺼웠으므로, 피로와 린이 바로 위험해지지는 않았다. 반란군들조차도 자신들이 거둔 성공에 놀란 듯했다. 그들은 무거운 포위용 장비들을 가지고 있지 않았고 얄따란 사다리들이 전부였다. 보급품이 잘 준비되어 있었으니 피로 황자가 지휘하는 500명 규모의 수비대는 당분간 버텨 낼 수 있을 터였다. 그래도 피로는 황금빛 갑옷을 입은 무리를 내려다보자 위장이 조여 오는 것을 느꼈다.

린이 항변했다.

"얼마나 많은 주민이 꼬임에 넘어가서 등을 돌렸는지 몰랐습니다. 예전에는 행정관들이 마을 사람들로부터 유용한 정부를 다수 수집했습니다……."

피로가 노려보자, 린은 패왕에 대한 모든 사적인 숭배를 불법화한 것이 제국에 불만을 품은 사람들의 심기를 더욱 건드렸을 거라고 말하려다 그만두었다.

"하지만 그 거울들은…… 그것들이 상황을 바꿔 놓았습니다. 걷지도 못하는 아이부터 이가 다 빠진 노파에 이르기까지, 투노아의 거의 모든 사람은 패왕이 돌아왔고 그 거울들을 통해 모습을 드러내고 있다고 정말로 믿고 있습니다. 반란군이 아닌 사람들조차도 몰래 피난처를 제공해 주고 그들을 돕습니다. 비행장의 요리사들이 순찰 비행함에 불을 지르는 바람에 그것들을 잃기도 했습니다! 우리 수비대는 지난 두 달간 반군과의 모든 교전에서 패배했습니다."

"하지만 삼촌은 모든 게 계획대로 진행되고 있다고 말했잖아요!"

"그게…… 그렇기도 했습니다만."

"도움을 요청하는 전갈은 보냈나요?"

"비둘기 세 무리를 이미 내보냈습니다."

아무 말도 하지 않았지만, 피로는 더 일찍 도움을 요청하지 않은 것을 깊이 후회하고 있었다. 아버지에게 자신이 더 이상 어린애가 아니라는 것을, 멀리 떨어진 작은 섬들에 있는 미신을 믿는 도적들을 처리할 수 있음을 보여 주고 싶었다. 아울러 키모 공의 반란이 아룰루기섬에서 맹위를 떨치고 있으니만큼, 그 이상 황제가 신경 쓸 일이 있으면 안 된다고 생각했다.

그는 본섬의 지원군이 도착하면 실수를 만회할 수 있기를 바랐다.

반란군은 진두 성의 성벽 아래에서 사흘 밤낮 동안 진을 쳤고, 그 수는 계속 불어났다. 지금까지 8000명에 달하는 병사가 성을 포위했다. 하지만 반란군은 나무를 베고 투석기나 화살탑을 만든다고 숲으로 가지 않았다. 대부분은 앉아서 연설을 듣고, 노래를 부르고, 기도했다.

피로와 린은 어리둥절하면서도 약간은 안도하며 그들을 지켜보았다.

그러다 나흘째 되는 날 아침, 반란군이 공격을 감행했다.

하지만 아주 체계적이지 못한 공격이었다. 반란군들은 그저 앞으로 내달리면서 휘청대는 사다리들을 벽에다 밀어붙였고, 조잡한 고리버들 방패만 들고 사다리를 오르기 시작했다. 미와 솔로피, 그들의 호위대 병사 몇 명은 마법의 거울을 들고 패왕의 모습을 성벽에 투영해서 반란군들에게 기운을 불어넣었다.

피로는 노골적이지만 혼란스러운 광경을 경악하며 지켜보았다. 공격자들은 완전히 무방비 상태였다. 끓는 기름 항아리와 분뇨가 들어간 물, 바위, 무거운 나무 들보, 그리고 수천 발의 화살을 준비한 성벽 위의 방어자들은 그들을 간단히 해치울 수 있었다. 아무리 경험이 없는 지휘관이라도 저지를 수 없는 실수였다.

피로는 중얼거렸다.

"이것이 국화·민들레 전쟁 때 노다 미와 도루 솔로피가 마조티 원수에게 무릎을 꿇은 이유야. 양에게 늑대의 옷을 입힐 수는 있겠지만, 양은 양일 뿐이야."

그는 방어하고 있는 병사들에게 학살을 시작하라고 명령했다.

그러나 병사들은 거의 움직이지 않았다.

"뭘 기다리고 있는 거야?"

피로가 소리쳤다. 그의 목소리에는 공포가 스며들어 있었다.

황급히 달려 나간 린 코다는 잠시 후 사색이 되어 돌아왔다.

"우리 병사 중 일부, 특히 현지인들은 반란군이 패왕의 보호를 받고 있다고 믿고 있습니다. 화살이 반란군의 갑옷을 뚫을 수 없고, 창과 칼이 반란군의 팔다리를 해칠 수 없다고 생각합니다. 또 반란군들이 마타 진두의 용맹한 전사 정신을 타고났으며, 그들에게 맞서는 자는 누구나 저주를 받을 것이라고 믿고 있습니다."

피로는 좌절감에 발을 동동 굴렀다.

"미쳤어. 세상이 미쳐 버렸어!"

"본섬에서 온 군사들을 결집하겠습니다. 그들이 이 마법의 영향을 받아 심신이 쇠약해지지 않았기를 바랄 뿐입니다."

"잠깐만요. 생각이 있어요. 할 수 있는 일을 하면서 그들을 막고 있어요. 곧 돌아올게요."

린 코다는 여전히 제국의 대의를 믿는 소수의 사람을 최대한 규합하고, 나머지 병사들은 협박하고 때리고 채찍질함으로써 겨우 저항이라고 할 만한 모양새를 갖추었다. 성벽에서 돌과 나무 들보가 떨어지고 끓는 기름이 담긴 항아리가 부어지자 사다리를 타던 반란군들은 비명을 지르며 아래로 떨어져 죽었다.

"저 사람들은 패왕이 보호해 주실 것을 충분히 믿지 않았습니다!" 노다 미가 소리쳤다. "패왕은 자신을 의심하지 않는 사람들만 보호하십니다. '의심을 종결짓는 자'가 풀려났습니다! 나와 함께 노래합시다, 노래합시다! *당년 9월 하고도 9일……*."

수천 명의 반란군이 구호를 외치는 소리는 인상적이었다. 노다와 도루의 사람들은 용기를 되찾았다. 다시 수십 명이 사다리를 타고 올랐다. 떨어지는 돌과 나무 들보가 반란군을 짓뭉개고 있음에도 더 많은 사람이 의심에 맞서 자신의 믿음을 시험하기 위해 줄을 섰다. 광기의 열정으로 눈이 형형하게 빛나는, 두려움 없는 무리를 마주한 수비대원들의 마음은 꺾이기 시작했다.

반란군 궁수들이 마침내 사다리 아래로 줄을 지어 섰다. 그들은 머리 위로 화살을 높이 쏘아 성벽 위의 수비대원들을 공격했다. 죽어 가는 남자들과 다친 남자들의 비명이 허공을 가득 메웠다.

성벽이 뚫리는 것은 시간문제처럼 보였다.

"누가 가만히 있지 않고 감히 움직이려고 드느냐?"

피로 황자가 소리치며 성벽 꼭대기로 모습을 드러냈다. 그는 가쁜 숨을 몰아쉬고 있었다.

그는 패왕에게 복을 빌러 온 순례자들을 위해 대청에 걸어 뒀던 마타 진두의 초상화를 들고 있었다. 그는 그 초상화를 거대한 방패처럼 들고 성벽을 막 압도하려는 공격자들을 향해 진격했다.

"감히 패왕의 모습을 더럽히려고 하느냐?" 피로는 초상화를 성벽 가장자리에다 기대어 놓았다. "이건 미라 부인의 유명한 자수 작품 중 하나로 패왕이 지닌 정신의 본질을 포착한 작품이다. 너희는 패왕의 영혼을 향해 칼을 휘두를 지경으로 불경한 게냐?"

빗발치는 화살이 멎었다. 궁수 중 누구도 감히 영주의 초상화에 해를 끼치지 못했다. 사다리에 올라타고 있던 공격자들은 앞으로 밀고 나가면 자칫 성스러운 그림에 실수로 얼룩이 지는 건 아닐까 망설이다 움직임을 멈췄다.

"비열하다!"

노다 미는 화가 나서 얼굴이 빨개졌다.

"경멸적인 속임수다!"

도루 솔로피는 입꼬리에 거품을 물고 외쳤다.

"내가 그렇게 비열해?" 피로가 싱긋 웃으며 물었다. "그렇다면 왜 패왕의 초상화는 내 손에서 미끄러지지 않는 걸까? 난 항상 패왕을 좋아했어, 알아? 너희들보다 더 그를 좋아할걸! 나는 그림을 들고 바로 여기 서 있을 거야. 패왕의 기억을 더럽히는 사람은 *내가* 아니야."

린 코다는 얕은 잠을 자다 깨어나는 듯한 표정을 짓고 있는, 가장 신뢰할 수 있는 수비대원들에게 손짓했다. 성안으로 뛰어 들어간 그들은 몇 분 후에 돌아왔다. 일부는 축원 사당에서 가져온 패왕의 큰 조각상들을, 일부는 순례자들을 위한 기념품인 수를 놓은 초상화들이 담긴 상자를 들고서 돌아왔다. 이내 성벽 위에는 마타 진두의 그림들과 조각상들이 줄지어 서 있게 되었다.

노다 미가 말했다.

"넌 정말 그 혐오스러운 쿠니 가루의 아들이 맞는구나. 위대한 배신자인 그에게 걸맞은 뻔뻔한 속임수다."

그와 솔로피는 피로에게 저주와 욕설을 퍼부었지만, 피로는 미소만 지을 뿐이었다. 반란군들은 사다리 중간쯤에서 멈춰 서서 어떻게 해야 할지 갈피를 잡지 못했다.

노다 미와 도루 솔로피는 궁수들에게 불화살을 쏘고 초상화를 태우라고 명령해서 그 소동을 끝내고 싶었다. 하지만 그들은 지금 반란의 토대는 패왕 숭배였고, 초상화를 파괴하라고 명령하면 반란군들이 명령에 거역할 뿐만 아니라 자신들을 공격할지도 모른다는 것을 알았다.

양측이 교착 상태에 빠져 있는 동안, 성벽 위아래에 있던 사람들이 갑자기 하늘을 가리키며 외쳤다.

"비행함이다!"

"우린 살았어!"

"그런데 왜 하나밖에 없어?"

가느다란 비행함 한 척이 진두 성 위를 떠다니며 날개 노를 우아하고 율동적으로 내젓고 있었다. 황제의 지원군이 마침내 도착한 것인가?

처음에 기쁨이 넘쳐났던 피로의 얼굴은 점차 경악하는 표정으로 바뀌었다.

"저건 제국 전령선, '시간의 화살'호잖아요. 수용 인원이 수십 명밖에 안 되는데. 나머지는 어디에 있는 거예요?"

그가 린 코다에게 속삭였다.

노다 미는 새로운 비행함이 큰 위협이 되지 않는다는 것을 알아차렸다. 그가 먼 쪽에서 다시 공격하라고(피로와 그의 병사들이 패왕의 그림과 형상으로 성 전체를 포위할 수는 없을 것이다, 안 그런가?) 명령을 내리려는데 누군가가 비행함에서 뛰어내렸다.

양쪽 병사들이 얼빠진 듯이 쳐다보는 동안, 그 사람은 공중에서 몇 번 구른 후 곧장 낙하했다. 모두가 그 사람과 땅의 비극적인 충돌을 보고 싶지 않아 눈을 감으려 할 무렵, 등에서 거대한 비단 풍선이 솟아났다. 풍선은 공기로 가득 차며 부풀어 올라 그에 탄 사람의 하강 속도를 늦추었다.

"저건 몇 년 전 패왕이 주디를 함락한 방법이야!"

"영혼일까? 패왕이 보낸 전령일까?"

이제 모든 사람이 풍선에 탄 사람이 여자라는 것을 알아차릴 수 있었다. 그녀는 긴 소매와 연의 꼬리처럼 공중에 떠다니는 옷자락이 달린, 우아하고 격식을 갖춘 정식 궁중 예복을 입고 있었다.

그녀는 민들레 씨앗처럼 천천히 나선형으로 내려와 성벽에 착지했다.

"세라 누나! 여기서 뭐 하는 거야?"

놀란 피로가 말했다.

"보면 알겠지만, 네 목숨을 구하는 중이지. 비둘기 세 무리를 보냈잖아! 네가 죽음의 문턱에 있다고 확신했어. 아무 해협에 가 계신 아버지께 알리려면 시간이 너무 오래 걸리니까 '시간의 화살'호를 징발해서 내가 직접 왔어."

피로는 누나를 대놓고 감탄하며 바라보았다. 항상 누나를 우러러 봤지만, 이제 그녀는 훨씬 더 놀랄 만한 사람이 된 것 같았다.

세라는 옷에서 비단으로 만든 풍선을 분리하고, 난간 가장자리로 올라갔다.

"패왕의 추종자들이여, 그대들은 현혹되었다!"

반란군들은 그녀를 올려다보았다. 세라 황녀는 은실로 수를 놓은 민들레 씨앗과 빼곡히 박힌 진주로 만든 물고기 문양으로 장식한, 새빨간 궁중 예복 차림이었다. 마치 왕처럼 근엄하고 눈이 부셨다.

"나는 패왕의 뜻이라는 것의 진실을 보여 주기 위해 왔다."

그러고는 예복 안에서 커다란 청동 거울을 꺼냈다.

그녀는 거울을 높이 들어 올려서 아래에 있는 모든 사람에게 거울이 얼마나 매끄러운지 보여 주었다. 거울 표면은 맑은 물웅덩이처럼 제대로 윤이 났다. 거기에는 주변의 모든 것이 완벽하게 반영되었다. 끓고 있는 기름 냄비, 몸에 화살이 꽂혀 있는 피투성이 수비 대원들, 황금 갑옷을 입은 반란군 무리.

그녀는 팔을 들어 반란군들 뒤편의 하늘을 가리켰다. 모두 고개를 돌려 반란군 바로 뒤편에 멈춰 선 선체를 보았다. 선체의 양끝에는 긴 대나무 장대가 뻗어 있었고, 거대한 비단 천이 아주 큰 돛이나 장막처럼 드리워져 있었다.

세라 황녀는 거울을 기울여서 밝은 햇살을 받게 한 다음 어떤 모습을 천에 비췄다.

진두 성의 수비대원들과 투노아의 반란군들은 모두 놀라서 말을 하지 못했다.

천에는 거대한 패왕의 모습이 똑같이 거대한 라긴 황제 옆에 서 있었다. 두 사람은 서로의 어깨에다 팔을 두르고 있었고, 얼굴은 평온하고 온화했다. 투영된 그림 아래에는 진다리 문자로 몇 줄의 글이 적혀 있었다.

충절과 지조에 사는 고귀한 형제여,

다시는 무기로 다라를 슬프게 하지 말라.

누군가가 검을 떨어뜨렸다. 그다음 또 다른 이가 검을 떨어뜨렸다. 이내 검이 땅에 부딪히는 소리가 허공을 가득 채웠다.

"어떻게? 무슨 이런?"

피로의 머리는 질문으로 가득 찼다.

세라는 노다 미와 도루 솔로피 쪽을 가리키며 명령했다.

"저들을 잡아라!"

그러나 두 남자는 이미 화사한 예복을 벗어 던지고, 먹물만 남기고 심해로 도망치는 갑오징어처럼 어두운 숲속으로 사라져 버렸다.

"너무 빨리 움직이지 말고, 누르지도 마. 자기가 연못 위로 고르게 배를 몰고 가는 미풍이라고 상상해."

조심스럽게 피로는 거울 위로 반구형으로 만든 유리 렌즈를 움직였다. 유리를 통과한 빛이 그 아래의 매끄러운 청동에 닿아 반사되었다. 무지갯빛을 발산하는 고리들이 마치 지문의 소용돌이 같은 동심원 모양의 파동으로 유리에 나타났다.

"이게 뭐야?"

"난 그것들을 '투투티카의 고리'라고 불러."

"아주 예쁘네."

"예쁜 것 이상이야. 그것들은 그 아래 표면이 매끄러운지 아닌지를 알려 줘. 거울에서 반사된 빛은 유리에서 반사된 빛과 간섭을 일으키지. 표면이 완벽하게 매끄러우면 고리들이 완벽한 원으로 보여. 하지만 표면이 완벽하게 매끄럽지 않으면 고리가 변형되어서 맨눈으로는 감지할 수 없는 침하와 돌출이 생겨."

렌즈를 이리저리 움직이자 투투티카의 고리가 바뀜에 따라 거울에서도 실제로 골짜기와 능선이 드러나는 것이 보였다.

피로는 렌즈를 밀어내고 표면을 다시 만져 보았다. 아무것도 없었다. 툭 튀어나온 것이나 움푹 팬 것도. 그는 거울을 들여다보았다. 제대로 자신을 비추고 있었다.

피로는 감탄하며 한숨을 쉬었다.

"표면에 있는 이 모양들은 분명히 미세한 수준이겠지. 하지만 그래서 어떤 형상이 비춰진다는 거지?"

"정확해. 난 그 거울들에 뭔가 속임수가 있다고 확신했어. 투투티카의 고리의 도움으로 마침내 그 비밀을 알아냈지."

"어떻게 만드는지도 포함해서?"

"노다와 도루가 정확히 무슨 짓을 했는지는 몰랐지만, 뒷면에 새겨진 문양이 그 열쇠라는 건 알아냈어. 난 나만의 거울을 만들기 위해 원하는 그림을 뒷면에다 양각한 다음, 표면을 힘차게 긁어내고 갈았어. 뒷면이 양각됐으니 거울의 일부분은 다른 부분보다 두꺼울 거야. 연마 과정에 있었던 장력과 부담 때문에 표면에 작은 주름이 생겨나서, 눈에 보이지 않는 문양이 뒷면에 다시 생긴 거지."

"하지만 어떻게 거울 뒷면에 아버지와 패왕의 뒷모습을 새겨 넣고 앞쪽으로는 앞모습을 비출 수 있었던 거야?"

"쉬워. 거울을 두 부분으로 나눠서 주조하는 거지. 원하는 그림을 거울에다 양각하고, 광택을 낸 다음 새로운 재료를 추가했어."

피로는 렌즈를 들어 올렸다.

"어떻게 투투티카의 고리를 발견했어?"

"훌륭한 스승님들이 있었어." 세라는 다소 신비롭게 말했다. "한 분은 빛이 파동과 같다는 것을 보여 주었고, 다른 분은 예상되는 간섭 유형으로부터 편차가 있으면 미세한 두께 변화를 감지할 수 있다는 걸 보여 주었어. 그다음엔 그저 실험을 많이 했을 뿐이야."

햇살 쪽으로 거울을 들어 올린 피로는 벽에 투영된 황제와 패왕의 모습에 감탄했다.

"이게 어떻게 가능한지를 알고 나니 기술이 감탄스럽네. 전에는 나도 조금 겁이 났는데 말이야."

세라는 고개를 끄덕였다.

"물론이야. 노다 미와 도루 솔로피는 추종자들을 속이기 위해 '마법'에 의존했어. 하지만 일단 그 비밀을 알아내기만 하면, 모든 사람이 그 마법을 부릴 수 있지."

제28장

피난처

노키다

사해평치 11년 9월

긴 마조티는 앞에 무릎을 꿇고 있는 두 남자를 살펴보며 기시감을 느꼈다. 몇 년 전, 다수 원수인 그녀가 디무시를 점령했을 때 똑같은 두 남자가 역시나 앞에 무릎을 꿇었다.

노다 미와 도루 솔로피는 투노아 어부로 변장해서 예측할 수 없는 키시 해협의 조류를 뚫어 노키다에 도착했다. 그 뒤 곧장 궁으로 와서 여왕에게 알현을 간청했다.

그들은 양손을 벌린 채 몸을 굽혀서 돌바닥에 이마를 댔다. 우묵한 자국들이 나 있는 바닥은 수리가 필요한 듯했다.

"여왕님, 고귀하신 게지라의 여왕님, 다라의 원수님, 여왕님의 자비를 구합니다!"

그들은 돌판이 피로 붉게 물들 때까지 둔탁한 소리를 내며 계속해서 이마를 바닥에 부딪쳤다.

"그만 됐다."

노다와 도루는 움직이지 않고 여전히 엎드려 있었다.

"너희들은 황제에게 반역죄를 저질렀다. 내게 자비를 간청하는 게 무슨 소용이 있겠느냐?"

노다는 긴의 말을 주의 깊게 분석했다. 긴이 판으로 향하는 죄수 호송 마차에 그들을 집어넣는 대신 질문을 하고 있다는 것 자체가 좋은 신호였다. 황제와 그녀 자신을 다른 문장 두 개로 말한 것 역시 좋은 신호였다.

노다는 여전히 얼굴을 들지 않고서 말했다.

"가장 현명하고 고귀하시며, 미덕의 귀감이신 여왕님! 저희는 너무 어리석어, 한낱 풀이 황실의 낫에 저항할 수 있다고, 미천한 사마귀가 황실 마차의 행진에 감히 대항할 수 있다고 생각했습니다. 저희가 이리 비참해진 것은 저희 자신의 탐욕과 야망만을 탓할 수 있을 뿐입니다. 죽어 마땅함을 역시 알고 있습니다. 라긴 황제는 전술에서 타의 추종을 불허하며, 비길 데가 없는 사령관이십니다."

긴은 노다의 말을 가만히 들었다. 약간 찌푸린 이마에는 주름이 잡혔다. 노다는 그녀의 발치에 놓여 있는 환한 윤이 나는 검의 표면을 슬쩍 훔쳐보며 거기 비친 여왕의 얼굴을 확인했다. 그는 보일락 말락 하게 미소를 지었지만 재빨리 다시 고개를 숙였다. *허영심이란.*

"너희들은 오만했다." 긴은 일어서며 말했다. "그게 너희들이 전장에서 어린애에게 진 이유지. 마타 진두는 열광적인 꿈에 빠진 사람들의 무용(武勇)에 기대어 큰 성공을 일구었지만, 너희 둘은 마타 진두가 아니다. 나였다면……." 그녀는 자제했다. "뭐, 이건 요점에서 벗어난 이야기지. 내가 해 줄 수 있는 건 아무것도 없다. 내 오늘 밤은 편안한 잠자리와 좋은 음식을 베풀겠지만, 내일 아침에는 너희들을 판으로 보낼 것이다."

노다와 도루는 앞으로 기어가 각각 긴의 한쪽 발을 잡았다.

"자비를 베풀어 주십시오! 자비를! 자비로운 여왕님, 부활하신 루피조 신이시여, 당신께서 우리를 판으로 보낸다면, 우리는 죽음보다 더 나쁜 운명에 처하게 될 것입니다! 황제는 우리를 본보기로 삼을 것입니다. 그는 우리의 가족과 추종자들은 물론, 추종자들의 삼족까지 학살할 겁니다."

"그게 나랑 무슨 상관이지?"

"예전에 패왕의 편에서 황제를 상대할 때, 당신은 자비를 베풀어 우리를 놓아주셨습니다. 당신의 이름이 불후하여 노래와 이야기 속에 살아남을 수 있도록, 위대한 용기를 다시 한번 보여 주시길 간절히 기원합니다. 전쟁에서는 귀족들이 병사들과 다르게 대우받는 것이 항상 규칙이었습니다."

"그래? 아마도 그건 사실이겠지. 너희들은 분명 너희들을 따른 바보들보다 훨씬 더 나쁜 운명에 처할 자격이 있어. 과연 다라 영주 중 이 점에 동의하지 않을 사람이 한 사람이나 있을지 의심스럽군."

"그러나 다라의 영주들이 평등하다는 말은 분명 사실이 아닙니다! 황제의 모든 고문 중에서, 검을 궁궐로 가지고 들어갈 수 있고 황제가 그 조언에 귀를 기울이는 유일한 사람은 여왕님이라는 것을 모두가 알고 있습니다!"

노다는 다시 이마를 바닥에다 찧기 시작했고, 도루는 그를 따라 했다.

긴은 다시 얼굴을 찡그렸다. 그녀의 자긍심에 호소하려는 그들의 노력은 다소 의도가 분명했지만, 긴은 그것이 효과가 있음을 인정해야 했다. 어찌 됐든 쿠니의 제국을 건설하기 위해 어느 누가 그녀보다 더 많은 일을 했단 말인가? 황제가 누군가의 말을 듣는다고 한다면 그녀의 말을 들어야 했다.

하지만 긴은 노다 미와 도루 솔로피 같은 사람들을 위해 자신의 명성을 걸 정도로 어리석지 않았다. 그녀는 그들 두 사람이 보여 준 정도로까지 사태가 진척되었다는 사실에 훨씬 더 궁금증이 일었다. 그들이 세카 키모를 음모에 끌어들였다는 점도 마찬가지였다. 린 코다가 제국의 보안 체계에 얼마나 심혈을 기울였는지를 생각하면 뭔가 이상한 냄새가 났다.

"내가 돕기를 원한다면, 반역을 결심한 이후로 너희들에게 일어난 모든 일을 말해야 한다. 하나도 남김없이."

노다와 도루가 그들에게 있었던 일련의 행운을 그녀에게 들려주었다. 긴의 얼굴은 점점 어두워졌고, 그러다 다시 밝아졌다.

마침내 그녀는 굽실거리던 그들로부터 부드럽게, 하지만 단호하게 벗어났다.

"더는 비굴하게 굴지 마라. 너희들은 오늘 밤 내 손님이고, 내가 어떻게 할지는 내일 결정할 거다."

조미 키도수는 알현실 앞의 광장을 둘러보며 눈살을 찌푸렸다. 남자들 수십 명과 여자들 몇 명이 침낭을 펴고 진을 치고 있어서 거지 소굴인가 싶었다.

"이 사람들은 누구야?"

옆에서 걷고 있던 열 살 먹은 아야 마조티 공주가 물었다. 어머니처럼 강단 있는 체격에 똑같이 날카로운 이목구비를 가지고 있었지만, 피부가 좀 더 짙은 색이었다. 여왕은 그녀의 아버지가 누구인지 말한 적이 없었고, 마조티의 장군과 대신 중 그 누구도 감히 사실을 알아내 볼 엄두를 내지 못했다. 다라의 왕들은 자신들이 누구와 잠자리에 들고 싶어 하는지를 추종자들에게 설명할 필요성을 전혀 느끼지 못했다. 마조티는 항상 자신에게도 같은 규칙을 적용하는 듯 굴었다. 그녀는 많은 남자를 침대로 데려갔지만 아무도 감히 그 행동 때문에 그 남자들이 특별해졌다고 생각하지 못했다.

조미가 말했다.

"노다 미와 도루 솔로피의 추종자들입니다. 투노아를 탈출해서 공주님의 어머니께 보호를 요청하고 있습니다."

"어머니가 저들을 지켜 줄까?"

"잘 모르겠습니다."

조미가 말했다. 미와 솔로피가 수행원들과 함께 도착한 지 며칠이 지났다. 긴은 마음을 정하지 못하는 것 같았다. 도루 솔로피는 오만하게 굴기도 하고 굽실거리기도 했는데, 그 행태를 본 조미는 그가 여러 해 전 자신과 삼발이 단지의 다른 단골들을 갈취하려고 들었던 야만인임을 알아챘다. 오랫동안 마음속에서 밀어내 두었던 감정과 기억으로 마음이 불안해진 조미는 스스로 객관적인 조언을 해 줄 거라 믿지 못해 여왕을 찾아가지 않았다. 하지만 여왕이 그녀를 불러들였다. 조미는 알현실로 가는 길에 아야 공주와 마주친 것이 기뻤다. 탐탁지 않은 토론을 조금 더 미룰 수 있게 될 터였다.

"반역자라면, 어머니는 저 사람들을 저 자리에서 죽이셔야 해."

아야가 말했다. 긴 마조티는 딸에게 자신이 어떻게 왕좌에 올랐는지 알려 주는 것을 절대로 회피하지 않았다. 조미는 공주가 쉽게 살인과 전쟁을 입에 올리는 것에 익숙했다. 사실 게지라에 도착한 이후로, 조미는 왕국을 통치하는 손이 좀 더 부드러워지도록 긴의 군사적 본능을 완화하기 위해 노력해 왔다. 예를 들어, 군대의 예산을 동결하고 옛 하안의 오두막 학당을 모범 사례로 삼아 가난한 사람들을 위한 마을 학교를 짓는 데 더 많은 자금을 사용하라고 조언했다. 그녀는 모국어로 글쓰기와 증명이 따로 필요 없는 암산과 기하학과 같은 실용적인 기술들을 강조하는 새로운 교육 과정을 실험하기 위해 그 학교들을 활용하고 있었다. 긴은 제국의 관료들보다 그녀의 제안에 훨씬 더 호의적이었다. 조미는 마침내 자신이 올라앉아 빛을 발할 수 있는 횃대를 찾았다고 느꼈다. 또한 긴이 주는 후한 봉급 덕에 다수에 있는 집에 훨씬 많은 돈을 보낼 수 있었다. 삶의 모든 것이 올바른 방향으로 나아가고 있는 것처럼 보였다.

"저거 재미있을 것 같아!"

조미는 아야의 시선을 따라 도망자 하나를 쳐다보았다. 열여덟 내지 열아홉 살 정도 돼 보이는 젊은 남자로, 광장 가장자리에서 밧줄을 거는 용도의 돌을 가지고 운동을 하고 있었다. 그는 두 손으로 말을 끄는 줄을 묶어 두는 돌출된 고리를 잡고는 끙 하는 소리와 함께 돌을 공중으로 던졌다. 그 돌은 무게가 90킬로그램은 족히 나갈 것처럼 보였지만, 3미터 정도 위로 떠올랐다. 그리고 나서 남자는 돌을 두 팔로 껴안고 부드럽게 바닥에다 내려놓았다. 그는 몇 번 더 반복했다. 이 힘자랑에 익숙해진 다른 도망자들은 그를 무시했다.

"넌 위대한 전사임이 틀림없구나."

그가 있는 쪽으로 달려간 아야는 크게 감탄하는 목소리로 말했다. 긴은 그녀가 아기였을 때부터 몸싸움과 칼싸움을 가르쳐 왔다. 아야는 하나부터 열까지 철저하게 말괄량이였다.

모타 키피는 돌을 내려놓고 얼굴의 땀을 닦았다.

"고맙습니다, 아가씨."

"공주님이라고 해야지.

아야가 말했다.

"공주님."

모타가 예의 바르게 말했다.

조미는 공주를 향해 소리쳤다.

"어서 오십시오, 공주님. 여왕님은 기다리는 걸 좋아하지 않으십니다."

"나는 이 남자랑 이야기하고 싶어."

아야가 고집스럽게 말했다. 조미는 어쩔 수 없이 아야 쪽으로 가야만 했다. 그녀는 객관성을 유지해 여왕에게 제대로 된 조언을 제공하기 위해 도망자들을 피해 왔다. 하지만 공주가 그들과 함께 있으니 아무 말도 하지 않는 것은 예의가 아닐 듯싶었다.

"원래 이렇게 힘이 셌나?"

조미는 질문을 하자마자 바보 같다는 생각이 들었다. 하지만 그녀는 잡담에 능했던 적이 한 번도 없었다.

모타는 고개를 가로젓고는 수줍게 웃었다.

"어렸을 때는 아버지를 많이 닮아서 병들고 허약했습니다."

"그런데 무슨 일이 있었지?"

"아버지께선 제가 태어나기 전에 마피데레에 대항해 패왕과 함께 싸우기 위해 집을 떠났고, 다시는 돌아오지 않았습니다. 저는 항상 아버지처럼 되고 싶었습니다. 다주 진두 원수 역시 어렸을 때는 허약했지만 황소처럼 강해질 때까지 송아지를 안고 다녔다는 이야기를 유념했습니다. 그래서 힘이 좋아질 때까지 이웃들 대신 밭을 갈고 그물을 잡아당겼습니다."

그는 사실을 전달하는 식으로 이야기했지만, 조미는 그 이면에 있는 수년간의 땀과 헌신, 꿈에 대한 갈망을 엿들을 수 있었다.

조미는 황자를 찾기 위해 죽은 아버지를 생각했다. 귀족이 싸우길 요구했기 때문에 죽은 오빠들을 생각했다. 세라 황녀는 한마디 말로 그녀를 대시험에 들여보낼 수 있었다는 사실을 떠올렸다.

우리는 거인들이 밟는 풀이라 고통받는 거야.

그녀는 또한 '재능'이라는 단어가 지닌 복잡한 의미에 대해 생각했다. 자신의 고된 세월과 노고를 생각했다. 제국의 귀족과 주창자 대학의 동료였던 품격 있는 학자 사이에서 편안하지 않았던 점에 대해 생각했다. 다수에 있는 고향 집에 있을 때 편안하게 느끼지 못했던 것에 대해서도 생각했다.

루피조 폭포를 뛰어넘어 다이란이 된 잉어는, 다른 잉어를 위해서 할 수 있는 일을 해야 하는 의무를 진 게 아닐까?

이래서 그녀는 이 사람들을 전혀 알고 싶지 않았다. 누군가의 이야기를 알면 약해지기 마련이었다.

"당신은 *강해*."

조미는 달리 무슨 말을 이어 가야 할지 몰랐다.

"네, 강합니다." 모타는 뻐기는 게 아니라 그저 사실을 인정한 것이었다. "하지만 어머니의 말을 들었더라면 좋았을 겁니다. 제가 아예 싸우지 않길 원하셨거든요. 어머니는 노다 왕이나 도루 왕과 같은 위대한 영주들은 도박을 좋아하지만, 그 대가를 치르는 것은 언제나 살기 위해 발버둥을 쳐야 하는 사람들이라고 말씀하셨어요."

조미는 아무 말도 하지 않았다.

아야가 말했다.

"어머니는 날 다치게 하는 사람은 누가 됐든 대가를 치르게 할 거야. 내 어머니는 그들보다 더 위대한 영주야."

조미는 다른 도망자들과 이야기를 나누려고 자리를 옮겼다. 몇몇은 제국시험에 떨어진 뒤 재능을 배출할 곳을 찾기를 희망한 학자들이었고, 다른 몇몇은 반란으로 돈을 벌어 보고 싶어 했던 깡패들이었다. 그러나 대부분은 모타 키피와 같은 단순한 젊은 농민들로, 그것이 옳은 일이라는 말을 들었기 때문에, 귀족들이 더 잘 알 거라고 믿었기 때문에 싸웠다.

조미는 알현실로 향했다.

"그렇게 하시면 안 됩니다."

조미가 말했다.

"안 된다고?" 긴은 재밌다는 듯 물었다. "왜 안 되는 거지?"

"책임을 져야 할 사람은 노다와 도루입니다. 그들을 따랐을 뿐인 사람들을 황제의 사형 집행자들에게 바치는 일은 잘못되었습니다! 하물며 그들이 그 일을 제안했다니 말도 안 됩니다."

"그렇다고 노다와 도루를 갖다 바칠 수는 없어." 긴이 목소리를 높였다. "그들은 내가 목숨을 구해 줄 수 있으리라 믿고 나를 찾아왔어. 노력조차 하지 않는다면 내 명예는 한 조각도 남지 않을 거다."

"여왕님은 체면에 대해 말씀하고 계십니다……."

"명예가 모든 것이다!"

조미는 심호흡했다.

"하지만 왜 그들의 추종자를 바쳐야 합니까?"

"판의 상황이 더 이상 예전과 같지 않기 때문이지. 명목상으로는 내가 아직 다라 원수인데도, 황제는 세카 키모와의 전쟁을 지휘해 달라고 요청하지 않았어. 아울러 투노아의 상황과 관련해서 도움을 요청하지도 않았고. 내 생각엔…… 아니다, 신경 쓰지 마라. 네가 이해할 수 없는 일들이 있다. 난 그에게 무언가를 줘야 해."

"판에서 부는 바람이 바뀌었다고 생각하세요? 여왕님은…… 당신이 야심을 품고 있다고 폐하께서 의심한다고 생각하세요?"

"어떻게 생각해야 할지 모르겠군. 판에서 나타나는 징후들은 서로 모순되어 있다. 투노아의 반란이 보이는 것보다 더 복잡한 것 같더군. 판에서 권력을 가진 누군가가 민들레 가문을 융성하게 하고

자 가장 많은 일을 한 사람들을 상대로 음모를 꾸미고 있어."

"만약 그 사람이 황후라고 생각하신다면…… 전 여왕님이 잘못 보신 거라는 말씀을 드리고자 합니다."

"네가 그걸 어떻게 아느냐?"

조미는 생각했다. 황후의 신임을 저버릴 수는 없어. 황후가 어떻게 오해를 받아 왔는지 여왕에게 이해시킬 수도 없어.

"그냥 압니다. 하지만 정말로 확신이 필요하시다면, 여왕님은 분명 리……."

긴은 차갑고 위압적인 눈초리로 고문의 입을 다물렸다.

"리사나 부인을 찾아 보호를 부탁하라는 제안을 할 거라면, 입 다물어. 난 검으로 명성을 얻은 사람이야. 나는 주군의 아내들에게 굽실거리지 않을 것이다."

"당신은 노다와 도루를 보호하는 문제에서는 명예를 주장하시면서도, 황제를 안심시키기 위해 그들의 추종자들을 포기할 생각을 하고 계십니다. 저는 앞뒤가 맞지 않는다고 생각합니다."

긴은 씁쓸하게 웃었다.

"속 좁은 사람들만이 항상 일관성이라는 함정에 빠지지."

"확신하십니까? 그저 여왕님이 아직 황제의 신임을 받고 있는지, 폐하의 마음속에서 아직 다라의 원수인지를 알고자 하는 목적에서 노다와 도루를 보호하는 것이 아니라는 것을요?"

긴은 아무 말도 하지 않고서 시선을 돌렸다.

황자와 코다 공이 다른 의견을 가진 재능 있는 남녀들을 너무 심하게 압박한다면 그들은 결국 다라에서 피신처를 구해야 하겠지.

지금이 황후 전하가 말씀하신 순간이구나. 여왕님, 황후가 같은 편이라는 걸 아시면 좋을 텐데요! 조미는 생각했다.

"여왕님의 명예와 영향력을 보존할 생각이라면 노다와 도루뿐만 아니라 그들의 모든 추종자를 보호해야 합니다."

긴은 그녀를 보며 이맛살을 찌푸렸다.

"저는 그들을 따라온 사람들과 대화를 나눠 보았습니다. 뭔가에 현혹되었거나 폐하께 불만을 품게 되었지만 그중 많은 이들에게는 재능이 있습니다.

피로 황자는 젊고 경솔합니다. 코다 공은 반란군에게 패배할 뻔한 것을 두고 당황하고 있습니다. 그 둘이 이 사람들을 돌이킬 수 없는 반역자들로 묘사하는 것은 당연합니다. 지금 황제 폐하께서는 세카 키모의 배신에 분노하고 있습니다. 저 사람들을 넘겨주면 폐하께서는 저들을 틀림없이 처형하실 것입니다. 그리고 나중에야 그런 결정을 후회하게 되실 겁니다.

피는 더 많은 피를 낳습니다, 여왕님. 그리고 다라는 더 많은 피를 흘려서는 안 됩니다. 폐하께서 진정할 때까지 모두를 보호하는 것이 현명합니다. 그러고 나면 폐하께서는 여왕님의 차분함과 냉정한 조언에 감사하실 겁니다. 이것이 황제의 마음속에서 여왕님의 명예를 지키고 충성심을 증명하는 가장 좋은 방법입니다."

긴은 그녀를 뚫어져라 쳐다보았다.

"저 사람들을 보고 스스로를, 천한 출생에서 대단한 위치까지 올라온 자신을 떠올려서 보호하려 드는 것은 아닌가?"

조미는 쏘아붙였다.

"여왕님도 한때는 저들과 똑같았습니다!"

"위험한 조언이다."

결과에 상관없이 다라를 위해 옳은 일을 하는 거야.

조미는 자신이 옳은 일을 하고 있다는 것을 평생 이렇게 확신해 본 적이 없었다.

"하지만 여왕님은 검으로 명성을 얻으신 분입니다."

긴은 조미를 계속 쳐다보았다. 굳어 있던 그녀의 얼굴이 차츰 풀어졌다.

"노다와 도루의 사람들에게 그들의 영주들과 함께 객사로 들어가라고 일러라. 오늘 밤, 연회를 열고 그들이 게지라에 온 것을 환영하자꾸나."

제29장

황후와 원수

판

사해평치 11년 10월

"*렌가*, 저는 반대합니다. 푸마 예무가 몇 번 패배했기는 하지만, 폐하 자신을 위험에 빠뜨리는 건 답이 될 수 없습니다."

코고 옐루 재상이 말했다.

"푸마 예무는 언제나 성과를 거뒀지. 사람들은 전쟁이 왜 이렇게 형편없이 진행되고 있는지 궁금해하고 있어."

지아의 말에 코고는 황후를 쳐다보았다. 다시금 의견을 내려던 그는 마음을 고쳐먹고 입을 다물었다.

"푸마가 무슨 생각을 하는지 모르겠어." 짜증이 난 쿠니가 말했다. "장군들이 더는 알던 사람들 같지 않아. 하지만 전쟁에 나서는 것 말고는 선택지가 없어. 사람들이 내가 싸울 의욕을 잃었다고 수

군거리는데 가만히 있어야겠어?"

"긴 여왕을 소환하면 돼."

지아가 말했다.

"지난번에는 옛 친구와 싸우면 어색해할 것 같다는 이유로 그녀를 소환하지 않았지. 그런데 이제 상황이 좋지 않으니, 그녀에게 기어가서 도움을 요청하라는 거야? 날 다라의 웃음거리로 만들고 싶어?"

"그녀가 승리했기 때문에 당신이 다라를 얻은 거야."

지아가 조용히 말했다.

길고 어색한 침묵이 이어졌다. 쿠니의 얼굴이 어두워졌다.

리사나가 소심하게 끼어들었다.

"황후 전하의 말씀은 긴 마조티가 유능하다는 뜻입니다……."

"지아가 한 말의 의미를 설명할 필요 없어." 화가 난 쿠니는 허공에다 소매를 휘둘렀다. "아내조차 내가 제국을 유지하기 위해서는 긴 마조티의 검에 의지해야 한다고 생각한다면, 다라의 절반도 그렇게 생각하겠지. 귀족 한 명이 야망을 품을 때마다 그녀에게 거들어 달라고 간청해야 할 정도로 황권이 불안한가? 긴 마조티가 황제야, 내가 황제야?"

"내가 경솔했어, 쿠니. 미안해."

쿠니는 지아를 무시했다.

"리사나, 짐 챙겨. 아침에 군대와 함께 떠날 거야. 나는 아룰루기로 가서 전쟁을 직접 지휘할 거고, 세카 키모가 죽거나 내가 패왕과 만나기 전까진 돌아오지 않을 거야."

쿠니는 자리를 박차고 나가 버렸다.

"서운해하지 마세요. 쿠니는 전쟁하는 동안 저와 함께하는 것에 익숙해요. 저이는…… 심한 압박감에 시달리고 있어요."

지아는 고개를 까닥하며 웃었다.

"고마워, 동생. 하지만 누군가의 결혼 생활 조언이 필요할 정도로 내 남편과 내가 낯설다는 생각은 해 본 적이 없어."

리사나는 얼굴을 붉히며 절하고는 코고 옐루와 황후만 남겨 두고 급히 자리를 떴다.

"재상, 그대의 조언은 뭔가?"

"저는 황제께서 다라를 위해 옳은 일을 하실 거라고 확신합니다." 코고는 고개를 숙이고 침착하게 코끝에 시선을 집중하며 말했다. "황후 전하와 리사나 부인 마마처럼 말입니다."

지아는 웃었다.

"코고, 우리가 서로 안 지가 몇 년이나 되었지? 춤을 출 때의 리사나처럼 굴 필요는 없어. 긴 소매를 사방으로 휘젓고 자기보다 높은 곳에 있는 관중들을 만족시키려고 들 필요는 없다고. 내가 실수했다고 생각하면, 솔직하게 그렇다고 말해."

"황제께서 이미 출정을 결정하셨는데 긴 여왕의 이야기를 꺼낸 것은 현명하지 못한 일로 보였습니다."

"그가 모욕감을 느낄 테니까?"

"황제도 사람입니다. 허영심에서 자유로운 사람은 없습니다."

"내가 믿은 게 바로 그 점이지."

코고의 시선이 갑자기 황후에게 집중됐다. 하지만 곧 놀란 표정은 습관적인 평온함으로 바뀌었다.

"황제는 당신과 루안 말고는 모든 장군과 고문을 한두 번쯤은 질책했을 거야. 루안은 궁정에서 멀리 떨어져 있고, 당신은 윤을 낸 옥 조각처럼 매끄러운 정치의 달인이지."

지아는 말을 멈추고 그를 쳐다보았다.

"저는 충실한 신하일 뿐입니다."

코고가 무표정한 얼굴로 말했다.

"희망컨대 다음 황제에게도 그런 신하가 되겠지?"

코고는 딱 한 박자만 망설였다.

"물론입니다."

"그 말을 기억해."

지아는 몸을 돌려 자리를 떴다.

코고는 제자리에 뿌리를 내린 양 서 있었다. 황후가 떠난 지 한참이 지나서야 그는 소매를 들어 목덜미의 식은땀을 닦았다.

라긴 황제와 리사나가 아룰루기에서 세카 키모와의 전쟁을 이끄는 동안, 티무 황자는 다수에 머무르며 해적들을 계속하여 경계했고, 피로 황자와 세라 황녀는 투노아에 남아 패왕 숭배 집단의 잔재들을 소탕했다. 지아 황후는 판에 남아 황제의 섭정이 되었다.

황후가 섭정을 맡은 것은 이번이 처음이었기 때문에, 대신과 장군 들은 그녀가 어떨지 확신이 없었다. 불같은 성미를 지녔다는 그녀의 명성에 모든 사람의 마음이 두려움으로 가득 찼다.

그러나 곧 황후는 모두를 안심시켰다. 도시 수비대를 방문해서 세카 키모의 첩자나 투노아의 반란군 잔당의 파괴 행위로부터 수도를 지켜 준 군인들에게 감사를 표했다. 아룰루기에서 황제가 벌이는 원정을 위한 곡물과 보급품 수송을 감독하러 갔고, 학자들을 모아 놓고 안정의 중요성에 대해 언급했다.

궁정의 모든 이들은 지아 황후가 다이란이 모든 물고기를 능가하는 것처럼 다른 여자들을 능가하는 비범한 여자라고, 몹시도 필요한, 신중하고 안정적인 영향력을 가졌다고 속삭였다.

황제가 떠난 지 아흐레째 되던 날, 지아는 수도에 있는 쿠니의 모든 대신과 장군을 어전 회의에 소집했다.

지아는 늘 앉는 옥좌 옆 자리에 앉았지만, 곁에 있는 작은 백단향나무 탁자에는 다라의 인장이 놓여 있었다. 대신과 장군 들은 모두 대정전 안에서 줄을 맞춰 공식적인 *미파 라리* 자세로 앉았다.

"존경하옵는 다라의 영주님들, 우리는 오늘 시험에 관해 이야기하기 위해 모였습니다."

황후가 말했다.

대신과 장군 들은 어리둥절해서 서로를 쳐다보았다. 앞으로 5년 동안은 대시험이 없을 텐데, 황후는 무슨 말을 하는 것일까?

황후는 옆으로 고개를 돌려 파라 황녀를 불러들였다. 어린 황녀는 소심하게 대정전에 들어와 황후 앞에 무릎을 꿇었다. 황후가 친절하게 말했다.

"무서워할 필요 없단다. 그저 몇 가지 질문을 할 뿐이야. 황제의 고문들은 어린아이에게서 무언가를 배울 수 있을지 알게 되겠지."

대정전에 모인 대신과 장군 들은 배가 조여드는 것을 느꼈다. *황후는 무슨 놀이를 하자는 걸까?*

"아다티카, 하얀 사람 하나가 몇 달 동안 파사로 여행을 가야 한다고 가정해 보자꾸나. 그는 친구에게 돈을 맡기고 아이들을 돌봐달라고 부탁해. 하지만, 집으로 돌아온 그는 친구가 자신은 풍성한 음식과 비단옷을 즐기면서 아이들은 굶기고 너덜너덜한 옷을 입힌 걸 발견해. 이런 경우에 그 사람은 친구를 어떻게 해야 할 것 같니?"

파라는 미소 지었다.

"그건 콘 피지의 『도덕관계론』에 나오는 이야기예요. 답은 이렇습니다. 그 남자는 친구와의 모든 관계를 끊어야 한다. 왜냐하면 그의 충실함을 믿을 수 없기 때문이다."

황후는 고개를 끄덕였다.

"잘했어. 이제 아랫사람들을 잘 관리하지 못하는 대신 하나가 있다고 치자꾸나. 아랫사람들이 자기 지시를 어기고 일을 피하는데도 그가 그들을 벌하지 않는다면, 왕은 그 대신을 어떻게 해야 하지?"

파라는 킥킥거렸다.

"같은 이야기에 나오는 거예요. 답은 이렇습니다. 왕은 대신이 유능하다고 믿을 수 없으므로 그를 파직해야 한다."

황후는 다시 고개를 끄덕였다.

"자, 그럼 세 번째 질문이야. 이제 영지를 하사받은 귀족이 자신이 섬기는 영주의 안녕이 위협받는 상황인데도 영주의 적들에게 위안과 도움을 주고, 영주의 집안에 불화를 부추기고, 영주의 추종자 사이에서 파벌과 당파를 형성한다고 가정해 보자꾸나."

파라는 깜짝 놀랐다.

"그건…… 그건…… 하지만 그 이야기는 그런 식으로 진행되지 않았어요⋯⋯. 모르겠어요.”

지아는 미소를 지었다.

“네 잘못이 아니란다.”

그녀가 나가라고 손짓하자 어린 황녀는 절하고 재빨리 도망쳤다.

대정전은 쥐 죽은 듯이 조용했다. 모든 대신과 장군의 마음에는 질문들이 가득 찼지만, 아무도 감히 큰 소리로 숨을 쉴 엄두조차 내지 못했다.

“누가 대답해 보시겠습니까?”

아무도 꿈쩍하지 않았다.

귀족과 장군 들이 이룬 대열 맨 앞쪽 측면에 앉은 카도 가루는 티무에게 영지를 양보한 것을 두고 속으로 기뻐했다. *지아는 정말 귀족들을 벌줄 생각인 거군.*

지아는 주위를 둘러보다 코고 옐루에게 시선을 고정했다.

“재상, 파라가 대답할 수 없었던 질문에 답을 해 보시겠나?”

코고 옐루는 절한 다음 말했다.

“황후께서는 콘 피지의 유명한 이야기를 인용하고 계십니다. 제 기억이 맞는다면, ‘단 한 명의 진정한 현자’는 파사의 왕과 이야기를 나누고 있었습니다.”

“맞다. 그가 파사의 왕에게 던진, 원래의 세 번째 질문은 무엇이었나?”

“콘 피지는 이렇게 물었습니다. ‘그러면 국가가 잘못 운영되고, 법이 불합리하며, 백성들이 부패와 잘못된 통치에 대해 불평하는 경우, 왕을 어떻게 해야 합니까?’”

"파사의 왕이 뭐라고 했지?"

코고 옐루는 마지못해 말을 이었다.

"파사의 왕은 한동안 말이 없었습니다. 그는 왼쪽을 보고, 오른쪽을 보고, 그러고 나서 날씨에 대해 말하기 시작했습니다."

"재상, 내 질문에 대답하지 않는다면 그대가 파사의 왕과 다를 게 무엇인가?"

코고는 이마를 땅에 댔고, 아무 말도 하지 않았다.

지아는 그에게서 시선을 돌린 뒤 어전 회의 참석자들을 쓱 훑어보았다.

"세카 키모가 반란을 일으켰을 때, 긴 마조티는 다라의 원수라는 지위에 있으면서도 도움을 주기 위해 판으로 오지 않았고, 작은 간계에 실패한 뒤 투노아를 탈출한 노다 미와 도루 솔로피에게 피난처를 제공했다. 긴 마조티가 5년 전에 어전 회의에 참석했을 때, 그녀는 리사나 부인과의 우정을 눈에 띄게 과시하면서 나에게 무례하게 말했다. 한 *카시마*가 대시험에 들어갈 수 있는 출입증을 잃어버렸을 때, 긴 마조티는 그녀에게 비밀리에 도움을 제공했고, 그렇게 해서 재능 있는 자의 충성심을 자신만의 것으로 돌렸다. 이런 혐의들에 대해 할 말이 없는가?"

코고는 이마를 땅에 댄 채 계속 무릎을 꿇고 있었다. 하지만 황후가 대답을 들을 때까지 말을 하지 않을 것임이 분명해지자 코고는 결국 마지못해 뜨문뜨문 뜸을 들이며 말을 이어 갔다.

"백성들이 폐하를 비방하지 않도록 철석같은 증거가 있어야 합니다."

지아가 손을 흔들자 집사 오소 크린이 앞으로 나섰다.

"첩자들이 게지라에서 새로운 첩보를 갖고 돌아왔네. 마조티 여왕은 노다 미와 도루 솔로피, 그리고 그들의 많은 추종자와 함께 매일 밤 잔치를 벌이고 있어."

지아는 잠자코 기다렸다.

코고는 고개를 들고 말했다.

"저는 황제를 섬깁니다." 그러고는 다시 절을 했고, 이마를 땅에다 가져다 댔다. "그리고 황후를 섬깁니다."

다른 대신과 장군, 귀족 들이 절을 했고, 동시에 말했다.

"저는 황제와 황후를 섬깁니다."

지아는 그들을 무표정하게 바라보다 고개를 한번 끄덕였다.

'크루벤의 뿔'호가 판으로 하강하자, 긴과 조미는 거인의 혈관을 흐르는 피처럼 도시의 넓은 거리를 통과하는 마차와 보행자 들을 내려다보았다.

조미는 고시관의 황금빛 원형 지붕을 가리켰다.

"5년 전만 해도 저곳이 우주의 중심처럼 보였습니다. 모든 게 저곳을 중심으로 회전하는 듯했지요. 다라에서 저곳보다 더 중요한 장소를 생각할 수 없었습니다. 하지만 오늘은 그저 평범한 건물처럼 보이고, 마음이 더는 경외심으로 가득 차지 않습니다."

"그 당시에는 고시관이 너의 성공에 필요했고, 지금은 거의 쓸모가 없기 때문이지."

조미는 잠시 흠칫했지만, 이내 고개를 끄덕였다.

"전에는 그렇게 생각하지 않았지만, 맞는 말인 것 같습니다. 많은 학자의 꿈이 사장된 고시관이 결국 저를 여왕님께 데려다주다니 그에 감사해야겠군요."

"모든 것의, 모든 사람의 운명이 그렇다. 우린 먼 지방에서 온 거리의 부랑아와 시골 여자애였지만, 어느 날 재능 있는 사람을 원하는 이들에게 우리가 쓸모를 보였기 때문에 수백 수천의 운명을 결정하는 여왕과 관료가 될 수 있었지. 하지만 그다음 날에 무슨 일이 일어날지 누가 알겠나?"

조미는 여왕이 그런 침울한 감정을 드러내는 것이 익숙지 않았다. 긴이 느닷없이 황후의 부름을 받자 약간 두려워져서 그러는 것인지 궁금했다. 전령은 황후가 아룰루기의 반란에 논의하기를 원하며, 분초를 다투는 문제이니 황실 전령의 비행함을 타고 즉시 떠나야 한다고 전했다. 비행함의 수용 인원이 적었기에 긴은 단 한 명의 수행원만 대동할 수 있었다. 그녀는 조미 키도수를 택했다. 근위대원이나 신뢰할 수 있는 장군 들은 동행하지 못했다.

"조미, 아야의 아버지가 누군지 아나?"

조미는 그 질문에 놀랐다. 그녀는 긴이 그 이야기를 꺼내고 싶어 하지 않는다고 늘 짐작해 왔다.

"너랑 아는 사이다. 아야가 그의 육신의 딸이라면 너는 그의 마음의 딸이니."

조미는 그녀가 폭로한 사실에 깜짝 놀랐다.

"아야는 진실을 모른다. 내가 늘 숨겨 왔거든. 왜냐하면…… 그 애가 아버지보다 나를 더 자랑스러워하길 바랐기 때문이야. 우린 그 누구도 허영심이라는 죄로부터 자유로울 수 없다. 그에게 말한 적은 없어. 그가 남아 있는 이유가…… 나였으면 했거든. 의무 때문이 아니라. 만일 무슨 일이 생기면…… 혹시 네가……."

여왕의 목소리는 나약한 지금 이 순간을 견딜 수 없다는 듯 점점 작아졌다.

순간 조미는 황후의 의중에 대한 긴의 의심이 옳은 게 아닐까 하는 의문이 들었다. 하지만 황후는 그녀의 후원자였다. 그런 식으로 생각하는 것은 배신처럼 느껴졌다.

황후는 당신에게 악의를 품고 있지 않습니다. 조미는 여왕에게 소리치고 싶었지만, 비밀을 지키겠다는 서약을 한 몸이었다. 곧 진실을 알게 될 겁니다. 그녀는 생각했다.

"제 온 힘을 다해, 아야 공주를 보호할 것을 맹세합니다."

긴은 조미의 말을 듣지 못한 것처럼 아무 말도 하지 않았다.

비행함이 착륙 지점으로 접근하면서 황궁 앞의 대광장이 어렴풋이 눈에 들어왔다.

긴은 오후에 판에 도착했다. 하지만 황후는 그녀를 급히 수도로 데려와 놓고도 곧바로 만나 주지 않았다. 그녀는 국정에 몰두하고 있는 듯했고, 긴을 다음 날에나 황후를 만날 수 있었다. 긴은 황궁에서 묵으라는 초대를 받지 못했다. 황후가 지금 검을 보는 걸 불길한 징조로 여기고 있어서라고 황후의 부관은 설명했다.

지아의 옹졸함에 고개를 저으며(황후는 긴이 자신의 검을 가지고 황궁에 들어갈 수 있다는 사실을 좋아하지 않았다) 긴은 자기에게 배정된,

황궁 성벽 바로 바깥의 객사 단지로 갔다. 지방에서 온 귀족들과 중요한 관리들이 업무차 수도에 왔을 때 묵는 곳이었다. 긴은 차 한 주전자와 함께 자리를 잡고 조미 키도수와 이야기를 나누었고, 곧 그녀의 비위를 맞추려는 장군과 대신 들이 자신을 방문할 거라 철석같이 믿었다.

그러나 오후 내내 아무도 찾아오지 않았다.

긴은 계속 농담하고, 웃고, 대수롭지 않은 일들에 관해 이야기했지만, 조미는 차를 따르는 여왕의 손이 알게 모르게 손이 떨리는 것을 보았다. 그것이 분노 때문인지 두려움 때문인지는 알 수 없었다.

조미도 불안해졌다. 정치의 바람에 그다지 민감하지는 않았지만, 그녀조차도 상황이 심상치 않다는 것을 알 수 있었다. *판에서 무슨 일이 일어나는 거지?*

저녁이 되자 드디어, 보병대 총사령관이자 긴이 가장 신뢰하는 친구 중 한 명인 뮌 사크리가 찾아왔다.

서로 인사를 나누고 난 다음 긴이 물었다.

"궁중에서 무슨 재미있는 소문이 퍼지고 있는 거야?"

"소문에 관심이 있는 줄은 몰랐네, 원수. 어쨌든 나로선 알 방법이 없어. 루이섬에서 절박해질 대로 절박해진 세카 키모가 공격할 때를 대비하는 일을 도왔거든. 오늘 아침에야 돌아왔고, 내일은 아룰루기에 있는 황제에게로 가는 곡물 보급을 호위하기 위해 다시 떠나야 해."

"아, 너도 궁을 떠나 있었군." 긴이 실망하며 말했다. "루안 지아 소식은 들었어?"

"그 나이 든 거북 말이야? 아무 소식도 못 들었어. 하지만 걱정하지 않아. 하늘에서 뛰어내려서 크루벤의 등에 올라탄 사람이잖아. 미지의 바다를 항해하는 게 그에게 무슨 해를 끼칠 수 있을까 싶어."

"나로와 *카카야티카*는 어때?"

"지난 몇 달 동안 너무 바빠서 자주 못 봤어. 하지만 난 벌써 그 애한테 새끼 돼지들과 씨름하는 법을 가르치기 시작했어."

긴이 웃었다.

"정확히 예상한 대로군."

"난 칼잡이로 삶을 시작했고, 아들이 그걸 잊지 않길 바라. 사람은 어디서 시작하는지가 중요해, 알잖아?"

긴은 침울해졌다.

"넌 단 한 번이라도 지금의 삶 대신…… 칼잡이로 남아 있기를 바란 적 있어?"

뮌은 고개를 저었다.

"절대 아니지. 왜 연이 하늘을 향해 솟아오르지 않고 땅에 머무르려고 하겠어?"

"폭풍이 오는데도?"

뮌은 창밖을 힐끗 보았다.

"곧 비가 올 것 같네. 나로가 걱정하기 전에 돌아가는 게 좋겠어."

긴은 잔 두 개를 다시 채우고 자기 잔을 단숨에 비웠다.

"오래된 친구들과 폭풍 속에서 나는 연들을 위하여."

뮌은 잔을 비웠다. 그는 술의 향기를 칭찬하며 혀로 입술을 핥았다. 그는 긴의 눈에 슬픔이 잠깐 스치는 것을 알아차리지 못했다.

제30장

조미의 비밀

판

사해평치 11년 10월

"그렇게는 못 합니다!"

조미가 선언했다.

그녀는 황후의 알현실에 있었다. 맞은편에 있는 황후와 조미 사이에는 갓 우려낸 차 한 주전자가 놓여 있었다.

뭔과 긴이 대화를 나누는 동안, 집사 오소 크린이 객사로 찾아와 황후가 긴급히 만나자고 한다며 조미를 불러냈다. 서명하라는 요청과 함께 받아 본 '보고서'는 조미를 뿌리째 흔들어 놓았다.

"긴 마조티가 반란을 일으키려 한다는 증거는 바위처럼 단단해." 황후가 침착하게 두 사람 몫의 차를 따르며 말했다. "넌 우리가 이미 알고 있는 것을 확인해 주는 것뿐이야."

"여왕은 절대 반역할 생각이 없었습니다."

"그렇다면 왜 그녀는 노다 미와 도루 솔로피는 물론 그들의 추종자 수십 명을 데리고 있었을까? 지금 이 순간, 옥좌에 충성하는 장군들이 이미 게지라의 군대를 장악하고 여왕의 궁을 점령했어. 도망자들은 체포되었고."

"하지만 황후 전하께서 말씀하시지 않았습니까······." 조미는 말을 멈췄다. 일련의 복잡한 표정들이 얼굴을 바꾸며 지나갔다. 불신, 분노, 두려움, 그리고 결국에는 씁쓸한 수용. "이제야 제 임무의 진정한 목적을 이해하겠습니다. 전 전하가 벌이는 *퀴파*의 돌멩이에 불과했군요. 전하께서는 제게 거짓말을 하셨습니다."

"거짓말 얘기가 나와서 말인데, 너한테 보여 줄 게 있어."

지아는 일어나서 책상으로 걸어갔다. 그녀는 서랍을 뒤지더니 종이 한 뭉치를 들고 돌아왔다. 그러고는 두 사람 사이에 놓인 책상에 그것을 내려놓고는 조미 쪽으로 밀었다.

조미는 종이 뭉치를 유심히 들여다보았다. 그것은 사실 여러 번 접힌, 한 장의 종이였다. 그녀는 손을 뻗어 종이를 만져 보았다. 종이에는 금실이 박혀 있었는데, 종이를 여러 개의 작은 사각형으로 가른 다음 공들여 접착제를 발라 다시 한 장으로 이어 붙인 것이 분명했다. 사각형마다 영지를 하사받은 귀족이나 총독의 이름이 적혀 있고 인장도 찍혀 있었다.

그녀는 종이를 펼쳐서 정사각형이 하나 빈다는 것을 굳이 확인할 필요가 없었다.

그녀의 마음은 몇 년 전 그 중요한 밤으로 흘러갔다.

다수섬에서 카도 왕의 대리인 역할을 하던 섭정 라 올루는 다수의 모든 카시마를 위해 연회를 여는 중이었다. 그는 그들 한 명 한 명을 만나 보고 속주시험 점수와 인품, 명성을 종합해서, 누구를 대시험에 추천할지 결정하게 되어 있었다.

조미는 자신이 선발될 거로 확신했다. 지난 수년간 카시마 지위에 오른 모든 토코 다위지 중에서 가장 높은 점수를 받았으니, 섭정 라 올루가 나눠 주게 될 10여 개의 추천서 중 하나에는 그녀의 이름이 적혀 있어야 마땅했다. 황제를 섬길 만한 재능 있는 자를 뽑는 것이 시험의 핵심이었으니.

많은 카시마들이 함께 학교에 다녔거나 가문의 유명세로 서로를 알았다. 그들은 작은 패거리씩 뭉쳐 대화를 했다. 조미는 아는 사람이 없어 혼자 주변을 돌아다녔다. 많은 술이 있었고, 다수의 명물인 매운 양념에 찍어 먹는 날생선도 있었다.

조미의 위는 술(의심의 여지 없이 비쌌다)에, 그리고 풍성한 어란(진미였다)에 익숙지 않았다. 곧, 그녀는 화장실에 가고 싶어졌다. 볼일을 다 본 그녀는 혼란스러웠다. 보통 변기 옆에 있는 부드럽고 마른, 종잇장 같은 풀이 들어 있는 상자를 찾을 수가 없었기 때문이다. 어떻게 몸을 닦으란 말인가?

그녀는 다른 카시마인 한 남자가 들어올 때까지 기다렸다. 그녀는 얇은 가림막 너머로 속삭였다.

"닦을 만한 게 있나요?"

"다 떨어졌습니까? 섭정이 화장실 담당자들을 매우 불만스럽게 생각하게 되겠군요. 도와 드리겠습니다."

남자는 다음 칸으로 갔다 돌아와서는 가림막 아래로 손을 뻗었다. 조미는 고마워하는 마음으로 그가 손에 쥐고 있는 것을 집어 들었다.

조미는 깜짝 놀랐다. 그것은 그녀의 칸에 있는 상자 안의 것과 똑같은, 비단 손수건 여러 장이었다. 그녀는 그것들이 그 집 안주인이 실수로 놓고 간 것들이라고 여겼다. 비단은 매끄럽고 부드러웠다. 조미는 그렇게 비싼 것을 가져 본 적이 없었다.

그러니까 그것이 부자들이 사는 방식이었다.

조미는 몸을 닦으면서 부글부글 끓었다. 그녀는 자신이 자란 진흙투성이 오두막을 생각했고, 어머니가 지주 이키게네의 집으로 가 마루를 닦고 화장실을 청소하는 것을 생각했다. 손이 흙처럼 꺼칠해질 때까지 물고기 그물을 끌어 올리고 밭에서 일하며 보낸 어린 시절을 생각했다. 그동안 다수의 섭정은 비단으로 엉덩이를 닦고 있었다.

연회장으로 돌아온 조미는 자신이 더욱 낯선 사람처럼, 소속된 곳 없는 사람처럼 느껴졌다.

"거지 여자애가 배고픈 것 같아 하인에게 남은 죽을 좀 주라고 했어요."

옷을 잘 차려입은 한 부인이 말했다. 조미는 알아보지 못했지만, 부인은 그녀가 하는 말 한마디 한마디에 목을 매는 것처럼 보이는 카시마들 무리에 둘러싸여 있었다.

"그러니까 그 애는 바로 저기 부엌에 쪼그리고 앉아 죽을 후루룩 마시기 시작했어요. 나는 당황해서 말했어요. '여자는 쪼그리고 앉으면 안 돼, 애야. 손위 부인 앞에서는 미파 라리 자세로 앉아야 해. 그리고 동물처럼 후루룩거리며 마시는 게 아니라, 조금씩 먹어야 한단다.' 그 애는 나를 쳐다보더니 이렇게 말했어요. '엄마랑 아빠도 쪼그려 앉았어요. 그리고 후루룩 마시지 않으면, 제가 그 음식을 좋아하는지를 어떻게 알겠어요?' 그러고 나서 죽과 함께 먹을 애벌레가 있는지 물었어요. 애벌레라니! 믿어져요?"

부인은 킬킬댔다.

주위의 카시마들은 정말 재미있는 이야기라는 듯이 웃었다.

카시마 한 명이 말했다.

"론 부인께서 다수의 그런 원시적인 면을 접하지 않았더라면 좋았겠다 싶습니다. 사실 저희조차도 자나가 야만인들의 땅이나 다름없던 시절의 유산인 농민들의 세련되지 못한 태도와 역겨운 식습관이 당황스럽습니다. 저는 본섬의 고급스럽고 세련된 사회를 보고 싶었습니다. 론 부인께서 함께하시면서 모두가 따라 할 만한 가치가 있는 모범이 되어 주셔서 너무 좋습니다."

"이런, 너무 겸손해하지 마세요. 나는 여러분은 다르다는 것을 압니다. 여러분은 최고의 교육을 받은 다수의 인재들이고 내가 판에서 여는 연회에 참석해도 어색하게 보이진 않을 거예요. 하지만, 주제넘게 한마디 하자면, 웅변술 스승을 구해서 말투를 약간 다듬는 것이 모두에게 도움이 될 듯하군요. 본섬 주민들의 귀에는 다수의 말투가 좀 거칠게 들리지 않을까 걱정이 됩니다."

론 부인 주변에 모여든 카시마들은 그녀의 후한 가르침에 감사를 표했다.

"론 부인, 부인께서는 어린 여자애를 잘못 판단하셨습니다."

조미는 더 이상 입을 다물고 있을 수가 없었다.

다른 카시마들은 입을 다물었다. 론 부인은 놀라서 그녀 쪽으로 고개를 돌렸다.

"그 어린 여자애의 가족은 너무나 가난해서 돗자리를 살 여유가 없었기 때문에 쪼그리고 앉는 습관이 있는 겁니다. 또 부엌의 깨끗한 화장벽돌 바닥을 보고는 진흙투성이 옷이 바닥을 더럽힐까 봐 앉지 않은 것입니다. 또 부인이 내준 죽을 후루룩 마신 것은 부인의 자선에 감사를 표하기 위함입니다. 다수의 가난한 사람들이 음식을 즐겁게 먹고 있음을 표현하는 방법이기 때문입니다. 콘 피지는 좋은 태도란 다른 사람들의 감정을 배려하고자 하는 진심 어린 욕구에서 행동하는 것을 의미한다고 말했습니다. 그 여자아이의 태도에는 무례하거나 세련되지 않은 것이 없었습니다. 하지만 부인의 태도에서는 개선이 필요한 점이 많다고 봅니다."

론 부인의 얼굴이 새빨개졌다.

"당신 누구야? 감히 나에게 훈계를 해?"

조미는 탁자로 걸어가서 달콤하고 매운 양념에 찍은 생선회 조각들로 접시를 채운 다음, 벌린 두 다리가 론 부인을 향하도록 하여 탁자 옆에 쪼그리고 앉았다.

"당신…… 당신……."

론 부인은 격분하고 당황해서 더 이상 말을 잇지 못했다.

"황제 폐하께서도 다수 왕 시절 마을 어른들과 함께 앉아 식사를 하신 적이 있는데, 다른 사람들처럼 쪼그리고 앉아서 같은 잔으로 술을 마시고 같은 접시로 식사를 하셨다고 합니다. 우리 모두 폐하를 본받아야 하는 거 아닙니까?"

조미는 입을 벌리고서 큰 소리로 게걸스럽게 생선 한 조각을 씹었다. 두 입술을 꼭 붙이고 있으려고 애쓰지도 않았다.

조미는 론 부인이 당황해서 자신을 외면하는 모습을 즐겼다. 다른 카시마들이 믿을 수 없다는 듯이 자신을 바라보는 것에도 기뻐했다. 어떤 면에서 그녀는 그들이 불쌍하기도 했다. 제국시험은 힘없는 자들을 힘 있는 자들의 반열에 올려놓기 위함이었는데도, 그들은 권력을 두려워하며 줏대 없는 해면동물처럼 굴었다. 그녀는 자신이 시험을 제일 잘 봤다는 것을 알았다.

조미는 저녁 늦게야 론 부인이 섭정 라 올루가 총애하는 아내라는 사실을 알게 되었다. 그녀는 다른 카시마들과 함께 선발자가 발표되기를 기다렸고, 섭정이 아홉 명의 이름을 부르고 난 후, 열 번째 이름을 말하지 않고 멈추는 것을 들었다. 카시마들은 연회 장소를 빠져나갔고, 조미는 섭정에게로 올라갔다.

"다수 사람 가운데서 제가 가장 높은 점수를 받았습니다. 아마 옛 자나 사람들까지 통틀어도 가장 높을 겁니다."

그녀는 실수가 있었다고 확신했다.

"점수가 전부가 아니다."

섭정은 그녀가 시답잖은 파리 한 마리에 지나지 않는 것처럼 고개를 돌려 외면했다.

그러자 조미는 항상 이해했어야만 하는 것을 이해했다. 재능만으로는 충분하지 않았다. 재능만큼 중요한 특권과 권력의 망(網)이 있었다. 제국시험의 이상은 거짓말이었다.

그래서 그녀는 몸을 돌렸고, 조용히 카시마의 특징인 3단으로 쪽을 진 머리를 풀어서 늘어트렸다. 평복 차림의 그녀는 방 안에 널려 있는 접시와 잔을 치우고 있는 하인들과 구분이 되지 않았다. 그녀는 접시 한 무더기를 움켜쥐고는 대시험을 위한 출입증들이 놓여 있는, 높게 만들어진 연단 위 탁자에 잠시 들렀고, 서명은 되어 있지만 후보자 이름은 비어 있는 마지막 출입증을 소매 안에 밀어 넣었다.

충동적인 결정이었다.

그녀는 자신의 것이어야 할 출입증을 훔치는 것이 잘못되었다고 생각하지 않았다. 나중에 대시험을 잘 본다면 섭정이 아무 말도 하지 않을 것이기 때문에 제 도둑질은 비밀로 남을 거로 생각했다. 카도 왕은 황제께 성공적인 후보자를 추천한 것을 두고 보상을 받을 터인데, 왜 굳이 성공에 이의를 제기하려 들겠는가? 그녀는 그의 사리사욕을 믿었다.

그녀는 성공이 소속감을 줄 것으로 희망했지만, 마음속으로는 항상 자신의 명예가 도둑질로 얻은 것임을 알고 있었다. 그녀가 이룬 성공의 근원에는 결코 지울 수 없는 오점이 있었다.

"카도 왕은 추천 후보자 명단에서 네 이름을 본 적이 없어. 그것은 네가 섭정의 필체로 네 이름을 위조했다는 것을 의미해."

황후의 말에 조미는 아무 답을 하지 않았다.

"네가 출입증을 잃어버린 다음 긴 마조티가 널 위해 대체 출입증에 서명해 준 것은 정말 행운이었어. 그렇지 않았다면 네 행각은 린 코다가 출입증을 다시 수거하고 다수의 출입증 중 하나에 적힌 글씨가 다른 모든 것과 다르다는 걸 알아차렸을 때 발각됐을 테니까."

조미는 눈을 감았다. 황후의 말이 옳았다. 삼발이 단지에서 만난 그 짐승 같은 사내는 사실 그녀의 구세주였다. 인생의 많은 것들이 타주 신의 영역인 우연의 일치와 거칠고 예측할 수 없는 변화에 달려 있었다. 그것들은 단지 운명의 다른 이름이었던 걸까?

"하지만 운이라기보다는 긴 마조티가 자신의 영향력을 확대하기 위해 대시험에서 부정행위를 하려는 음모에 가담했다고 볼 수도 있어."

"여왕은 이 일에 대해 아무것도 몰랐습니다!"

"불명예스러운 사기꾼의 말을 누가 믿겠어?" 황후가 침착하게 물었다. "내가 너의 배반을 알리고 나면 무슨 일이 일어날지 상상해 봐. 넌 감옥에 던져질 거야. 네 어머니는 못돼먹은 품성을 가진 딸을 키웠다는 이유로 모든 것을 잃고 아마 채찍질을 당할 거야. 그래도 긴 마조티는 여전히 배신자일 거야."

조미는 어머니에 대해 생각했다.

"더 나은 삶을 살게 해 드릴게요. 맹세해요."

조미는 스승에 대해 생각했다.

"그건 도덕적인 일이 아니……."

"상관없어요! 저는 가까운 사람들만 챙길 거니까."

조미는 긴 여왕에 대해 생각했다.

"아야는 진실을 모른다. 만일 무슨 일이 생기면…… 혹시 네가……."

뭐가 옳은 일일까?

수치를 당한다면, 조미는 아끼는 사람들 가운데 그 누구도 보호할 힘을 가질 수 없을 것이다. 하지만 만약 그녀가 황후의 총우(寵遇)를 받는다면, 어머니는 계속해서 보살핌을 받을 것이고, 옥좌의 반역자가 겪기 마련인 운명으로부터 어린 공주를 구할 기회가 있을 것이다. 그 가능성이 제아무리 희박하더라도.

조미가 마른침을 꿀꺽 삼켰다. 여왕과의 약속을 지키려면 그녀는 먼저 여왕을 배신해야 했다.

"황후 전하 말씀에 따르겠습니다."

제31장

호수 찾아가기

판

사해평치 11년 10월

동이 틀 무렵, 황후와 재상이 여왕을 만나러 왔다.

아무런 예고도 받지 못한 긴은 양말이나 신발을 신고 황후를 맞이할 기회도 빼앗긴 채 어색하게 맨발로 문 앞에 서 있었다. 긴은 지아가 일부러 일을 벌이고 있다고 확신했다. 스스로에 대한 확신이 없는 상태에서 긴의 허를 찌르기 위해. 지아는 그녀가 판에 도착했을 때 만남을 미루었고, 그녀를 궁 밖에 머무르게 했고, 방문객들을 막았으며, 너무 일찍 예고도 없이 나타났다. 하지만 지아가 무엇을 하고 있는지 이해했다고 해서 그 수법들이 효과를 발휘하지 못하는 것은 아니었다.

"몇 년 전 다수에 있을 때, 가루 공이 한번은 되돌아온 너를 환영하기 위해 신발도 신지 않고 집 문을 박차고 나갔지." 긴이 아련해하는 표정을 지으며 코다에게 말했다. 일부러 가루 공이라는 말을 강조했지만, 황후는 그녀의 무례함에 반응하지 않았다. "네가 도망갔다고 생각했거든."

코고는 웃었지만, 웃음소리가 좀 억지스러웠다.

"난 널 뒤쫓으려고 나간 거였어."

"내 성공은 모두 네 덕분이야." 긴이 감정을 담아 말했다. "오랜 친구는 얻기가 어려워."

"재상은 당신에게 더 많은 성공을 가져다줄 수도 있을 것이네." 황후가 미소를 지으며 말했다. "어제 만나 주지 못한 것은 미안하군. 섭정이 되면 뜻하지 않은 일들이 생기지. 우리가 함께 말을 타고 어딜 좀 갔으면 한다네."

"말을 타고요?" 긴은 황후의 요청이 이상하다고 여겼다. 하지만 코고가 그녀와 함께 있는 것을 보고 마음을 놓았다. "황후 전하의 명령에 따를 뿐입니다."

세 사람은 나란히 말을 탔다. 근위대원들이 판의 거리에서 그들을 호위했다. 그들은 아침 내내 말을 타고 서쪽으로만 향했고, 황후는 대화 주제를 가벼운 것들로만 한정했다. 다양한 소문들, 술집과 찻집에서 최근에 인기를 얻은 이야기들, 주창자 대학의 학식 있는 사람들이 제기한 제국 정책에 대한 터무니없는 비판들. 황후는 반란에 대해 언급하지 않았고, 그래서 긴은 더 불안하고 불편했다.

마침내 그들은 투투티카 호숫가에 있는 부두에 도착했다. 작은 배 한 척이 묶여 있었고, 그 뱃머리에는 연 하나가 매여 있었다. 연은 하늘 높이 떠 있었다.

"루안 지아의 설계를 바탕으로 제국학당이 만든 새 발명품들 가운데 하나요." 긴은 옛 연인에 대한 언급에 가슴이 뛰었다. 황후는 계속 말을 이었다. "물론 이것은 작은 모형이지만, 큰 연으로 구름 위 높은 곳에 있는 거센 바람을 붙들면 돛이나 노를 쓰는 것보다 더 빠른 속도를 낼 수 있다고 들었소. 한때 기계 크루벤을 새로 설계하는 데 그대가 큰 도움이 되었지. 나는 이 장치에 대한 그대의 고견을 듣고 싶었소."

긴은 그런 배가(설령 효과적으로 가동된다고 하더라도) 더는 해전이 아니게 된 지금의 아룰루기 전쟁과 어떤 관련이 있을지 확신이 서지 않았다. 황후는 수수께끼 같은 말만 하는 것 같았다.

"한번 타 보겠소?"

황후가 억지로 권했다.

코고는 배로 다가간 후 그녀에게 손짓했다. *자, 어서.*

긴이 배로 다가갔다. 퇴로를 차단하려는 듯 근위대원들이 부두를 따라 줄을 섰다.

피해망상이야. 두려움을 보여서는 안 돼. 긴은 생각했다.

코고가 말했다.

"검은 내려놓고 타. 아주 작은 모형이라 네 몸무게만 염두에 두고 바닥짐을 계산했거든."

긴은 망설였다. 코고의 얼굴을 들여다보았지만, 그는 배만 바라보며 그녀의 시선을 피했다.

긴은 한숨을 쉬며 칼을 빼서 땅에 내려놓았다. 아주 오래된 각본을 따라가는 것 같다는 느낌이 들었다. 그녀는 배에 올라 자리에 앉았다.

"저걸 너에게 매어 줄게." 코고는 현연(舷緣)에 연결된 밧줄을 가리켰다. "바람이 연을 잡아채면 배는 매우 빠르게 움직여. 널 묶는 게 가장 안전해."

긴은 고개를 끄덕였다. 본능은, 지금 벌어지는 일을 거부하고, 배에서 뛰어내려 검을 집어 들고, 무슨 일이 벌어지고 있는 건지 사실대로 말하라고 황후에게 다그쳐 물으라고 했다. 하지만 그녀는 그런 행동은 공공연한 반역이며 막다른 골목으로 향하는 것임을 알았다.

긴은 가만히 있었다.

코고는 밧줄을 그녀의 허리에 감고 매듭을 뒤로 묶었다. 긴은 그의 손이 떨리고 있다는 것을 알아챘다. 긴은 웃고 싶었다. 전쟁터에서 그녀의 성공은 결코 검술에 기초한 것이 아니었지만, 지금 여기서 황후는 그녀를 궁지에 몰린 늑대, 허우적대는 상어, 또 다른 마타 진두처럼 대하고 있었다. 그녀는 자신이 묶이는 걸 가만히 보고만 있었다.

쿠니는 절대로 등을 돌리지 않을 거야. 황후가 어떻게 생각하는지는 중요하지 않아. 만약 그녀가 내게 해를 끼친다면, 노다 미와 도루 솔로피를 보고 한 내 추측을 증명할 뿐이야. 긴은 생각했다.

코고가 속삭였다.

"긴, 네가 어떻게?"

그러고는 뒤로 물러났다.

"긴 마조티. 네 죄를 고백할 텐가?"

황후가 말했다.

긴은 수십 개의 검이 한꺼번에 검집에서 빠져나오는 소리를 들었다. 그녀는 제자리에 묶여 있었기 때문에 일어날 수가 없었고, 더 이상 검을 지니고 있지도 않았다. 그녀는 몇 자루의 검 끝이 등에 와 닿는 것을 느꼈다.

긴은 음울하게 웃었다. 놀라지도 않았다.

"코고, 내 오랜 친구. 네가 내 부상(浮上)의 원인이야. 네가 내 몰락의 원인이기도 하다는 건 어찌 보면 당연해."

제32장

아룰루기 전투

아룰루기섬

사해평치 11년 10월

세카 키모는 해전 전문가는 아니지만, 기계 크루벤이 아룰루기의 해군을 쉽게 해치울 것임을 추론해 냈다. 그는 안전하게 뮈닝으로 돌아오자마자 뮈닝 토즈 항구에 배를 일부러 가라앉혀 수도로 접근하는 길을 봉쇄하라고 명령했다.

제국군 사령관으로 임명된 푸마 예무는 아룰루기 동쪽 해안가에 군대를 상륙시킬 수밖에 없었다. 하지만 뮈닝 주변에는 울창한 정글이 있었고, 뮈닝에 접근하려면 실질적으로 드넓은 토예모티카 호수를 지나가는 방법밖에 없었다.

키모는 당연히 해군 병력을 배치해 호수를 순찰했고, 예무는 아무런 준비도 없이 처음부터 새 함대를 건설해야 하는 처지에 직면했다.

그래서 양측은 교착 상태에 빠져들었다. 호수로부터 지원을 받지 못한다면, 제국 비행함들은 호수의 도시 뮈닝에 심각한 손상을 입힐 수가 없었다. 도시의 기초를 이루는 작은 섬들 사이의 운하와 수로에서는 소이탄과 끓어오르는 기름이 무용지물이 되기 때문이었다. 한편, 호수를 장악한 키모의 배는 육지에 있는 예무의 노동자와 병사 들을 괴롭혔다. 아룰루기의 정글은 울창하고 안개에 젖어 있었고, 배를 만들기 위해 필요한 마른 나무가 부족했다. 예무는 키무가 가진 우위를 뒤집기 위한 어떤 진전도 이루어 내지 못했다.

하지만 쿠니가 아룰루기에 도착하며 제국군의 사기가 올랐다. 용맹을 보여 주고 싶어 안달난(그리고 예외적인 성과를 내면 작위와 영지를 주겠다는 황제의 약속에 고무된) 푸마 예무의 군대는 창을 방패에 부딪히며 많은 목숨을 잃더라도 뮈닝의 방어선을 뚫겠다고 맹세했다. 그들의 고함과 뗑그렁하는 소리가 고요한 토예모티카 호수를 가로질러 건너오자 세카 키모의 심장은 두근거렸다.

예무는 지략을 발휘해 포린 평원에서 큰 도움이 되었던 '의적 기사단' 전술을 물에 적용하기로 했다. 그는 제국의 비행함들에 합동 작전을 명령하면서 어둠을 틈타 공격용 주정(舟艇)들을 바다에서 토예모티카 호수의 외딴 만으로 공수하도록 지시했다. 기계 크루벤을 공수할 생각은 하지 않았는데, 수중 화산이 없는 호수에서는 그것들이 무력할 수밖에 없기 때문이었다.

예무는 밤의 가장 어두운 시간에, 즉 날이 밝기 직전에 비행함들에 키모의 해군을 공격하라고 명령했다. 비행함들은 키모의 수병들이 잘 대비하고 있던 소이탄과 끓어오르는 기름 대신에 물을 뿌렸다. 놀란 키모의 병사들은 갑판의 횃불과 등불이 꺼지는 것을 무기력하게 지켜보았다. 배 위에 있는 사람들은 아무것도 볼 수 없는 처지가 되었다. 예상치 못한 물 공격으로 아룰루기의 배들이 대공무기로 쓰려고 탑재한 폭죽 화약도 엉망이 됐다.

짙은 안개가 함대를 뒤덮었다. 별빛과 달빛이 뿌옇게 흐려져 배의 한쪽 끝에서 다른 쪽 끝이 보이지 않았다. 겁에 질려 먹빛 안개를 바라보던 아룰루기 병사들은 연기 냄새를 맡았다. 하지만 어디서 나는 냄새일까? 무엇이 불타고 있는 것일까? 예무 후작이 이번에는 불을 이용해서 또 다른 공습을 준비하고 있는 것일까? 황제가 호수를 건널 배들을 확보해, 이 순간 노를 저어 오고 있는 것일까?

사방에서 흐릿한 형태가 나타나는 것 같았다. 파수꾼들이 흥분해서 유령선이 나타났다고 이쪽저쪽을 가리키며 소리치면 일제히 그쪽으로 화살이 날아들었다. 궁수들은 시시각각 발생하는 새로운 위협에 대응하려 배의 이곳저곳으로 달려갔다.

아룰루기의 수병들이 실체 없는 적들을 향해 소리치고 활을 쏘는 동안, 작은 공격용 주정들은 아룰루기의 큰 배들을 향해 나아갔다. 훨씬 더 큰 상어와 고래들에게 조용히 접근하는 작은 빨판상어들 같았다. 배에 오른 병사들은 군함의 선체에 구멍을 뚫고 화약 가루로 만든 폭탄을 채웠다. 주정들은 도화선에 불을 붙인 다음 철수했다.

키모의 병사들이 횃불에다 불을 다시 붙이자 그 폭탄은 폭발했다. 선체에서 거대한 덩어리들이 뜯겨 나왔다.

"리사나 부인의 연기술은 전설만큼이나 놀랍습니다."

이제 안전한 곳까지 빠져나온 공격용 주정에 탄 예무는 감탄하며 말했다.

"그저 무대 위 작은 속임수일 뿐이에요." 웃으며 리사나가 말했다. "자신이 가장 두려워하는 것을 보게 만드는 것은 연기술사에게는 가장 쉬운 기술이랍니다."

아룰루기 배들은 떠다니는 장작더미로 변했고, 리사나와 예무는 멀리서 사람들이 불타는 선체에서 뛰어내리는 모습을 지켜보았다. 조그만 사람들은 불 켜진 등잔 주위의 나방처럼 보였다. 배들이 서서히 가라앉으며 해군 병사들의 겁에 질린 비명이 물 위를 떠돌았다.

"제가 자리를 비웠다는 걸 폐하가 알기 전에 돌아가야 해요. 폐하는 지나치게 날 보호하려 들어요. 재미있는 일들을 하던 날들이 그리워요."

그 첫날 밤 침몰한 아룰루기 군함은 두 척이었는데, 벌어진 일의 규모에 비추어 볼 때 큰 이득은 아니었다. 그러나 군수품을 없애는 건 결코 푸마 예무의 목표가 아니었다. 그 후 키모의 해군 병사들은 예무 후작의 또 다른 '의적 기사단' 공격에 대한 끊임없는 공포 속에서 살았다. 배에 탄 모든 사람은 가슴을 졸이고 밤을 꼬박 새워가며 제국 비행함과 공격용 주정들의 흔적을 찾기 위해 어둠 속을 들여다보았다. 카노 소와 세카 왕의 격려했지만 반란군의 사기는 떨어졌다.

이틀, 사흘 밤까지는 아무 일도 일어나지 않았지만, 키모 군의 경계가 느슨해졌을 즈음 예무는 다시 한번 공중 물 공격을 명령하여 아룰루기 배들의 횃불과 등불에 물을 끼얹었다.

　이번에 아룰루기 함대는 다음 단계를 기다리고만 있지 않았다. 선장들 대부분은 즉시 출항하여 머물던 곳에서 벗어나나며, 예무의 유령 주정들이 뒤에 남겨진 무리 중 어느 하나를 공격하길 간절히 바랐다. 칠흑 같은 어둠 속에서 신중하게 설계된 함대 대형은 흐트러졌고, 노는 엉켰으며, 배들은 서로 부딪쳤다. 저주와 비명, 지휘 체계를 회복하려는 분노에 찬 헛된 외침이 허공을 가득 채웠다.

　같은 함대 내에서 배들끼리 충돌하는 바람에 네 척의 배가 유실되었다. 푸마 예무는 공격용 주정들을 굳이 내보내지도 않았다.

　그 후로도 밤이면 예무 후작은 다양한 속임수를 사용했다. 아룰루기 함대는 횃불과 등불 위에 연잎 가림막을 세워 또 다른 물 공격에 대비했지만 제국 비행함들은 가끔 소이탄을 떨어뜨렸다. 때로 제국 비행함들은 밤에 다른 일은 하지 않고 머리 위로 낮게 윙윙거리듯 날아 아룰루기 함대를 괴롭혔다. 심지어 악취가 나는 물을 뿌리기도 했는데, 제국군과 공군의 화장실에서 나온 것이라는 소문이 돌았다. 예무는 수병들 사이에서 흔한 미신을 이용하고 있었다. 수병들은 여성의 소변이 특히 불결하며 고래의 길을 왕래하는 사람들에게 불운을 가져다준다고 믿었다. 또 긴 마조티 원수의 영향으로 제국 공군이 주로 여성들로 구성되어 있다는 사실을 알았다.

　세카 키모는 그러한 전술들을 완전히 파렴치한 짓이라며 비난했고, 푸마 예무에게 일대일 결투를 벌이자며 도발했다. 아마도 토예모티카 호수 위에서 전투 연을 타고서 하는 싸움을 생각했을 것이다.

"내가 그런 철 지난 의식에 동의할 거로 생각한다면, 네 영주는 정말로 망상에 빠진 게 분명하구나." 예무는 키모의 전령에게 싱긋 웃으며 말했다. "그의 '불결함'에 관한 불평을 말해 볼까. 나는 주디성 포위전 이후 여성들과 나란히 서서 싸웠다. 사실 그와 나는 둘 다 마조티 원수 밑에서 복무하지 않았는가? 난 그의 분노를 이해할 수 없다. 그래도 키모의 부하들이 여자보다 남자의 오줌을 맞는 것이 낫다고 느낀다면, 그저 항복하고 우리 진영으로 기어들어 오는 것이 마땅하다. 그러면 나는 기꺼이 은혜를 베풀 것이다."

밤을 틈타 괴롭히는 비행함들에 키모들의 부하들이 익숙해져 더는 당황하지 않게 되자, 예무는 유령 공격용 주정들로 공격을 재개했다. 이번에는 폭죽 화약을 터트려서 아룰루기 군함 세 척을 침몰시켰다.

사기는 완전히 꺾였다. 수병들은 밤마다 공포에 질려 지내다가 반란을 일으키겠다고 위협했다. 카노 소는 함대에 뮈닝시로 퇴각할 것을 명령하고, 수병들이 원기를 회복할 수 있도록 하룻밤 동안 술을 진탕 마시며 마음껏 놀라고 했다. 제국군에게는 아직 병력을 수상 수송할 큰 배가 없었고 비행함과 작은 공격용 주정은 그 규모와 수용 인원이 제한적이었기 때문에, 키모 왕은 하룻밤 정도는 토예모티카 호수를 순찰하지 않는 위험을 감수할 만한 가치가 있다고 생각했다.

아룰루기의 해군 병사들이 술에 취하고 저녁 내내 춤을 추느라 지쳐 뮈닝의 공중 산책로 위에서 휘청대자, '호수 안 도시' 주변에서 함성이 터져 나왔다.

"도시가 함락되었다!"

"황제는 항복하고 제국을 위해 싸우는 모든 장교나 병사에게 관대한 처분을 약속한다!"

"반역자 세카 키모를 사로잡는 자는 영지를 받게 될 것이다!"

카노 소와 세카 키모는 궁전 주변의 매달린 연단으로 내달렸다. 그들은 뮈닝을 구성하는 가장 큰 섬 하나에 있었는데, 주변의 도시가 불타고 있는 것을 발견했다. 공중에 매달린 연단들은 매캐한 연기로 된 두꺼운 기둥들과 함께 무너져 내리면서 도시를 불타는 거미줄로 만들고 있었다. 병사들은 목적도 없이 뛰어다녔고, 장교들은 소리를 질러 댔지만 허사였다. 제국 군복을 입은 남자들이 첨탑에서 첨탑으로 그네를 타듯 건너다니며 더 많은 불을 질렀고, 당황하고 술에 취해서 비틀대는 아룰루기 병사들을 학살했다.

"쿠니의 속임수에 속았습니다!"

카노 소가 절망하며 말했다. 세카 키모는 즉시 도시를 탈출하는 것 외에는 선택의 여지가 없었다.

왕과 그의 고문이 그날 밤을 토예모티카 호숫가에서 보냈다면, 예무 후작의 군대가 어둠을 틈타 아룰루기 정글의 덩굴나무와 조롱박, 야자열매, 양의 방광을 엮어 만든 커다란 뗏목을 타고 호수를 건너는 모습을 볼 수 있었을 것이다. 그것은 긴 마조티가 예무에게 가르쳐 준 오래된 간계였다.

예무의 의적 기사단들이 아룰루기 해군을 괴롭히고 있을 때, 제국군은 육지 정글에서 몰래 덩굴들을 채집하고 있었다. 산만해진 아룰루기 군대는 정글에서 대규모 조선 사업이 이루어지는 것을 감지하지 못했고 제국군이 배를 만들지 않고 있다고 생각했다. 무방비 상태의 고요한 호수를 건널 때에나 쓸모가 있을 원시적이고 곧 부서질 듯 허약한 뗏목을 전혀 눈치채지 못한 것이다.

"그들이 두려워하는 걸 못 보게 하는 것이 훨씬 더 어려운 일이죠."

리사나가 웃으며 말했다.

"전쟁도 연기술의 일환인 것 같군요."

푸마 예무가 살짝 우쭐해하며 말했다.

뮈닝이 함락되는 동안, 세카 키모의 많은 장군은 이 반란에 가망이 없다는 것을 깨닫고 항복했다. 카노 소가 지휘하는 강경한 반란군 약 2000명을 제외하고는 지원을 전혀 받지 못하게 된 세카 키모는 아룰루기 서쪽 끝에서 최후의 저항을 했다. 뒤쪽으로는 끝없는 바다가, 앞쪽으로는 빽빽한 제국군이 뚫을 수 없는 수많은 성벽처럼 버티고 있었다. 세카 키모에게는 남은 날들이 많지 않았다.

팔을 등 뒤로 묶은 채 혼자 쿠니의 주둔지로 찾아온 세카 키모는 무릎을 꿇고 황제와의 만남을 요구했다.

병사들은 그를 붙잡아 처형장으로 데려갔다.

"쿠니 가루!" 세카 키모가 사령관이 있는 대형 천막을 향해 소리쳤다. "내가 반역한 건 잘못이었소. 그래서 이렇게 그대의 자비를 빌고 있잖소. 패왕과 그대, 둘 중 누가 승리할지 모르는 상황에서 난 그대를 섬기기 위해 패왕을 버렸어. 내가 섬 세 개를 넘겨준 걸 기억해야 하오! 적어도 날 만나는 줘야 하오."

쿠니의 병사들은 그를 처형용 나무토막에다 대고 짓눌렀다.

"쿠니 가루! 그대의 아들이 나를 삼촌이라고 불렀고 난 그에게 장난감 검을 휘두르는 법을 가르쳐 줬소! 난 라나 키다 포위전에서 발가락 두 개를 잃었고, 그대를 위해 전쟁터를 누비느라 몸에 수백 개의 상처가 났소. 노다 미와 도루 솔로피의 말을 듣지 말았어야 했어. 두려움이 내 야망을 키우게 내버려 두지 말았어야 했어. 다만 목숨만 살려 주길 바랄 뿐이오. 그럼 난 북쪽 먼 곳에 있는 작은 섬으로 떠나 거지가 되겠소."

쿠니의 병사들은 세카 키모의 머리를 풀어 헤친 다음 웃옷을 벗기고 나무토막 위로 그의 목을 걸쳤다. 병사 네 명이 몸통을 잡았고 다른 한 명은 반대편에서 머리채를 잡았다.

"쿠니 가루! 왜 날 보러 오지 않는 것이오? 그대가 내 얼굴을 보면 처형 명령을 내리지 않을 거라는 걸 알고 있소. 그대는 언제나 자비로운 주군이었으니! 내가 그대를 위해 지금껏 한 모든 일이 목숨값쯤은 되지 않소? 내가 죽어도 싸다고 말할 거라면 내 눈을 보고 직접 말하시오!"

망나니가 도끼를 들어 올렸다.

"어디 있어, 푸마 예무? 다음은 네 차례라는 걸 몰라? 어디 있어, 샌 카루코노? 황제와의 우정이 널 보호할 거라고 믿는 거야? 어디 있어, 마조티 원수? 넌 내 목이 잘려 나갈 일은 없을 거라고 약속했잖아, 단……."

머리가 몸통에서 분리된 다음에도 세카 키모의 눈은 멀리 있는 사령관의 천막을 노려보았다.

쿠니 가루는 모습을 드러내지 않았다.

사흘 동안 황제는 그 누구도 만나길 거부했다. 오직 리사나 부인만이 천막으로 들어갈 수 있었다. 문간에 있던 근위대원들은 단편적으로 들려오는 소리만 들을 수 있었다. 울부짖는 소리, 노래하는 소리, 화난 소리, 술에 취해서 내지르는 고함.

사흘째 되는 날 저녁, 황후의 전령이 쿠니의 주둔지에 도착했다. 샌 카루코노는 편지를 직접 전달하겠다며 쿠니의 천막을 지키는 근위대원들을 옆으로 밀쳐냈다.

편지를 읽고 한참이 지난 후에도 쿠니는 상복을 입은 지 두 달째 접어든 사람처럼 가만히 앉아 있었다. 소리를 지르거나 욕을 하거나 옷을 찢거나 가구를 부수거나 하지 않았다. 마음의 고통을 누그러뜨리려 술이나 약초를 요구하지도 않았다. 그가 스스로의 칼을 주고, 여왕으로 만들고, 다른 모든 야심을 가진 사람보다 더 높은 지위에 오르게 해 준 여자와 대면할 수 있도록 즉시 판에 가자고 요구하지도 않았다.

루안 지아와 코고 옐루와 더불어, 쿠니 가루의 진정한 동반자 세명 중 한 명인 원수가 반란을 일으켰다.

나는 배신으로 권력을 잡았지. 그런 내가 배신을 당해 몰락하는 것이 정의일지도 모르겠군.

한 차례 슬픔이란 파도에 흠뻑 젖고 나면 때로 훨씬 더 큰 슬픔의 파도에 무감각해지기도 한다.

"뭔가 착오가 있는 게 틀림없습니다. 원수는 폐하를 배신할 사람이 절대 아닙니다."

긴 마조티를 오랫동안 존경했던 샌 카루코노가 말했다.

"넌 사람의 마음속을 들여다볼 수 있어?"

"하지만 황후는 결코 긴을 좋아하지 않······."

"지아 말로는 긴이 노다 미와 도루 솔로피를 숨겨 주고 있던 것이 드러났다는데, 황후가 그들을 마술 부리듯 난데없이 만들어 낼 수 있을 거로 생각해? 긴의 가장 가까운 고문도 그녀의 유죄를 확인했어. 그리고 난 조미 키도수를 기억해. 그녀는 황궁 시험에서 두려움을 내비치지 않고 나를 면전에서 비난했지. 그녀에게는 정치적 본능이 없어. 결코 거짓말에 가담하지 않았을 거야."

샌 카루코노는 입을 다물었다. 황제의 논리는 난공불락이었다.

그럼에도 쿠니는 황후가 작성한 처형 명령서에 찬성도 반대도 하지 않았다.

뭐가 진실일까? 왜 논리적인 설명과 내 마음이 말하는 것이 다른 것이지? 쿠니는 생각했다.

결국 그는 일어나서 전령을 불렀다.

"몰래 판으로 가서 다피로 미로 대장에게 이걸 전해라. 돌아오기 전에 그가 편지를 읽고 없애는 걸 지켜보도록."

제33장

명예의 문제

판

사해평치 11년 10월

긴 마조티는 창문이 없는 감방에 앉아 벽 하나를 차지한 쇠창살을 마주하고 있었다. 그녀가 갇힌 감방은 넓은 실내 중앙을 중심으로 원형으로 배열된 많은 감방 중 하나에 불과했고, 다른 감방들은 모두 비어 있었다. 이 감옥은 반역죄로 기소된 귀족이나 고위급 대신을 위한 것으로, 황후는 노키다에서 도루 솔로피와 노다 미의 신병을 확보한 다음에도 단지 과대망상적 이상을 품은, 폐위된 귀족들에 불과한 그들에게 이곳에 수용되는 영예를 허락하지 않았다.

천장의 중앙에는 채광을 위한 사각형 구멍이 하나 나 있었다. 지붕까지 올라가는 수직형 굴로서, 실내 중앙으로 거울들이 햇빛을 반사해서 유일한 조명을 제공했다.

갑옷과 검을 빼앗기고 평민처럼 입은 긴 마조티는 교단(아마도 루피조 신을 모실 것으로 예상되는)에 속하는 사원의 신출내기 사제처럼 보였다. 그녀는 사각형 빛줄기 사이로 떠다니는 먼지 티끌들을 가만히 응시하며 아무 말도 하지 않았다.

간수들을 위해 마련된 실내 중앙의 탁자는 비어 있었고, 그녀와 비밀리에 이야기하러 온 남자를 제외하고는 다른 곳도 텅 비어 있었다.

"그렇게는 못 해."

긴이 쉰 목소리로 속삭이듯 말했다.

그녀와 대화하는 사람은 근위대장이자 라긴 황제가 가장 신임하는 사람 중 한 명인 다피로 미로였다.

"시간이 많지 않습니다. 근위대원들은 국화·민들레 전쟁 때 제 밑에서 일했습니다. 그래서 그들이 기꺼이 목숨을 걸고 당신에게 이 기회를 준 것입니다. 제가 준 약 덕분에 근위대원들은 세 시간 더 잠들어 있을 테지만, 그때까지 판을 떠나지 않으시면 다시는 이런 기회가 없을 것입니다."

"이것이 내가 민들레 가문에 봉사한 데 대한 보답이란 말이냐? 여생을 도망자로 살아가는 게?"

"황후가 수집한, 당신에게 불리한 증거는 바위처럼 단단합니다. 당신의 가장 가까운 고문인 조미 키도수도 당신을 비난했습니다."

"거짓말은 아무리 반복된다 해도 진실이 되지 않는다. 쿠니가 날 만나러 오게 해. 그럼 그 증거란 게 얼마나 엉성한지 보여 주지. 옥좌에 대한 진정한 위협이 어디에 있는지 보여 줄 거야."

"황제께선 그러실 수가 없습니다."

"왜 못 해?"

"황후께서는 옐루 재상을 포함해서 모든 대신의 지지를 받고 있습니다. 황제 폐하라고 해도 그런 압도적인 반대를 무시할 수는 없습니다."

"하지만 황제도 마음속으론 내가 결백하다는 것을 알아……."

"그래서 황제께서 저를 비밀리에 당신을 도우라고 보내신 것입니다. 당신의 탈……."

"네가 시키는 대로 한다면, 나는 결코 반역의 오명을 씻을 수 없을 것이다. 연못 위를 날아다니는 기러기는 그림자를 남기고, 사람은 이름을 남긴다. 이름이 내 전부야."

"여왕님이 오늘 떠나면, 10년, 20년 후에 무슨 일이 일어날지 누가 알겠습니까? 시간이 지나면 황후의 마음이 바뀔 수도 있고, 더 이상 당신을 위협으로 여기지 않게 될 것입니다. 하지만 여왕님이…… 처형된다면, 모든 것이 사라질 것입니다."

"나는 쿠니에게 그 모든 것을 갖는 만족감을 주지 않을 거야. 아내가 더러운 일을 하며 그의 의심을 해소해 주는 동안 쿠니는 양심의 가책을 덜고 싶어 해. 그는 오래된 가신들이 무력해지고, 불명예를 뒤집어쓰고, 권력의 지렛대로부터 멀어지는 동안에도 그들의 사랑과 신뢰를 받기를 원해. 그는 백성들의 사랑뿐만 아니라 영주들의 칭찬과 옛 친구들의 충성심을 가질 수도 있다고 생각해. 또 예전에 적이었던 이들의 애정을 살 수 있다고 생각해. 그는 자기가 주변의 모든 힘 사이에서 균형을 잡을 수 있다고, 비밀스럽게 타협하며 모든 것을 해결할 수 있다고 생각하지만, 명예에는 그릇되었거나 옳은 일만 있을 뿐이야.

그가 선택하고 그 선택에 따라 살게 내버려 둬."

그녀는 다피로에게서 시선을 돌려 벽을 쳐다보았다. 대화가 끝났다는 뜻이었다.

제34장

뜻밖의 소식

아룰루기섬

사해평치 11년 10월

"정말로 긴이 반역을 했다고 믿는 건 아니죠? 도망자들을 숨겨 주는 것은 공공연한 반역과 달라요."

리사나가 말했다.

쿠니는 책상 위로 몸을 웅크리고 있었다. 지아의 나머지 보고서를 읽는 중이었고, 거기에는 반란의 시기에 제국을 안정시키기 위해 지아가 시행한 다양한 정책들에 관한 수치와 긴 설명들이 빽빽하게 채워져 있었다.

"쿠니, 대답 좀 해요."

쿠니는 한숨을 내쉬며 보고서를 내려놓고 잠시 후, 고개를 돌렸다.

"사람의 마음을 들여다보는 건 불가능할지도 몰라요. 하지만 당신도 알다시피 나는 당신과 긴을 포함한 많은 사람의 욕망과 두려움을 알아차릴 수 있어요."

"하지만 지아의 마음은 모르잖아."

"네, 맞아요. 그게 우리 사이를 계속 갈라놓아 왔죠. 하지만 난 당신이 긴을 두려워한다고 생각하지 않아요. 긴의 충성심이 흔들린 적도 없고요."

쿠니는 고개를 숙였다.

"당신에겐 거짓말을 할 수가 없군."

"그런데 왜? 왜 황후 전하가 이런 일을 하게 놔두는 거죠? 황후 전하는 당신을 위해 싸우고 당신이 옥좌에 오르는 길을 닦은 귀족들의 힘을 약화시키려고 꾸준히 노력해 왔어요. 황후 때문에 당신에게 가장 충성하는 사람들의 마음이 차갑게 식어 버렸어요. 어떻게 그냥 서서 방관하며 긴이 죽게 내버려 둘 수 있어요?"

쿠니는 움찔했다.

"이 사태에 긴의 책임이 전혀 없다고는 할 수가 없어. 오만한 것이 언제나 그녀의 흠이었지. 긴은 파사에서 내 신뢰를 시험하기 위해 실루에를 죽인 뒤 파사와 리마의 왕위를 주장했어. 지아가 영지를 하사받은 귀족들에게 경계심을 품고 있는 걸 뻔히 알면서도 자신의 지위를 내세웠어. 과거에 자신이 얼마나 기여했는지만을 계속 자랑할 뿐, 황후를 달래려는 노력을 전혀 하지 않았어. 나는 이미 긴을 위해 할 수 있는 모든 것을 다 했어. 다피로를……."

그는 계속 말하기를 주저하며 고개를 저었다.

"하지만 언니는 너무 나갔어요! 그녀는 긴과 키모와 예무가 나와 더 가깝다고 생각하기 때문에 그들을 불신하는 거예요…….”

“키모는 반란을 일으켰어! 긴에 대한 나의 신뢰 역시 잘못된 건 아닐까 의심해야 하는 거 아니겠어?”

“긴이 무분별한 짓을 했더라도 세카 키모보다는 당신의 자비를 누릴 자격이 있어요!”

“오늘 내가 끼어들면 상황을 더 악화시킬 뿐이야. 내가 처형을 중단시킬 수는 있겠지. 하지만 황후는 내가 긴의 작위와 지휘권을 박탈할 수밖에 없을 만큼 자기 주장의 정당함을 강하게 입증했어. 긴은 그런 굴욕감을 안고서는 살 수 없을 것이고, 시간이 흐르면서 원망과 분노는 가장 충성스러운 마음마저 반란의 길로 이끌 거야. 그녀는 아주 뛰어난 사령관이니 긴이 이끄는 반란은 막아 낼 수 없을 거야. 티무가 그녀에게 대항할 수 있을까? 피로가 그럴 수 있을까? 아니면…… 아이들이 평화롭게 살 수 있게 하는 건 아버지의 의무야. 나는 아이들이 이길 수 없는 전쟁을 하도록 내버려 둘 수 없어.”

“그 말은 후계 문제를 포함한 모든 일을 지아의 뜻에 맡기겠다는 말과 같아요. 나는 지아가 가진 야망들을 알아차릴 순 없지만, 나와 내 아들이 죽을 때까지 지아가 멈추지 않을까 봐 두려워요.”

“그렇게 되진 않을 거야. 그렇게는 안 될 거야.”

“그 말은…….” 리사나는 망설였다. 이윽고 결심하며 입술을 깨물었다. “남편, 화내지 말고 들어 줘요. 황후에 대한 애정, 그리고 패왕과 전쟁을 벌일 당시 당신을 대신해서 황후가 당한 일에 대한 죄책감 때문에 판단력이 약해졌다고 생각해 본 적 없어요?”

쿠니의 얼굴에 소용돌이치는 바다처럼 여러 표정이 스치더니 마침내 무표정하게 변했다.

"내가 그녀를 몇 년 동안 패왕의 손아귀에 맡겨 두었던 게 미안해서, 양심을 달래기 위해서 옥좌와 다라의 미래를 위험에 빠뜨리고 있다고 생각하는 거야?"

"폭풍의 중심에 있는 사람은 때때로 자신의 위치를 명확하게 보기 어려운 법이죠. 우리는 자기 자신에게 가장 설득력 있는 거짓말을 해요. 연기술사들이 만드는 최고의 창조물은 자기기만의 마음에서 나오지요."

쿠니가 대답하기 전에 천막의 덮개가 스르르 열리면서 가을의 쌀쌀한 저녁 바람이 들이쳤다. 리사나와 쿠니는 함께 고개를 돌렸다. 천막에 들어선 사람은 침울한 표정에 긴장된 몸가짐을 한 샌 카루코노였다.

"렌가, 북쪽에서 온 긴급한 소식입니다. 티무 황자님이······."

쿠니가 달려와 샌의 손에 들린 두루마리를 움켜잡았다. 거기에 쓰인 글을 재빨리 읽은 황제는 제자리에 얼어붙은 채로 서 있었다.

리사나는 쿠니가 있는 쪽으로 걸어가 그의 손에서 두루마리를 빼앗았고, 내용을 읽자마자 그대로 가만히 있었다.

"렌가! 렌가!"

샌 카루코노가 외쳤다.

마침내 쿠니는 꿈에서 서서히 깨어나듯이 팔다리를 움직였다. 그는 한 걸음씩 옮겨 가며 천막 구석으로 가서 야자열매 비파를 꺼냈다. 그리고 애절한 옛 코크루 민속 곡을 연주하기 시작했다.

바람이 불자 구름이 하늘을 가로질러 달리네.

나는 사평해에서 흔들리네.

야망도, 자부심도, 재능도, 의지도 흐름을 따라 사그라지네.

내 나라를 지켜 줄 용기 있는 자들은 어디로 갔는가?

리사나와 샌은 각자 나름의 생각을 하며 조용히 노래를 들었다.

쿠니는 비파를 치웠다. 소식의 충격은 사라지고 평소의 평온함을 되찾은 듯했다.

"전령 두 명을 불러라. 한 사람은 세카 키모의 남은 병력을 찾아가서 모두를 사면한다는 말을 전하게 하고, 다른 한 사람은 판으로 가서 황후에게 이 편지의 사본을 전하게 하라."

"황후에게 내릴 명령이 있습니까?"

샌의 물음에 쿠니는 고개를 저었다.

"지아는 자기가 뭘 해야 하는지 알 것이다."

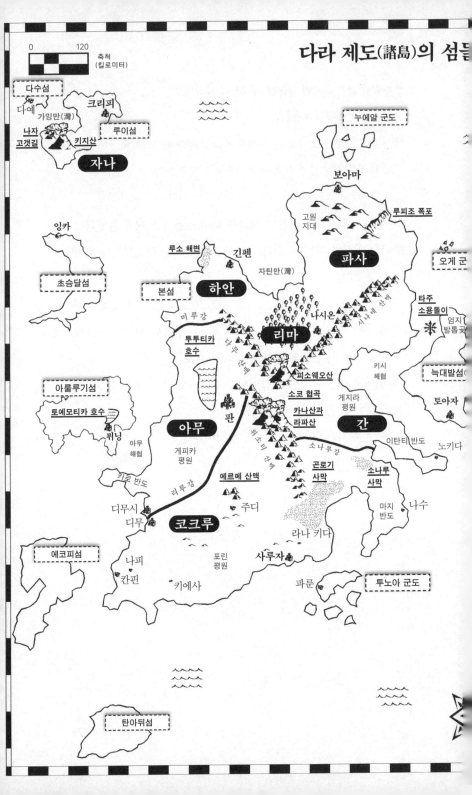

옮긴이 | 황성연

작은 공간에서도 세상 이곳저곳을 여행하며 사유할 수 있게 해 주는 수많은 책과 글을 좋아
해서 번역가의 길을 걷고 있다. 글밥 아카데미 수료 후 바른번역 소속 번역가로 활동 중이
다. 역서로는 『크루시블』, 『기억되지 않는 여자, 애디 라뤼』, 『우리는 왜 서로를 미워하는가』,
『세밀화로 보는 멸종 동물 도감』, 『결정 수업』 등이 있다.

민들레 왕조 연대기 2

폭풍의 벽(상)

1판 1쇄 찍음 2024년 12월 5일
1판 1쇄 펴냄 2024년 12월 12일

지은이 | 켄 리우
옮긴이 | 황성연
발행인 | 박근섭
편집인 | 김준혁
책임편집 | 정미리
펴낸곳 | 황금가지

출판등록 | 2009. 10. 8 (제2009-000273호)
주소 | 06027 서울 강남구 도산대로 1길 62 강남출판문화센터 5층
전화 | 영업부 515-2000 편집부 3446-8774 팩시밀리 515-2007
홈페이지 | www.goldenbough.co.kr

도서 파본 등의 이유로 반송이 필요할 경우에는 구매처에서 교환하시고
출판사 교환이 필요할 경우에는 아래 주소로 반송 사유를 적어 도서와 함께 보내주세요.
06027 서울 강남구 도산대로 1길 62 강남출판문화센터 6층 민음인 마케팅부

한국어판 ⓒ ㈜민음인, 2024. Printed in Seoul, Korea
ISBN 979-11-7052-504-2 04840
ISBN 979-11-7052-506-6 04840 (set)

㈜민음인은 민음사 출판 그룹의 자회사입니다.
황금가지는 ㈜민음인의 픽션 전문 출간 브랜드입니다.